KB127897

스틸
키스

LINCOLN RHYME FILE NO.12

JEFFERY DEAVER

스틸
키스

제프리 디버 지음

유소영 옮김

THE
STEEL
KISS

RHK
알에이치코리아

차례

적은 성 문 안에 있다.

우리가 싸울 상대는 우리 자신의 사치,

우리 자신의 어리석음, 우리 자신의 악행이다.

— 키케로Cicero, Marcus Tullius

PART 1

둔한 힘

화요일

TUESDAY

1

이런 횡재를 하다니.

핏빛처럼 붉은 포드 토리노를 몰고 유유히 길 위의 차와 사람 들을 피하며 브루클린 헨리 스트리트 상업지구를 달리는 도중, 아멜리아 색스의 눈에 우연히 용의자가 띄었다.

이럴 확률은 얼마나 될까?

범인 40의 용모가 유별나다는 점이 도움이 되었다. 키가 크고 상당히 마른 체격이라 행인 사이에서 두드러져 보였다. 하지만 그것만으로는 이 인파에서 눈에 띄지 않는다. 그러나 2주 전 피해자가 폭행당해 사망한 날, 목격자는 범인이 연녹색 체크무늬 스포트코트와 브레이브스 야구모자를 쓰고 있었다고 증언했다. 색스는 이 보잘것없는 정보를 전산에 입력하는 필수 업무만 끝내고 수사의 다른 방향으로 넘어갔다. 다른 사건도 많았다. 특수반 형사는 신경 써야 하는 일이 많다.

한데 한 시간 뒤 84번 지구대의 순경 한 사람이 브루클린 하이츠 프롬나드를 순찰하다가 인상착의가 용의자와 유사한 사람을 발견하고 색스에게 연락했다—그녀가 이 사건 책임 형사였다. 살인은 밤늦게 인적 없는 건설 현장에서 발생했고, 범인은 범행 당시 목격자가 없을 것이라고 생각했는지 안심하고 똑같은 복장을 한 것 같았다. 순경은 인파 속에서 용의자를 놓쳤다고 했다. 이 근방은 위장한 인간 군상 수만 명이 득실거리는 도시 한복판이었지만, 색스는 어쨌든 그 방향으로 차를 몰며 지원 인력을 호출했다. 내가 범인 40을 찾을 확률은 잘해야 영에 수렴하겠지, 색스는 뻐딱하게 생각했다.

한데 세상에, 저기 그 용의자가 성큼성큼 걷고 있는 게 아닌가. 키가 크고, 마르고, 녹색 재킷, 모자, 모두 인상착의와 동일했지만, 뒷모습이었기 때문에 모자 앞면에 어느 팀 로고가 박혀 있는지는 알 수 없었다.

색스는 60년대 머슬카를 버스 정차구역에 세우고, 뉴욕시경 공무 알림판을 대시보드 옆에 던진 뒤, 자살이라도 하고 싶은지 아슬아슬하게 스쳐가는 자전거를 피하며 날렵하게 차에서 내렸다. 상대는 돌아보았지만, 그건 아마 짜증이 난 게 아니라 아마도 검은 진 엉덩이에 총을 차고 눈빛에 긴장감이 어린 키 큰 빨강머리 전직 모델을 유심히 보고 싶어서였을 것이다.

보도에 올라서서 살인범을 따라 걷기 시작했다.

목표물을 처음 보는 순간이었다. 호리호리한 남자는 성큼성큼 걷고 있었다. 발은 길고 좁았다(러닝화였다: 축축한 4월의 콘크리트 위에서 달리기 좋다—그녀가 신은 가죽 밑창 신발보다 훨씬 낫다). 마음 한구석에서 상대가 좀 더 경계하고 있었으면 하는 생각이 들었다—그렇다면 주위를 두리번거리는 동안 얼굴을 볼 수 있을 것이다. 용의자의 얼굴은 아직 전혀 알려져 있지 않았다. 하지만 범인은 그저 양팔을 옆에 늘어뜨리고 축 처진 어깨 위에 배낭 한쪽 끈을 둘러맨 채 그 독특한 걸음걸이로 걷고 있을 뿐이었다.

살인무기가 배낭 안에 있을지 궁금했다. 금속 가장자리를 두드려 뭉개거나 못을 납작하게 때릴 때 쓰는 둥근머리 망치였다. 범인이 살인에 사용한 것은 반대쪽 노루발이 아니라 바로 그쪽이었다. 토드 윌리엄스의 두개골을 부순 무기를 알아낼 수 있었던 것은 링컨 라임이 뉴욕시경과 법의학 연구실을 위해 만든 데이터베이스 덕분이었다. 폴더명은 〈무기가 인체에 가하는 손상. 제3장: 둔기흔〉이었다.

라임이 만든 데이터베이스였지만, 분석은 색스 혼자 해야만 한다. 라임 없이.

이 생각을 하니 다시 가슴이 덜컹 내려앉았다. 애써 그런 기분을 떨쳐냈다.

색스는 다시 상처를 떠올렸다. 강도가 든 둔기에 맞아 사망한 스물아홉 살의 맨해튼 시민이 입은 상처는 끔찍했다. 그는 퇴근 후 '40도 북쪽'이라는 클럽에 가던 길이었다. 독특한 이름은 술집이 위치한 이스트빌리지의 위도를 가리킨다고 했다.

지금 범인 40—클럽 이름을 따 붙인 수사명이었다—은 파란불에서 도로를 건너고 있었다. 볼수록 묘한 체구였다. 185센티미터가 한참 넘는 키였지만, 몸무게는 60, 70킬로그램이 채 되지 않을 것 같았다.

색스는 범인의 목적지를 보고 경찰 통신망을 통해 범인이 현재 헨리 스트리트에 위치한 5층 건물 쇼핑센터에 들어가고 있다고 지원 인력에게 알렸다. 그녀는 뒤따라 건물에 들어섰다.

범인 40은 넉넉한 거리를 두고 미행하는 경찰과 함께 쇼핑 인파를 헤치고 계속 이동했다. 이 도시의 사람들은 마치 물질을 구성하는 원자처럼 온갖 나이와 성별, 인종, 체구가 섞인 무리를 이루어 항상 움직이는 상태다. 뉴욕은 자기만의 시계에 따라 움직인다. 점심시간이 지났지만, 사무실에 있어야 할 직장인과 학교에 있어야 할 학생들은 여기서 돈을 쓰고, 먹고, 무리지어 서성거리고, 가게를 구경하고, 문자를 보내고, 이야기하고 있었다.

덕분에 아멜리아 색스의 체포 작전은 대단히 까다로워졌다.

범인 40은 2층으로 향했다. 그는 밝게 불이 켜진 상가를 누비며 분명한 목적이 있는 듯 계속 걸음을 옮겼다. 주변은 파라머스, 오스틴, 포틀랜드라고 해도 다르지 않을 것 같은 평범한 공간이었다. 푸드코트에서 흘러나오는 요리 기름과 양파 냄새, 열린 대형 매장의 입구 근처 매대에서 흘러나오는 향수 냄새가 떠돌았다. 색스는 범인 40이 여기서 무엇을 하고 있는 것인지 잠시 생각했다. 뭘 사려는 거지?

어쩌면 지금 계획은 쇼핑이 아니라 식사인지도 모른다. 그는 스타벅스로 들어갔다.

색스는 커피 매장의 열린 입구에서 6미터 정도 떨어진 에스컬레이터 근처 기둥 뒤로 몸을 숨겼다. 상대의 시야에 들어가지 않도록 조심했다. 누군가 자신을 보고 있다는 의심을 품게 해서는 안 된다. 총기를 소지한 것 같지는 않았지만—거리에 밝은 경찰은 다 아는 사실이지만, 허리나 주머니에 총을 지닌 사람에게는 특유의 걸음걸이가 있다. 조심스럽고, 뻣뻣한 걸음걸이 — 그렇다고 권총을 갖고 있지 않다고 단정할 수는 없다. 그가 이쪽으로 돌아서서 총격을 시작한다면? 대량학살극이다.

얼른 가게 안을 들여다보니, 범인은 음식 매대로 가서 샌드위치 두 개를 집어 들고 마실 것 한 잔을 주문하는 것 같았다. 아니, 어쩌면 두 잔일지도. 그는 돈을 지불하고 시야 밖으로 벗어나서 기다렸다. 카푸치노, 혹은 모카, 뭔가 비싼 커피다. 필터 커피였다면 그 자리에서 뽑아주었을 것이다.

여기서 먹을까, 가지고 나갈까? 샌드위치 두 개. 누굴 기다리는 건가? 아니면 지금 한 개, 나중에 한 개?

색스는 갈등했다. 상대를 체포할 최적의 장소는 어디인가? 바깥 거리가 좋을까, 아니면 가게, 혹은 상가 안? 그래, 상가와 스타벅스는 사람이 붐빈다. 하지만 거리는 더할 것이다. 어떤 체포 작전도 마땅치 않다.

몇 분이 지났지만 범인은 아직 안에 있었다. 음료수는 지금쯤 준비가 됐을 텐데도, 그는 나설 기색이 없었다. 아마 늦게 점심을 먹으려는 모양이다. 한데 누굴 만나는 건가?

그렇다면 체포 작전은 더욱 복잡해진다.

색스의 전화가 울렸다.

"아멜리아, 버디 에버렛입니다."

"그래." 그녀는 84번 지구대의 순경에게 조그맣게 대답했다. 서로 잘 아는 사이였다.

"밖에 도착했습니다. 저와 도드. 다른 순찰차에 세 명 더 있습니다."

"범인은 2층 스타벅스에 있다."

그때 스타벅스 인어 로고가 박힌 종이상자를 카트에 끌고 가는 배달원 한 사람이 눈에 띄었다. 가게에는 뒷문이 없다는 뜻이다. 범인 40은 막다른 공간에 갇혀 있다. 그래, 안에는 사람들이 있으니 걸리적거리겠지만, 상가나 거리만큼 많지는 않다.

색스는 에버렛에게 말했다. "여기서 체포하고 싶다."

"안에서요, 아멜리아? 그렇죠." 잠시 침묵. "그게 최선입니까?"

범인을 놓칠 수는 없다, 색스는 생각했다. "그래, 즉시 여기로 올라와."

"갑니다."

얼른 가게 안에 눈길을 주고 몸을 숨길 장소를 찾아 뒤쪽도 돌아보았다. 아직도 상대는 보이지 않았다. 분명 가게 뒤쪽에 앉아 있을 것이다. 색스는 오른쪽으로 천천히 움직인 뒤 열린 스타벅스 현관문 쪽으로 접근했다. 이쪽에서 범인이 보이지 않는다면, 저쪽도 이쪽을 볼 수 없다.

나와 지원팀이 양쪽에서 포위해서....

바로 그때 등 뒤 가까운 곳에서 갑자기 날카로운 비명이 들렸다. 색스는 흠칫 놀랐다. 고통에 못 이겨 울부짖는 괴성이었다. 너무 동물적이고 높은 소리라 남자인지 여자인지 알 수 없었다.

목소리는 아래층에서 지금 있는 층으로 올라오는 에스컬레이터 꼭대기에서 들려오고 있었다.

이런, 맙소사....

에스컬레이터에서 다음 층으로 발을 내딛는 맨 위쪽 판이 열려버렸고, 승객 한 사람이 밑에서 작동 중인 기계 속으로 떨어졌다.

"도와줘! 안 돼! 제발, 제발, 제발!" 남자 목소리였다. 목소리는 다시 뭉개져서 알아들을 수 없는 비명으로 이어졌다.

손님들과 직원들은 숨을 들이쉬고 비명을 질렀다. 고장 난 채로 계속 위로 움직이는 에스컬레이터에 타고 있던 사람들은 저마다 얼른 뛰어내리거나 뒤로 재빨리 물러났다. 옆 에스컬레이터를 타고 아래층으로 내려오던 사람들도 구멍에 빠질 거라고 생각했는지 얼른 뛰어내렸다. 몇 명은 바닥에 한데 엉켜 쓰러졌다.

색스는 커피숍을 돌아보았다.

범인 40은 보이지 않았다. 다른 사람들처럼 이쪽을 돌아보다가 벨트에 찬 경찰 배지나 무기를 본 게 아닐까?

색스는 에버렛에게 사고 소식을 알리고 경찰 내부 통신망에도 전한 뒤 출구를 지키라고 지시했다. 범인 40이 그녀를 보고 지금 도망치고 있을지도 모른다. 색스는 에스컬레이터로 달려갔다. 누군가 긴급상황 버튼을 누른 모양이었다. 계단은 느려지더니 멈췄다.

"에스컬레이터 세워요, 세워!" 안에 갇힌 사람은 계속 비명을 질렀다.

색스는 에스컬레이터 위쪽 판에 올라서서 열린 구멍을 내려다보았다. 중년 남자가—45세에서 50세가량이었다—열려 있는 알루미늄 패널 2.5미터 아래 바닥에 설치된 모터 기계 장치에 끼어 있었다. 긴급 버튼은 이미 누가 눌렀지만, 모터는 계속 돌아가고 있었다. 버튼을 눌러도 움직이는 계단과 이어지는 클러치만 해제되는 것 같았다. 불쌍한 남자는 허리가 끼어 있었다. 그는 옆으로 쓰러진 채 기계를 향해 발버둥을 치고 있었다. 기어가 그의 몸에 깊이 파고들어 있었다. 옷은 피로 흠뻑 젖어 있었고, 에스컬레이터 내부 바닥에도 흥건했다. 그는 흰 셔츠 차림에 이름표를 달고 있었다. 아마 상가 가게

직원인 것 같았다.

색스는 군중을 돌아보았다. 점원들과 보안직원 몇 명이 있었지만, 아무도 돕지 않고 있었다. 겁에 질린 얼굴. 어떤 사람은 911에 신고하는 것 같았지만, 대부분은 그냥 휴대전화로 사진이나 비디오를 찍고 있었다.

색스는 그에게 소리쳤다. "구급차가 곧 와요. 난 뉴욕시경 경찰입니다. 지금 거기로 내려가겠습니다."

"하느님, 아파요!" 다시 비명. 가슴에서 진동이 느껴질 정도였다.

지혈을 해야 해, 그녀는 생각했다. 지금 그걸 할 수 있는 건 나뿐이야. 그러니까 가자!

그녀는 경첩 달린 판을 좀 더 넓게 열었다. 아멜리아 색스는 장신구를 거의 착용하지 않았다. 그래도 혹시 기계에 낄까 봐 손가락에 낀 유일한 액세서리—파란 돌이 박힌 반지였다—를 빼냈다. 남자의 몸이 한쪽 기계에 끼어 있었지만, 내려가는 에스컬레이터와 연결된 두 번째 기계는 계속 돌아가고 있었다. 폐소공포증을 무시하려고 애썼지만, 별 소용이 없었다. 색스는 좁은 입구로 몸을 들이밀었다. 인부들이 이용하는 사다리가 있었지만—좁은 금속 봉으로 되어 있었고, 온통 남자의 피가 묻어 있었다. 처음 기계실 입구로 떨어질 때 덮개의 날카로운 모서리에 몸을 벤 것 같았다. 색스는 사다리의 손잡이 봉과 발판을 단단히 붙잡았다. 혹시 헛디딘다면 남자의 몸 위에, 바로 옆에서 돌아가는 두 번째 기어 장치 위에 떨어지게 된다. 한 번 발이 미끄러졌고, 순간 팔 근육도 잔뜩 긴장했다. 부츠가 기어를 아슬아슬하게 스쳤다. 부츠 뒷굽이 파이고 청바지 밑단도 걸렸다. 그녀는 얼른 다리를 빼냈다.

바닥에 내려섰다... 잠깐만, 잠깐만. 그녀는 남자를 향해, 그리고 그녀 자신을 향해 말했다. 아니, 생각했다.

불쌍한 남자의 비명은 사그라들지 않았다. 잿빛으로 질린 얼굴은 땀으로 번들거렸다.

"제발, 하느님, 하느님...."

색스는 두 번째 기계장치 주위를 조심스럽게 돌다가 두 번이나 피에 미끄러졌다. 한 번은 남자의 다리가 발버둥을 치다가 그녀의 엉덩이를 후려쳤다. 회전하는 톱날 쪽으로 몸이 휘청했다.

얼굴이 금속 날에 스치기 직전에 가까스로 중심을 잡았다가 다시 미끄러졌다. 다시 중심을 잡았다. "난 경찰입니다." 그녀는 되풀이했다. "구급차가 곧 올 겁니다."

"심해요, 심합니다. 너무 아파요. 아, 정말."

색스는 고개를 들고 외쳤다. "시설관리팀, 시설관리팀! 기계를 멈춰! 계단 말고, 모터! 전기를 끊으라고!"

도대체 소방서는 왜 안 오는 거야? 색스는 상처를 살펴보았다. 어떻게 해야 할지 알 수가 없었다. 그녀는 재킷을 벗어 배와 사타구니의 찢겨나간 살점에 대고 눌렀다. 하지만 지혈에는 효과가 없었다.

"아, 아, 아." 그는 신음했다.

전선을 자를까 생각했지만—불법이지만 그녀는 뒷주머니에 스위치블레이드를 가지고 있었다—케이블이 눈에 띄지 않았다. 이런 기계를 만들면서 어떻게 전원 스위치를 안 만들 수 있지? 맙소사. 무능함에 화가 치밀었다.

"내 아내." 남자는 속삭였다.

"쉬." 색스는 달랬다. "괜찮아질 겁니다." 하지만 그렇지 않다는 것을 알고 있었다. 몸은 피투성이 엉망진창이었다. 목숨을 건진다 해도 예전 같지 않을 것이다.

"내 아내... 만나주실 수 있겠습니까? 내 아들도. 사랑한다고 전해주세요."

"직접 말하세요, 그렉." 그녀는 이름표를 읽었다.

"경찰이시죠." 헐떡임.

"맞습니다. 곧 구급차가 올 테니까...."

"총을 주세요."

"총을 달라니...."

다시 비명. 얼굴에 눈물이 흘러내렸다.

"제발, 총을 주세요! 어떻게 쏘면 됩니까? 알려주세요!"

"안 돼요, 그렉." 그녀는 속삭였다. 그의 팔에 손을 얹었다. 다른 손바닥으로 그의 얼굴에서 비 오듯 쏟아지는 땀을 닦아주었다.

"너무 아파요... 못 견디겠습니다." 이번 비명은 한층 더 컸다. "끝내고 싶어요!"

이렇게 절망적인 눈빛을 본 적이 없었다.

"제발, 부탁이니 총을 주세요!"

아멜리아 색스는 망설이다가 손을 내리고 허리춤에서 글록을 빼들었다.

경찰이다.

좋지 않아. 좋지 않아.

저 키 큰 여자. 검은 청바지. 예쁜 얼굴, 아, 그리고 빨강머리...

경찰이다.

나는 에스컬레이터에 그녀를 두고 상가의 인파를 헤치며 걷고 있다.

그녀는 내가 자신을 봤다는 걸 모르는 것 같지만, 나는 봤다. 아, 그럼. 아주 똑똑히 봤어. 기계 톱니바퀴 사이로 빨려 들어가는 남자의 비명이 모든 사람의 이목을 끄는 사이에. 하지만 그녀는 달랐다. 친절한 스타벅스 안에 있을 '나'를 확인하려고 돌아봤다.

엉덩이에 찬 총, 엉덩이에 달린 배지를 봤다. 사설 경비원도, 용역도 아니다. 진짜 경찰이었다. 순혈 경찰. 그녀는....

음. 이건 뭐지?

총성이다. 나는 총기를 잘 사용하지 않지만, 권총은 쏴봤다. 분명 이건 권총 소리다.

알 수 없다. 그래, 그래, 뭔가 이상해. 여자경찰—빨강머리라고 불러야겠다—이 누구 다른 사람을 체포하려는 건가? 확실히 알 수 없다. 분명 내가 그간 꾸며온 골칫거리 때문에 나를 뒤쫓고 있을 텐데. 얼마 전 뚱뚱한 사람들이 사서 대여섯 번 사용하다가 영영 손도 대지 않는 종류의 바벨을 달아 뉴어크 근처 진흙탕 연못에 빠뜨린 시체 때문일 수도 있겠고. 그 사건 기사는 신문에 나지 않았지만, 뭐, 뉴저지에서 일어난 일이다. 어차피 범죄의 천국. 이번에도 시체야? 굳이 보도할 일도 아니지. 메츠가 7점 차 승! 어쩌면 요전 날 목을 그어서 맨해튼의 어둑어둑한 골목에 버린 시체 때문일 수도 있겠고. 어쩌면 며칠 전 클럽 40 뒤 공사장에서 두개골을 부숴 내버려 둔, 멋진 건 때문일 수도 있다.

그 범행 현장 중 어디서 내가 목을 자르거나 머리를 박살내는 장면을 누가 목격했을까?

그럴지도. 뭐, 내 외모는 독특하니까. 키도, 몸무게도.

그저 빨강머리가 날 찾는 거라고 가정하는 것뿐이다. 만전을 기하는 게 좋으니… 빠져나가야 한다. 고개를 숙이고, 구부정한 자세로. 5, 6센티미터 더 커지는 것보다는 쪼그라드는 게 쉽다.

하지만 저 총성은? 무엇 때문이지? 나보다 더 위험한 범인을 쫓고 있나? 나중에 뉴스를 확인해야겠다.

이제 사람들이 사방에서 더 빨리 움직이고 있다. 키가 크고 마르고 손가락과 발이 유난히 긴 나를 쳐다보고 있는 것은 아니다. 그들은 비명과 총성을 피해 밖으로 서둘러 나가고 싶을 뿐이다. 가게와 푸드코트가 텅 비어가고 있다. 테러리스트일까 봐, 분노 때문에, 혹은 뇌신경이 별로 발달하지 못한 탓에 칼을 마구 휘둘러 사람을 찌르고 총을 쏴대는 위장복 차림의 미치광이일까 봐. 아이시스, 알카에다, 사병단. 모두가 작은 일만 벌어져도 흠칫 놀란다.

나는 남자 양말 속옷 매장을 지나치며 모퉁이를 돌고 있다.

헨리 스트리트, 4번 출구가 바로 앞에 있다. 저쪽으로 나가야 할까?

잠시 멈추는 게 낫겠다. 나는 심호흡을 한다. 여기서 너무 빨리 가지 말자. 우선 녹색 재킷과 모자를 처리해야 한다. 새 옷을 사자. 나는 싸구려 매장으로 들어가서 중국제 이탈리아 청색 블레이저를 현금으로 산다. 길이 35, 운이 좋다. 이 크기는 찾기 힘들다. 힙스터 페도라 모자. 중동 아이가 휴대전화 문자를 보내며 계산한다. 무례하다. 이놈의 두개골을 부숴주고 싶다. 하지만 이놈은 딴짓에 정신이 팔린 덕분에 날 보지 않는다. 좋다. 낡은 녹색 체크무늬 재킷을 배낭에 넣는다. 형이 준 옷이니 버릴 수는 없다. 야구모자도 같이 넣는다.

중국제 이탈리아 힙스터로 변신한 뒤 매장을 나서 다시 상가로 돌아간다. 자, 어느 쪽으로 탈출할까? 헨리 스트리트?

아니, 영리한 짓이 아니다. 밖에는 경찰이 잔뜩 있을 것이다.

주위를 둘러본다. 사방에 깔려 있다. 아, 뒷문. 틀림없이 화물용 출입구가 있을 것이다.

나는 매장 직원처럼, 손바닥 말고 주먹으로 문을 밀고(지문을 남길 수는 없으니), 〈직원 전용〉이라고 적힌 안내판을 지나친다. 잠시만 쓰자고.

생각한다. 타이밍이 좋군, 에스컬레이터. 비명이 시작되던 순간 빨강머리가 바로 그 옆에 있었으니. 운이 좋다.

고개를 숙이고 침착하게 계속 걷는다. 아무도 나를 복도에서 가로막지 않는다.

아, 여기 못에 면 재킷이 걸려 있군. 반짝이는 사각형 직원용 이름표를 풀어 내 가슴에 단다. 이제 나는 정중한 팀원 마리오다. 마리오처럼 보이지는 않지만, 이게 통해야 한다.

젊은 직원 둘, 백인 하나, 흑인 하나가 저 앞쪽에 있는 문에서 나온다. 나는 그들에게 목례를 한다. 그들도 마주 인사한다.

마리오가 아니기를 바랄뿐. 그의 친구거나. 혹시 그런 상황이 발생한다면, 배낭에 손을 넣어 할 일을 해야 한다. 정수리 뼈를 뭉개야 한다. 나는 그들을 지나친다.

좋다.

아닌가? 이쪽으로 목소리가 날아온다. "이봐."

"왜?" 나는 손을 망치 쪽으로 가져가며 묻는다.

"밖에 무슨 일이야?"

"도둑이겠지. 저 보석가게. 아마도."

"빌어먹을 거긴 보안직원을 안 써. 내가 말해줄걸."

그의 동료. "싸구려 물건뿐이야. 지르콘 같은 쓰레기. 지르콘 훔치려고 총 맞을 각오를 할 놈이 누가 있어?"

나는 〈배달〉 표지판을 보고 화살표를 고분고분 따라간다.

앞에서 목소리가 들려서 멈춰 선 뒤 모퉁이를 돌아본다. 나처럼 나뭇가지처럼 비쩍 마르고 작은 흑인 남자 경비 한 사람뿐이다. 그는 무전기에 대고 말하고 있다. 망치로 쉽게 때려잡을 수 있다. 얼굴을 산산조각 내줘야지. 그런 다음....

아, 이런. 왜 이렇게 귀찮은 일이 많아?

다른 두 사람이 더 나타났다. 하나는 백인, 하나는 흑인. 둘 다 내 몸무게 두 배다.

나는 뒤로 돌아선다. 그때 더한 일이 일어났다. 등 뒤 방금 지나온 복도 저쪽 끝. 목소리가 더 들린다. 빨강머리와 다른 경찰들이 이쪽을 수색하러 오고 있는지도 모른다.

유일한 탈출구는 앞쪽, 세 명의 용역 경비 쪽이다. 역시 사람 뼈를 부숴놓을. 혹은 마취 총이나 스프레이를 쏠 기회만 기다리는 족속들이다.

나는 그 중간에 끼어 있다. 도망칠 곳이 없다.

2

"어디 있지?"

"아직 수색 중입니다, 아멜리아." 84번 지구대 순경 버디 에버렛이 대답했다. "우리와 사설경비가 여섯 조로 나눠 모든 출구를 봉쇄했습니다. 분명 범인은 여기 어디 있을 겁니다."

스타벅스 냅킨으로 부츠에 묻은 피를 닦았다. 아니, 헛된 노력이었다. 커피숍에서 가져온 쓰레기봉투에 담은 재킷은 완전히 못 쓰게 되지는 않았겠지만, 피로 흠뻑 젖었던 옷을 다시 입고 싶은 마음은 들지 않았다. 젊은 순경은 착잡한 눈빛으로 색스의 손에 묻은 핏자국을 보았다. 경찰도 물론 인간이다. 언젠가 면역이 되겠지만, 어떤 이는 다른 이들보다 늦게 적응한다. 버디 에버렛은 아직 어렸다.

그는 빨간 안경테 너머로 열려 있는 에스컬레이터 기계실 통로를 들여다보았다.

"그 남자는…."

"살리지 못했어."

젊은 경찰은 고개를 끄덕였다. 그는 에스컬레이터에서 이어지는 색스의 피 묻은 부츠자국을 둘러보았다.

"범인이 어느 방향으로 갔는지는 알 수 없습니까?"

"전혀." 그녀는 한숨을 쉬었다. 범인 40이 그녀를 보고 도망쳤을 만한 시점과 지원 병력이 배치된 시점 사이에는 고작 몇 분 정도 공백이 있었을 뿐이었다. 그러나 범인이 투명인간으로 변신하는 데는 그걸로도 충분했던 모양이다. "좋아. 나도 자네와 같이 수색하지."

"지하에 추가 인력이 필요할 겁니다. 거기는 미로라서요."

"그래. 하지만 거리에도 탐문하는 사람을 배치해. 범인이 날 봤다면 아슬아슬하게 도망쳤을 만한 공백이 있었어."

"그러죠, 아멜리아."

식어가는 핏빛처럼 붉은 안경을 쓴 젊은 경찰은 고개를 끄덕이고 멀어졌다.

"형사?" 등 뒤에서 남자 목소리가 들렸다.

돌아보니 네이비블루 수트와 노란 셔츠를 입은 쉰 살쯤 되는 탄탄한 라틴계 남자가 서 있었다. 넥타이는 티끌 하나 없는 흰색이었다. 이런 조합은 자주 볼 수 없다.

색스는 고개를 끄덕였다.

"마디노 경감이야."

두 사람은 악수를 나누었다. 경감은 검은 눈을 내리깔고 그녀를 관찰했다. 유혹적이지만 성적인 뜻은 없는, 권력 있는 남자들이 — 때로 여자들도 — 그렇듯 매력적인 눈빛이었다.

마디노는 강력계 담당인 범인 40 사건과 아무 관계도 없는 84번 지구대 소속일 것이다. 이 상가 사건 때문에 출동했을 뿐, 에스컬레이터 관리에 형사적 과실이 있었다는 증거가 나오지 않으면 곧 물러가겠지만, 그런 경우는 좀처럼 없다. 어쨌든 현장을 수색하고 있는 것은 마디노의 부하들일 것이다.

"어떻게 된 일이지?" 그는 물었다.

"소방서에서 더 잘 설명해 줄 겁니다. 나는 살인사건 용의자를 추적하는 중이었습니다. 에스컬레이터가 무슨 이유로 오작동해서 중년 남자가 바닥 아래 장비에 끼었다는 게 내가 아는 전부입니다. 내가 구하러 들어가서 출혈을 멈추려고 노력했지만, 할 수 있는 일이 별로 없었습니다. 피해자는 잠시 버티다가 결국 DCDS 선고를 받았습니다."

DCDS. 현장에서 사망 선고를 받았다는 뜻이다.

"긴급 스위치는?"

"누가 눌렀지만, 주 모터가 아니라 계단만 멈추는 기능이었습니다. 기어는 계속 돌아갔습니다. 사타구니와 복부가 손상되었습니다."

"저런." 경감의 입술이 굳었다. 그는 앞으로 나서서 구덩이 밑을 바라보았다. 마디노는 아무 반응도 보이지 않았다. 그는 흰 넥타이가 앞으로 흔들려서 난간을 스치지 않도록 손으로 붙잡았다. 난간에도 피가 묻어 있었다. 그는 무감각한 얼굴로 색스를 돌아보았다. "자네가 저기 내려갔었나?"

"네."

"힘들었겠군." 그의 눈에 떠오른 공감은 진심이었다. "총격에 대해 말해주게."

"모터에는 전원을 끄는 스위치가 없었습니다. 피해자를 그대로 놓아둔 상태에서 스위치를 찾아다니거나 다시 위로 올라와서 전원을 꺼달라고 할 수가 없었습니다. 그래서 모터 코일에 총을 한 발 쐈습니다. 피해자의 몸이 반으로 잘리는 건 막았습니다만, 그때는 이미 사망 직전이었습니다. 구급요원 말로는 80퍼센트의 혈액이 손실됐다고 합니다."

마리노는 고개를 끄덕였다. "그래도 적절한 조치였군, 형사."

"소용없었습니다."

"달리 할 수 있는 일이 없었어." 그는 열린 구멍 안을 다시 들여다보았다. "총격 건에 대해 심사를 소집해야겠지만, 그런 이유라면 형식적인 절차에 지나지 않아. 걱정할 것 없네."

"감사합니다, 경감님."

스크린을 통해 영화를 볼 때와 달리, 경찰이 총기를 발사하는 일은 드물고 중대한 사건이다. 총은 경찰 자신이나 행인의 생명이 위험에 처했다고 생각될 때, 혹은 무장한 범인이 도주할 때만 발사할 수 있다. 또한 무기는 부상을 입힐 목적이 아니라 오로지 살상을 위해 발사한다. 말 안 듣는 기계류를 중지시키는 망치 대용으로 글록을 사용해서는 안 된다.

근무 중인, 혹은 비번인 경찰이 총을 쏘았을 경우, 사건이 발생한 지구대 감독관이 현장에 출동해서 해당 경찰의 무기를 확보하여 점검한다. 감독관은 이어 경감이 주관하는 자치구 단위 총격 위원회를 소집한다. 총격으로 인한 사망자나 부상자가 없으므로, 색스는 약물 검사나 사흘 간 의무 정직처분은 받을 필요가 없었다. 불법행위가 없으니 총기를 압수당하지도 않는다. 그냥 감독관이 총기를 점검하고 일련번호를 기록할 수 있도록 총을 제시하면 된다.

색스는 그렇게 했다. 탄창을 능숙하게 떨어뜨리고 약실에 든 실탄을 빼낸 뒤 바닥에서 집어 들었다. 그리고 총을 경감에게 건넸다. 그는 일련번호를 적었다. 권총은 돌려주었다.

색스는 덧붙였다. "총기 발사·공격 보고서를 제출하겠습니다."

"서두를 거 없어, 형사. 위원회를 소집하려면 시간이 걸리고, 자네는 처리할 업무도 많아 보이니." 마디노는 구멍 안을 다시 내려다보았다. "수고했어, 형사. 저기 들어갈 사람은 많지 않아."

색스는 빼낸 실탄을 다시 장전했다. 84번 지구대 경찰들이 에스컬레이터 양쪽을 둘 다 봉쇄했기 때문에, 그녀는 돌아서서 엘리베이터 쪽으로 급히 걸음을 옮겼다. 지하로 내려가서 범인 40 수색을 도울 생각이었다. 그러나 버디 에버렛이 다가와서 그녀는 멈췄다.

"범인은 나갔습니다, 아멜리아. 건물 밖으로." 검붉은 안경테가 눈에 띄게 거슬렸다.

"어떻게?"

"화물 출입구로요."

"거기도 인력을 배치한 줄 알았는데. 우리 쪽 아니면 용역이라도."

"그가, 범인이 화물창 근처 모퉁이에서 범인은 창고에 있다고 소리쳤습니다. 수갑과 스프레이, 뭐든지 갖고 오라고. 용역들 아시죠? 진짜 경찰 행세를 할 기회가 오면 좋아 날뛰는 족속들이죠. 다들 창고로 뛰어갔습니다. 범인은 그 틈을 타서 유유히 사라졌습니다. 비디오를 확인하니―새 재킷, 어두운 색 스포츠코트, 페도라 차림이더군요―화물창 사다리를 타고 내려가 트럭 주차지역을 가로질러 뛰어가는 모습이 잡혔습니다."

"어디로?"

"카메라 반경이 좁습니다. 모르죠."

색스는 어깨를 으쓱했다. "전철? 버스?"

"CCTV에는 안 잡혔습니다. 걸어갔거나 인근을 벗어나자마자 택시를 탔을 수도 있겠죠."

갈 만한 곳은 수없이 많을 것이다.

"어두운 색 재킷이라고? 스포츠코트?"

"매장을 탐문했습니다. 하지만 그런 체구의 남자가 물건을 사는 것을 본 사람은 없습니다. 얼굴을 모르니까요."

"사다리에서 지문을 채취할 수는 있겠지? 화물 출구에서?"

"아, 비디오를 보니 내려가기 전에 장갑을 끼더군요."

영리하다. 영리한 놈이다.

"하나 더. 그는 컵과 음식 포장지 같은 것도 들고 있었습니다. 살펴보았지만, 버리지는 않았는지 찾지 못했습니다."

"내가 증거물 수색팀을 투입하지."

"아, 흰 넥타이 경감님하고는 어떻게 됐습니까? 아, 말투 죄송합니다만."

색스는 미소 지었다. "괜찮아. 못 들은 걸로 하지."

"그분은 벌써 주지사 관저 실내장식 계획을 하고 있다는군요."

멋진 옷차림이 이해가 된다. 야심만만한 경찰간부. 우리 편으로 하면 유용하다.

수고했어, 형사.

"좋아. 총기 사용 건에 대해 날 도와줄 모양이야."

"괜찮은 사람입니다. 선거에서 한 표 던지겠다고 약속만 하세요."

"탐문 계속해." 색스는 그에게 말했다.

"알겠습니다."

소방서 수사관이 다가오더니 에스컬레이터 사건에 대해 보고했다. 20분 뒤 범인 40 사건에 투입된 증거물 수사팀이 뉴욕시경 산하의 거대한 퀸스 법과학 본부에서 도착했다. 색스는 그들에게 인사했다. 자주 협력하는 30대의 흑인 연구원 남자 하나, 여자 하나였다. 그들은 무거운 수트케이스를 끌고 에스컬레이터 쪽으로 향했다.

"안녕." 색스는 그들에게 말했다. "저쪽은 사고야. 84번 지구대 와 시 수사국이 협력할 거야. 당신들은 스타벅스에서 현장 관찰을 해줬으면 해."

"스타벅스에서는 무슨 일이 있었지?" 여자 연구원이 커피숍을 돌아보며 물었다.

"심각한 범죄행위지." 그녀의 파트너가 대꾸했다. "프라푸치노 가격 말이야."

"범인이 늦게 점심을 먹으러 가서 앉아 있었어. 뒤쪽 탁자에, 정확히 어딘지는 들어가서 물어봐. 키가 크고 마른 남자. 녹색 체크무늬 재킷과 애틀랜타 야구모자 차림. 하지만 단서가 많지는 않을 거야. 컵과 포장지를 들고 나갔어."

"DNA를 사방에 뿌리고 다니지 않는 놈들 참 싫어."

"맞아."

색스는 말했다. "하지만 어딘가 가까운 곳에 버렸을 가능성도 있어."

"어딘지 짐작 가는 곳은?" 여자가 물었다.

스타벅스 직원들에게 눈길을 주고 있는데, 문득 한 가지 생각이 떠올랐다. "글쎄. 하지만 상가 안은 아니야. 그쪽은 내가 찾아보지. 자네들은 스타벅스를 맡아."

"늘 마음이 넓단 말이야, 아멜리아. 우리한테는 따뜻하고 포근한 곳을 맡기고, 어둡고 추운 곳은 직접 나가시니."

색스는 몸을 숙이고 방금 기술자들이 연 가방에서 파란 타이벡 점프수트를 꺼냈다.

"평소대로, 아멜리아? 전부 다 싸서 링컨의 타운하우스로 가져가면 되지?"

색스의 얼굴은 돌처럼 굳었다. "아니, 전부 다 퀸스로 가져가. 나는 다운타운에서 근무 중이야."

두 기술자는 잠시 서로 얼굴을 마주보더니 색스를 돌아보았다. 여자가 물었다. "괜찮아, 라임은?"

"아, 못 들었나?" 색스는 딱딱하게 말했다. "링컨은 더 이상 뉴욕시경을 위해 일하지 않아."

3

"해답은 거기 있다."

반질반질하고 군데군데 긁힌, 학구적인 분위기의 녹색 벽에 목소리가 메아리쳤다. 음울했다.

"해답. 그것은 범인의 이름 첫 자와 좋아하는 시인의 인용구가 자루에 새겨져 있고 날에는 지문과 DNA까지 묻어 있는 피투성이 칼처럼 명백할 수도 있다. 혹은 눈에 보이지 않는 리간드 분자 세 개처럼 알아채기 어려울 수도 있다. 한데 리간드가 뭐지? 아는 사람?"

"후각 분자입니다." 자신 없는 남자 목소리.

링컨 라임은 말을 이었다. "알아채기 어렵다고 했지. 해답은 그 후각 분자 세 개 안에 들어있을 수도 있다. 그러나 분명 있다. 살인자와 살해당한 사람 사이의 연관성, 범인의 집 문 앞으로 우리를 인도하고 20~30년 동안 새 집으로 보내달라고 배심원들을 설득할 수 있는 연결고리. 누구 로카르의 법칙을 말해볼 사람?"

앞줄에서 여자 목소리가 또박또박 대답했다. "모든 범행에는 범인과 현장, 혹은 피해자, 대체로 그 둘 사이에서 전부 물질의 교환이 일어난다. 프랑스 범죄학자 에드몽 로카르는 '먼지'라는 단어를 사용했지만, 일반적으로 '물질'이라는 뜻으로 받아들여지고 있다. 달리 말하자면 미량증거물." 학생은 고개를 기울여 하트 모양의 얼굴에서 긴 밤색 머리카락을 흔들어 넘겼다. 그리고 덧붙였다. "폴 커크가 더욱 자세히 기술했습니다. '물리적 증거는 거짓말을 하지 않는다. 완전히 부재할 수도 없다. 증거의 가치를 떨어뜨리는 것은 오로지 그것을 찾아내고 연구하고 이해하지 못하는 인간의 무능함뿐이다.'"

링컨 라임은 고개를 끄덕였다. 정확한 답변을 해도 옳다는 신호만 보낼 뿐, 그는 칭찬을 하는 법이 없었다. 기준을 초월하는 통찰을 보여줄 때만 칭찬했다. 어쨌든 아직 위대한 프랑스 범죄학자를 논한 교재를 교과서로 내준 적이 없었기 때문에 인상적인 것은 사실이었다. 그는 어리둥절한 표정을 지으며 학생들의 얼굴을 바라보았다. "아처가 말한 내용 다 받아 적었나? 안 적는 사람들이 있는 것 같은데. 이유를 모르겠군."

펜이 움직이고, 키보드가 달칵거리고, 손가락이 소리 없이 이차원 태블릿 키 위를 오가기 시작했다.

이제 겨우 두 번째 〈범죄 현장분석 개론〉 강의 시간이었기 때문에, 아직 관례 같은 것은 없었다. 학생들의 기억력은 충분하고 상태도 좋겠지만 오류가 없을 것이라고 기대할 수는 없다. 게다가 종이나 화면에 기록하는 것은 단지 이해를 넘어 '소유'한다는 뜻이다.

"해답은 거기 있다." 라임은 교수답게 되풀이했다. "범죄학자들―법과학자들―에게 해결할 수 없는 범행은 단 하나도 없다. 문제는 자원과 독창성, 노력일 뿐이다. 범인의 신원을 알아내기 위해 어디까지 갈 수 있느냐? 그렇지, 폴 커크가 50년대에 말했듯이." 그는 줄리엣 아처를 바라보았다. 라임은 아직 겨우 몇 명밖에 이름을 몰랐다. 이름을 외운 첫 학생이 아처였다.

"라임 경감님?" 뒤쪽에서 한 젊은 남자가 불렀다. 교실에는 서른 명 남짓 앉아 있었고, 20대 초반에서 40대까지 다양한 연령대였지만, 젊은 쪽이 많았다. 라임에게 말을 건 이는 스타일리시하고 삐죽삐죽한 힙스터 머리 모양이었지만, 경찰 분위기가 풍기는 청년이었다. 대학의 교수진 소개서에는 몇 년 전 장애로 퇴임할 당시의 공식 직책으로 소개되어 있었지만, 뉴욕시경과 관련이 없는 사람이라면 라임을 그 직책으로 부를 것 같지 않았다.

교수는 오른손을 부드럽게 움직여 정교한 자동 휠체어를 학생 쪽으로 돌렸다. 라임은 목 아래가 거의 마비된 사지마비 환자였다. 왼손 검지, 그리고 수술을 거친 뒤 지금은 오른쪽 팔과 손이 목 아래에서 움직일 수 있는 유일한 부위였다. "왜?"

"궁금한 게 있습니다. 로카르는 '물질', 혹은 '먼지'에 대해 이야기하고 있습니다." 그는 앞줄 맨 왼쪽에 앉은 아처를 턱짓으로 가리켰다.

"맞아."

"혹시 심리적인 교환은 없을까요?"

"무슨 뜻이지?"

"범인이 피해자를 죽이기 전에 고문하겠다고 위협했다면 말입니다. 시체는 겁에 질린 얼굴로 발견될 겁니다. 그렇다면 우리는 범인이 사디스트라고 추론할 수도 있지 않겠습니까. 심리적 프로파일에 그

사항을 기록할 수 있고요. 용의자 범위를 좁혀나갈 수도 있겠지요."

'추론'이라는 단어를 적절히 사용하는군. 흔히 타동사 '암시'를 잘 못 사용한다. 그는 말했다. "질문. 자네 혹시 그 시리즈 재미있게 읽었나? 해리 포터? 영화도, 그렇지?" 보통 라임은 문화 현상에 별 관심이 없었다—범죄 해결에 도움이 되는 경우가 아니라면. 게다가 그런 일은 대체로 절대 일어나지 않는다. 그러나 해리 포터는, 해리 포터다.

젊은이는 검은 눈을 가늘게 떴다. "네, 그럼요."

"그게 허구라는 것은 알고 있겠지. 호그워스가 존재하지 않는다는 사실."

"호그와트입니다. 그리고 허구라는 건 아주 잘 알고 있습니다."

"마법사, 주문, 부두, 유령, 염동력과 마찬가지로 범죄 현장에서의 심리적 요소 교환이라는 자네 이론은...."

"호그워시hogwash(헛소리-역자)라고요?"

좌중에서 웃음이 일었다.

라임의 눈썹이 브이 자를 그렸지만, 농담 때문에 그런 것은 아니었다. 그는 건방진 태도를 좋아했고, 방금 언어유희도 기발했다. 그의 불만은 문자 그대로였다. "그렇지 않아. 나는 그 모든 이론이 경험적으로 증명된 적이 없다는 말을 하려고 했어. 유효한 표본 규모와 대조구를 통해 그 심리적인 교환의 결론을 반복적으로 검증할 수 있는 객관적인 과학을 제시하면, 나도 유효하다고 인정할 거야. 개인적으로 나는 그런 이론을 의지하지 않아. 수사의 무형적인 부분에 집중하다 보면 보다 중요한 목전의 임무에 집중하지 못해. 그 임무란?"

"증거물." 줄리엣 아처가 다시 말했다.

"범죄 현장은 훅 하고 숨 한 번만 불어도 민들레 홀씨처럼 변해. 현장에 있던 백만 가지 증거가 한순간 사라지고 리건드 세 개만 남아. 빗물 한 방울이 살인자의 DNA 한 점을 씻어내려 CODIS 데이터 베이스 검색을 통해 이름과 주소, 전화번호, 사회보장번호, 셔츠 크기를 찾아낼 수 있는 기회를 없애버리기도 해." 그는 교실을 둘러보았다. "셔츠 크기는 농담이었어." 사람들은 링컨 라임이 하는 말이라면 모두 다 믿는 경향이 있다.

힙스터 경찰은 고개를 끄덕였지만, 완전히 납득하지는 않는 것 같았다. 인상적이었다. 자기 이론을 좀 더 파고들려는 걸까? 라임은 그러기를 바랐다. 그 이론에 정말 뭔가 있을지도 모른다.

"무슈 로카르의 먼지, 즉 미량증거물에 대해서는 몇 주 뒤 다시 논하게 되겠지. 오늘 우리의 관심사는 분석할 먼지를 확보하는 작업이야. 범죄 현장 보존이 오늘의 주제다. 처녀림 같은 범죄 현장은 없어. 그런 건 존재하지 않는다. 여러분의 임무는 현장이 '최대한 덜' 오염되도록 하는 거야. 자, 제일의 오염원은 무엇일까?" 라임은 대답을 기다리다 말을 이었다. "그래, 동료 경찰. 종종, 보통, 간부. 어떻게 하면 임무를 수행하면서 뉴스 카메라에 찍히려고 안달하는 고위 경찰을 현장에 접근하지 못하도록 할 수 있을까?"

웃음은 잦아들었고 강의가 시작되었다.

링컨 라임은 오랫동안 틈틈이 강의를 해왔다. 가르치는 일을 특별히 즐기지는 않았지만, 그는 사건을 해결할 때 현장감식의 중요성을 굳게 믿었다. 그리고 법과학자들의 수준을 최대한 높이―그 자신의 수준으로―끌어올리고 싶었다. 많은 범인이 실제 범행에 합당한 형량보다 훨씬 덜한 형량을 받거나 무사히 빠져나가고 있다. 무고한 사람들이 감옥에 간다. 그는 다음 세대 범죄학자들의 진용을 가다듬기 위해 자신이 할 수 있는 일은 다 하기로 결심했다.

한 달 전 라임은 이것이 자신의 새로운 임무라고 결정했다. 그는 사건 수사 업무를 정리하고 센트럴파크 웨스트의 타운하우스에서 겨우 두 블록 떨어진 존 마셜 형사행정학교 교수직에 지원했다. 사실 지원할 필요조차 없었다. 어느 날 밤 그는 같이 일하던 지방검사와 술을 한잔하다가 이제 수사에서 손을 떼고 교육에 전념하고 싶다는 속내를 털어놓았다. 지방검사가 그 뜻을 측근에게 전했고, 소식은 돌고 돌아 학교에서 틈틈이 가르치고 있던 존 마셜 검사 본인의 귀에 들어갔다. 얼마 지나지 않아 학교 학장이 라임에게 전화했다. 라임의 명성이라면 확고한 상품이니 언론과 학생 들의 주의를 끌 것이고 지원자가 늘면 학교 재정도 튼튼해질 것이다. 라임은 이 개론 강의와 '강력범죄 현장에서 흔히 발견되는 물질에 대한 화학적 분석 및 전자현미경을 포함한 기술 분석 연구'를 가르치기로 했다. 명성에 걸맞게 두 번째 강의는 첫 번째 강의 못지않게 빠른 속도로 수강신청이 마감되었다.

대부분의 학생들은 시, 주, 연방 조직에서 경찰 업무에 종사하고 있거나 그럴 예정이었다. 상업적인 법과학 업무—사설 연구소나 기업, 법률회사—를 하게 될 학생들도 있었다. 몇몇은 언론인이었고, 정확한 자료를 얻고자 하는 소설가도 한 사람 있었다. (라임은 소설가가 참여하는 것을 환영했다. 그 자신이 직접 수사한 사건을 토대로 한 여러 소설의 소재로 다뤄진 바 있었고, 실제 범죄수사 작업에 대한 오해를 풀고자 여러 번 저자에게 편지를 쓰기도 했다. '굳이 선정적으로 다뤄야 합니까?')

현장 보존에 대한 종합적인 개괄을 끝낸 뒤, 라임은 시계를 보고 수업을 마쳤다. 학생들은 교실을 나갔다. 라임은 낮은 무대로 내려가는 경사로로 휠체어를 움직였다.

강의실 바닥으로 내려왔을 때는 모든 학생이 다 나가고 한 사람만 남아 있었다.

줄리엣 아처가 첫 줄에 그대로 앉아 있었다. 30대 중반의 이 여성은 상당히 인상적인 눈매를 지니고 있었다. 지난주 수업 시간에 처음 그녀를 보았을 때 라임은 놀랐다. 인간의 홍채나 안구 내 체액에는 청색 색소가 없다. 파란 눈동자는 상피의 멜라닌 함량과 레일리 산란 효과가 결합해서 나타난다. 아처의 눈동자는 깊은 세룰리언 블루였다.

라임은 그녀에게 다가갔다. "로카르. 예습을 충실히 했더군. 내 책으로. 자네가 바꿔 표현한 원문이 내 책이었어." 그는 아직 자기 책을 학생들에게 교재로 정해주지 않았다.

"요전 날 와인 한잔하면서 저녁 먹는 동안 읽을거리가 필요했어요."

"아."

그녀는 말했다. "그런데, 그 건은?"

자세히 물을 필요는 없었다. 지난주에 했던 질문과 그 이후 오간 전화 메시지 몇 통의 반복일 뿐이다.

그녀의 반짝이는 눈동자가 라임을 뚫어지게 바라보고 있었다.

"좋은 생각인 것 같지는 않은데."

"좋은 생각이 아니라고요?"

"도움이 되지는 않을 거라는 뜻이야. 자네에게."

"저는 그렇게 생각하지 않습니다."

그녀는 말을 에두르지 않았다. 아처는 잠시 침묵을 지켰다. 그리고 립스틱을 바르지 않은 입술에 미소를 띠었다. "저에 대해 알아보셨지요?"

"그랬어."

"제가 첩자인 줄 아셨나요? 몰래 곁에 파고들어서 사건의 비밀 같은 걸 훔치려는?"

그런 생각도 했었다. 라임은 어깨를 으쓱했다. 몸 상태에도 불구하고 할 수 있는 동작이었다. "그냥 궁금했어." 사실 그는 줄리엣 아처에 대해 많은 것을 알아냈다. 공중보건과 생물학 석사. 웨스터체스터에 있는 뉴욕 보건연구소 전염병과 소속 현장 역학관을 지냈다. 지금은 형사 법과학 쪽으로 경력 전환을 시도하는 중이었다. 현재 집은 다운타운 소호 아파트 지구. 열한 살 난 아들은 축구 유망주였다. 아처 자신은 맨해튼과 웨스터체스터에서 현대무용 공연으로 좋은 평을 받은 적도 있었다. 이혼 전에는 뉴욕주 베드포드에서 살았다.

아니, 첩자는 아니다.

아처는 라임의 눈을 계속 바라보고 있었다.

충동적으로―그에게는 대단히 드문 일이다―라임은 말했다. "좋아."

형식적인 미소. "고맙습니다. 전 당장 시작할 수 있어요."

잠시 침묵. "내일."

아처는 재미있다는 듯 고개를 장난스럽게 갸우뚱했다. 마치 협상을 통해 쉽게 날짜를 바꿀 수도 있겠지만, 굳이 그러고 싶지 않다는 듯한 투였다.

"주소 필요한가?" 라임이 물었다.

"갖고 있어요."

악수 대신 두 사람은 고개만 끄덕여서 약속을 확정했다. 아처는 미소 짓고 오른손 검지를 자기 휠체어의 터치패드로 움직였다. 은색 스톰애로storm arrow 휠체어, 라임이 몇 년 전까지 쓰던 것과 같은 모델이었다. "그럼 그때 뵙죠." 그녀는 휠체어를 돌려 복도를 지나 문을 나섰다.

4

단독주택은 검붉은 벽돌이었다. 순경 버디 에버렛의 안경테, 말라붙은 피와 비슷한 내장 색깔이었다. 그런 생각을 하지 않을 수 없었다. 상황이 상황이니만큼.

아멜리아 색스는 집 안에서 흘러나오는 따뜻한 불빛을 바라보며 그 자리에 머물렀다. 많은 손님이 등불과 창문 사이로 오갈 때마다 불빛은 깜빡였다. 마치 점멸등 같은 효과였다. 집은 작았지만, 손님은 많았다.

죽음은 극히 미약한 인연조차 한데 불러 모은다.

머무른다.

경찰로 일하는 동안 색스는 수많은 가족들에게 누군가의 죽음을 전했다. 그녀는 이 일에 능숙했고, 경찰학교 심리학자들에게서 배운 대사를 실감나게 잘 전달했다. ('너무나 유감입니다', '위로가 될 만한 가까운 사람이 있으신가요?' 대사가 이 모양이라면 즉흥 연기가 필요하다.)

그러나 오늘 밤은 달랐다. 지금껏 그녀는 피해자의 몸에서 전자가 세포를 떠나는 바로 그 순간, 혹은 종교인의 표현을 빌리자면 영혼이 시체를 버리는 바로 그 순간 그 자리에 있었던 적이 없기 때문이었다. 그렉 프로머가 죽는 순간, 그녀는 그의 팔에 손을 얹고 있었다. 이 걸음을 하고 싶지 않았지만, 맹세도 했다. 그 약속을 깨뜨릴 수가 없었다.

색스는 총집을 눈에 띄지 않도록 엉덩이 뒤쪽으로 밀었다. 이유를 설명할 수는 없었지만, 그게 적절할 것 같았다. 같은 브루클린에 있기 때문에 아주 멀지 않은 자기 아파트에 들러서 샤워를 하고 옷도 갈아입었다. 루미놀과 가변광원을 들이댄다 해도 그녀의 몸에서 핏자국 하나 발견하기는 어려울 것이다.

계단을 올라 초인종을 눌렀다.

하와이 셔츠와 오렌지색 반바지 차림의 키 큰 남자가 문을 열었다. 물론 오늘은 장례식이 아니다. 장례식은 나중이다. 오늘 밤 모임은 친구와 친척들이 음식을 가져와서 망자의 가족을 위로하고 슬픔을 마음껏 나누며 달랠 수 있도록 서둘러 모인 자리다.

"네." 그는 말했다. 남자의 눈은 배에 그려진 앵무새 목에 두른 화환처럼 붉었다. 프로머의 형제일까? 몹시 닮은 외모였다.

"아멜리아 색스입니다. 뉴욕시경에서 나왔어요. 프로머 부인과 잠시 이야기할 수 있을까요?" 그녀는 공무에 사용하는 말투를 지우고 친절하게 말했다.

"네, 들어오십시오."

집에는 가구가 거의 없었다. 물건은 짝도 맞지 않고 허름했다. 벽에 걸린 그림 몇 점은 월마트나 타깃에서 산 것 같았다. 프로머는 상가 신발가게에서 최저임금으로 일하는 점원이었다. 텔레비전은 작았고, 케이블 수신기는 기본형이었다. 비디오 게임 콘솔은 없었지만, 아이는 최소한 하나 있는 것 같았다—우그러져서 덕트 테이프로 둘둘 감은 스케이트보드가 한쪽 구석에 놓여 있었다. 칠이 벗겨진 탁자 옆 바닥에 일본 만화책이 쌓여 있었다.

"저는 그렉의 사촌입니다, 밥."

"이번 일은 정말 유감입니다." 외운 대로 읊을 때도 있다.

"믿을 수가 없었습니다. 아내와 나는 스키넥터디에 삽니다. 소식을 듣고 최대한 빨리 달려왔어요." 그는 다시 말했다. "믿을 수가 없었습니다. 그런... 사고로 죽다니." 열대 지방 의상에도 불구하고, 밥은 의연한 표정을 지었다. "누군가 반드시 대가를 치러야 합니다. 이런 일이 어떻게 일어날 수가 있습니까."

다른 손님 몇 명이 색스의 옷차림을 흘긋거리고 유심히 뜯어보며 고갯짓을 했다. 종아리까지 오는 진녹색 치마, 검은 재킷, 블라우스. 장례식다운 옷차림이었지만, 일부러 그런 것은 아니었다. 이것은 색스가 평상시 입는 제복이었다. 진한 색이 연한 색보다 과녁으로 조준하기 더 까다롭다.

"제가 샌디를 불러오죠."

"고맙습니다."

방 건너편에는 열두 살쯤 된 소년이 50대로 보이는 남자 하나, 여자 둘 옆에 서 있었다. 소년의 둥글고 주근깨가 난 얼굴은 울어서 붉었고, 머리는 심하게 헝클어져 있었다. 아버지가 죽었다는 소식을 듣고 망연자실해서 친척들이 오기 직전까지 침대에 누워 있었던 것 같았다.

"네, 무슨 일이시죠?"

색스는 돌아보았다. 날씬한 금발머리 여자의 아주 창백한 안색은 눈꺼풀과 눈 밑의 시뻘건 피부색과 극명한 대조를 이루고 있었다. 선명한 녹색 눈동자도 유난히 음산했다. 짙은 청색 선드레스는 구깃구깃했고, 양쪽 신발은 비슷한 스타일이었지만 짝이 맞지 않았다.

"아멜리아 색스, 경찰에서 나왔습니다."

배지는 꺼내지 않았다. 그럴 필요가 없다.

색스는 잠시 따로 이야기할 수 있겠느냐고 물었다.

마흔 걸음쯤 앞에서 약에 취해 총을 겨누고 있는 범인을 글록으로 조준하거나, 나쁜 놈을 놓치지 않으려고 시속 50마일로 모퉁이를 돌면서 회전속도계 바늘이 끝까지 올라간 가운데 4단에서 2단 기어로 바꾸는 일이 훨씬 더 쉬웠다.

냉정해지자. 할 수 있어.

샌디 프로머는 색스를 집 뒤쪽으로 안내했고, 그들은 거실을 지나 작은 공부방으로 들어섰다. 들어가 보니 소년의 방이었다―슈퍼히어로 포스터와 만화, 쌓여 있는 청바지와 셔츠, 헝클어진 침대를 보니 알 수 있었다.

색스는 문을 닫았다. 샌디는 선 채 경계하는 눈빛으로 손님을 바라보았다.

"남편이 돌아가셨을 때 제가 우연히 현장에 있었습니다. 같이 있었어요."

"아. 세상에." 정신이 다른 데 가 있던 얼굴에 순간 표정이 돌아왔다. 그녀는 색스에게 다시 집중했다. "경찰이 집에 찾아와서 소식을 전해줬어요. 좋은 사람이더군요. 사건이 일어났을 때 상가에 있지는 않았다고. 누구한테 연락을 받았다고 했어요. 지구대에서 나온 분이었어요. 아시아계였던가? 경찰 말예요."

색스는 고개를 저었다.

"끔찍했겠죠?"

"네, 그랬습니다." 남편이 겪은 일을 축소할 수는 없었다. 사건은 이미 뉴스에 실렸다. 정제된 표현으로 보도되었지만, 결국 샌디도 감정서를 읽게 될 것이고 그렉 프로머가 마지막 순간에 정확히 어떤 일을 겪었는지 알게 될 것이다. "하지만 제가 곁에 있었다는 걸 알려드리고 싶었어요. 제가 손을 잡아주었고, 그는 기도했습니다. 제게 집에 가서 당신을 만나보고, 당신과 아들을 사랑했다고 전해달라고 하더군요."

느닷없이 긴급한 임무라도 생긴 듯, 샌디는 아들의 책상으로 다가갔다. 위에는 구식 데스크톱이 있었고, 옆에 소다 캔 두 개가 놓여 있었다. 하나는 찌그러져 있었다. 납작해진 감자칩 봉지, 바비큐 맛. 샌디는 캔을 집어 들어 쓰레기통에 넣었다. "운전면허증을 갱신해야 하는데. 만기가 이틀밖에 안 남았어요. 한데 시간이 없어서요. 전 객실 청소 일을 해요. 우린 늘 바쁘죠. 이틀 뒤에 면허가 만료돼요."

그럼 곧 생일이라는 뜻이다.

"자동차등록국에 데려가 줄 수 있는 사람이 있나요?"

샌디는 다른 물건도 찾았다. 아이스티 병이었다. 빈 병도 쓰레기통에 들어갔다. "오실 것까지는 없었는데. 굳이 이렇게 해줄 사람이 누가 있겠어요." 단어 하나하나가 아픈 것 같았다. "고맙습니다." 세상을 초월한 듯한 눈빛이 색스를 잠시 바라보다 바닥을 향했다. 그녀는 셔츠를 세탁물 바구니에 던져 넣었다. 청바지 주머니에 손을 넣어 휴지를 꺼내 코를 훔쳤다. 청바지는 아르마니였지만, 바래고 닳았으며, 요즘 청바지처럼 공장에서 워싱 처리를 한 물건이 아니었다. (전직 패션모델인 색스는 그런 쓸모없는 트렌드에는 관심이 없었다.) 중고 가게에서 샀거나, 짐작하기로 가족의 형편이 나았던 시절에 산 것 같았다.

아마 이 짐작이 맞는 모양이었다. 색스는 소년의 책상에서 액자에 넣은 사진 한 장을 발견했다. 소년과 그 아버지가 몇 년 전 개인 비행기 옆에 서서 찍은 사진이었다. 두 사람 앞에는 낚시 장비가 놓여 있었다. 배경은 캐나다나 알래스카 쪽 산맥 같았다. 인디애나폴리스 500마일 자동차 경주 관람석 같은 곳에서 찍은 가족사진도 한 장 더 있었다.

"제가 해드릴 일이라도?"

"아뇨, 경찰님, 아니, 형사님?"

"아멜리아라고 부르세요."

"아멜리아. 좋은 이름이네요."

"아드님은 잘 견디고 있나요?"

"브라이언은… 어떻게 받아들일지 모르겠어요. 지금은 화가 난 것 같아요. 그냥 멍하거나. 우리 둘 다 멍해요."

"몇 살인가요? 열두 살?"

"네, 맞아요. 요 몇 년 힘들었어요. 원래 힘든 나이이기도 하고요." 입술이 잠시 떨렸다. 목소리가 거칠어졌다. "책임자가 누구죠? 어떻게 이런 일이 일어날 수 있나요?"

"모릅니다. 시에서 수사를 할 거예요. 유능한 사람들입니다."

"이런 건 사람들이 그냥 믿고 사는 거잖아요. 엘리베이터, 건물, 비행기, 지하철! 물건을 만드는 사람들이 안전하게 만들어야죠. 위험하다는 걸 우리가 어떻게 아느냐고요? 그냥 믿고 사용할 수 있어야죠!"

색스는 그녀의 어깨에 손을 얹고 힘을 주었다. 완전히 무너져서 히스테리 발작을 일으키지나 않을까 걱정스러웠다. 그러나 샌디는 곧 평정을 회복했다. "직접 말씀을 전하러 와주셔서 감사합니다. 이럴 사람은 많지 않아요." 아까 이 말을 했다는 걸 잊은 것 같았다.

"다시 말씀드리지만, 뭐라도 필요한 게 있으면." 색스는 샌디의 손에 명함을 쥐어주었다. 이런 건 경찰학교에서 가르치지 않는다. 솔직히 말해서 이 여자를 돕기 위해 뭘 할 수 있는지도 알 수 없었다. 색스는 그냥 직감으로 행동하고 있었다.

명함은 원래 세 자리 가격이었을 청바지 주머니에 들어갔다.

"이제 가봐야겠어요."

"아, 네. 다시 한번 고맙습니다."

샌디는 아들의 지저분한 그릇을 집어 들고 색스를 문밖으로 안내한 뒤 부엌으로 사라졌다.

현관 근처에서 프로머의 사촌 밥이 다시 다가왔다. 색스는 물었다. "샌디는 잘 버티고 있나요?"

"그럭저럭. 아내와 제가 할 수 있는 일은 다 도울 겁니다. 하지만 우리는 아이가 셋 있어요. 차고를 개조할 수 있지 않을까 싶어요. 전 목공 기술이 있으니. 큰아들도 그렇고."

"무슨 뜻인가요?"

"우리 차고 말입니다. 별채예요. 두 대 들어가는. 작업대도 있기 때문에 난방도 됩니다."

"당신 집에 와서 살게 하려고요?"

"누군가는 그렇게 해줘야 하는데, 달리 그럴 만한 사람이 없어요."

"스키넥터디?"

밥은 고개를 끄덕였다.

"이 집은 샌디 소유가 아닌가요? 렌트?"

"네." 속삭임. "두어 달 밀렸습니다."

"생명보험은 없었나요?"

밥은 얼굴을 찡그렸다. "아뇨. 해지했습니다. 돈이 필요해서요. 아니, 그렉이 느닷없이 사회 환원을 하겠다고 작정했지 뭡니까. 몇 년 전 직장을 그만두고 자선사업을 많이 하기 시작했어요. 중년의 위기 같은 건지. 무료급식소와 쉼터에서 자원 봉사할 시간을 내려고 상가에서 파트타임 일자리를 얻고. 좋은 일이죠, 물론. 하지만 샌디와 브라이언에게는 힘들었을 겁니다."

색스는 작별 인사를 하고 문으로 향했다.

밥은 그녀를 바래다주며 말했다. "한데, 혹시 오해는 하지 마십시오."

색스는 한쪽 눈썹을 치켜 올리며 돌아섰다.

"샌디가 불만을 가졌다거나 이런 건 아닙니다. 늘 남편을 응원했어요. 불평한 적도 없습니다. 아, 정말 서로 사랑했어요."

나는 첼시의 내 아파트, 나의 자궁으로 걸어가고 있다. 내 공간, 좋은 공간.

물론 등 뒤를 확인하면서.

따라오는 경찰은 없다. 경찰 여자, 빨강머리도.

상가에서 혼비백산한 뒤로, 나는 다른 전철 노선을 타기 위해 브루클린을 몇 마일이고 걸었다. 새 재킷와 새 모자를─야구모자, 이번에는 갈색─사기 위해 다른 가게도 한 번 더 들렀다. 내 머리카락은 숱이 줄고 있는 금발이고 짧지만, 밖에서 돌아다닐 때는 가리는 편이 최선일 것이다.

쇼핑객에게 단서를 줄 이유는 없지 않나?

나는 마침내 평정을 찾았다. 경찰차가 눈에 띌 때마다 심장이 두근거리지도 않는다.

집에 도착하기까지는 한참이다. 첼시는 브루클린에서 아주 한참 떨어져 있다. 왜 그런 이름이 붙었는지 모르겠다. 첼시. 영국 어디 지명을 따왔다고 들었다. 어감도 영국 같다. 그쪽에 아마 첼시라는 스포츠 팀도 있을 것이다. 혹시 그냥 유명인의 이름인지도 모른다.

거리, 내 거리, 22번가는 시끄럽지만, 내 집 창문은 두껍다. 자궁 같은 곳이다. 지붕에 테라스가 있는데, 나는 거기서 시간을 보내는 것을 좋아한다. 내가 아는 한 건물 주민은 아무도 올라가지 않는다. 가끔 거기 앉아 있으면 내가 담배를 피웠더라면 하는 생각이 들기도 한다. 우뚝 솟은 봉우리에 앉아 담배를 피우며 도시를 바라본다는 것은 옛 뉴욕과 새 뉴욕을 조망하는 필수적인 경험일 것 같다.

지붕에서는 첼시 호텔 뒤쪽이 보인다. 유명한 사람들이 거기 머물렀다, 아니, '살았다'. 음악가, 배우, 예술가. 나는 내 정원의자에 앉아 비둘기와 구름, 비행기, 경치를 바라보며 그 호텔에 사는 음악가들의 음악에 귀를 기울이지만, 실제 음악은 들려오지 않는다.

이제 건물 현관에 다 왔다. 다시 뒤를 돌아본다. 경찰은 없다. 빨강머리도 없다.

현관으로 들어와서 건물 복도를 지난다. 벽의 페인트는 진청색,

'병원스러운' 색이다. 내가 만든 조어다. 방금 떠올랐다. 다음에 동생을 만나면 말해줘야겠다. 피터도 마음에 들 것이다. 예전에는 심각한 말들을 많이 했지만, 이제 나는 유머가 좋다. 복도는 조명이 시원찮고, 벽에서는 오래된 고기 냄새가 난다. 울창한 녹색 교외에서 자란 내가 이런 공간에서 편안함을 느낄 거라고는 생각한 적도 없다. 이 아파트는 일시적인 체류 공간이지만, 나는 차츰 적응했다. 살아보니 도시 자체도 나 같은 성향의 인간에게 좋은 곳이었다. 남의 눈에 별로 띄지 않는다. 눈에 띄지 않는 것은 내게 중요하다. 상황을 고려할 때.

그러니, 편안한 첼시.

자궁....

나는 집 안에 들어와서 불을 켜고 문을 잠근다. 침입자가 있는지 확인하지만, 들어온 사람은 아무도 없다. 다른 사람이 보면 편집증이라고 하겠지만, 나 같은 인생이라면 당연한 것 아닌가? 나는 탱크 안에 물고기 사료를 뿌린다. 생선으로 제조하는 이 사료는 늘 뭔가 잘못된 것 같다. 하지만 나는 고기를 많이 먹는다. 나도 고기다. 무슨 차이가 있지? 게다가 물고기들이 사료를 좋아하고, 난리법석을 떠는 모습을 보면 내 기분도 좋다. 금빛, 검정, 빨강의 물고기들은 오로지 충동처럼 쏘다닌다.

나는 욕실에 가서 샤워를 하며 상가의 걱정을 털어낸다. 땀도. 이렇게 추운 봄날이지만, 탈출하느라 온몸이 땀에 젖었다.

뉴스를 튼다. 그래, 수많은 광고 끝에 브루클린의 한 쇼핑센터에서 발생한 사고 소식이 뜬다. 에스컬레이터 오작동으로 한 남자가 끔찍하게 사망했다. 총성! 아, 그런 이유였군. 경찰이 총격으로 모터를 중지시켜 피해자를 살리려고 했다. 소용없었다. 헛된 총격을 가한 사람이 그 빨강머리였을까? 그랬다면 독창성에 점수를 줘야겠다.

자동응답기에 메시지가 들어와 있다—구식 전화다.

"버넌, 안녕. 늦게까지 일했어."

속이 무겁게 내려앉는다. 취소하려는 걸까? 하지만 곧 괜찮다는 말이 흘러나온다.

"그래서 8시는 돼야 할 거야. 괜찮다면."

평정한 어조지만, 그녀는 늘 이렇다. 목소리에 감정을 드러내는 어자가 아니다. 웃는 모습을 본 적도 없다.

"당신한테서 따로 연락이 오지 않으면, 그 시간에 갈게. 너무 늦으면 괜찮으니까 전화 줘."

알리시아는 늘 이렇다. 자기가 방해되거나, 너무 많은 것을 요구하거나, 의견이 달라서 일이 허사로 돌아갈까 봐 늘 걱정한다. 다른 사람이 볼 때는 실제 의견이 다른 것도 아니고 그냥 질문 하나 하는 것, 그냥 궁금한 것뿐인데도.

나는 그녀에게 무엇이든 할 수 있다. 무엇이든.

그게 좋다. 내가 강해지는 기분이 든다. 기분이 좋다. 지금껏 많은 사람들이 내게 고약하게 굴었다. 그러니 이게 정당하다.

나는 빨강머리나 다른 경찰이 없나 창밖을 내다본다. 없다.

편집증….

나는 저녁거리를 찾아 냉장고와 찬장을 뒤진다. 수프, 에그롤, 콩이 들어가지 않은 칠리, 닭, 토르티야. 여러 가지 소스와 조미료. 치즈.

꺽다리 말라깽이 짐. 그래, 그게 나다. 하지만 나는 부두 일꾼처럼 먹는다.

아까 스타벅스에서 먹은 샌드위치 두 개를 떠올린다. 특히 훈제

햄이 맛있었다. 비명 소리를 듣고 밖을 내다보던 순간이 떠오른다. 빨강머리는 보통 인간들처럼 비명 소리가 들리는 쪽을 돌아보지 않고 계속 커피숍을 살펴보고 있었다.

쇼핑객... 머릿속에서 그 말을 내뱉는다.

빨강머리에 대한 분노가 치솟는다.

자, 내겐 휴식이 필요하다. 현관 옆에 놓아둔 배낭을 들고 방을 가로지른다. '장난감 방' 자물쇠의 비밀번호를 누른다. 셋집에 이런 걸 다는 건 불법이겠지만, 자물쇠는 내가 직접 설치했다. 집을 빌려 살 때는 할 수 있는 일이 별로 없다. 하지만 계약 기간이 있기 때문에 아무도 보러 오지 않는다. 게다가 '장난감 방'은 잠가두곤 한다. 그래서 잠근다. 언제나.

튼튼한 데드볼트 자물쇠를 연다. 안에 들어간다. 장난감 방은 내 보물을 놓아둔 낡은 탁자 위의 밝은 할로겐 전등 불빛을 제외하고 어둑어둑하다. 금속 가장자리와 대부분 반짝이는 철제 날 위에서 불빛이 눈부시게 춤춘다. 장난감 방은 고요하다. 나무판과 방음재를 잘라 벽에 씌우고 창문에도 셔터를 쳐서 방음을 잘했다. 이 안에서 고래고래 비명을 질러도 밖에서는 들리지 않는다.

나는 뼈 부수는 도구, 둥근머리 망치를 배낭에서 꺼내 잘 닦고 기름을 쳐서 작업대 선반 제자리에 놓는다. 이어 새로 장만한 면도날 톱 차례다. 톱을 상자에서 꺼내 손가락으로 날을 확인한다. 슥, 슥... 일본제다. 엄마가 어렸을 때는 일본에서 만들어진 제품을 소유하는 것이 나쁜 일이었다고 했다. 얼마나 변했는지. 아, 이건 정말 영리한 도구다. 긴 직선 면도날로 만들어진 톱. 날을 다시 확인한다. 저런, 표피가 한 겹 벗겨져 나갔군.

요즘 내가 가장 애용하는 도구인 이 톱은 선반 위 특별석에 놓아둔다. 다른 도구들이 질투하고 슬퍼할 거라는 말도 안 되는 생각이 든다. 그런 면에서 나는 좀 우스운 사람이다. 하지만 쇼핑객들 때문에 인생이 엇나갔을 때는, 무생물에 생명을 불어넣게 된다. 묘하지 않나? 무생물이 오히려 인간보다 더 믿음직스럽다.

나는 다시 한번 날을 바라본다. 날에 반사된 불빛이 눈동자를 정면으로 비춘다. 동공이 쪼그라들면서 방이 삐딱하게 기울어진다. 으스스한 감각이지만 불쾌한 기분은 아니다.

알리시아를 이 방에 데려오고 싶다는 충동이 불쑥 인다. 거의 필수적인 욕구처럼 밀려든다. 지금 내 피부가 그렇듯, 날에서 반사된 불빛이 그녀의 피부를 비추는 광경을 그려본다. 나는 그녀를 잘 알지는 못하지만, 그렇게 될 것이다. 여기 데려올 것이다. 속이 울렁거린다.

호흡이 빨라진다.

해야 할까? 오늘 밤에?

사타구니가 묵직해지는 것이 그래야 할 것 같다. 거울처럼 잘 닦인 작업대 위 금속 물건들에 그녀의 피부가 반사되는 모습이 눈에 보이는 것 같다.

나는 생각한다. 어차피 어느 시점에 해야 할 일이지.

지금 하자. 그냥 끝내버리자....

할까, 말까?

나는 얼어붙는다.

초인종 소리. 나는 장난감 방을 떠나 현관문으로 향한다.

그때 무슨 생각이 떠오른다. 끔찍한 생각.

혹시 이게 알리시아가 아니라 빨강머리 경찰이라면?

아니, 아니다. 그런 일이 있을 수 있나? 빨강머리는 눈이 날카로웠다. 두뇌회전도 날카롭다는 뜻이다. 그리고 그 여자는 상가에서 날 찾아냈다.

선반에서 뼈 부수는 도구를 집어 들고 문으로 다가간다.

나는 인터폰 버튼을 누른다. 잠시 침묵. "여보세요?"

"버년? 나야." 알리시아는 많은 문장을 물음표로 맺는다. 그녀에게는 세상만사가 불확실하다.

나는 긴장을 풀고 망치를 내려놓으며 바깥문 열림 버튼을 누른다. 몇 분 뒤 알리시아의 얼굴이 비디오 화면 안에서 문설주 위에 달린 작은 보안카메라를 올려다본다. 그녀는 집 안으로 들어오고 우리는 거실로 향한다. 그녀에게서 묘한 향수 냄새가 난다. 내게는 달콤한 양파 냄새가 희미하게 풍기는 것 같다. 아닐 것이다. 내가 받은 인상이 그렇다는 뜻이다.

그녀는 내 눈을 피한다. 나는 그녀보다 한참 크다. 그녀는 작고 날씬하지만 나처럼 깡마른 체형은 아니다. "안녕."

"안녕."

우리는 포옹한다. 포옹, 흥미로운 단어다. 내게 그 단어는 언제나 접촉하고 싶지 않은 사람과의 접촉을 견딘다는 뜻으로 여겨진다. 말년의 어머니, 그리고 아버지가 늘 그랬던 것처럼. 물론 그 단어는 그런 뜻이 아니지만, 내 생각이 그렇다는 것이다.

알리시아는 재킷을 벗는다. 직접 건다. 남들이 자기를 위해 뭔가 해주는 데 익숙하지 않다. 그녀는 마흔 살 정도, 나보다 한참 나이가 많다. 목선이 높고 소매가 긴 청색 드레스 차림이다. 손톱에 매니큐어는 거의 칠하지 않는다. 그녀는 그런 외양에서 편안함을 느낀다.

학교 선생 같은 차림. 상관없다. 내가 그녀에게 끌리는 것은 패션 때문이 아니다. 결혼 생활을 하던 시절 그녀는 학교 선생이었다.

"저녁은?" 나는 묻는다.

"아니?" 이번에도 물음표다. '아니'라는 뜻이다. 그 단어 하나가 잘못될까 봐, 마침표 하나가 저녁을 망칠까 봐 걱정스러워서.

"배 안 고파?"

그녀는 두 번째 침실 쪽을 돌아본다. "그냥... 괜찮아? 사랑 나눌 수 있지?"

나는 그녀의 손을 잡고 거실을 지나 반대편 벽으로 향한다. 오른쪽에는 장난감 방이 있다. 왼쪽은 뒤쪽 침실, 문은 열려 있고, 꼼꼼하게 정돈한 침대가 부드러운 야간등 아래 빛난다.

나는 잠시 멈춰서 장난감 방 자물쇠를 바라본다. 그녀는 궁금한 듯 나를 올려다보지만, 절대 물어볼 생각은 없을 것이다. 뭐 잘못된 거 있어?

나는 결정을 내리고 그녀를 이끌어 왼쪽으로 향한다.

5

"무슨 일이 있었지?" 링컨 라임이 물었다. "브루클린 현장?"

슬쩍 떠보는 그만의 방식이었다. 색스는 보통 골치 아픈 일에 대해 단도직입적으로 자세히 털어놓지도, 단서를 주지도 않았다. 링컨과 마찬가지였다. 둘 다 '그래, 뭐가 잘못됐는데?' 라고 물어보는 사람들도 아니었다. 하지만 범죄 현장 상황 같은 것에 대한 구체적인 질문 속에 감정 상태에 대한 물음을 슬쩍 숨겨 던지면 때로 효과가 있었다.

"문제가 좀 있어요." 그녀는 입을 다물었다.

음, 말해봐.

그들은 라임의 센트럴파크 웨스트 타운하우스 거실에 있었다. 색스는 가방과 서류가방을 등나무 의자에 던졌다. "씻어야겠어요." 그녀는 복도를 지나 1층 욕실로 향했다. 라임의 조수 톰 레스턴이 저녁을 준비하며 색스와 인사를 나누는 목소리가 들렸다.

음식 냄새가 흘러왔다. 생선과 케이퍼, 당근, 타임 향을 감지할 수 있었다. 밥에 넣었는지 커민 향도 약간 났다. 라임의 후각은—그 영리한 리건드—오래전 척추가 부러져 C4 마비환자가 된 사고 이후 오히려 향상되었다. 그러나 이건 간단한 추론이었다. 톰은 일주일에 한 번씩 이 요리를 만들었다. 어느 면으로나 미식가라고 할 수 없는 라임도 이 음식을 즐겼다. 산뜻한 샤블리 와인을 곁들이면. 분명 그럴 것이다.

색스가 돌아왔고, 라임은 다시 물었다. "범인은? 그를 어떻게 알아봤다고? 잊었어." 분명 그녀가 아까 말했을 것이다. 그러나 자신이 관련된 프로젝트와 직접 관련되지 않은 이상, 사실관계는 라임의 머릿속에서 수증기처럼 증발했다.

"범인 40. 피해자를 살해한 곳 근처에 있는 클럽 이름을 딴 범인 말예요." 색스는 라임이 기억하지 못해서 놀란 것 같았다.

"도망쳤지."

"네, 사라졌어요. 에스컬레이터 사고 때문에 현장은 정신없었죠."

색스가 글록을 풀어 현관 근처 복도 선반에 올려놓지 않은 것이 눈에 띄었다. 오늘 밤 여기서 지내지 않을 거라는 뜻이다. 그녀는 브루클린에 자기 타운하우스가 있었고, 두 집에서 번갈아 지냈다. 최근까지는 그랬다. 지난 몇 주 동안, 그녀는 여기서 두 번밖에 지내지 않았다.

한 가지 더 눈에 띄었다. 사고 피해자를 구출하기 위해 기계실에 내려갔다 올라왔는데도, 옷차림에는 흙먼지와 핏자국이 전혀 없고 깨끗했다. 범인이 도주한 것이 브루클린이었으니—에스컬레이터 사고도—아마 집에 가서 씻고 옷을 갈아입었을 것이다.

한데 다시 떠날 계획이라면, 왜 군이 브루클린에서 맨해튼까지 차를 몰고 왔을까?

저녁 식사를 같이하려고? 라임은 그러기를 바랐다.

톰이 복도에서 거실로 들어왔다. "여기 있습니다." 그는 화이트 와인 한 잔을 색스에게 건넸다.

"고마워요." 그녀는 와인을 한 모금 마셨다.

노티카 모델처럼 말쑥하고 잘생긴 라임의 조수는 오늘 검은 바지와 흰 셔츠, 비교적 점잖은 버건디와 분홍 타이 차림이었다. 그는 라임이 고용한 다른 어떤 조수보다 옷을 잘 입었고, 약간 비실용적인 옷차림을 한다 해도 중요한 부분은 늘 신경을 썼다. 신발은 고무 밑창이 달린 튼튼한 제품이었다—건장한 체구의 라임을 침대에서 휠체어로 안전하게 옮기기 위해서는 꼭 필요했다. 그리고 장신구. 대소변 임무에 필요한 파란 수레국화색 라텍스 장갑 귀퉁이가 뒷주머니에서 삐져나와 있었다.

그는 색스에게 말했다. "정말 저녁 안 드실 겁니까?"

"네, 다른 계획이 있어요."

라임의 의문은 풀렸지만, 지금 여기 그녀가 있는 이유는 더욱 설명이 안 된다.

그는 헛기침을 했다. 휠체어 한쪽 입 높이에 놓여 있는 빈 텀블러에 눈길을 주었다. (휠체어에 가장 먼저 추가한 장비가 바로 컵홀더였다.)

"두 잔 드셨습니다." 톰이 말했다.

"한 잔 마셨어. 자네가 두 잔으로 나눈 것뿐이야. 양을 정확히 계산하자면, 한 잔도 채 안 됐어." 때로 그는 조수와 이 문제로, 기타 온갖 주제로 입씨름을 벌이곤 했지만, 오늘 라임은 실제로는 퉁명스러운 기분이 아니었다. 오히려 수업이 잘 풀려서 기분이 좋았다. 한편으로는 신경 쓰이는 일도 있었다. 색스에게 무슨 일이 있지? 너무 캐묻고 싶지는 않다. 그저 빌어먹을 스카치 한 잔을 마시고 싶었다.

힘든 하루였다고 해볼까. 하지만 그것은 사실이 아니었다. 기분 좋은 하루, 평화로운 하루였다. 경찰 수사 자문 일을 그만두기 전, 살인범이나 테러리스트를 뒤쫓느라 정신이 반쯤 나가 있던 수많은 나날들과 달랐다.

"부탁인데 한 잔 주시지?"

톰은 수상하다는 듯 라임을 보았다. 그는 망설이다가 글렌모란지 한 잔을 따른 뒤, 빌어먹을 라임이 무슨 알록달록한 배수구 세척제 깡통을 노리는 유아라도 되는 양 병을 다시 그의 손이 닿지 않는 선반 위에 올려놓았다.

"30분 뒤 저녁식사 시간입니다." 톰은 말하고 보글거리는 가자미 요리를 향해 사라졌다.

색스는 빅토리아 풍 거실에 가득 찬 법과학 기계와 장비를 둘러보며 와인을 음미했다. 컴퓨터, 가스 크로마토그래프/질량분석기, 탄도분석기, 원심분리기, 지문감식기, 가변광원, 주사전자현미경. 이런 기구와 수십 개의 작업대, 수백 개에 이르는 공구들이 가득 찬 거실은 소규모, 심지어 중급 경찰서조차 부러워할 만한 법과학 연구실이었다. 주인을 따라 할 일을 잃은 많은 장비들은 이제 비닐 덮개나 면 시트로 덮여 있었다. 라임은 강의 외에도 아직 몇몇 자문 일을 하고 있었지만, 거의 대부분의 업무는 대학이나 학술지 관련 집필이었다.

색스의 시선은 그녀와 라임이 아끼던 후배 론 풀라스키 순경이 현장에서 수집한 증거를 기록하던 화이트보드가 놓인 어둑한 구석으로 향했다. 법과학 본부에서 나온 다른 경찰과 세 사람은 그 화이트보드 앞에 앉거나 서서 범인의 신원과 행방에 대해 이런저런 아이디어를 주고받곤 했다. 이제 보드는 더 이상 자신을 사용해 주지 않는 라임을 원망하듯 벽을 향해 돌아서 있었다.

잠시 후 색스가 말했다. "그 부인을 만나러 갔어요."

"부인?"

"샌디 프로머. 피해자의 아내."

그녀가 범인 40에게 살해당한 사람이 아니라 에스컬레이터 사고로 죽은 남자 이야기를 하고 있다는 것을 깨닫는 데는 한참이 걸렸다.

"자네가 직접 소식을 전해야 했나?" 라임 같은 감식반 경찰은 사랑하는 사람이 더 이상 세상에 없다는 사실을 설명하는 어려운 임무를 거의 맡지 않는다. "아니, 그냥... 그렉, 그 피해자가 내게 아내와 아들을 사랑했다고 전해달라고 했어요. 죽기 직전에. 난 그러겠다고 했고."

"잘했어."

색스는 어깨를 으쓱했다. "아들은 열두 살이에요. 브라이언."

라임은 가족이 어떻게 지내더냐고 묻지 않았다. 그런 질문은 텅 빈 말일 뿐이다.

두 손으로 와인 잔을 움켜쥐고, 색스는 살균처리하지 않은 탁자로 다가가 기대섰다. 그리고 라임의 눈을 마주보았다. "아주 가까이 갔었어요. 거의 잡을 수 있었는데. 범인 40 말이에요. 한데 그 사고가 났어요. 에스컬레이터. 선택을 해야 했죠." 그녀는 와인을 한 모금 마셨다.

"잘했어, 색스. 당연하지. 그렇게 해야 했어."

"내가 그를 발견한 건 그냥 우연이었어요. 시간이 없었어요. 정식 체포 팀을 꾸릴 시간이." 그녀는 천천히 고개를 저었다. "북적거리는 상가. 뭘 해볼 수가 없었어요."

색스는 자기 자신을 가장 혹독하게 꾸짖는 사람이었다. 라임은 즉흥적인 체포 작전의 힘든 상황이 어떤 사람들에게는 위안이 되겠지만, 색스에게는 그렇지 않다는 것을 알고 있었다. 그는 지금 그 증거를 바라보고 있었다. 색스의 손이 머리카락 사이로 파고들더니 두피를 긁기 시작했다. 문득 자신도 깨달았는지 그녀는 손을 멈췄다. 하지만 잠시 후 다시 시작되었다. 그녀는 대단한 에너지를 지닌 사람이었다. 가벼운 에너지, 어두운 에너지. 그 모두가 한 덩어리였다.

"현장감식은?" 라임은 물었다. "범인 말이야."

"그가 앉아 있던 스타벅스에서는 별 게 없었어요. 범인은 그렉 프로머의 비명을 듣고, 다른 사람들과 마찬가지로 그쪽을 바라봤어요. 바로 그 방향에 내가 있었죠. 아마 내 총이나 허리띠의 배지를 본 것 같아요. 상황을 깨달았겠죠. 의심했거나. 그래서 모든 걸 다 갖고 도주했어요. 식탁에서 미량증거물을 조금 확보했지만, 범인은 그 자리에 겨우 몇 분 있었어요."

"도주로는?" 라임은 더 이상 뉴욕시경에서 일하지 않았지만, 질문은 당연한 수순으로 자연스럽게 흘러나왔다.

"화물 출입구. 론과 감식반, 84번 지구대 순경들이 둘러보고 탐문하고 있으니, 어쩌면 2차 현장을 발견할지도 몰라요. 두고 봐야죠. 아, 나 때문에 총격위원회가 열리게 됐어요."

"왜?"

"내가 모터를 총으로 쐈거든요."

"자네가...?"

"뉴스 안 봤어요?"

"응."

"피해자는 에스컬레이터 계단에 낀 게 아니었어요. 구멍을 통해 구동 모터 기어 위로 떨어졌죠. 거기는 정지 스위치가 없더군요. 모터 코일을 총으로 쏴서 정지시켰어요. 하지만 너무 늦었죠."

라임은 생각에 잠겼다. "총격으로 부상을 입은 사람이 없으니, 징계가 내려오지는 않을 거야. 일주일쯤 있다가 아무 처분 없다는 통지서가 날아오겠지."

"그래야죠. 84번 지구대 경감도 내 편이에요. 경찰이 상가에서 총기를 난사했다는 기사로 이름을 날리고 싶은 기자가 끼어들지 않는 이상, 문제없어요."

"그 따위로 이름 날려봤자." 라임은 삐딱하게 말했다.

"음, 마디노, 그 경감이 한동안 상황을 잘 '정화'했어요."

"표현 좋군." 라임이 말했다. "자네가 따돌렸어." 자신의 표현이 흡족했다.

색스는 미소 지었다.

라임은 그 미소가 마음에 들었다. 요즘 그녀는 잘 웃지 않았다.

그녀는 라임의 의자 옆에 있는 등나무 의자에 앉았다. 가구는 특유의 소리를 냈다. 라임은 어디서도 이것과 똑같은 소리를 들어본 적이 없었다.

"당신이 무슨 생각을 하는지 맞춰볼까요." 색스는 천천히 말했다. "내가 내 집에서 옷을 갈아입었다면, 실제로 그렇게 했으니 이건 오늘 밤 여기서 머물지는 않을 거라는 뜻이죠. 그것도 맞고." 그녀는 고개를 갸우뚱했다. "한데 난 왜 굳이 여기까지 왔을까?"

"맞아."

색스는 반쯤 마신 와인을 내려놓았다. "당신에게 청할 게 있어서 왔어요. 부탁할 게 있어서. 당신은 분명 안 된다고 하고 싶겠지만, 끝까지 들어봐요. 알겠죠?"

나는 충분히 용감하지 못했다.

오늘 밤은.

나는 알리시아를 장난감 방에 데려가지 않았다.

갈등했지만, 결국 그러지 않았다.

그녀는 떠났고─절대 자고 가지 않는다─나는 침대에 있다. 밤 11시경. 확실히 모르겠다. 아까 침실에 있던 우리를 떠올린다. 알리시아의 파란 드레스, 학교 선생 같은 드레스 등 뒤의 지퍼를 내렸다. 정숙한 옷차림. 브라는 복잡했다. 벗기는 일이 복잡했다는 게 아니라 구조가. 물론 우리 둘 다 조명을 어둑하게 해놓고 싶었기 때문에, 확실히 보기는 어려웠다.

그리고 내 옷도 트윈베드 위에 퀸 사이즈 시트처럼 벗겨졌다. 그녀의 작은 손은 주린 벌새처럼 빠르게 움직였다. 진정 민첩했다. 그리고 우리는 게임을 시작했다. 나는 그 게임이 좋다. 정말 좋다. 하지만 조심해야 한다. 다른 생각을 하지 않으면 너무 빨리 끝난다. 생각과 기억을 되살린다. 지난주 구입한 쇠 끌을 떠올리고, 그 끌로 뼈를 어떻게 할 수 있는지 생각한다. 최근 북위 40도 인근 공사장에서 망치가 두개골을 내려치는 순간 피해자가 질렀던 비명. (나는 이 점을 내가 진정 괴물이 아니라는 증거로 받아들인다. 피, 뼈가 버석 부서지는 감촉을 떠올리니 더 빨리 끝나지 않고 감각이 약간 둔해졌다.)

알리시아와 나는 흥분했고, 모든 것이 좋았다. 한데 빌어먹을, 그 여자경찰의 모습이 떠올랐다. 에스컬레이터에서 들려오는 비명을 향해 고개를 돌리는데, 빨강머리가 이쪽을 돌아보고 배지, 총이 눈에 들어오던 장면이 떠올랐다. 그늘진 눈매, 흩날리던 빨강머리. 피투성이 에스컬레이터와 비명을 외면하고 나를, 나를, 나를 찾던 모습. 빨강머리는 최악의 쇼핑객이었지만, 아담한 알리시아의 몸 위에서 그녀를 떠올리니 속도는 느려지지 않았다. 오히려 반대였다.

그만! 저리 가!

이런, 내가 소리 내서 말했나?

알리시아를 확인했다. 아니다. 그녀는 넋을 잃고 이런 순간 늘 가는 곳에 가 있다.

하지만 빨강머리는 사라지지 않았다.

그리고 끝났다. 딸깍, 알리시아는 속도에 약간 놀란 것 같았다. 하지만 별 상관은 없는 것 같았다. 여자들은 섹스에서 타파스처럼 여러 가지 다른 코스를 거치지만, 남자는 푸짐하게 나와서 얼른 해치울 수 있는 단 한 접시를 원한다.

그런 뒤 우리는 졸았다. 퍼뜩 잠이 깬 나는 아직 어딘가 비어 있다는 것을 느끼고 장난감 방을, 그녀를 거기 데려가면 어떨까 생각했다.

할까? 말까?

나는 그녀에게 가달라고 말했다.

안녕. 안녕.

그 말뿐이었다.

그녀는 떠났다.

나는 전화를 찾아 동생에게서 온 음성사서함의 메시지를 확인한다. '안녕, 다음 주 일요일. 앤젤리카, 아니면 필름 포럼? 데이비드 린치, 아니면 지구로 떨어진 사나이? 형이 골라. 아, 사실 내가 고르는 거지. 전화를 건 건 이쪽이니까!'

그의 목소리를 듣는 게 좋다. 내 목소리 같지만, 내 목소리와 다르다.

깼으니 무엇을 하는 게 좋을지 생각한다. 내일을 위해 생각해야 하는 계획이 많다. 하지만 대신 침대 옆 작은 탁자를 뒤진다. 일기장을 찾아 계속 쓰기 시작한다. 사실 MP3 플레이어의 내용을 녹취하고 있다. 이게 말하는 것보다 늘 쉽다. 사고가 황혼녘의 박쥐처럼 가고 싶은 곳으로 자유롭게 날아다니게 하는 것. 그런 다음 나중에 받아 적는 것이다.

이건 힘들었던 시절, 고등학교 시절의 내용이다. 그 시절이 지나가서 기쁘지 않은 사람이 누가 있겠는가? 내 필체는 상당히 좋다. 수녀들. 그들은 대체로 나쁘지 않았다. 하지만 수녀들이 고집을 부릴 때는 귀를 기울이고, 연습하고, 흡족하게 해줘야 했다.

음. 대단한 하루. 4시까지 학교에 있었다. 공동체 활동 프로젝트. 후퍼 선생님은 내 작업에 대해 흡족해했다. 비밀의 길을 따라 집으로 간다. 멀지만 이 길이 낫다. (이유는? 뻔하잖아.) 핼러윈 거미줄을 드리운 집을 지나고, 매년 작아지는 것 같은 연못을 지났다. 마저리의 집을 지날 때 블라우스 앞섶을 풀어헤친 모습을 본 적이 있지만, 그녀는 몰랐다.

오늘도 무사히 집에 돌아갈 수 있기를 기도하면서. 그럴 거다. 한데 저기 그 애들이 있다.

새미와 프랭클린. 두 사람이 신디 핸슨의 집을 나서고 있다. 신디는 패션모델 같다. 정말 예쁘다. 잘생긴 샘과 프랭크는 신디와 어울릴 만한 부류다. 나는 그녀와 말도 나누지 않는다. 그녀에게 나는 존재하지 않는다. 이 지구에 없다. 피부는 희지만, 너무 마르고 너무 내성적이고 너무 수줍음을 탄다. 그건 괜찮다. 세상은 원래 그런 법이다.

샘과 프랭크는 나를 때린 적도 없고, 나를 밀쳐 넘어뜨리고 흙이나 개똥을 얼굴에 문지른 적도 없다. 하지만 그들과 따로 있어본 적은 없다. 물론 그들이 내게 눈길을 준 적은 있다. 학교 학생들 다 마찬가지다. 만약 던컨이나 버틀러라면, 흠씬 얻어맞겠지. 주위에 보는 사람이 없으니까. 그러니 아마 저 애들도 마찬가지일 것이다. 저 애들은 나보다 키가 작다. 누구나 그렇지만. 힘은 더 세지만 나는 싸울 줄을 모른다. 어떻게 해야 하는지 모른다. 허우적거리고 있네, 내가 싸우는 걸보고 누군가 한 이야기다. 나는 우스꽝스러웠다. 아버지에게 도와달라고 했지만, 도와주지 않았다. 텔레비전 권투 프로그램을 틀어주고 나더러 보라고 했다. 어지간히 도움이 됐겠군.

그러니 이제 분명 맞을 것이다.

주위에 보는 사람이 없으니.

돌아갈 수도 없다. 나는 그냥 계속 걷는다. 주먹을 기다리며. 그들은 미소 짓고 있다. 학교 남자애들이 때리기 전에 늘 하듯이.

그러나 그들은 때리지 않는다. 샘은 '안녕' 인사하고 이 근처에 사는지 묻는다. 여기서 몇 블록 떨어진 곳. 나는 말한다. 이 길로 학교에서 집으로 돌아가는 게 아주 이상하다는 걸 알 텐데도, 그 애들은 아무 말 하지 않는다.

샘은 여기가 좋은 동네라고 한다. 프랭크는 자기 집은 차도에 가까워서 시끄럽고 별로 안 좋다고 한다.

그리고 프랭크가 말한다. 이봐. 오늘 학교에서 끝내줬어.

나는 아무 말도 할 수가 없다. 프랭크는 리치 부인의 수업을 말하는 것이다. 수학시간. 나는 창밖을 내다보고 있다가 지목받았다. 원래 리치 부인은 창밖을 내다보는 학생이 있으면 당황하게 하려고 부른다. 하지만 나는 돌아보지도 않고 대답했다.

$g(1) = h(1) + 7 = -10.88222 + 7 = -3.88222.$

맞아, 둘 중 하나가 말한다. 표정 볼 만했지, 미친년 선생. 네가 한 방 먹였어.

끝내줬어.

'다음에 보자고.' 샘이 말한다. 그들은 그대로 멀어진다.

날 때리지도 않았고, 침을 뱉지도 않았다. 허수아비 말라깽이 소리를 듣지도 않았다.

아무것도.

좋은 날. 오늘은 좋은 날이었다.

나는 녹음기를 정지시키고 물을 마신다. 그리고 알리시아의 향이 남아 있는 베개 옆에 몸을 눕힌다. 눈이 먼 여자를 만날까 생각한 적이 있었다. 시도했지만, 그런 상대를 찾을 수가 없었다. 그들은 개인 광고면을 사용하지 않는다. 아마 너무 위험할 것이다. 장님은 상대가 키가 크든, 마르든, 얼굴이 길고 손가락이 길고 발이 길든 상관하지 않는다. 길쭉한 벌레새끼. 말라깽이. 허수아비. 그러니 장님 여자가 내 계획이었다. 한데 그렇게 되지는 않았다. 나는 가끔 누군가를 만난다. 그런대로 괜찮다. 그러다 끝난다.

언제나 끝난다. 알리시아 역시 끝날 것이다.

나는 장난감 방을 생각한다.

다시 일기장으로 돌아와서 녹취를 시작한다. 10분, 20분.

영원히 녹음된 인생의 굴곡. 장난감 방 선반 위에 보관된 내 기념품들이 그렇듯. 나는 기념품 하나하나를 둘러싼 기쁨과 슬픔, 분노를 기억한다.

오늘은 좋은 날이었다.

.

PART 2

수요일

Wednesday

6

"라임 씨, 영광입니다."

어떻게 대답해야 할지 알 수 없었다. 고갯짓 정도면 적절할 것 같 았다. "휘트모어 씨."

이름은 언급하지 않았다. 하지만 라임은 그의 이름이 에버스라는 것을 알고 있었다.

변호사는 1950년대에서 날아온 것 같았다. 진청색 개버딘 수트, 목깃과 손목에 빳빳하게 풀을 먹인 흰 셔츠. 역시 빳빳한 타이는 보 라색이 슬며시 감도는 파란색 계통이었고, 자처럼 폭이 좁았다. 재킷 가슴주머니에서 흰 사각형 손수건이 고개를 내밀고 있었다.

휘트모어의 얼굴은 길고 윤기가 없었으며, 너무 무표정해서 순간 벨 마비 같은 안면신경 마비를 앓고 있는 게 아닌가 싶었을 정도였 다. 한데 그런 결론을 내리려는 찰나, 그는 눈썹을 아주 약간 움직이며 과학수사 장비가 가득한 라임의 거실을 둘러보았다.

앉으라는 권유를 기다리고 있는 것 같았다. 라임은 앉으라고 권했고, 휘트모어는 바짓자락을 추스르고 재킷 단추를 끄르며 가까이 놓인 의자에 앉았다. 아주 꼿꼿한 자세였다. 그는 안경을 벗고 진청색 천으로 둥근 렌즈를 닦더니 콧등에 안경을, 천을 주머니에 각각 돌려놓았다.

손님들은 라임을 만나면 일반적으로 둘 중 하나의 반응을 보인다. 대부분은 신체의 90퍼센트를 움직이지 못하는 사람 앞에서 할 말을 잃고 안절부절 얼굴을 붉힌다. 나머지는 그의 상태를 농담거리로 삼고 말장난을 한다. 따분하지만, 그래도 전자보다는 나았다.

어떤 사람은—라임이 좋아하는 부류였다—한두 번 그의 몸을 흘끗 보다가 다음으로 넘어간다. 아마 배우자가 될 사람들의 가족을 평가할 때도 이렇겠지만, 핵심을 파악할 때까지 판단을 유보한다는 태도다. 지금 휘트모어가 이런 태도를 보이고 있었다.

"아멜리아를 아십니까?" 라임은 물었다.

"아니요, 색스 형사를 만난 적은 없습니다. 고등학교를 같이 다닌 공통의 친구가 있지요. 브루클린. 동료 변호사입니다. 색스 형사가 리처드에게 먼저 연락해서 사건을 검토해 달라고 부탁했지만, 그 친구는 상해 관련법을 다루지 않아서. 그가 색스 형사에게 제 연락처를 줬습니다."

좁은 얼굴 때문에 음울한 표정이 더욱 두드러졌다. 휘트모어와 색스가 비슷한 나이라니 놀라웠다. 그가 대여섯 살은 더 나이 들어 보였다.

"색스 형사가 사건을 맡아줄 수 있겠느냐고 하면서 당신이 전문가 증언을 할 거라고 해서 놀랐습니다."

라임은 이 말을 듣고 선후관계를 따져보았다. 색스가 라임을 전문 가로 추천한 것은 어젯밤 브루클린의 피해자 집에서 라임의 타운하 우스로 온 이유를 털어놓기 전이었던 것 같았다.

당신한테 청할 게 있어서 왔어요. 부탁할 게 있어서....

"하지만 물론 전 당신이 증언을 하신다니 반갑습니다. 모든 사망 사건에는 골치 아픈 증거 문제가 얽혀 있지요. 이 사건은 특히 그렇 습니다. 라임 씨는 명성이 자자하시니." 그는 거실을 둘러보았다. "색 스 형사도 여기 있습니까?"

"아뇨, 다운타운에 있습니다. 살인사건 수사 때문에. 하지만 어젯 밤에 당신 고객에 대해 들었습니다. 이름이 샌디던가요?"

"미망인. 프로머 부인. 샌디."

"아멜리아가 제게 말한 만큼 상황이 안 좋은가요?"

"색스 형사가 뭐라고 했는지는 모릅니다." 그는 라임의 표현을 정 확하게 고쳤다. 같이 맥주 한잔하기 좋은 사람 같지는 않았지만, 개 인 변호사로 두기에는, 특히 반대심문을 해야 할 때는 적임자 같았 다. "하지만 프로머 부인은 분명 아주 힘든 일을 앞두고 있습니다. 남 편은 생명보험을 남기지 않았고, 몇 년 동안 풀타임으로 직장에 다니 지 않았습니다. 프로머 부인은 청소 용역으로 일하지만 파트타임이 고요. 빚도 있습니다. 상당한 빚입니다. 먼 친척이 있지만, 경제적으 로 대단한 도움을 줄 만한 사람은 전혀 없습니다. 사촌 하나가 잠시 머물 곳을 마련해 준다고 합니다. 차고에. 오랫동안 상해법을 전문으 로 해왔지만, 많은 경우 보상은 예측할 수 없습니다. 프로머 부인의 경우는 보상이 꼭 필요합니다. 자, 라임 씨... 실례지만, 경찰에 계셨을 때 경감이셨지요? 그렇게 불러도 되겠습니까?"

"아니, 링컨이 좋습니다."

"그럼, 이제 우리의 상황을 말씀드리겠습니다."

그에게는 로봇 같은 측면이 있었다. 거슬리지는 않았다. 그냥 특이했다. 아마 배심원들은 좋아할 것이다.

휘트모어는 구식 서류가방을 열고―이번에도 1950년대 풍이었다―줄이 그어져 있지 않은 흰 종이를 꺼냈다. 그는 펜 뚜껑을 열고 (만년필이 아니군, 라임은 약간 놀랐다) 확대경을 쓰지 않고 읽을 수 있는 최소한의 글씨로 날짜와 참석인, 회의 주제 같은 것을 적었다. 줄이 그어져 있지 않은 종이였지만, 글자는 자를 대고 쓴 것처럼 가지런했다.

그는 적어놓은 내용을 보더니 만족한 얼굴로 고개를 들었다.

"이 건은 뉴욕 예심법정에 제소할 생각입니다. 대법원 말입니다."

이름은 거창하지만 뉴욕주에서 가장 하급 법원인 대법원에서는 형사사건은 물론 민사사건도 다룬다. 라임도 그곳에서 검사 측 전문가로서 수천 번은 증언했다.

"과실치사 소송은 미망인 프로머 부인을 원고로 할 예정입니다. 아이도."

"10대 남자애였지요?"

"열두 살입니다."

"아, 네."

"프로머 씨가 겪은 고통에 대해서도 소송을 제기하게 됩니다. 피해자는 사망 전 10분가량 극도의 고통을 겪은 것으로 알고 있습니다. 이 손해배상은 그분이 남긴 재산에 포함되어 유언장에 명기된 사람이나, 유언장을 남기지 않은 경우 상속법원이 지정하는 상속자에게 돌아가게 됩니다. 추가로 프로머 씨의 능력 한도 내에서, 그분이 기여했던 액수만큼 부모님의 부양책임도 물을 생각입니다. 이 역시 손해배상 소송에 포함됩니다."

라임이 평생 만나본 변호사 중에 말주변이 가장 덜 번지르르한, 심지어는 지루한 변호사였다.

"이 소송에서 고소인의 청구내역, 즉 손해배상 청구액은 솔직히 말해 터무니없이 높습니다. 과실치사에 대해 3천만 달러, 사망자가 겪은 고통에 대해 2백만 달러입니다. 이 정도 금액은 절대 받을 수 없습니다. 하지만 이런 액수를 정한 이유는 피고인의 주의를 끌고 사건에 대해 약간의 여론을 조성하기 위해서입니다. 재판까지 갈 생각은 없습니다."

"없어요?"

"없습니다. 우리의 상황은 약간 독특합니다. 프로머 부인과 아들에게는 보험이나 기타 경제적 지원이 전혀 없기 때문에 빠른 합의가 필요합니다. 재판으로 가면 일 년 이상 끌 겁니다. 그때쯤에는 아마 극도의 빈곤에 시달리겠지요. 머물 곳, 아이의 교육, 건강보험, 기타 꼭 필요한 것들에 당장 돈이 필요합니다. 피고인에게 확실한 책임이 있다는 근거를 보여주고 손해배상 청구액을 상당 수준 줄일 수 있다는 의지를 비치면, 그들은 얼마 되지 않는 액수라고 생각하고 수표를 쓸 겁니다. 그 정도라도 프로머 부인에게는 상당한 돈이고 어느 정도 정의도 실현되겠지요."

디킨스 소설 등장인물 같군, 라임은 생각했다. "괜찮은 전략 같군요. 자, 이제 증거에 대해 이야기할 수 있을까요?"

"잠시만 기다리십시오." 에버스 휘트모어는 하려고 계획했던 이야기를 끝까지 할 생각이었다. "일단 관련 법의 복잡한 부분을 설명하고 싶습니다. 배상청구법tort law에 대해 잘 아십니까?"

그렇다, 아니다, 혹은 글쎄요, 중 어떤 답이 나와도 상관없다는 게 분명했다. 휘트모어 변호사는 분명하게 설명하고 싶은 모양이었다.

"아니, 잘 모릅니다."

"제가 개략적으로 말씀드리겠습니다. 배상청구법은 계약조건 위반이 아니라 피고가 원고에게 가한 손실을 다룹니다. 이 단어 'tort'의 유래는...."

"'꼬인twisted'의 라틴어? tortus입니다." 라임은 고전을 좋아했다.

"맞습니다." 휘트모어는 라임의 지식에 감탄하지도 않았고, 설명할 기회를 놓친 데 실망하지도 않았다. "자동차 사고, 명예훼손 및 중상, 사냥 오발사고, 화재를 발생시킨 전등, 유독물질 유출, 비행기 사고, 폭행—때리겠다는 협박, 구타—실제 때리는 행위. 이 모든 것은 많은 경우 서로 섞여 있습니다. 의도적인 살인 역시 형사사건인 동시에 민사사건이 될 수 있습니다."

O. J. 심슨. 라임은 생각했다.

휘트모어는 말했다. "자, 과실치사와 개인상해, 양쪽에 대해 배상청구 소송을 제기한다. 피고를 설정하는 것이 첫 단계입니다—정확히 누구에게 프로머 씨의 죽음에 대한 책임이 있는가? 우리에게 최선의 경우는 외부인이 아니라 에스컬레이터 자체입니다. 배상청구법상 제조물—어떤 것이든. 기계, 자동차, 약물, 에스컬레이터 등—에 의해 상해를 입은 경우는 책임 소재를 증명하기가 더욱 쉽습니다. 1963년 캘리포니아 대법원 판사가 제조물에 대한 엄격배상책임이라는 소송사유를 도입해서 실제 부주의로 인한 과실이 아니라 해도 손해의 책임을 부상당한 소비자에게서 생산자에게 부과할 수 있도록 했습니다. 엄격배상책임 아래서는 제조물에 결함이 있었고 그 제조물이 원고에게 부상을 입혔다는 점만 입증하면 됩니다."

"여기서 결함의 정의는 어떻게 됩니까?" 라임은 자기도 모르게 강의에 빨려 들어가고 있었다.

"핵심적인 질문입니다, 라임 씨. 결함은 나쁜 설계, 제조 과정의 약점이나 결함, 소비자에게 위험을 적절하게 고지하지 않은 행위 등이 될 수 있습니다. 최근 유모차 보신 적 있습니까?"

내가 왜? 라임의 입가에 희미한 미소가 떠올랐다.

휘트모어는 냉소를 눈치채지 못한 것 같았다. 그는 말을 이었다. "재미있는 스티커가 붙어 있지요. 유모차를 접기 전에 유아를 하차하시오. 지어낸 이야기가 아닙니다. 물론, 네, 이건 제조물 책임 소재 때문이지만, 절대적인 건 아닙니다. 어딘가 결함은 있게 마련입니다. 예를 들어 누군가 전동톱으로 피해자를 공격했다면, 이건 제3자 원인입니다. 원고는 그런 폭행 행위에 대해 제조사에 법적 책임을 물을 수 없습니다.

자, 이제 우리 사건을 봅시다. 첫 번째 문제는, 누구를 고소할 것인가? 미드웨스트 컨베이언스사社의 에스컬레이터 자체 설계나 제조 공정에 결함이 있었는가? 기계는 정상적으로 작동했는데, 상가관리 업체나 청소인부, 혹은 개별 용역업체가 보수 및 관리를 소홀히 했는가? 관리인이 마지막으로 기계실 문을 연 뒤 잠그지 않았는가? 프로머 씨가 패널 위에 서 있을 때 누가 수동으로 문을 열었는가? 상가를 건설한 회사가 에스컬레이터를 위험하게 설치했는가? 혹은 에스컬레이터를 설치한 하청업자의 책임인가? 혹은 부품 제조업체? 상가 청소용역은? 하청업체 소관인가, 상가에 직접 고용된 인력인가? 여기에 라임 씨의 역할이 필요합니다."

라임은 이미 어떻게 대응해야 할지 생각하고 있었다. "우선, 에스컬레이터와 조종장치를 검사할 사람이 필요하겠군요. 그 외에도 범죄 현장 사진, 미량증거물...."

"아, 한데 우리 상황에는 사소한 문제가 있습니다. 아니, 몇 가지 문제가."

라임은 눈썹을 치켜 올렸다.

휘트모어는 말을 이었다. "에스컬레이터, 엘리베이터, 자동보도 등과 관련한 모든 사고는 건설부와 수사국department of investigations에서 합동으로 수사합니다."

라임은 수사국을 잘 알고 있었다. 미국 내에서 가장 오래된 법집행기관 중 하나로서—19세기 초반으로 거슬러 올라간다—공무원, 정부기관 감독, 시 당국과 용역계약을 맺거나 그 밑에서 일하는 모든 인력을 감독하는 기관이다. 라임 자신도 지하철 건설 현장에서 현장 수사를 하다가 사고를 당해 사지마비 환자가 되었기 때문에, 사고 경위를 조사할 때 수사국이 개입했다.

휘트모어는 말을 이었다. "수사 결과를 소송에 사용할 수도 있겠지만...."

"보고서가 나오려면 몇 달은 걸리겠지요."

"바로 그게 문제입니다, 라임 씨. 6개월, 대체로 1년은 걸립니다. 한데 우리는 그렇게 오래 기다릴 수 없습니다. 그때쯤이면 프로머 부인은 길거리에 나앉게 됩니다. 스키넥터디에 사는 친척의 차고로 들어가든가요."

"한 가지 문제군요. 두 번째 문제는?"

"에스컬레이터 확보입니다. 현재 에스컬레이터는 현장에서 떼어내서 시 창고에 압류한 상태로 수사국과 건축부의 수사를 기다리고 있습니다."

흠, 이미 증거물은 오염될 만큼 오염된 상태군. 라임은 반사적으로 생각했다.

"소환장을 얻어야겠군요." 그는 말했다. 당연한 절차였다.

"이 시점에는 불가능합니다. 소송을 제기하는 즉시―앞으로 며칠 안 걸릴 겁니다―소환신청은 할 수 있습니다만, 판사가 허가하지 않을 겁니다. 건설부와 수사국 수사가 끝날 때까지 우리는 에스컬레이터에 접근할 수 없습니다."

말도 안 된다. 에스컬레이터는 이 사건에서 최고의 증거, 아마도 유일한 증거다. 한데 손을 못 댄다고?

그때 라임은 기억했다. 아, 그렇지. 이건 형사가 아니라 민사사건이지.

"기타 피고인이 될 수 있는 상가나 제조사―미드웨스트 컨베이언스―청소용역, 기타 에스컬레이터와 관련된 자에 대해 설계나 제조, 설치 및 유지·보수 기록을 요청할 수도 있습니다. 사본을 얻어낼 수는 있겠지만, 그것도 상당한 싸움이 되겠지요. 몇 달 동안 서류가 왔다 갔다 한 뒤에야 허가가 날 겁니다. 마지막으로, 세 번째 문제. 프로머 씨가 사망 당시 정직원으로 일하지 않았다고 말씀드렸던가요?"

"기억합니다. 중년의 위기 같은 거겠지요."

"맞습니다. 그는 스트레스가 심한 대기업에서 일하다가 그만뒀습니다. 최근에는 밤에 일거리를 집으로 가져오지 않아도 되는 업종만 전전했습니다. 배달원, 텔레마케터, 패스트푸드 식당 주문접수원, 상가 신발 판매원. 대부분의 시간은 자선사업 자원봉사로 일했지요. 언어 교육, 노숙자, 급식. 그래서 지난 몇 년간은 최소한의 수입으로 살았습니다. 이 사건의 가장 힘든 점은 프로머 씨가 예전에 몸담았던 직장으로 되돌아갈 의향이 있었다고 배심원을 설득하는 일입니다."

"예전에는 무슨 일이었습니까?"

"직장을 그만두기 전에는 마케팅 부장이었습니다. 뉴저지주의 패터슨 시스템스. 제가 찾아봤습니다. 아주 성공적인 회사더군요. 미국 최고의 연료분사기 제조사입니다. 연봉도 여섯자리 숫자였습니다. 반면 지난해 프로머 씨의 수입은 3만 3천 달러였지요. 배심원은 피해자의 수입에 근거해 배상액을 책정합니다. 피고의 변호사는 이 점을 물고 늘어질 겁니다. 피고에게 책임이 있다 하더라도 원고가 최저임금으로 생계를 유지하고 있었다는 점을 들어 배상액을 최소한으로 책정해야 한다고 주장할 겁니다.

저는 프로머 씨에게 일시적인 시기였다는 점을 증명해야 할 겁니다. 고소득 직장으로 돌아갈 예정이었다고요. 한데 물론 입증하지 못할 수도 있습니다. 그래서 이게 라임 씨가 두 번째로 해주셔야 할 일입니다. 책임 소재가 어디로 드러나든, 피고가 에스컬레이터나 그 부속을 제조할 때 부주의한 행위를 했거나 제대로 유지·보수를 하지 못했다는 점을 입증할 수 있다면 우리는...."

"징벌적 손해배상을 추가로 청구할 수 있다. 배심원은 미래소득 형태로 배상금을 충분히 지급하지 못한다는 점을 안타깝게 여기고 징벌적 손해배상금을 크게 책정할 것이다. 이런 말씀이군요."

"맞습니다, 라임 씨. 법대에 들어가실 걸 그랬습니다. 자, 우리 상황은 이렇습니다."

라임은 말했다. "달리 말해 복잡한 기계가 어떻게 오작동했는지, 그 오작동이 누구의 책임인지 알아내야 한다. 에스컬레이터는 직접 관찰할 수 없고, 보충 서류와 심지어 사진, 사고 분석 보고서조차 없는 상황에서?"

"정확합니다." 휘트모어는 덧붙였다. "색스 형사가 당신이 이런 문제를 접근할 때 아주 창의적으로 사고하신다고 하더군요."

빌어먹을 증거물이 없는데 창의적이라고 해봐야 얼마나 창의적일 건가. 터무니없다, 라임은 다시 생각했다. 이 상황 전체가 완전히....

그때 한 가지 생각이 떠올랐다. 휘트모어가 뭐라 말하고 있었지만, 라임은 그를 무시했다. 그는 문 쪽으로 고개를 돌렸다. "톰! 톰! 어디 있지?"

발소리가 들리고 잠시 후 조수 톰이 나타났다. "괜찮으십니까?"

"괜찮아, 괜찮아. 안 그럴 이유가 있나? 필요한 게 있을 뿐이야."

"그게 뭐죠?"

"줄자. 빠를수록 좋아."

7

얄궂다.

원 폴리스 플라자는 뉴욕시 관공서 중에 가장 보기 싫은 건물 한 곳으로 손꼽히지만, 다운타운 맨해튼을 내려다보는 전망은 더없이 아름답다. 항구, 이스트강, 뉴욕의 가장 장대한 스카이라인. 반면 센터 스트리트의 원래 경찰본부 건물은 하우스턴 스트리트 남쪽에서 가장 우아하다는 평판을 자랑하지만, 거기서 근무하던 경찰이 구경할 수 있는 것이라고는 공동주택, 정육점, 생선가게, 사창가, 골목에 도사리고 있는 부랑자나 강도뿐이었다(당시 경찰들은 모직 제복과 놋단추를 노리던 도둑의 단골 표적이었다).

원 폴리스 플라자 특수반 사무실에 들어선 아멜리아 색스는 얼룩덜룩한 창밖을 내다보며 이 점에 대해 생각에 잠겼다. 건물의 건축적 미학이나 도시 전망에 대해서는 티끌만큼도 관심이 없었다. 그녀가 마땅치 않은 것은 링컨 라임의 타운하우스가 아니라 이곳에서 수사를 해야 한다는 사실이었다.

젠장.

라임이 경찰 자문 업무에서 손을 뗐다는 사실이 불만이었다. 아주. 개인적으로 색스는 서로 주고받는 자극, 자아의 부딪힘, 그런 상태에서 흘러나오는 창조력이 그리웠다. 그가 일을 그만둔 뒤로 색스의 생활은 마치 온라인 대학에서 공부하는 것 같았다. 정보는 같지만, 그 정보를 두뇌 안에 집적하는 과정이 대폭 축소되었다.

수사는 진척이 없었다. 특히 라임의 특기였던 살인사건이 통 해결되지 않고 있었다. 한 예로 리날도 사건은 이미 한 달이나 끌고 있지만 아무 성과가 없다. 미드타운 웨스트사이트 남쪽에서 일어난 살인사건이었다. 배달원이자 마약 딜러였던 에치 리날도는 칼에 난자당해 사망했다. 거리와 골목이 지저분했기 때문에 미량증거물 목록은 어마어마했고, 따라서 별 도움이 되지 않았다. 담배꽁초, 마리화나 조각이 약간 붙어 있는 마리화나 손잡이, 음식 포장, 커피 컵, 어린아이 장난감 바퀴, 맥주 캔, 콘돔, 종잇조각, 영수증, 뉴욕시 길거리에서 흔히 발견할 수 있는 수백 가지 기타 쓰레기들. 현장에서 발견한 지문이나 족적 중에서도 단서가 된 것은 없었다.

다른 유일한 단서는 목격자―사망자의 아들이었다. 아니, '일종의' 목격자라고 해야 하나. 여덟 살 난 소년은 살인범을 분명히 보지는 못했지만, 그가 택시를 잡아타고 '빌리지'라는 단어를 포함한 주소를 부르는 소리를 들었다. 남자 목소리. 흑인이나 라틴계라기보다 백인일 가능성이 높은 말투. 색스는 소년의 기억을 일깨우기 위해 탐문 기술을 총동원했지만, 아이는 아버지가 피를 철철 흘리며 골목에 쓰러져 있는 모습을 목격하고 대단히 충격받은 상태였다. 택시와 무허가 운전자를 탐문했지만, 소득은 없었다. 그리니치 빌리지는 수십 평방마일에 이른다.

그러나 색스는 라임이 증거물을 검토하면 맨해튼의 이 고풍스러운 동네에서도 범인이 갔을 가능성이 가장 높은 위치를 특정할 수 있을 거라고 확신하고 있었다.

라임은 협조를 시작하려다가 거절했다. 그리고 더 이상 수사 일은 하지 않는다고 냉정하게 일깨웠다.

색스는 차콜 회색 치맛단 무릎 바로 아래를 쓰다듬었다. 치마와 어울리는 더 연한 회색 블라우스를 골라 입을 생각이었지만, 집 앞 보도에 나와서야 짙은 회색이라는 것을 깨달았다. 전형적인 아침이었다. 생각이 다른 데 가 있었다.

이메일과 전화 메시지를 훑어보고 무시해도 된다고 판단한 뒤, 색스는 범인 40 사건에 할당한 복도 반대쪽 회의실로 향했다.

다시 라임에 대해 생각했다.

사임하다니.

젠장.

눈길을 돌리자 젊은 형사 한 사람이 반대 방향으로 걷다가 갑자기 그녀 쪽을 돌아보고 있었다. 색스는 자신이 생각을 소리 내어 입 밖에 냈다는 것을 깨달았다.

그녀는 정신이 나가지 않았다는 사실을 확인시켜 주기 위해 형사에게 미소를 보이고 전투 지휘실로 향했다. 작은 회의실에는 파이버보드 탁자 두 개, 컴퓨터 두 대, 책상 하나, 사건 관련 세부사항이 마커펜으로 적혀 있는 화이트보드 하나가 놓여 있었다.

"곧 보낸답니다." 회의실에 있던 젊은 금발 경찰이 고개를 들었다. 그는 진청색 뉴욕시경 제복 차림으로 안쪽 탁자에 앉아 있었다. 대부분의 특수반 소속 경찰과 달리, 론 풀라스키는 형사가 아니었다. 그러나 그는 아멜리아 색스가 범인 40 사건을 수사하기 위해 요청한 경찰이었다. 그들은 오랫동안 현장 수색을 같이해 왔다. 이 사건 전까지는, 언제나 라임의 타운하우스 거실에서.

풀라스키는 스크린을 고개로 가리켰다. "약속했습니다."

곧 보낸다....

"얼마나 확보했지?"

"잘 모르겠습니다. 범인의 주소와 전화번호까지는 기대하지도 않고요. 하지만 현장감식반이 몇 가지 단서를 확보했다고 합니다. 좋은 보고예요, 아멜리아."

브루클린 상가 사고 이후―사고라는 단어에는 여러 의미가 있었다. 피해자의 죽음, 범인 40을 놓친 일―색스는 화물 출입구 뒤쪽을 살살이 관찰한 뒤 브루클린 현장감식반을 어디로 보낼지 갈등했다. 전부 다 수색할 수는 없다. 특히 흥미를 끌었던 곳은 화물 출입구 근처 막다른 골목에 뒷문이 나 있는 싸구려 멕시코 식당이었다. 근처에 있는 유일한 음식점이기도 했다. 범인이 더 빠르게 도주했을 만한 경로도 있었지만, 색스는 멕시코 식당 수색에 집중했다. 목격자로서 이름과 주소가 노출될 것을 꺼려 다른 곳보다 상대적으로 비협조적일 가능성이 높은 불법노동자가 있는 식당이 오히려 가능성이 높다는, 어쩌면 무리한 가정 때문이었다.

예상대로 지배인부터 설거지 직원에 이르기까지 유별난 체형의 용의자를 본 사람은 아무도 없었다.

그러나 이는 범인이 거기 가지 않았다는 뜻이 아니었다. 수색팀은 고객용 쓰레기통에서 범인이 들고 도주했던 스타벅스 컵과 셀로판 샌드위치 포장지, 냅킨을 발견했다.

수색팀은 진짜 스페인어인지 아닌지 알 수 없는 라 페스티바라는 식당 휴지통의 쓰레기 전부를 수거했다.

그들은 현재 이 증거물 분석 결과를 기다리고 있었다.

색스는 코딱지만 한 자기 사부실에서 끌어다 놓은 의자에 앉았다. 라임의 거실에서 작업했다면 데이터는 지금쯤 벌써 손에 들어왔을 것이다. 핸드폰에서 이메일 도착을 알리는 음향이 울렸다. 84번 지구대의 마디노 경감에게서 날아온 좋은 소식이었다. 총격사건 보고서는 서두를 필요 없다, 총격 위원회를 소집하려면 시간이 좀 더 걸린다. 그녀와 라임이 예측한 대로 몇몇 기자가 전화를 걸어 붐비는 상가에서 총기를 발사한 이유는 무엇이었느냐고 물었지만, 마디노는 경찰 내규에 따라 수사 중이라고 답했을 뿐 색스의 이름을 공개하지 않았다. 기자들도 더는 캐묻지 않았다.

모두 좋은 소식이었다.

그때 풀라스키의 컴퓨터에서 알림음이 울렸다. "자, 왔습니다. 증거물 분석입니다."

보고서를 읽는 동안, 젊은 경찰은 손을 이마에 갖다 대고 잠시 문질렀다. 흉터는 길지 않았지만, 이 빛에서, 이 각도로 보니 오늘 유난히 눈에 띄었다. 색스와 라임과 같이한 첫 수사에서 풀라스키는 실수를 저질렀고, 대단히 악랄한 전문 살인범이었던 범인이 그의 머리를 강타했다. 그 부상으로 자존심과 외모는 물론 뇌손상까지 입고 하마터면 경찰 경력이 그대로 끝날 뻔했다. 그러나 집념과 쌍둥이 형의 격려(역시 경찰이었다), 링컨 라임의 집요한 설득이 통했다. 아직도 멍할 때가 있었지만—뇌손상은 자신감을 무너뜨린다—폴라스키는 색스가 아는 가장 영리하고 가장 끈질긴 경찰 중 하나였다.

폴라스키는 한숨을 쉬었다. "많지 않군요."

"뭐가 있지?"

"스타벅스 가게 자체에서 수거한 미량증거물에서는 전혀 없습니다. 멕시코 식당에서 수집한 증거로, 스타벅스 컵 테두리에서 DNA가 검출되었지만, CODIS에는 일치하는 신원이 없습니다."

그렇게 쉽게 풀리는 경우는 거의 없다.

"지문도 없습니다." 폴라스키는 말했다.

"뭐? 범인이 스타벅스에서 장갑을 꼈던가?"

"냅킨으로 감싸서 컵을 쥔 것 같습니다. 퀸스 법과학 본부 연구원이 진공법과 닌히드린을 사용했지만, 검출된 건 부분지문 하나뿐입니다. 손가락 끝부분. IAFIS와 대조하기에는 너무 좁습니다."

전국 지문 데이터베이스는 방대하지만, 손가락 끝이 아니라 전체가 온전한 지문만 사용할 수 있다.

그러나 색스는 다시 생각했다. 증거물 분석을 맡은 것이 퀸스 법과학 본부가 아니라 라임이었다면 지문을 검출할 수 있지 않았을까? 본부의 연구실 장비는 최첨단이지만, 뭐, 그래도 링컨 라임의 연구실은 아니다.

"스타벅스의 족적은 아마도 범인의 것 같다." 폴라스키는 이어서 읽었다. "다른 족적과 대조한 결과 화물 출입구와 멕시코 식당에서도 일치하는 족적이 나왔기 때문이다. 출입구와 멕시코 식당의 미량증거물과 유사한 성분이 밑창에서 발견되었다. 리복 사이즈 13. 데일리 쿠션 2.0. 미량증거물의 화학 성분은 다음과 같다."

색스는 스크린을 보며 화학물질 목록을 읽었다. 한 번도 들어본 적이 없는 성분이었다. "이건 뭐지?"

풀라스키는 스크롤을 내렸다. "부식토 같습니다."

"흙?"

금발 경찰은 작은 글씨를 계속 읽었다. "부식토는 유기물 분해의 최종 바로 이전 단계다."

오래전 라임과 풀라스키가 나누었던 대화가 떠올랐다. 그때 신참은 '최종 바로 이전'이란 단어를 올바르게 쓰지 않고 '마지막'이라는 의미로 사용하다가 라임에게 실컷 조롱당했다. 이 기억이 유난히 가슴을 시리게 했다.

"곧 흙이 될 운명이라는 뜻이군."

"맞습니다. 그리고 이 부식토는 다른 곳에서 운반된 겁니다. 형사님과 감식반이 상가 내부와 주변, 화물 출입구, 식당에서 수집한 대조군에는 동일한 성분이 없었습니다." 그는 계속 읽었다. "음, 이건 별로 좋지 않군요."

"뭐가?"

"디나이트로아닐린."

"들어본 적 없어."

"염료, 살충제 등 다양한 용도로 사용됨. 그러나 제일의 용도는 폭발물이다."

색스는 범인 40이 몇 주 전 토드 윌리엄스를 클럽 근처에서 때려죽였던 살해 현장, 공사장 차트를 가리켰다. "질산암모늄."

농약—역시 90년대 오클라호마 주정부 청사를 무너뜨린 사제폭탄의 주성분.

"그렇다면." 풀라스키는 느릿느릿 말했다. "단순 강도 이상이라고 생각하십니까? 범인이 40도 북쪽 클럽이나 공사장 근처에서 폭탄 성분을 사는 도중에 윌리엄스가 그 장면을 목격했다?" 그는 컴퓨터 스크린을 두드렸다. "그리고 이걸 보십시오." 상가 화물출입구 족적 근처에서 수집한 미량증거물에는 모터오일이 소량 함유되어 있었다.

사제폭탄의 두 번째 성분이다.

색스는 한숨을 쉬었다. 테러리스트와 연계하여 수사해야 하나? 살인은 공사장에서 발생했지만, 이 화학물질은 일반적인 상업용 건축 파괴용으로는 사용되지 않는다. "계속해."

"여기도 페놀. 첫 번째 살인 현장에서 발견한 것과 동일합니다."

"두 번 나왔다면 중요해. 용도가 뭐지?"

풀라스키는 화학성분 프로파일을 불러냈다. "페놀. 폴리카보네이트, 수지와 나일론 등 플라스틱 제조 공정의 전구물질. 아스피린, 방부처리액, 화장품, 내향성 발톱 치료제 제조 공정의 전구물질이기도 하다."

40은 발이 크다. 어쩌면 발톱 문제가 있을지도 모른다.

"그리고 이것." 풀라스키는 아주 긴 기타 화학물질 목록을 화이트보드 증거물 차트에 불러냈다. "많군." 색스는 말했다.

"화장품 프로파일. 브랜드는 알 수 없습니다."

"어디서 만드는지 알아야 해. 본부에 추적하라고 해."

풀라스키는 요청을 보냈다.

그리고 그들은 다시 증거물로 되돌아왔다. 그는 말했다. "아주 미세한 금속 톱밥 조각. 화물 출입구로 이어지는 복도 족적에서 나왔습니다."

"어디 보지."

풀라스키는 사진을 불러냈다.

육안으로 알아보기는 힘들었다. 안경을 안 쓴 상태로도, 최근 색스가 의지하고 있는 세련된 독서용 안경을 쓴 상태로도.

그녀는 배율을 높이고 반짝이는 조각을 관찰했다. 그런 다음 두 번째 랩톱으로 돌아앉아 링컨 라임이 몇 년 전 완성해 놓은 뉴욕시경 금속 미량 증거물 데이터베이스에 접속했다.

두 사람은 함께 데이터베이스를 열람했다. "여기 비슷한 게 있군요." 풀라스키가 어깨 너머에 서서 사진 한 장을 가리켰다.

그래, 이거다. 미세한 조각은 칼이나 가위, 면도날을 가는 과정에서 발생하는 것이었다.

"철이야. 그는 예리한 날을 좋아해." 범인은 40도 노스 클럽 밖에서 피해자를 때려 죽였지만, 그렇다고 그가 다른 무기를 사용하는 데 관심이 없다는 뜻은 아니다.

반면, 번쩍거리도록 날을 잘 갈아놓은 칼을 그냥 테이블 위에 놓고 가족의 저녁식사용 닭만 자르지 않으리라는 법도 없다.

풀라스키는 계속 읽었다. "그리고 톱밥 약간. 보실까요?"

색스는 현미경 사진을 보았다. 가루는 매우 미세했다.

"연마 작업에서 나왔을까?" 색스는 생각에 잠겨 중얼거렸다. "톱질이 아니라?"

"모르겠습니다. 그럴 수도 있겠지요."

색스는 섬네일 하나를 클릭했다. 두 번. 표정에 긴장이 흘렀다. "퀸스 분석관은 목재 종류를 명시하지 않았어. 이걸 알아내야 해."

"제가 요청하죠." 한 손으로 이마를 문지르며, 풀라스키는 다른 손으로 계속 스크롤을 내렸다. "망치와 폭탄으로는 충분하지 않은 것 같군요. 독도 사용할 생각일까요? 유기염소와 벤조산도 상당량 검출됐습니다. 독극물이죠. 살충제 성분이지만, 살인에도 사용됩니다. 그리고 이 화학물질은...." 그는 데이터베이스를 확인했다. "광택제 프로파일이군요."

"톱밥과 광택제라. 목수나 공사장 건축공? 혹은 나무 상자나 목재 벽판 뒤에 폭탄을 설치했을까?"

그러나 인근에서 나무 상자든 뭐든 사제폭발물 보고가 들어온 적은 없었기 때문에, 색스는 마지막 가능성은 상당히 낮다고 판단했다.

"제조사를 알아내야 해." 그녀는 말했다. "광택제. 톱밥 종류도."

풀라스키는 아무 말도 하지 않았다.

곁눈질을 해보니, 그는 자기 휴대전화를 들여다보고 있었다. 문자 메시지였다.

"론?"

풀라스키는 퍼뜩 놀라 전화를 집어넣었다. 그는 요즘 다른 생각에 빠져 있을 때가 많았다. 가족 중에 아픈 사람이 있는 게 아닐까 하는 생각이 들었다.

"아무 일 없어?"

"그럼요. 괜찮습니다."

그녀는 되풀이했다. "제조사를 알아내야 해."

"제조사, 아, 광택제요."

"광택제 제조사. 그리고 나무 종류. 화장품 브랜드."

"제가 처리하죠." 그는 퀸스 본부에 다른 요청서를 보냈다.

그들은 두 번째 종류의 증거물―범인이 남겼을 수도 있고, 그렇지 않을 수도 있는 증거물―로 넘어갔다. 현장감식반은 스타벅스 폐기물 외에도 범인이 버린 것이 더 있을 거라는 가정하에 해당 휴지통 전체 내용물을 수거했다. 30~40가지 물건이 있었다. 냅킨, 신문, 플라스틱 컵, 사용한 클리넥스, 남편이 가족에게 돌아가기 전에 내다 버렸을 포르노 잡지. 전부 다 사진을 찍어서 목록으로 정리해 두었지만, 퀸스 분석관은 사건과 관련 있어 보이는 것은 없다는 메모를 남겼다.

　그러나 색스는 쓰레기통에서 수집한 증거물 개별 사진과, 감식반이 내용물을 비우기 전에 쓰레기통 전체를 넓게 잡은 사진을 20분 동안 꼼꼼히 관찰했다.

　"이걸 봐." 그녀는 말했다. 풀라스키가 다가왔다. 그녀는 화이트캐슬 패스트푸드라는 식당 로고가 찍힌 냅킨 두 장을 가리켰다.

　"슬라이더의 정석." 풀라스키는 읽고 덧붙였다. "한데 이건 뭐죠?"

　색스는 어깨를 으쓱했다. '슬라이더'가 작은 햄버거를 가리킨다는 것은 알고 있었다. 이름의 유래는 몰랐다. 미국에서 가장 오래된 패스트푸드 체인점 중 하나인 화이트캐슬은 버거와 밀크셰이크가 주 종목이다.

　"지문은?"

　풀라스키는 보고서를 읽었다. "없습니다."

　얼마나 끈질기게 수색했을까? 색스는 생각했다. 라임이 원수처럼 증오하는 두 가지 악덕이 무능과 태만이라는 것을 떠올리고, 그녀는 냅킨을 응시했다. "범인이 버렸을 가능성이 있을까?"

　풀라스키는 광각 사진을 확대했다. 구깃구깃한 화이트캐슬 냅킨은 스타벅스 폐기물 바로 옆에 있었다.

"그럴 수도. 범인은 프랜차이즈 식당을 좋아하니까요."

한숨. "냅킨은 DNA를 확보할 수 있는 최적의 매개 중 하나야. 분석관이 검사해서 스타벅스 폐기물과 대조할 수도 있었어."

무능, 태만....

그때 색스는 마음을 누그러뜨렸다.

과로했을 수도 있다. 경찰 업무란 게 늘 그러니까.

색스는 펼친 냅킨 사진을 불러냈다. 전부 얼룩이 묻어 있었다.

"어떻게 생각해? 하나는 갈색, 다른 하나는 불그스레한 색?"

"확실히 모르겠군요. 우리가 직접 관찰했다면, 확실히 알아보기 위해 색온도 분석을 했겠지만요. 링컨의 집에서 말입니다."

내 말이 그 말이잖아.

색스는 말했다. "냅킨 한 장은 초콜릿과 딸기 밀크셰이크 같아. 적절한 추론이지. 다른 한 장은? 그건 분명 초콜릿이야. 좀 점성이 덜해 보이는, 소프트드링크로 보이는 다른 얼룩도 있어. 이 두 장은 각각 따로 찾아가서 주문했을 때 사용한 거야. 첫 장은 셰이크 두 가지. 다른 한 장은 셰이크 하나와 소다 하나."

"마른 남자이지만, 칼로리는 상당히 비축하는군요."

"하지만 더 중요한 사실, 그는 화이트캐슬을 좋아해. 고정 고객이야."

"운이 좋다면 그 근처에 살 수도 있습니다. 하지만 어느 지점일까요?" 풀라스키는 온라인에 접속해서 일대 화이트캐슬 패스트푸드 체인점 위치를 살펴보았다. 몇 군데 있었다.

한 가지 생각이 떠올랐다. 모터오일.

"어쩌면 오일은 폭탄일수도 있고, 퀸스 화이트캐슬 체인점에 다니기 때문일 수도 있어." 색스는 말했다. "퀸스 화이트캐슬은 아스토리아 대로, 자동차 거리에 있어. 난 토요일 아침마다 아버지와 같이 자동차 부속을 사서 집에 돌아온 뒤 아마추어 기계공 흉내를 내곤 했지. 범인은 거기서 점심을 먹다가 오일을 묻혔을지도 몰라. 가능성은 희박하지만, 어쨌든 내가 거기 지배인과 이야기를 나눠보지. 자네는 퀸스 본부에 연락해서 냅킨을 다시 관찰해 달라고 해. 이 잡듯이. 지문. DNA도. 어쩌면 친구와 같이 식사를 했는데, 그 친구의 DNA가 CODIS에 들어 있을 수도 있잖아. 그리고 톱밥, 나무의 종류를 알아야겠어. 광택제 제조사도 알아보라고 하고. 이 보고서 작성한 분석관 말고 다른 사람으로. 멜에게 연락해."

조용하고 앞에 나서지 않는 형사 멜 쿠퍼는 뉴욕 최고의, 어쩌면 전 북동부 최고의 법과학 분석관이었다. 신원 규명 전문가이기도 했다―지문, DNA, 법의학적 안면 재구성. 그는 수학과 물리, 유기화학 학위를 갖고 있었고, 권위 있는 국제신원확인협회와 국제혈흔패턴 분석협회 회원이었다. 오래전 소도시 경찰서에서 일하던 그를 뉴욕 시경 법과학 본부에 채용한 것은 라임이었다. 쿠퍼는 언제나 라임이 조직하는 수사팀의 일원이었다.

색스가 재킷을 걸치고 무기를 확인하는 동안, 풀라스키는 법과학 본부에 전화해서 쿠퍼의 지원을 요청했다.

문을 나서려는데, 그가 전화를 끊고 말했다. "미안해요, 아멜리아. 다른 사람과 같이 일해야겠어요."

"왜?"

"멜은 휴가랍니다. 일주일 내내."

색스는 픽 하고 웃었다. 같이 일한 그 오랜 세월 동안, 그녀는 쿠퍼가 하루 이상 쉬는 것을 본 적이 없었다.

"그럼 유능한 사람을 다시 찾아봐." 그녀는 복도로 힘차게 걸어 나가며 생각했다. 라임이 은퇴하니 전부 다 엉망이 되는군.

8

"이건... 에스컬레이터군요. 그래, 맞아. 아니, 그 일부라고 해야 하나요. 윗부분. 복도에 있는데요. 분명 당신도 알겠죠."

"멜. 들어와. 할 일이 있어."

왜소하고 날씬한 쿠퍼는 늘 그렇듯 희미한 미소를 띤 채 검은 테 안경을 콧등 위로 밀어 올리며 라임의 타운하우스 거실로 들어왔다. 그는 늘 신는 허시퍼피 신발 차림으로 소리를 내지 않고 움직였다. 둘뿐이었다. 에버스 휘트모어는 미드타운의 법률사무소로 돌아갔다.

받침대에 둘러싸인 거대한 에스컬레이터의 일부가 집 안에 있는 이유를 라임이 설명하지 않자, 쿠퍼는 갈색 재킷을 벗어 걸고 운동 가방을 내려놓았다. "난 정말 휴가 계획이 없었습니다."

라임은 쿠퍼에게 휴가를 좀 내는 게 어떠냐고—흉내 낼 수 없는 그 특유의 태도로—권유했다. 즉, 법과학 본부 공식 업무에서 잠시 시간을 내서 프로머 대對 미드웨스트 컨베이언스 민사소송 건을 도와달라는 뜻이었다.

"아, 그래. 고마워." 라임의 감사 인사는 늘 그렇듯 퉁명스러웠다. 그는 사교적 처세술에 별 흥미도, 기술도 없었다.

"이건... 분명히 확인을 해야 할 것 같습니다만. 제가 여기 있는 데 뭔가 윤리적인 문제가 있는 건 아니겠지요?"

"아, 아니야, 그런 문제는 전혀 없어." 라임은 천장에 가닿은 에스컬레이터를 바라보며 대답했다. "이 일로 돈을 받지 않는 이상."

"아, 그렇죠. 전 자원봉사 중입니다."

"좋은 일 하는 친구를 돕는 거라고 생각하면 돼, 멜. 선한 일. 피해자의 미망인은 빈털털이야. 아들이 있고. 좋은 아이지. 앞날이 촉망되는." 라임은 그럴 거라고 짐작했다. 프로머 네 아들에 대해서는 아는 것이 없었고 이름조차 잊었다. "합의금을 받아내지 못하면, 스키넥터디의 차고에서 당분간 살아야 해. 평생 살지도 몰라."

"스키넥터디는 그리 끔찍한 동네가 아닙니다만."

"방점은 '차고'에 찍혀 있어, 멜. 게다가 도전적인 일이 될 거야. 자네 도전 좋아하잖아."

"그것도 어느 정도죠."

"멜!" 톰이 거실로 들어오며 말했다. "여기서 뭐하십니까?"

"납치됐어요."

"환영합니다." 조수인 톰은 얼굴을 찌푸렸다. "믿기세요? 저걸 보십시오." 그는 에스컬레이터와 받침대 쪽으로 못마땅한 시선을 보냈다. "바닥이 망가지지 않으면 좋겠는데요."

"내 집 바닥이야." 라임이 말했다.

"그걸 반질반질하게 유지할 책임을 제게 맡겼잖습니까. 그래놓고 2톤이나 되는 기계 장비로 망가뜨리다니." 톰은 쿠퍼에게 물었다. "간식이나 음료는?"

"차 주세요."

"좋아하시는 차 있습니다."

쿠퍼는 립튼을 좋아했다. 그의 입맛은 단순했다.

"여자친구는 잘 지내시나요?"

쿠퍼는 어머니와 같이 살았지만, 키가 크고 멋진 스칸디나비아계 컬럼비아 대학 교수 여자친구가 있었다. 그녀와 쿠퍼는 볼룸 댄스 챔피언이었다.

"아주...."

"우린 일하려던 참이야." 라임이 끼어들었다.

톰은 한쪽 눈썹을 치켜 올리고 보스의 말을 무시했다.

"잘 지내요." 쿠퍼가 대답했다. "잘 지냅니다. 다음 주 탱고 지역 예선이 있어요."

"음료 이야기가 나와서 말인데." 라임이 싱글 몰트 위스키 병을 바라보며 말했다.

"안 됩니다." 톰은 퉁명스럽게 말했다. "커피." 그는 부엌으로 돌아갔다.

무례하다.

"그래, 무슨 음모죠? 흥미로운데요."

라임은 에스컬레이터 사고와 에버스 휘트모어가 피해자의 아내와 아들을 대행하여 제기하려고 하는 소송에 대해 설명했다.

"아, 맞아. 뉴스에서 봤습니다. 끔찍한 사고였죠." 쿠퍼는 고개를 저었다. "요즘 전 에스컬레이터에 타고 내릴 때마다 마음이 놓이지 않아요. 계단을 이용하거나, 차라리 엘리베이터를 탑니다. 둘 다 사실 못 미더운 건 마찬가지지만."

그는 컴퓨터 모니터로 다가갔다. 사건 수사진의 일원이 아닌 색스가 비공식적으로 찍은 사고 현장 사진 수십 장이 떠 있었다. 열린 입구 패널에서 구덩이 같은 기계실 쪽을 바라보며 모터와 기어, 벽을 잡은 사진이었다. 온통 피투성이었다.

"과다출혈로 사망했습니까?"

"과다출혈 및 외상. 몸이 거의 반으로 잘렸어."

"음."

"이게 실제 구조물인가요?" 쿠퍼는 받침대와 에스컬레이터로 돌아가서 찬찬히 살펴보기 시작했다. "핏자국은 없군요. 닦아냈습니까?"

"아니." 라임은 실제 에스컬레이터는 몇 달 동안 접근할 수 없다는 점을 설명했다. 그러니 이 유사품으로 기계 오작동의 원인을 추론할 수 있지 않을까 하는 바람이었다. 라임은 뉴욕 시내 건설업자를 통해 동일한 모델의 일부를 임대했다. 톰은 그가 요청한 줄자를 찾았고, 두 사람은 에스컬레이터를 분해해서 현관으로 들여온 뒤 복도에서 다시 재조립할 정도의 공간이 있는지 확인했다. 임대비용은 5천 달러, 휘트모어가 법률 비용에 합산한 뒤 피고에게 받아내는 배상액에서 청구할 것이다.

인부들은 우선 받침대를 세우고 위판—그렉 프로머를 삼킨 입구 패널—과 그 부속, 경첩, 손잡이 일부, 조종 스위치 등을 장착했다. 바닥에는 피해자에게 치명상을 입힌 것과 동일한 모델의 모터와 기어가 있었다.

쿠퍼는 장비를 올려다보고 부품을 만져보며 주위를 조용히 걸었다. "증거로 채택되지는 않겠군요."

"아니. 우리는 그냥 뭐가 잘못됐는지, 닫혀 있어야 할 꼭대기 패널이 왜 열렸는지 알아내려는 것뿐이야." 라임은 휠체어를 몰고 다가왔다.

쿠퍼는 고개를 끄덕이고 있었다. "그렇다면 에스컬레이터는 위층으로 올라가는 중이었고, 피해자가 저 패널 위에 올라선 순간 갑자기 열렸다고 추론할 수 있겠군요. 얼마나 활짝 열려 있었습니까?"

"아멜리아는 35센티미터가량이라고 했어."

"현장 관찰을 그녀가 했나요?"

"아니, 사고 당시 다른 범인을 추적하느라 우연히 현장에 있었어. 이 사고 때문에 범인을 놓치고 피해자를 살리려고 했지. 살리지 못했어."

"범인도 도주했고요?"

"맞아."

"아멜리아는 별로 기분이 좋지 않았겠군요."

"피해자의 부인을 만나러 갔다가 경제적인 난관에 처한 걸 알게 됐어. 변호사를 소개해 줘야겠다는 생각을 했지. 그렇게 해서 이 일이 우리한테 오게 된 거야."

"그렇다면, 뚜껑이 열렸다—네, 스프링으로 작동하는 장치가 보입니다. 묵직하겠군요. 피해자는 아래로 끌려 내려가서 모터와 기어 위로 떨어졌을 거고."

"맞아. 패널 앞쪽 모서리의 톱니에도 몸이 쓸려서. 그래서 사진 속의 벽이 온통 핏자국이야."

"그렇군요."

"자. 이제 자네가 안에 들어가서 만져보고 어떻게 작동하는지 알아내. 꼭대기 패널이 어떻게 열리는지, 스위치, 지레, 경첩, 안전장치. 전부 다. 사진을 찍어. 그런 다음 사고가 어떻게 발생했는지 재구성해 보자고."

쿠퍼는 주위를 둘러보았다. "사직하신 뒤로 집은 별로 변하지 않은 것 같습니다."

"그럼 카메라 장비가 어디 있는지도 알겠군." 라임은 조급하게 잘라 말했다.

쿠퍼는 킥킥 웃었다. "링컨도 별로 안 변했군요." 그는 거실 뒷벽 선반으로 다가가서 헤드밴드가 달린 카메라와 전등을 골랐다. "광부의 아들." 그는 농담을 던지며 헤드밴드를 머리에 달았다.

"빨리해. 어서!"

쿠퍼는 에스컬레이터 안으로 올라갔다. 손전등 불빛이 소리없이 번득이기 시작했다.

초인종이 울렸다.

누구지? 뻣뻣한 변호사 에버스 휘트모어는 자기 사무실에 돌아가서 그렉 프로머의 친구와 가족과 이야기하고 있을 것이다. 프로머는 사망 당시 변변찮은 직업에 종사하고 있었지만 가까운 장래에 유능한 마케팅 담당자의 위치로 되돌아갈 예정이었다는 점을 입증할 증거를 수집해야 한다. 그래야 최근 수입액에 기반을 둔 배상금보다 훨씬 더 높은 액수를 책정할 수 있다.

의사 중 한 사람인가? 사지마비 환자로서 신경과 전문의는 물론 물리치료사의 정기검진을 받아야 하지만, 지금은 검사 일정이 없다.

그는 휠체어를 끌고 폐쇄회로 보안카메라 화면으로 다가가서 손님이 누구인지 확인했다.

아, 젠장.

라임은 손님이 약속 없이 불쑥 나타날 때 늘 짜증스러웠다(사실 약속을 하고 나타날 때도 크게 다르지 않다).

하지만 오늘의 당황스러움은 평소보다 훨씬 더 강력했다.

"네, 네." 남자는 아멜리아 색스에게 장담했다. "누구 이야기를 하시는지 압니다. 조용한 남자."

그녀는 퀸스 화이트캐슬 햄버거가게 아스토리아 지점 지배인과 이야기하는 중이었다.

"아주 키 크고 마른 남자. 백인, 흰 피부."

반면 지배인은 올리브색 피부, 둥글고 쾌활한 얼굴을 한 남자였다. 그들은 정면 창가에 앉아 있었다. 지배인은 자신이 책임지는 가게에 대한 자부심이 역력한 태도로 탁자를 직접 닦는 중이었다. 윈덱스 냄새와 양파 향이 독했다. 후자는 군침이 돌았다. 색스가 먹은 마지막 식사는 어제 저녁이었다.

"이름을 압니까?"

"아, 아니요. 하지만...." 그는 고개를 들었다. "샬럿?"

카운터 뒤의 20대 여자가 이쪽을 바라보았다. 이 식당 대표 음식 같은 건 그리 즐기지 않을 것 같은 몸매였다. 날씬한 여자는 주문 하나를 끝내고 이쪽으로 다가왔다.

색스는 자기소개를 하고 규정대로 배지를 보여주었다. 여자의 눈빛이 빛났다. 과학수사대 드라마의 한 장면에 출연하게 되어 들뜬 것 같았다.

"샬럿은 가게를 오래 지킵니다. 든든한 직원이죠."

여자는 얼굴을 붉혔다.

"로드리게스 씨는 당신이 혹시 키 큰 남자 손님을 알지도 모른다고 하는군요." 색스가 말했다. "키 크고 아주 마른 남자. 백인. 녹색 체크무늬 재킷을 입었을 수도 있습니다. 야구모자."

"그럼요, 기억해요!"

"이름을 아십니까?"

"아뇨. 그냥, 기억에 남는 손님이에요."

"그에 대해 아는 대로 알려줄 수 있나요?"

"음. 말씀하셨듯이, 말랐어요. 비쩍. 그리고 많이 먹어요. 샌드위치 열 개, 열다섯 개."

샌드위치... 버거겠지.

"다른 사람을 위해 대신 사가는 건 아닐까요?"

"아뇨, 아뇨, 아뇨! 여기서 드세요. 대체로. 우리 엄마가 잘 쓰던 표현을 빌리면, 그냥 삼켜요. 그리고 밀크셰이크 두 잔. 그렇게 깡마른 사람이 어마어마하게 먹는다니까요! 때로는 밀크셰이크 한 잔, 소다 한 컵. 언제부터 형사가 되셨어요?"

"몇 년 됐습니다."

"정말 멋져요!"

"다른 사람과 같이 온 적도 있나요?"

"제가 본 적은 없어요."

"여기 자주 오나요?"

"일주일에 한 번쯤? 2주에 한 번?"

"혹시 이 근처에 산다는 느낌을 받은 적이 있나요?" 색스는 물었다. "그런 말을 했다든가?"

"아뇨, 그런 말은 한 적이 없어요. 늘 고개를 숙이고 주문만 했죠. 모자도 썼어요." 그녀의 눈이 가늘어졌다. "보안카메라를 두려워했군요! 그럴까요?"

"그럴 수도. 어떻게 생겼나요? 얼굴은?"

"주의 깊게 본 적이 없어요. 긴 얼굴, 창백한 안색, 그리 자주 외출하지 않는 인상. 턱수염이나 콧수염은 없었던 것 같아요."

"어디서 오는 길이라든가, 어디로 가는 길이라든가 그런 이야기를 들은 적은 없나요?"

샬럿은 기억을 더듬었다. 하지만 아무것도 생각나지 않는 것 같았다. "죄송해요." 그녀는 질문에 대답하지 못하는 것이 미안해서 몸을 움츠릴 지경이었다.

"차는?"

다시 낙심. "음, 모르겠는데... 잠깐. 아니, 아닐 거예요. 가게에서 나선 뒤에 주차장 반대쪽으로 갔던 것 같아요."

"그럼 그가 나가는 모습은 유심히 봤군요."

"계속 보게 되는 사람이잖아요. 어디가 이상하게 생겨서가 아니라. 그냥, 너무 깡말라서요. 그렇게 많이 먹고도 저렇게 마르다니. 너무 불공평하다. 우리 같은 사람들은 노력을 해야 되잖아요."

여자들끼리의 말투, 색스는 생각했다. 미소.

"매번? 나갈 때마다 그쪽으로 가던가요?"

"그랬던 것 같아요. 확실해요."

"들고 다니는 게 있었나요?"

"음, 가방, 비닐 가방을 들고 있었던 것 같아요. 한 번, 카운터 위에 가방을 놓은 적이 있는데, 묵직했어요. 안에서 철컹거리는 소리도 나고요. 금속 같은 소리."

"무슨 색이었나요?"

"흰색이요."

"안에 뭐가 들었는지는 모르고요?"

"아뇨. 죄송해요. 정말 도움이 되고 싶은데."

"잘하고 계십니다. 옷은?"

그녀는 고개를 저었다. "재킷과 모자 말고는 기억이 나지 않아요."

색스는 로드리게스에게 물었다. "보안카메라는?" 대답은 짐작하고 있었다.

"매일 겹쳐 녹화합니다."

그래, 예상대로다. 범인의 영상은 녹화되었더라도 이미 지워졌을 것이다.

다시 샬럿을 돌아보았다. "큰 도움이 되었습니다." 색스는 이어 두 사람을 향해 말했다. "여기서 일하는 모든 사람에게 경찰이 이 남자를 찾고 있다고 알려주십시오. 그가 다시 찾아오면 911에 연락하라고요. 살인 용의자라는 말도 하십시오."

"살인." 샬럿은 경악한, 한편으로는 들뜬 얼굴로 속삭였다.

"맞습니다. 나는 색스 형사입니다. 5885번." 그녀는 지배인과 샬럿에게 명함을 건넸다. 여자는 작은 종잇조각을 마치 어마어마한 팁이라도 받은 듯 응시했다. 그녀는 결혼반지를 끼고 있었다. 오늘 밤 저녁식탁에서 흥미로운 이야깃거리가 생겼다고 생각하고 있을 것이다. 색스는 두 사람을 번갈아 바라보았다. "하지만 나한테 전화하지 마세요. 911에 연락해서 내 이름을 대면 됩니다. 나보다 더 빨리 순찰차를 불러줄 거예요. 하지만 아무 일 없는 것처럼 태연하게 행동해야 합니다. 그냥 평소대로 응대하고, 그가 가게를 나서거나 자리에 앉으면 전화하세요. 알겠습니까? 그 외의 행동은 해서는 안 됩니다. 하실 수 있겠어요?"

"아, 그럼요, 형사님." 샬럿은 장군의 명령을 받는 사병처럼 대답했다.

"제가 분명히 처리하겠습니다." 지배인 로드리게스가 말했다. "모두에게 이야기하지요."

"이 동네에 화이트캐슬 지점이 또 있지요. 용의자는 그리 갈 수도 있습니다. 다른 지배인들에게도 알려주시겠습니까?"

"알겠습니다."

색스는 얼룩 하나 없이 깨끗한 유리창을 통해 바깥 큰 길을 살폈다. 가게, 식당, 아파트가 줄지어 있었다. 저 중 어느 곳에서 철컹거리는 물건을 흰 비닐 가방에 담아 손님에게 팔고 있을지도 모른다. 집으로, 혹은 살인 현장으로 가져갈 수 있도록.

로드리게스가 말했다. "아, 형사님. 슬라이더 하나 가져가시죠. 제가 내겠습니다."

"음식 접대는 못 받게 되어 있어요."

"하지만 도넛은...."

색스는 미소 지었다. "그런 거 다 거짓말입니다." 그녀는 그릴 쪽을 보았다. "하지만 내가 돈 내고 하나 사죠."

샬럿은 미간을 찡그렸다. "두 개 가져가세요. 아주 작아요."

정말 작았다. 하지만 정말 맛있었다. 밀크셰이크도 마찬가지였다.

색스는 3분 만에 아침 겸 점심을 끝냈다. 그리고 밖으로 나왔다.

그녀는 주머니에서 휴대전화를 꺼내 론 풀라스키에게 전화를 걸었다. 원 폴리스 플라자의 범인 40 사건 상황실은 응답이 없었다. 풀라스키의 휴대전화로 걸어보았다. 음성녹음이 흘러나왔다. 그녀는 메시지를 남겼다.

좋아, 각자 탐문한다. 색스는 흐린 하늘 아래 세찬 바람을 맞으며 보도로 나섰다. 철물가게부터 시작하자. 톱밥, 광택제.

둥근머리 망치.

둔기로 인한 외상.

9

링컨 라임은 법과학 수업을 듣는 학생 줄리엣 아처가 오늘 비공식 인턴직을 시작하기로 했다는 것을 까맣게 잊고 있었다.

도착한 손님은 바로 그녀였다. 다른 상황이었다면 그도 방문을 즐겼을지 모른다. 하지만 지금은 어떻게 쫓아낼까 하는 생각이 가장 먼저 머릿속에 떠올랐다.

아처는 스톰애로 휠체어를 몰고 에스컬레이터 옆을 돌아 바닥을 격자로 덮은 전선 앞에서 능숙하게 브레이크를 잡으며 거실로 들어섰다. 뱀처럼 구불거리는 케이블을 타고 넘는 것이 그리 익숙하지는 않은 것 같았지만, 라임도 매일 아무 문제 없이 지나다니는 길일 거라고 생각한 것 같았다.

"안녕하세요, 링컨."

"줄리엣."

톰도 그녀에게 고개를 끄떡했다.

"줄리엣 아처. 링컨의 수업을 듣는 학생입니다."

"저는 그의 조수, 톰 레스턴입니다."

"만나서 반갑습니다."

잠시 후 두 번째 초인종이 울렸고, 톰은 다시 문간으로 나갔다. 잠시 후 그는 덩치 큰 30대 남자와 함께 거실로 들어섰다. 두 번째 손님은 비즈니스 정장과 연파랑 셔츠, 타이 차림이었다. 셔츠 맨 위 단추는 풀려 있었고, 타이는 느슨하게 맨 상태였다. 라임은 이런 스타일을 이해할 수 없었다.

남자는 방 안의 모든 사람에게 고갯짓을 했지만, 시선은 아처를 향했다. "줄, 기다리지 않았군. 내가 기다리라고 했잖아."

아처는 말했다. "이쪽은 내 동생, 랜디예요." 라임은 아처가 장애인 출입이 용이하도록 다운타운의 자기 아파트를 개조하는 동안 동생 부부 집에 잠시 머물고 있다는 것을 떠올렸다. 마침 동생 부부는 존 마셜 학교 근처에 살고 있었다.

랜디는 말했다. "이 집 현관 앞 경사로는 가파르더군요."

"더 가파른 곳도 가봤어." 아처가 대답했다.

라임은 사람들이 중증 장애인을 부모가 아이를 돌보듯 대하는 경향이 있다는 것을 알고 있었다. 이런 태도는 그를 몹시 짜증스럽게 했고, 아처도 마찬가지인 것 같았다. 그녀는 언젠가 아이 취급에 면역이 될까? 라임 자신은 결코 그럴 수가 없었다.

음, 남동생의 존재가 문제를 해결해 주는군, 라임은 생각했다. 그와 멜이 샌디 프로머의 남편 사망 사건에 대해 제조사나 상가, 기타 누구든 과실 소재를 입증하려고 노력하는 동안, 아마추어나 다름없는 아처 남매가 옆에서 어슬렁거리게 놓아둘 수는 없다.

"약속한 대로 왔습니다." 아처는 연구실로 개조한 거실을 둘러보며 말했다. "이야, 이걸 봐. 장비, 기구. 이건 주사전자현미경? 대단해요. 전력 문제는 없나요?"

라임은 대답하지 않았다. 무슨 말이라도 했다가는 신속한 퇴장을 저해할지도 모른다.

멜 쿠퍼는 발판에서 바닥으로 내려서서 아처 쪽을 보았다. 아처는 멜이 들고 있는 플래시 불빛에 눈을 깜빡거렸다.

"아, 죄송합니다. 멜 쿠퍼라고 합니다." 그는 휠체어를 감안해서 손을 내밀지 않고 고개를 끄덕였다.

아처는 동생을 소개하고 다시 주의를 쿠퍼에게 돌렸다. "아, 쿠퍼 형사님. 링컨이 당신에 대해 좋은 말을 하셨습니다. 법과학 연구실의 대들보라고 하시고...."

"자." 라임은 쿠퍼의 흡족하게 묻는 듯한 시선을 무시하고 얼른 말을 끊었다. "지금 우린 일을 한창 하던 중이라서."

아처는 앞으로 나와서 다른 장비를 둘러보았다. "역학조사를 할 때 우리도 가스 크로마토그래프/질량분석기를 종종 썼습니다. 다른 모델이었지만. 그래도. 음성인식도 되나요?"

"음. 아니야. 아니, 멜이나 아멜리아가 보통 돌리지. 하지만...."

"아, 꽤 성능 좋은 음성인식 기능이 있어요. RTJ 장비. 애크런 소재 회사죠."

"그런가?"

"그냥 알아두시라고요. 《포렌식 투데이》에서 핸즈프리 연구실에 대한 기사를 봤습니다. 제가 보내드릴 수 있어요."

"우리도 구독합니다." 쿠퍼가 말했다. "제가 찾아서...."

라임은 내뱉었다. "내가 말했지만, 지금 수사 중인 이 사건은 시간을 다투는 건이야. 갑자기 생긴 일정이라."

"음, 추측하자면, 아무 데로도 이어지지 않는 에스컬레이터가 관련된 사건이겠군요."

라임은 이 농담이 신경에 거슬렸다. 그는 말했다. "미리 전화를 했어야지. 두 사람이 여기까지 굳이 와서...."

아처는 평정하게 말했다. "아. 음, 오늘 전 여기 오기로 되어 있었습니다. 정확한 시간을 정해주지 않으셨어요. 제가 이메일을 보냈습니다."

둘 중 어느 쪽이 전화를 해야 했다면, 그건 라임이었다는 뜻이었다. 그는 다른 방법을 시도했다. "내 실수군. 전적으로. 헛걸음을 하게 해서 미안하네."

이 마음에 없는 사과에 톰이 쌀쌀한 시선을 보냈다. 라임은 그를 대놓고 무시했다.

"그럼 다음에 만나야겠군. 다른 시각에. 그때 보자구."

랜디가 말했다. "그럼, 줄, 줄리엣. 돌아가자. 내가 밴을 가져올게. 그런 다음 경사로로 휠체어를 인도해서...."

"아, 하지만 모든 일정이 잡혀 있는데. 윌 시니어가 앞으로 며칠 동안 빌리를 맡아주기로 했어. 버튼은 휘스커와 놀기로 했고. 난 모든 병원 예약을 변경했어. 그런데."

버튼? 휘스커? 라임은 생각했다. 젠장. 어쩌다 이런 일에 얽혔지? "이것 봐. 자네더러 와도 좋다고 했을 때는 여유가 좀 있었네. 좀 더... 선생 노릇을 할 수 있을 거라고 생각했어. 한데 지금은 그리 도움이 되지 않을 거야. 일이 많아서. 이건 아주 시급한 수사야."

시급한 수사? 내 입으로 이런 소릴 했나? 라임은 생각했다.

아처는 고개를 끄덕였지만, 시선은 에스컬레이터를 향한 채였다. "그 사건이겠군요. 브루클린, 맞지요? 상가, 민사 건. 형사사건으로 볼 만한 이유가 없어요. 추측하자면, 복수의 피고인을 상대로 하는 손해배상 소송이겠지요. 제조사, 상가를 소유한 부동산 회사, 관리인력. 그런 소송이 어떤 건지 모르는 사람 있나요." 그녀는 휠체어를 빙글 돌렸다. "드라마도 인기잖아요. 〈보스턴 리갈〉, 〈굿 와이프〉."

그게 뭔지 어떻게 알아.

"이제 정말...."

아처는 말했다. "그리고 이건 현장 재구성일 거고요. 실제 에스컬레이터를 여기 가지고 올 수는 없었나 보죠? 민사사건 변호사는 접근 불가?"

"현장에서 떼어내서 압수했습니다." 쿠퍼가 라임의 매서운 시선을 아랑곳하지 않고 말했다.

"다시 한번 말하지만, 미안해. 하지만...."

아처는 말을 이었다. "뭐가 그렇게 급하죠? 자기 몫을 요구하는 다른 원고들이 있나요?"

라임은 아무 말도 하지 않았다. 그는 그녀가 휠체어를 끌고 받침대에 가까이 다가가는 모습을 바라보고 있었다. 아처의 모습이 그제야 시야에 자세히 들어왔다. 상당히 세련된 옷차림이었다. 긴 암녹색 하운드 투스 체크무늬 치마, 풀 먹인 흰 블라우스. 검은 재킷. 왼쪽 손목에는 룬 문자(북유럽 신화에서 마법의 힘을 지녔다고 전해지는 문자-편집자)가 정교하게 새겨진 금제 팔찌를 끼고 있었고, 팔찌는 움직이지 않도록 휠체어 팔걸이에 고정되어 있었다. 아처는 스톰애로 터치 패드를 오른손으로 조종하고 있었다. 밤색 머리는 한 갈래로 틀어 올린 모양이었다. 손을 사용할 수 없을 때는, 머리카락과 땀으로 인해 가렵고 짜증나는 사태는 가능한 한 최소화해야 한다는 것을 이미 깨달은 것 같았다. 라임은 요즘 모기 살충제—톰의 고집으로 구한 유기농 제품—를 사고 전보다 더 많이 사용하고 있었다.

"줄리엣." 랜디가 말했다. "라임 씨는 바빠. 시간낭비하게 해드리면 안 돼."

이미 했어, 라임은 생각했다. 하지만 그는 유감스럽다는 듯한 미소를 띠었다. "미안해. 모든 사람에게 이게 최선이야. 다음 주, 2주 뒤."

아처는 흔들리지 않는 눈빛으로 라임을 응시했다. "한 사람 더 있으면 도움이 되지 않을까요? 물론, 난 법과학 신참이지만, 오랫동안 역학조사를 해왔습니다. 게다가, 진짜 증거는 없으니 지문이나 질량분석 같은 걸 할 수 있을 것 같지도 않고. 기계 결함 문제에 대해 추론만 많이 해야 할 상황 아닙니까. 감염 원인을 규명할 때도 마찬가지였습니다. 기계 분석이 아니라, 추론. 발로 좀 뛰어다니기도 했고요." 미소. "그 당시에는."

라임은 그녀를 다시금 똑바로 바라보았다.

"줄." 랜디가 얼굴을 붉혔다. "그 이야기는 전에 했잖아."

장애를 놓고 던지는 농담에 대해 대화를 했다는 거겠지, 라임은 추측했다. 그는 지나치게 민감하고 정치적으로 올바른 사람들, 약자 취급을 하려 드는 사람들, 심지어 장애인 커뮤니티 내에서도 그런 사람이 있을 때마다 당황스럽게 만드는 데서 재미를 느꼈다. 라임이 가장 좋아하는 명사는 '절름발이'였다. 동사는 '몸 둘 바를 모르다'였다.

고집스러운 대꾸에도 라임이 아무 대답을 하지 않자, 아처의 입매가 굳었다. "하지만," 그녀는 태연하게 말을 이었다. "관심이 없으시다면, 좋습니다. 다음 기회에 뵙죠." 목소리에는 날이 서 있었고, 이 점이 라임의 결정을 더 굳건하게 해주었다. 삐딱한 태도는 필요 없다. 그가 그녀를 인턴으로 받아들인 것은 호의에서였다.

"이게 최선이야."

랜디가 말했다. "내가 차를 현관문 앞에 델게, 줄. 경사로 위쪽에서 움직이지 말고 기다려." 그는 라임을 돌아보았다. "고맙습니다." 그는 고개를 깊이 숙여 인사했다. "배려해 주신 데 대해 감사드립니다."

"천만에요."

"제가 바래다드리죠." 톰이 말했다.

"멜, 계속하지." 라임은 퉁명스럽게 말했다.

쿠퍼는 다시 받침대 위에 올라섰다. 카메라 플래시가 다시 깜빡였다.

아처가 말했다. "다음 주 수업 시간에 뵙겠습니다, 링컨."

"다시 여기로 오게. 인턴으로. 다른 시간에."

"그러죠." 아처는 냉정하게 말했다. 그리고 톰과 함께 복도로 나갔다. 잠시 후 라임은 현관 문 닫히는 소리를 들었다. 그는 비디오 스크린 쪽으로 휠체어를 움직여 아처를 지켜보았다. 그녀는 동생의 말을 듣지 않고 혼자 쉽게 경사로를 내려가 보도에서 멈춰 섰다. 그녀는 고개를 돌려 타운하우스를 올려다보았다.

라임은 아멜리아 색스가 찍은 사진이 떠 있는 컴퓨터 모니터 쪽으로 향했다. 그는 몇 분 동안 사진을 관찰했다.

문득 길게 한숨을 내쉬었다.

"톰! 톰! 내가 부르는 소리 안 들려! 도대체 어디 있어?"

"3미터 밖에 있습니다, 링컨. 그리고, 아뇨, 요즘 귀가 멀지도 않았습니다. 무슨 용무로 그렇게 예의 바르게 부르시는지요?"

"그녀를 여기 다시 데려와."

"누구요?"

"방금 여기 있던 여자. 10초 전에. 달리 누구 말이겠나? 다시 데려와. 당장."

론 풀라스키는 벽돌이 삼각형이나 사다리꼴로 쪼개져 빙산처럼 비죽 솟은 콘크리트 보도에 서 있었다. 바로 옆 철조망 꼭대기에는 가시철사가 쳐져 있었고, 캔버스 대신 철망 위에 그린 그림이라 보통 그래피티보다 더 해독하기 어려운 글자와 상징으로 가득 차 있었다. 도대체 어떤 사람이 철조망을 훼손하지? 풀라스키는 생각했다. 어쩌면 멀쩡한 벽돌 벽과 콘크리트 기둥에는 낙서할 자리가 없었는지도.

음성 메시지를 들었다.

아멜리아 색스가 그를 찾았다. 풀라스키는 그녀가 화이트캐슬 단서를 추적한 뒤 몇 시간 지나면 맨해튼으로 돌아올 거라고 믿고 아까 경찰본부 상황실에서 몰래 빠져나왔다. 한데 그녀가 수사를 진전시킬 만한 뭔가를 찾아낸 모양이었다. 풀라스키는 메시지를 다시 확인했다. 즉각 그가 필요한 것은 아니었다. 긴급 상황 같은 건 분명 아니다. 범인 40이 종종 출몰하고 며칠 전에도 목격된 지역에 가서 탐문에 협조하라는 지시였다. 범인은 그 지역에 살 수도 있고, 자주 쇼핑을 할 수도 있다.

풀라스키는 색스와 이야기하고 싶지 않았다. 그는 문자 메시지를 보냈다. 목소리가 아니라 엄지손가락으로 대화하면 거짓말이 더 쉽다. 최대한 빨리 그쪽으로 가겠다, 그는 적었다. 지금 잠시 사무실 밖으로 나왔다.

메시지는 이게 다였다.

그러나 생각해 보면 사실 거짓말이라고 할 수는 없었다. 그는 사무실 밖에 있었고, 용무를 마치자마자 색스에게 합류할 예정이었다. 그래도 거리에서 순찰을 돌고 있을 때, 보고하지 않는 것은 기만과 다를 바 없다.

전화 보고를 마치고, 젊은 경찰은 다시 경계태세를 발동했다. 극도로. 그는 33번 지구대에 있었다. 그러니 경계해야 했다.

그는 브로드웨이 정션 역사에서 막 보도로 내려서서 밴 신더렌 애비뉴를 걷고 있었다. 브루클린 이 일대는 엉망이었다. 뉴욕시 다른 지역 이상으로 특별히 지저분한 곳은 아니었지만, 그냥 혼돈스러웠다. 커나시 선과 자마이카 선이 머리 위에서 덜컹거리며 지나갔다. 지하에는 독립 전철선IND. 자동차와 트럭이 쉴 새 없이 스쳐가고 경적을 울리며 추월했다. 보도에는 인파가 넘실거렸다. 자전거.

풀라스키는 눈에 띄었다. 오션힐, 브라운스빌, 베드-스타이가 인접하는 이 동네는 주민의 2퍼센트 정도가 백인이었다. 아무도 그를 귀찮게 하지 않았고, 심지어 아무도 그를 주목하지 않는 것 같았다. 다들 자기 용무에 바빴고, 뉴욕 시민들은 언제나 용무가 다급해 보인다. 혹은 휴대전화에 시선을 집중하거나, 친구들과 대화하느라 여념이 없었다. 대부분의 흑인 동네에서 대다수의, 절대 다수의 주민들은 그저 출퇴근하거나, 아는 사람들과 술집이나 커피숍, 식당에서 어울리거나, 쇼핑하러 가거나, 아이들과 개를 끌고 산책을 하거나, 집으로 가고 싶을 뿐이다.

그러나 어린애처럼 매끈한 얼굴을 한 백인 청년이 왜 대다수의 주민들이 흑인이거나 갈색 피부인 뉴욕의 이 동네에서 깨진 보도 위를 어슬렁거리며 걷고 있는지 의아해하며 관심을 가질지도 모르는 사람들의 존재를 무시할 수 있다는 뜻은 아니었다. 이 지역 우편번호 끝자리 숫자와 동일한 33번 지구대는 통계상 뉴욕시에서 가장 위험한 지역이었다.

아멜리아 색스가 폴리스 플라자를 나선 뒤, 풀라스키는 몇 분 시간을 끌다 뉴욕시경 제복을 벗고 사복으로 갈아입었다. 청바지, 러닝화, 작전용 녹색 티셔츠, 검은 가죽재킷, 허름한 복장. 그는 고개를 숙이고 본부를 떠났다. 근처 현금인출기에 갔고, 지폐를 바라보며 속으로 움츠러들었다. 정말 내가 이 빌어먹을 짓을 하고 있는 게 맞나? 그는 아주 극단적인 상황이 아니면 여간해서 장밋빛 입술 밖으로 튀어나오지 않는 욕설까지 붙여가며 생각했다.

강을 건너고 숲을 넘어… 나쁜 놈들을 향해 우리는 간다.

이제 그는 전철역을 등 뒤로 하고 브로드웨이를 향해 걸었다. 자동차 수리소, 건축자재상, 부동산, 수표환금 및 급여담보대출 가게, 사창가, 펄럭거리는 종이에 손으로 쓴 메뉴를 유리창에 붙인 싸구려 식당. 풀라스키는 상업지구를 차츰 벗어나 대부분 3~4층인 아파트 건물들을 지나쳤다. 빨간 벽돌 건물, 베이지색과 갈색으로 칠한 돌 건물이 많았고, 그래피티도 많았다. 지평선 그리 멀지 않은 거리에 브라운스빌 저소득층 공동주택 건물이 우뚝 솟아 있었다. 보도에는 담배꽁초, 쓰레기, 맥주 캔, 콘돔 몇 개와 바늘… 심지어 요즘 잘 보이지 않는 물건이라 향수를 불러일으키는 코카인 파이프도 있었다.

33....

풀라스키는 더 빨리 걷고 있었다.

한 블록, 두 블록, 세 블록, 넷.

알포는 도대체 어디 있지?

보도 저 앞쪽에서 아이 둘―젊은 친구들이었지만 몸무게는 둘 다 합쳐 풀라스키의 네 배쯤 될 것 같았다―이 적대감 어린 눈으로 그를 바라보고 있었다. 풀라스키는 개인 소유인 스미스앤웨슨 보디가드를 발목에 차고 있었다. 하지만 상대가 마음만 먹으면, 그는 강력한 권총을 총집에서 빼낼 틈도 없이 땅에 쓰러져서 피를 흘리게 될 것이다. 그러나 두 청년은 지나가던 풀라스키에게는 눈길을 주지 않고 다시 마리화나를 피우며 심각하게 대화를 이어갔다.

두 블록 더 가자, 마침내 그가 찾던 청년이 눈에 띄었다. 경찰본부에서 풀라스키는 73번 지구대 범죄활동 보고서를 몰래 훔쳐보고 어디로 가야 알포를 찾을 수 있을까 미리 대충 생각해 두었다. 알포는 G. W. 델리와 전화카드 가게 앞에서 휴대전화로 통화하며 마리화나가 아닌 담배를 피우고 있었다.

깡마른 라틴계 청년은 근육이 별로 붙어 있지 않은 팔을 다 내놓는 민소매 티셔츠차림이었다. 방범과 정찰팀이 상당히 또렷한 사진을 갖고 있었기 때문에, 곧장 알아볼 수 있었다. 알포는 몇 번 경찰서에 끌려와서 심문을 받고 풀려난 적이 있었다. 하지만 단 한 번도 체포된 적은 없었다. 마약과에서는 그가 아직도 현업에 종사하고 있다고 믿고 있었다. 분명하다. 척 봐도 알 수 있다. 서 있는 자세, 통화에 집중하는 와중에도 경계를 늦추지 않는 태세만 봐도 알 수 있었다.

풀라스키는 주위를 둘러보았다. 눈에 띄는 위협은 없었다.

가보자. 풀라스키는 알포에게 성큼성큼 다가가다 그쪽을 보고 속도를 늦췄다.

검은 피부에 회색빛이 도는 젊은이는 고개를 들었다. 전화에 대고 뭐라 작별인사를 하더니 싸구려 플립폰을 집어넣었다.

풀라스키는 천천히 다가갔다. "어이."

"어이."

알포의 시선이 긴장한 짐승처럼 길 양쪽을 살폈다. 걱정스러운 기미는 찾을 수 없었다. 눈길은 다시 풀라스키에게 돌아왔다.

"좋은 날이군?"

"그럭저럭. 한데 아는 사인가?"

풀라스키는 말했다. "알폰스. 맞지?"

대답 대신 응시.

"난 론이야."

"누가 보냈어?"

"켓. 베드-스타이의 리치스에 있는."

"리치, 알지. 어떻게 아는 사이지?"

풀라스키는 말했다. "그냥저냥. 가끔 어울려. 그가 날 보증해 줄 거야."

에디 켓이 론 풀라스키를 보증해 주는 이유는 친구라서가 아니라 며칠 전 싸움을 말리면서 에디가 갖고 있으면 안 되는 총을 갖고 있는 것을 풀라스키가 발견했기 때문이었다. 그는 약도 갖고 있었다. 약에 관심이 있었던 풀라스키는 총이나 옥시 관련 죄목은 잊어줄 테니 절대 입 밖에 내지 않는 조건으로 부탁 하나만 들어달라고 했다. 켓은 현명하게 그 길을 택했고, 알폰소가 있을 만한 곳을 알려주고 아는 사람인 척하겠다고 했다.

두 사람은 지금 거리 양쪽을 번갈아보고 있었다.

"켓, 그는 괜찮아." 알포는 되풀이하며 시간을 끌었다. 원래 이름은 알폰스였지만, 거리에서는 대체로 알포alpho, 경찰이나 갱단 사이에서는 개 사료 이름을 따 알포alpo라고 불렸다.

"그래, 괜찮은 친구야."

"전화해 봐야겠군."

"내가 왜 그 이름을 들먹일까. 왜 여기 왔을까. 당신이 날 연결해 줄 수 있다고 했어."

"왜 그를 통하지 않고? 도움받는 거 말이야." 풀라스키는 알포가 에디를 켓이라고 부르지 않는 것을 주목했다. 아마 나를 믿는 것이리라. 보증해 주는 인맥 없이 33번 지구대에 온다는 것은 백치짓이다.

"내가 필요한 건 에디가 안 갖고 있어."

"당신은 약 하는 것 같진 않은데. 원하는 게 뭐야?"

"암페타민, 코카인, 그런 건 아니야." 풀라스키는 혹시 위협적인 사람들이 있나 다시 주위를 둘러보며 고개를 저었다. 남자든 여자든. 여자들도 마찬가지로 위험하다.

제복 경찰이나 사복경찰, 경찰 표시가 없는 다지 차량도 찾아보았다. 동료 경찰과 마주치고 싶지도 않았다.

그러나 거리는 깨끗했다.

풀라스키는 낮은 음성으로 말했다. "새 물건이 있다는 이야기를 들었어. 옥시는 아닌데, 옥시 같다면서."

"그런 이야기는 들어본 적 없어. 마리화나, 코카인, 각성제 같은 건 구해줄 수 있어." 알포는 긴장을 풀고 있었다. 경찰 위장작전은 이런 식으로 이루어지지 않는다.

풀라스키는 이마를 가리켰다. "난 여기 문제가 좀 있어. 몇 년 전에 심하게 맞았거든. 두통이 생겼어. 한데 요즘 다시 아파. 아주 심하게. 정말 고약해. 자네 두통 있나?"

"숙취." 알포는 미소 지었다.

풀라스키는 웃지 않았다. 그는 속삭였다. "정말 심해. 일을 할 수가 없어. 집중이 안 돼."

"무슨 일을 하는데?"

"건설. 시내 공사 현장에서. 철공 일이야."

"이야, 그 고층건물? 도대체 그건 어떻게 하는 거야? 그 높은 데 올라가다니."

"몇 번 떨어질 뻔 했어."

"젠장. 옥시 먹으면 더 할 텐데."

"아니, 아니, 이 새 물건은 다르다고 들었어. 두통만 없애고 머리는 멀쩡하다고 하던데. 흐릿한 기분은 안 든다고."

"흐릿한 기분?" 알포는 알 수 없는 모양이었다. "왜 의사 처방약을 알아보지 않고?"

"그 물건은 처방전을 안 써줘. 지하 연구소에서 발명한 신약이야. 여기는 구할 수 있다고 들었어. 브루클린. 주로 뉴욕 동부 지역. 오덴 이란 남자 알아? 그 비슷한 이름. 그가 직접 만드는 거든지, 캐나다 나 멕시코에서 들여온다고 했어. 혹시 알아?"

"오덴? 아니. 들어본 적 없어. 그 새 물건 이름이 뭐라고?"

"들었는데. 캐치."

"이름이 캐치라고?"

"맞아."

알포는 이름이 마음에 든 것 같았다. "잡는단 말이군. 붙잡는다. 아주 강력하게."

"누가 알아. 난 몰라. 어쨌든 난 그 약이 필요해. 아주. 필요하다고. 이 두통을 좀 잡아야 해."

"음, 그 약은 없어. 들어본 적도 없고. 하지만 다른 건 한 다스 구해 줄게. 일반적인 거. 1백 달러."

보통 시중가보다 약간 싸다. 옥시는 하나 당 10달러 정도로 거래된다. 알포는 충성도 있는 고객을 만들고 싶은 것이다.

"좋아, 그러지."

거래는 순식간에 이루어졌다. 원래 그래야 한다. 옥시콘틴 비닐 봉투와 20달러 지폐 한 움큼이 오갔다. 마약상은 풀라스키가 넘겨준 종이뭉치를 보더니 눈을 깜빡였다. "이봐. 이야기했잖아. 1백 달러라고. 여기 5달러는 뭐야."

"팁이야."

"팁?"

"식당에서 팁 주는 거 있잖아."

어리둥절한 표정.

풀라스키는 미소 지었다. "넣어둬. 부탁하는데, 주위에 알아봐 줘. 혹시 그 새 물건 구할 수 있는지. 아니면, 최소한, 이 오덴이란 친구가 누군지. 그에게서 캐치를 구할 수 있는지."

"글쎄."

풀라스키는 알포의 주머니를 턱으로 가리켰다. "정보를 알아내 주면 다음에는 더 넉넉히 줄게. 더 두둑하게. 제대로 된 정보면 더 많이."

깡마른 남자는 풀라스키의 팔뚝을 잡았다. 그는 담배와 땀, 마늘, 커피 냄새를 풍기며 불쑥 몸을 앞으로 내밀었다. "혹시 당신 경찰 아니야?"

풀라스키는 그의 눈을 똑바로 쳐다보며 말했다. "아니, 난 두통이 너무 심해서 가끔 자리에서 일어날 수도 없고 욕실에 쓰러져서 몇 시간이고 구역질을 하기도 해. 난 그냥 그런 사람이야. 에디한테 물어봐. 설명해 줄 테니까."

알포는 풀라스키의 이마에 난 상처를 다시 보았다. "확인해 봐야겠어. 전화번호는?"

풀라스키는 알포의 전화번호를 찍었고, 상대도 번호를 기록했다.

임시 선불 전화번호. 신뢰의 시대다.

풀라스키는 돌아서서 고개를 숙인 채 브로드웨이 정선 환승역 방향으로 다시 걷기 시작했다.

알폰스 그래비타에게, 그래, 나 경찰이다, 하지만 이건 정식 위장 작전이 아니라서 아무 상관없어, 라고 말할 수도 있었다고 생각하니 우스웠다. 뉴욕시경에서는 아무도—아니, 세상 그 누구도—모르고 있다. 방금 건네준 돈은 작전 비용이 아니라 도저히 안 되는 형편을 쥐어짜 낸 내 돈이다.

하지만 때로 상황이 절박해지면, 절박한 행동을 하게 되는 법이다.

10

좋지 않다. 좋지 않아.

그녀가 망쳤다. 빨강머리, 경찰, 쇼핑객이.

그녀가 내게서 뺏어갔다. 내 멋진 화이트캐슬을. 훔쳐갔다.

지금 그녀는 아스토리아를 여기저기 서성거리며 단서를 찾고 있다. 나에게로 이어지는 단서를.

상가에서처럼—경찰이 그 사망사고를 낸 에스컬레이터 바로 옆에 있었을 때처럼—여기서도 운이 조금 따랐다. 여기서도 화이트캐슬에서 반 블록 떨어진 지점에서 내가 먼저 그녀를 포착했다.

빨강머리, 사냥꾼처럼 식당으로 들어가는 모습을.

내 화이트캐슬로....

그녀를 보지 못했다면, 2분 뒤 나는 입맛을 다시며 출출한 배를 부여잡고 식당으로 들어갔을 것이다. 버거와 밀크셰이크 냄새를 맡으며. 순간 빨강머리와 정면으로 마주쳤을 것이다. 내가 배낭에서 망치나 레이저톱을 꺼내는 속도보다 더 빨리 그녀가 총을 뽑아들 것이다.

행운이 이번에도 나를 살렸다.

저쪽도 운이 좋아 여기 온 걸까?

아니, 아니, 아니. 내가 부주의했다. 그거다.

분노가 치솟는다.

기억난다, 그래. 쇼핑객들이 상가에서 뒤쫓아 올 때, 나는 쓰레기를 버렸다. 스타벅스 쓰레기를 그 근처에 버리지는 않았지만, 어쨌든 그들이 찾아낸 모양이다. 즉 같이 버린 물건도 찾아냈을 거라는 이야기다. 상가 뒤 그 멕시코 음식점 쓰레기통에 버린 물건을. 불법 체류 노동자들이 추방당하지 않으려고 못 본 척 입을 다물 거라고 생각했는데, 빨강머리가 쓰레기통까지 뒤질 거라는 생각은 미처 못했다. 아마 화이트캐슬 냅킨이나 영수증 같은 것을 찾아냈을 것이다. 지문? 그건 늘 조심한다. 공공장소에서는 손가락 끝만 사용하려고 노력하거나(손가락 끝마디 사분의 일 정도는 지문 검식을 할 때 무용지물이다. 이 정도는 훤히 안다) 냅킨을 소다나 커피 잔 안에 던져 축축하게 만든다.

하지만 그때는 미처 생각하지 못했다.

손 이야기가 나왔으니 말인데, 지금 내 손바닥은 축축하고, 손가락—길고 긴 손가락—은 약간 떨리고 있다. 나 자신에게 화가 치밀지만, 무엇보다 빨강머리에 대해 화가 치민다. 빨강머리... 내 화이트캐슬을 빼앗아 가고 알리시아와 이렇게 빨리 끝나게 하다니.

멀리 떨어져서, 이제 빨강머리가 날렵하게 거리를 움직이는 모습을 바라본다. 가게에 들락거리는 모습. 나는 그녀가 무엇을 했는지 알고 있다. 화이트캐슬 종업원, 혹은 전 종업원과 손님들에게 탐문했을 것이다. 이봐, 혹시 말라깽이 남자 알고 있나? 사마귀? 키다리 존, 깡마른 짐 알고 있나? 아, 그럼요, 알지요. 정말 특이하게 생긴 사람이지요. 눈에 안 띌 수가 없어요.

좋은 소식은 내가 버거를 먹기 전이나 그 뒤에 즐겨 찾는 가게는 절대 못 찾을 거라는 사실이다. 이 거리가 아니니까. 이 근처는 아니다. 전철로 한 정거장 더 가야 한다. 그래도 혹시 다른 단서를 찾을지도 모른다.

이 일은 손을 봐야 한다.

머릿속에 있던 모든 좋은 것들이 산산조각 났다. 오늘 오후 동생을 찾아가려던 일정, 오늘 밤 알리시아와 즐기려던 계획, 다음 살인 일정.

계획이 변경되었다.

당신 행운도 마찬가지야, 빨강머리. 마음의 준비를 하는 게 좋을걸. 난 아주 화가 났어. 여경이 깡마른 남자에 대해 질문을 하러 사창가에 들어서는 순간, 나는 거리로 나선다. 이제 직원들이 나에 대해 알고 있는 화이트캐슬을 멀리 돌아 지나친다.

멋진 화이트캐슬. 다시는 갈 수 없는 곳.

나는 배낭을 어깨에 더 높이 걸쳐 맨다. 그리고 재빨리 움직인다.

"자네 말이 맞아." 라임은 말하고 있었다. "자네 추론."

굳이 이 말을 할 필요는 없었다. 줄리엣 아처는 정확하다고 판단할 만한 좋은—아니, 아주 좋은—근거가 없다면 결론을 내지 않는 부류다, 라임은 생각했다.

그녀는 가까이 다가왔다.

라임은 말을 이었다. "하지만 우리가 지금 당장 소송을 제기해야 하는 이유는 다른 원고 때문이 아니야. 아니, 단지 그 때문이 아니라고 해야겠지. 피해자의 아내와 아들 형편이 급해." 그는 생명보험 하나 없이 빚을 지고 있다고 설명했다. 업스테이트 뉴욕의 차고에 들어가 살아야 할─어쩌면 장기적으로─상황이라는 점도.

아처는 스키넥터디에 대해서는 아무 의견이 없었지만, 굳은 표정을 보니 가족에게 닥친 곤경을 이해하는 것 같았다. 라임은 프로머의 복잡한 취업사도 추가로 설명했다. "변호사는 그 시기가 일시적인 슬럼프였다는 점을 증명해야 해. 하지만 힘들 거야."

아처의 눈빛이 빛났다. "하지만 피고가 특히 터무니없거나 부주의한 행위를 했다는 사실을 증명할 수 있다면, 징벌적 배상금을 요구할 수 있겠군요."

아마도. 휘트모어가 라임에게 말했듯, 아처 역시 법대에 갔어야 할 사람이었다.

보스턴 리걸....

"징벌적 배상금은 협박용이지." 라임은 상기시켰다. "합의를, 빠른 시간 안에 하는 게 목표야."

아처는 물었다. "진짜 협상은 언제쯤 시작할 수 있을까요? 그리고 증거에는 언제 직접 손을 댈 수 있죠?"

"몇 달 걸릴지도 몰라."

"하지만 모형에서 제조사 책임을 증명해 낼 수 있을까요?"

"두고 봐야지." 라임은 말했다. 그는 휘트모어가 설명한 대로 제조물에 대한 엄격배상책임, 제조사 외의 다른 곳에 책임소재가 돌아가는 기타 원인이 있을 수 있다고 설명했다.

"우리가 할 일은, 우선, 결함을 찾아내는 거야."

"그리고 아주 부주의하고 돈 많은 피고를 찾아내야겠군요." 아처는 냉소적으로 말했다.

"그게 전략이지. 톰!"

조수가 나타났다.

라임은 아처에게 말했다. "자네의 의학적 상황을 톰에게 설명하지 그래?"

그녀는 설명했다. 라임과 달리 아처는 척추손상을 입지 않았다―의사들이 4번과 5번 척추 주변에 종양을 발견했다(라임의 손상은 4번이었다). 이후 치료와 수술 때문에 결국 라임 못지않은 장애를 갖게 된 것이었다. 지금 현재 아처는 사지마비 환자에게 더욱 적합한 경력으로 전환하고 경험 많은 환자에게서―그게 링컨 라임이었다―어떤 어려움이 있는지, 어떻게 이겨내야 하는지 배우는 단계였다.

톰이 말했다. "괜찮으시다면 여기 계시는 동안 제가 기꺼이 간호사 역할을 해드리죠."

"그래주시겠어요?"

"얼마든지요."

아처는 휠체어를 굴려 라임을 마주보았다. "이제 제가 뭘 하면 되죠?"

"에스컬레이터 사고, 특히 이 모델에서 발생한 사고 선례를 조사해. 휘트모어가 동일 모델이라면 받아들여질지도 모른다고 했어. 그리고 유지·보수 매뉴얼도 입수해. 한 건설사에서 에스컬레이터 일부를 임대했지만, 아직 문서는 도착하지 않았어. 나는 에스컬레이터에 대한 모든 것을 알고 싶어."

"회사나 시에서 유사 모델에 대한 점검 명령을 내리는지 알아보면 어떨까요?"

"좋은 생각이야." 라임은 미처 이 생각을 못했다.

"제가 사용할 수 있는 컴퓨터는?"

라임은 근처 데스크톱을 가리켰다. 아처가 오른손으로 조종간을 다룰 수 있다는 것은 알고 있었지만, 키보드는 불가능할 것이다. "줄리엣에게 헤드셋과 마이크로폰을 가져다주지. 3번 컴퓨터."

"그러죠. 이쪽으로 오십시오."

아처의 자신감은 갑자기 움츠러들었다. 동생이 아닌 다른 사람의 도움에 의존해야 해서 그런지, 라임이 알게 된 이래 처음으로 그녀는 불편해 보였다. 그녀는 자신을 향해 꼬리를 흔들지 않는 집 없는 개 쳐다보듯 컴퓨터를 응시했다. 인턴 일을 시작하느냐를 놓고 라임과 말싸움을 벌일 때는 달랐다. 그때 두 사람은 동등한 입장이었다. 지금 그녀는 비장애인의 도움에 의존해야 했다. "고맙습니다, 미안해요."

"이건 제 일상의 고난에 비하면 아무것도 아닙니다." 톰은 그녀에게 헤드셋을 씌워주고 오른손 밑에 터치패드를 놓아주었다. 그런 다음 컴퓨터를 켰다. "뭐든지 출력하실 수 있습니다만, 여기서는 많이 하지 않습니다. 그냥 모니터를 쓰는 게 모두에게 편해요." 라임은 페이지 넘기는 틀을 사용했지만, 그것은 주로 책이나 잡지, 출력된 형태로 배달된 서류를 볼 때였다.

"이건 내가 본 것 중에 가장 큰 스크린이군요." 아처의 목소리에 자신감이 조금 되돌아왔다. 그녀는 헤드셋을 통해 뭐라 중얼거렸고,

스크린에 검색엔진이 떴다. "이제 일을 해보죠. 우선, 에스컬레이터 자체에 대해 모조리 찾겠습니다."

멜 쿠퍼가 말했다. "모델명과 일련번호가 필요하십니까?"

"모델은 MCE-70-7이에요." 아처는 스크린을 응시하며 멍하니 대답했다. "일련번호도 갖고 있어요. 방금 여기 들어올 때 판에 적혀 있던 제작사 정보에서 암기했어요."

그녀는 긴 숫자열을 마이크에 대고 천천히 읊었다. 컴퓨터는 나지막하고 기분 좋은 그녀의 음성에 고분고분 응답했다.

11

멜 쿠퍼는 아직도 디지털카메라를 들고 에스컬레이터를 둘러싼 받침대 안을 계속 돌아다니며 사회기반시설 파파라치 노릇을 하고 있었다.

"어떻게 건물로 들어갔을까요?" 그는 물었다. "이 구조물은 거대한데요."

"지붕을 들어내고, 층마다 구멍을 뚫어서, 헬리콥터로 내렸겠지. 어쩌면 천사나 슈퍼히어로한테 부탁했을지도 몰라. 난 잊어버렸어."

"상관 있는 질문입니다, 라임."

"쓸데없는 질문이야. 그러므로 상관없어. 지금 뭘 보고 있지?"

"잠시만요."

라임은 한숨을 쉬었다.

속도. 좀 더 빨리 움직여야 한다. 물론 샌디 프로머를 도우려면, 그래야 한다. 하지만 아처가 생각하고 휘트모어도 확증했듯, 불로소득을 노린 가짜 고소인들이 나타나기 전에 합의를 얻어내야 한다. 그는 설명했다. "에스컬레이터에 타고 있다가 뛰어내린 다른 사람들이 있습니다. 경미한 부상을 입은 사람들—혹은 다친 데 없이 멀쩡한 사람들—이라고 해서 소송을 제기하지 말라는 법은 없습니다. 게다가," 변호사는 덧붙였다. "끔찍한 사고를 목격한 이후 인생이 돌이킬 수 없이 변했다는 이유로 정신적 피해보상을 요구할 사람들도 있을 겁니다. 다시는 에스컬레이터에 못 탄다.... 악몽. 식이장애. 일을 못해서 수입이 감소했다. 네, 사실입니다. 말이 안 되는 것 같지만, 사실입니다. 이게 개인상해법의 세계입니다."

지금 아처는 컴퓨터 앞에 앉아 목소리를 높이고 있었다. "시는 모든 MCE-70-7 모델 에스컬레이터에 대해 점검이 끝날 때까지 운영 중단을 명령했습니다.《타임스》에 난 기사입니다. 뉴욕시에 56개, 다른 곳에는 거의 1천 개 가까이 있다. 다른 오작동 보고는 없다."

흥미롭군. 점검을 하면 과연 뭔가 도움이 될 만한 게 나올까? 라임은 얼마나 빨리 결론이 날지 궁금했다.

마침내 쿠퍼가 라임에게 다가오더니 소니 카메라에서 SD 메모리 카드를 꺼내 건넸다. 그는 컴퓨터 슬롯에 카드를 집어넣고 고해상도 모니터에 사진을 불러냈다. 스크린은 수십 장의 이미지를 한 화면에 같이 불러낼 수 있을 정도로 컸다.

라임은 가까이 다가갔다.

"이게 사고와 관련 있는 것으로 보이는 부분입니다." 쿠퍼는 스크린으로 다가가며 가리켰다. "열린 패널. 이건 계단의 마지막 단이자 보수 및 수리를 위해 안으로 들어갈 때 출입문 역할을 합니다. 에스컬레이터 계단에서 먼 쪽 면에 경첩이 달려 있습니다. 무게는 18킬로그램 정도 될 것 같습니다."

아처가 말했다. "19킬로그램입니다." 미드웨스트 컨베이언스사 설치 및 유지 매뉴얼을 찾아 확인했다고 했다.

쿠퍼가 말을 이었다. "스프링이 부착되어 있어서 걸쇠가 풀리면 40센티미터가량 자동으로 열립니다."

색스가 관찰한 내용 및 사진과 부합했다.

"인부가 패널을 거기서 더 활짝 연 뒤 지지대로 고정해서 열어놓을 수도 있습니다—자동차 후드 지지대 같은 것 말입니다." 쿠퍼는 자신이 찍은 사진을 가리켰다. "패널을 닫을 때는 손으로 그냥 밀거나, 아마 제 짐작으로는 위에 올라서면, 문 밑바닥의 삼각형 걸쇠가 고정된 바에 부착된 스프링 핀과 만나게 됩니다. 여기 이겁니다. 삼각형 걸쇠가 스프링을 밀어서 패널이 완전히 닫히면 핀이 구멍에 찰칵하고 들어가서 잠기는 겁니다."

"어떻게 열지?" 라임은 물었다.

"에스컬레이터 옆면에 부착된 봉함 안에 덮개를 씌운 단추식 스위치가 있습니다. 여기입니다. 회로가 여기 전동모터로 이어집니다. 이 스위치가 핀을 잡아당겨 패널을 풀어줍니다."

"그렇다면," 라임은 중얼거렸다. "사고 당시 패널이 열린 원인은 무엇일까? 무슨 생각 없나? 뭐든, 말해봐."

아처. "패널을 닫아 고정시키는 삼각형 걸쇠가 부러진 게 아닐까요."

그러나 색스의 사진을 관찰해 보니 걸쇠는 아직 패널 밑바닥에 붙어 있었다.

"핀이 부러졌을지도 몰라." 라임이 말했다. "드하빌랜드 코멧 사고가 그랬지. 1950년대."

아처와 쿠퍼는 동시에 라임을 보았다. 그는 설명했다.

"세계 최초의 민간 제트여객기. 금속 자재의 피로로 인해 세 대가 공중에서 폭발했어 ─ 높은 고도에서 창문이 부서진 거야. 피로는 중요 사고 요인 중 하나야. 비틀림, 부식, 오염, 균열, 충격, 응력, 열 충격, 기타 몇몇 요인이 더 있지. 피로는 재료가 ─ 금속일 수도 있고, 다른 소재일 수도 있어 ─ 주기적으로 하중을 받을 때 생기는 거야."

"제트여객기는 반복적으로 여압을 가하죠." 아처가 말했다.

"바로 그거야. 맞아. 그 여객기는 유리창과 출입구가 사각형이었는데, 하중이 모서리에 집중됐어. 이후 항공기는 출입구와 유리창 모서리가 둥글게 설계되지. 응력과 피로를 덜기 위해서. 자, 여기서 우리의 질문은 이거야. 에스컬레이터 기계실 출입 패널을 여닫는 동작이 걸쇠 핀에 피로를 가했는가?"

쿠퍼는 걸쇠를 비춰 보았다. "여기는 닳은 흔적이 없지만, 이건 새 제품입니다. 사고 에스컬레이터가 얼마나 오래됐는지, 문을 몇 번이나 열고 닫았는지 궁금하군요."

눈앞에 실제 증거물을 보고 있지 않다는 사실이 새삼 갑갑했다.

그때 뭔가 탁자에 부딪히는 소리가 났다. 줄리엣 아처가 오른손으로 서툴게 조종간을 조작해서 가까이 다가왔다. 90킬로그램 무게의 휠체어를 능숙하게 움직이려면 상당한 경험이 필요하다.

신참....

"고장난 에스컬레이터, 상가 기종은 6년 된 모델입니다." 그녀는 말했다.

"어떻게 알아냈지?"

"미드웨스트 컨베이언스가 상가 에스컬레이터 납품 계약을 따냈다는 보도자료가 있습니다. 7년 전입니다. 실제 설치는 다음해였고요. 유지 권고사항에 따르면, 한 해 5회 점검하고 윤활유를 발라야 한다고 되어 있습니다. 계획에 없었던 고장 수리 등을 감안한다면, 출입문은 50회가량 열고 닫았을 것 같습니다."

라임은 패널을 닫은 상태로 고정하는 역할을 하는 삼각형 걸쇠와 걸쇠에 맞물린 핀 사진을 보았다. 길이는 고작 2.5센티미터가량이었지만 두꺼웠다. 그 정도의 동작으로 핀에 피로 현상이 생겼다고 생각하기는 어려웠다.

아처는 덧붙였다. "그 핀이 마모되었는지 확인하는 것도 유지·보수 항목에 들어 있습니다. 피로현상도 점검했겠지요."

"뭘로 만들어졌지? 철?"

아처가 말했다. "맞습니다. 에스컬레이터 부품은 모두 철입니다. 사고와 상관없는 몇몇 덮개를 제외하고요. 외장 부속도 있군요. 이것들은 알루미늄과 탄소섬유입니다."

그녀는 매뉴얼과 제품명세서를 빠른 시간에 완전히 파악한 것 같았다.

라임은 말했다. "부품이 양호한 상태이더라도, 걸쇠가 헐거워지고 핀이 완전히 제자리에 돌아가지 않을 수도 있지 않을까. 진동 때문에 헐거워졌을 수도 있어."

그럴 수도... 이번 사건에는 추측이 많다.

"잠금 장치는 어디서 만들었지?"

아처는 스크린에 띄워놓은 서류를 보지도 않고 대답했다. "제조사요. 미드웨스트 컨베이언스. 별개의 다른 업체가 아닙니다."

라임은 말했다. "금속 피로현상일 수도 있고, 보수 문제일 수도 있다. 그 외 패널이 열릴 만한 다른 원인은 뭐가 있을까?"

"혹시 누군가 스위치를 실수로, 혹은 장난으로 누른 게 아닐까요?" 아처가 물었다.

쿠퍼는 다른 사진 몇 장을 불러냈다. "이게 스위치입니다. 에스컬레이터 바깥 바닥에, 긴급 전류 차단기 근처에 있습니다." 그는 가리켰다. "하지만 작은 문이 달렸고 잠겨 있습니다."

라임은 말했다. "그건 아멜리아가 확인했어. 그녀가 CCTV를 점검했어. 패널이 열렸을 때 스위치 근처에는 아무도 없었다고 했어."

아처는 냉소적으로 약간 얼굴을 찡그렸다. "그리고 그 비디오는요?"

"수사국에서 압수했지."

그녀는 고개를 갸우뚱하고 쿠퍼에게 시선을 보냈다. "우리는 민간인이지만 당신은 뉴욕시경 소속이잖아요. 그렇지요?"

"난 여기 없습니다." 그는 얼른 대답했다.

"당신은...."

"이건 비공식 업무입니다. 난 휴가 중이에요. 지금 내가 공식 수사에 관련된 자료를 손에 대면, 평생 휴가를 가야 됩니다."

라임은 사진을 훑어보았다. "그 외에 다른 용의자는 뭐가 있을까?" 그는 중얼거렸다.

"좋습니다. 의도적으로 버튼을 누른 사람은 없다. 어쩌면 회로 합선이나 기타 전기 문제로 스위치가 작동됐을지도 모릅니다. 그 때문에 모터 서보가 돌아가기 시작하고, 핀이 물러나면서 문이 열린 겁니다."

"어디 회로를 보지."

멜은 에스컬레이터 안에 들어가서 찍은 사진을 불러냈다. 바깥쪽 누르는 단추식 스위치에서 전선이 뻗어 나와 안쪽 벽을 따라 연결된 것이 눈에 띄었다. 스위치 전선 끝에는 플러그가 달려 있었고, 플러그는 엔진실 서보 모터 한쪽 콘센트에 꽂혀 있었다.

"연결이 노출되어 있군요." 쿠퍼가 말했다.

"그렇군." 라임은 말했다. 그는 피식 웃었다.

잠시 후 아처 역시 미소 지었다. "알겠습니다. 금속이나 포일 조각, 기타 전기를 통하는 물체가 플러그에 달라붙으면 전기가 저절로 연결될 수 있겠군요. 서보의 핀이 물러나고 문이 닫히는 거죠." 그녀는 덧붙였다. "이 모델의 에스컬레이터에서 발생한 비슷한 사고는 찾을 수 없군요. 에스컬레이터는 위험할 수 있습니다. 하지만 보통 옷이나 신발이 기계에 끼어서 일어나는 경우가 많죠. 그런 사고는 생각보다 자주 일어납니다. 작년 한 해 세계에서 에스컬레이터 사고로 사망한 사람은 모두 137명입니다. 그중 최악은 몇 년 전 런던 지하철 폭발 사건이었지요. 먼지와 입자가 쌓여서 불이 붙고 폭발한 겁니다. 곡물 창고가 폭발하는 것과 같습니다. 보신 적 있나요?"

"맨해튼에서는 그리 자주 일어나지 않아." 라임은 아처가 아까 한 말을 곱씹으며 멍하니 답했다.

"전 봤습니다." 멜 쿠퍼가 말했다. "한 번."

라임은 사건과 관계없는 대화에 얼굴을 찌푸렸다. "그리고 결함 은...."

"미드웨스트 컨베이언스사는 플러그를 아예 덮어주지 않았습니다." 아처가 말했다. "쉬운 공정이었을 텐데요. 약간 움푹 들어가게 설계하고 위에 덮개만 덮으면 되니까요. 그 비슷하게."

쿠퍼가 말했다. "플러그를 굳이 사용할 필요도 없습니다. 스위치와 서보 모터가 아예 연결되도록 설계해도 되는데요. 어쩌면 회사에서 돈을 아끼고 싶었나 보죠."

제조사 측에 징벌이 과해질 만한 과실 가능성이 처음으로 나왔다.

"제조사는...."

아처는 라임이 질문을 끝내기도 전에 답했다. "잠금 장치와 마찬가지입니다. 서보 모터와 스위치 둘 다 미드웨스트 컨베이언스사에서 제조했습니다. 부속품 제조팀에서요. 자회사가 아니에요. 부서입니다. 다른 법인명 뒤에 숨을 수도 없습니다."

쿠퍼가 말했다. "분석역학자 아니셨습니까?"

"〈보스턴 리갈〉 팬이죠. 정말 좋은 드라마예요. 〈베터 콜 사울〉도 재미있게 봤어요."

쿠퍼가 말했다. "〈LA 로〉도 재미있죠."

"아, 그럼요."

제발....

라임은 외부 물질이 어떻게 서보 모터를 건드려 문을 열리게 했을까 의문을 제기했다.

"한 가지 생각이 있어요." 아처가 말했다.

"뭐지?"

"당신은 과학자죠. 실증적 증거를 좋아할 거고요."

"내 신전의 최고 지존이시지." 라임은 이 말이 얼마나 허세 가득하게 들리는지 신경조차 쓰지 않았다.

아처는 턱으로 에스컬레이터를 가리켰다. "작동하나요?"

"드라이브 모터, 기어, 서보 모터, 스위치는 작동합니다. 플러그도 끼워져 있어요."

"그럼 실험을 하자고요. 전원을 켜고 패널을 열리도록 해봐요."

그때 라임에게 한 가지 생각이 떠올랐다. 그는 부엌을 돌아보고 외쳤다. "톰! 톰! 마실 게 필요해."

조수가 문간에 나타났다. "조금 전에 말씀드렸습니다만, 약간 이른 시각입니다."

"콜라 한 잔 마시기에도 너무 이른가?"

"청량음료는 안 드시잖습니까. 콜라는 집에 없는데요."

"내 기억으로 바로 길모퉁이에 편의점이 있었던 것 같은데."

철물점—화이트캐슬에서 걸어갈 수 있는 거리에 두 곳이 있었다—에 가봤지만 허사였다.

범인 40의 인상착의와 일치하는 손님을 기억하는 사람은 없었다. 둥근머리 망치를 판 가게도 없었다. 그래서 한 시간 동안 아멜리아 색스는 쓰레기가 굴러다니는 평일 낮의 위험한 거리를 돌아다니며 다른 가게를 탐문했다. 자동차 수리점, 부품 가게, 전화선불카드 대리점, 자동차 대여점, 가발 가게, 타코 식당, 그 외 수십 곳의 가게들. 약국까지.

점원 한 사람은 범인 40의 인상착의와 일치하는 남자를 거리에서 '분명 본 것 같다'고 장담했지만, 정확히 어디였는지, 무슨 옷차림이 었는지, 무엇을 갖고 있었는지 기억하지 못했다.

이 목격은 범인이 이 방향으로 갔다는 화이트캐슬 직원 샬럿의 증언을 뒷받침해 주는 것 같았다. 그러나 과연 목적지가 어디였는지는 아직도 수수께끼였다. 물론 버스 정류장과 지하철역으로 갔을 수도 있고, 화이트캐슬 주차장을 이용하지 않았다 해도 다른 주차장에 자기 차를 세워두었을 수도 있었다. 색스는 가게의 CCTV도 확인했지만, 가게 출입문과 주차장, 내부시설만 감시하고 있을 뿐 거리에 설치해 둔 곳은 없었다. 게다가 카메라가 워낙 많았기 때문에 설사 범인이 감시 중인 가게에 들어온 적이 있거나 주차장을 가로질러 갔다 해도 수백 시간 분량에 달하는 비디오를 모조리 살펴볼 인력이나 시간이 없었다. 토드 윌리엄스 살인사건은 끔찍한 범죄였지만, 뉴욕시 다섯 개 구 안에서 발생한 끔찍한 범죄는 그 외에도 많다. 이 업계에서는 언제나 균형을 잡아야 한다.

균형의 법칙은 사생활에도 적용된다.

휴대전화를 꺼냈다. 색스는 전화를 걸었다.

"에이미."

"엄마. 잘 지내요?"

"그럼." 로즈 색스의 이 말은 좋다는 뜻일 수도 있었고, 나쁘다는 뜻일 수도 있었고, 그 중간 어느 지점일 수도 있었다. 그녀는 속을 잘 드러내지 않았다.

"곧 갈게요." 색스는 말했다.

"내가 택시를 잡아도 돼."

색스는 빙그레 웃었다. "엄마."

"알았어, 에이미. 준비하고 있으마."

색스는 다시 돌아서서 대로변 건너편 가게와 상점을 탐문하기 시작했다.

마침내 믿을 만한 단서가 나타났다. 불법 택시회사였다. 호리호리한 털북숭이 지배인에게 범인의 인상착의를 알려주었더니, 상대는 얼굴을 찌푸리고 심한 중동 억양으로 답했다. "네, 본 것 같습니다. 아주 깡마른 남자였어요. 큰 화이트캐슬 햄버거 가방을 들고 있었죠. 아주 큰 가방이었습니다. 마른 남자였기 때문에 우스웠죠."

"언제였는지 기억하세요?"

지배인은 정확히 기억하지 못했지만, 2주 전이었던 것 같다고 동의했다—토드 윌리엄스가 살해된 바로 그날일수도 있었다. 그때 운전자가 누구였는지 기억하지 못했고 장부에 따로 목적지를 기록해두지도 않았지만, 지배인은 직원들에게 물어보고 좀 더 알아보겠다고 했다.

색스는 시선을 낮추며 상대를 치켜보았다. "중요한 일입니다. 남자는 살인범이에요."

"지금 바로 시작하지요. 네, 알아보겠습니다."

그녀는 그를 믿었다. 무엇보다 색스가 내민 배지를 흘긋 바라보는 불안한 눈빛을 보니 회사 면허에 아무 문제가 없지는 않다는 것을 짐작할 수 있었기 때문이었다. 택시 및 리무진 임대업 감독관이 찾아오지 않도록 하겠다고 묵시적인 약속을 해주면 협력할 것이다.

색스는 남쪽으로 돌아 화이트캐슬 주차장에 세워놓은 자기 차로 향했다. 별로 단서가 나올 것 같지 않은 가게 몇 군데에 들렀다. 가발 가게, 네일살롱, 창문이 없는 컴퓨터 수리점. 그런 뒤 다시 보도에 올라왔다. 문득 시야 가장자리에서 언뜻 뭔가 눈에 들어왔다. 움직임이었다. 바람 부는 날이라 도로에 사람이 별로 없기는 했지만, 이 동네는 인기척이 드문 곳이라고는 할 수 없었다. 하지만 특이한 종류의 움직임이었다. 빠르게, 얼른 방향을 바꾸는 움직임. 누군가 눈에 띄지 않으려고 숨는 듯한 움직임이었다.

색스는 재킷 단추를 끄르고 오른손을 글록 근처에 갖다 대면서 주위를 둘러보았다. 그녀는 자동차 수리점에 있었다. 오토바이부터 트럭까지 온갖 차가 정신없이 세워져 있었고 몇몇 차들은 제각각의 모양으로 분해돼 있었다. 허깨비나 바람에 휘날린 쓰레기, 혹은 먼지 같은 것이 아니었다면, 아까 움직인 그림자는 큰 트럭 두 대 사이로 들어선 것 같았다. 한 대는 밝은 노랑 펜스키 임대용 트럭, 한 대는 로고 대신 새빨간 스프레이 페인트로 거대한 젖가슴 두 개만 그려진 6미터 길이 흰 밴이었다.

범인 40이 점심으로 버거를 먹으러 왔다가 상가에서 본 그녀를 알아보고 뒤를 밟기 시작했을 가능성도 있다.

가능성은 희박하지만, 불가능한 일도 아니다. 색스는 글록 위에 손을 얹고 트럭 쪽으로 다가갔다. 그림자의 기척은 없었다. 그녀는 자동차의 묘지 사이를 누비며 주차장 안으로 계속 걸음을 옮겼다. 바람 때문에 재킷 자락이 펄럭이고, 머리카락은 극적으로 나부꼈다. 사격에 적합하지 않은 상태. 그녀는 주머니에서 고무밴드를 꺼내 머리카락을 한 갈래로 묶었다. 다시 주위를 둘러보았다. 눈에 띄는 생물이라고는 갈매기와 비둘기, 호기심 많고 겁 없는 쥐새끼 한 마리뿐이었다. 아니, 두 마리다. 아까 눈에 띈 움직임은 새나 쥐였을까? 보도와 거리에 종이가 스치고 지나가다 하늘로 날아올랐다. 어쩌면 저것, 어제 자《뉴욕 포스트》였는지도 모른다.

위협이 될 만한 것은 눈에 띄지 않았다.

갑자기 전화가 울려 소스라쳤다. 그녀는 내려다보았다. 발신자는 톰이었다. 언제나 그렇듯 라임이 아닌 톰이 전화할 때마다 라임의 몸이 안 좋다는 소식인가 싶어 가슴이 가볍게 덜컹했다. 색스는 얼른 전화를 받았다. "톰."

"안녕, 아멜리아. 오늘 밤 여기서 지낼 건지 궁금해서요. 저녁 먹을 겁니까?"

그녀는 긴장을 풀었다. "아뇨. 엄마를 약속 장소에 모셔드려야 해요. 그 뒤에 우리 집에 같이 가실 거예요."

"위문품꾸러미를 만들어드릴까요?"

색스는 웃었다. 정말 좋은 위문품꾸러미일 것이다. 그러나 꾸러미를 가지러 라임의 집까지 가는 병참업무가 문제였다. "아니, 됐어요. 하지만 정말 고마워...."

목소리가 잦아들었다. 스피커 배경에서 귀에 익은 목소리가 들렸던 것이다.

아니, 그럴 리가.

"톰, 멜이 거기 있어요? 멜 쿠퍼?"

"네. 통화하시겠습니까?"

당연히 그래야지. 그녀는 점잖게 답했다. "네, 바꿔주세요."

잠시 후. "안녕, 아멜리아."

"안녕, 멜. 음, 라임의 집에서 뭐하고 있는 거예요?"

"라임이 내게 휴가령을 내렸습니다. 내가 이런 표현을 쓴다는 걸 알면 그리 달가워하지 않겠지만요. 난 프로머 사건 수사를 돕고 있어요."

"빌어먹을." 색스는 말했다.

정적이 흘렀다.

쿠퍼가 마침내 입을 열었다. "난... 음."

"링컨 바꿔줘요."

"네." 쿠퍼는 속삭였다. "저기, 아멜리아. 사실은 말인데...."

"스피커 말고. 헤드셋으로요."

손가락이 머리카락 사이로 파고들어 갔고, 그녀는 두피를 긁었다. 긴장감의 표현이었다―이 경우에는 답답함이었다. 그리고 분노였다. 라임. 그가 일을 그만둔 것만 해도 골치였다. 한데 이제 빌어먹을 수사 개입까지 신경 써야 하나?

쿠퍼나 톰이 헤드셋을 라임의 머리에 끼워주는 동안, 스피커 너머에서 부산한 소리가 들렸다. 라임과의 대화는 대부분 스피커폰을 통해 이루어졌다. 프라이버시를 누릴 기회는 별로 없었다. 하지만 그녀는 지금 하려는 말을 다른 사람이 듣게 하고 싶지 않았다.

"색스. 어디...."

"멜이 거기서 뭘 하고 있죠? 나는 범인 40번 사건에 그가 필요했는데 당신이 그를 훔쳤어요."

잠시 침묵. "프로머 소송 건을 도와줄 수 있느냐고 내가 부탁했어." 라임은 대꾸했다. "필요한 연구실 일이 있어서. 당신이 그를 원하는 줄은 몰랐어."

색스는 쏘아붙였다. "퀸스 본부에서 해야 할 일을 다 하지 않았다고요."

"난 몰랐어. 내가 어떻게 알아? 당신이 아무 말도 안 하는데."

그런 이야기를 왜 당신과 해야 하지? 색스는 생각했다. 그러다 투덜거렸다. "어떻게 당신이 민사사건에 이런 식으로 그를 차출할 수 있어요? 그럴 자격이 없지 않아요."

"멜은 휴가를 냈어. 지금 업무 시간이 아니야."

"아, 집어치워, 라임. 휴가? 난 살인사건 수사 중이라고요."

"당신은 상가에 있었어, 색스. 당신이 상황을 봤잖아. 내 피해자는 당신 피해자와 마찬가지로 죽었다고." 링컨 라임은 변호에 능숙하지 않았다.

"차이점은 그 에스컬레이터가 앞으로 다른 사람을 죽일 위험은 없다는 거죠."

아무 대답이 없었다.

"음, 멜을 오래 잡아둘 필요는 없을 거야."

"그게 얼마나? 몇 시간? 분 단위로 말해주면 더 좋고요."

라임은 한숨을 쉬었다. "며칠 안에 피고를 확정해야 해."

"아, 그럼 며칠이군." 색스는 중얼거렸다. "시간 단위도 아니고."

분 단위는 물 건너갔다.

라임은 회유를 시도했지만 무성의한 티가 났다. "내가 한두 군데 전화를 걸지. 감식반에서 당신과 일하는 사람이 누구지?"

"나와 일하는 건 멜이 아니에요. 그게 문제죠."

"음, 저는...." 멜 쿠퍼의 목소리였다. 무슨 대화가 오가는지 짐작한 것 같았다.

"괜찮아." 라임이 그에게 말했다.

아니, 괜찮지 않아. 색스는 속으로 분을 삼켰다. 오랫동안 업무상의, 동시에 사적인 파트너로 지내면서, 두 사람은 감정 문제로 싸우는 법이 없었다. 하지만 사건에 관해서라면 불꽃이 튀는 경우가 있었다.

"멜에게 당신이 직접 몇 가지 질문을 해봐. 고개를 끄덕이는군. 봐, 그러겠대."

"난 멜에게 질문 같은 거 안 해요. 그는 자동차 수리소 점원이 아니잖아요." 색스는 덧붙였다. "스피커로 돌려요."

딸깍 소리가 났다.

쿠퍼가 말했다. "아멜리아...."

"좋아요, 멜. 들어봐요. 자세한 건 론이 알려줄 거예요. 지문과 DNA가 있는지 냅킨을 분석해야 해요. 광택제 브랜드명도 필요하고요. 톱밥 시료에서 어떤 종류의 나무인지 유추해야 해요." 색스는 멜이 아니라 라임더러 들으라는 뜻으로 단호하게 덧붙였다. "아주 유능한 사람이 필요해요. 당신만큼 유능한 사람."

마지막 말은 약간 유치했다. 하지만 색스는 상관하지 않았다.

"내가 전화를 해보죠, 아멜리아."

"고마워요. 론이 당신에게 사건 번호를 불러줄 거예요."

"네, 알겠습니다."

그때 색스는 나지막한 여자 목소리를 들었다. "내가 할 수 있는 일이 있나요?"

라임이 말하고 있었다. "아니, 분석 계속해."

누구지? 색스는 궁금했다.

그때 라임이 말했다. "색스, 내 말은...."

"이제 끊어야 해요, 라임."

그녀는 전화를 끊었다. 라임을 상대로 먼저 이런 식으로 전화를 끊은 것은 아주 오랜만인 것 같았다. 언제 또 그랬는지 기억났다. 함께 수사한 첫 번째 사건이었다.

그 순간 색스는 자신이 전화에 너무 집중해서—급히 필요한 기술자에게 라임이 '휴가령'을 내린 데 대해 너무 화가 나서—주위 상황에 신경을 쓰지 않고 있었다는 것을 깨달았다. 갑작스러운 수상한 움직임은 어떤 형사에게든 중대한 문제로 보인다. 특히 적일지 모르는 누군가가 색스에게 딱 걸린 경우라면 더욱 그렇다.

그때 무슨 소리가 들렸다. 등 뒤에서 흙을 밟는 발소리였다. 색스는 글록을 향해 손을 뻗었지만, 총을 빼서 들기에는 너무 늦었다. 이미 습격자는 고작 1미터 거리에 있었다.

12

　"자. 안됐군요." 줄리엣 아처는 상가 손님이 코카콜라를 에스컬레이터에 쏟아 스위치가 합선되는 바람에 패널 문이 열렸다는 상황을 가정한 실험에 대해 말하고 있었다.

　"아니, 됐어." 라임의 말에 아처와 쿠퍼는 미간을 찌푸렸다. "실험은 성공했어. 단지 우리가 원했던 가설의 정반대를 증명했을 뿐이지. 미드웨스트 컨베이언스사가 제조한 에스컬레이터는 액체로 인해 결함이 발생하지 않는다."

　제조사는 승객들이 에스컬레이터를 타고 오르내리다가 음료수를 쏟을 수도 있다는 점을 염두에 두고 전기장비와 모터를 플라스틱으로 보호해서 물이 흘러내리도록 해놓았다. 플라스틱을 타고 흐른 액체는 출입 패널을 여는 핀을 작동시키는 서보 모터에서 멀리 떨어진 용기로 들어간다.

"앞으로, 위로." 라임은 쿠퍼에게 실험을 계속하도록 지시했다. 빗자루 손잡이, 망치, 신발 등 다양한 물체로 스위치와 서보 모터를 물리적으로 두드려서 기계적 간섭을 일으킬 수 있는지 확인해 보라는 뜻이었다.

응답은 없었다. 기계실 출입 패널은 열리지 않았다.

아처는 패널 위에서 여러 번 굴려보는 게 어떨지 제안했다. 나쁜 생각은 아니군, 라임은 쿠퍼에게 그렇게 지시하고 혹시 떨어질 수도 있으니 톰에게 아래쪽 바닥에 서 있도록 했다.

아무 반응이 없었다. 잠금 장치의 핀은 물러나지 않았다. 걸쇠는 제자리에서 움직이지 않았다. 문을 열기 위한 목적으로 제조한 버튼을 누르는 것 외에 문을 열 방법이라고는 없었고, 버튼은 잠가놓은 덮개의 홈 안에 안전하게 숨어 있었다.

생각하자, 생각하자....

"버그BUG!" 라임이 외쳤다.

"수사국 사무실을 도청할 수는 없습니다, 링컨." 쿠퍼가 불편하게 답했다.

"실례. '버그bug('벌레'와 '도청', 두 가지 의미로 사용될 수 있다-역자)'는 정확한 단어가 아니야. 벌레는 아주 좁은 범위의 생물을 가리키는 말이야. 노린재목. 예를 들어 진딧물, 매미 같은 것. 더 정확한 단어를 사용했어야 했어. 더욱 폭넓은 '곤충', 벌레는 곤충의 하위집단이지. 내가 말하려던 건 곤충이야. '벌레'도 통하기는 하겠지만."

"아." 쿠퍼는 아직 어리둥절했지만 마음은 놓이는 것 같았다.

"좋은 생각이에요, 링컨." 아처가 말했다. "바퀴벌레가 안에 들어가서 스위치나 모터를 합선시켰을 수도 있어요. 미드웨스트 컨베이언스사는 그 가능성을 염두에 두고 방충망을 설치해야 했어요. 그러지 않았으니, 에스컬레이터에는 결함이 있는 거죠."

"톰! 톰, 어디 있지?"

조수가 나타났다. "소다 더 드릴까요?"

"죽은 곤충."

"소다 안에 벌레가 있었다고요? 그럴 리가."

"또 '벌레'군." 라임은 얼굴을 찌푸렸다.

설명을 듣고 나서 톰은 벌레를 찾아 타운하우스를 뒤졌다—그는 워낙 꼼꼼한 가정부였기 때문에 옥상 창고와 지하실까지 뒤진 끝에 겨우 파리 사체 몇 구와 말라비틀어진 거미 한 마리를 찾아낼 수 있었다.

"바퀴벌레도 없어? 바퀴벌레가 좋은데."

"아, 제발. 링컨."

"길 건너편에 중국 음식점이 있지 않던가…. 거기 가서 바퀴벌레 한두 마리만 잡아줄 수 있겠나. 죽은 것도 좋아."

톰은 얼굴을 있는 대로 찡그리고 벌레 사냥을 떠났다.

그러나 톰이 구해온 벌레에 물기를 가해 플러그가 들어 있는 홈 안의 접면에 대보아도 스위치는 작동하지 않았고 서보 모터 회로가 합선되지도 않았다.

쿠퍼와 아처가 에스컬레이터의 법적 결함을 입증할 만한 이유로 또 어떤 것이 있을지 이야기를 나누는 동안, 라임은 색스의 재킷 한 벌이 걸려 있는 옷걸이를 가만히 응시했다. 그의 상념은 아까 그녀가 뱉은 차가운 말로 되돌아갔다. 도대체 왜 그렇게 화가 났지? 그녀는 멜 쿠퍼에게 특별한 요구가 없었다. 게다가 그녀가 증거물 분석 때문에 곤란을 겪고 있다는 것을 라임이 무슨 수로 알았겠는가?

문득 자신과 색스 사이의 불화에 대해 생각하느라 시간을 낭비하고 있는 자신에 대한 분노가 일었다.

다시 일하자.

라임은 쿠퍼에게 핀과 걸쇠에 바른 윤활유를 모두 닦아내고 핀이 잠금 위치까지 완전히 튀어나가는지 다시 닫아보라고 지시했다. 접촉면이 말라서 덜 튀어나간 상태라면 임의적인 움직임으로 인해 열리기도 쉽기 때문이었다. 그러나 윤활유 없이도 문은 닫혔을 때 완벽하게 맞물렸다.

빌어먹을. 도대체 왜 열렸을까? 휘트모어는 제작 과정에서 부주의했다는 것을 입증할 수 없더라도 결함은 반드시 있어야 한다고 말했다. 문이 열리지 않아야 할 때 열린 이유를 반드시 찾아내야 했다.

라임은 중얼거렸다. "곤충 문제도 아니야, 물 문제도 아니야, 충격 문제도 아니야…. 사건이 발생했을 때 혹시 번개가 쳤나?"

아처는 날씨를 확인했다. "아니요. 맑은 날씨였습니다."

한숨. "좋아, 멜. 우리가 찾아낸 하찮은 사항들을 차트에 적어주겠나."

쿠퍼는 화이트보드로 다가가서 적었다.

초인종이 울렸고, 라임은 모니터를 확인했다. "아, 변호사군."

잠시 후 단추란 단추는 모조리 구멍에 끼운 군청색 정장 차림의 에버스 휘트모어 변호사가 완벽하게 꼿꼿한 자세로 들어섰다. 한 손에는 시대착오적인 서류가방을, 다른 한 손에는 쇼핑백을 들고 있었다.

"라임 씨."

그는 고개를 끄덕였다. "이쪽은 줄리엣 아처입니다."

"전 인턴이에요."

"수사를 돕고 있습니다."

휘트모어는 아처의 휠체어에는 눈길 한 번 주지 않았고, 스승과 마찬가지로 장애인이라는 사실을 신기하다고 생각하지도, 장애라는 조건이 수사에 도움이 될지 방해가 될지 궁금하지도 않은 것 같았다. 그는 인사 대신 고개를 끄덕이고 라임을 향했다. "이걸 가져왔습니다. 프로머 부인이 제게 갖다달라고 부탁하더군요. 감사 표시로. 직접 만들었답니다." 그는 쇼핑백 안에서 비닐로 싸서 빨간 리본으로 묶은 덩어리를 꺼내 원고 측 증거 1호라도 제시하듯 내밀었다. "호박 빵이랍니다."

라임은 이 선물을 어떻게 받아들여야 할지 알 수 없었다. 최근까지 그의 고객은 뉴욕시경이나 FBI, 기타 법집행 기관이었고, 그들은 라임에게 감사 표시로 구운 먹을거리를 보내지 않았다. "네. 음. 톰, 톰!"

조수가 잠시 후 나타났다. "아, 휘트모어 씨." 이름을 부르는 것을 꺼리는 습관은 전염성이 있었다.

"레스턴 씨, 이건 빵입니다." 변호사는 덩어리를 건넸다. "프로머 부인이 보낸 겁니다."

라임이 말했다. "냉장고에 넣어두든지 해."

"주키니 빵이군요. 냄새 좋은데요. 드시도록 내드리죠."

"괜찮아. 우린 그런 거 필요...."

"사양하지 마세요."

"아니, 됐어. 나중에 먹게 넣어둬." 라임이 반대하는 데는 말하지 않는 이유가 있었다. 줄리엣 아처가 패스트리를 먹으려면 톰이 먹여줘야 할 것이고, 이건 그녀가 민망해질 상황이라는 생각 때문이었다. 아처는 오른손 손가락을 사용할 수 있었지만 팔은 그렇지 못했다. 섬세한 팔찌를 낀 왼팔은 물론 휠체어에 묶여 있었다.

그러나 아처는 라임의 계산을 간파하고 배려가 그리 달갑지 않았는지 단호하게 말했다. "음, 난 좀 먹고 싶은데요."

라임은 자신이 자기 자신의 규칙을 깨뜨렸다는 사실을 깨달았다. 상대를 약자 취급하고 있었던 것이다. 그는 말했다. "좋아, 나도 먹지. 커피도."

톰은 이 급작스러운 반전에 눈을 깜빡였다. 정중함도 인상적이었다.

"저는 커피 한잔 주실 수 있겠습니까, 블랙으로요." 휘트모어가 청했다. "실례가 안 된다면."

"그럴 리가요."

"카푸치노 혹시 되나요?" 아처가 물었다.

"제 장기 중의 하납니다. 차를 가져다드리죠, 멜." 톰은 사라졌다.

휘트모어는 차트로 향했다. 일동은 적어놓은 내용을 훑어보았다.

과실치사 및 사고가 초래한 고통에 대한 민사소송

- 사고 위치: 브루클린 하이츠 뷰 몰
- 피해자: 그렉 프로머 44, 상가 내 프리티 레이디 신발가게 점원
  - 상점 점원. 패터슨 시스템스 마케팅 부장으로 재직하다 퇴사.

유사하거나 기타 고소득 직장으로 돌아갈 예정이었다는 점을 입증하도록 노력할 예정.

- 사인: 출혈, 내부 장기 손상
- 소송 이유:
  - 과실치사 및 개인상해에 대한 배상청구소송
    # 제조물에 대해 엄격한 배상책임
    # 부주의
    # 품질보증에 대한 위반
- 손해: 고통 및 피해에 대한 보상, 징벌적 배상도 가능. 차후 결정
- 피고가 될 만한 대상:
  - 미드웨스트 컨베이언스사(에스컬레이터 제조사).
  - 상가가 위치한 부동산 소유주(알아낼 것).
  - 상가 건축 업체(알아낼 것).
  - 에스컬레이터 유지·보수 업체, 제조사와 다른 곳이라면(알아낼 것).
  - 에스컬레이터 설치 업체(알아낼 것).
  - 청소 업체.
  - 기타 피고?
- 사고와 관련이 있는 사실관계
  - 기계실 출입 패널이 저절로 열리고 피해자가 기어 위로 떨어졌다. 40센티미터 정도 열렸음.
  - 문의 무게는 19킬로그램. 앞쪽의 날카로운 톱니가 사망·상해에 기여했음.
  - 문은 걸쇠로 잠겨 있었다. 스프링. 알 수 없는 이유로 스프링

이 튀어나와 열렸다.

- 잠긴 패널 뒤의 스위치. 영상으로 봤을 때는 아무도 스위치를 누른 것 같지 않다.

• 오작동 이유?

- 스위치나 서보 모터가 저절로 작동했다. 왜?

회로 합선? 기타 전기적 문제?

곤충, 액체, 물리적 접촉? 가능성은 낮다.

번개? 가능성은 낮다.

- 걸쇠 오작동.

금속 피로 현상―그럴 수 있으나 가능성은 낮다.

물리적 접촉. 가능성은 낮다.

• 수사국이나 뉴욕소방서 보고서 및 기록은 현재 열람할 수 없음

• 오작동한 에스컬레이터에도 현재 접근할 수 없다(수사국에서 격리 중)

아처는 휘트모어에게 단지 미드웨스트 컨베이언스사의 제품군뿐만 아니라 다른 어떤 회사의 에스컬레이터에서도 비슷한 사고 사례를 찾지 못했다고 설명했다. 이어 멜 쿠퍼는 외부적 요인이나 제조 공정상 결함으로 인해 문이 저절로 열릴 수 있는지 실험했다고 설명했다.

"모형에는 어떤 가설도 들어맞지 않았습니다." 라임이 그에게 말했다.

"전망이 좋아보이지 않는군요." 휘트모어가 말했다. 이 좋지 않은

소식에도 그의 목소리는 그리 낙심한 것 같지 않았다. 그래도 라임은 상대가 낙심했을 거라는 것을 알고 있었다. 휘트모어는 좌절을 쉽게 받아들일 유형 같지 않았다.

라임의 시선은 에스컬레이터 받침대를 아래위로 훑어보고 있었다. 그는 계속 응시하며 휠체어를 굴려 가까이 다가갔다.

그는 톰이 구운 빵과 음료를 쟁반에 담아 들어오는 것을 희미하게 의식했다. 쿠퍼와 아처, 휘트모어 사이에 오가는 대화도 희미하게 의식했다. 아처의 질문에 대답하는 변호사의 단조로운 음성도 희미하게 의식했다.

그러다 침묵.

"링컨?" 톰의 음성.

"결함이 있어." 라임은 중얼거렸다.

"그게 뭐죠?" 조수는 물었다.

"결함이 있다고."

휘트모어가 말했다. "네, 라임 씨. 문제는 그 결함이 무엇인지 우리가 모른다는 점 아닙니까."

"아니, 압니다."

"심장이 덜컥 했어." 아멜리아 색스는 바람처럼 싸늘한 목소리로 쏘아붙였다. "범인이 근처에 있을 가능성이 있다고." 그녀는 글록 손잡이에서 손을 뗐다.

라임과 휴대전화로 통화를 끝낸 직후 뒤에서 다가온 사람은 범인 40이나 다른 공격자가 아니라 론 폴라스키였다.

젊은 경찰은 말했다. "미안합니다. 통화하고 계셨어요. 방해하고 싶지 않았습니다."

"음, 다음번에는 넓게 돌아와. 손을 흔들든가. 그 비슷하게 알리라고... 몇 분 전 이 근처에서 범인과 비슷한 사람을 보지 못했나?"

"그가 여기 있습니까?"

"글쎄. 그는 화이트캐슬을 좋아해. 누군가 내 뒤에서 서성거리는 걸 봤고. 아무것도 못 봤어?" 색스는 초조하게 되풀이했다.

"범인 닮은 사람은 못 봤습니다. 그냥 애들 몇 명. 마약 거래 같던데요. 그쪽으로 다가갔지만 도망쳤습니다."

그녀가 본 인기척도 그것이었을 것이다. 먼지. 갈매기, 마약과 현금을 교환하는 약쟁이들.

"자넨 어디 있었어? 사무실과 자네 휴대전화로 전화했는데." 그가 경찰 제복 대신 사복으로 갈아입은 것이 눈에 띄었다.

그도 주위를 둘러보고 있었다. "나가신 뒤에 전화를 받았습니다. 할렘에서 비밀정보원을 만나야 했습니다. 구티에레스 사건 때문에요."

잠시 기억을 더듬어야 했다. 엔리코 구티에레스. 풀라스키가 다른 특수반 형사와 함께 수사한 초창기 사건 중 하나인 살인사건 용의자였다—1급 살인도 가능했고, 과실치사일 가능성이 더 높았다. 한 마약상이 다른 마약상을 살해한 사건이었으니, 수사 종결에 대한 열의가 부족했다. 아마 정보원이 우연히 단서를 얻어내서 풀라스키에게 연락했을 것이다. 색스는 말했다. "그 오래된 사건? 검사가 포기한 줄 알았는데. 시간을 투자할 가치가 별로 없잖아."

"사건을 정리하라는 지시를 받았습니다. 공지 못 보셨습니까?"

색스는 경찰본부 내에서 돌아다니는 공지에 별로 신경을 쓰지 않았다. 언론 상대, 쓸모없는 정보, 다음 달이면 다시 철회될 새 절차.

구티에레스 같은 사건을 굳이 되살리는 건 딱히 이해할 수 없었지만, 사실 형사나 순경이 문제 삼을 수 있는 결정은 아니었다. 풀라스키가 경찰로서 승진하고 싶다면, 상부의 지시에 주의를 기울여야 한다. 공지도 진지하게 받아들여야 한다.

"좋아, 론. 하지만 범인 40호 사건에 좀 더 신경을 써. 망치는 물론 비료 폭탄과 독까지 가지고 논다면, 이 자야말로 우리의 우선순위야. 그리고 전화 좀 받으라고."

"알겠습니다. 그러죠. 구티에레스 건과 최대한 병행하겠습니다."

색스는 화이트캐슬의 샬럿과 지배인이 한 진술을 설명했다. 그리고 덧붙였다. "내가 이 동네 가게 대부분을 탐문했고, 범인이 전철이나 버스, 아파트 단지까지 가는 길에 지나갔을 가능성이 있는 도로 절반을 훑었어." 그녀는 풀라스키에게 자신이 둘러본 거리를 알려주고 다음 몇 블록을 이어서 둘러보라고 지시했다. 범인이 목격되었을 가능성이 있는 무면허 택시회사에 대한 이야기도 했다. "거기도 자네가 다시 가봐. 우린 그 운전사가 필요해. 압력을 가하라고."

"제가 하죠."

"나는 어머니를 약속 장소에 데려다드려야 해."

"어머님은 잘 지내십니까?"

"그럭저럭. 며칠 뒤 수술이야."

"안부 전해주세요."

고개를 끄덕인 뒤, 색스는 토리노로 돌아가 대형 엔진에 시동을 걸었다. 20분 뒤 그녀는 자신이 사는 동네를 천천히 달리고 있었다. 쾌적한 캐롤 가든스 주택가에 접어들자 마음이 편안해졌다. 그녀가 여기서 자라던 시절 이 동네는 한층 지저분했다. 하지만 요즘 캐롤

가든스는 '돈 좀 있는 사람들'의 성채 같은 동네였다. 맨해튼에서 이만 한 공간에 살 형편은 안 되지만, 도시 경계를 넘어 교외로 도망칠 마음은 없는 사람들. 아멜리아 색스는 젠트리피케이션에 반감이 없었다. 뉴욕의 우범지대에서 오랜 시간 일한 뒤, 길거리 멀쩡한 화분에 가드니아가 피어 있고 가족들이 자전거를 타고 공원을 누비며 향기로운 커피숍이 여기저기 들어선 잘 가꿔진 동네로 돌아오는 것이 좋았다(물론 소호와 트라이베카로 힙스터를 추방하는 데는 아무 이의가 없었다).

음, 이걸 보라지. 합법적인 주차 공간. 그것도 집에서 겨우 한 블록 떨어진 곳에. 그녀는 대시보드에 뉴욕시경 명찰을 남겨놓기만 하면 사실상 어디든 차를 세워놓을 수가 있었다. 그러나 그것은 별로 현명한 처사가 아니었다. 어느 날 아침 차로 돌아와 보니 앞 유리창에 스프레이로 '돼지'라고 적혀 있었던 것이다. 요즘은 잘 사용되지 않는 표현이라는 점을 감안할 때 아마 나이 들고 불우한 반 베트남전 시위대가 아닐까 하는 생각이 들었다. 어쨌든 낙서를 지우는 데 4백 달러가 들었다.

색스는 차를 세우고 가로수가 늘어선 거리를 걸어 전형적인 브루클린 스타일인 자신의 타운하우스로 향했다. 갈색 벽돌, 짙은 녹색으로 칠한 창틀, 아담하게 집 정면을 둘러싼 녹색 화단. 집 안에 들어선 그녀는 등 뒤에서 문을 잠그고 복도로 들어서며 재킷을 벗고 글록이 든 총집을 벨트에서 풀었다. 그녀는 직업적으로 총을 다루고 경찰 사격장이나 사설 사격장 대회 챔피언일 정도로 사격이 취미이기도 했지만, 가족이 곁에 있는 집에서는 무기를 신중하게 취급했다.

그녀는 글록을 옷장 안 재킷 근처 선반에 놓아두고 거실로 나갔다. "왔어요." 그녀는 어머니에게 고개를 끄덕이며 인사했다. 어머니는 전화 통화를 하다가 작별 인사를 하고 핸드셋을 내려놓았다. "왔구나."

날씬하고 미소 짓지 않는 로즈 색스는 모순덩어리였다.

그녀는 딸이 경찰학교에 진학하기 위해 패션모델 일을 그만두었을 때 몇 달이나 딸과 말을 하지 않았다.

남편이 그 직업 전환을 독려했다고 믿고(사실은 그렇지 않았다) 더 오랫동안 남편과 말을 하지 않았다.

어머니의 변덕스러운 기분 때문에 머슬카를 개조해서 드라이브하는 것을 좋아하던 아버지와 딸은 토요일 오전에도 오후에도 차고에 나가 자동차를 주무르곤 했다.

남편 허먼이 암에 걸려 죽어가는 동안 한결같이 곁을 지켰고, 딸에게는 아쉬운 게 단 하나도 없도록 배려했고, 모든 학부모-선생 회의에 참석했고, 필요할 때는 일거리 두 군데도 마다하지 않았고, 라임과 딸의 관계에 대한 불신을 극복하고 그의 장애와 그 모든 것을 빠르게 완전히 받아들인 여성이었다.

로즈는 때로 타인이 이해할 수 없는, 행위의 타당성을 판단하는 자기만의 변치않는 규칙과 논리에 따라 인생의 이런저런 결정을 내렸다. 그러나 그녀 안의 강철 같은 의지에는 감탄하지 않을 수 없었다.

로즈는 다른 측면에서도 모순적인 여성이었다. 바로 육체적인 측면이었다. 손상된 혈관을 따라 힘겹게 흘러가는 혈액 때문에 피부는 창백했지만, 눈빛은 불꽃같았다. 몸은 약하지만, 강력한 포옹과 바이스처럼 상대의 손을 꽉 쥐는 악수. 상대를 인정할 경우에만.

"난 진심이었어, 아멜리아. 네가 굳이 날 데리고 갈 필요가 없다.

얼마든지 혼자 갈 수 있어."

그렇지 않았다. 오늘 로즈는 특히 연약해 보였고, 숨이 가빠 소파에서 일어날 수도 없을 것 같았다―주인에 대한 육체의 배신, 색스는 어머니의 상태를 그렇게 생각하고 있었다. 그녀는 날씬했고, 거의 술을 마시지 않았으며, 흡연 경력도 없었다.

"괜찮아요. 끝나고 그리스티디스에 들러요. 여기 오는 길에 못 갔어요."

"냉동실에 먹을 게 있을 텐데."

"난 어쨌든 거기 볼일이 있어요."

문득 로즈는 찌르는 듯한 눈빛으로 딸을 똑바로 응시했다. "아무 일 없니?"

어머니의 직관은 육체적인 질병에도 전혀 녹슬지 않았다.

"힘든 사건이 있어서요."

"그 범인 40호."

"맞아요." 게다가 내 파트너가 뉴욕시 최고의 분석인력을 코앞에서 빼돌렸다는 사실 때문에 더 힘들어졌지―그것도 내 사건만큼 다급하지 않은 일개 민사소송 때문에. 물론 비극적인 사고를 낸 회사에서 얼마간의 보상을 받아내지 못한다면 샌디 프로머와 그 아들의 인생은 급격히 변할 것이다. 그러나 범인 40호가 다음 살인을 계획하고 있을지도 모르는 반면, 그들은 죽지도 않고 길거리에서 구걸하지도 않는다. 어쩌면 그다음 살인은 오늘 밤에 벌어질지도 모른다. 어쩌면 5분 후일지도.

더욱 화나는 점은 따로 있었다. 프로머 부인을 도와달라고, 그렉 프로머를 죽게 만든 원인 제공자를 알아내야 한다며 강박에 가까운

163

추적에 나서도록 설득한 사람이 색스 자신이라는 점이었다.

당신은 분명 안 된다고 하고 싶겠지만, 끝까지 들어봐요, 알겠죠?

냉장고 내용물을 훑어보며 쇼핑 목록을 만들고 있는데, 초인종이 울렸다. 첫 음은 높은 소리, 두 번째는 낮은 소리.

색스는 어머니를 돌아보았고, 어머니는 고개를 저었다.

그녀도 기다리는 손님이 없었다. 색스는 총을 굳이 집어 들지 않고 집 앞 현관 쪽으로 나갔다. 대부분의 범인들은 초인종 따위 울리지 않는다. 게다가 현관문 바로 옆 해지고 찌그러진 신발상자 안에 두 번째 글록 모델 26이 있었고, 안에는 실탄 한 발, 그 뒤로 아홉 발이 장전되어 있었으며, 옆에 두 번째 탄창도 놓여 있었다. 문으로 다가가면서 그녀는 뚜껑을 열고 쉽게 총을 쥘 수 있도록 상자 방향을 돌려놓았다.

색스는 문구멍으로 밖을 내다보았다. 그 자리에 석상처럼 얼어붙었다.

맙소사.

목구멍에서 헉 하는 숨소리가 난 것 같았다. 심장이 미친 듯이 뛰고 있었다. 아래를 내려다보고, 총을 숨긴 상자 뚜껑을 다시 덮어놓고, 벽에 걸린 금박 테두리 거울 속의 퀭한 눈을 응시하며 잠시 꼼짝도 하지 않고 서 있었다.

심호흡을 했다. 한 번, 두 번... 됐다.

그녀는 문의 걸쇠를 풀었다.

돌로 포장한 작은 포치에는 그녀 또래의 남자가 서 있었다. 오랫동안 햇빛을 보지 못한 날렵하고 잘생긴 얼굴이었다. 청바지와 검은 티셔츠, 그 위에 데님 재킷 차림. 닉 카렐리는 라임을 만나기 전에 사권 색스의 연인이었다. 두 사람은 경찰 조직에서 만났다―다른 부서였지만 둘 다 경찰이었다. 함께 살았고, 결혼 이야기까지 오간 적이 있었다.

그녀는 오랫동안 닉을 보지 못했다. 그러나 마지막으로 함께 있었던 순간은 생생하게 기억했다. 브루클린의 법정이었다. 그들은 잠시 시선을 교환했고, 이어 법정 관리인이 절도와 폭행죄로 실형을 받은 그를 주립 교도소로 이송하기 위해 족쇄를 채운 채 데리고 나갔다.

13

"흥미로운 이야기군요." 에버스 휘트모어는 '흥미롭다'는 형용사와 어울리지 않는 어조로 말했다.

그가 진짜 흥분하지 않았다는 뜻은 아니었다. 그의 표정을 읽기란 매우 힘들었다.

에스컬레이터 결함에 대한 라임의 가설을 놓고 한 말이었다. 출입 패널이 금속 피로 때문에 열렸든지, 윤활유가 잘 발라져 있지 않았든지, 괴상한 바퀴벌레가 서보 모터를 합선시켰든지, 심지어 누군가 스위치를 우연히 눌렀든지, 그냥 신의 뜻이었든지, 다 상관없었다. 결함은 에스컬레이터 유닛의 기본적인 설계 자체에 내장되어 있었다―문이 어떤 이유로 열렸다면, 모터와 기어는 즉각 작동을 멈췄어야 한다. 회로가 자동으로 차단되었다면 그렉 프로머의 목숨은 살릴 수 있었을 것이다.

"설치하는 데 돈도 많이 들지 않을 겁니다." 줄리엣 아처가 말했다.

"그렇겠지요." 휘트모어가 말했다. 그는 고개를 약간 기울이고 라임의 복도에 있는 에스컬레이터를 유심히 바라보았다. "나도 다른 가설이 있는데요. 저 출입구 패널은 무게가 얼마나 됩니까?"

라임과 아처는 동시에 대답했다. "19킬로그램."

"그렇게 무겁지 않군요." 변호사는 말했다.

아처. "스프링은 편의를 위한 것이지, 필수불가결한 장치는 아니라는 거군요."

라임은 이 점도 마음에 들었다. 법적 공방을 벌일 때 공격력이 두 배가 된다. "스프링을 설치하지 않았어야 했군. 인부가 패널 빗장을 열고 갈고리로 잡아당겨 열든가 그냥 들어 올려도 되잖아. 좋아."

변호사에게 전화가 걸려왔다. 그는 잠시 귀를 기울이다가 질문을 하고 완벽하게 반듯한 필체로 메모했다.

그는 전화를 끊고 라임와 아처, 쿠퍼를 돌아보았다. "여기 뭔가 있습니다. 한데 제대로 이해하려면, 먼저 법률적 배경을 좀 아셔야 할 겁니다."

또 시작이군....

그래도 라임은 '어서 하시죠'라는 듯 눈썹을 치켜 올렸고, 변호사는 다시 강의를 시작했다.

"미국의 법은 오리너구리처럼 복잡한 생물입니다." 휘트모어는 안경을 다시 벗고 닦으며 말했다. "어떤 특성은 포유류, 어떤 특성은 파충류, 그 외에도 많지요."

라임은 한숨을 쉬었다. 휘트모어는 청중의 갑갑하다는 듯한 분위기를 눈치채지 못하고 계속 말을 이었다. 한참 뒤 요점이 나왔다. 프로머 사건은 일반 법률보다 '판례법'을 통해 판결이 나올 사건이며, 법정은 샌디 프로머가 미드웨스트 컨베이언스사에 대한 소송에서 이길 수 있는지 결정하기 위해 판례—이전 판결—를 찾게 된다는 것이었다.

휘트모어는 목소리에 열의 비슷한 것을 담고 말을 이었다. "제 법률 사무원 슈로더는 자동정지 장치가 없다는 이유로 에스컬레이터에 결함이 있다고 간주된 판례를 찾지 못했습니다. 한데 산업용 중장비—인쇄기와 다이스탬핑—관련 소송 중 기계실 패널이 열린 뒤에도 기계가 계속 작동했다는 이유로 제조사에 책임을 물은 판례를 몇 건 찾아냈습니다. 사실관계는 프로머 씨의 부상이 설계상 결함 때문에 발생했다는 주장을 뒷받침하기에 충분하지요."

아처가 물었다. "다른 회사에서 제작한 에스컬레이터 중에서 자동정지 스위치가 있는 제품을 찾는 게 가능할까요?"

"좋은 질문입니다, 아처 씨. 슈로더도 그 점을 조사했습니다. 한데 유감스럽게도 대답은, 아니요, 입니다. 미드웨스트 컨베이언스사는 지구상에서 팝업식 출입구를 채택한 유일한 에스컬레이터 제조사인 것 같더군요. 그러나 객차에 차단장치—인부가 기계실 문을 열어놓고 통로에 들어가 있을 때 객차가 움직이면 브레이크가 걸리는 장치입니다—를 설비한 엘리베이터 제조사는 찾을 수 있었습니다."

"그렇다면 그 사례도 언급할 수 있겠군요." 아처가 말했다. "에스컬레이터는 엘리베이터와 상당히 비슷하게 들리니까요."

휘트모어는 이번에도 감탄한 것 같았다. "맞습니다. 고객에게 유리한 판결을 내리도록 배심원에게 무의식적인 암시를 주는 기술이 있지요. 물론 나는 재판까지 갈 생각은 없습니다만, 배상금 협상을 위해 미드웨스트 컨베이언스사와 접촉할 때 이 사건들을 언급할 겁니다. 자, 이제 우린 가설이 있습니다. 좋은 가설, 합리적인 가설입니다. 저는 앞으로 며칠 동안 소장을 작성할 예정입니다. 소송을 제기하면, 회사 건축기록과 불만 접수기록, 안전 보고서를 법적으로 요청하겠습니다. 운이 좋다면 자기네 발등을 찍는 CBA 메모 같은 걸 발견할 수도 있겠지요."

아처는 CBA가 무엇인지 물었다. 텔레비전 법정 드라마 학습을 통해 여기까지 배우지는 못한 것 같았다. 라임 역시 모르는 것은 마찬가지였다.

휘트모어는 덧붙였다. "비용편익분석Cost-Benefit Analysis입니다. 회사가 자사 제조물 설계 부주의로 1년에 고객 열 명이 사망할 것으로 예상된다, 이때 지불해야 하는 손해배상액은 1천만 달러다, 그러나 미리 문제를 해결하려면 2천만 달러가 든다고 추산한다면, 제조사는 어쨌든 그 제조물을 시장에 내놓기로 결정할 수 있습니다. 더 경제적이니까요."

"회사에서 실제로 그런 계산을 한단 말인가요?" 아처는 물었다. "그 고객 열 명에게 사형선고를 내리는 것이나 마찬가지인데도?"

"US 오토 이야기를 들으셨는지 모르겠군요. 그리 오래된 이야기가 아닙니다. 어느 기술자가 극히 소수의 세단에서 치명적인 화재로 이어지는 가솔린 유출이 있을 수 있다고 사내 비밀문건에 적었습니다. 비용은 X만큼 든다는 내용이었죠. 경영진은 사망에 대한 손해배상이나 개인 상해 판결액을 지불하는 게 더 싸다고 판단했습니다. 물론 지금 회사는 망했지요. 문건이 공개되자 여론이 등을 돌렸고 회사는 타격에서 회복하지 못했습니다. 물론 이 이야기의 교훈은…."

아처가 말했다. "윤리적으로 올바른 판단을 하자."

휘트모어가 말했다. "...그런 결정은 기록으로 남기지 말자."

라임은 변호사가 농담을 하는 건가 생각했다. 그러나 그의 표정에는 미소가 없었다.

휘트모어는 말을 이었다. "저는 프로머 씨의 예상 수입에 대한 정보를 모으는 중입니다. 예전에 일했던 사무직으로 되돌아간다면 얼마나 벌었을까. 경영직 말입니다. 향후 수입 추정액을 최대한 높여야하니까요. 아내와 친구들, 예전 동료 직원들에게 증언을 받을 겁니다. 고인이 겪은 통증과 고통에 대해 의학 전문가 증언도 구하고요. 미드웨스트사를 할 수 있는 한 강력하게 때리고 싶습니다. 이런 사건에서 회사는 재판을 피하기 위해서라면 뭐든지 할 게 분명합니다."

전화가 울렸고, 휘트모어는 액정을 들여다보았다.

"제 사무실의 슈로더로군요. 우리가 쓸 만한 새 사건이 나타났는지도 모르겠습니다." 그는 전화를 받았다. "무슨 일이지?"

변호사의 움직임이 멈췄다. 완전히. 목을 비틀지도 않았고, 몸무게를 다른 다리에 옮겨 싣지도 않았다. 그는 바닥만 응시했다. "확실해? 누가 말했지? ...그래, 믿을 만한 사람들이지." 마침내 변호사의 얼굴에 미세한 감정이 스쳐갔다. 긍정적인 감정은 아니었다. 그는 전화를 끊었다. "문제가 생겼습니다." 그는 방안을 둘러보았다. "혹시 여기서 스카이프로 전화를 걸 수 있을까요? 즉시 걸어야 합니다."

"시간 있어?" 닉 카렐리는 아멜리아 색스에게 물었다.

닉을 마주친 충격 때문에 그 오랜 시간이 지났는데도 별로 달라 보이지 않는 게 정말 이상하다는 생각만 뇌리를 채웠다. 교도소에서 그 오랜 시간을 보냈는데도. 변한 것은 자세뿐이었다. 전반적으로 상태는 좋았지만, 등이 구부정했다.

"난... 난 전혀...." 그녀는 말을 더듬었다. 그런 자신이 싫었다.

"전화를 하려고 했어. 한데 그냥 끊을 것 같아서."

내가 그랬을까? 당연하지. 아니, 아마도.

"그냥 혹시나 하고 들렀어."

"당신은...?" 색스는 입을 열었다. 생각했다. 빌어먹을 제발 문장을 끝맺어라.

그는 웃었다. 그녀가 기억하는 그 나직하고 행복한 웃음. 과거로 이어지는 웜홀처럼 순식간에 추억이 되살아났다.

닉은 말했다. "아니, 탈옥한 거 아니야. 행실 바르게 살았지. 모범수였어. 가석방 심사에서 만장일치로 결정이 났어."

마침내 이유를 대는군. 급히 내쫓아 버리면 나중에 다시 오려고 할 것이다. 지금 다 들어주자. 그리고 깨끗이 끝내자.

그녀는 밖으로 나와 문을 닫았다. "시간이 별로 없어. 어머니를 병원에 모시고 가야 해."

젠장. 왜 이 말을 했을까. 왜 시시콜콜 다 말하지?

그는 미간에 주름을 잡았다. "어디가 안 좋으시지?"

"심장에 문제가 좀 있어서."

"그럼...."

"난 시간이 별로 없어, 닉."

"그래, 그래." 그는 그녀를 얼른 훑어보았다. 그리고 다시 그녀의 눈을 보았다. "신문에서 당신에 대한 기사를 읽었어. 지금은 파트너도 있다면서. 수사자원국 수장이었던 사람."

수사자원국, 현장감식반이 소속된 부서의 옛 명칭. "나도 몇 번 만난 적이 있어. 전설이지. 그는 정말...."

"장애인이야, 맞아." 침묵.

그는 인사치레가 실수였음을 깨달은 것 같았다. "음, 이야기를 좀 하고 싶은데. 오늘 밤. 아니면 내일. 커피 한잔할 수 있을까?"

아니, 문은 닫혔어. 창문도 닫았고. 물 건너갔어.

"지금 이야기해."

돈이나 일자리 추천서? 그는 경찰에 되돌아갈 수 없다. 중범죄 유죄판결을 받았으니 불가능하다.

"좋아, 빨리 말하지. 에이미...."

아멜리아는 닉이 자신을 애칭으로 부르는 게 신경 쓰였다.

그는 숨을 들이쉬었다. "그냥 자세히 이야기하고 싶어. 그때 내 유죄 판결에 대해서. 절도, 폭행 말이야. 당신도 자세히 알겠지만."

당연히 알았다. 고약한 범죄였다. 닉은 각종 상품과 의약품 화물털이 조직의 배후로 체포되었다. 체포되기 전 마지막으로 저지른 범행에서, 그는 권총으로 운전사를 때렸다. 러시아 이민자, 네 아이의 아버지, 그는 일주일 동안 입원해야 했다.

그는 그녀의 눈을 뚫어져라 바라보며 몸을 앞으로 내밀었다. 그리고 속삭였다. "난 범인이 아니야, 에이미. 판결받은 죄목 중 단 하나도."

이 말을 듣자 얼굴이 달아오르고 심장이 쿵쿵 뛰기 시작했다. 그녀는 문 옆으로 커튼을 친 창문을 돌아보았다. 어머니의 기척은 없었다. 방금 들은 말을 소화할 시간을 벌기 위해서 시선을 피한 것이기도 했다. 마침내 그녀는 다시 돌아보았다. "닉, 무슨 말을 해야 할지 모르겠어. 왜 지금 이 이야기를 하려는 거지? 여기 왜 왔어?"

심장이 손에 감싸 쥔 새의 날개처럼 계속해서 미친 듯이 두근거렸다. 그녀는 생각했다. 사실일까?

"당신 도움이 필요해. 당신 말고는 세상 어느 누구도 날 도와줄 수 없어, 에이미."

"날 그렇게 부르지 마. 그건 지나간 일이야. 현재가 아니라고."

"미안해. 시간은 오래 걸리지 않을 거야. 내가 설명할게." 그는 숨을 깊이 들이마시고 천천히 말했다. "화물털이 조직과 일했던 건 도니였어. 내가 아니라."

닉의 동생.

이해할 수 없었다. 두 형제 중 조용한 쪽, 동생이 위험한 범죄자였다고? 범행 당시 스키마스크를 썼기 때문에 트럭 운전사는 범인을 지목하지 못했다는 기억이 떠올랐다.

닉은 말을 이었다. "그 애는 문제가 있었어. 당신도 알잖아."

"마약, 음주. 그래, 기억해." 두 형제는 아주 달랐고, 서로 닮지도 않았다. 당시 도니는 언제나 태도와 성품이 쥐새끼 같다고 생각했던 것이 떠오르자, 불편한 기분이 엄습했다. 외모 말고도 닉에게는 자신감이 있는 반면, 도니에게는 불확실과 불안이, 그리고 그 둘을 잠재워야 한다는 강박이 있었다. 같이 저녁을 먹으러 나갈 때면 색스는 농담도 하고 도니가 계속 출석하고 있는 교육 강좌 이야기도 하면서 대화에 끌어들이려고 애썼지만, 그는 수줍음을 타고 말을 피했다. 때로는 적대감을 보이기도 했다. 의심이 많았다. 그녀는 도니가 전직 패션모델 여자친구를 사귄 형을 부러워하는 거라고 생각했다. 혼자 화장실에 들어갔다 나오면 기분이 들뜨고 말수가 많아지던 것도 기억났다....

닉은 말을 이었다. "그 일이 있었던 저녁, 체포당한 날... 기억하지? 당신은 야간 순찰이었지?"

그녀는 고개를 끄덕였다. 어떻게 잊을 수 있을까.

"난 엄마에게서 전화를 받았어. 도니가 다시 약을 하기 시작한 것 같다고 하더군. 주변에 물어보니 3번가 다리 근처에서 누굴 만나는 것 같더라는 말이 들렸어. 무슨 거래가 있는 것 같다고."

브루클린 고와누스의 진흙탕 운하를 가로지르는 아주 오래된, 백 년도 넘은 다리였다.

"무슨 안 좋은 일이 벌어졌거나 벌어질 거라고 생각했어. 그 동네? 그럴 수밖에 없어. 나는 곧장 거기로 갔어. 도니는 보이지 않았지만, 모퉁이에 문을 연 채 세워놓은 화물트럭이 있었어. 운전사는 귀에서 피를 흘리며 땅에 쓰러져 있었고, 트럭은 비어 있었어. 난 공중전화에서 익명으로 911에 신고했어. 그런 다음 곧장 도니의 아파트로 갔지. 약에 취해 있더군. 혼자가 아니었어." 닉은 그녀의 눈을 똑바로 응시하고 있었다. 강렬한 눈빛이었다. 색스는 시선을 피해야 했다. "델가도, 기억해? 비니 델가도."

희미하게 기억났다. 브루클린의 깡패. 베이리지던가. 조직에 관련된 사람은 아니었다. 어쨌거나 대단한 연줄은 없었다. 고작 잡지 담배 파는 가게와 하나 운영하면서 대부 흉내를 내고 다니는 시시한 쓰레기였다. 그리고 죽었다─진짜 조직원의 영역을 건드렸다가 처형되었다.

"그가 도니에게 일을 시킨 거야. 델가도 똘마니들이 트럭을 탈취하고 물건을 빼돌려 중간상인에게 넘기도록 도와달라고. 도니에게 진정제든 코카인이든 원하는 만큼 주겠다고 약속하고."

색스는 믿어도 되는지 판단하기 위해 미친 듯이 머리를 굴렸다. 그러다 생각했다. 그만. 진실이든 거짓이든, 내 알 바가 아니다.

"델가도와 그의 조직원들은 문제가 생겼다고 했어. 다섯 패밀리 중 하나가 델가도가 벌이는 사업, 특히 고와누스 건을 탐탁지 않게 여긴 거야. 그 패밀리도 트럭에 눈독을 들이고 있었어. 어마어마한 양의 의약품 절도, 기억나? 델가도는 뒤집어쓸 사람이 필요하다고 했어. 내게 두 가지 선택지를 주더군. 첫째, 도니를 진범으로 본다. 그 경우 감옥에서 모든 걸 불 게 뻔하니까 델가도는 그를 제거해야 한다. 둘째, 내가 뒤집어쓴다. 입을 조용히 다물고 형을 살 수 있는 사람." 그는 어깨를 으쓱했다. "당신 같으면 어떤 선택을 하겠어?"

"조직범죄팀에 보고하지 않았어?"

그는 웃었다. 뉴욕시경 조직범죄 태스크포스는 유능한 조직이지만, 주로 고위급 마피아를 집어넣는 큰 사건을 지휘한다. 도니 카렐리를 살려주기 위해서 대단한 노력은 하지 않았을 것이다.

"도니는 뭐라고 했어?"

"도니가 정신을 차린 뒤에 내가 이야기를 했어. 델가도가 한 말을 전했지. 완전히 무너져서 울더군. 뻔하지 뭐. 구해달라고 내게 빌고 필사적이었어. 도니와 엄마를 위해 내가 하겠다고 했어. 하지만 이게 마지막 기회라고. 약을 끊어야 한다고."

"그래서 어떻게 됐어?"

"도니가 갖고 있던 얼마간의 물건과 현금을 가져다 내 차에 실었어. 도니가 갖고 있던 총, 운전사를 때린 총을 깨끗이 닦고 내 지문을 묻혔어. 그런 다음 현장에서 내 자동차번호를 봤다고 다시 익명으로 신고했어. 다음 날 형사들이 경찰서에서 날 체포했지. 난 자백했고. 그뿐이야."

"모든 걸, 당신 인생 전부를 포기했다고? 경찰 경력을? 그냥 그렇게?"

닉은 쉰 목소리로 속삭였다. "도니는 내 동생이었어! 내겐 선택의 여지가 없었다고." 다시 그의 표정은 부드러워졌다. "그때 우리가 했던 이야기 기억나? 내가 경찰에 계속 있어야 할지 그만둬야 할지 고민했던 거?"

기억났다. 닉은 경찰 체질이 아니었다. 그녀처럼, 그녀의 아버지처럼, 링컨 라임이 그랬던 것처럼 타고난 경찰이 아니었다. 그는 다른 직업을 찾을 수 있을 때까지 기회를 보고 있었다―사업이나 식당 같은 것. 그는 언제나 식당을 차리고 싶었다.

"난 경찰이 될 사람은 아니었어. 어쨌든 조만간 옷을 벗었을 거야. 형을 살고, 그냥 감수하자고 생각했어."

색스는 생각했다. "도니는 약을 끊었어, 그렇지?"

그가 교도소에 간 뒤, 색스는 닉과 연락을 끊었지만 그의 가족과 계속 연락하고 지냈다. 해리엇 카렐리의 장례식에 참석했을 때, 도니는 멀쩡한 정신으로 와 있었다. 몇 번 더 만났을 때도 마찬가지였다. 그러다 그녀가 링컨 라임을 만난 뒤 완전히 멀어졌다.

"그랬어. 한동안. 하지만 오래 가지 않았어. 내가 들은 한 델가도를 위해서는 일하지 않았지만, 결국 코카인, 이어 헤로인에 손을 댔어. 일 년 전에 죽었어."

"세상에. 유감이야. 난 못 들었어."

"약물 남용. 중독을 잘 숨기고 지냈어. 이스트 할렘의 한 호텔방에서 발견했다더군. 죽은 지 사흘 만에." 닉의 음성이 갈라졌다.

"교도소에서 생각을 많이 해봤어, 아멜리아. 난 내가 옳은 일을 했다고 생각했고, 지금도 마찬가지야. 난 도니를 몇 년 더 살게 해줬어. 하지만 내가 결백하다는 건 입증하고 싶어. 법적인 사면 같은 건 관심 없어. 그냥 사람들에게 내가 한 일이 아니라고 말할 수 있었으면 좋겠어. 도니는 죽었고, 엄마도 죽었어. 진실을 듣는다고 해서 실망할 가족도 더 이상 없어. 델가도도 오래전에 살해당했고, 그의 조직원도 사라졌어. 그리고 난 내가 결백하다는 걸 당신이 알아줬으면 해."

예상했던 말이었다.

그는 말을 이었다. "사건 기록 안에 증거를 다시 훑어보면 내 무죄를 입증할 수 있을 거야. 연락처, 형사의 수사내용, 주소, 그런 것들. 내가 저지르지 않았다는 걸 아는 사람들이 아직 어딘가에 있을 거야."

"수사기록을 원한다고."

"그래."

"닉...."

그는 그녀의 팔을 건드렸다. 가볍게, 빠르게. 손은 물러났다. "당신은 언제든 다시 안으로 들어가서 문을 닫을 권리가 있어. 날 보지 않아도 돼. 내가 그런 짓을 했으니."

그러나 닉이 저지른 죄는 단지 그 범죄만이 아니었다. 그가 체포된 순간 그녀는 모든 것으로부터 단절되었다. 물론 그는 그녀를 보호하기 위해 그렇게 했다. 스스로 인정했듯이 그는 부패경찰이었다. 그런 사람들 주위에서는 물결이 퍼져나가서 근처에 있던 모든 사람들에게 물을 튀긴다. 계속 연락을 취했다면 야심만만한 경찰의 샛별이었던 색스의 경력에 오점이 남을 수도 있었다.

그래서? 그녀는 자문했다. 곧장 안으로 들어가서 문을 닫아?

그녀는 말했다. "생각해 봐야겠어."

"내가 부탁하는 것도 그게 전부야."

그녀는 포옹이나 키스에 대비해 저항할 준비를 하고 몸을 긴장했지만, 닉은 방금 부동산 계약에 성공한 동업자 대하듯 손을 내밀어 악수만 했다. "너희 어머님께 안부 전해줘... 내가 여기 왔더라고 말할 생각이 있으면."

그는 돌아서서 멀어졌다.

색스는 그가 떠나는 모습을 지켜보았다. 반 블록 정도 간 뒤, 그는 얼른 그녀를 돌아보았다. 닉의 얼굴에는 그녀가 너무나 또렷이 기억하는 오래전의 소년 같은 미소가 떠올라 있었다. 고개를 끄덕이더니, 그는 사라졌다.

14

에버스 휘트모어 변호사는 라임의 컴퓨터 중 한 대에 스카이프를 띄웠다.

그가 계정에 접속해서 키보드를 치니 스카이프의 '다-다-다'하는 전자 다이얼 음향이 방을 채웠다. 라임은 모니터 오른쪽 아래 모서리에 위치한 스크린에 자기 얼굴과 휘트모어의 얼굴이 같이 나올 수 있도록 옆으로 다가갔다.

"줄리엣?" 라임은 물었다. "가까이 다가오겠나?" 그녀는 웹캠 시야에서 벗어나 있었다.

"아니요." 그녀는 그 자리에 그대로 있었다.

잠시 후 영상이 깜빡이며 스크린에 나타났다. 흰 셔츠 소매를 걸어 올린 대머리 남자가 앞에 놓인 서류를 바라보고 있었다. 그가 앉아 있는 책상 위에는 온갖 서류가 쌓여 있었다.

그는 웹캠을 올려다보았다. "당신이 에버스 휘트모어?"

"맞습니다. 홀브룩 변호사?"

"네."

"자, 여기 같이 계신 분은 나와 같이 일하는 자문위원 링컨 라임, 화면에 보이지는 않지만 내 오른쪽에는 줄리엣 아처가 있습니다."

쿠퍼와 톰은 방에 없었다. 휘트모어는 그것이 최선이라고 생각했다—뉴욕시경 경찰, 그리고 사건과 아무 관련이 없는 민간인은 지금부터 나눌 대화에 방해가 될지도 모른다.

"따라서 저는 변호사의 법률자문 보호원칙을 요청합니다. 그들이 변호사와 의뢰인의 비밀보호 유지 의무로 보호된다는 사실 또한 받아들이겠습니까?

홀브룩은 고개를 들고 손톱을 새빨갛게 칠한 누군가에게 서류를 건네더니 카메라 렌즈를 다시 쳐다보았다. "미안합니다. 뭐라고요?"

휘트모어는 요청을 되풀이했다.

"네, 뭐." 홀브룩은 말했다. '그러시든지' 하는 듯한 말투였다. 사망 사고를 낸 에스컬레이터를 제조한 미드웨스트 컨베이언스사의 수석 변호사인데도 불구하고, 상대는 방어적이거나 공격적인 태도와 거리가 멀었다. 대체로 다른 데 정신이 팔린 것 같았다. 라임은 이제 그 이유를 알고 있었다.

변호사는 다시 웹캠에 집중했다. "그렉 프로머와 그 가족을 대변하는 분에게서 연락이 올 거라고 생각했습니다. 당신이 공식 대변인 맞습니까?"

"네."

"당신에 대해 들은 적이 있습니다." 홀브룩이 말했다. "명성 말입니다. 트랜스 유럽 항공사, B&H 제약사. 그들을 무릎 꿇게 하셨잖습니까."

휘트모어는 반응하지 않았다. "자, 홀브룩 변호사...."

"데이미언이라고 부르십시오."

내가 그럴 줄 알고, 라임은 생각했다.

휘트모어가 말했다. "네, 제가 왜 연락했는지 아시지요?"

"30분 전에 기자회견이 있었습니다. 프로머 가족을 대변하는 변호사면 들으셨으리라 짐작했습니다. 그랬다면 당연히 연락이 오겠지요." 홀브룩은 옆을 돌아보았다. "곧 가지. 몇 분만. 커피 대접해." 그는 다시 카메라를 보았다. "제조물 결함에 대한 가설은 찾으셨습니까?"

"네."

홀브룩은 말했다. "설계상 결함, 우연히 기계실 패널이 열렸을 경우 모터를 정지시키는 자동정지 장치가 없다?"

휘트모어는 라임을 흘끗 돌아보고 다시 웹캠을 향했다. "우리 가설은 논할 때가 아닙니다."

"음, 그건 좋은 가설입니다. 한 가지 더 말씀드릴까요. 스프링으로 작동하는 패널 말입니다." 변호사는 심지어 빙그레 웃었다. "우리 설계부서에서 그걸 덧붙인 것은 유지·보수하는 사람들이 문을 들어 올리다 허리를 삐끗했다고 불만이 접수되었기 때문입니다. 아마 엉터리 신고였겠지요.... 하지만 우리는 어쨌든 스프링을 달았습니다. 그리고 이것도 아마 알아내셨겠지만, 사고 후 우리 안전팀은 시 당국에서 감사가 있기 전에 스프링식 패널을 설치한 에스컬레이터에 모조리 출동해서 스프링을 제거했습니다. 저도 이건 당신 고객에게 식은 죽 먹기 같은 상황이라는 걸 압니다. 사건 이후 설계 수정을 근거로 우리 쪽에서 결함을 인정했다는 논리를 펼칠 수 있지 않습니까. 다른 경우라면 우리가 수표를, 그것도 아주 큰 액수를 써야 할 겁니다. 프로머 부인은 분명 힘든 시기를 보내고 계시죠. 저도 마음이 아픕니다. 하지만, 소식 들으셨지요. 유감입니다."

"제 법률보조는 아직 파산 법정에 도착하지 않았습니다. 기록은 읽지 못했습니다."

"제7장입니다. 완전 청산. 회사는 그동안 힘들었습니다. 중국 경쟁사, 독일 회사 들도 있고요. 세상이 그렇지요. 그 사고, 당신 고객의 남편이 결정을 더욱 신속하게 해준 것도 있습니다. 그러나 파산 신청은 어쨌든 다음 달이나 그다음 달 정도에 할 예정이었습니다."

휘트모어는 아처와 라임에게 말했다. "파산 신청을 하면, 미드웨스트사는 채권회수 자동중지제도로 보호받게 됩니다. 우리가 직접 법정에 가서 유예 명령을 받아내지 않는 이상 소송을 제기할 수 없습니다." 그는 다시 스크린 안의 홀브룩을 향했다. "한 가지 정보를 부탁드려도 될까요."

홀브룩은 어깨를 으쓱했다. "굳이 필요하지 않은 이상 벽을 칠 생각은 없습니다. 뭘 알고 싶으십니까?"

"보험사는 어딥니까?"

"미안합니다. 보험사는 없어요. 우리는 무보험입니다."

이 말을 들은 휘트모어의 얼굴에 낙담한 기색이 드러났는지도 모른다. 라임은 알 수 없었다.

사내 법률고문은 말을 이었다. "게다가 유감이지만, 자산 측면에서 남은 건 전혀 없습니다. 미수금이 1백만 달러, 유형 자산이 4천만 달러 정도 됩니다. 현금은 영. 주식도 영. 반면 빚은 9조 달러, 대부분 담보가 잡혀 있습니다. 그쪽에서 자동중지를 취소시키고 판사가 소송을 제기할 수 있다고 동의해서 그쪽이 이긴다 해도—물론 잘 아시겠지만 파산관재인이 이를 악물고 싸울 겁니다—서류 복사비도 안 되는 보상금으로 만족하셔야 할 겁니다. 그것도 지금부터 2~3년 뒤의 일이죠."

휘트모어는 물었다. "에스컬레이터는 어디서 관리했습니까?"

"유감이지만—그쪽에서 볼 때 말입니다—우리가 했습니다. 사내 부품 및 서비스 부서에서요. 달리 소송을 제기하실 수 있는 외부 관리 용역회사는 없습니다."

"상가는 에스컬레이터와 전혀 관련이 없습니까?"

"없습니다. 겉면 청소 외에는. 에스컬레이터를 설치한 건축회사 말인데, 우리 안전점검 팀이 모든 에스컬레이터를 꼼꼼하게 검사한 뒤 계약을 종료했습니다. 뒷일은 모두 회사 책임이지요.... 아니, 난 정말 당신 고객에 대해 유감입니다. 하지만 여긴 할 수 있는 일이 없어요. 우린 끝났습니다. 난 평생 미드웨스트 컨베이언스사를 위해 일했습니다. 설립자 중 한 사람이에요. 난 끝까지 회사와 함께 남았습니다. 빈털터리예요."

하지만 당신과 당신이 사랑하는 사람들은 살아 있잖아, 라임은 생각했다. 그는 물었다. "출입 패널이 열린 이유는 뭐라고 생각하십니까?"

변호사는 어깨를 으쓱했다. "차축 1만 개가 있다고 생각해 봅시다. 전부 다 멀쩡하게 작동하는데 단 하나만 시속 80마일에서 부러지는 이유가 뭘까요? 양상추 20톤이 무해한데 같은 밭에서 재배한 몇 개만 유독 대장균에 오염된 이유는 뭘까요? 우리 에스컬레이터의 경우? 누가 알겠습니까? 빗장의 기계적인 문제일 가능성이 가장 높겠죠. 어쩌면 출입 패널의 걸쇠에 규격 미달의 쇠로 제작한 중국산 나사가 사용되었을 수도 있습니다. 어쩌면 뒤로 물러나게 되어 있는 핀의 저항이 오차범위를 초과했는데, 품질관리 로봇의 소프트웨어 오류로 인해 놓쳤을 수도 있겠죠. 가능성은 수없이 많습니다. 세상은 완벽하지 않아요. 때로 난 우리가 사서 집에 놓아두고 목숨을 내맡기는 물건들이 그렇게 잘 작동한다는 사실 자체가 신기합니다." 희미한 미소. "지금 회사 외부 변호사가 와 있습니다. 가서 만나봐야 합니다. 위안은 안 되겠지만, 변호사님, 그렉 프로머 때문에 잠을 설칠 사람들이 여기도 많습니다."

스크린은 꺼졌다.

아처가 날카롭게 말했다. "방금 그건 무슨 헛소리죠?"

"아니, 정확한 법적 진술입니다."

"우리가 할 수 있는 일은 없나요?"

변호사는 전혀 감정을 드러내지 않고 작디작은 글자로 뭐라 메모를 했다. 모두 대문자였다. "파산신청과 법원서류를 검토해야겠지만, 당장 입증 가능한 정보에 대해 거짓말을 하지는 않았을 겁니다. 파산법에 의해 외부 보험회사가 있을 경우 판사가 때로 자동 중지의 예외를 인정하기도 합니다—우리 같은 제조물 책임 소송에 돈을 지불할 능력이 되는 회사 말입니다. 하지만 무보험이라면 그런 건 없습니다. 회사에는 책임이 면제됩니다. 판결 자체가 없습니다."

"아까 그분은 우리에게 다른 피고를 시도해 보라고 했잖아요." 아처가 말했다.

라임이 말했다. "하지만 그 점에 대해서도 대단히 희망적이지 않았어."

휘트모어가 말했다. "제가 계속 알아보겠습니다만," 그는 검은 스크린을 턱으로 가리켰다. "홀브룩 씨는 회사의 명예를 위해서라도 제3자에게 책임을 돌릴 이유가 충분히 있는 입장입니다. 그는 소송사유가 없다고 보는 입장이고, 나 역시 마찬가집니다. 이건 전형적인 제조물 책임 소송 상황인데, 그 길을 택할 수 없게 된 겁니다. 저는 프로머 부인을 만나보고 직접 소식을 전하겠습니다." 변호사는 일어섰다. 정장 재킷의 단추 두 개를 바로잡았다. "라임 씨, 일하신 시간에 대해 자문료를 청구해 주십시오. 제가 처리하겠습니다. 시간과 노력에 감사드립니다. 이렇게 풀리지만 않았더라도 생산적인 경험이 되었을 텐데요."

색스, 하려는 말은 이거야. 난 일을 그만뒀어. 아니, 형사 수사 업무를.

의사를 만난 뒤 어머니를 타운하우스에 다시 데려다 주고, 색스는 맨해튼으로 차를 몰았다. 그녀는 경찰본부 상황실에 혼자 틀어박혀 범인 40호 사건 증거물을 검토하고 현장감식반의 새 연구원에게(멜 쿠퍼만큼 유능하지 않은 나이 든 여자 연구원이었다) 필요한 분석을 빨리 끝내달라고 재촉하는 업무를 계속했다. 범인의 지문과 추가 DNA가 묻어 있을지도 모르는 화이트캐슬 냅킨 분석, 톱밥 식별, 이전 현장에서 검출된 광택제 분석이었다.

아니, 표면적인 임무는 그것이었다.

사실 그녀는 창밖을 내다보며 한 달 전 라임의 말을 곱씹고 있었다.

난 일을 그만뒀어....

그녀는 그와 논쟁하며 이미 굳게 작심한 그의 결단을 되돌리려고 노력해 보았다. 그러나 라임은 단호했고 색스의 공격에 짜증스러울 정도로 귀를 닫았다.

"모든 일에는 끝이 있기 마련이지." 어느 화창하고 상쾌한 토요일 오후, 아버지는 딸과 같이 설치하던 카마로 카뷰레이터 프로젝트에서 잠시 숨을 돌리며 말했다. "세상만사가 그렇다. 받아들이는 게 좋아. 품위 있게, 너절하지 않게." 당시 허먼 색스는 암 치료를 받느라 뉴욕시경에서 잠시 병가를 내던 중이었다. 색스는 침착하고 민첩하고 유머 넘치는 아버지가 가르치고 이야기한 거의 모든 것을 받아들였지만, 그 두 가지는 격렬하게 거부했다—끝과 순응. 하지만 6주 후 아버지는 최소한 그 둘 중 전자를 몸소 증명했다.

잊어버려. 링컨은 잊어버려.

할 일이 있잖아. 증거물 차트를 바라보았다.

범죄 현장: 151 클린턴 플레이스, 맨해튼, 건설 현장, 북위 40도

 (나이트클럽)에 인접

- 범행: 살인, 폭행
- 피해자: 토드 윌리엄스, 29, 작가, 블로거, 사회적 주제
- 사인: 둔기로 인한 충격, 둥근머리 망치(브랜드는 알 수 없음)
- 범행동기: 절도
  - 신용/현금카드는 아직 사용되지 않았음.
- 증거물:

186

- 지문 없음.

- 유리조각.

- 미량증거물:

#페놀

#모터오일

- 용의자 프로파일(범인 40호)

- 체크무늬 재킷(녹색), 브레이브스 야구모자.

- 백인 남성.

- 키가 크다(188센티미터에서 193센티미터).

- 말랐다(60~70킬로그램).

- 발과 손가락이 길다.

- 얼굴은 자세히 목격되지 않았다.

범죄 현장: 하이츠 뷰 몰, 브루클린

- 사건과의 연관성: 용의자 체포 시도(성공하지 못했음)

- 기타 용의자 프로파일 요소

- 목수이거나 건축공?

- 많은 양의 음식을 먹는다.

- 화이트캐슬 식당을 좋아한다.

- 퀸스에 살거나 그 동네와 다른 관계가 있을지도?

- 신진대사율이 높다?

- 증거물

- DNA, CODIS에 일치하는 신원은 없다.

- 신원을 확인하기에 충분한 지문은 없다.

- 범인의 것으로 보이는 족적, 사이즈 13 리복 데일리 쿠션 2.0.
- 범인에게서 온 것으로 보이는 흙 샘플, 알루미늄규산염 결정
  토 함유: 몬모릴로나이트, 일라이트, 질석, 녹니석, 고령토. 추
  가로 유기 콜로이드. 물질은 부식토로 추정. 브루클린 이 지역
  원산은 아니다.
- 디나이트로아닐린(염료, 살충제, 폭발물에 사용).
- 질산암모늄(농약, 폭발물).
  # 클린턴 플레이스 현장의 오일 함유: 폭탄제조 중?
- 추가로 페놀(폴리카보네이트, 수지와 나일론 등 플라스틱 및 아스
  피린, 방부처리액, 화장품, 내향성 발톱 치료제 제조 공정의 전구물
  질; 범인 40은 발이 크다. 그러므로 발톱 문제?).
- 활석, 미네랄오일/유동파라핀/광물유, 스테아르산아연, 스테
  아르산, 라놀린/라놀린, 세틸알코올, 트리에탄올아민, 피이지
  12 라우레이트, 미네랄스피릿, 메틸파라벤, 프로필파라벤, 이
  산화티타늄.
  #메이크업? 브랜드는 알 수 없다. 분석 중
- 금속 파편, 극히 미세, 칼을 가는 과정에서 생긴 것으로 보인다.
- 톱밥, 나무 종류를 알아내야 함. 톱질이 아니라 연마 과정에서
  생성.
- 유기염소와 벤조산. 유독성(살충제나 독극물 무기?).
- 아세톤, 에테르, 시클로헥산, 천연고무, 셀룰로스(아마도 광택제).
  # 제조사를 알아내야 함.
- 화이트캐슬 냅킨, 범인이 버린 것으로 추정. 추가 증거를 검출
  하기 위해 재분석 예정.

범죄 현장: 화이트캐슬 식당, 아스토리아 불바드, 아스토리아, 퀸스

- 사건과의 연관성: 범인은 여기서 정기적으로 식사한다
- 기타 용의자 프로파일 요소
  - 한번에 10~15개의 샌드위치를 먹는다.
  - 쇼핑을 한 뒤 여기서 식사한 적이 적어도 한 번은 있다. 흰 비닐가방을 들고 있었고, 안에는 무언가 묵직한 것이 들어 있었다. 금속?
  - 북쪽으로 꺾어 길을 건넜다(버스/기차역 쪽으로?) 자동차를 소유하거나 운전했다는 증거는 없다.
  - 목격자는 얼굴을 제대로 보지 못했다. 수염은 없는 것으로 추정.
  - 백인, 창백한 피부, 대머리거나 머리를 박박 밀었다.
- 윌리엄스의 살인 당일 즈음 아스토리아 불바드에서 택시 서비스를 이용했다
  - 불법 택시회사 주인으로부터 연락을 기다리는 중.

현장에서 발견한 내용을 토대로, 색스와 풀라스키는 범인 40이 건축공일지도 모른다는 결론을 내렸다. 그러나 그렇다 해도 그런 인부들이 밤늦게 공구를 들고, 그것도 토드 윌리엄스를 살해하는 데 사용한 둥근머리 망치처럼 보기 드문 공구를 들고 다닐까? 그런 공구가 범인의 직업과 관련이 없다면, 그가 망치를 들고 다니는 것은 계획성을 의미한다—피해자를 의도적으로 찾아 나섰다는 뜻이다. 한데 왜? 도대체 무슨 생각이지, 40? 토드 윌리엄스에게 얼마나 많은 돈

이 있었기에 살인을 정당화할 수 있었지? 넌 아직 피해자의 신용카드나 현금카드를 사용하지도 않았고 팔지도 않았지—지금쯤 어딘가에 나타났어야 하는데. 도난당한 카드의 수명은 매우 짧으니까. 넌 은행잔고가 텅 비도록 사용하려고 하지 않았어. 윌리엄스는 이성애자인 듯했지만, 색스는 몇몇 친구들로부터 그가 동성애 경험이 있다는 증언을 얻어냈다. 살해당한 건설 현장에서 세 블록 정도 떨어진 곳에 약간 거친 부류의 클럽이 있었지만, 클럽을 샅샅이 탐문해도 윌리엄스가 드나든 적이 있다는 증거는 발견할 수 없었다.

범인이 당신을 죽일 만한 이유가 뭐가 있을까?

윌리엄스는 전직 프로그래머였고, 블로그에 사회 문제에 대한 글을 쓰고 있었지만 색스가 보기에 논란이 될 만한 내용은 없었다. 환경 문제, 프라이버시가 주요 주제였다. 누군가를 불쾌하게 할 만한 것은 없었다. 폭탄 제조와 독극물 가설—테러리즘과 연계된—은 증거가 미비했고 직감적으로도 별 소득이 없을 것 같았다.

어쩌면 수사에 가장 도움이 안 될 만한 것이 범죄동기일 수도 있다. 윌리엄스가 뭔가 다른 범행을 목격했는데, 깡마른 범인—청부 살인범, 어쩌면 전문 절도범—이 그를 보고 처치한 것이다. 그러나... 그러나....

생각해 봐, 라임....

난 함께 브레인스토밍을 할 사람이 필요해. 그러나 이제 그건 당신이 될 수 없겠지?

론 풀라스키는 어떻게 된 거지? 그는 유난히 이상하게 굴었다. 라임의 은퇴가 현명한 결정이 아니라고 보스에게 단호하게 반발했던 것이다. ("그건 미친 짓입니다!" 이 말에 보스는 답했다. "난 결정했어, 신참.

왜 자꾸 그 문제를 들먹이느냐 말이야. 그만 물어.")

그 문제에 정신이 팔려 있는 건가? 하지만 론의 기분은 라임과 아무 상관없을 수도 있다. 색스는 다시 가족 중에 아픈 사람이 있나 생각해 보았다. 아니면 론 본인이든가. 머리 부상. 아니, 그는 남편이자 아버지로서 순경 월급으로 가정을 꾸리고 있었다. 그것도 상당히....

전화가 울렸다. 내려다본 그녀는 두피가 따끔거리는 것을 느꼈다.

닉.

색스는 응답 버튼을 누르지 않았다. 그녀는 눈을 감았다.

진동음이 멈춘 뒤, 그녀는 전화를 다시 쳐보았다. 그는 메시지를 남기지 않았다.

어떻게 하지? 어떻게 하지?

예전이었다면 뉴욕시 대 니콜라스 J. 카렐리 사건 기록이 어디에 저장되어 있는지에 따라 경찰본부 서류실에 슬그머니 내려가거나 뉴저지주 서류보관소로 차를 몰았을 것이다. 두 가지 경우 다 아래층 사무실 밖에서 서성거리면서, 혹은 차를 몰고 가는 동안 닉의 부탁을 곰곰이 다시 생각해 보았을 것이다. 할까, 말까.

그러나 이제 지난 25년 동안의 사건 기록 전부를 스캔해서 어딘가에 있을 거대한 데이터베이스에 저장해 뒀으니 뉴욕 항구에 가득 찬 선박들을 내려다보는 이 사무실, 책상 앞에서 갈등해도 충분했다. 게으르게 등을 기대고 늘어져 앉은 채, 그녀는 스크린을 응시하고 있었다.

기록을 다운로드하는 것이 적절한 행동인가? 그녀가 볼 때 문제는 없었다. 그녀는 현역 경찰이니, 모든 사건 기록에 합법적으로 접근할 수 있으며 종결된 사건의 경우 민간인과 수사 내용을 공유하는

데 대한 특별한 규제는 없다. 닉이 자신의 결백을 증명할 수 있는 단서를 찾아내서 알려주면, 그녀는 스스로의 판단으로 사건을 다시 검토해 보기로 했다고 간부에게 보고하면 된다. 그런 다음—이 점은 진심으로 타협할 수 없다—문제를 내사과에 넘기고 완전히 발을 뺀다.

아니, 법적 절차는 전혀 문제가 안 된다. 물론 완벽하게 합법적이지만 끔찍하게 어리석은 노력도 있을 수 있다.

닉 입장에서는 법원에 재심을 요청할 변호사를 찾아갈 수도 있다. 하지만 그녀가 그에게 기록을 넘겨주는 것이 천 배는 간단하다는 것을 인정하지 않을 수 없었다.

한데 왜 하필 그녀가 그를 도와야 하나?

함께 지낸 시간이 뇌리를 스쳤다—오랜 기간은 아니었지만, 강렬하고 진한 시간이었다. 그 기억 때문에 그의 부탁을 들어주자는 방향으로 마음이 움직이고 있다는 것을 부정할 수 없었다. 그러나 한 가지 더 광범한 문제가 있었다. 서로 모르는 사이라 해도, 그의 이야기는 흥미진진했다. 아까 저녁 나절 그녀는 빈센트 델가도에 대해 찾아보았다. 근본적으로 사업가인 조직범죄 고위층들과 달리, 델가도는 과대망상증이 있었고 경계성 장애일 가능성도 있었다. 잔인했으며, 고문도 종종 했다. 닉이 고와누스 절도 건을 뒤집어쓰지 않았다면, 아마 눈 한번 깜빡하지 않고 도니 카렐리를 죽이고 그들의 어머니 해리엇도 죽이겠다고 협박했을 것이다. 그래, 닉이 말한 모든 게 사실이라면 사법방해죄가 성립하지만, 오래전 공소시효가 만료되었다. 그러니 어느 측면으로 보아도 닉은 무죄다.

할까, 말까?

어떤 안 좋은 일이 생길 수 있을까?

색스는 컴퓨터에서 등을 돌리고 범인 40호 사건 증거물 보드를 다시 바라보았다.

당신이 여기 있다면 뭐라고 할까, 라임? 어떤 예리한 말을 해줄까?

하지만 당신은 여기 없지. 당신은 손해배상 전문 변호사와 같이 있어.

그녀의 시선은 깜빡거리지 않는 커서로 향했다.

보관실 기록 요청

사건기록 명: 국가 대 카렐리

사건기록 번호: 24-543676F

요청 경찰번호: D5885

비밀번호: ********

할까, 말까?

어떤 안 좋은 일이 생길 수 있을까? 그녀는 다시 자문했다.

색스는 키보드에서 손을 떼고 눈을 감으며 다시 의자에 등을 기댔다.

15

줄리엣 아처와 링컨 라임은 거실에 둘만 있었다.

더 이상 의미 없는 프로머 대 미드웨스트 컨베이언스 소송자료―색스와 쿠퍼가 찍은 사진 출력물, 아처의 자료조사 출력물―가 반듯하게 정리되어 놓여 있었다. 좌절을 맛본 순간에도 멜 쿠퍼는 수술실 간호사처럼 질서를 갖췄다.

아까 수사가 끝났다는 소식을 듣고, 라임은 그나마 긍정적인 생각으로 자신을 달랬다. 그것은 학생에게 가르침을 주는 부담에서도 벗어났다는 사실이었다. 그러나 지금은 그 생각도 처음처럼 홀가분하지 않았다. 라임은 아처에게 이렇게 말했다. "관심이 있다면, 내가 맡은 두어 가지 다른 프로젝트에서 당신이 도울 수 있는 일이 몇 가지 더 있어. 사건 수사처럼 흥미롭지는 않을 거야. 자료조사. 법과학의 난해한 분야. 학술적인 일. 그래도 생각이 있다면."

그녀는 의자를 돌려 그를 바라보았다. 표정을 보니 놀란 것 같았다. "내가 정말 이대로 떠날 거라고 생각하신 건 아니겠죠?"

"아니, 그냥 말이 그렇다는 거야." 다른 사람의 입에서 나올 때는 혐오하는 표현이었고, 자기 자신이 발화한 것도 마찬가지로 싫었다.

"그러길 바라시는 건 아니고요?" 짐짓 장난치는 듯한 미소였다.

"자네가 있어서 도움이 됐어."

라임이 건네는 최고의 칭찬이었지만, 그녀가 알 리는 없었다.

"그 일은 정말 불공평해요. 샌디 프로머는 돈도 못 받고, 의지할 곳도 없고."

라임은 말했다. "하지만 자네 상황도 마찬가지 아닌가." 그는 휠체어를 고갯짓으로 가리켰다. 아처의 장애는 사고가 아니라 종양으로 인해 발생했기 때문에, 합의금을 받아낼 사람이 없었다. "난 운이 좋았어. 파이프가 떨어진 받침대를 설치한 건설회사에서 거액의 합의금을 받았지."

"파이프? 그렇게 사고가 난 건가요?"

라임은 웃었다. "난 신참 놀이를 하고 있었어. 당시 난 감식반 수장이었지만, 현장에 직접 나가지 않을 수가 없었지. 살인범은 경찰을 살해하고 있었어. 직접 현장에 내려가서 증거를 찾아야겠더군. 나라면 범인에게 이어지는, 다른 사람은 절대 못 찾을 단서를 틀림없이 찾을 수 있을 것 같았어. 이 금언의 훌륭한 예라고 할 수 있어. 성격이 운명이다."

"헤라클레이토스." 그녀는 재미있다는 눈빛을 띠었다. "그때 배운 걸 아직 기억하고 있다니, 임마큘라타 가톨릭 학교 수녀님들 정말 자랑스러우시겠네. 물론 당신이라는 사람이나 당신이 하는 일은 운명과 아무 관계가 없을 때도 있어요. 히틀러에 대한 두 번의 암살 기도. 완벽한 계획이었지만, 두 번 다 실패했지요. 그런 게 운명이에요. 설계도, 정의도 없는 것. 황금사과를 얻을 때도 있고, 망할 수도 있는 것. 어느 쪽이든…."

"…감당해야 한다."

아처는 고개를 끄덕였다.

"예전부터 궁금했던 게 있는데요."

"그래, 사실이야." 라임은 단호한 목소리로 선언했다. "닌히드린 용액은 무극성 용매에 섞어서 준비할 수도 있어. '증거물은 용액에 담근 뒤 고온을 피해 2~3일 동안 어둡고 습한 환경에서 현상할 수 있다.' 이건 법무부 지문 설명서에 나오는 문구지. 내가 실험해 봤어. 정확해."

아처는 조용히 장비와 공구, 기구가 빽빽하게 들어찬 연구실을 둘러보았다. 마침내 그녀는 입을 열었다. "지금 나올 질문을 피하고 계시죠?"

"왜 경찰을 위해 일하는 걸 그만뒀는가."

아처는 미소 지었다. "대답하셔도 좋고, 안 하셔도 좋아요. 그냥 궁금해서요."

라임은 거실 한쪽 구석의 화이트보드 쪽으로 움직이는 한쪽 손을 휘둘러 보였다. "저건 한 달 전쯤의 사건이야. 보드 맨 밑에 적혀 있지. 용의자 사망. 기소 중지."

"저 사건 때문에 그만두셨나요?"

"그래."

"당신이 실수를 해서 누가 죽었군요."

억양은 모든 것을 말한다. 아처의 말은 게으른 의문으로 끝났다. 그냥 그러냐고 정직하게 물어볼 수도 있었다. 혹은, 사건에 대해서는 무시하고 죽음이 자연스러운 과정의 한 부분인 직업에서 몸을 사린다고 그를 책망할 수도 있었다. 한 인간이 존재를 중단했다는 사실이야말로 살인사건 수사의 주요 동력이다. 당연히 검거 도중 용의자는 죽을 수도 있다… 때로 독극물 주사 집행으로 죽기도 한다.

그러나 라임은 피식 웃었다. "아니, 사실 그 반대야."

"반대라뇨?"

라임은 의자를 약간 바로잡았다. 그들은 이제 서로 마주보고 있었다. "난 실수를 저지르지 않았어. 백 퍼센트 정확했지." 그는 톰이 10분 전에 텀블러에 따라준 글렌모란지를 한 모금 빨았다. 그는 술 쪽으로 고개를 끄덕이고 다시 아처를 돌아보았지만, 그녀는 이번에도 술을 거절했다. 그는 말을 이었다. "용의자―가든 시티의 사업가 찰스 백스터… 들어본 적 있나?"

"아뇨."

"뉴스에도 나온 사건이야. 백스터는 돈 많은 사람들에게서 천만 달러 정도를 갈취했는데, 솔직히 말해 그 사람들은 자기 돈이 없어졌는지도 몰랐을 거야. 푼돈이었어. 누가 신경이나 쓰나? 하지만 그건 판사나 내가 결정할 문제가 아니지. 백스터는 법을 어겼고, 지방검사보는 그를 기소하고 현금을 찾고 증거 분석을 돕는 일을 내게 맡겼어―필적 감정, 잉크, 그를 은행까지 추적하는 GPS 기록, 회의가 열린 장소에서 묻어온 미량증거물, 신원 위조 서류, 돈을 묻은 곳의 흙. 쉬운 사건이었어. 나는 중절도, 금융사기, 기타 몇 건의 죄목을 성립시킬 만한 증거를 상당량 찾았지. 검사는 만족했어. 범인은 3년에서

5년형까지 받을 전망이었어.

한데 그 증거에는 내가 해답을 찾지 못한 몇 가지 의문이 있었어. 골치 아팠지. 난 계속 분석하고 증거를 더 많이 찾았어. 검사는 신경 쓰지 말라고 했지. 그녀는 원하던 유죄 판결을 얻었으니까. 하지만 난 그만둘 수가 없었어.

난 백스터의 소지품에서 극소량의 기름을 찾아냈는데, 거의 총기 에서만 사용되는 기름이었지. 그리고 발사 잔여물과 미량의 마약도 검출됐어. 롱아일랜드 시티의 특정 지역에 연결되는 몇 가지 서로 다 른 미량증거물도. 그곳에서는 대형 개인 보관소가 있었어. 나와 같이 일하던 형사는 백스터가 거기 자기 보관함을 갖고 있다는 걸 알아냈 지. 백스터는 거기는 경제사기와 관련된 물품은 없다, 그냥 개인 물 품이기 때문에 우리에게 말하지 않았다고 했어. 하지만 우리는 수색 영장을 청구했고, 안에는 미등록 총기가 들어 있었지. 이 때문에 사 건은 전혀 다른 급의 중범죄가 되었고, 검사도 기소를 원치 않았지 만─백스터는 폭력 전과가 없었어─선택의 여지가 없었어. 뉴욕 주에서 총기 소지는 의무적으로 실형이 따르니까. 검사는 기소해야 했어."

아처는 말했다. "그래서 자살했군요. 그 형기 때문에."

"아니. 그는 라이커스 아일랜드의 폭력범 수감동에 들어갔다가 싸 움에 휘말려서 다른 재소자에게 살해당했어."

침묵 속에서 이 사실이 잠시 두 사람 사이에 묵직하게 내려앉았다.

"당신은 모든 일을 바르게 했어요." 아처는 굳이 격려하기 위해 목 소리를 누그러뜨리지 않고 분석적인 음성으로 말했다.

"지나치게 바르게 했지." 라임은 말했다.

198

"하지만 총은요? 총을 소지한 건 그의 잘못이에요."

"음, 그렇기도 하고 아니기도 해. 사실이야. 미등록 총기였으니 법적으로는 옳은 말이지. 하지만 그건 그의 아버지가 베트남에서 가지고 있던 총이었어. 자기는 쏜 적이 없다고 주장했지. 아직 그 총이 있는지조차 잊고 있었다고. 그냥 60년대 추억의 물건들에 섞여서 창고에 보관돼 있던 거라고. 내가 발견한 총기용 오일은 아마 일주일 전 아들에게 줄 선물을 사기 위해 들렀던 스포츠용품 가게에서 묻은 것 같다고 했어. 총기 발사 잔여물은 현금에서 옮겨왔을 수 있고. 마약도 마찬가지야. 뉴욕 시내에서 유통되는 20달러 지폐의 절반에서 코카인이나 메스, 헤로인이 검출될 걸. 그는 어떤 금지약물에도 양성반응을 보이지 않았고, 마약 때문에 체포된 전과도 없었어. 예전에 체포된 적이 아예 없었어." 라임은 드물게 보이는 미소를 지어 보였다. "게다가 더욱 고약했던 건. 사기극을 벌인 이유 중 하나가, 딸이 골수이식수술을 받아야 했어."

"저런, 안됐군요. 하지만... 당신은 경찰이에요. 그건 업무에 따르는 비용 아닌가요?"

정확히 아멜리아 색스의 논리였다. 바로 이런 표현을 썼는지도 모른다. 기억이 나지 않았다.

"사실이야. 내가 충격 때문에 정신과 의사한테 가서 상담이라도 받을까? 그렇지는 않아. 하지만 다 내려놓아야 할 때가 있어. 모든 일에는 끝이 있기 마련이지."

"해결책을 찾아야 했군요."

"해결책이 있어야 했어."

"이해해요, 링컨. 역학조사도 마찬가지예요. 언제나 질문이 있죠—바이러스는 무엇인가, 다음번에는 어디서 발생할 것인가, 예방접종은 어떻게 할 것인가, 누가 취약한가—난 언제나 해답을 찾아야 했어요." 그녀는 역학이라는 분야를 사랑했다. 라임에게 인턴이 되고 싶다고 처음 물어봤을 때 그렇게 말했다. 그러나 더 이상 현장 조사관이 될 수는 없었다. 그리고 사무실 업무는 관심을 쏟기에는 너무 틀에 박히고 지루했다. 현장감식 일이라면 연구실에서 일해야 한다고 해도 흥미를 쏟을 수 있을 것이다, 그녀는 생각했다. 라임과 마찬가지로, 줄리엣 아처에게도 지루함은 적이었다.

그녀는 말을 이었다. "난 뎅기열을 앓은 적이 있어요. 상당히 심각했죠. 모기가 왜 하필 메인주에서 병을 퍼뜨리는지 알아내야 했어요. 아시다시피 뎅기열은 열대병이잖아요."

"잘 몰라."

"뉴잉글랜드에 사는 사람이 도대체 어떻게 뎅기열에 걸릴까? 나는 몇 달 동안 조사했어요. 마침내 해답을 찾아냈죠. 한 동물원의 열대우림 전시. 나는 피해자들이 해당 동물원을 방문한 적이 있는지 추적했어요. 그러다 거기 있는 동안 나도 물렸죠."

성격은 운명이다....

아처는 말을 이었다. "그건 강박이에요. 당신은 부상당한 범죄 현장을 찾아가서 직접 총기 오일과 마약에 대한 해답을 찾아야만 했어요. 나는 그 빌어먹을 모기를 찾아내야 했고. 해답을 찾지 못한 수수께끼야말로 내겐 세상에서 최악이니까." 아름다운 파란 눈동자가 다시 반짝였다. "나는 수수께끼를 좋아해요. 당신은요?"

"게임으로? 아니면 인생에서?"

"게임요."

"아니, 난 그런 거 하지 않아."

"그건 사고의 폭을 넓혀줘요. 난 수수께끼를 수집하죠. 해볼래요?"

"됐어." 절대 안 한다는 뜻이었다. 라임의 시선은 등을 이쪽으로 돌린 채 서 있는 증거물 보드로 향했다. 그는 다시 위스키를 한 모금 마셨다.

그럼에도 아처는 말했다. "좋아요. 아들 둘과 아버지 둘이 낚시하러 갔다. 각자 물고기를 한 마리씩 잡았다. 그들은 세 마리를 가지고 여행에서 돌아왔다. 어떻게 된 일일까?"

"모르겠어. 정말로 난...."

"아니, 해봐요." 그녀는 되풀이했다.

라임은 얼굴을 찡그렸지만, 어느새 생각하고 있었다. 한 마리는 도망쳤나? 점심으로 한 마리를 먹었나? 물고기 한 마리가 다른 한 마리를 먹었나?

아처는 미소 짓고 있었다. "수수께끼의 특징은 처음 주어진 것 이상의 정보가 필요 없다는 거죠. 피시샌드위치, 탈출, 이런 건 아니에요."

라임은 어깨를 으쓱했다. "포기했어."

"그리 열심히 생각하지 않으시는군요. 좋아요. 답을 알려드릴까요?"

"좋아."

"낚시팀은 할아버지, 그의 아들, 그의 손자였어요. 아버지 둘, 아들 둘이지만 세 사람이죠."

라임은 자기도 모르게 픽 웃었다. 영리하군. 마음에 들었다.

"머릿속에 네 사람이라는 생각이 박히는 순간, 수수께끼를 푸는 건 거의 불가능해요, 그렇죠? 명심하세요. 수수께끼의 해답은 언제나 단순해요. 올바른 사고방식만 가지면."

초인종이 울렸다. 라임은 비디오 모니터를 보았다. 아처의 동생 랜디였다. 그녀가 이제 떠난다는 게 은근히 실망스러웠다. 톰이 문으로 나갔다.

아처는 말했다. "하나 더."

"좋아."

"영원의 시작과 시공의 끝에서 발견할 수 있는 한 가지는 무엇일까요?"

"물질."

"아니요."

"블랙홀."

"아니요."

"웜홀."

"추측하고 계시네요. 웜홀이 뭔지는 아세요?" 그녀는 물었다.

그는 알았다. 하지만 그게 정말 해답이라고 생각하지 않았다.

단순한 해답....

"포기하실래요?"

"아니. 계속 생각해 보지."

잠시 후 톰이 아처의 동생과 같이 나타났다. 그들은 몇 분 동안 정중하지만 목적 없는 대화를 나누었다. 그리고 짧게 인사를 주고받은 뒤, 누나와 동생은 거실의 아치형 문밖으로 나갔다. 중간쯤 가다가 아처는 멈췄다. 그녀는 휠체어를 돌렸다. "한 가지 궁금한 게 있어요, 링컨."

"뭐지?"

"백스터. 그가 혹시 큰 저택이나 아파트를 갖고 있었나요?"

무엇 때문에 이런 질문을 하는 거지? 라임은 사건 기록을 머릿속에서 더듬었다. "그랬던 걸로 기억해. 재산목록에 3백만 달러짜리 집이 있었어. 왜 묻지?"

"롱아일랜드 시티에 창고가 필요했던 이유가 뭔지 궁금해서요. 총이 발견된 보관소 말이에요. 그런 물건은 자기 집에 보관해도 됐을 텐데. 최소한 집에서 더 가까운 곳에 창고를 마련할 수도 있었을 거고. 음, 그냥 그런 생각이 들었어요. 그럼 안녕."

"안녕."

"우리 수수께끼도 잊지 마세요. 영원과 시공의 끝."

그녀는 휠체어를 굴려 시야에서 사라졌다.

컴퓨터는 내 인생을 구했다.

여러 가지 측면에서. 고등학교 시절, 나는 스포츠가 아닌 뭔가에서 남보다 뛰어날 수 있었다(키가 크면 농구에 유리하지만, 꺽다리는 그렇지 않다). 컴퓨터 클럽, 수학 클럽, 게임, 롤플레이 온라인―나는 내가 원하는 누구든지 될 수 있었다. 아바타와 포토샵 덕분에 원하는 어떤 외모로든 변신할 수 있었다.

그리고 지금, 컴퓨터는 내 경력을 가능하게 해준다. 사실이다. 나는 거리의 많은 사람들과 대단히 다른 외모는 아니다. 그러나 약간 다른 것 정도면 충분하다. 사람들은 차이를 좋아한다고 하지만, 사실 그렇지 않다―쳐다보고 비웃고 자신감을 얻고 싶을 때나 그럴까. 그러니 자궁 같은 첼시의 집에서 온라인으로 사업하는 것이야말로 내겐 완벽하다. 사람들을 볼 필요도 없고, 직접 이야기할 필요도 없고,

얼굴에 미소를 띤 채 힐끔거리는 시선을 견딜 필요도 없다.

더구나 생계도 넉넉하게 꾸리고 있다.

지금 나는 화이트캐슬을 잃어버리고 쓰린 속을 달래며 컴퓨터 앞에 앉아 있다. 부엌 식탁 앞. 키보드를 좀 더 두드린다. 검색 결과를 읽는다. 다른 검색어를 입력한다. 탁, 탁, 해답이 나온다. 나는 키가 내는 소리를 좋아한다. 만족스럽다. 그 소리를 묘사할 방법을 생각해보았다. 타이프라이터 소리도 아니고, 전등 스위치 소리도 아니다. 가장 비슷한 소리로 떠올린 것은 팽팽하게 친 캠핑 텐트 위에 떨어지는 굵은 빗방울 소리다. 피터와 나는 어릴 때 대여섯 번 캠프 여행을 갔다. 두 번은 부모님과(그때는 별로 재미는 없었다. 아버지는 라디오로 중계방송을 듣고, 어머니는 담배를 피우며 잡지를 넘겼다) 갔다. 그러나 피터와 나는 특히 빗속에서 즐겁게 놀았다. 수영하러 가면서 남의 눈을 신경 쓸 필요도 없었다. 여자애들의 시선. 몸 좋은 남자애들.

탁, 탁, 탁.

시간이 내게 혜택을 베푼 것 같아 우습다. 어떤 사람들은 내가 이 시기에, 혹은 저 시기에 태어났더라면 더 좋았을 거라는 말을 한다. 로마 시대, 빅토리아 여왕 시대, 30년대, 60년대. 하지만 나는 지금 여기 살아서 다행이다. 마이크로소프트, 애플, HTML, 와이파이, 그 외 모든 것. 나는 내 방에 앉아서 탁자 위에 빵을 내려놓고, 때로 침대에 여자를, 손에 뼈를 부수는 망치를 들고 있을 수 있다. 장난감 방에 나의 만족을 위해 필요한 모든 것을 구비할 수 있다.

고맙다, 컴퓨터. 빗방울 소리 나는 키보드도.

계속 타이핑한다.

그래. 컴퓨터는 저 바깥의 쇼핑객들로부터 안전하게 사업을 할 수 있게 해줘서 내 인생을 구했다.

그리고 지금도 날 구할 것이다.

나는 지금 빨강머리, 아멜리아 색스, 뉴욕시경 제3급 형사에 대해 찾을 수 있는 모든 정보를 찾고 있으니까.

아까 그 여자 문제는 거의 해결할 수 있었는데. 머리통을 산산조각으로 부숴놓을 수 있었는데. 나는 화이트캐슬 근처에서 배낭 안에 손을 넣어 계집아이 발목처럼 매끈하고 사랑스러운 망치 손잡이를 쥔 채 그녀의 뒤를 밟고 있었다. 가까이 다가갔다. 그때 그녀를 아는 다른 남자가 나타났다. 경찰, 그런 느낌이 있었다. 그녀 밑에서 일하는 경찰 같았다. 덩치 작은 백인 남자, 나만큼, 아니, 나만큼은 아니지만 깡마르고 나보다 키는 작았지만, 골칫거리 같았다. 총을 갖고 있을 것이고, 물론 무전기도 있을 것이다.

나는 빨강머리의 섹시한 자동차 번호판을 봐놓는 것으로 만족했다.

그녀에 대해 알아내고 있는 이 모든 유용한 정보는 상당히 훌륭하다. 경찰의 딸, 경찰의 파트너—아니, 전직 경찰의 파트너. 링컨 라임, 유명한 남자. 장애인, 요즘은 그렇게 부르는 모양이다. 휠체어를 사용한다. 그럼 우리는 공통점이 있다. 나는 정확히 장애인은 아니다. 하지만 사람들은 그를 볼 때 나를 볼 때와 비슷한 눈길을 보낼 것이다.

자판을 세게 두드린다. 내 손가락은 길고 크고, 손은 힘이 세다. 6개월에 한 번씩 자판이 망가진다. 화가 나 있지 않을 때도.

자판을 두드리고, 읽고, 메모를 한다.

빨강머리에 대해 더 많은 내용을 읽는다. 그녀가 수사한 사건, 그녀가 이긴 사격대회(이건 잘 기억해 두어야겠다).

이제 차츰 화가 나기 시작한다.... 그래, 화이트캐슬 버거는 편의점에서도 살 수 있다. 그렇게 할 것이다. 하지만 그 식당에 직접 들어가서 기름과 양파 냄새를 맡는 것과는 다르다. 어린 시절 자라던 곳 근처에 있던 화이트캐슬에 드나들던 기억이 난다. 사촌 린디가 시애틀에서 찾아와서 머물고 있었다. 나와 같은 중학생. 그 전에는 여자아이와 외출한 적이 한 번도 없었다. 나는 우리가 친척이 아닌 척했고, 그녀에게 키스하고 그녀가 내게 키스하는 상상을 했다. 나는 비가 올 때 반짝이는 금발이 젖지 않도록 묶어줄 투명 비닐 두건을 그녀에게 선물했다. 새파란 중국풍 자수디자인이었고, 지도처럼 단단히 접어 작은 주머니에 휴대할 수 있었다. 린디는 웃었다. 내 뺨에 키스했다.

좋은 날.

내게는 그것이 화이트캐슬이었다. 빨강머리가 그것을 빼앗아 갔다.

말도 안 된다....

나는 결단을 내린다. 하지만 내가 결정하지 않으면, 그것은 결정이 아니다. 나는 이 문제에 선택의 여지가 없다. 그때 신호라도 받은 것처럼, 초인종이 울린다. 나는 놀라 움찔한다. 컴퓨터에 파일을 저장하고, 출력물은 치워놓는다. 인터폰을 클릭한다.

"버넌, 나야?" 알리시아가 말한다/묻는다.

"올라와."

"지금 정말 괜찮아?"

앞으로 일어날 일을 생각하니 심장이 쿵쿵거린다. 무슨 이유에서인지 나는 장난감 방문을 되돌아본다. 나는 인터폰 박스에 대고 말한다. "응."

2분 뒤 그녀는 올라와서 문 밖에 서 있다. 나는 카메라를 확인한다. 그녀는 혼자다(빨강머리가 총을 겨누고 데려온 게 아닐까 상상했지만, 그렇지 않다). 나는 그녀를 집 안에 들이고 문을 닫아 잠근다. 지하 제실의 육중한 돌문이 닫히는 광경이 떠오른다.

돌아갈 길은 없다.

"배고파?"

"별로."

나는 더 이상 배가 고프지 않다. 앞으로 일어날 일을 감안하면.

나는 그녀의 재킷으로 손을 뻗으려다 문득 기억하고 직접 옷을 걸게 내버려둔다. 오늘 밤 그녀는 학교 선생 같은 두꺼운 하이넥 블라우스 차림이다. 요리조리 헤엄치는 물고기를 바라본다.

빨강, 검정, 은색.

머릿속에서, 죽이고 싶은 인간의 뼈가 부서지게 될 바로 그 자리에서 질문이 고동친다.

내가 정말 이 일을 하고 싶은가?

빨강머리에 대한 분노가 내 피부로 타는 듯이 스며 나온다.

그래, 하고 싶다.

"뭐?" 알리시아는 특유의 조심스러운 눈초리로 나를 바라본다. 마지막 말을 입 밖에 낸 모양이다.

"이리 와."

"음. 당신 괜찮아, 버넌?"

"괜찮아." 나는 속삭인다. "이쪽으로."

우리는 장난감 방 문으로 걷는다. 그녀는 복잡한 자물쇠를 바라본다. 나는 그녀가 보았다는 것을 알고 있다. 이상하게 생각한다는 것도. 뭘 숨기고 싶은 걸까, 그녀는 궁금할 것이다. 서재 안에, 이 방 안에, 묘실 안에 뭐가 있을까? 물론 그녀는 아무 말도 하지 않는다.

"눈을 감아."

잠시 망설인다.

나는 묻는다. "날 믿어?"

그녀는 나를 믿지 않는다. 하지만 달리 어떻게 할 수 있나? 그녀는 눈을 감는다. 나는 그녀의 손을 잡는다. 내 손은 떨리고 있다. 그녀는 망설이다 마주 손을 잡는다. 땀이 섞인다.

나는 그녀를 이끌어 문 안으로 들어선다. 할로겐 불빛이 칼날에 반사되어 눈이 부시다. 그녀의 눈은 멀쩡하다. 약속대로 그녀는 눈을 감고 있다.

링컨 라임은 자정 즈음 침대에 누운 채 잠을 청하고 있었다.

지난 한 시간 동안 프로머 대 미드웨스트 컨베이언스 사건이 머릿속에 꽉 차 있었다. 휘트모어가 전화해서 특유의 엄숙한, 아니, 지루한 억양으로 손해배상을 청구할 만한 다른 피고는 찾을 수 없었다고 알렸다. 홀브룩 변호사가 옳았다. 청소용역은 출입 패널을 열 만한 일을 할 수가 없었고, 변호사의 사립탐정은 수사국 의뢰로 에스컬레이터를 해체한 인부를 추적했다. 색스의 말대로, 인부는 출입 패널 스위치를 덮은 문이 잘 닫힌 채 잠겨 있었다고 확인해 주었다. 의도적이든, 사고든, 아무도 패널을 열고 사고를 낼 수는 없었다.

그러니 수사는 공식적으로 종결이다.

이제 라임의 상념은 아멜리아 색스에게로 향했다.

오늘 밤 그녀가 곁에 없는 것이 유난히 사무쳤다. 물론 그녀가 여기 있어도 몸을 크게 느낄 수는 없었지만, 규칙적인 숨소리, 샴푸와 비누 냄새가 위안이 되었다(그녀는 향수를 쓰지 않았다). 생명이 없는 세제와 가구광택제, 근처 벽에 줄줄이 꽂혀 있는 책에서 풍기는 종이 냄새가 방 안의 정적 속에서 유난히 까칠하게 느껴졌다.

아까 주고받은 차가운 말들을 떠올렸다. 그가 한 말, 그녀가 한 말.

그들은 언제나 싸웠다. 그러나 이번은 달랐다. 그녀의 어조에서 알 수 있었다. 하지만 이유를 알 수 없었다. 쿠퍼는 정말 탁월한 과학자였다. 하지만 뉴욕시경 감식반은 필적부터 탄도, 화학, 유골 복원 등 수백 가지 분야에 전문성을 지닌 탁월한 증거물 기술자와 분석관으로 가득 차 있었다.... 그녀는 그중 어느 누구와도 일할 수 있다. 아니, 색스 본인도 법과학 분석 전문가였다. 가스 크로마토그래프/질량분석기, 혹은 주사전자현미경 운용은 다른 사람에게 맡기는 것을 좋아했지만, 라임도 그런 기계를 직접 만지지는 않았다. 그런 것은 기술자에게 맡겼다.

뭔가 머릿속이 복잡한지도 모른다. 어머니 문제겠지. 로즈의 수술 때문에 마음이 무거울 것이다. 노년의 여성, 삼중 심장 관상동맥 우회술. 물론 의료계는 기적 같은 일을 많이 일으킨다. 그러나 인간의 피부 안에 들어 있는 어마어마하게 복잡하고 연약한 기계를 감안한다면, 살아 있는 한 시간 한 시간이 행운이라는 생각을 하지 않을 수 없다.

프로머 대 미드웨스트 컨베이언스 건은 더 이상 존재하지 않으므로, 멜 쿠퍼는 내일 감식반으로 다시 출근할 것이다. 색스는 그를 마음껏 사용할 수 있다.

잠이 몰려왔고, 라임은 줄리엣 아처에 대해, 앞으로 그녀의 인생이 어떻게 될지 생각했다. 그녀는 견실한 법과학자가 되기 위해 필요한 소질을 갖고 있는 것 같았지만, 지금 라임의 생각은 다른 곳에 팔려 있었다. 장애를 극복하는 그녀의 방식. 아처는 아직 자신의 조건을 완전히 받아들이지 못하고 있었다. 아마 길고 어두운 길을 통과해야 할 것이다. 스스로 그 길을 선택한다면. 라임은 자신의 초창기 전투를, 조력자살을 둘러싼 격렬한 투쟁을 떠올렸다. 그는 선택의 기로에 섰고, 산자들 사이에 머무는 것을 택했다. 아처는 아직 그 전투의 근처에도 와 있지 않았다.

그녀라면 무엇을 선택할까?

그리고 나는 과연 그녀의 선택에 대해 어떻게 생각하게 될까? 마침표를 찍는 선택을 응원할까, 반대할까?

그러나 아처가 겪게 될 갈등은 오랜 뒤의 일이다. 아마 그때가 되면 그는 그녀를 알지도 못할 것이다. 이런 음산한 생각들이 자장가처럼 그를 잠으로 이끌었다.

10분 정도 지났을까, 그는 머릿속에서 아처의 낮은 알토 음성을 듣고 고개를 퍼뜩 들며 다시 깨어났다. 영원의 시작과 시공의 끝에서 발견할 수 있는 한 가지는 무엇일까?

라임은 소리 내 웃었다.

알파벳 'e'다.

PART 3

착취

목요일

Thursday

16

아침, 첼시의 아침. 첼시의 빛이 열린 셔터 틈으로 새어 들어온다. 나는 장난감 방에서 다시 일기를 녹취하고 있다. 두꺼운 종이에 완벽하게 정서된 문장 속에서 메리 프랜시스 수녀님의 성실한 가르침이 드러난다.

우리는 오늘 외계인 탐색 놀이를 했다. 오랫동안, 우리 셋이서. 샘과 프랭크와 나. 인기 있는 소년들과 나라니! 샘의 아버지는 돈이 많다. 그는 물건을 판다. 의료장비, 정확히 뭔지 나는 모르지만, 회사는 월급을 많이 주고 차도 지급한다! 그래서 샘은 온갖 게임과 플랫폼을 다 갖고 있다.

재미있는 건, 그날 다른 길, 안전한 길을 따라 집으로 돌아가던 도중에 신디의 집 밖에서 마주치기 전에도, 그 아이들은 날 전혀 괴롭힌 적이 없다. 그러나 그렇다고 해서 나와 어울리는 데 관심이 있을 거라는 뜻은 아니지 않나. 한데 관심이 있었다! 그 애들은 일류다. 상류층, 급이 다른 애들, 일류다. 잘생기고, 세련되고, 언제든지 어떤 여자애와도 어울릴 수 있을 것이다. 한데 그 애들이 나와 어울리고 싶단다.

타이 버틀러, 데이노, 그들의 친구들, 난폭한 촌놈들, 그래, 롱아일랜드 맨하셋에도 그런 부류는 있다. 사람을 밀치고, 빤히 바라보고, 꺽다리, 허수아비, 그 따위 소리로 놀려대는 건 그런 애들이다. 샘은 버틀러가 무슨 말을 하는 걸 듣고 그 애한테 가더니 말했다. 그리피스 그냥 내버려 둬. 버틀러는 순순히 말을 들었다.

그 애들을 아주 자주 만나지는 않는다. 샘과 프랭크. 상류층, 여자애들, 하지만 그렇기 때문에 진짜다. 그러니까, 안녕, 그리피스, 오랜만이야! 날 성으로 불러서 더 멋지다. 진짜 세련된 애들은 그런 식으로 말한다. 안녕, 그리피스, 콜라 한잔할까? 그런 뒤 우리는 다시 며칠, 일주일 각자 자기 생활을 한다.

진지한 이야기는 할 수 없다. 물론이다. 나는 남과 다르다는 것/다르게 느낀다는 것에 대해 이야기하고 싶다. 누구와도 그런 이야기는 할 수 없다. 아빠, 아, 그럼. 게임 중간 중간에. 즉, 절대 이야기를 안 한다는 뜻이다. 엄마, 가끔. 하지만 엄마는 이해를 못한다. 늘 빵 굽는 이야기, 친구들, 공예, 음식, 그러다 6시 30분이 넘어가면, 그만두자. 형은 괜찮지만, 다른 일을 하느라 바쁘다.

하지만 샘과 프랭크에게 이야기하면 어떨까?

나는 그러지 말자고 결정했다. 뭔가를 깨뜨릴 수 있다고, 나는 느낀다.

나는 일기장과 녹음기를 밀어둔다. 스트레칭을 하고 일어서서 침대 쪽으로 걸어가서 내려다보고 알리시아의 몸을 살핀다. 창백하다, 아주 창백하다. 입은 약간 열려 있고, 눈은 거의 감고 있다.

어질러진 옷차림, 구겨진 시트 위에서도 예쁘다.

침대 옆에는 띠톱이 있다. 이건 정말 강력한 기계다. 중세에 이 톱이 있었다면, 얼마나 많은 사람들이 악마를 부정했을까. 포를 뜨고, 뜨고, 손가락 하나 자르고.

뭐든지 자를 수 있다.

그때 목소리가 들려 퍼뜩 놀랐다. "버넌."

나는 돌아본다. 알리시아가 꿈틀거린다. 할로겐 불빛 아래에서 눈을 깜박인다.

그녀는 일어나 앉아 눈을 깜빡이며 몸을 죽 뻗는다. "잘 잤어?" 그녀는 수줍게, 조심스럽게 말한다.

전에는 내게 한 번도 한 적이 없는 말이다. 하룻밤을 보낸 건 처음이다.

그녀가 장난감 방을 보는 것도 처음이다. 다른 사람은 아무도 본 적이 없다―앞으로도 절대 그런 일은 없을 것이다.

누군가를 내 성소에 들이는 것, 누군가에게 진짜 나를 보여준다는 것은 힘든 일, 너무나 힘든 일이었다. 제대로 설명할 수는 없었지만, 그녀를 들인다는 것은 모든 것을 거는 것과 같았다. 하룻밤 누군가를 만나 녹초가 되도록 뒹구는 것은 쉬운 일이다. 그러나 내가 마음을 다 바쳐 사랑하는 그림이 걸린 전시회에 여자를 데려가는 것―그런 것은 모험적인 일이다. 그녀가 웃는다면, 지루한 표정을 짓는다면, 당신이 완전히 헛짚었다고 생각한다면?

그래서 떠나고 싶어진다면.

그러나 어젯밤 장난감 방에 들어서서 내 지시에 따라 눈을 뜬 알리시아는 내가 본 그 어느 때보다 들떴다. 그녀는 작업대, 톱, 공구, 망치, 끌을 둘러보았다. 내 새 장비, 미세한 톱니가 달린 면도날, 내가 가장 아끼는 물건. 내 아이. 사방의 금속 표면에서 반사되는 청백색 불빛이 그녀의 창백한 눈썹과 뺨을 밝히는 모습을 보니 좋았다.

그러나 정말 그녀를 매혹시켰던 것은 내가 그 공구로 만든 물건이었다.

"당신이 이걸 만들었어?" 그녀는 간밤에 물었다.

"그랬지." 나는 불확실하게 대답했다.

"아, 버넌. 이건 예술 작품이야."

이 말을 듣는 순간, 내 인생은 그보다 더 완벽할 수가 없었다.

좋은 하루....

그러나 간밤 바로 그 뒤 우리는 아주, 아주 바빴고, 그 뒤에는 곧장 잠들었다. 이제 오늘 아침, 그녀는 내 작품을 더 보고 싶어 한다.

내가 미처 시선을 피하거나 가운을 건네기 전에, 알리시아는 내가 장난감 방을 그녀에게 공개함으로써 했던 일을 자신의 방식대로 한다. 지금, 환한 불빛 속에서도 그녀는 옷을 입지 않고 있고, 나는 그녀의 상처를 분명히 바라보고 있다. 그녀가 상처를 완전히 내게 보여준 것은 처음이다. 하이넥 드레스나 블라우스는 옷을 입고 있을 때 상처를 숨긴다. 두꺼운 브라와 큰 팬티도 마찬가지로 반쯤 벗고 있을 때 상처를 숨긴다. 우리가 침대에 있을 때 조명을 언제나 어둑하게 낮추거나 완전히 끈다. 그러나 지금 그녀의 몸은 태양빛에 완전히 노출되어 있다. 칼자국이 난 젖가슴과 허벅지, 불에 탄 사타구니, 팔뼈가 심하게 꺾여서 흰 피부를 뚫고 나왔던 자국.

알리시아의 고통이 느껴지는 것 같다—오래전 끔찍하던 시절 그녀의 남편이 낸 이 모든 상처와 그 안의 상처들 때문에. 그녀를 완전하게, 다시 완벽하게 만들어주고 싶다. 남편이 꺾은 팔을 되돌리고, 아랫배의 화상을 없애고, 젖가슴을 고쳐주고 싶다. 그러나 내가 가진 것은 쇠로 된 공구뿐, 그것으로 할 수 있는 최선은 내 선의와 정반대되는 일들이다. 자르기, 부수기, 살 터트리기 같은.

내가 할 수 있는 일은 상처 난 피부를 무시하고—전혀 어렵지 않다—내가 얼마나 그녀를 원하는지—이건 이제 명백할 것이다—그녀에게 보여주는 것이다. 그리고 다른 상처들, 그녀 안의 상처를 치유하는 방법이 한 가지 더 있다.

알리시아는 고개를 들어 내 눈을 바라보고 보일락 말락 미소 짓는다. 그리고 아침에 일어난 보통의 커플처럼 망가진 피부를 얼룩진 시트로 휘감는다. 그리고 선반으로 가서 내가 갖가지 공구를 이용해 설치한 미니어처를 다시 한번 바라본다.

나는 거의 가구만 만든다. 플라스틱이나 종류가 서로 다른 나무토막을 어린애들이 접착제로 붙여 만드는 싸구려 중국제 장난감 같은 건 만들지 않는다. 정교하게 세공한 고급 미니어처 모형이지만, 단지 극도로 작을 뿐이다. 조각 하나 만드는 데 며칠, 때로 몇 주가 걸린다. 미니어처 공작용 선반에서 다리를 깎아내고, 미세한 면도날 톱으로 고른 접합선을 만들고, 서랍과 책상, 헤드보드가 잔잔한 가을 연못처럼 매끄럽고 비옥하고 짙은 색을 띠도록 유약을 열 번씩 바른다.

알리시아는 말한다. "하이포인트 목공 작업장에서 직접 만드는 것 못지않아. 노스캐롤라이나 말이야. 진짜 가구를 만드는 동네. 버닌,

대단해." 얼굴을 보니 진심이라는 것을 알 수 있다.

"직업적으로 물건을 판다고 했지. 이베이나 온라인 상점에. 난 그냥 당신이 도매로 뭘 사다가 웃돈만 붙여서 되판다고 생각했어."

"아니, 그런 건 재미없어. 난 물건을 만드는 걸 좋아해."

"'물건'이라고 하지 마. 이건 그냥 물건 이상이야. 예술이라고." 그녀는 되풀이했다.

얼굴이 붉어졌나. 알 수 없다. 순간 그녀를 껴안고 키스하고 싶다. 보통 때처럼 붙잡고 손가락이나 입이나 젖꼭지나 사타구니를 맛보는 그런 것 말고. 그냥 내 입술을 그녀의 관자놀이에 갖다 대고 싶다. 사랑이란 그런 것이겠지만, 난 모른다. 이 순간 이상에 대해서는 생각하고 싶지 않다.

"대단한 작업장이야." 그녀는 둘러보고 있다.

"이건 내 장난감 방이야. 난 그렇게 불러."

"왜 당신이 이런 일을 한다고 말하지 않았어? 당신은 너무 비밀스러워."

"그냥...." 나는 어깨를 으쓱한다. 그 대답은 물론 쇼핑객들이다. 깡패들, 무례한 자들, 재미로 모욕하는 사람들. 버넌 그리피스는 어두운 방에 앉아 장난감을 만든다.... 그런 변태를 뭐 하러 굳이 알고 지내고 싶을까? 세련되거나, 멋지거나, 잘생긴 사람이 필요하다.

나는 대답하지 않는다.

"이런 건 누가 사?"

나도 모르게 웃음이 나온다. "제일 많이 사가는 건 아메리칸 걸 장난감 고객이야. 대체로 변호사, 의사, 사장들이라 어린 딸에게 뭐든지 다 해주고 돈도 마음껏 쓰거든." 나는 그들이 내 미니어처─하나에 1천 달러나 낸 물건이라도―가 틀로 뜬 폴리우레탄 덩어리와 어디가 다른지 모른다는 걸 알고 있다. 포장을 뜯는 순간 아이들의 얼굴을 보며 흐뭇해할지도 의문스럽다(아이들의 반응은 아마 무관심보다 손톱 끝만큼 나을 것이다). 아니, 그런 사장님들은 이웃들에게 자랑하려고 구매한다. "아, 이번에 애슐리에 주문해서 산 거야. 티크 나무를 깎은 거라고."

(부모가 사랑스러운 제 아이들에게 두개골을 부순, 혹은 부드러운 목줄을 칼로 자른 손으로 만든 서랍장을 사준다는 사실은 얼마나 역설적인지.)

"하지만 대부분의 고객은 내가 파는 물건을 좋아해. 리뷰도 아주 좋아. 아, 그리고 이것 봐. 역사적인 물건도 있어." 그녀는 투석기, 성채 공격용 사다리, 중세 연회 탁자, 고문대를(내가 좋아하는 소재 중 하나다. 재미있다) 바라보고 있다.

"〈왕좌의 게임〉에 감사해야겠지. 그리고 그 호빗 영화가 나온 뒤에 엘프와 오크 관련 물건도 많이 만들었어. 중세 관련 물건은 특정 소재에 관련이 없으면 다 괜찮아. 〈헝거 게임〉도 만들어보려고 했는데, 상표권, 저작권 문제 때문에 신경이 쓰이더군. 디즈니도 조심해야 해. 픽사도. 아, 그리고 이것 좀 봐."

나는 선반에서 책을 찾아 들어 보인다. 『원인 불명의 죽음에 대한 짤막한 연구』였다.

"이건 뭐지, 버넌?" 그녀는 가까이 다가온다. 페이지를 넘기며 그녀의 몸이 내 몸에 스치는 것을 느낀다.

"시카고 여자, 백만장자 상속인. 오래전이야. 62년에 죽었어. 프랜시스 글레스너 리. 들어본 적 있어?"

"아니."

"독특한 사람이었어. 상속자, 사교계 이런 데는 관심이 없었지. 범죄, 주로 살인에 푹 빠져 있었어. 경찰 수사관들을 위해서 호화로운 디너파티 같은 걸 열었어. 살인사건을 해결하는 기법을 직접 다 배웠지. 하지만 그녀는 더 많은 걸 하고 싶었어. 그리고 유명한 살인사건에 관련된 자료를 모아 범죄 현장 디오라마를 만들었어. 인형의 집 같은 미니어처 모형 말이야. 세부적인 묘사까지 완벽하도록."

이 책은 그 미니어처 세트 사진집이다. 침실 세 개짜리 주택, 분홍색 욕실 같은 이름을 붙인 세트들. 모든 방에는 실제 시체가 발견된 지점에 시체 인형이 놓여 있고, 혈흔이 있던 지점에도 혈흔이 묘사돼 있다.

갑자기 빨강머리 생각이 난다. 나는 그녀, 아멜리아 색스 쇼핑객이 현장감식 업무 전문이라는 사실을 알아냈다. 두 가지 생각이 들었다. 그녀는 아마 이 책을 좋아할 것이다.

동시에 색스의 잘빠진 몸매를 한 인형이 침실 바닥에 쓰러져 있는 미니어처 디오라마가 떠올랐다. 두개골이 부서지고, 빨강머리가 피로 더 붉게 얼룩진 모습으로.

우리는 리가 작품에 곁들인 완벽한 묘사를 보고 웃는다. 나는 책을 치운다.

"하나 갖고 싶어?" 나는 묻는다.

그녀는 돌아본다. "하나 뭐?"

나는 선반 쪽으로 고개를 끄덕인다. "미니어처."

"난... 모르겠어. 저건 당신이 파는 물건 아냐?"

"맞아. 하지만 고객은 기다릴 거야. 갖고 싶은 게 뭐야? 특별히 원하는 게 있어?"

그녀는 몸을 앞으로 내밀고 유모차에 시선을 집중한다.

"정말 완벽해." 그녀는 두 번째 미소를 보인다.

유모차는 두 개가 있다. 하나는 주문을 받아 만든 것, 하나는 그냥 유모차 만드는 게 좋아서 만든 것. 이유는 나도 모르겠다. 내 인생에 아기와 어린이는 중요하지 않고, 중요한 적도 없었으며, 앞으로도 마찬가지일 것이다.

알리시아는 주문으로 만든 것을 가리킨다. 그쪽이 더 낫다. 나는 유모차를 들어 그녀에게 내민다. 그녀는 조심스럽게 만져보고 되풀이한다. "완벽해. 부품 하나하나. 바퀴 돌아가는 것 봐! 스프링도 있어!"

"아기를 편안하게 해줘야지."

"고마워, 버넌." 그녀는 내 뺨에 키스한다. 그리고 돌아서서 바닥에 시트를 떨어뜨리고 나를 바라보며 침대에 눕는다.

나는 갈등한다. 한 시간 정도면 크게 늦어지는 것도 아니다.

게다가, 오늘 내가 죽일 사람에게 지상에서의 시간을 조금 더 허락하는 것도 인간적인 일일 것이다.

"그 물건 여기서 치워." 라임은 에스컬레이터를 턱으로 가리키며 톰에게 투덜거렸다.

"증거 A? 어떻게 하라고요? 그건 5톤짜리 산업용 기계입니다."

라임은 에스컬레이터의 존재 때문에 정말 짜증이 났다. 말 그대로 증거 A가 될 수도 있었다는 게 수포로 돌아갔다는 사실을 계속 상기시켜서였다.

톰은 에스컬레이터에 딸려온 서류를 보고 있었다. "휘트모어에게 연락하세요. 휘트모어 씨. 그가 구해줬지 않습니까."

"전화했어. 아직 답이 안 와."

"음, 링컨, 그에게 처리하게 하는 게 최선 아닐까요? 정말 저더러 벼룩시장에 들어가서 '부분 에스컬레이터 제거 서비스'를 찾아보라는 말씀입니까?"

"벼룩시장은 뭐야?"

"변호사가 회사에 연락할 때까지 기다리시죠. 최소한 그쪽 사람들은 어떻게 옮겨야 하는지 알잖습니까. 바닥이 전혀 긁히지 않았어요. 놀랐습니다."

초인종이 울리고, 라임은 줄리엣 아처가 도착한 것을 보고 반가웠다. 동생을 거느리지 않고 혼자였다. '버거운' 경사로는 혼자 올라갈 수 있으니 보도에서 내려달라고 고집한 게 아닐까 하는 생각이 들었다. 아이 취급은 싫다.

그녀에게 무슨 일거리를 줄까. 심장이 두근거리는 일거리는 없다. 뮌헨의 범죄학교를 위한 학술자료조사, 과학 저널에 기고할 질량분석기에 대한 의견서, 연기에서 미량증거물을 추출하는 법에 대한 제안서.

"좋은 아침이에요." 그녀는 거실로 들어오며 말했다. 톰에게도 미소를 건넸다.

"다시 만나서 반갑습니다." 톰이 말했다.

라임이 물었다. "혹시 독일어 할 줄 아나?"

"아뇨, 못하는데요."

"아, 저런. 자네가 할 만한 다른 일을 찾아야겠군. 너무 지루하지 않은 프로젝트가 몇 개 있을 거야."

"음, 어떤 프로젝트가 지루하시건 말건 기꺼이 돕겠습니다. 아, 문법 죄송해요."

라임은 큭 웃었다. 방금 줄리엣의 표현은 '프로젝트'를 어른으로 높인 말이니 어법상 옳지 않다. 문법, 구두점, 구문론은 라임의 숙적이었다.

"아침은요, 줄리엣?" 톰이 물었다.

"먹었어요. 고맙습니다."

"링컨? 뭘로 할까요?"

라임은 에스컬레이터에 가까이 다가갔다. "45킬로그램 이상 무게가 나가는 부품은 없을 거야. 누구든지 해체할 수 있어. 하지만 기다리는 게 좋...."

목소리가 우뚝 멈췄다.

톰은 다시 뭔가 묻고 있었다.

라임의 귀에는 한마디도 들리지 않았다.

"링컨...? 뭘... 아, 강렬한 눈빛이군요. 전 그저 아침으로 뭘 드실 거냐고 묻고 있습니다."

라임은 조수를 무시하고 에스컬레이터 받침대 쪽으로 더 가까이 다가가 사망 사고를 낸 출입 패널과 그 아래, 빗장을 작동시키는 스위치와 서보 모터를 관찰했다.

"엔지니어링에서 첫 번째 법칙이 뭐더라?" 그는 속삭였다.

"난 모릅니다. 아침 뭘로 하실 겁니까?"

라임은 연극적으로 말을 이었다. "그 답은 효율이야. 디자인 요소는 아무리 중요하다 해도...."

아처가 라임의 문장을 비슷하게 맺었다. "...의도한 기능을 수행하는 데 필요한 이상의 요소로 구성되면 안 된다."

"바로 그거야!"

톰이 말했다. "좋습니다. 좋아요. 자, 펜케이크, 베이글, 요거트? 전부 다?"

"빌어먹을." 조수에게 하는 말이 아니라 자기 자신을 향한 말이었다.

"왜 그러시죠, 링컨?" 아처가 물었다.

실수를 저질렀다. 그보다 더 링컨 라임을 격분하게 하는 일은 없었다. 그는 방향을 휙 바꿔 휠체어를 가장 가까운 컴퓨터로 몰고 가더니 멜 쿠퍼가 에스컬레이터 내부를 찍은 근접사진을 띄웠다. 그래, 그가 맞았다.

도대체 어떻게 이걸 놓쳤지?

사실 결정적인 사실을 놓친 게 아니었다. 분명 생각했으나, 집중하지 않은 것을 용서할 수 없었다. 그는 문자 그대로 이렇게 생각했다.

스위치 회로 끝의 플러그는 안쪽의 서보 유닛 옆면에 있는 전기 콘센트 중 하나에 꽂는다....

콘센트 중 '하나'.

그는 아처에게 설명했다. "빗장을 작동시키는 서보 모터를 봐. 오른쪽."

"아." 아처의 목소리에도 한심하다는 투가 실렸다. "콘센트가 두 개 있군요."

"맞아."

"우린 분명 봤어요. 뻔히 보고 있었는데." 아처는 고개를 저었다.

라임은 얼굴을 찡그렸다. "똑바로 봤지."

뭔가를 꽂을 필요가 없다면―아마도 다른 스위치―모터에 콘센트가 두 곳이나 있을 이유가 없다.

물론 이 집에 설치해 놓은 모형도 마찬가지였다. 에스컬레이터의 어떤 부품이 실제 사고에 작용했을까? 라임은 이 의문을 아처에게 제기했다.

아처는 아멜리아 색스가 비공식적으로 찍은 실물 사진이 있다는 점을 상기시켰다.

"좋아." 라임은 사진을 불러냈다.

톰이 다시 말을 걸었다. "링컨? 아침은."

"나중에."

"지금 드세요."

"아무 거나. 관심 없어." 그와 아처는 사진을 바라보았다. 그러나 질문에 대한 대답은 찾을 수 없었다. 각도가 안 좋고 비극적인 사건이 일어난 구덩이에 피가 너무 많이 흘러서 똑똑히 보이지 않았다.

"두 번째 스위치였을까." 라임은 작은 목소리로 말했다.

아처가 말을 받았다. "오작동한 게 말이죠. 운이 좋다면 미드웨스트 컨베이언스사 말고 다른 회사가 만들었을지도 몰라요. 자산이 많은 회사."

라임은 말을 이었다. "어디 있을까? 다른 스위치? 서류에 있나?"

아처는 다운로드한 자료를 스크롤하다가 없다고 답했다. "어떻게 알아낼 수 있을까요?"

"좋은 생각이 있어. 브루클린의 그 상가, 사고가 일어난? 거기 에스컬레이터는 모두 같은 제품이겠지?"

"그렇겠지요."

"이건 어때? 휘트모어는 사립탐정을 쓰지—10여 명은 있을 거야. 사립탐정을 시켜서 에스컬레이터 계단에 뭘 꽂아보라고 하는 거야. 멈추도록." 라임은 고개를 끄덕였다. 이 생각이 마음에 들었다. "정비팀이 곧장 출동하겠지. 그때 탐정이 가까이 있다가 문을 열면 내부 사진을 찍는 거야."

옆에서 대화를 들은 톰이 얼굴을 찡그렸다. "진심이십니까, 링컨? 선을 넘는다고 생각하지 않으세요?"

라임도 얼굴에 주름을 잡았다. "나는 샌디 프로머와 그 아들 생각밖에 안 해."

줄리엣 아처가 말했다. "그 전에 제가 뭔가 해볼 수 있을까요?"

라임은 에스컬레이터를 일부러 고장 낸다는 아이디어가 마음에 들었다. 하지만 그는 말했다. "무슨 좋은 생각이 있나?"

"여보세요?"

"홀브룩 변호사?"

"맞습니다. 누구시죠?" 라임의 집 전화 스피커에서 목소리가 울려 퍼졌다.

"제 이름은 줄리엣 아처입니다. 어제 스카이프로 대화하신 분들과 같이 일하고 있어요. 에버스 휘트모어, 그리고 링컨 라임."

잠시 침묵이 흐르더니 남자는 기억해 냈다. "아, 그 사건. 변호사와 자문위원. 개인상해소송. 그렉 프로머."

"맞습니다."

"네, 누가 당신 이름도 말했던 것 같군요. 당신도 자문위원입니까?"

라임은 아처의 갸름한 얼굴을 보았다. 파란 눈은 바닥에 고정되어 있었다. 잔뜩 집중하고 있었다.

"맞습니다."

변호사는 냉소적으로 중얼거렸다. "음, 우린 아직 파산 상태입니다. 변한 건 아무것도 없어요. 말씀드렸듯이 자동중지 예외신청을 하시려면 그렇게 하십시오. 파산관재인이 맞설 거고, 당신들이 이기기는 힘들 것 같지만 시도하시는 거야 자유입니다."

"아뇨, 다른 일 때문에 전화드렸습니다." 인턴 첫날 도착했을 때 라임이 타운하우스에서 내보내던 순간과 똑같이 신경이 곤두선 말투였다.

무슨 말을 하려는 걸까.

"무슨 일이죠?" 홀브룩이 물었다.

"다른 피고인을 설정하는 게 어떠냐고 친절하게 조언하셨지만, 그건 잘되지 않았습니다."

사내 변호사는 조심스럽게 대답했다. "아니요, 나는 잘될 거라고 생각하지 않았습니다. 어쨌든 미드웨스트 컨베이언스가 유책 회사이니까요. 저는 그 점을 인정했습니다. 그쪽의 고객, 피해자의 부인을 도울 수가 없어서 유감입니다."

"잘될 거라고 생각하지 않으셨다." 아처는 말을 받았다. "한데, 피고로 설정할 수 있는 한 회사를 언급하지 않으셨더군요."

침묵.

"제가 어느 회사를 말하는지 아시지요?"

"무슨 뜻입니까, 아처 씨?"

"출입 패널을 여는 두 번째 스위치에 대해서 말씀하지 않으셨습니까."

"두 번째 스위치?" 말투로 미루어볼 때 시간을 끄는 것 같았다.

"그게 제 질문입니다, 홀브룩 씨. 누가 만들죠? 어떻게 작동합니까? 알아야 합니다."

"전 정말 도움을 드릴 수가 없습니다, 아처 씨. 전 이제 가보겠습니다."

"사건의 다른 자문위원인 링컨 라임 씨가 뉴욕시경과 자주 일해오신 것을 알고 계시는지...."

"우린 그쪽 관할이 아닙니다."

"FBI와도 긴밀하게 협력해 오셨습니다."

"이건 주 및 연방 범죄가 아니지 않습니까. 제겐 계약 관계를 맺은 회사에 대해 언급하는 것을 금지하는 비밀보장 합의조항이 있습니다."

"어쨌든 출입 패널을 열 수 있는 두 번째 스위치가 있다는 사실은 확인해 주셨습니다."

"음, 이 대화는 여기서 중지하도록 하겠습니다. 이만 전화를...."

"그러신다면 전 전화를 끊은 뒤 샌디 프로머에게 연락해서 그녀와 그쪽 변호사에게 프로머 씨의 죽음에 대한 책임 소재 규명 작업에 미드웨스트사가 협조하지 않는다고 기자회견을 열라고 하겠습니다. '은폐'라는 단어도 꼭 쓰라고 하겠고요. 회사 중역들의 개인 재산에도 손을 대고 싶은 채권자들이 득실대는 파산 법정에서 상당히 불리하게 작용하겠지요."

한숨.

"도와주십시오. 그녀는 홀몸으로 아들을 키워야 합니다. 유감이라고 하셨을 때 전 그 말이 진심이라고 믿었습니다. 다음 단계로 넘어가서 말씀해 주세요. 제발. 두 번째 스위치는 누가 만들었습니까?"

"혹시 심심풀이 잡지 읽으십니까, 아처 씨?"

그녀는 미간에 주름을 잡았다. 라임을 흘끗 보았다. "가끔."

페이지 넘기는 소리, 라임은 들을 수 있었다.

변호사는 말했다. "전《엔터테인먼트 위클리》를 아주 즐겨 읽습니다.《오늘의 플라이 낚시》도요. 하지만《월간 인더스트리얼 시스템스》도 때때로 읽습니다. 특히 3월호를 재미있게 읽었습니다. 페이지 40, 41...."

"무슨...."

"그럼 이만, 아처 씨. 다시 전화하셔도 전 안 받습니다."

그는 전화를 끊었다.

"잘했어." 라임이 말했다. "그 수법은 〈보스턴 로〉를 보고?"

"〈보스턴 리걸〉." 그녀는 정정했다. "하지만 아뇨. 즉석에서 해봤습니다."

라임은 벌써 온라인에 접속한 상태였다. 그는 홀브룩이 언급한 잡지 디지털 판을 찾아내서 해당 페이지를 불러냈다. CIR 마이크로시스템스라는 회사가 만든 제품 광고였다. 대부분의 카피는 기술적이었고, 언뜻 봐서 이해할 수 있는 내용은 없었다. 전선이 튀어나온 회색 상자 사진도 있었다. 사진 설명에 따르면, 데이터와이즈5000이라는 제품이었다.

"이건 뭐지?" 라임은 물었다.

아처는 고개를 젓고 온라인에 접속했다. 몇 초 구글 검색을 한 뒤 해답을 얻었다. "음, 들어보세요. 이건 스마트 컨트롤러예요."

"그 용어는 들어본 것 같군. 계속 설명해 봐."

그녀는 몇 분 읽다가 설명하기 시작했다. "많은 제품에 이 기기가 설비되어 있어요. 컨베이언스 시스템—에스컬레이터, 엘리베이터—과 자동차, 기차, 공업용 기계, 의료장비, 건설장비. 수백 종의 일반 소비자 전기제품. 다시 말해, 조리기계, 난방시스템, 가정용 조명, 보안, 도어록. 전화나 태블릿, 컴퓨터를 통해 기계에서 주고받도록 해주는 장치군요. 원격으로 제품을 조종하도록."

"그렇다면 유지·보수 인력이 실수로 신호를 보내서 출입 패널이 열렸을 수도 있다? 혹은 아무 상관없이 떠돌아다니는 무선전파로 인해 작동했거나?"

"가능해요. 나는 〈위키피디아〉를 읽고 있어요. 한데... 아, 이런."

"뭐지?"

"CIR 마이크로사에 대해 읽고 있는데요. 조종장치 제조사."

"그래서?"

"회사 사장 비나이 파스 차우다리는 새로운 빌 게이츠라고 불리는 인물이다." 그녀는 라임을 돌아보았다. "회사 가치는 8천억 달러에 달한다. 에버스 휘트모어에게 전화를 걸죠. 다시 해볼 만한 게임이 된 것 같아요."

17

감식반 본부에서는 범인 40 현장에서 발견된 광택제 브랜드명이나 화장품, 톱밥 종류에 대해 아무 도움도 주지 못했다. 화이트캐슬냅킨의 미량증거물이나 DNA 분석 결과도 소식이 없었다.

그러나 최소한 택시 서비스 회사에서는 단서가 만발했다.

"얻었습니다." 론 풀라스키는 경찰본부 상황실 맞은편에 앉은 색스를 향해 메모장을 들어 보였다. 젊은 경찰은 노트에 적은 것을 읽었다. "운전사, 에두아르도. 용의자를 기억한다. 화이트캐슬 길 건너에서 그를 태웠다. 가방에 버거가 가득 들어 있었다. 차를 타고 가면서 먹었다. 10여 개. 어쩌면 더 될 수도 있다. 혼자 중얼거리기도 했다. 묘하게 단조로운 음성. 깡마르고, 시선은 계속 아래를 내려다보고 있었다. 무서웠다. 이게 살해 당일입니다."

"운전자가 인상착의를 잘 봤나?"

"아뇨. 그냥 홀쭉하고, 깡마르고, 키가 크더랍니다. 녹색 재킷, 애틀랜타 야구모자."

색스는 물었다. "어떻게 잘 보지 않을 수가 있지?"

"유리창이 더러워서요. 운전석과 뒷좌석 사이 칸막이 말입니다. 플렉시글래스."

그는 운전자가 다운타운 맨해튼, 살해 현장에서 네 블록 정도 떨어진 지점에서 용의자를 내려줬다고 덧붙였다.

"몇 시에?"

"오후 6시 정도."

살인 몇 시간 전이다. 그 사이에 범인은 무엇을 했을까? 색스는 궁금했다.

풀라스키는 덧붙였다. "운전자는 범인을 내려주고 모퉁이에 잠시 서서―전화를 걸 데가 있어서―그를 지켜봤답니다. 용의자는 차를 세운 모퉁이 근처 건물에 들어가지 않았습니다. 그는 한 블록 더 걸어갔습니다. 거기서 차를 세울 수도 있었는데, 범인은 아마 특정 건물에 들어가는 모습을 보이고 싶지 않았던 모양입니다." 젊은 경찰은 온라인에 접속해서 뉴욕시 지도를 불러냈다.

그는 한 건물을 상공에서 조망한 위성 이미지를 클릭했다. "이겁니다. 운전사가 묘사한 대로라면 분명 이 건물일 겁니다."

사진 뷰로 보니 테라코타색의 작은 건물이었다. "작은 공장, 사무 건물, 창고?"

"주거용 건물 같지는 않죠."

색스가 말했다. "가서 둘러보지."

두 사람은 경찰 본부를 나서서 지하에 세워둔 색스의 차로 향했다. 10분 뒤 그들은 막히는 다운타운의 도로를 누비고 있었다. 색스는 가능할 때마다 저속기어로 액셀을 밟으며 최대한 공격적으로 차선을 들락날락했다.

종종 그러듯, 무엇을 얻을 수 있을까 의문을 던지며.

때로 단서는 수사에 도움이 되는 사소한 사실로 이어진다.

때로 단서는 시간 낭비다.

그리고 때로 단서는 용의자의 현관문으로 곧장 이어진다.

멜 쿠퍼는 라임의 센트럴파크 웨스트 타운하우스 거실로 돌아왔다.

미안, 아멜리아, 라임은 생각했다. 새로운 피고가 될 수 있는 회사를 찾아냈으니, 멜은 당신보다 내게 더 필요해. 나중에 싸우자고.

에버스 휘트모어도 와 있었다.

세 남자는 거실 어둑한 모퉁이를 바라보고 있었다. 줄리엣 아처가 컴퓨터 앞에 앉아 목소리로 컴퓨터에 명령을 내리고 있었다.

"위로 세 줄, 오른쪽 두 단어, 선택, 자르기...."

단축키 없는 삶은 얼마나 힘든지, 라임은 생각했다. 장애인으로 산다는 것은 19세기로 돌아가는 것과 다를 게 없다. 모든 것이 오래 걸린다. 그 자신도 홍채 인식, 음성 인식, 귀에 부착해서 스크린의 일부를 활성화하는 레이저 발사 기구 같은 것을 사용해 본 적이 있었다. 그러다 결국 손으로 조이스틱이나 터치패드를 사용하는 구식 기계로 돌아갔다. 어색하고 느렸지만 일반인과 비슷한 기술이었고, 라임은 마침내 완전히 터득했다. 아처도 자신에게 적절한 인공 기술을 선택해야 할 것이다.

몇 분 뒤, 아처는 휠체어를 돌려 세 남자에게로 돌아왔다. 근처 스크린에 검색 결과가 떠 있었지만, 그녀는 모니터에 떠서 반짝이는 내용에는 시선도 주지 않은 채 검색 결과를 육성으로 보고하기 시작했다.

"좋습니다. CIR 마이크로시스템. 비나이 차우다리의 회사. 미국 내 최대 스마트 컨트롤러 제조사입니다. 연 매출 20억 달러."

"오, 그건 도움이 되겠군요." 휘트모어가 점잖게 말했다.

"컨트롤러는 기본적으로 통제하려는 기계나 장비에 와이파이나 블루투스, 휴대전화 연결을 장착한 소형컴퓨터예요. 원리는 정말 간단합니다. 이걸 오븐에 달았다고 해보죠. 컨트롤러는 오븐 제작사의 클라우드 서버에 접속한 온라인 상태입니다. 주인은 스마트폰에 앱을 깔면 세계 어디에서도 오븐과 통신할 수 있어요. 서버에 접속해서 오븐을 끄거나 켜라는 신호를 컨트롤러에 보내고 받는 겁니다. 또한 제작사는 오븐과 따로 온라인으로 접속해서 컨트롤러에서 데이터를 수집합니다. 사용 정보, 진단, 보수 일정, 고장―오븐 안의 전구가 꺼졌다는 경고까지 받습니다."

쿠퍼가 물었다. "데이터와이즈5000 컨트롤러는 과거에 무슨 문제가 있었나요? 작동하지 말아야 할 때 작동했다든가."

"여기서는 찾을 수가 없는데, 구글 룰렛 기능을 사용했어요. 시간이 나면 더 찾아보죠."

"그럼 이 컨트롤러가 패널을 어떻게 열지?" 라임은 생각에 잠겼다. "상가 안 어딘가에서 나온 엉뚱한 전파가 컨트롤러에게 문을 열라는 신호를 보내는 건가? 혹은 클라우드에서? 혹은 데이터와이즈 자체가 합선돼서 그냥 문을 열라는 명령을 보낼 수도 있을까?"

아처는 컴퓨터에서 고개를 들었다. "여기 뭐가 있습니다. 한번 보시죠. 두 달 전 쓴 블로그입니다. '초간' 사회공학. 시간 단위를 가리키는 '초' 같습니다. 매초 업데이트 된다는 뜻에서요. 월간이나 주간과 달리. 설마 그렇지는 않겠지만."

라임이 말했다. "너무 잘난 척하는 게 돼버렸군."

일동은 블로그를 읽었다.

방종 = 죽음?

사물인터넷IoT의 위험

소비자의 방종은 우리의 죽음일까?

저절로 거품이 나는 비누부터 저녁 시간에 소비자의 집으로 배달되는 적정량과 적정 칼로리 식단에 이르기까지, 기업은 인간의 삶을 지배하는 데 초점을 맞춘 제품을 점점 더 많이 판매하고 있다. 바쁜 직업인과 가족들의 시간을 — 때로는 돈을 — 절약하게 해주고 생활을 더욱 편리하게 해준다는 명목이다. 사실 이런 물건 중 많은 것들은 그저 경쟁 상품이 포화상태에 달한, 혹은 브랜드 간의 차이점이 완전히 사라진 시장에서 회사의 주머니를 채우려는 필사적인 몸부림에 지나지 않는다.

그러나 이 편리함이라는 명분에는 어두운 면도 존재한다.

나는 일명 사물인터넷IoT 이야기를 하고 있는 것이다.

수천 가지 기계, 도구, 냉난방 시스템, 차량, 산업용 제품들에는 소비자가 원격으로 접속할 수 있는 컴퓨터 조종장치가 내장되어 있다. 비디오카메라가 사실상 와이파이나 휴대전화 서비스와 연결된 소형 컴퓨터인 홈 보안 시스템은 이미 오래전부터 사용되고 있다. 집 밖에서도 인터넷 사이트—철저한 보안을 약속한다—에 접속하면, 도둑이 거실을 돌아다니고 있지 않은지, 보모가 일을 잘하고 있는지 확인할 수 있다.

이 '내장장치'(즉, 컴퓨터 회로가 장착된) 시장은 급속도로 확대되고 있다.

이런 장비는 돈을 절약하게 해주고 우리의 삶을 훨씬 편하게 해준다.

이제 우리는 멀리 떨어진 곳에서 오븐을 켤 수 있고, 집에 가는 길에 난로를 켤 수도 있고, 수리공이 올 시간에 한 시간 동안 문을 열어놓도록(그리고 보안카메라로 일하는 모습을 볼 수도 있다!) 지시할 수도 있고, 기온이 영하로 떨어지면 미리 자동차 시동을 걸 수도 있다.... 얼마나 편리한가! 나쁠 게 뭐가 있지? 누가 여기 반론을 제기할 수 있을까?

음, 나다.

나는 두 가지 위험을 이야기하고자 한다.

첫째, 당신의 데이터는 안전한가?

대부분의 스마트 조종시스템은 각 가정의 제품이 해당 기업이 운영하는 클라우드 서버에 온라인으로 접속해서 이루어진다. 제조사는 고객의 프라이버시가 중요하다고 장담하지만, 그들 모두 고객에게 알리지 않고 자사 제품의 작동과 사용기록에 대한 데이터를 수집한다. 이 정보는 데이터마이닝 회사에 일상적으로 판매된다. 그 과정에서 고객의 신원을 익명으로 처리하려는 노력이 있기는 하지만, 생각해 보라. 지난주 프레스노의 열세 살 난 아이가 스마트 컨트롤러를 장착한 제너럴 난방장치를 구매한 고객 전원의 이름과 주소, 신용카드 번호를 얻어냈다. 그가 이 데이터를 내려 받는 데는 단 6분이 걸렸다.

둘째, 당신의 생명은 안전한가?

더욱 오싹한 것은 스마트 시스템이 오작동할 때 부상과 죽음의 위험이 있다는 점이다. 스마트 기계의 모든 기능은 조종장치에 의해 통제되기 때문에, 샤워를 하고 있을 때 가열기에 수온을 200도로 올리라는 신호가 가는 것도 이론상 가능하다! 혹은 집에 불이 났을 때, 조종장치가 집 문을 잠가서 사람이 안에 갇힐 수도 있고 소방서에 화재 사실을 신고하는 것을 거부할 수도 있다. 심지어 당국에 접촉해서 가짜 경고를 보내 당신과 가족이 끔찍한 죽음을 맞게 내버려둘 수도 있다.

기업의 대변인들은 아니라고 말한다. 내부에 안전장치가 되어 있다. 네트워크 키, 암호화, 패스코드.

그러나 이 블로거는 최근 이런 컨트롤러 중 하나를 샀다. CIR 마이크로시스템스의 데이터와이즈5000, 가장 흔히 사용되는 제품 중 하나로서 온수가열기에서부터 엘리베이터, 전자렌지까지 온갖 가전제품에서 찾을 수 있다. 이 장치 주변에 무선전파를 쏴서 간섭을 일으키면 오작동이 발생할 수도 있었다. 이런 장치가 자동차나 의료장비, 위험한 산업용 기계, 오븐 같은 제품에 설비된다면, 오작동은 재앙을 불러올 수도 있다.

자신에게 물어보라. 편리함이 나와 내 아이들의 생명만 한 가치가 있는가?

"그렇지." 아처가 미소 지으며 말했다.

휘트모어는 더욱 진지하게 중얼거렸다. "이 조종장치에 주변 신호를 막는 보호장치가 없다면, 우리는 조종장치에 결함이 있다고 주장할 수 있습니다."

라임이 말했다. "누가 썼지? 이야기를 해봐야겠어."

블로그에는 개인 정보는 별로 없었고 주소도 없었다.

라임이 말했다. "로드니."

"누구?" 아처가 물었다.

"곧 알게 될 거야." 라임은 말했다. 쿠퍼를 흘끗 보자, 그는 안다는 듯 미소를 띠며 말했다.

"볼륨은 제가 조정하지요." 그는 스피커폰 볼륨을 내렸다.

데시벨을 낮췄는데도, 잠시 후 전화를 받자 록 음악이 거실에 사정없이 울려 퍼졌다.

"조금만 더." 라임은 쿠퍼에게 주문했다. 쿠퍼도 볼륨을 더 내렸다.

전화선 반대편에서 목소리가 들려왔다. "여!"

아처는 호기심에 미간을 찌푸렸다.

"로드니! 음악 끌 수 있을까?"

"그러죠. 안녕, 링컨." 둥둥거리던 베이스가 거의 속삭이는 수준으로 줄어들었다. 그러나 완전히 끈 건 아니었다.

로드니 자넥은 뉴욕시경 엘리트 컴퓨터범죄과 상급 형사였다. 그는 범인을 검거하고 컴퓨터 관련 방향으로 다른 수사관들을 돕는 데는 탁월했지만, 유감스럽게도 지구 최악의 음악을 사랑했다.

라임은 스피커폰이라고 알리고 사건에 대해 설명했다. 끔찍한 사망사고의 원인은 에스컬레이터의 스마트 컨트롤러가 오작동했기 때문일 가능성이 있다. "그러나 이건 수사 중인 사건이 아니야, 로드니."

"무슨 뜻이죠?"

"민사사건이야. 멜 쿠퍼는 휴가 중이라 여기 있는 거야."

"그래도 무슨 뜻인지 모르겠는데요."

"난 뉴욕시경과 일하지 않아, 로드니." 라임은 참을성 있게 대답했다.

"아."

"그래."

"일을 그만두셨다면, 왜 안 그만두세요? 우리가 이 대화를 하고 있기 때문에 물어보는 건데요."

"난 '형사' 수사를 그만뒀어. 지금은 민사사건 자문을 하는 중이야."

잠시 침묵. "아, 그렇군요. 그렇다면 전 도울 수가 없습니다. 이해하시죠. 돕고 싶습니다만."

"아니, 그건 알아. 그냥 이 조종장치에 대한 블로그를 쓴 사람의 주소를 알아내는 방법만 가르쳐주면 돼. 그와 이야기를 해보고 싶어. 전문가 증인으로 고용할 수도 있겠지. 칵테일파티에서 만난 거라고 생각해 줘, 로드니. 자네와 내가."

"아, 온라인에서 사람을 찾는다고요? 그건 쉽습니다. 후이즈 검색을 하세요. WHOIS. 거기서 .com이나 .net 사이트 명을 입력하고 검색하면 됩니다. 물론 도메인 등록자 정보에서 프라이버시 서비스를 이용하고 있을 수도 있는데요. 앙심을 품은 전처나 전 남편이 사용자가 어디 사는지 알아내면 안 되니까요."

라임은 쿠퍼를 돌아보았고, 쿠퍼는 모니터 앞에 놓인 키보드를 두드렸다. 그는 결과를 보고 고개를 끄덕였다. 라임은 읽었다. "프라이버시 플러스, 뉴질랜드, 라고 되어 있는데."

"네, 그건 실제 주소를 가리는 서비스입니다. 한데 뉴질랜드라고요? 영장 청구는 안 되겠는데요. 망했어요."

라임은 침착하게 말했다. "망하면 안 되지, 로드니. 더 생각해 봐."

자넥은 헛기침을 했다. "음, 이론적으로 봤을 때, 무슨 말인지 아시죠? 이.론.적.으.로. 프라이버시 서비스를 우회하려면, 온라인에 접속해서, 음, 예를 들어, 히든서프 같은 프로그램을 내려 받아 설치하세요―물론 나중에 날릴 수 있게 플래시 드라이브에다가요. 그다음 프로그램을 실행하고 러시아 웹사이트에서, 음, 예를 들어, 오그라블레니예 같은 프로그램을 검색해 보세요. 러시아어로 '절도'라는 뜻입니다. 슬라브 친구들 언어습관 참 완곡하지 않아요? 오그라블레니예는 해커 코드입니다. 완전 불법이에요. 끔찍하죠. 난 절대 찬성하지 않습니다. IP 주소만 알면 뉴질랜드 같은 곳에 있는 프라이버시 서비스까지 뚫고 들어가서 실제 주소를 알아내게 해주니까요."

"이제 끊는 게 좋겠군, 로드니."

"그건 찬성입니다. 한데 우리가 이야기한 적이 없는데 어떻게 전화를 끊죠?"

음악이 귀를 찌를 듯 높아지고, 그들은 전화를 끊었다.

라임이 말했다. "누가 다 적어놨나? 어떻게 하는 건지 알아? 지금부터...."

아처는 컴퓨터 스크린에서 고개를 들었다. "나쁜 소식이 있고, 좋은 소식이 있어요."

"뭐야?"

"그의 지시대로 따라해 봤어요. 나쁜 소식은 벌써 러시아 포르노 스팸 메일이 들어오기 시작한다는 거예요. 하지만 좋은 소식도 있네요. 블로거의 주소를 알아냈어요."

18

"이 도시에는 사람이 너무 많아요." 론 폴라스키가 말했다. 지금 찾고 있는 범인이 바로 그 인구 문제를 나름의 정신 나간 방식으로 대변하고 있다는 생각이 드는지, 문득 그는 자신이 방금 한 말을 후회하는 것 같았다.

젊은 경찰의 불평은 신호등이 빨간 불인데도 길을 건너는 사람들이 너무 많다, 오늘따라 그와 아멜리아 색스가 신호를 오래 기다려야 하는 것 같다는 뜻에서 한 말이었다.

그러나 색스는 둘 다 별 신경 쓰지 않았다. 경찰본부에서 범인 40이 우아하지는 않지만 효과적인 무기로 토드 윌리엄스를 살해한 그날 밤 무허가 택시에서 내린 교차로까지 오는 동안, 교통은 느릿느릿했지만 어쨌든 차는 꾸준히 앞으로 전진하고 있었다. 색스는 '건드리지 않고 밀어내기'라는 비법을 수행 중이었다—정신이 다른 데 팔린 채 길을 막고 있는 사람들 옆에 차를 갖다 대서 보행자가 위협을 느끼고 서둘러 비키게 하는 방식이었다.

마침내 그들은 1800년대에 파이브 포인츠라고 불렸던, 미국에서 가장 위험한 동네였던 가로세로 몇 마일 넓이의 구역을 벗어났다(지금은 물론 훨씬 청정한 구역이지만, 거주하는 범죄자 수는 과거와 다를 게 없다고 냉소적으로 말하는 사람도 있다. 관내에 시청이 있기 때문이다).

10분 뒤, 힙스터와 예술가 주거지가 점점 넓어지고 있는 로어이스트사이드에서 무허가 택시가 눈에 띄었다. 아니, 여기는 아니다. 이곳에는 낡은 상업용 건물이 대부분이었고, 빈 공터도 많았다.

이 약속을 잡으려고 전화로 통화할 때, 운전사가 말했다. "눈에 띌 겁니다. 흰 포드. 물을 뚝뚝 흘리고 있습니다. 방금 세차했어요." 억양은 애매모호했다.

색스는 도로변에 쌓인 쓰레기더미를 피하며 빈 공간에 토리노를 밀어 넣었고, 두 사람은 차에서 내렸다. 청바지와 파란 레알마드리드 축구 셔츠 차림의 키 작고 거무스름한 운전사가 택시에서 내려 이쪽으로 다가왔다.

"색스 형사입니다. 이쪽은 풀라스키 순경."

"안녕하십니까." 운전사는 경찰들과 반갑게 악수를 나누었다. 어떤 사람은 경찰을 만나면 긴장하고, 어떤 사람은 권력 비판적이고, 어떤 사람—얼마 안 되는 수—은 록스타를 만난 것처럼 군다.

에두아르도는 화이트캐슬의 샬럿 빰칠 정도였다.

"네, 제가 도움이 되면 기쁩니다. 기뻐요."

"좋습니다. 고맙습니다. 그 사람에 대해 말해주세요."

"아주 키가 크고 아주 말랐습니다. 특이하다 싶을 정도로, 있잖습

242

니까?"

"그 외...."

"눈에 띄는 특징이요?" 그는 앞질러 말했다.

"네."

"아뇨, 그렇게 똑똑히 보지 못했습니다. 모자를 썼어요. 브레이브스. 그 야구팀 있잖습니까?"

"네, 압니다." 풀라스키는 주위를 둘러보며 텅 빈 거리를 관찰하고 있었다. 창고, 작은 사무실들. 주거용 건물이나 소매점은 없었다. 그는 다시 수첩을 바라보며 운전자가 하는 말을 받아 적기 시작했다.

"선글라스도 쓰고 있었고요."

"머리색은?"

"연한 쪽. 하지만 모자 때문에요."

"옷은?"

"녹색 재킷, 노란 빛이 도는 녹색. 진한 색 바지. 그리고 배낭. 아, 그리고 가방."

"가방?"

"비닐 가방요. 물건을 사면 넣어주는 그런 거. 제가 운전하는 동안, 그는 가방을 몇 번 들여다봤습니다."

샬럿도 같은 말을 했다.

"가방에 로고는?"

"로고요?"

"가게 이름, 사진? 스마일리."

"이모지! 아뇨."

"가방은 얼마나 컸습니까?" 색스가 물었다.

"별로 안 컸습니다. 딸기."

"그가 딸기를 갖고 있었습니까?" 풀라스키가 물었다.

"아뇨. 아뇨. 딸기 한 팩 크기만 했다고요. 그냥 그런 생각이 들었습니다. 아니면 블루베리 한 팩, 샐러드드레싱 한 팩, 큰 토마토 한 캔. 그 정도 크기." 에두아르도는 활짝 웃고 있었다. "정확히 그 크기였습니다."

"그 안에 뭐가 들었는지 짚이는 데라도?"

"아뇨. 무슨 금속 소리가 들렸습니다. 철컥, 철컥. 아, 그리고 그 버거. 아주, 아주 많이 먹었습니다. 화이트캐슬 열 개 넘게?"

"통화는 안 하던가요?"

"아뇨. 하지만 혼자 중얼거렸습니다. 전화로 말씀드렸지요. 잘 들리지는 않았습니다. 처음에 제가 말했죠. '뭐라고요, 손님?' 저한테 말하는 줄 알았거든요. 하지만 그는 말했습니다. '아무것도.' 제 말은, 무슨 말을 하긴 했습니다. '아무것도.' 그게 그가 한 말이었어요. 아시겠지요? 그 뒤에는 조용했습니다. 그냥 창밖만 내다봤지요. 제 쪽은 쳐다보지 않았습니다. 그래서 흉터 같은 건 못 봤습니다. 흉터 좋아하시잖습니까. 경찰들. 눈에 띄는 특징. 한데 그런 건 없었습니다."

풀라스키가 물었다. "억양이 있었습니까?"

"네."

"어떤 억양?"

"미국식." 에두아르도는 대답했다. 농담을 하는 것이 아니었다.

"그럼, 차를 여기서 세웠지요. 이 교차로에서?"

"네, 네. 정확한 위치를 알고 싶어 하실 것 같아서."

"맞습니다. 현금으로 지불했습니까?"

"네, 네. 우리는 현금만 받습니다, 있잖습니까?"

"혹시 그가 지불한 돈을 아직 갖고 계시지는 않겠지요?"

"지문 때문에!"

"맞습니다."

"아뇨." 운전사는 고개를 설레설레 저었다.

"그럼 여기서 기다리다가 그가 저쪽 건물 중 하나로 들어가는 걸 보셨다." 풀라스키는 수첩에서 고개를 들었다.

"네, 맞습니다. 말씀드리죠." 그는 거리 저쪽을 가리켰다. "그냥 보입니다. 저 건물. 베이지색." 그는 두 음절로 천천히 발음했다.

위성 지도에서 찾은 바로 그 건물이었다. 여기서 보니 5층 건물의 극히 일부만 알아볼 수 있었다. 인접한 도로와 면한 그 건물의 앞면만. 한쪽 편은 공터, 반대편은 반쯤 철거한 건물로 둘러싸여 있었다.

에두아르도는 말을 이었다. "제가 이걸 기억하는 이유는, 그가 가려는 곳이 집이 아니거나 만날 사람이 없을 경우에 말입니다, 이 동네? 지나다니는 택시도 없으니, 퀸스로 돌아가야 할 경우 제가 태우고 요금을 한 번 더 받을 수 있지 않겠습니까? 한데 뒷문으로 들어가는 게 보이더군요. 그래서 전 출발했습니다."

"도움을 주셔서 감사합니다."

"살인범인가요?" 에두아르도는 기쁘게 미소 지었다.

"살인사건과 관련해서 수색 중입니다, 네. 혹시 그를 다시 보시면, 그가 퀸스의 택시 사무실로 다시 오면 911에 전화해서 제 이름을 대세요." 색스는 명함을 건넸다. "직접 뭘 하려고 해서는 안 됩니다. 범인을 잡아두려고 한다든지."

"아니, 전화를 하겠습니다. 형사님."

그가 떠난 뒤, 그녀와 풀라스키는 운전사가 지목한 건물 쪽으로 걸음을 옮겼다. 겨우 반 블록 왔을 때, 색스는 우뚝 멈췄다.

"왜 그러십니까, 아멜리아?" 풀라스키가 속삭였다.

그녀는 눈을 가늘게 뜨고 있었다. "여기가 무슨 거리지? 건물 정면이 면한 길."

"모르겠습니다." 풀라스키는 삼성 휴대폰을 꺼내 지도를 불러냈다. "리지." 그는 얼굴을 찡그렸다. "왜 귀에 익은 것 같지? 하...."

색스는 고개를 끄덕였다. "그래. 토드 윌리엄스가 일하던 곳이야." 그녀는 피해자의 사무실 위치를 알아내서 살해 현장에서 여기까지 단서를 찾아 그의 행적을 되밟았다. 허름한 건물에서도 탐문을 시도했지만, 건물에 사무실이 있던 몇 안 되는 사람들―서너 군데뿐이었다. 나머지는 비어 있었다―은 수사에 도움이 될 만한 것을 보지 못했다.

"서로 아는 사이였군요. 범인과 윌리엄스. 흠, 모든 게 달라지는데요."

강도나 무작위적 살인이 아니다.

색스는 생각에 잠겼다. "범인은 살해 네 시간 전에 여기 왔어. 그들은 건물 안에 머물렀을까? 그랬다면, 뭘 했을까? 아니면 다른 데로 갔을까?"

그리고 다른 질문들. 범인 40은 이 지역에 자주 올까? 이 근처에 살까?

그녀는 거리를 둘러보았다. 입주자가 있는 건물은 몇 채의 공동주택, 그리고 창고와 도매상으로 보였다. 탐문은 아마 그리 오래 걸리지 않을 것이다. 그녀는 해당 지구대에서 탐문 인력을 꾸렸다.

깡마르고 창백한 노숙자가 쓰레기통을 뒤지는 것이 눈에 띄었다.

색스는 다가가며 말을 걸었다. "안녕하세요. 한 가지 물어봐도 될까요?"

"방금 하셨소." 검은 얼굴에 주름이 잡혔다.

"네?"

그는 다시 쓰레기통을 뒤지기 시작했다. "방금 나한테 질문 하나 했잖소."

색스는 웃었다. "이 근처에 사세요?"

"사이먼 가라사대." 그는 반쯤 남은 샌드위치를 찾아 자신의 쇼핑 가방에 넣었다. "좋아. 농담이었소. 저쪽 쉼터에 살아. 아니면 다리 아래든가. 상황에 따라 다르지." 기름때 묻은 옷으로 덮지 않은 손과 목과 다리는 상당히 근육질이었다.

"몇 주 전에 혹시 키가 크고 아주 마른 남자가 저 건물로 들어가는 걸 봤나요? 꼭 그때가 아니라도 다른 때."

"못 봤어." 노숙자는 다음 쓰레기통으로 넘어갔다.

색스와 풀라스키는 따라갔다. "확실합니까?" 풀라스키가 물었다. "한번 다시 보시죠."

"못 봤다니까. 사이먼 가라사대."

색스는 기다렸다.

남자는 말했다. "그가 건물로 들어가는 걸 봤느냐고 물었지. 아니, 못 봐. 내가 그를 봤는지 묻지 않았잖아. 본 적은 있어. 사이먼 가라사대."

"좋습니다. 어디서 봤나요?"

"이제 말이 좀 통하는군. 바로 저기 서 있었어." 그는 가리켰다. 좀 떨어진 교차로, 그들이 가고 있는 방향이었다. "깡마른 남자인데, 먹는 건... 선원들처럼 먹는다는 표현이 있던가? 아니, 선원들처럼 욕을 한다는 표현이었군. 굴뚝처럼 담배를 피운다고 하고. 그는 뭘 먹고 있었소. 씹어 삼키고 있었지. 돈을 구걸할까 생각해 봤는데, 관뒀어. 혼자 중얼거리고 있더군. 나도 그런 짓이야 잘하지만, 하! 그런 식으로 먹는 걸 보니 탐욕스러워 보였어. 쩝. 쩝. 쩝. 뭘 얻어낼 게 없어 보였어."

"그게 언제였습니까?"

"얼마 전."

"얼마나 오래전? 일주일? 며칠?"

"사이먼 가라사대."

색스가 시도했다. "얼마 전이란 건 얼마나 오래됐다는 거예요?"

"10, 15."

"일?"

"분. 방금 저기 있었어."

맙소사.

색스는 재킷 단추를 끄르고 거리 저쪽을 바라보았다. 풀라스키도 경계 태세를 발동하고 색스 반대방향을 돌아보았다.

"어느 방향으로 가던가요?" 색스가 물었다.

그리고 빌어먹을 사이먼 가라사대 좀 하지 마.

"아니, 그냥 거기 서 있었어. 난 계속 쓰레기통을 뒤졌고, 그뿐이야. 다시 보지는 않았어. 이쪽일 수도, 저쪽일 수도, 어디일 수도."

풀라스키는 어깨에 꽂은 모토롤라 마이크 전송 버튼을 누르고 있었다. 그는 지원 병력을 요청하고, 색스가 시키기 전에 말했다. "조용히 출동할 것. 용의자가 우리 존재를 모르고 있을 수 있다."

"알겠다." 지지직거리는 응답이 들려왔다.

색스는 노숙자의 이름과 ―그의 이름은 사이먼이 아니었다― 그가 가끔 머문다는 쉼터 이름을 받아냈다. 감사 인사를 하고 이제 다른 곳으로 가보는 게 좋을 거라고 말했다. 20달러를 건네주고 싶었지만, 범인을 목격한 데 대해 법정에서 증언하는 상황이 벌어지면 피고 측 변호사가 분명 경찰에게 대가를 받았느냐고 물어볼 것이다.

"쉼터로 돌아가는 게 좋겠습니다. 더 안전해요."

"알겠습니다. 그렇게 하죠, 네."

그는 걸음을 옮겼다.

론 풀라스키가 말했다. "아, 이봐요. 여기."

노숙자는 천천히 돌아섰다. 풀라스키는 몇 센티미터 떨어진 길바닥을 가리키고 있었다. 20달러짜리 지폐였다.

"당신이 흘렸어요?" 그는 물었다.

"내가, 하!"

"우리가 주웠으면 보고해야 합니다. 귀찮아요."

"쓸데없는 짓거리."

색스도 장단을 맞췄다. "맞아요, 규칙이에요."

풀라스키가 말했다. "주워 가세요. 발견한 사람이 임자죠. 사이먼 가라사대."

"그러지. 쓰레기통에서 샌드위치 반쪽만 찾은 이유가 있었군. 아무도 좋은 샌드위치를 버리지는 않아." 그는 허리를 굽혀 길고 튼튼한 손가락으로 돈을 주워 주머니에 넣었다.

색스는 선행을 칭찬하는 뜻으로 풀라스키에게 고개를 끄덕였다.

그런 식으로 자선을 베푼다는 것은 생각해 본 적이 없었다.

노숙자는 혼자 중얼거리며 멀어졌다.

"얼마나 오래 걸릴까?" 색스는 물었다.

"지원 병력이 도착하려면? 8, 9분?"

"멀리 가지는 못했을 거야. 족적을 확인하자고. 사이즈 13, 그가 어느 방향으로 갔는지 알아낼 수도 있잖아."

그들은 신발자국을 천천히 수색하기 시작했다. 틈틈이 고개를 들어 위험인물이 없나 주위를 경계하느라 속도는 한층 느렸다.

범인 40이 아직 아무도 총으로 쏘지 않았다 해서, 그것이 그가 총을 쏠 의지와 능력이 없다는 뜻은 아니었다.

19

톰은 에버스 휘트모어와 링컨 라임을 블로거의 사무실이 있는 건물 앞에 내려준 뒤 장애인 전용 밴을 몇 블록 떨어진 공터에 주차하러 떠났다. 주소는 줄리엣 아처가 추적했다.

변호사는 다시 한번 인터폰 버튼을 눌렀다. 초간 사회공학. 꼭대기 층이었다.

아직 응답은 없었다.

"계속 검색하는 게 좋을 겁니다." 휘트모어가 말했다. "데이터와이즈에 대해 조사한 다른 사람들도 있을 테니까요."

그러나 라임은 아처가 찾아낸 그 기사를 쓴 사람을 원했다. 정확히 어떤 무선 전파가 해당 장비를 작동시켰는지 알고 싶었다.

전문가 증언....

완벽하다.

휘트모어는 사람 없는 거리를 둘러보았다. "쪽지를 남겨둬도 될 것 같습니다."

"아니." 라임은 말했다. "그는 우리에게 연락하지 않을 겁니다. 어디서 일하는지 알아냈으니, 다음에 다시 오죠. 일단...."

"방금 뭐죠?" 휘트모어가 빠르게 말했다.

라임도 코블스톤에 신발 밑창 긁히는 소리를 들었다. 길모퉁이 너머에서 들린 것 같았다.

휘트모어는 감정을 표출하는 사람이 아니었지만, 그답지 않게 재빨리 눈길을 옮기는 것을 보니 신경이 많이 쓰이는 것 같았다.

라임 역시 마찬가지였다.

조심스러운 발소리였다.

변호사는 말했다. "저는 형사사건을 해본 적이 없습니다만, 민사소송 때문에 두 번 저격당한 적이 있습니다. 두 번 다 빗나갔고, 아마 그냥 겁을 주려는 목적이었을 겁니다. 그래도 불유쾌한 경험이었던 건 어쩔 수 없습니다만."

라임 역시 저격당해 본 적이 있었고, 같은 심경이었다.

다시 긁히는 소리.

어디서 나는 소리지? 라임은 알 수 없었다.

휘트모어가 덧붙였다. "우체통에서 머리 없는 쥐를 발견한 적도 있습니다. 머리는 일주일 뒤에 소송을 철회하라는 편지와 함께 도착했습니다." 이제 정말 긴장한 기색이었다.

"하지만 철회하지는 않으셨지요." 라임은 거리를 둘러보고 이어 건물도 살폈다. 통계적으로 아주 위험한 동네는 아니었지만, 강도가 누군가를 쉬운 표적으로 삼고 싶다면 두 사람은 아주 좋은 선택이었다. 말라깽이 책상물림 변호사와 장애인.

휘트모어는 말했다. "아뇨, 소송은 계속 진행했습니다. 심지어 쥐를 감식해서 인간의 DNA를 찾고, 내 사립탐정은 사건과 관련된 모든 사람의 개인 소지품 샘플을 확보했습니다. 쥐는 피고의 형이 보낸 선물이더군요." 휘트모어는 다시 고개를 들고 주위를 둘러보았다. 불꺼진 창문 하나가 특히 신경 쓰이는 것 같았지만, 저격수를 조심해야 할 것 같지는 않았다.

"애당초 피고의 형은 뻔한 용의자였습니다만. 한데 본인은 아무 문제없이 넘어갈 수 있을 거라 생각한 모양이었죠. 의도적인 정신적 고통에 대해 소송을 걸었습니다. 배심원단은 호의적이더군요. 나는 쥐에 대한 악몽을 꿨다고 증언했습니다. 이건 사실이었지만, 상대 변호사는 그게 언제였느냐고 묻지 않더군요. 내가 마지막으로 그런 꿈을 꾼 건 여덟 살 때였으니까요. 라임 씨, 방금 그 소리 다시 들으셨습니까?"

라임은 고개를 끄덕였다.

"총 갖고 계십니까?" 변호사는 물었다.

휘트모어를 돌아보는 라임의 표정은 이렇게 말하는 것 같았다. 내가 총을 능숙하게 빼 들 수 있는 사람으로 보이냐?

그때 다시 발소리. 점점 가까워지고 있었다.

라임은 고개를 오른쪽으로 기울이고 속삭였다. "저 방향에서 다가오고 있습니다."

그들은 잠시 움직이지 않았다. 라임이 방금 가리킨 방향에서 소리가 났다. 금속 소리.

강도짓을 하기 전에 실탄을 장전하는 소리?

혹은 그냥 쏴버리고 그들이 죽은 후에 약탈하려는 속셈?

떠날 시간이다. 당장. 라임은 고갯짓을 했고, 휘트모어도 끄덕였다. 좀 덜컹거린다 해도, 라임은 코블스톤 길을 따라 붐비는 남북 방향 애비뉴 쪽으로 충분히 빨리 움직일 수 있었다. 그는 휘트모어에게 톰의 전화번호를 속삭였다. "문자 메시지를 보내세요. 브로드웨이 한 블록 북쪽에서 만나자고."

변호사는 그렇게 한 뒤 전화를 다시 주머니에 넣었다. 그리고 라임의 의자를 힘들게 밀어 도로변 턱을 넘었다.

다시 휘트모어에게 속삭였다. "가까이 있습니다. 더 빨리."

그들은 사무실 건물들이 늘어선 거리를 따라 움직이기 시작했다.

블록 끝에서 서둘러 길모퉁이를 돈 순간, 두 남자는 그 자리에 얼어붙었다.

권총 총구가 그들을 곧장 겨누고 있었다.

"아, 이런." 휘트모어는 숨을 들이쉬었다.

링컨 라임의 반응은 보다 침착했다. "색스. 도대체 여기서 뭘 하고 있는 거야?"

20

라임은 자신의 파트너가 어리둥절하게 미간을 찌푸린 눈빛으로 그와 휘트모어를 관찰하다가 두툼한 오스트리아 제 권총을 플라스틱 총집에 확실하게 달칵 집어넣는 모습을 바라보았다.

미간의 주름은 사라지고, 색스는 오른쪽을 돌아보더니 불렀다. "론! 이상 없다!"

모퉁이 저쪽에서 발소리가 들렸다. 풀라스키가 총을 총집에 넣으며 다가오는 모습이 보였다. "링컨!" 그는 변호사 쪽으로 궁금한 듯한 시선을 주었다.

라임은 두 사람을 소개했다.

풀라스키는 불쑥 라임에게 물었다. "여기서 뭐하시는 겁니까?"

"나도 방금 같은 질문을 했어, 신참."

대답은 곧 분명해졌다. 라임과 색스는 각자 맡은 바 임무 때문에 로어맨해튼 리지 스트리트의 건물을 찾아온 것이었다. 알고 보니 색스가 지난 몇 주 동안 추적하고 있던 범인의 피해자 토드 윌리엄스는 데이터와이즈5000 조종장치의 위험에 대한 블로그를 썼던 바로 그 사람이었다. 라임은 더 이상 형사수사 업무를 하지 않았기 때문에, 색스도 토드 윌리엄스라는 이름을 그에게 말할 이유가 없었던 것이다.

색스는 그녀와 풀라스키가 단서를 추적 중이었다고 설명했다. 범인은 퀸스에서 자동차 서비스를 이용해 이 지역까지 왔고, 운전사는 윌리엄스가 살해되기 네 시간 전에 범인이 이 건물 뒷문으로 들어가는 것을 목격했다.

라임은 말했다. "윌리엄스는 특정 와이파이 스마트 컨트롤러 제품에 대한 블로그를 썼어―에스컬레이터에서 오작동해서 출입 패널이 열리도록 한 바로 그 종류로 보여. 에스컬레이터 제조사에게 소송을 제기할 수가 없으니, 우리는 대신 조종장치 회사를 검토하고 있어. 윌리엄스가 전문가 증인이 되어주거나, 최소한 조종장치가 어떻게 오작동할 수 있는지 좀 더 자세히 설명해 주었으면 했지. 한데 이제...."

색스는 물었다. "내가 무슨 생각을 하는지 알아요?"

"알아. 당신의 범인은 조종장치에 대한 토드의 블로그를 읽고 간편한 살인무기가 되겠다고 생각했어―무슨 이유에서든. 토드에게 접근해서, 여기서 만나기로 약속했겠지. 조종장치를 해킹하는 데 필요한 정보를 얻어낸 거야."

색스가 가설을 이었다. "그런 뒤 40도 노스 클럽에 가자고 했겠죠. 하지만 거기 도착하기 전, 그는 토드를 공사장으로 끌고 들어가 망치로 때려죽였어요. 강도처럼 보이도록. 여기가 아니라 거기서 죽인 건, 수사의 초점을 윌리엄스의 사무실에서 다른 곳으로 돌리기 위한 거예요."

휘트모어가 말했다. "무슨 말인지 잘 모르겠습니다, 라임 씨."

라임이 대답했다. "아멜리아는 브루클린 상가 범인을 추적하는 중이었습니다. 자기가 거기 있을 때 에스컬레이터가 고장 난 것은 우연일 거라고 생각했죠."

색스는 덧붙였다. "하지만 그렇지 않았어요. 범인 40은 조종장치를 해킹해서 의도적으로 문을 여는 방법을 알고 있었던 것 같아요."

"혼란을 초래해서 그 사이에 도망치려고?" 풀라스키가 물었다. "당신이 자기를 추적하고 있는 걸 보고?"

풀라스키의 어설픈 짐작에 라임의 얼굴이 굳었다. "해당 에스컬레이터에 하필 데이터와이즈 조종장치가 사용되었다는 걸 그가 무슨 수로 알았겠나?"

풀라스키는 얼굴을 붉혔다. "그렇군요, 맞습니다. 제 생각이 짧았습니다. 미리 계획했겠군요. 범인은 그 에스컬레이터 출입 패널을 열리게 해서 불특정 대상, 혹은 프로머를 죽이려는 계획으로 상가에 있었습니다."

풀라스키의 모토롤라가 지지직거렸다. 그는 옆으로 물러나서 무전을 받았다.

색스는 라임과 휘트모어에게 설명했다. "범인은 20분 전에 여기서 목격됐어요. 지원 병력을 불렀죠. 총을 뽑아든 건 그 때문이에요. 건물 반대쪽에서 소리가 들려서 범인일지도 모른다고 생각했어요."

젊은 경찰이 다시 합류했다. "경찰차 한 대는 일대를 남북으로 순찰하고, 나머지는 여기로 옵니다. 아직 범인은 눈에 띄지 않았습니다."

라임이 말했다. "그가 건물에 있을 가능성은?"

"노숙자 말로는 교차로에 서 있었대요." 색스가 그 방향으로 고개를 끄덕였다. "범인이 이쪽으로 왔다면, 노숙자의 눈에 띄었을 거예요."

휘트모어가 물었다. "하지만 궁금하군요. 범인이 왜 여기로 돌아왔을까요?"

라임이 말했다. "근처에 살 수도 있습니다." 일대는 대체로 상업구역이었지만, 구식 공동주택도 있었고 그보다 새 아파트도―그래봤자 75년, 80년 된 건물이었다―있었다.

"자신이 행적을 제대로 은폐하지 않았다고 생각하고 증거를 찾아 돌아왔을 수도 있어요. 우리를 보고 도망쳤겠군요." 색스는 건물을 올려다보았다. "누가 침입한 흔적이 있는지 확인해, 론."

그는 건물을 한 바퀴 돌고 되돌아왔다. "창문은 침입한 흔적이 없습니다. 하지만 뒷문은 억지로 열었을 수도 있어요. 긁힌 자국이 있습니다."

라임은 자기 가슴이 쿵 내려앉는 감각은 느낄 수 없었지만, 그런 일이 일어났다는 것은 알 수 있었다. 이마에서 맥박이 빠르게 뛰었기 때문이었다.

"범인이 증거를 찾으러 왔을지도 모른다고 했지, 색스. 아니면 증거를…."

"없애러 왔을 수도 있겠군요!" 색스는 건물 쪽으로 휙 돌아섰다.

바로 그 순간 건물 안에서 우지끈 하는 소리가 났다. 범인 40이 무슨 방화장치를 썼는지 몰라도, 상당히 큰 것이 분명했다. 몇 초 만에 일층 창문이 열기로 깨지고 연기와 화염이 새어나오기 시작했다.

라임은 연기와 재를 한 모금 들이마시고 심하게 기침을 했다. 의자를 뒤로 굴리려고 애썼다. 에버스 휘트모어는 피할 길을 막고 있는 쓰레기통을 발로 차며 라임을 도왔다. 론 폴라스키는 소방차를 불러 달라고 경찰 연락망에 알렸다.

아멜리아 색스는 건물 현관으로 달려가서 보도에서 느슨하게 뽑혀 나온 코블스톤을 집어들고 문 유리창을 깨뜨렸다. 그녀는 라임에게 돌아서서 외쳤다. "블로거의 사무실이 몇 층이죠?"

"색스, 안 돼!"

"몇 층이냐고요!"

"꼭대기 층." 그는 계속 심하게 기침하며 대답했다.

그녀는 돌아서서 상어 이빨처럼 열린 문간에 깔려 있는 뾰족한 유리조각을 피할 생각도 없이 대뜸 안으로 뛰어 들어갔다.

안으로 들어가나?

흠. 내게는 행운이군.

경찰 여자, 빨강머리, 화이트캐슬 도둑은 지하실에서 불타고 있는 것이 저옥탄 가스 5갤런이라는 건 꿈에도 모를 것이다. 화염의 바다다. 캘리포니아 소나무처럼 바싹 마른 건물은 오래 가지 못할 것이다.

그녀는? 오래 갈까?

나는 곧장 집으로, 첼시로, 인터넷 카페로 돌아가서 이메일 몇 통을 보낼 생각이었다. 하지만 머물기로 결정했다. 나는 길 건너 몇 건물 옆쪽의 버려진 공동주택 건물 5층 복도 창문에서 내려다보고 있다. 살기는 고약하지만, 정탐하기는 좋은 곳이다. 나는 몸을 웅크리고 앉아 아래에서 벌어지는 일을 지켜본다.

아무도 여기 있는 나를 보지는 못한다.

확실하다.

아니, 아무도 위를 올려다보지 않는다. 경찰차가 순찰하지만, 도로와 보도만 지켜보고 있다. 나는 도망쳤다고 생각한다. 어떤 범인이 현장에서 기다리겠는가?

나 같은 범인이지. 날 추적하는 것이 정확히 누군지 알기 위해서. 혹은 내가 남긴 선물 때문에 바싹 타죽는, 혹은 질식해서 죽는 사람은 누군지 알기 위해서. 건물의 연기는 이미 상당히 짙다. 한층 더 짙어지고 있다. 빨강머리가 어떻게 숨을 쉴까? 어떻게 앞을 볼 수 있을까?

사이렌, 들린다. 교차로에서 소방차가 경적을 울린다. 나는 그 고통과 슬픔을 알리는 나팔 소리가 좋다.

계획대로 된다면, 내가 부주의하게 토드의 사무실에 남긴 모든 증거는 한 조각 남김없이 녹아 없어질 것이다. 나는 프랜시스 리의 범죄 현장 인형의 집을 통해 증거라는 것이 얼마나 많은 것을 효과적으로 보여주는지 알고 있다―빨강머리도 내 소중한 슬라이더를 끝장내지 않았나.

태우는 것이 최고다.

재로, 먼지로, 끈적끈적한 연기로 태우는 것이.

빨강머리는?

나는 뼈를 태우는 데 별 관심이 없다. 만족스럽지 않다. 부수는 것이 낫다. 그러나 어떤 방식으로든 그녀가 없어진다면 좋은 일이다. 머리카락이, 피부가, 지방이, 그리고 뼈가 타들어간다면, 좋다. 그녀가 없어진다면. 약간의 고통도 나쁘지 않다.

거대한 검은 돼지꼬리처럼 연기가 피어오른다. 곧 도움의 손길이 당도할 것이다. 그러나 불은 멋지게 전진하고 있다.

나는 이글거리는 불구덩이에 가까이 있지도 않지만 너무 멀리 떨어져 있지도 않다. 어쩌면 그녀의 비명 소리가 들릴지도 모른다.

가능성은 적겠지만―그러나 언제나 희망을 잃어서는 안 된다.

21

연기는 축축하다. 연기는 비늘로 덮여 있다. 연기는 몸 안으로 스며들어 내부에서부터 목을 조르는 생물이다.

아멜리아 색스는 눈을 가늘게 뜬 채 흰 연기, 이어 갈색 연기, 이어 검은 연기를 뚫고 아래층의 화재로 죽어가는 건물 꼭대기까지 계단을 뛰어 올라갔다.

블로거의 사무실로 들어가야 한다. 범인이 현장을 파괴하려고 이렇게까지 했다면, 그것은 안에 증거가 있다는 뜻이다. 범인, 혹은 미래의 피해자로 이어지는 단서.

가자, 그녀는 구역질을 하고, 침을 뱉고, 소리 내어 자신에게 명령했다.

물론 문은 잠겨 있었다―파괴해야 할 방보다 더 접근하기 쉬운 지하에 불을 지른 것이 그 때문이다. 그녀는 어깨로 문을 밀어보았다. 아니, 부수고 들어갈 수는 없다. 쇠지렛대나 공성망치, 특수 샷건탄(경첩용. 자물쇠를 쏴서 부술 수는 없다)으로 열 수는 있다. 그러나 대부분의 나무문은 발로 차서 열 수 없다.

그래서 색스는 천사처럼 둥둥 떠다녔다. 연기와 열기가 주위를 휘감는 동안, 그녀는 복도 창가로 다가가서 유리창도 밖으로 차냈다. 날카로운 유리조각을 잔뜩 남기고 열린 아래층 문과 달리, 여기 창문은 허공으로 파편을 흩뿌리며 커다랗게 뚫렸다. 차가운 공기가 밀려들어 왔다. 그녀는 깊이 숨을 들이쉬고 산소에 안도했지만―등 뒤에서 갑자기 커지는 화염의 울부짖음을 통해―동시에 자신이 불지옥에 연료를 제공했다는 사실을 깨달았다.

그녀는 바깥 아래쪽을 내다보았다. 창틀은 넓지 않았지만, 그 정도면 충분했다. 그리고 블로거의 사무실 창문은 색스가 지금 올라선 열린 사각형에서 겨우 2미터 떨어져 있었다. 그녀는 쓰라린 허파 안에 깨끗한 공기를 한껏 들이마셨다. 땅을 내려다보았다. 발밑에는 아무도 없었다. 건물 뒤쪽, 라임과 일동이 기다리는, 동시에 소방차가 화재를 진압하기 위해 도착할 도로 반대편이었다.

그래, 사이렌 소리가 들렸다. 그녀는 조용히 그들에게 지시했다. 더 가까이, 괜찮다면.

등 뒤를 보았다. 뭉게뭉게 뿜어 나오는 연기는 더욱 짙어지고 있었다.

기침과 구역질이 나왔다. 가슴이 찢어질 것 같았다.

자, 창틀을 타자.

색스의 동물적인 공포는 폐소공포증이지 고소공포증은 아니었지만, 그래도 15미터 아래 미끄러운 코블스톤으로 처박고 싶은 마음은 없었다. 창틀 폭은 넉넉히 20센티미터는 되고, 2미터만 건너가면 윌리엄스의 사무실이다. 신발을 벗는 게 낫겠지만, 안에 들어가려면 그쪽 유리창도 발로 차서 깨뜨려야 하고 바닥에는 면도날 같은 유리조각이 가득할 것이다. 신발은 벗지 말자.

가자. 시간이 없다.

휴대전화가 울리고 있었다.

지금은 받을 수가 없다....

아래쪽 창틀에 올라서서, 위쪽 창틀을 움켜잡고, 방향을 틀어 건물 외벽을 마주보았다. 이어 발가락에 체중을 싣고 그을음으로 찌든 돌 사이 이음매를 손가락으로 움켜쥐며, 오른쪽으로 한 걸음 옮겼다. 손목에서 통증이 찌릿하게 퍼졌다.

건물 안에서 울부짖음이 들려왔다. 뭔가 구조가 무너지고 있었다.

이건 어리석은 생각 아닐까?

하지만 지금 이런 질문을 던질 여유는 없다.

1미터, 2미터. 그녀는 윌리엄스의 창문에 도착했다. 안에는 연기가 희미하게 깔려 있었지만, 시야는 비교적 좋았다. 두 손으로 양쪽 창틀을 세게 움켜쥐고, 그녀는 무릎을 뒤로 뺐다가 세게 찼다. 창틀이 산산 조각으로 부서졌고, 작고 어두컴컴한 사무실 바닥에 파편이 흩어졌다.

하지만 안으로 들어가는 것은 생각보다 까다로웠다. 무게중심 문제였다. 안으로 들어가려고 고개와 어깨를 낮추니 엉덩이가 허공으로 튀어나왔고, 그러니 몸이 뒤로 기울어지기 시작했다.

안 된다....

최소한 손은 창틀을 잘 붙잡을 수 있었다—유리가 전혀 남아 있지 않은 부분이었다. 옆으로 틀어보자. 오른쪽으로 몸을 비스듬히 틀고 왼다리를 안으로 넣은 뒤 그쪽 팔다리에 몸무게를 실었다. 안으로 팔을 넣어서 붙잡을 것을 찾았다. 사각의 금속, 철제 캐비닛이겠지. 매끄럽고, 손으로 잡을 수가 없었다. 가구 옆면만 만질 수 있었다. 디스커버리 채널인가 어디서 본 암벽등반 프로그램을 떠올리며, 그녀는 자유 등반가들이 손가락을 미세한 바위틈에 박고 몸 전체를 지탱하던 모습을 머릿속에 그렸다. 캐비닛 뒷면에 손을 집어넣고, 금속과 벽 사이에 손가락을 끼우고, 몸무게를 안으로 싣기 시작했다.

티핑 포인트.

몇 센티미터 더, 균형을 잡고.

밀자. 지금이다.

색스는 유리로 뒤덮인 바닥에 굴러 떨어졌다 .

상처는 없었다. 아니, 심각한 건 없었다. 무릎이 약간 따끔했다—수술 전까지 관절염 때문에 늘 괴롭던 부위였다. 바닥에 떨어지면서 그 통증이 되살아났다. 일어나서 무릎을 움직여 보았다. 기능은 멀쩡했다. 그녀는 문 아래 틈으로 새어 들어오는 연기를 바라보았다. 이제 사무실 전체가 뜨겁게 느껴졌다. 불이 이렇게 빨리 꼭대기까지 올라와서 발밑의 참나무를 송두리째 태울 수가 있나?

그녀는 심하게 기침을 했다. 개봉하지 않은 디어 파크 생수 한 병이 눈에 띄었다. 뚜껑을 열고 벌컥벌컥 들이켰다. 다시 침을 뱉었다.

방 안을 빠르게 둘러보니, 파일 캐비닛 세 개, 갖가지 형태의 종이로 가득 찬 선반이 눈에 들어왔다. 잡지, 신문, 출력물, 소책자. 모두 대단히 불에 잘 타는 소재였다. 페이지를 넘겨보니, 대부분 데이터마이닝의 위험, 정부의 프라이버시 침해, 신원 도용 등에 관한 일반적인 기사들이었다. 라임과 휘트모어가 이야기하던 조종장치에 대한 내용이나 윌리엄스를 살해한 동기가 되었을 만한 내용, 범인이 남긴 증거로 보이는 것은 당장 눈에 들어오지 않았다.

구석 벽 버팀목 밑에서 화염이 새어나왔다. 선반 하나에 불이 붙었다. 다른 쪽 건너편에서 혓바닥 같은 불꽃이 마분지 상자를 휘감았고, 상자는 곧장 불이 붙었다.

건물은 다시 신음했고, 문에 바른 광택제가 땀을 흘리기 시작했다.

그녀는 다른 소리에 숨을 들이쉬었다. 방금 넘어온 창문 반대쪽 창, 건물 앞쪽으로 난 창이 안으로 부서졌다. 눈 깜짝할 사이 글록을 빼들었지만, 그저 본능적인 동작이었다. 그녀는 침입자가 위험하지 않다는 것을, 사실 계속 기다려온 구원의 손길이라는 것을 알고 있었다. 색스는 15미터 아래 트럭과 연결된 사다리에 태연하게 올라앉아 있는 뉴욕시 소방관에게 고개를 끄덕였다.

여자 소방관은 창틀에서 60센티미터 정도 떨어진 곳까지 사다리 꼭대기를 움직이도록 지휘했다. "건물이 곧 무너집니다, 형사님. 지금 나가야 합니다."

한 시간만 여유가 있다면, 서류를 전부 다 훑어보고 범인의 동기, 과거의 피해자와 미래의 피해자, 범인의 신원을 찾아낼 단서가 될 만한 것을 찾아낼 수 있을 텐데. 하지만 할 수 있는 일이 단 한 가지 있었다. 그녀는 랩톱 컴퓨터를 움켜잡고, 전기선을 잡아채고, 모니터와 연결되는 선을 풀 시간이 없어서 휴대용 칼로 잘랐다.

"놔두세요." 소방관이 마스크 너머에서 말했다.

"안 돼요." 색스는 서둘러 유리창으로 향했다.

"두 손을 다 써야 합니다!" 이제 소리를 지르지 않으면 들리지 않을 정도였다. 뼈가 부러지자, 건물은 신음했다.

그러나 색스는 컴퓨터를 끌어안은 채 오른손만으로 사다리를 붙잡고 매달렸다. 두 다리가 사다리 한쪽 기둥과 가로대 하나를 휘감았다. 몸의 모든 근육에 쥐가 나는 것 같았다. 그래도 그녀는 버텼다.

아래에서 조종하는 사람이 사다리를 건물에서 떼어놓기 시작했다. 몇 초 전 색스가 있던 사무실이 갑자기 화염에 휩싸였다.

"고마워요!" 색스는 외쳤다. 건물의 신음 때문에 들리지 않는지, 그녀가 자기 지시를 무시했다고 생각한 것 같았다. 소방관은 반응이 없었다.

사다리는 줄어들다가 6미터 상공에서 갑자기 덜컥 움직였고, 색스는 추락하지 않으려고 결국 컴퓨터를 손에서 놓아야 했다.

랩톱은 빙그르 돌며 보도에 떨어져서 박살났다. 플라스틱과 키보드 조각이 사방으로 흩어졌다.

한 시간 뒤 링컨 라임과 줄리엣 아처는 증거물 탁자 앞에 서 있었다. 멜 쿠퍼가 가까이 있었다. 에버스 휘트모어는 구석에 서서 휴대전화 두 대를 동시에 받고 있었다.

그들은 건물 구조까지 완전히 타서 무너진 건물에서 나온 증거물을 기다리고 있었다. 남은 것은 연기가 피어오르는 돌과 녹은 플라스틱, 유리, 금속 더미뿐이었다. 색스는 굴착기를 불러 파헤치도록 지시했고, 라임은 방화 장치에서 뭔가 남아 있기를 기대하고 있었다.

컴퓨터는 색스의 정신 나간 모험이 허사로 돌아가지 않도록 뭔가 나오기를 바라는 마음으로 론 풀라스키가 다운타운의 경찰본부 컴퓨터 범죄과로 가져갔다. 로드니 자넥이 랩톱에 살릴 수 있는 데이터가 있는지 분석할 것이다.

현관문이 열리고, 다른 인물이 거실로 들어왔다. 아멜리아 색스의 얼굴에는 검댕이 묻어 있었고, 머리카락은 헝클어져 있었으며, 두 군데 붕대를 감고 있었다. 부서진 유리 자국 때문에 난 상처일 것이다—극적으로 윌리엄스의 사무실에 뛰어드느라 최소한 창틀 세 개는 깬 것 같았다.

라임은 오히려 그녀가 더 심하게 다치지 않아서 놀랐다. 그녀가 자신을 무시하고 위험을 무릅쓴 것이 그리 달갑지 않았다. 그러나 그들 사이에는 오래전부터 암묵적인 합의가 있었다. 색스는 극단으로 자신을 밀어붙였고, 그것은 그저 그녀라는 사람일 뿐이었다.

움직이고 있을 때는 잡히지 않아....

아버지의 표현이었지만, 이제 그것은 색스의 인생 격언이었다.

그녀는 건물에서 수집한 증거물이 든 작은 우유 상자를 들고 있었다—하지만 현장이 화재로 파괴된 사건이 종종 그렇듯, 양은 아주 적었다.

다시 한바탕 기침. 눈물이 흘렀다.

"색스, 괜찮나?" 라임은 물었다. 그녀는 응급실에 가는 것을 거절하고 현장 발굴을 지켜보다 소방서에서 안전 진단을 내리자마자 직접 현장 관찰을 시행했다. 라임과 휘트모어, 톰은 먼저 여기 타운하우스로 돌아왔다.

"연기를 약간 마셨어요. 아무것도 아니에요." 다시 기침. 색스는 멜 쿠퍼를 삐딱하게 쳐다보았다. "뉴욕시경을 위해 일하시는 분 같이 생겼군요."

멜 쿠퍼는 얼굴을 붉혔다.

그녀는 쿠퍼에게 우유 상자를 건넸고, 그는 봉투를 점검했다.

"이게 답니까?"

"다예요."

그는 분석을 시작하기 위해 크로마토그래프로 향했다. 색스는 눈을 닦으며 줄리엣 아처를 굽어보았다. 라임은 두 사람이 초면이라는 것을 깨닫고 소개했다.

아처가 말했다. "말씀 많이 들었습니다."

색스는 손을 내미는 대신 고개를 끄덕였다. "링컨이 도움을 준다고 했던 인턴이군요."

라임은 아처가 휠체어 장애인이라는 말을 색스에게 하지 않았던 것 같았다. 사실 생각해 보면, 자기 학생의 이름이나 성별조차 말한 적이 없었다.

색스는 나무라는 것 같기도 하고 아닌 것 같기도 한 수수께끼 같은 눈길로 라임을 흘끗 돌아보았다. 그리고 다시 아처를 향했다. "만나서 반갑습니다."

휘트모어가 전화 두 통을 차례로 끊었다. "색스 형사, 괜찮으십니까?"

"아무것도 아닙니다. 이건."

"개인상해소송에 대한 전화를 받았을 때만 해도 이런 상황이 되리라고는 예상하지 못했습니다."

라임은 색스에게 말했다. "이제 자네 사건과 우리 사건은 동일해."

가스 크로마토그래프/질량분석기 근처 의자에 앉아 있던 멜 쿠퍼가 물었다. "난 무슨 일인지 아직 영문을 모르겠습니다."

라임은 범인 40이 토드 윌리엄스의 블로그를 읽고 데이터와이즈 조종장치를 무기로 사용하는 데 도움을 받기 위해 그를 이용했다고 설명했다. "추측하자면, 그는 윌리엄스에게 이런 장치의 위험을 폭로하는 일을 돕고 싶다, 디지털 사회, 자본주의를 때려 부수자, 뭐 이런 소리를 했을 거야." 라임은 아직 모니터 중 하나에 떠 있는 블로그를 턱으로 가리켰다. "윌리엄스는 범인에게 시스템을 해킹하는 방법을 알려줬을 거고, 범인은 그를 죽인 거지. 소모품이니까."

아처가 덧붙였다. "골칫거리기도 하죠. 에스컬레이터 사고 뉴스에 조종장치 이야기가 나오면, 윌리엄스는 누가 배후에 있는지 알아챘을 테니까요."

라임은 고개를 끄덕이고 말을 이었다. "아멜리아는 브루클린에서 그의 뒤를 밟아서 상가까지 따라갔어. 거기서 범인은 첫 피해자를 살해할 예정이었지."

아처가 물었다. "프로머가 첫 피해자라는 건 어떻게 알죠?"

타당한 질문이다. 하지만 라임은 말했다. "윌리엄스는 겨우 몇 주 전에 살해당했고, 미심쩍은 제품 관련 사망사고 뉴스는 기억나지 않아. 더 나올지도 모르지만, 일단 에스컬레이터가 첫 피해라고 가정하자고. 질문은 이거야. 일회성인가? 혹은 범인은 다른 살해 계획이 있는가?"

"하지만 왜?" 변호사가 물었다. "동기가 무엇일까요? 조종장치를 이용해 살해한다─신경 써야 할 일이 많을 텐데요."

라임은 덧붙였다. "위험하기도 하죠." 동시에 아처가 말했다. "범인 입장에서는 위험이 더 많아요." 라임은 큭 하고 웃었다. "음, 동기는 모르고, 사실 별 관심도 없어. 범인을 잡으면 물어볼 수 있잖아. 컴퓨터는 언제 준비가 되지?"

"론이 한 시간 안에 된다고 했어요."

"그런데 신참은 도대체 어디로 간 거야?" 라임은 중얼거렸다. "그 다른 사건? 구티에레스였던가? 들은 것 같은데."

"그럴 거예요."

"구티에레스가 살인범이던가, 피해자던가?"

색스가 말했다. "범인. 왜 갑자기 그 건을 파헤치는지는 모르겠어요."

"음, 어쨌든 우리끼리 알아서...."

이 말이 색스의 주의를 라임에게로 돌렸다.

"진심이에요?"

"뭐?" 라임은 무슨 뜻인지 알아차리지 못했다.

"'우리끼리 알아서.' 당신도 우릴 돕는다고요? 이건 이제 형사사건인데."

"당연하지."

색스의 얼굴에 희미한 미소가 떠올랐다.

라임은 말했다. "선택의 여지가 없어. 범인을 잡으면, 샌디 프로머가 그 자에게 손해배상 소송을 걸 수 있겠지."

휘트모어가 조정원인이라고 했던 내용이 기억났다. 조종장치 자체는 그렉 프로머의 죽음의 원인이 아니다. 그를 사망에 이르게 한 것은 범인 40의 '해킹'이다. 누군가 자동차 브레이크 라인을 잘라 운전자를 죽게 한 상황과 같다. 자동차 제조사는 책임이 없다.

그는 변호사를 돌아보았다. "샌디가 범인에게 소송을 걸 수 있겠지요?"

"물론입니다. O. J. 심슨 사건과 같습니다. 운이 좋다면, 이 범인에게 자산이 많겠죠."

"난 은퇴를 번복하는 게 아니야, 색스. 우리가 가는 길이 우연히 한동안 겹치는 거지."

미소가 사라졌다. "그렇죠."

멜 쿠퍼는 색스가 수집한 증거를 분석했다. 그가 물었다. "발화 지점?"

"네."

방화사건에서 화재가 시작되고 퍼지는 패턴은 매우 뚜렷한 특징을 지닌다. 수사관이 범인에 대해 최고의 증거를 기대하는 곳은 바로 발화지점이다.

그는 가스 크로마토그래프/질량분석기 모니터를 읽었다. "미량의 왁스, 저옥탄 가솔린 ― 특정 제조사를 추적할 수 있을 정도로 많지는 않습니다 ― 그리고 면, 플라스틱, 성냥."

"양초 폭탄이군."

"맞습니다."

양초를 도화선으로 사용하면 가솔린 한 병으로 단순한 사제 폭발물을 만들 수 있다.

쿠퍼는 미량증거물이 극히 미량이라 폭발물의 다른 구성 물질은 추적할 수 없다고 말했다. 라임도 짐작하던 대로였다.

색스에게 다른 전화가 걸려왔다. 그녀는 기침을 살짝 하고 전화를 받았다. "여보세요?" 고개를 끄덕이며 귀를 기울였다. "고마워요."

좋은 소식이 아니군, 라임은 알 수 있었다.

그녀는 전화를 끊고 방 안의 다른 사람들을 돌아보았다. "일대를 샅샅이 탐문했는데, 목격자는 없었어요. 폭탄을 설치하고 곧 떠난 모양입니다."

어깨를 으쓱했다. 라임이 예상하지 못했던 점은 없었다.

잠시 후 다른 전화가 걸려왔다. 로드니 자넥의 이름이 발신자에 떴다.

아, 최선의 결과를 전해주기를.

"응답." 라임은 명령했다.

록 음악이 되돌아왔다. 하지만 잠시였다. 라임이 '빌어먹을 음악 좀 꺼'라고 말할 사이도 없이, 로드니가 먼저 볼륨을 줄였다.

"링컨."

"로드니, 여기는 스피커폰이야.... 사람들이 많아. 일일이 인사할 시간은 없고. 토드 윌리엄스의 컴퓨터는 건질 수 있었나?"

잠시 침묵. 라임에게는 의외였다. "음, 네. 그런 추락 정도는 아무 것도 아닙니다. 컴퓨터를 비행기에서 떨어뜨려도 데이터는 살아남 아요. 블랙박스죠."

"뭘 얻었지?"

"이 윌리엄스와 범인의 관계가 시작된 건 최근인 것 같습니다. 두 사람 사이의 이메일을 발견했어요. 그쪽으로 보내겠습니다."

잠시 후 보안 이메일이 스크린에 떴다. 그들은 첨부파일 첫 장을 읽었다.

안녕, 토드. 당신 블로그를 읽었는데, 나는 동감입니다. 사회는 좋 지 않은 곳으로 변해가고 있고, 전자제품과 디지털 사회는 세상을 필 요 이상 훨씬 더 위험한 곳으로 만들고 있습니다. 시스템을 바꿀 방법 이 틀림없이 있을 겁니다. 물론 말씀하셨듯이 돈이 모든 것의 근원이고, 당신의 뜻에 나도 돕겠습니다. 만날 수 있을까요?

P. G.

아처가 말했다. "아, 이니셜이 있군요."

"어쩌면." 라임이 말했다. "계속해, 로드니."

자넥은 말을 이었다 "범인은 익명 이메일 계정을 사용했습니다. 추적 불가능한 IP에서 로그인했고요. 살해 당일 만나기로 약속을 잡았습니다."

쿠퍼는 이메일을 들여다보았다. "그리 영리한 사람은 아니군요. 문법 실수, 구두점, 반복되는 단어를 보세요. 동철이의어homonym. 'your' 대신 'you're', 'their' 같은 것들."

라임은 정정했다. "동음이의어homophones. 발음이 같지만, 철자와 의미가 다른 단어. 동철이의어는 발음이 같고 철자도 같지만 의미가 다른 단어."

아처는 스크린을 바라보며 고전적인 예를 들었다. "짖다—개가 짖는 것도 bark고, 나무껍질도 bark죠. 이건 동철이의어." 그녀는 덧붙였다. "하지만 난 범인이 우둔하다고 생각하지 않아요. 그런 척하는 것 같아요. 부적절하게 쉼표로 이은 문장, 동음이의어—너무 명백해요. 하지만 '말씀하셨듯이as you suggest'라는 절은 정확하게 썼잖아요. 흔히 실수하는 대로 'like you suggest'라고 쓰지 않고."

라임도 동의했다. "'to try' 뒤의 부정사를 제대로 쓴 걸 봐. 'try and'는 표준 용법이 아니지. 'try to'라고 써야 해. 그리고 'than' 대신 'then'을 쓰면 대부분의 오류 체크 프로그램에 걸려. 극히 기본적인 휴대전화 메시지 기능에서도. 아니, 자네 말이 맞아. 범인은 일부러 문법을 틀리고 있어."

자넥이 끼어들었다. "이제 중요한 점이 나갑니다. 가장 걱정스러운 점이기도 하고요."

휘트모어가 물었다. "뭡니까, 자넥 씨?"

"살해 몇 시간 전—토드와 범인은 만나고 있었겠죠—토드는 온라인 접속 상태였습니다. 그는 두 가지를 했어요. 첫째, 데이터베이스를 샀습니다. 상업 데이터마이닝 회사에서요. 광고회사를 사칭하고—해킹한 진짜 광고회사 계정을 사용했습니다—시장조사 때문에 정보가 필요하다고 했습니다. 데이터와이즈5000 조종장치가 사용된 제품 목록이었어요."

"종류는 얼마나 많지?"

"아주 많습니다. 8백여 종 3백만 개에 달하는 제품이 뉴욕시를 포함한 미 동북부로 배송되고 있어요. 제3자가 조종한다 해도 별 해가 없는 물건도 있습니다. 컴퓨터, 프린터, 조명 같은 것들. 하지만 어떤 건 치명적일 수 있어요. 자동차, 기차, 엘리베이터, 심장제세동기, 심장박동 모니터, 심박조율기, 마이크로웨이브, 오븐, 전동 공구, 난로, 크레인—건설 현장이나 부두에서 쓰는 대형 작업차 말입니다. 대략 추정하자면 60퍼센트 정도는 위험할 수 있는 물건일 겁니다. 한데, 토드가 두 번째로 산 게 있습니다. 이 제품들을 구매한 고객 명단이었어요. 어떤 고객은 장비 제조업자. 미드웨스트 컨베이언스 같은 회사요. 나머지는 스마트 기계를 구매한 일반 소매자입니다. 이름과 주소. 이번에도 대부분 뉴욕과 미국 동북부."

아처가 물었다. "그걸 살 수 있단 말인가요? 그런 정보를?"

다시 침묵. 이번에는 약간 놀란 것 같았다. "데이터마이닝이란 말이죠, 어....”

　“아처.”

　“정보수집회사에서 나에 대해 어떤 정보를 갖고 있는지 모릅니다. 스마트 가스레인지를 산 뒤에 클라우드를 공유하는 다른 제품들을 사라는 디렉트메일이 날아오는 게 바로 이런 데이터 수집 때문이에요. 가스레인지를 산다는 건 곧 특정 인구집단에 들어가겠다고 선언하는 것과 같습니다. 범인은 그냥 목록을 훑어보고 데이터와이즈 조종장치가 들어있는 위험한 제품을 고르면 됩니다. 에스컬레이터처럼. 해킹을 해서 기다리다가 ― 인도적인 괴물이라면 ― 어린아이나 임산부 아닌 사람이 2층으로 올라갈 때 버튼을 누르는 거죠.”

　색스가 물었다. “범인은 어떻게 해킹을 했을까? 그렇게 쉽지 않았을 텐데.”

　이번에 이어진 것은 침묵이 아니었다. 그냥 웃음소리만 흘러나왔다. “음, 네. 사물인터넷이란 건 말입니다 ― 내가 정말 혐오하는 용어인데, 어쩔 수 없으니. 간단하게 교육을 해드려도 될까요?”

　“간단하게 한다는 게 마음에 들어, 로드니.”

　“일반 가정의 전구부터 내가 아까 언급한 제품에 이르기까지 모든 스마트 제품에는 무선 연결회로가 내장되어 있습니다.”

　라임은 윌리엄스의 블로그에서 같은 내용을 읽은 기억이 났다.

　“자, 이 회로가 내장된 장치는 컴퓨터 장치가 클라우드와, 또한 네트워크에 있는 다른 장치와 서로 어떻게 연결되는지 규정하는 특별한 프로토콜을 사용합니다 ― 이걸 법칙이라고 부르겠습니다. 지그비와 지웨이브가 가장 인기 있는 프로토콜이죠. 데이터와이즈 컨트롤러와 몇몇 다른 회사들은 와이스위프트를 사용합니다. 프로토콜은 정식 유저와 장치만 인식할 수 있도록 하는 암호화 키를 제공하지만, 오븐이나 웹캠이 네트워크와 악수를 나눌 때 취약한 순간이 존재하며, 해커는 그 순간을 냄새 맡고 네트워크 키를 알아내지요.

설상가상인 것은 제조사가—놀라지 마세요—탐욕스럽다는 겁니다! 새 소프트웨어는 짜는 데 시간이 걸리고, 개발 단계에서 출시에 이르는 데 걸리는 시간 문제는 하이테크 회사들에게 언제나 골칫거리입니다. 제품을 판매하는 단계까지 오래 걸릴수록 다른 회사에게 뒤처질 위험이 크죠. 그래서 이 스마트 컨트롤러 회사들은 기존의 소프트웨어를 자사 제품에 내장합니다—오래된, 구식 소프트웨어 말이에요. 공룡이 알 낳던 시절 소프트웨어. 솔리테어 게임과 그림판만 제거한 초창기 윈도우, 애플 운영체계나 오픈소스 코드 같은 것. 회사에서 스마트 컨트롤러가 설치될 제품에 특화된 새 코드를 짜는 것보다 이런 소프트웨어가 보안 착취에 취약합니다."

"보안 착취?" 휘트모어가 말했다. "그게 뭡니까?"

"해킹이죠. 약점을 찾아내서, 뭐, 착취하는 것. 몇 년 전에 냉장고가 해킹을 한 거 알고 계세요? 전설적인 이야긴데. 이 스마트 냉장고 제품군은 컴퓨터용 낡은 소프트웨어를 쓰고 있었어요. 해커가 안에 들어가서 컨트롤러를 스팸봇으로 만들어버렸어요. 전 세계의 냉장고가 수백만 곳 주소에 음경확대술 판촉 이메일과 비타민 광고를 보내고 있었던 거죠. 집주인들이 아무것도 모르는 사이에."

"그 스마트 컨트롤러를 제조하는 회사 말인데요. 회사에서 해커를 방어할 수 없나요?" 아처가 물었다.

"뭐, 노력은 하죠. 늘 보안 패치 업데이트를 보냅니다. 컴퓨터에 로그인했을 때 윈도우가 업데이트를 진행 중이기 때문에 기다려야 한

적 있으시죠? 그런 게 아마 보안패치였을 겁니다. 어떤 경우에는 사용자가 직접 설치해야 할 때도 있고요. 어떤 경우에는—구글처럼—자동으로 다운로드받아서 설치할 때도 잇고요. 패치가 보통 이런 역할을 하는데... 물론 해커들은 여기도 신종 해킹 방법을 찾아냈어요."

라임은 물었다. "범인이 온라인에서 제품을 조종하고 있을 때 추적할 수 있을까?"

"아마도. 컨트롤러 제조사와 이야기해 봐야 할 겁니다."

"그러지, 로드니. 고마워."

그들은 전화를 끊었다.

색스가 말했다.

"컨트롤러 회사와 접촉할 수 있는 번호를 알아보라고 본부에 지시하죠." 그녀는 약간 떨어져서 전화를 걸었다. 곧 전화를 끊었다. "최대한 빨리 연락준대요."

그때 거실의 전화 세 대가 동시에 울렸다. 색스, 휘트모어, 쿠퍼의 전화였다.

"흠," 색스가 액정을 읽으며 말했다. "범행 동기가 분명해진 것 같군요." 스크린에서 나오는 불빛에 얼굴이 발갛게 보였다.

"뭐지?" 라임이 물었다.

휘트모어가 말했다. "사무원이 제게 문자 메시지를 보냈습니다. 당신이 받은 것과 같은 내용 같습니다, 색스 형사. 대여섯 군데 신문의 온라인판 논평 페이지에 에스컬레이터 사망사고가 자기 소행이라고 주장하는 기사가 떴습니다."

"여기 있습니다." 쿠퍼가 말했다. 모두 스크린을 집중했다.

당신들은 물건에, 사물에, 싸구려 장신구에 탐닉한다. 그것이 당신들 모두의 죽음이 될 것이다! 당신들은 진정한 가치를 버렸고, 소중한 '통제력control'을 잃었고, 이런 일은 당신들이 자신의 데이터를data 현명하게wise 사용하지 않을 때 발생한다. 물건 중독에 빠져 가족과 친구의 사랑을 저버렸다. 오로지 많이, 많이, 많이 소유하려 들다가 결국 당신의 소유물이 당신을 소유하고, 차가운 강철의 키스가 당신을 지옥으로 보낼 것이다.

인류의 수호자People's Guardian

라임은 범인이 토드 윌리엄스에게 보낸 이메일의 서명이 P. G.였다고 말했다.

"진짜일까요?" 쿠퍼가 물었다.

신기하게도 자신과 아무 관계없는 범행에 대해 자기 소행이라고 주장하는 사람들이 많다.

"아니, 난 범인이라고 확신해." 라임이 말했다.

"어떻게..." 아처가 입을 열다가 말했다. "맞아요. '컨트롤'이란 단어에 따옴표가 있군요. 데이터, 와이즈라는 단어를 언급한 것도 그렇고."

"그거야. 데이터와이즈를 해킹한 건 아직 일반인들이 몰라. 이걸 아는 건 오직 우리의 범인뿐이야. 그리고 이번에도 의도적인 문법 오류가 있어. You're, 'which'를 써야 할 자리에 'that'을 쓴 것."

색스가 말했다. "그가 전에도 이런 적이 있는지 보죠...." 그녀는 온라인으로 검색을 시작했다. 잠시 후. "연방 범죄정보센터에는 아무것도 없어요." 연방 범죄정보센터는 미국 전역 용의자 수만 명의 영장과 프로파일 정보를 모아 놓은 곳이다. 범인 40이 저지른 것과 유사한 공격을 감행한 운동조직에 대한 대중지 기사도 없었다. '인류의 수호자'라는 언급도 없었다.

줄리엣 아처는 다른 사람들에게서 멀어져 컴퓨터 스크린을 들여다보고 있었다. "찾았어요."

"뭐?" 라임은 범인이 지금 이 순간에도 더 많은 피해자를 노리고 있을 사건에 새로운 단서가 하나도 없다는 데 짜증이 나서 퉁명스럽게 물었다.

"컨트롤러 회사. CIR 마이크로?" 그녀는 다른 사람들에게 되돌아와서 방금 자신이 불러낸 스크린을 턱으로 가리켰다. "저건 CEO의 직통전화예요. 비나이 차우다리."

"어떻게 얻었죠?" 색스는 자신이 요청한 뉴욕시경 지원이 아마추어 한 사람보다 느리다는 데 짜증이 난 기색이었다.

"탐정 흉내를 조금 냈죠."

"그와 이야기해 보지." 라임이 말했다.

색스는 휴대전화에 번호를 입력했고, 차우다리의 비서가 전화를 받는 것 같았다. 상황 설명을 한 뒤 색스의 놀란 듯한 몸짓언어로 볼때 CEO가 직접 전화를 받은 모양이었다. 통화를 꺼리는 것이 아니라―전화를 끊은 뒤에 색스가 설명했다―지금 당장은 시간이 없는 것 같았다. 그는 45분 뒤에 다시 통화하자고 했다.

아마도 적군이 머리 위 절벽에 나타났을 때 마차를 둘러싸는 정착민들처럼 변호사를 주위에 잔뜩 불러 모을 시간이 필요할 것이다.

22

"상황은, 경사?" 경찰 헤드셋에서 질문이 매끄럽게 흘러나왔다.

경찰 기동대 정찰 밴은 오늘 배관 차량으로 위장하고 술집 바로 맞은편에 주차해 있었다. 조 라일리 뉴욕시경 경사는 술집 안을 계속 지켜보고 있었다. 그는 대답했다. "둘 다 앉아서 노닥거리고 있습니다. 맥주를 마시면서. 근심걱정이라고는 없군요." 머리가 희끗희끗한 배불뚝이 마약감독과 형사 라일리는 오래전 '거리에서 마약을 청소하자' 프로그램이 시작되었을 때부터 줄곧 작전 지휘관으로 활약했다. 당시 무전기는 접어 뭉친 왁스지 바스락거리듯 지지직거렸다. 그 따위 기계로 작전을 지휘할 수 있었다는 게 놀라울 따름이었다. 지금은 전부 고해상도 디지털이기 때문에, 전술 기동대원의 목소리가 이 지저분한 브루클린 뒷골목 저쪽 편이 아니라 겨우 몇 미터 떨어진 것처럼 또렷하게 들린다.

밴에는 라일리 말고도 동행이 있었다. 카메라를 조종하는 단정하고 다부진 젊은 흑인 경관이었다. 전자제품 광이었지만, 경사의 취향에는 향수를 너무 진하게 뿌렸다.

"무기는?" 귓속에서 목소리가 물었다. 잠입수사 기동대 팀은 베드포드-스타이비산트의 리치 술집에서 반 블록 떨어져 있었다. 라일리가 사갖고 오라고 한 칼초네도 잊지 않는 게 좋을 것이다. 시금치 빼고. 햄과 스위스 치즈만. 끝. 소다. 다이어트로.

라일리는 맥주를 마시고 있는 두 남자의 스크린 이미지를 확인했다. 여경은 고개를 저었다. 라일리는 말했다. "보이지 않는다."

그들이 감시하고 있는 두 사람이 '완전무장' 상태가 아니라는 뜻은 아니다.

"둘뿐인가?"

셋이면 셋이라고 했겠지. 넷이면 넷이라고 했을 거고.

"그렇다." 라일리는 몸을 죽 뻗었다. 시간 낭비가 아니기를 바랄 뿐이었다. 도미니카 공화국 갱단 고위급 간부가 리치 술집에서 뉴욕 깡패를 만나고 있다는 믿을 만한 정보가 있었다. 큰 거래일지도 모른다. 그러나 도미니카 공화국 갱은 늦었고, 뉴욕 깡패는—마르고 초조해 보였다—그냥 정체를 알 수 없는 젊은 백인 남자와 어울리고 있을 뿐이었다. 백인 남자 역시 초조한 기색이었다.

무전기에서 기동대원이 뭘 마시는 소리가 들렸다. "빅 보이는 얼마나 늦지?"

도미니카 공화국 갱은 조직 내에서 고위급일 뿐 아니라 몸무게도 130킬로그램은 넘었다.

"30분." 라일리는 시계를 보았다. "40분."

"안 올 거야." 기동대원은 중얼거렸다. 그는 이제 뭘 씹고 있었다.

겁이 나서 안 오는 것은 아닐 것이다, 라일리는 추측했다. 그 정도 고위급 마약 공급책은 그냥 아주, 아주 바쁘다.

"지금 같이 있는 놈이 도미니카 공화국 조직원이 아닌 건 확실해?"

라일리는 웃었다. "요즘 형편이 너무 안 좋아서 교회 애들을 쓰는 게 아니라면. 백인들. 형편이 안 좋지도 않아."

"누군지 짐작 가는 데 없어?"

"없어. 금발, 180센티미터, 열 받을 정도로 비쩍 말랐어." 라일리는 남자의 얼굴을 확대해 보았다. "좀 웃기게 생겼어."

"무슨 뜻이야." 체포팀이 씹는 소리 사이로 말했다.

됐어. 난 칼초네만 사오면 돼.

"신경질적이야."

"저쪽이 그쪽을 봤나, 경사?"

"난 배관용품 가게가 득실거리는 브루클린 거리에서 배관 차량 안에 앉아 있어. 카메라 렌즈는 자네 고양이 좆만 해."

"난 고양이 없어."

"아니, 그쪽은 날 못 봤어. 그냥 우리 애하고 같이 있는 게 싫은 것 같아."

"누군들 안 그러겠어."

좋은 지적이었다. 알폰스 그래비타—줄여서 알포—는 재수 없는 인간의 훌륭한 예였다. 벌레 같은 딜러는 운이 좋아 그간 체포되지 않은 것도 모자라 오션 힐에 갖고 있는 미니 마트를 베드-스타이와 브라운스빌까지 확대할 계획을 갖고 있었다.

"잠깐." 라일리는 허리를 똑바로 폈다.

"도미니카 공화국 갱 도착했어?"

"아니, 하지만 알포와 그 일행이... 잠깐, 무슨 일이 벌어지고 있어."

"뭐야?" 씹는 소리가 그쳤다.

"거래 같아... 카메라 빼." 마지막 말은 옆에 앉은 향수 냄새 나는 경찰에게 한 말이었다.

단어 선택이 안 좋았어, 그는 생각했다. 하지만 그녀는 이중적인 의미를 알아채지 못했다.

경찰은 좀 더 넓은 범위를 잡아서 알포와 금발 남자가 하는 일을 놓치지 않기 위해 줌 아웃을 했다. 알포는 주위를 둘러보며 주머니를 뒤지고 있었다. 금발 남자도 마찬가지였다. 그리고 손바닥과 손바닥이 마주쳤다.

"좋아. 거래야."

"뭐지?"

"젠장. 상당한 현금이야. 한데 물건은 안 보여. 자네 보이나?"

"아뇨." 감시팀 여자 경찰이 대답했다. 막연하게 가드니아향, 치자 향수가 떠올랐지만, 레일리는 치자 꽃이 무슨 향을 내는지 어떻게 생겼는지 전혀 몰랐다.

기동대원이 무전기로 말했다. "결정해, 경사."

라일리는 고민했다. 방금 그들은 불법 마약거래를 목격했다. 두 놈을 잡아 돌아갈 수 있다. 그러나 백인 남자가 혼자 밖에 나온 뒤 따로 검거하고 알포는 계속 활동하게 놓아두는 것이 좋을지도 모른다. 도미니카 공화국 놈을 지구대로 데려가지 못한다 해도 최소한 한 놈은 실적을 올릴 수 있다. 저 금발 꼬마가 어쩌면 도미니칸 공화국 놈에 대한 정보를 갖고 있을지도 모른다. 초조한 성격이니 압박을 가하면

술술 불 것이다.

아니면 그냥 이번은 넘어갈까―그다지 큰 거래는 아니다. 금발 꼬마는 내버려 두고 거물이 나타나기를 기다릴 수도 있다.

기동대원. "아직 거기 있나? 그대로 앉아서?"

"그래."

"우리가 들어갈까?"

"아니, 알포와 도미니칸 공화국 갱단의 연줄을 잃고 싶지는 않아. 같이 있는 놈이 나가면 그쪽만 체포하지. 그때까지 기다려."

"도미니칸 공화국 갱은 50분 늦었어."

라일리는 결정을 내렸다.

"좋아, 이렇게 하자고. 하지만 우선 대답해. 내 칼초네 주문했나?"

링컨 라임은 말하고 있었다. "우리는 그가 다른 사람을 다시 공격할 예정이라는 걸 알아. 모든 뉴욕시경 지구대와 소방서에 공지를 보내. 제품과 연관된 사고, 사고처럼 보이는 어떤 사건이든 나한테 알리라고. 즉각. 최대한 빨리. 그 어떤 진부한 표현을 쓰든 상관없어."

멜 쿠퍼가 처리하겠다고 답하고 엉덩이에 고풍스럽게 차고 다니는 작은 권총이라도 뽑아들듯 휴대전화를 꺼냈다.

색스는 문자를 받고 전화를 보았다. "스마트 컨트롤러 회사예요. 이야기하고 싶다는군요."

"아니면." 아처가 말했다. "얼마나 비협조적으로 굴 생각인지 직접 말하고 싶다는 뜻이거나요."

수사 관련 업무에 대해서는 학습 속도가 상당히 빠르군, 라임은 생각했다. 그는 톰을 불러 스카이프를 설치하라고 지시했다.

곧 특유의 기계음이 방 안에 울리고, 잠시 후 스크린이 살아났다.

대단한 호위대는 아니었다. CIR 마이크로에서는 겨우 두 사람이 스크린에 나왔고, 그중 하나는 남아시아 독재자 같은 인상의 비나이 파스 차우다리 본인이었다. 그는 목깃이 없는 셔츠 차림에 세련된 금속 테 안경을 쓰고 있었다.

다른 한 사람은 안색이 누르스름하고 몸집이 좋은 50대 남자였다. 변호사 같았다. 정장 차림에 타이는 매지 않았다.

그들은 사람 냄새가 나지 않는 사무실에 앉아 있었다. 두 사람 양옆으로 모니터 두 대가 아무것도 덮지 않은 탁자 위에 놓여 있었다. 그들 뒤 벽에는 밤색과 파란색 페인트가 붓으로 한 가닥 칠해져 있었다. 라임은 처음에 추상화라고 생각했지만, 다시 보니 아니, 벽에 직접 그린 그림이었다. 회사 로고였다.

"저는 뉴욕시경 형사 아멜리아 색스입니다. 아까 통화했지요. 이쪽은 링컨 라임, 우리 수사를 돕고 있는 법과학 자문위원입니다." 이쪽은 두 사람뿐이었다. 비록 소송 대상은 아니었지만, 이번에도 라임은 사람이 많으면 상대가 덜 협조적일 거라고 생각했다.

"나는 사장이자 CEO 비나이 차우다리입니다. 이쪽은 스탠리 프로스트 수석 고문입니다." 목소리는 유쾌하고 침착했다. 억양은 거의 없었다. 위협을 느끼는 것 같지도 않았다. 그러나 4백억 달러의 자산가라면 그럴 일이 거의 없을 것이다.

"우리 제품과 관련된 범죄 문제라고요?" 프로스트가 물었다.

"맞습니다. 데이터와이즈5000 스마트 컨트롤러입니다. 뉴욕시의 누군가가 미드웨스트 컨베이언스 에스컬레이터에 장착된 해당 컨트롤러에 의도적으로 신호를 보냈습니다. 에스컬레이터 꼭대기의 기

286

계실 출입 패널을 작동시켰지요. 열렸습니다. 한 남자가 떨어져서 사망했습니다."

차우다리. "나도 그 사고 소식은 물론 들었습니다. 한데 그게 의도적이라는 건 몰랐습니다. 정말 끔찍한 일이군요. 분명히 말씀드려야겠지만, 우리는 미드웨스트사에 데이터와이트 컨트롤러는 진단 및 유지·보수 데이터 업로드, 긴급정지 목적으로만 사용하라고 분명히 말했습니다. 기계실 출입용이 아니라."

"그 점을 입증하는 기록도 있습니다." 변호사 프로스트가 말했다.

사장은 말을 이었다. "그리고 미드웨스트 컨베이언스 컨트롤러는 몇 년 전 설치된 겁니다. 이후 우리는 마흔, 마흔다섯 개의 보안패치를 보냈습니다. 그걸로 해커를 충분히 막을 수 있었을 겁니다. 그쪽에서 보안패치를 신속하게 설치하지 않았다면, 우리가 할 수 있는 일은 없습니다."

라임이 말했다. "이건 귀사의 책임 문제가 아닙니다. 우리가 추적하는 건 귀사가 아니라 해커입니다."

"성함이, 다시?" 차우다리가 물었다.

"링컨 라임."

"당신에 대해 들어본 것 같군요. 신문이던가, 텔레비전 프로그램이던가."

"그렇습니까. 한데, 이 용의자는 컨트롤러에 대해 블로그를 쓴 사람에게서 기기 안에 침투하는 법을 배웠습니다."

차우다리는 고개를 끄덕였다. "아마도 초간 사회공학 블로그를 생각하시는 것 같군요."

"맞습니다."

"음, 블로거는 초기 모델을 사용했고, 의도적으로 보안패치를 다운로드해서 설치하지 않았습니다. 사용했다면, 데이터와이즈가 오작동하는 일은 절대 없었을 겁니다. 그러나 물론 그 블로그에서는 그런 이야기가 없지요. 열세 살짜리도 쉽게 남용할 수 있다고 주장하는 건 지나치게 선정적인 이야기입니다. 프라이버시 침해와 오작동을 공격하면, 쉽게 블로그 히트 수를 늘릴 수 있거든요. 데이터와이즈는 시장에 나와 있는 90퍼센트의 시스템보다 훨씬 취약점이 적습니다."

프로스트는 덧붙였다. "우리는 화이트햇 회사와 협력하고 있습니다. 착한 해커죠. 용어를 좀 아십니까?"

"이해할 수 있습니다." 색스가 말했다.

"하루 종일 우리 고객이 사용하는 데이터와이즈 서버에 침투하는 방법만 연구하는 사람들이죠. 해킹의 조짐만 보여도, 우리는 패치를 보냅니다. 그 블로거가 시도했다 해도, 정작 안에는 절대 들어가지 못했을 겁니다. 그가 뭐라고 하던가요?"

색스가 말했다. "용의자가 시스템에 해킹하는 방법을 알아낸 뒤에 그 블로거를 살해했습니다."

"저런!" 차우다리는 숨을 들이쉬었다.

"사실입니다."

"음, 대단히 유감입니다. 끔찍한 일이군요."

라임이 말을 이었다. "우리가 쫓고 있는 용의자는 당신의 컨트롤러를 사용하는 제품과 그 물건을 구매하는 소비자 및 회사의 목록을 갖고 있었습니다. 아주 긴 목록입니다."

"이 몇 년 잘 나갔지요."

변호사는 CEO를 돌아보았지만 아무 말도 하지 않았다. 법적 책임소재와 관련이 없는 일이지만 회사의 순이익을 암시할 수 있는 표현은 피하라는 신호를 보낸 것 같았다.

차우다리가 목소리를 낮춰 변호사에게 말했다. "괜찮아. 난 돕고 싶어."

라임은 계속 말을 이었다. "그가 같은 범행을 다시 저지를 거라고 믿을 이유가 있습니다. 다른 사람을 죽일지도 모릅니다."

CEO는 얼굴을 찌푸렸다. "의도적으로? 도대체 왜?"

색스가 말했다. "국내 테러분자 같은 겁니다. 그는 소비자중심주의에 대한 불만이 있어요. 어쩌면 자본주의 일반일 수도 있고. 그는 여러 뉴스 매체에 이메일을 보냈습니다. 관련 기사는 찾아 읽으실 수 있을 겁니다. 그는 자신을 '인류의 수호자'라고 부릅니다."

차우다리가 말했다. "하지만... 정신병자입니까?"

"우린 모릅니다." 라임이 답답한 듯 말했다. "자, 우리가 전화한 용건. 몇 가지 알고 싶은 게 있습니다. 첫째, 범인이 특정 제품을 해킹해서 통제할 때 어디 있었는지 물리적인 위치를 추적하는 것이 가능합니까? 범인은 상황을 보고 컨트롤러를 언제 활성화할지 정확하게 결정할 수 있도록 범행 시점에 사건 현장 근처에 있을 것 같습니다. 그리고 다른 질문 하나, 그의 신원을 추적하는 게 가능합니까?"

차우다리는 대답했다. "기술적으로 추적은, 가능합니다. 하지만 이것도 역시 각 제조사의 영역입니다. 웹캠 회사, 오븐 회사, 자동차 회사. 우리 시설에서 진행할 수가 없어요. 우리는 그저 컨트롤러 하드웨어를 만들고 프로그램을 짭니다―컨트롤러 소프트웨어 말입니다. 범인은 우리 고객의 클라우드 서버를 통해 시스템에 해킹하고 있을 겁니다.

하지만 범인이 어떤 기계나 장치—실제 물건 말입니다—를 목표로 하는지 미리 알고 있다면, 제조사는 그의 위치를 추적할 수 있습니다. 그렇다 해도, 범인은 프록시를 사용해서 클라우드에 로그인할 겁니다. 그 프록시를 알아내야 하죠. 마지막으로 해킹 이후 로그아웃하고 전원을 끄기까지는 겨우 몇 초 여유밖에 없습니다. 신원 문제라면, 범인은 당연히 버너폰이나 등록되지 않은 패드 및 컴퓨터, 익명 프록시나 가상 사설망 같은 걸 쓸 겁니다. 그건 해킹의 기본 중 기본이죠."

희망했던 것보다 더 암담했다. 라임은 말했다. "좋습니다. 한 가지 더. 범인이 접속하는 걸 막기 위해 사용할 수 있는 보안 조치가 있습니까?"

"물론입니다. 방금 제가 말씀드린 겁니다. 컨트롤러가 내장된 제품 제조사—오븐, HVAC 시스템, 의료장비, 에스컬레이터—는 우리가 보내는 보안패치를 설치하기만 하면 됩니다. 그 블로그에서 어떻게 그가... 이름이 뭐던가요?"

"토드 윌리엄스."

"우리는 그가 어떻게 해킹을 하는지 알아냈습니다. 네, 취약점이죠. 알아낸 뒤 하루 만에 패치를 만들어서 업데이트를 보냈습니다. 그게 한 달 전입니다. 더 오래됐던가."

"미드웨스트 컨베이언스는 왜 패치를 설치하지 않았을까요?"

"때로 회사에서 태만이나 사업상 요인 때문에 업데이트를 하지 않는 경우가 있습니다. 업데이트를 하려면 리부팅을 해야 하고, 종종 코드도 만져야 합니다. 그러려면 한동안 클라우드 전체를 오프라인 상태로 둬야 하죠. 고객들은 서비스 장애를 좋아하지 않습니다. 편리함에 익숙해지면, 그걸 포기한다는 건 불가능합니다. 휴가차 집을 비울 때 혹시 잊어버리더라도 원격으로 조명을 끌 수 있다? 보모를 실시간으로 지켜볼 수 있다? 10년 전에는 가능하다고 생각하지도 않은 일들이기 때문에 선택의 여지가 없었지요. 하지만 지금은? 스마트 제품을 쓰는 사람들은 당연히 스물네 시간 작동해야 한다고 생각합니다. 그렇지 않으면 다른 회사로 가버립니다."

"오래 걸리지 않는다고 하지 않으셨나요?"

차우다리는 미소 지었다. "소비자 심리학은 흥미진진한 분야입니다. 실망감은 끝까지 기억에 남죠. 충성심은 1백만 분의 1초 만에 옮겨갑니다. 자, 라임 씨, 그리고...."

"색스 형사."

"꼭 참석해야 하는 회의가 있습니다. 하지만 그 전에 보안패치에 우리가 보내는 패치를 꼭 설치해야 한다는 메모를 동봉해서 고객에게 보내야겠습니다. 생명이 달린 문제니까요."

"고맙습니다." 색스가 말했다.

"행운을 빕니다. 우리가 도움이 될 수 있다면 알려주십시오."

웹캠이 꺼졌다. 라임과 색스는 수사팀을 다시 불러 모아서 차우다리가 말한 내용을 전했다.

그러나 40이 앞으로 저지를 범행을 어느 정도 방해할 수 있을지는 몰라도, 궁극적으로 그를 추적하는 데는 전혀 도움이 되지 않았다.

라임은 자신과 아처, 휘트모어가 미드웨스트 컨베이언스 사건을 위해 작성한 화이트보드를 돌아보았다. "차트를 합치지, 색스. 우리가 어떤 증거를 갖고 있는지 보자고."

경찰본부 상황실에 있는 40의 화이트보드를 여기까지 옮겨오는 대신, 그녀는 특수반 사무관에게 보드 사진을 찍어서 이메일로 보내달라고 부탁했다. 사진은 몇 초 만에 도착했다.

색스는 범죄 현장의 주요 사항을 화이트보드에 옮겨 적었다. 윌리엄스의 컴퓨터에서 알아낸 것도 덧붙였다. 수사팀은 함께 내용을 검토했다.

라임은 색스가 차트를 바라보면서 오른손 검지와 엄지로 파란 돌이 박힌 반지를 강박적으로 돌리는 것을 보았다. 그녀는 고개를 저으며 중얼거렸다. "톱밥과 광택제, 냅킨에서 나온 DNA와 지문감식 결과는 아직 기다리는 중이에요. 퀸스의 감식반에서 연락이 안 왔어요." 마치 라임의 탓이라는 듯 차가운 시선이 흘끗 그에게 향했다. 쿠퍼를 납치했으니 부분적으로는 사실이었다.

"톱밥 확대사진을 보지." 라임이 말했다.

색스는 감식반 보안 데이터베이스에 접속해서 사건 파일명을 치고 이미지를 불러냈다.

라임은 사진을 훑어보았다. "마호가니 같군. 멜?"

쿠퍼도 빠르게 검토하더니 말했다. "99퍼센트 확실합니다, 네."

"아, 색스. 자네가 맞아. 자네 코밑에서 쿠퍼를 훔친 건 내 죄야." 농담으로 한 말이었지만, 색스는 대답하지 않았다. 라임은 말을 이었다. "목재 연마에 대한 판단도 옳았어. 이건 톱으로 썰 때 나온 입자가 아니야. 섬세한 목재 가공 과정에서 나온 거야." 색스는 이 점도 적었다. 라임은 덧붙였다. "광택제는 모르겠군. 데이터베이스가 없어. 분석관의 결과를 기다려야겠지. 냅킨은 어떻게 된 거지?"

색스는 화이트캐슬 단서에 대해 설명했다. "DNA 검사를 하고 지문을 채취하는 데 왜 이렇게 시간이 걸리는지 알 길이 없어요." 그녀는 전화를 낚아채고 퀸스의 감식반 본부를 불러내서 잠시 통화한 뒤 끊었다.

그녀는 오만상을 찌푸렸다. "잃어버려서 그렇게 오래 걸린 거군요."

"네?" 쿠퍼가 물었다.

"증거물 보관소에서 누가 냅킨을 잃어버렸대요. 엉뚱한 표지를 붙인 것 같아요. 사무관이 찾는 중이랍니다."

어마어마한 탐색전이겠군, 라임은 알고 있었다. 증거물 보관소는 그냥 방 한 칸이 아니라 수십만 개 증거물이 들어 있는 여러 개의 방이었다. 바늘 더미에서 바늘 하나 찾기, 라임은 이런 표현도 들은 적이 있었다.

"젠장, 누가 잃어버렸는지는 몰라도 당장 옷을 벗겨." 그는 내뱉었다.

그는 다시 차트를 훑어보고 새로 적은 항목을 주목했다. 40은 운이 좋거나 아주 조심성이 많았다. 다음 목표물을 탐색하는 동안 뭔가 몸에 묻었다 해도, 증거물을 통해 그가 어디 사는지, 어디서 일하는지 분명한 방향이 나타나지는 않았다. 다음 목표물을 탐색하는 동안 미량증거물이 몸에 묻었는지도 알 수 없었다.

범죄 현장: 151 클린턴 플레이스, 맨해튼, 건설 현장, 북위 40도(나이트클럽)에 인접

- 범행: 살인, 폭행
- 피해자: 토드 윌리엄스, 29, 작가, 블로거, 사회적 주제

- 사인: 둔기로 인한 충격, 둥근머리 망치(브랜드는 알 수 없음)
- 범행동기: 절도
  - 신용/현금카드는 아직 사용되지 않았음.
- 증거물:
  - 지문 없음.
  - 유리조각.
  - 미량증거물:
    #페놀
    #모터오일
- 용의자 프로파일(범인 40호)
  - 체크무늬 재킷(녹색), 브레이브스 야구모자.
  - 백인 남성.
  - 키가 크다(188센티미터에서 193센티미터).
  - 말랐다(60~70킬로그램).
  - 발과 손가락이 길다.
  - 얼굴은 자세히 목격되지 않았다.

범죄 현장: 하이츠 뷰 몰, 브루클린

- 사건과의 연관성: 용의자 체포 시도(성공하지 못했음)
- 피해자: 그렉 프로머, 44, 상가 내 프리티 레이디 슈즈 점원
  - 가게 점원, 패터슨 시스템스 마케팅 부장으로 재직하다 퇴사. 유사하거나 기타 고소득 직장으로 돌아갈 예정이었다는 점을 증명해야 함.
- 사인: 출혈, 내부 장기 손상

- 사망 경위
  - 범인 40이 CIR 데이터와이즈5000 컨트롤러를 해킹해서 원격
    으로 문을 열었다.
  - CIR사 고위진과의 대화.
    # 신호 추적: 각각의 제조사만을 할 수 있다. 어렵다.
    # 범인의 신원을 파악하는 것은 불가능할 것이다.
    # 회사의 보안패치를 설치하면 해킹의 위험을 최소화할 수
      있다. CIR은 꼭 패치를 설치하라는 경고 메시지를 보낼 예
      정이다.
- 증거물
  - DNA, CODIS에 일치하는 신원은 없다.
  - 신원을 확인하기에 충분한 지문은 없다.
  - 범인의 것으로 보이는 족적, 사이즈 13 리복 데일리 쿠션 2.0.
  - 범인에게서 온 것으로 보이는 흙 샘플, 알루미늄규산염 결정
    토 함유: 몬모릴로나이트, 일라이트, 질석, 녹니석, 고령토. 추
    가로 유기 콜로이드. 물질은 부식토로 추정. 브루클린 이 지역
    원산은 아니다.
  - 디나이트로아닐린(염료, 살충제, 폭발물에 사용).
  - 질산암모늄(농약, 폭발물).
    # 클린턴 플레이스 현장의 오일 함유: 폭탄제조 중?
  - 추가로 페놀(폴리카보네이트, 수지와 나일론 등 플라스틱 및 아스
    피린, 방부처리액, 화장품, 내향성 발톱 치료제 제조 공정의 전구물
    질; 범인 40은 발이 크다. 그러므로 발톱 문제?).
  - 활석, 미네랄오일/유동파라핀/광물유, 스테아르산아연, 스테

아르산, 라놀린/라놀린, 세틸알코올, 트리에탄올아민, 피이지 12 라우레이트, 미네랄스피릿, 메틸파라벤, 프로필파라벤, 이산화티타늄.

#메이크업? 브랜드는 알 수 없다. 분석 중

- 금속 파편, 극히 미세, 칼을 가는 과정에서 생긴 것으로 보인다.
- 톱밥, 마호가니. 톱질이 아니라 연마 과정에서 생성.
- 유기염소와 벤조산. 유독성(살충제나 독극물 무기?).
- 아세톤, 에테르, 시클로헥산, 천연고무, 셀룰로스(아마도 광택제).
  # 제조사를 알아내야 함
- 화이트캐슬 냅킨, 범인이 버린 것으로 추정. 추가 증거를 검출하기 위해 재분석 예정.

• 그렉 프로머의 사망에 대한 민사소송 사유
- 과실치사/개인상해에 대한 손해배상 소송.
  # 제조물에 대한 엄격배상책임
  # 부주의
  # 묵시적 보증에 대한 위반
• 피해: 고통 및 피해에 대한 보상, 징벌적 배상
• 피고: 범인 40
• 사고와 관계된 사실관계
- 출입 패널이 열리고, 피해자가 기어 위로 떨어졌다. 40센티미터 정도 열렸다.
- 문의 무게는 19킬로그램, 앞부분의 날카로운 톱니가 사망/부상에 기여했다.
- 문은 빗장으로 잠겨 있었다. 스프링으로 가동. 알 수 없는 이

유로 튀어나와 열렸다.

- 오작동 이유?

개입한 원인 - 범인 40의 데이터와이즈 컨트롤러 해킹

- 수사국이나 뉴욕소방서 보고서 및 기록은 현재 열람할 수 없다
- 오작동한 에스컬레이터에도 현재 접근할 수 없다(수사국에서 격리 중)

범죄 현장: 화이트캐슬 식당, 아스토리아 불바드, 아스토리아, 퀸스

- 사건과의 연관성: 범인은 여기서 정기적으로 식사한다
- 기타 용의자 프로파일 요소
  - 한번에 10~15개의 샌드위치를 먹는다.
  - 쇼핑을 한 뒤 여기서 식사한 적이 적어도 한 번은 있다. 흰 비닐가방을 들고 있었고, 안에는 무언가 묵직한 것이 들어 있었다. 금속?
  - 북쪽으로 꺾어 길을 건넜다(버스/기차역 쪽으로?) 자동차를 소유하거나 운전했다는 증거는 없다.
  - 목격자는 얼굴을 제대로 보지 못했다. 수염은 없는 것으로 추정.
  - 백인, 창백한 피부, 대머리거나 머리를 박박 밀었다.
- 윌리엄스의 살인 당일 즈음 아스토리아 불바드에서 택시 서비스를 이용했다
  - 불법 택시회사 주인으로부터 연락을 기다리는 중.

범죄 현장: 348 리지 스트리트, 맨해튼

- 범행: 방화

- 피해자: 없음
- 사건과의 관련성: 범인 40은 브루클린 하이츠 몰에 설치된 미드 웨스트 컨베이언스 에스컬레이터 출입 패널을 의도적으로 열어서 그렉 프로머의 사망을 초래한 사람과 동일인이다. 토드 윌리엄스를 만나서 에스컬레이터 사고를 일으킨 데이터와이즈5000 스마트 컨트롤러 해킹법을 배움
- 윌리엄스 살해 당일 밤 범인은 그에게서 두 가지 목록을 얻음
  - 컨트롤러가 설치된 모든 제품 데이터베이스.
  - 제품을 구매한 고객.
- 용의자 프로파일 추가 요소:
  - 인류의 수호자라는 이름으로 선언문을 발표. 과잉 소비자중심 주의를 공격하는 국내 테러리즘.
  - 선언문은 추적할 수 없다.
  - 의도적인 문법적 오류. 범인은 지적일 수 있다.
- 증거:
  - 사제 폭발물.
    # 왁스, 저옥탄 가솔린, 면, 플라스틱, 성냥. 양초 폭탄. 구성요소는 추적할 수 없다.

흠, 이게 그녀의 집이군.

빨강머리.

아멜리아 색스, 쇼핑객.

토드 윌리엄스의 사무실 건물에서 불에 타 죽어주지 않은 쇼핑객.

나는 인부 작업복 차림으로 그녀의 브루클린 타운하우스 길 건너편에 있다. 작업복은 커버롤이라 몸 전체를 잘 가려서 주의를 끌지 않는다. 길고 긴 하루가 끝나 가는 참이라 피곤하다(지금은 대체로 연기를 하는 중이지만, 피로는 진짜다). 한 손에 커피, 다른 손에 휴대전화를 들고 메시지를 읽는 척하고 있지만, 사실 소비자중심주의에 대항하는 내 장광설이 언론에 얼마나 잘 먹혔는지 확인하는 중이다. 아니, '좋아요'를 누른 사람도 있다!

빨강머리의 타운하우스를 찬찬히 관찰한다. 쇼핑객. 그래, 그녀는 쇼핑객이고 그렇기 때문에 고통을 받을 것이지만, 내 기분도 많이 누그러졌고(화이트캐슬 냉동식품도 그리 나쁘지 않다) 관찰한 결과 빨강머리는 사디스트 부류는 아니다. 가슴이 있는 쇼핑객이다. 데이트를 청하면 면전에서 비웃으며 '말라깽이'니 '뼈다귀'니 놀리지 않을 여자. 그냥 얼굴만 붉히고 예쁜 얼굴에 예쁜 미소를 띠겠지. "미안하지만, 선약이 있어요."

가슴이 있는 쇼핑객....

그러니 빨강머리의 인생을 파괴할 때 아마도 애석한 기분이 들 것이다. 그러나 이것은 지나치는 상념일 뿐, 나는 다시 해야 할 임무에 몰두한다.

좋은 집이다. 구식 브루클린 스타일. 고전적이다. 아멜리아 색스. 독일 이름이겠지. 독일인 같은 외모는 아니지만, 사실 생각해 보니 난 독일인이 어떻게 생겼는지 모른다. 그냥 땋은 금발머리, 파란 아리아계 눈동자는 아니다.

그녀를 어떻게 할지 한참 고민했다. 빨강머리는 데이터와이즈 5000 컨트롤러가 들어 있는 제품을 사용하지 않는다. 최소한 내가 찾을 수 있는 정보는 없다. 뼈가 부서지기 전 토드가 유용하게도 구해준 마법의 목록 안에 그녀는 없다. 물론 대중의 손에 일단 들어간 제품은 대양에 뜬 코르크처럼 넘실거리다 누군가의 부엌이나 차고, 거실에 밀려 올라가게 될 수도 있다. 그러나 토드가 알려준 대로 빨강머리의 집 주변에서 신호를 확인했을 때 몇몇 외로운 소형 장치들이 네트워크에 접속하고 싶다고 보내는 무선 신호는 감지됐지만, 그중 빨강머리를 부러진 뼈 무더기나 불에 탄 살점으로 만드는 것을 도울 수 있는 신호는 없었다.

진짜 마시는 것은 아니지만 커피를 마시며, 진짜 들여다보는 것은 아니지만 휴대전화를 들여다본다... 보는 척한다. 나는 주변에 동화되는 중이다―나는 하루 일을 마치고 집으로 가는 차를 기다리는 초조한 인부다.

하지만 나는 전혀 초조하지 않다.

나는 돌처럼 참을성이 있다.

보람이 있다. 겨우 30분 뒤 뭔가 재미있는 것이 눈에 띈다.

빨강머리 문제를 해결하게 해줄 퍼즐의 마지막 조각이 손에 들어왔다.

좋아, 나는 커피를 다 마시고 구겨진 컵을 주머니에 넣으며 생각한다(이것도 상가에서 얻은 교훈이다!). 이제 갈 시간이다. 할 일이 있다.

23

론 풀라스키는 리치 술집 정문을 나섰다. 기분이 좋고, 약간 어지러웠다.

그는 남쪽으로 꺾어 고개를 숙이고 빠른 걸음으로 계속 걸었다.

왼쪽 앞주머니 안에는 극히 작은 물건이 들어 있었지만, 마치 금붙이 5킬로그램처럼 느껴졌다. 그는 자연스럽게 손을 주머니에 넣고 물건을 만지며 마음의 위안을 얻었다. 감사합니다, 하느님.

그리고 고마워. 그는 방금 맥주를 같이 마신 남자에게도 속으로 생각했다. 알포(풀라스키는 개 사료 별명이 별로 마음에 들지 않았다. 범죄자들도 존중받을 가치가 있다). 그가 풀라스키에게 필요한 물건을 구해주었다. 아, 그럼.

그는....

"실례합니다. 거기 서주시겠습니까. 주머니에서 손을 빼주십시오."

얼굴이 화끈거리고 심장이 쿵쿵거렸다. 풀라스키는 우뚝 멈췄다. 강도가 아니라는 것은 알고 있었다. 그러나 또한 무슨 일이 벌어지고 있는지 알고 있었다. 말투, 사용하는 단어. 돌아보니 청바지와 재킷을 입은 덩치 큰 남자 둘이 서 있었다. 사복 차림이었지만, 누구인지도 곧장 알 수 있었다—이름이 아니라 직업. 기동대원, 잠입작전 중이다. 풀라스키는 은 체인에서 대롱거리는 금배지를 바라보았다.

젠장....

그는 두 손바닥을 계속 펼친 채로 천천히 손을 뺐다. 위협적으로 보이지 않는 동작. 그는 요령을 알고 있었다. 저쪽 입장에서 수백 번도 더 겪은 상황이었다.

풀라스키는 말했다. "나는 뉴욕시경 특수반 소속 경찰입니다. 발목 총집에 권총이 있고, 내 배지는 재킷 안주머니에 있습니다." 자신감 있게 들리도록 애썼다. 그러나 그의 목소리는 불안정했다. 심장이 고동쳤다.

그들은 얼굴을 찌푸렸다. "좋습니다." 덩치가 더 큰 대머리가 앞으로 나섰다. 그의 파트너는 무기 가까이 손을 유지하고 있었다. 대머리. "모두 안전하도록 하기 위한 조치입니다. 이제 돌아서서 두 손을 벽에 대주십시오."

"알겠습니다." 입씨름은 소용없다. 속이 메슥거렸다. 심호흡을 했다. 규칙적으로 쉬자. 그는 그렇게 했다. 그럭저럭.

경찰들은—태스크포스 같은 냄새가 났다—총과 배지를 빼앗았다. 돌려주지 않았다. 지갑도 가져갔다. 지갑만은 돌려달라고 하고 싶었지만, 풀라스키는 참았다.

"좋습니다. 돌아서세요." 다른 경찰이었다—비죽비죽한 금발머리.

그는 지갑을 넘겨보고 있었다. 그리고 지갑과 총, 배지를 왼손으로 몰아 쥐었다.

두 경찰은 주위를 둘러보더니 풀라스키를 이끌고 보도에서 보이지 않는 어느 문간으로 향했다. 아. 리치 술집을 감시하고 있었구나. 아마 알폰스의 접선책이 나타나기를 기다리고 있었을 것이다. 지금 그 자의 눈에 띄어 작전 전부를 망치고 싶지 않은 것 같았다.

대머리는 마이크에 대고 말했다. "경사, 잡아들였어. 문제는 이 친구 경찰이야. 특수반 소속... 알아... 내가 알아보지." 그는 고개를 젖혔다. "풀라스키? 여기서 작전 중인가? 특수반은 항상 우리 마약단속팀과 작전 조율을 하는데. 그래서 혼란스럽군."

"작전은 아니야."

"뭘 샀지?" 대머리는 말하는 역할을 좋아하는 것 같았다. 그들은 가까웠다. 입에서 피자 냄새가 났다. 마늘과 오레가노. 그는 풀라스키의 주머니를 쳐다보았다.

"아무것도."

"이봐, 비디오로 다 찍었어, 전부 다."

젠장. 길 건너 배관 트럭이다. 위장술은 알아줘야 한다. 근처에는 배관용품 가게가 10여 곳 있었다. 목재상 트럭, 타코 트럭, 환기시스템 트럭... 이런 건 이상하게 보일 것이다. 하지만 배관트럭은 아무렇지도 않다.

"당신이 생각하는 그런 건 아니야."

"아니, 우리가 생각하는 그거야, 풀라스키. 우리가 할 수 있는 일은 없어. 전부 다 테이프에 녹화돼 있고, 이건 증거로 기록해야 한다고." 그는 동료 경찰을 마약거래로 잡아넣게 된 것이 개인적으로 불편한 것 같았다. 그러나 불편하다고 해서 눈감을 수 있는 것은 아니다. 두 사람 다 마찬가지였다. 단지 금발머리는 자기 파트너보다 상황을 약간 덜 즐기는 것 같았다.

"어쩔 수 없어, 풀라스키. 방금 산 건 우리한테 넘겨야 해. 경범죄로 넘어갈 정도의 양이라면 큰 문제없어. 판사나 경찰노동조합과 상의하면 방법이 있을 거야."

그들은 풀라스키도 일종의 함정수사를 벌이고 있는지도 모른다고 생각하는 것 같았다─감시가 있다는 것을 알면서 일부러 마약거래를 해서 대머리와 금발머리가 경찰의 의리로 그냥 눈감아주는지 보려는 것이다. 그랬다가는 내사과가 덮쳐서 두 사람을 잡아간다. 그러니 지금은 다른 마약거래자와 똑같이 대해야 한다.

"난 마약 거래를 한 게 아니야."

침묵이 흘렀다.

"몸수색을 해봐."

두 사람은 시선을 교환했다. 금발머리가 수색을 했다. 철저했다. 그들은 자기 업무를 잘 알고 있었다.

그런 뒤 대머리는 마이크에 대고 말했다. "경사, 아무것도 없다." 그는 무전을 끊고 소리쳤다. "도대체 무슨 일이 벌어지고 있는 거야, 풀라스키?"

"저거." 풀라스키는 금발머리가 주머니에서 꺼낸 종이뭉치를 턱으로 가리켰다. 그는 작은 종이쪽지를 펼쳐 그에게 다시 건넸다.

"이게 뭐지?"

"개인적으로 지난달에 돈 문제가 좀 있었어. 2천 달러 정도 필요했지. 누가 알포를 소개해 주더군. 알포가 날 돈놀이하는 사람과 엮어줬고. 오늘 마지막 금액을 다 갚았어. 그가 증서를 돌려준 거야."

경찰은 차용증서를 바라보았다.

어마어마한 이자율로 돈을 빌리는 것은 돈세탁 거래가 아닌 이상 불법은 아니다―하지만 경찰이 그렇게 할 경우 아마 조직 내 규율을 어기는 일이 될 것이다.

대머리는 마이크에 대고 말했다. "마약 거래가 아니다, 경사. 돈놀이야. 돈을 다 지불하고 차용증서를 돌려받았다.... 그래... 그러지."

"이건 진짜 멍청한 짓이야, 경관."

"그래? 암에 걸려서 다리를 잃게 됐는데 의료보험이 없는 친구를 위해서 돈 얼마 빌리는 게 어째서 멍청한 짓이지?" 두려움이 분노로 바뀌었다. 풀라스키는 뭔가 꾸며내야 한다면 아주 충격적인 이야기가 좋겠다고 생각했다.

이 말에 두 사람은 약간 물러서는 것 같았다. 하지만 대머리는 오래 기가 죽지 않았다. "자네가 여기서 중요한 작전을 망칠 수도 있었어. 방금 자네가 만난 친구, 알포는 여기서 도미니카 공화국 갱단 고위 조직원을 만나기로 돼 있었어. 그가 도착했는데 자네가 경찰이라는 낌새를 챘다면, 무슨 일이 벌어질지 어떻게 아나? 그가 저격수를 데려올 수도 있었어."

풀라스키는 어깨를 으쓱했다.

"알포가 도미니카 사람에 대해 무슨 말한 것 없나?"

"아니. 스포츠 이야기, 20퍼센트 이율로 돈을 빌리면 자칫하다 망한다, 뭐 그런 이야기만 했어. 내 총과 배지 줘. 지갑도."

풀라스키는 물건을 받아든 뒤 무릎을 꿇고 총집에 무기를 넣었다. 작은 권총 주위에 끈을 감고 일어섰다. "다른 용건은?" 대답은 없었다. 풀라스키는 잠시 상대를 응시하다가 아무 말 없이 돌아서서 멀어졌다.

몇 분 전에 심장이 쿵쿵거렸다면, 지금 이 순간은 기관총 같았다.

세상에, 세상에, 세상에. 이 운 좋은 놈 같으니. 그는 생각했다. 하지만 모두가 그저 행운은 아니다. 그는 미리 계획을 짰다. 알포가 아까 그에게 연락해서 새로운 옥시 종류를 구해줄 수 있는 오덴과 만나게 해주겠다고 했다. "캐치라고 했나? 이름이 뭐든지." 리치 술집에서 만나자, 정보의 대가로 2천 달러를 지불하라는 것이었다.

그러나 다운타운 방화 현장에서 확보한 컴퓨터를 제출하고 경찰 본부를 나서면서, 풀라스키는 두려움에 사로잡히기 시작했다. 친구나 동료 경찰이 그가 알포와 이야기하는 장면을 보았다면? 그와 만나는 핑계를 만들어야 했다. 한 번은 마약을 샀지만, 두 번은 안 된다.

무슨 이유에서인지 차용증서라는 아이디어가 머릿속에 떠올랐다. 나쁘지 않았다. 그는 가짜 증서를 만들었다. 알포가 그에게 오덴에 대한 정보를 줬을 때, 그는 그 정보를 차용증서가 들어 있는 주머니에 같이 집어넣었다. 물론 감식은 통과하지 못할 것이다—종이에 그의 지문 외에 다른 지문은 없다—필적 감정은 말할 것도 없고. 그러나 마약단속 경찰들은 그에게 큰 관심이 없을 것이다. 그저 얼른 다시 피자나 먹으면서 도미니카 공화국 거물 갱을 기다리고 싶을 것이다.

그는 알포가 건네준 쪽지를 꺼내 훑어보고 주소와 다른 정보를 암기했다. 눈을 감고 10여 번 암송했다. 그런 뒤 종이는 하수구에 내던졌다.

늦은 시각이었다. 링컨과 아멜리아는 그가 어디 있는지 궁금해 할 것이다. 윌리엄스의 컴퓨터에서 40에 대한 단서가 나왔는지 그도 궁금했다. 그러나 휴대전화를 확인하니 아무도 연락한 적은 없었다. 그는 아멜리아에게 집으로 돌아간다—구티에레스 건이 예상보다 시간을 더 많이 잡아먹었다—하지만 필요한 게 있으면 전화하라고 메시지를 보냈다.

화가 났을까? 그렇겠지. 하지만 그가 할 수 있는 일은 없었다.

택시를 잡을 생각이었지만, 방금 얼마나 큰 개인 돈을 알포에게 건네줬는지 떠올랐고 속이 쓰렸다. 전철을 타야겠다. 그는 아내와 아이들이 있는 집을 향해 복잡한 경로를 여행하기 위해 브로드웨이 정선까지 걸어 돌아갔다. 지저분하고, 오염된 듯한 기분이 들었다. 가족의 미소 띤 부드러운 얼굴을 본다 해도 마음의 평화를 찾기는 힘들 것이다.

아멜리아 색스는 토리노를 길가에 세우고 시동을 껐다. 잠시 앉아서 메시지를 읽었다. 그녀는 휴대전화를 집어넣었지만, 차에서 내리지는 않았다.

라임의 집을 나선 그녀에게는 두 가지 임무가 있었다. 첫째는 대형 지역신문 기자를 만나 인류의 수호자 기사 후속보도를 위한 정보를 주는 일이었다. 후속 기사에는 스마트 컨트롤러가 들어 있는 제품 목록이 들어가야 한다—물론 온라인 판에만 해당되는 이야기였다. 목록은 매우 길었다. 제조사는 보안을 향상시키는 패치 설치를 꺼리거나 게으름을 피운다는, 차우다리가 했던 말도 설명했다. CEO가 다시 연락하겠다고 했지만, 이런 기사가 나가면 보안패치 업데이트를 설치하라는 여론이 형성될 것이다.

기자는 정보에 감사했고, 아직 경찰본부 고위급의 허가를 받은 조치가 아니었기 때문에 제보는 익명으로 처리하기로 동의했다. 그는 추가 자료조사를 해서 기사를 쓰고 있을 것이다.

그런 뒤 색스는 경찰본부에 잠시 들렀다가 두 번째 임무를 위해 지금 여기 와 있었다─리틀 이태리, 북쪽은 힙스터, 남쪽은 중국음식점 및 선물가게가 완전히 장악한 작은 동네였다. 그녀는 차에서 내려 서류가방을 들고 남쪽으로 걸었다. 전방의 커피숍 창문 안에서 남자의 윤곽을 확인하고, 그녀는 걸음을 늦춰 그 자리에 멈췄다.

오랫동안 이 자리에 있었던 커피숍이었다. 1940년대 영화에서 곧장 빠져나온 것 같은 전통적인 에스프레소와 패스트리 가게. 이름은 안토니오스였다(그 이름을 지닌 주인은 지금껏 단 한 사람이었다. 가족, 혹은 간판을 그린 사람은 굳이 따옴표를 쓰지 않았다). 색스는 그리니치빌리지 남쪽 중심부에서 체인점 카페인 가게를 상대로 저항하며 살아남은 다른 서너 군데의 비스트로보다 이곳을 더 좋아했다.

문을 밀고 안으로 들어서니 문짝에 달린 종이 유쾌하게 딸랑거렸고, 풍성한 커피, 계피, 너트메그, 이스트향이 몰려왔다.

색스의 시선은 아이패드를 넘기고 있는 닉 카렐리에게 계속 향해 있었다.

잠시 그 자리에 서 있던 그녀는 다가가서 말했다. "안녕."

"안녕." 그는 일어서서 그녀의 눈을 가만히 들여다보았다. 포옹은 없었다.

그녀는 앉으며 서류가방을 무릎에 얹었다. 취조당하는 용의자들이 팔짱을 끼듯 방어적인 자세였다.

"뭐 먹을래?" 닉이 물었다.

그는 블랙커피를 마시고 있었다. 닉과 그녀가 동시에 비번이던 추운 일요일 아침 기억이 떠올랐다. 그녀는 파자마 윗도리, 그는 짝이 맞는 아랫도리 차림이었고, 그녀가 콘 필터에 끓는 물을 부어 커피 두 잔을 만들었다. 셀로판지 구기는 소리. 그녀는 자기 커피를 곧바로 마셨지만, 그는 자기 컵을 냉장고에 몇 분 넣어 놓았다. 그는 미지근한 음료를 좋아했고, 절대 뜨겁게 마시지 않았다.

"됐어. 시간 별로 없어."

실망한 표정인가? 그런 것 같았다.

"신기술이야." 그는 미소 지으며 아이패드를 가리켰다.

"많은 게 변했어."

"난 불리해. 이런 걸 익히려면 열세 살로 돌아가야 하는 거 아니냐고."

"그 나이가 한계지." 색스는 말했다. 이번에도 닉이 좋아 보인다는 생각을 하지 않을 수 없었다. 저번에 만났을 때보다 더 보기 좋았다. 덜 수척해 보였다. 구부정한 자세도 사라지고 허리가 꼿꼿했다. 머리도 잘랐다. 지나치게 말랐던 젊은 시절보다 오히려 지금이 더 나았다. 검은머리 여기저기 희끗거리는 머리도 나쁘지 않았다. 교도소에서 보낸 세월은 소년처럼 반짝이는 눈빛을 퇴색시키지 못한 것 같았다. 장난꾸러기 한 부분은 영원히 그 안에 남아 있었다. 색스는 당시 그가 트럭 탈취를 사정없이 기획하고 실행했다기보다 잘못된 부류와 어울리다가 뒷일은 고려하지 않고 제 딴에는 과감한 모험을 시도한다고 생각했을 거라고 믿었었다.

"자, 여기 있어." 그녀는 서류가방을 열고 종이 8백 장이 든 두꺼운 폴더 세 개를 건네주었다. 그의 사건에 대한 서류와 관련 수사자료였다. 오래전 그녀도 훑어보았다—원해서 본 게 아니라 그러지 않을 수 없어서였다. 그리고 당시 뉴욕시에는 비슷한 차량강도 조직 대여섯 개가 활동하고 있다는 사실을 알게 되었다. 닉의 체포는 3개월간 일곱 건 중의 하나였다. 몇몇 다른 범인들도 경찰이었다. 닉이 유일한 차량강도였다면—특히 유죄인정 거래를 하려는 범인—파일은 훨씬 분량이 적었을 것이다. 그는 폴더 하나를 빠르게 넘겨보더니 미소 짓고 색스의 팔을 두드렸다.

팔이 뻣뻣한 것을 느낀 모양이었다. 그녀가 외면하는 것도 분명 보았다. 닉은 그녀의 소매에서 손을 뗐다.

그녀는 말했다. "조심해, 닉. 전과가 있는 사람과 어울리면 안 돼. 당신 가석방 담당관이 그렇게 말했어."

"날 도울 수 있는 사람이 있는데 그 사람에게 위험 요소가 조금이라도 있다면, 혹은 범죄조직에 연루된 것처럼 보이면, 다른 사람을 통해서 접촉할게. 친구를 통해서. 약속해."

"꼭 그렇게 해."

그녀는 일어섰다.

"간단하게 저녁 먹을 시간도 없어?"

"집에 어머니가 기다리고 있어."

"어머니는 어떠셔?"

"수술을 감당할 정도는 충분해."

"어떻게 고맙다는 말을 해야 할지 모르겠어, 아멜리아."

"당신이 무죄라는 걸 증명해. 그게 방법이야."

24

경찰 업무는 대부분 서류작업이었다, 닉 카렐리는 알고 있었다.

범인을 검거하고 싶지만, 그에 따르는 온갖 서식, 메모, 삼중, 사중, 오중 복사 때문에 진절머리가 나기도 한다.

그러나 좋은 소식은 그의 사건을 맡은 내사과 경찰들과 금배지들이 일을 꼼꼼하게 잘해둔 덕택에 넘겨볼 서류가 넘쳐난다는 사실이었다. 아마 그들이 부패 경찰을 검거했다고 생각했기 때문에, 부패경찰이야말로 최고의 범인이기 때문이었을 것이다. 잘못을 저지른 경찰을 검거하면, 세상이 내 것이다. 언론, 승진, 대중의 칭찬.

그는 자기 아파트에 있었다. 이사 들어온 뒤 다리에 종이를 접어 괴어야겠다고 생각했던 탁자에 앉아서, 닉은 아멜리아가 가져다준 산더미 같은 서류를 훑어보았다. 구원의 열쇠를 찾아서.

그는 미지근한 블랙커피를 마셨다. 뜨겁지도, 얼음을 넣지도 않은 커피였다. 이유는 알 수 없었지만, 이것이 언제나 그가 커피를 마시던 방식이었다. 아멜리아와 같이 지내던 때가 떠올랐다. 그녀는 언제나 구식 드립으로 커피를 콘 필터에 내렸다—큐릭 커피머신 이전 시기였다. 가장 소중한 기억 중 하나는 얼어붙을 듯 추운 한겨울 아침 보기 흉한 줄무늬 베이지색 파자마를 나눠 입었던 추억이었다. 그녀의 발톱에는 파란 매니큐어가 칠해져 있었다. 그의 발톱은 추위로 시퍼랬다.

닉은 에이미—아니, 아멜리아—가 가져다준 서류를 들여다보며 벌써 폴저스 커피를 몇 잔째 마시고 있었다. 그는 고개를 갸우뚱하며 숨을 들이쉬었다. 그래, 확실하다. 어디지? 그는 파일 폴더 하나를 집어 들었다. 분명 아멜리아가 쥐고 있던 부분이었다. 그녀는 향수를 좋아하지 않았다. 그러나 계속 같은 로션과 샴푸를 사용하는 습관이 있어서 그 화장품 냄새를 독특한 체취로 풍기고 다녔다. 지금 나는 냄새가 바로 그것이었다. 핸드크림, 겔랑, 맞을 것이다. 브랜드 이름까지 떠오르는 것이 신기했다.

그는 몇몇 다른 기억들을 힘겹게 떨치고 다시 서류에 몰입했다. 한 페이지, 두 페이지.

한 시간이 느릿느릿 흘러갔다. 다시 한 시간. 머리가 멍했다. 그는 밤늦게 다시 보기로 결정했다. 5분만 더 보자.

그러나 그렇게 필사적으로 찾아 헤매던 내용을 찾는 데는 겨우 2분밖에 걸리지 않았다.

하느님. 이런 세상에!

지금 읽고 있는 서류는 차량 강도에 경찰이 개입한 범행에 대해 대규모로 이루어진 수사기록 중 하나였다. 그가 교도소에 수감되고 거의 일 년이 지난 뒤의 기록이었다. 한 형사가 손으로 쓴 메모의 복사본이었고, 필체는 아주 읽기 힘들었다―연필로 쓴 것 같았다.

2/23. 인터 앨버트 콘스탄토. 경찰 수사 44-3452: 테이크백 작전 탈취에는 관여하지 않았지만 마약전과가 있다. 한 건 취하, 가벼운 죄목을 적용... 말하는 것을 귀동냥으로 들었다.... 플래니건 술집에 상품 탈취의 핵심인물, 언제나 배후에, 몇 겹으로 보호. BK의 '모든 것'을 안다, 백인 남성, 50대, 이름은 J로 시작, 결혼 낸시, 'J'가 열쇠 콘스탄토가 말했다.

그가 열쇠고 말고, 닉 카렐리는 생각했다. 최소한 내 임무에는. 플래니건은 조직범죄 활동이 이루어지는 지하 집회장소 중 하나였다. BK―브루클린―에서 활동하고 연줄과 '낸시'라는 이름의 아내가 있는 이 수수께끼의 '제이'라는 인물은 당시 차량 강도 범죄판에서 활동하던 인물들을 잘 알 것이다. 그가 닉을 직접적으로 도울 수 없다면, 아마 도움이 될 만한 다른 사람을 알고 있겠지. 그는 읽기 더 편하도록 쪽지를 베껴 적은 사본이 있나 남은 페이지를 넘겨보았지만, 없었다. 도움이 되는 내용은 더 이상 없었다. 'J'라는 인물과 아내 낸시를 추적한 후속 수사도 없었다.
그러다 그는 그 이유를 알았다.
'테이크 백' 작전의 종료를 알리는 뉴욕시경 공지사항이 있었다. 경찰서장은 차량 강도와 부패 경찰 개입이 크게 감소한 데 대해 경찰들을 칭찬했다. 많은 차량 강도와 경찰 협력자가 교도소에 들어갔다. 기소할 수 없었던 용의자들도 더 이상 확보하지 않는다. 진짜 해답은 반테러 및 마약 태스크포스 결성을 알리는 몇몇 다른 공지에서 분명하게 드러났다. 언제나 그렇듯 뉴욕시경 내 자원에는 한계가 있고, 텔레비전 탈취 사건은 유대인 교회당과 타임스퀘어를 노리는 웨스트체스터의 알카에다 꿈나무에 비하면 중대성 차원에서 그리 높이 평가되지 않는다.

음, 좋은 소식이었다. J와 낸시가 아직 자유로운 몸이고 그를 도울 수 있을 가능성이 높기 때문이었다.

곧장 전화를 집어 들고 아멜리아에게 연락해서 그녀의 노력이—그를 믿어준 것—보람이 있었다고 말해주자는 충동이 일었다. 그러나 닉은 그러지 않기로 했다. 아까 그가 전화했을 때 그녀는 전화를 받지 않았다. 지금도 받지 않을 거라는 느낌이 들었다. 어쨌든 좀 더 구체적인 내용을 확보했을 때 그녀에게 알리고 싶었고, 아직 이 J라는 인물을 추적해서 도와달라고 설득하는 일이 남아 있었다. 그리고 닉에게는 길거리 신용이 별로 없었다. 전직 경찰이자 전과자. 경찰 쪽이든 어둠의 세계든 양쪽 다 별로 돕고 싶다는 마음을 불러일으키지 않는 전적이었다.

게다가 아멜리아와 이야기하면 이런 감정들이 고삐 풀려 날뛴다. 이건 좋은 생각이 아니다. 아니, 어쩌면?

그는 그녀를 다시 떠올렸다. 긴 빨강머리, 얼굴, 도톰한 입술. 그가 교도소에 있는 동안 그녀는 조금도 나이 들지 않은 것 같았다. 시계 라디오 소리에 그녀 옆에서 잠을 깨던 기억이 떠올랐다. '10-10 윈스 라디오입니다. 22분을 주세요, 세상을 드립니다.'

나중에 생각하자, 그는 자신에게 퉁명스럽게 말했다. 정신 차려. 할 일이 있잖아.

25

그들의 첫 중요한 말다툼.

사소한 일 때문에. 그러나 범인이 살인을 한 번 더 저지르느냐 영원히 못하느냐의 차이는 아주 작은 일이 가를 수 있다는 것이 법과학 업무의 핵심이다.

"이건 당신 데이터베이스예요." 줄리엣 아처가 라임에게 말하고 있었다. "당신이 구축했지요." 일종의 인정. 그러나 그녀는 덧붙였다. "물론 꽤 오래전이었지요?"

그들은 거실에 있었다. 같이 있는 사람은 멜 쿠퍼뿐이었다. 풀라스키는 집에 있었고, 색스도 어머니와 같이 집에 있었다.

쿠퍼는 드라이 마커를 든 채 마치 꽃에 벌이 내려앉듯 결론이 나기를 기다리며 한없이 참을성 있는 얼굴로 라임과 아처를 차례로 보았다. 아직까지는 날갯짓뿐이었다.

라임이 대꾸했다. "지질학적 시대변화는 내 경험에 미루어볼 때 상당히 느리게 일어나. 수백만 년 단위지." 아처의 주장에 대한 미묘하지만 신랄한 공격이었다.

색스가 이전 범죄 현장에서 발견한 부식토―분해된 토양―에 관련된 간단한 문제였다. 부식토의 성분으로 미루어 볼 때 원산지는 퀸스이고, 비료와 제초제가 대량 함유된 것으로 보아(그 역시 폭탄이나 인간에게 쓰는 독일 가능성은 낮다고 보았다) 컨트리클럽이나 리조트, 맨션, 골프장 등 멋진 정원이 중요한 곳이라는 것이 라임의 생각이었다.

라임의 토양 데이터베이스를 참고할 때 색스가 발견한 흙이 원래 있던 지역은 퀸스 동쪽 내소 카운티 경계선 근처로 보였지만, 아처는 퀸스로 한정하는 것이 너무 제한적이라고 생각했다.

그녀는 자신의 논리를 설명했다. "흙이 '원래' 퀸스에서 오긴 했겠죠. 하지만 거기 얼마나 많은 정원 사업, 조경 사업이 있나요? 수천 톤은 될 거예요."

"수천 톤?" 부정확한 단어 선택을 조롱하는 말투였다.

"많다는 뜻입니다." 아처는 정정했다. "웨스트체스터의 어느 리조트로 실려갔다가 제초제와 비료가 묻었을 수 있어요. 혹은 스태튼 아일랜드의 어느 골프장에 더트 트랩을 만들려고 흙을 실어갔다거나...."

라임이 말했다. "골프코스에 그런 게 있을 것 같지는 않아. 더트 트랩."

"뭐가 있든, 골프장은 조경 물품과 흙을 퀸스에서 주문해서 뉴저지, 코네티컷, 브롱크스로 실어 날라요." 그녀는 대답했다. "범인은 버건 카운티에서 살거나 일하면서 미량증거물을 묻혀다가 현장에 남겼을 수도 있어요. 거기 고급 컨트리클럽에서 목공 일을 할 수도 있다구요."

"그럴 수도 있지. 하지만 이건 가능성 놀음이야." 라임은 설명했다. "범인이 부식토를 퀸스에서 묻혀왔을 확률이 더 높다고."

아처는 물러서지 않았다. "링컨, 역학에서 전염성 질병을 추적하는 의학적 조사를 할 때, 최악은 성급하게 결론을 내리는 거예요. 근시 연구 알고 있어요?"

먼 곳을 못 보는 상태가 도대체 여기서 왜 나오지? 라임은 생각했다. "몰라." 그의 시력은 싱글몰트 위스키 병에 정확히 초점이 맞았지만, 유감스럽게도 팔은 가닿지 않았다.

아처는 말을 이었다. "몇 년 전 의사들은 밤에 불을 켜놓고 잔 아이들은 근시가 될 가능성이 높다는 사실을 알아냈어요. 그래서 아동의 수면습관을 교정하는 프로그램을 개발하고, 방의 조명을 바꾸고, 아이들이 어둠을 두려워하면 상담도 진행했어요. 근시를 줄이기 위해 많은 돈을 썼죠."

"한데?"

"처음부터 인과관계가 연구자들의 머릿속에 박혀 있었던 거예요. 불을 켜면 근시가 된다."

성급한 성미에도 불구하고 이야기는 흥미로웠다. "한데 그렇지 않았군."

"아니었어요. 근시는 유전이에요. 심각한 근시가 있는 부모들은 자기 시력 문제 대문에 일반적인 시력을 가진 부모들보다 아이들 방에 불을 켜두는 경우가 많았던 거죠. 불을 켜둔 것이 근시를 유발한 게 아니라. 근시에서 불을 켜두는 행위가 유발된 거예요. 이 인과관계 오류는 연구를 몇 년이나 후퇴시켰어요. 내 말은, 우리 사건의 경우, 범인이 퀸스에 관련이 있다고 우리가 확신하고 있으면 다른 가능성을 더 이상 보지 않는다는 거예요. 한번 머릿속에 박힌 생각을 몰아내는 게 얼마나 힘든지 알아요?"

"파헬벨의 캐논처럼? 나는 그 음악 정말 싫어."

"전 좋던데요."

라임은 단호하게 말했다. "그가 퀸스에 관련이 있다는 건 사실이야. 화이트캐슬 버거, 그가 거기서 사용한 택시 서비스. 아마 다른 가게도 드나들 거야. 비닐가방, 기억 안 나나?"

"거긴 퀸스 서부잖아요. 이스트강 옆. 해당 토양과 비료가 나오는 곳은 거기서 몇 마일이나 동쪽으로 떨어져 있어요. 아니, 내 말은 퀸스를 무시하라는 게 아니라 방점을 그렇게 강하게 찍지 말라는 거예요."

라임은 그런 부사를 들어본 적도 없었다.

아처는 끈질겼다. "퀸스에서 조경 물품을 조달하는 뉴욕 시내 다른 지역도 찾아보자고요. 그뿐이에요. 범인은 브롱크스나 뉴저지 뉴어크에서 흙을 묻혔을 수도 있어요."

"몬태나도 가능하지." 라임은 스스로 썩 좋아하는 차갑고 냉소적인 말투로 중얼거렸다. "경찰 열두 명 한 조로 해서 정원용 석상을 사려고 동부 퀸스의 조경회사에 찾아간 사람이 있는지 몬태나주 헬레나에서 탐문하는 건 어떨까."

마침내 인내심이 바닥난 멜 쿠퍼는 마커를 휘두르며 물었다. "보드에 뭐라고 적을까요?"

라임이 말했다. "흙은 퀸스에서 나온 건데, 범인은 몬태나에서 묻혀 왔다고 적어.

아니, 알파벳순으로 하지. 앨라배마, 알래스카, 애리조나, 아칸소...."

"링컨, 늦었습니다." 쿠퍼가 말했다.

그는 아처에게 물었다. "퀸스에 물음표 정도 붙이면 만족하겠나?"

"물음표 두 개요." 아처는 받아쳤다.

말도 안 된다. 이 여자는 물러서는 일이 없나? "좋아. 빌어먹을 물음표 두 개."

쿠퍼가 적었다.

라임이 말했다. "'잘 가꾼 정원'이라는 표현도 잊지 마." 그는 아처를 돌아보았고, 아처는 반대 의사가 없는 것 같았다.

사실 라임은 이 상황을 즐기고 있었다. 토론은 현장감식 업무의 심장이자 영혼이다. 그와 색스는 언제나 이런 토론을 벌이곤 했다.

톰이 문간에 나타났다. "링컨."

"아, 그 말투 알지. 자네도 익숙해지는 게 좋을 거야, 줄리엣. 철권 통치의 간병인. 이 닦고 소변 보고 얼른 자러 가야지."

"오늘 너무 오래 일어나 계셨습니다." 톰이 말했다. "혈압도 요즘 계속 높았어요."

"자네가 하도 혈압을 재라고 보채는 탓에 높아진 거야."

"이유가 뭐든." 조수는 속 터지는 쾌활한 음성으로 대답했다. "그렇게 높으면 감당이 안 됩니다. 안 그렇습니까?"

사실, 맞다. 감당할 수 없었다. 사지마비 환자의 육체적 조건은 자칫 생명을 위협하는 여러 질병으로 이어질 수 있다. 욕창으로 인한 패혈증, 혈전, 그리고 최고 중의 최고, 자율신경반사부전. 사소한 자극조차—방광이 가득 찼다든지—제때 해소하지 않으면, 뇌가 그 사실을 인지하지 못하기 때문에 신체가 통제하려는 과정에서 다양한 변화가 일어난다. 보통 심장박동이 느려지고, 이에 대한 보상으로 혈압이 올라간다. 이런 상태는 뇌졸중과 사망으로 이어질 수 있다.

"좋아." 라임은 항복했다. 더 오래 싸울 수도 있었지만, 아처를 위해 합리적인 역할 모델이 되어야 한다는 생각이 들었다. 그녀 역시 자율신경반사부전의 위험을 안고 있을 것이고 그 위험을 진지하게 인식해야 한다.

"동생이 곧 올 거예요." 그녀는 말했다. "내일 뵙죠." 그녀는 휠체어를 몰고 현관으로 나갔다.

"그래, 그래, 그래." 라임은 증거물 차트를 응시하며 중얼거렸다. 생각했다. 단서들은 무엇을 말하고 있는가—너의 다음 목표는 어디지, 범인 40? 네가 사는 곳은 어디야?

몬태나, 앨라배마, 웨스트체스터... 브롱크스?

아니면 퀸스??

"남자가 술집에 들어가서 말했어. '허, 거 참 아프군.'"

닉은 바에 앉은 남자 뒤로 슬그머니 다가가서 말했다.

프레디 커러더스는 돌아보지 않았다. 그는 고급 술병 위에 설치된 텔레비전에 시선을 집중하고 있었다. 브루클린 파크 슬로프의 품위 있는 술집이었다. "하, 아는 목소리야. 아니, 그럴 리가 없어. 닉?"

"안녕."

이제 프레디는 돌아보고 닉을 아래위로 훑어본 뒤 아주 잠깐 그대로 서 있다가 닉을 끌어안았다.

두꺼비를 닮은 남자였다.

우호적이고 쾌활한 미소가 두꺼비 같은 얼굴에 퍼졌다.

"이런, 이런, 이런. 나왔다는 소식은 들었는데." 그는 포옹을 풀고 팔 하나 거리 정도 떨어져 섰다. "이런."

프레디와 닉은 오랜 인연이었다. 공립학교 시절 동급생 사이(샌디 훅에는 사립학교가 없었다. 최소한 그들을 위한 학교는)에서 닉은 잘생긴 운동선수였다. 프레디는―그때나 지금이나 160센티미터였다―배 트를 휘두르지도, 패스를 제대로 받지도, 덩크슛도 못했다. 하지만 그에게는 다른 기술이 있었다. 기말논문이 필요하면 써줬다. 공짜로. 마이라 핸들만에게 졸업 무도회에 같이 참석할 짝이 있는지 궁금하 면, 상대가 누구인지 알려주며 선약을 깨뜨리고 나와 같이 참석하게 하는 방법을 귀띔해줬다. 시험에서 도움이 필요하면, 프레디는 어떤 문제가 나올 것인지 귀신처럼 짐작했다(학생들은 그가 밤늦게 교무실 에 잠입하는 거라고 했지만―닌자 옷차림일 거라는 아이들도 있었다―닉 은 프레디가 그저 선생들의 사고방식대로 생각하는 게 아닐까 추측했다.)

닉은 인상적인 타율과 학급위원이라는 지위로 신용을 쌓았 다―물론 외모도 한몫 했다. 프레디는 다른 방식으로, 아멜리아가 카뷰레터에 니들밸브를 교체하듯 시스템을 움직여서 자신의 신용 을 쌓았다. 그가 학교의 누구보다 더 많은 여자애들과 잔다는 소문도 있었다. 닉은 그런 소문은 믿지 않았지만, 그래도 프레디보다 키가 머리 하나는 크고 코스모 모델 같은 미인인 린다 롤린스가 주니어 무도회에 프레디와 동행했던 기억은 났다. 닉은 집에서 텔레비전으 로 메츠 시합을 봤다.

"그래, 어떻게 지냈어?" 닉은 앉으며 물었다. 그는 바텐더에게 손짓하고 진저에일을 주문했다.

프레디는 맥주를 마시고 있었다. 라이트였다.

"컨설팅." 프레디는 웃었다. "직업 이름이 이게 뭐야? 하. 진짜로. 무슨 청부업자나 그런 구린 일거리 같지 않냐고. 사실은 샤크 탱크 같은 데야."

닉은 고개를 저었다. 무슨 소린지 알 수가 없었다.

"스타트업 기업에 대한 텔레비전 드라마야. 나는 투자자와 기업가를 연결해 주는 일을 해. 작은 사업이야. 아르메니아어를 배워서...."

"네가 뭐?"

"아르메니아. 언어야."

"알아. 한데 왜?"

"아르메니아인이 여기 많이 살거든."

"어디?"

"뉴욕에. 아르메니아 사업가를 돈 있는 사람들에게 소개해 줘. 아르메니아 사람뿐만이 아니라 누구라도. 중국인도 많아."

"그럼 중국어도...."

"니하오."

"대단하군." 그들은 하이파이브를 했다.

프레디는 얼굴을 찡그렸다. "중국말은 어려워. 그래, 넌 다 살고 나왔군. 잘됐어. 저, 동생이 죽었다는 소식 들었어. 정말 유감이야."

닉은 주위를 둘러보았다. 그는 심호흡을 했다. 그리고 낮은 목소리로 동생에 대한 이야기, 자신은 무고하다는 이야기를 털어놓았다.

두꺼비 같은 눈이 가늘어졌다. "이게 무슨... 이건 심각한 이야긴데."

322

"도니는 자기가 무슨 일에 손대는지 몰랐어. 자네도 기억하잖아. 어린애였어."

"늘 문제가 있을 거라고 생각하기는 했지. 아무도 신경 쓰지 않았어. 제 정신이 아니었잖아. 솔직하게 하는 말이지만."

"걱정 마." 닉은 주문한 소다를 한 모금 마셨다.

"델가도. 놀랄 일은 아니지. 쓰레기 같은 놈. 살해당했다니, 그래도 싸."

닉이 말했다. "넌 그 애한테 잘해줬어. 도니."

"그 애는 교도소에서 못 살았을 거야." 프레디는 맥주병을 만지작거리며 젖은 상표를 아래로 벗겼다. "네가 잘한 거야. 세상에. 나 같으면 그럴 수 있었을까." 그는 씩 웃었다. "물론 내 동생은 개새끼야. 어떻게 되든지 상관 안 해."

닉은 크게 웃었다. "하지만 이제 난 내 인생을 되찾아야겠어. 몇 년 잃었잖아. 사업도 할 거야."

"여자도 찾아, 닉. 남자 인생에는 여자가 필요해."

"아, 그것도 노력하고 있어."

"잘하는 거야. 아직 아이도 가질 수 있잖아."

"넌 쌍둥이가 있지?"

"그리고 두 놈 더 있어. 쌍둥이는 아들이야. 딸들은 네 살, 다섯 살. 아내는 이제 충분하다지만, 그러라고 하느님이 우리를 세상에 보낸 것 아닌가. 그래, 돈 필요해? 내가 좀 마련해 줄 수 있어. 많이는 안 되고. 만, 만 20달러 정도."

"아니, 아니. 그건 괜찮아. 물려받은 게 좀 있어."

"이야, 그래?"

"하지만 프레디, 부탁이 있어."

"뭐?"

"도니가 가담했던 차량 강도에 대해 뭔가 알지도 모르는 사람을 찾아냈어. 장물을 거래하는 사람이었을 수도 있고, 그냥 몇몇 물건만 받았을 수도 있어. 어쩌면 자금을 댔는지도 몰라. 그러면 내가 그일에 가담하지 않았다는 걸 알지도 모른다고 생각해서. 그를 찾아야겠어."

"누군데?"

"그게 문제야. 자세히는 몰라. 거리에 물어볼 수도 있지만, 자네도 알다시피...."

"그래, 아무도 널 안 믿겠지. 경찰 조직원이라고 생각할걸."

"음, 그래, 맞아. 하지만 무엇보다 이 남자가 진짜 조직원이라면, 난 그를 만나는 게 남들 눈에 띄면 안 돼."

"아, 그렇지, 맞아. 가석방 문제."

"그래."

"그래서 나보고 대신 물어봐 달라고?"

닉은 두 손을 들어보였다. "곤란하면 할 수 없고."

"닉, 솔직히 말하지만, 그때 거리에는 안 믿는 사람들이 상당히 많았어. 네가 협조하지 않으니까 누군가 다른 경찰이 널 엿 먹였을 거라고 생각했지. 다들 널 좋아했잖아. 넌 인기 있는 친구였으니까. 그래, 내가 도와줄게."

닉은 프레디의 팔을 두드렸다. 눈물이 차올랐다. "내겐 얼마나 큰 의미가 있는지 모를 거야."

"무슨 사업을 알아보고 있는데?"

"식당으로 정했어."

"그래. 힘든 일이지. 하지만 돈은 벌 수 있어. 내가 아르메니아 식당과 거래를 좀 하는데, 아르메니아 음식 먹어봤어?"

"아니. 한 번도. 안 먹어본 것 같아."

"마음에 들 거야. 중동 음식이야. 나는 신발가게, 옷가게, 선물 전화카드 사업을 더 많이 다루지만, 식당 일도 좀 해."

"내 변호사가 찾아보고 있어."

"그래, 누굴 찾아가 달라는 거야?" 프레디는 맥주를 호쾌하게 비우고 한 병 더 주문했다.

"내가 아까 말하던 남자? 그래. 그는 플래니건 술집에 다녀. 지금은 아니라도, 예전에."

"아, 그럼 조직일 가능성이 높군."

"맞아. 이름이 J로 시작해. 낸시라는 이름의 아내가 있어."

"그뿐이야? 네가 아는 게?"

"유감이지만 그래."

"음, 그걸로 시작해 보지. 내가 한번 해볼게."

"내가 어떤 방식으로든 이 은혜는 꼭 갚겠어."

"걱정하지 마." 프레디는 웃었다. "고등학교 시절이었지. 셰이 스타디움에 가거나, 브롱크스로 가거나. 시즌 시작할 때마다 그 기분 기억나? 넌...."

"아, 세상에. 네가 무슨 말 하려는지 나도 알아. 게임이 시작하기 전에 계단을 올라 스타디움에 입장하고 터널을 통과해서 스탠드로 들어가면 마치 성 베드로가 성문을 열어젖힌 것처럼 운동장 전체가 눈앞에 펼쳐졌지."

"그 냄새. 젖은 콘크리트, 팝콘, 맥주, 잔디."

"비료도."

"그 생각은 미처 못 했어. 맞아, 아마 비료겠지. 흠, 이 J라는 남자와 그 아내를 찾는 건 그리 어렵지 않을 거야... 이름이 다시 뭐라고?"

"낸시. I로 끝나."

"낸시. 네가 들어간 뒤로 데이터마이닝이라는 게 생겼어."

"그게 뭐지?"

"그냥 제자리에 가만히 앉아서 필요한 모든 정보를 찾을 수 있는 거라고 생각하면 돼."

"나도 구글은 쓰는데."

"그것도 좋은 시작이지. 하지만 이건 그 이상이야. 서비스가 있어. 몇 달러 집어넣으면, 뭐든지 다 찾아줘. 농담 아니야. 운만 좋으면, 이름, 주소, 어느 학교를 다녔는지, 어떤 개를 키우는지, 낸시의 젖가슴이 얼마나 큰지, 그의 물건이 얼마나 긴지 다 알 수 있어."

"그래?"

프레디는 미간을 찌푸렸다. "아니, 물론 젖가슴과 물건 크기는 곤란하겠지만, 불가능한 것도 아니야. 세상이 변했어, 친구. 세상이 변했다고."

PART 4

인류의
수호자

금요일

Friday

26

오전 12시 30분, 에이브 벤코프는 마지막 남은 브랜디를 마시고 10분 더 남은 매드멘 에피소드 스트리밍을 껐다. 그는 이 드라마를 좋아했지만―그는 미드타운에 있는 대형 광고회사 한 곳에서 일했다. 매디슨 애비뉴는 아니고 파크 애비뉴였다―루스가 없으니 별로 재미가 없었다. 모레 아내가 장모님 집이 있는 코네티컷에서 돌아오면 같이 봐야겠다.

쉰여덟 살인 벤코프는 머리 힐에 위치한 타운하우스에서 가죽 소파에 앉아 있었다. 이 동네에는 오래된 건물이 많았지만, 그와 루스는 겨우 6년 전에 지은 건물에 침실 세 개짜리 아파트를 찾아냈다. 빨리 팔고 싶어 하는 집주인, 마침 에이브는 WJ&K 월드와이드 파트너로 승진해서 보너스가 나왔다. 이 돈으로 계약금을 냈다. 그러고도 사실상 두 사람의 자금 수준을 넘어서는 집이었다. 하지만 아이들도

329

다 커서 집을 떠났고, 루스는 말했다. "그걸로 해."

그들은 그렇게 했다.

놀기 좋은 곳이었다. 에이브의 직장도 걸어갈 수 있었고, 타임스퀘어에서 편집자로 일하는 루스의 회사도 마찬가지였다.

에이브와 아내는 실내 장식과 가전제품에 수만 달러를 쏟아 부었다. 스테인리스 스틸, 유리, 흑단. 첨단 주방용품—에이브는 절대 광고에 사용하지 않을 문구였지만, 그래도 집안 분위기를 정확히 설명하는 말이기는 했다. 브러시드 스틸 레인지와 오븐, 기타 집기.

하지만 오늘 밤은 마이크로웨이브만 가동시켜서 근처 후난 호스트에서 포장해 온 제너럴 소 치킨을 데웠다. 칼로리 측면에서는 썩 좋지 않지만, 바쁜 하루였고 늦게 퇴근해서 건강한 음식을 만들 에너지가 없었다.

제너럴 소는 후난 지방 출신인가? 벤코프는 의자에서 뻣뻣하게 몸을 일으키고 접시를 모으며 생각했다. 그렇지 않다면 자기 고향이 아닌 다른 지역 출신 식당에서 자신을 기리는 음식을 판다는 사실이 불쾌하지 않을까?

혹시 후난 호스트는 타이완이나 한국, 라오스 출신의 야심찬 부부가 경영하는 곳일까?

전부 다 마케팅이지, 에이브 벤코프는 잘 알고 있었다. '캄보디아의 별'을 식당 이름으로 붙인다면, 손님들은 어리둥절해서 쉽게 들어서지 못할 것이다. '폴포트 익스프레스'든가. 그는 자신의 고약한 취향을 의식하며 미소 지었다.

그는 접시와 유리잔, 포크를 주방으로 가져가서 씻고 식기세척기 선반에 올려놓았다. 에이브는 주방을 나서려다가 문득 멈춰 돌아섰다. 그리고 루스가 좋아하는 방식대로 접시와 포크를 다시 배치했다. 부부는 세척기를 서로 다른 방식으로 돌렸다. 그는 자신이 옳다고 생각했지만—날카로운 끝이 아래로 가도록—이런 건 싸울 가치가 없는 전투다. 민주당원에게 공화당원을, 혹은 그 역을 찍으라고 설득하는 것과 같다.

샤워를 마치고, 잠옷으로 갈아입고, 세면대 위에서 책을 한 권 뽑아들고, 그는 침대에 털썩 앉았다. 헬스클럽 생각을 하며 6시 30분으로 알람을 맞췄다가, 혼자 웃고 7시 30분으로 다시 맞췄다. 스릴러 30페이지를 펼쳐서 다섯 단락을 읽은 뒤 책을 덮고 불을 끄고 옆으로 비스듬히 누워 잠들었다.

정확히 40분 뒤 에이브 벤코프는 헉하고 일어나 앉았다.

완전히 잠이 깼다. 침실에 떠다니는 냄새 때문에 땀이 흐르고 구역질이 났다.

가스다!

방 안에 요리용 가스가 가득 차 있었다! 썩은 달걀 같은 악취. 레인지에 무슨 이상이 있는 게 분명하다. 나가자! 911에 연락하자. 하지만 일단 나가자.

그는 숨을 참으며 본능적으로 침대 옆 조명에 손을 뻗고 불을 켰다.

손가락으로 스위치를 쥔 채 얼어붙었다. 정신 나갔나? 하지만 순간 얼음장처럼 가슴이 내려앉아서 생각했던 것과 달리, 조명은 가스를 폭발시키지도, 아파트를 산산조각내지도 않았다. 뭘로 폭발하는지 알 수는 없어도 전구 하나로는 충분하지 않은 모양이다. 그는 떨리는 손으로 전구가 뜨거워지기 전에 얼른 다시 껐다.

좋아, 그는 일어서며 생각했다. 폭발 위험은 없다, 지금 당장은. 하지만 나가지 않으면 질식한다. 나가자. 그는 어질어질한 기분으로 가운을 걸쳤다. 바닥에 무릎을 꿇고 천천히 호흡했다. 여전히 악취는 심했지만, 아래쪽, 바닥 쪽은 덜했다. 천연가스에 무엇이 들었는지는 몰라도, 공기보다 가벼워서 지면에서는 문제없이 숨 쉴 수 있었다. 그는 대여섯 번 숨을 들이쉰 뒤 일어섰다.

전화를 움켜쥐고, 그는 어두운 아파트를 가로질렀다. 커튼을 치지 않은 3미터 길이의 창문을 통해 바깥에서 충분한 불빛이 흘러들어왔기 때문에 길을 찾을 수 있었다. 커튼을 달지 않은 것은 아내의 고집 때문이었다. 눈이 부시고 프라이버시 침해 문제도 있어서 마음에 들지 않았지만, 지금은 그저 고마울 뿐이었다. 커튼이 있었다면 캄캄한 어둠 속에서 전등이나 가구 같은 데 발이 걸려 금속과 돌이 부딪히고... 불꽃이 튀어 가스에 불이 붙었을지도 모른다.

벤코프는 복도를 지나 거실로 향했다.

냄새가 차츰 더 심해졌다. 도대체 무슨 일이지? 파이프가 망가졌나? 우리 집만? 아니면 층 전체가? 혹시 건물 전체? 가스 본관이 폭발해서 5층 건물이 완전히 내려앉고 여섯 명의 사망자를 낸 브루클린의 한 아파트 이야기가 떠올랐다.

머리가 점점 멍해졌다. 현관에 도착하기 전에 의식을 잃는 건 아닐까? 분명 가스가 새어나오고 있을 주방을 지나야 한다. 악취는 거기가 제일 심할 것이다. 서재 창문을 열어서 공기를 좀 더 들이는 것이 좋을지도 모른다—문간을 막 나선 참이었다.

아니, 그냥 가자. 가장 중요한 건, 일단 나가야 한다!

지금 소방서에 전화하고 싶은 충동도 억눌렀다. 전화가 가스에 불을 붙일지도 모른다. 그냥 계속 가자. 빨리. 빨리.

점점 더 어지러웠다.

무슨 일이 생기든, 루스가 집에 없는 것이 다행이었다. 그녀가 사업차 회의를 마치고 코네티컷에 머물기로 한 것은 순전한 우연이었다.

고맙습니다, 그는 특정한 대상이라기보다 일반적인 신을 상대로 기도했다. 에이브 벤코프는 20년 동안 교회에 간 적이 없었다. 다음 금요일에는 꼭 가야겠다—여기서 나간다면.

복도로 들어서서 비틀비틀 현관으로 향했다. 그는 한번 비틀거리다 전화를 떨어뜨리고 다시 집어든 뒤 기기 시작했다. 밖으로 나가서, 등 뒤로 문을 닫아야 한다. 화재경보를 울리고, 다른 주민들에게 알리고, 911에 전화한다.

5미터, 3미터.

렌지에서 상당히 떨어진 여기 아파트 현관은 악취가 그렇게 심하지 않았다. 이제 1.5미터만 더 가면 안전하다.

언어와 숫자에 능숙한 인간, 세련된 사무직의 세계에서 가장 편안한 인간인 벤코프는 지금 오로지 생존만을 생각하는 군인이었다. 나는 할 수 있다. 빌어먹을, 할 수 있어.

27

링컨 라임은 전화 울리는 소리에 잠에서 깼다.

시계는 오전 6시 17분이었다.

그는 잠이 덜 깬 목소리로 '응답' 명령을 내렸다. "여보세요?" 그는 발신인에게 말했다.

"라임, 다시 사건이 발생했어요."

그는 아멜리아 색스에게 물었다. "범인 40?"

"맞아요."

"어떻게 된 거지?"

"머리 힐. 가스 폭발. 가스레인지를 해킹한 것 같아요. 로드니가 발견한 목록에 있는 제품 중 하나예요."

"피해자는 두 번째 목록에 있었고? 구매자 명단에?"

"맞아요. 2년 전 새로 주방을 꾸몄어요. 구매정보가 데이터에 있어요."

라임은 조수 버튼을 눌러 톰을 소환했다.

색스는 말을 이었다. "피해자는 에이브 벤코프, 58세, 광고회사 중역." 그녀는 잠시 사이를 두었다. "라임, 그는 불에 타죽었어요. 론이 피해자의 신상을 조사하고 있어요. 나는 지금 그쪽으로 가서 현장을 지휘할 거예요."

그들은 전화를 끊었다. 라임은 멜 쿠퍼에게 전화해서 색스가 벤코프의 아파트에서 찾아낼 증거를 같이 분석하기 위해 타운하우스로 소환했다.

톰이 아침 일과를 처리하기 위해 도착했고, 10분 뒤 라임은 아래층 거실에 내려와 있었다. 그는 휠체어를 비스듬히 돌려 증거물 보드로 다가가며 그들이—그가—혹시 이번 공격을 예측할 만한 단서를 놓치지는 않았는지 지난 사건 현장에서 찾아낸 증거를 훑어보았다.

머리 힐....

고급 가스레인지....

가스 폭발....

지난 사건 현장에서 발견한 증거를 통해 범인의 다음 공격 목표를 추측하는 것은 언제나 도박일 뿐이다. 결국 범인이 범행을 계획하기 위해 현장에 미리 찾아가서 미량증거물을 몸에 묻히고 다른 현장에 옮긴 뒤 그 증거가 발견되어야 가능한 일이기 때문이다. 대부분의 연쇄살인범이나 반복적으로 범행을 저지르는 범인은 그 정도로 도움을 주지 않는다.

그러나 범인 40은 워낙 독특한 목적의식을 갖고 있으며 워낙 독특한 무기를 휘두르기 때문에 살인을 성공적으로 완수하기 위해 하루 이틀 전, 혹은 훨씬 이전이라도 예습을 할 것 같았다.

벤코프의 죽음은 백스터 사건과 정반대군, 라임은 음울하게 생각했다. 은퇴의 원인이 되었던 횡령 사건에서는 증거가 너무 많았고, 그는 지나치게 꼼꼼하게 그 증거를 갖다 붙였다. 어쩌면 범인 40의 이번 상황에서는 반대로 에이브 벤코프의 아파트가 다음 범행 현장이라는 것을 알려주는 단서를 놓쳤을지도 모른다. 사업가가 죽었다는 소식을 들었을 때 느꼈던 무기력한 공허감이 다시 밀려왔다. 불편함, 아니, 형사사건 법과학 수사관으로서의 경력을 끝내자는 결정을 하게 만든 바로 그 죄의식이었다.

이 감정은 그의 결정을 정당화해 주었다. 빨리 사건을 마무리 짓고 싶었다. 다시 민사소송의 세계로 돌아가고 싶었다.

전화가 다시 울렸다.

그는 발신자를 확인했다.

"여보세요?"

"소식 들었어요." 줄리엣 아처가 말했다. "머리 힐 화재. 가스레인지 오작동. 우리 범인인가요?"

"그런 것 같아. 나도 전화하려던 참이었어. 시간 있나?"

"사실 지금 가는 중이에요."

통증에 대해 생각한다.

첼시, 잠에서 깬 직후 침대에서 아침 식사. 샌드위치 하나를 다 먹고—요즘 대단히 저평가되고 있는 볼로냐 샌드위치다—지금 하나 더 먹고 있다.

오전 6시 50분.

간밤에 일을 너무 많이 해서 피곤하다. 늦잠을 잘 생각이었지만, 그럴 수가 없었다. 너무 흥분했다.

통증.....

최근의 사업 때문에, 나는 그 주제에 대해 많이 연구했다. 다양한 종류가 있다는 것도 배웠다. 예를 들어 신경병증성 통증은 신경을 건드리거나 손상당했을 때 생긴다. 항상 극도로 심하지는 않다. 따끔거리거나 신경이 쓰이는 정도다.

그리고 심인성, 혹은 신체형 통증. 이 통증은 환경적 요인이나 스트레스, 생리적 자극에서 온다. 편두통이 그 예다.

그러나 일상에서 가장 흔한 통증은 통각수용통증이다. 망치로 못을 치려다 빗나가서 엄지손가락을 쳤을 때 겪는 통증을 거창하게 가리키는 단어다. 통각수용통증은 다시 두 가지로 나뉘며, 나 같은 감정가가 연구할 내용이 많은 대상이다. 나는 토드 윌리엄스를 생각한다. 둔기로 인한 외상. 혹은 면도날 톱으로 찢기(얼마 전에 이 방법도 사용했다). 다른 하나는, 위스키로 얼근해진 남편이 비틀고 잡아당겨서 알리시아의 요골 뼈가 피부를 찢고 튀어나온 경우.

그리고 열로 인한 통각수용통증이 있다. 동상, 맞다. 그러나 최악은 물론 열로 인한 통증이다. 동상은 감각을 마비시킨다. 불은 인간으로 하여금 끝없는 비명을 지르게 한다.

나는 내 목표물의 마지막 몇 분을 상당히 잘 볼 수 있었다. 길 건너편, 보안이 별로 철저하지 않은 계단식 5층 건물 옥상 테라스에서 처음부터 끝까지 보았다. 커다란 창문들이 있어서 잘 보였다. 잠에서 깨는 모습, 멍청하게 침대 옆 탁자의 조명을 켜는 모습—그때 걱정스러웠다. 내가 원하던 효과를 낼 만큼 가스가 충분히 찼는지 확신할 수 없었기 때문이었다.

그러나 잠시 후 그는 문을 향해 걷기 시작했고, 이어 기었다.

그 시점에 나는 가스가 충분히 찼다고 확신하고—약간 변태적인 기분으로—그가 문에서 겨우 1미터 정도 떨어져 있을 때, 손만 뻗으면 안전하게 밖으로 나갈 수 있을 때 스위치를 켰다.

단순한 명령이 클라우드를 통과하고, 쿡스마트 디럭스 가스레인지가 켜졌다. 1만 1천 달러면 매우 말을 잘 듣는 가전제품을 살 수 있다.

연기가 내 피해자를 감싸면서 그는 화염 속에서 몸부림치고 비틀거리는 그림자로 변했다. 나는 그가 바닥에 등을 대고 구르며 꿈틀대다가 두 손과 다리를 위로 향한 채 권투선수 같은 자세로 굳어가는 것을 보았다. 그러다 시야가 사라졌고, 연기만 계속 뿜어 나왔다.

최소한 고급 레인지로 좋은 음식은 몇 번 해먹었을 것이다.

일을 마치고 만족감에 뿌듯한 기분으로, 나는 그곳을 떠나 여기로 돌아와서 잠을 청했다.

나중에 인류의 수호자는 언론에 또 한 장의 편지를 보내 과도한 소비자중심주의는 악이다, 어쩌고저쩌고 설파할 것이다. 사람이 타 죽은 마당에 선언문이 너무 논리정연하고 영리할 필요는 없다. 실전으로 배우는 것이 가장 효과적인 법이다.

나는 침대에서 굴러 잠옷 바람으로 일어나 앉아 오늘도 바쁠 하루 일정을 생각한다.

다른 불쌍한 쇼핑객에 대한 계획도 있다.

통각수용통증....

빨강머리에 대한 계획도 있다. 이제 그녀의 습관에 대해 필요한 것은 다 알아낸 것 같다. 좋아야 한다. 지금 계획한 것은 분명 내게는 즐거움일 것이다.

시간이 좀 남아서 장난감의 방에 들어갔다.

미니어처를 만들 때 나는 청사진을 먼저 그린다. 하지만 종이는 파란 색이 아니다. 그런 뒤 만들 물건의 각 부분에 집중한다. 다리, 서랍, 상판, 골조―무엇이든지. 그리고 가장 어려운 작업부터 차차 쉬운 작업까지 순서대로 진행한다. 예를 들어 18세기풍 다리를 조각하는 일은 대단히 어렵다. 원기둥이지만 부풀어 오른 부분, 손잡이 부분, 매끈한 부분 등 복잡하고 각이 있다. 나는 나무토막에서 모양을 끌어낸다. 날과 사포로 조심스럽게 표면을 다듬는다. 그런 다음 조합한다. 지금 들고 있는 것은 아메리칸 걸 고객, 미네아폴리스의 변호사 아빠를 위해 조각하는 에드워드풍 침대다. 우리 회사에 보낸 수표에 적힌 서명 뒤에 'esq'라는 존칭이 적혀 있어서 알았다. 알리시아가 남편과 문제가 생긴 뒤 변호사들을 상대하느라 고생했다는 말을 듣고 이 건은 맡지 말까 생각도 했다. 그녀에게는 아무 잘못도 없다. 그녀 같은 사람이라면 모든 일이 순조로울 것 같지만, 아니다. 변호사들이 오히려 감사해야 한다. 그러나 나는 생계를 유지해야 하고, 그녀는 상관하지 않는다. 어쨌든 그녀에게 말하지는 않았다.

확대경을 들여다보며, 나는 나무못 접합부위를 조심스럽게 맞춘다. 두 번이나 치수를 쟀기 때문에 잘 맞는다. 이건 농담이다. 옛날 표현이다. 사실은 자르기 전에 열 번은 쟀을 것이다.

가구, 인생을 가르치는 교훈.

한 시간 뒤 침대는 거의 완성되고, 나는 조명이 달린 업무용 확대경으로 들여다본다. 마무리 작업을 좀 더 하고 싶지만, 지금은 자제

한다. 기능공이 언제 그만두어야 할지 모르기 때문에 많은 조각들이
망가진다(인생의 교훈이다). 그러나 나는 언제 그만두어야 할지 안다.
며칠 있다 광택제가 마르면 매끈하게 문지른 뒤, 물건을 공기방울 비
닐로 포장하고 상자에 스티로폼을 채워서 배송할 것이다.

조각을 관찰하며 마지막 몇 가지 손질을 하는 동안, 나는 테이프
녹음기를 누른다. 지금은 그냥 귀를 기울인다. 이 일기 녹취는 나중
에 할 것이다.

흥미로운 봄이다. 그 애들의 산수를 도와줬지만, 놀랍게도 운동선
수치고는 상당히 영리하다. 프랭크와 샘. 이런 건 편견이다. 내가 비
쩍 마르고 책상물림처럼 생겼기 때문에 사람들은 내가 정말 영리하
다고 하지만, 사실 난 그렇지 않다. 나는 그럭저럭 영리하고, 수학에
재주가 있다. 과학, 컴퓨터, 이런 것. 다른 과목은 그렇지 않다.

샘의 집에서 피자와 소다를 먹고 있는데, 그의 아버지가 와서 내게
인사한다. 친절하다. 내게 야구를 좋아하는지 물었는데, 난 물론 안
좋아한다. 우리 아버지는 앉아서 담배를 피우며 몇 시간이고 우리에
게 한 마디 말도 없이 게임만 보기 때문이다. 하지만 우리 아버지가
앉아서 담배를 피우며 몇 시간이고, 특히 세인트루이스나 애틀랜타
게임을 보기 때문에, 나는 야구에 대해서는 바보처럼 보이지 않을 만
큼 아는 게 꽤 있다(난 너클볼도 던질 줄 안다. 아주 잘은 못 던지지만). 몇
몇 선수들에 대해서도 안다. 기록들.

프랭크가 와서 같이 이야기를 나누기 시작했고, 샘은 졸업 파티를
하자고 한다. 처음에는 내가 여기 있다는 걸 생각하지 않고 실수로 튀
어나온 말이 아닐까 생각했다. 나는 학교에서 어떤 파티에도 초대받

은 적이 없다. 수학 클럽 파티와 컴퓨터 클럽 파티는 진짜 파티라고 할 수가 없다. 게다가 난 졸업반 한 학년 아래다. 하지만 프랭크는 파티, 좋은 생각이다, 라고 말하고 나를 돌아보더니 음악을 맡으라고 했다. 그게 다였다. 나도 파티에 초대됐을 뿐 아니라 중요한 할 일까지 있다는 뜻이다.

음악은 가장 중요한 부분일 수 있다. 난 모르지만― 전에 파티에 초대받아 본 적이 없으니까. 하지만 난 잘할 것이다.

다시 의욕이 샘솟아 녹음기를 끈다. 컴퓨터 앞에 앉아서 몇몇 사설 가상 네트워크에 차례로 로그인한 뒤에 프록시의 나라 불가리아로 향한다.

물러앉아 눈을 감는다. 그러다 인류의 수호자로서, 타이프를 치기 시작한다.

닉 카렐리의 휴대전화가 울렸다.

변호사였다.

그가 교도소에 들어갈 때만 해도, 발신자 번호가 갓 사용되던 시절이었다. 지금은 누구나 쓴다. 이거야말로 지난 백 년 동안 가장 중요한 발명품 같았다.

"안녕, 샘."

"닉. 어때? 잘 적응하고 있나?"

"예상대로지."

"그렇지. 음. 당신이 검토해 볼 만한 장소가 있어. 주소와 계약서는 이메일로 보냈어. 이건 예비적인 거고 아직 조사를 많이 해봐야 해.

중심가에서 벗어난 곳이라 어마어마한 값을 부르지는 않을 거야. 브루클린 하이츠와 힙스터가 가까우면 수익도 크겠지만, 비용을 감당할 수가 없어."

"좋아. 고마워. 잠깐만. 지금 확인하고."

닉은 온라인으로 들어가서 주소와—건실한 노동자 계급이 모여 사는 브루클린의 한 동네였다—주인 이름을 확인했다. "지금 주인은 거기 있나?" 닉은 다시 찌릿한 기분을 느끼고 있었다. 조바심. 아멜리아의 좌우명이 떠올랐다. 움직이고 있을 때는 잡히지 않아....

"응, 거기 있어. 그의 변호사와 방금 통화한 참이야." 이어 샘은 잠시 조용해졌다. "들어봐, 닉. 정말 이거 하고 싶나?"

"넌 전에도 내게 설교했지."

"그랬지. 네가 내 말을 들었더라면 좋았을 텐데."

"재미있군."

"식당은 역사상 돈을 가장 많이 빨아먹는 업종 중 하나야. 이건 괜찮아. 현금 흐름도 괜찮고, 충성심 있는 단골도 있고. 내가 알아. 가봤어. 20년 동안 영업을 해왔기 때문에 평판도 좋아. 하지만 자네는 한 번도 회사를 운영해 본 적이 없잖아."

"배울 수 있어. 주인에게 돈을 주고 컨설턴트로 도와달라고 할 수도 있고. 식당이 문을 닫지 않고 성공적으로 장사를 이어갈 수 있도록 하는 데 관심이 있다니까." 주인에게 가게 매입비와 일정 지분을 추가로 지급하는 것이 제안이었다. "식당에 감정적인 애착을 갖고 있는 것 같은데. 안 그래?"

"그건 그렇지."

"내게는 늦은 출발이야, 샘. 이제 나도 내 인생을 살아가야 해. 아,

한 가지 더 물어본 건."

"두 번 세 번 확인했어. 불법적인 활동은 전혀 없어. 주인, 가족, 직원들 전부 다. 전과도 없어. 납세 기록도 깨끗해. 회계감사도 두어 번 문제없이 통과했어. 주류 판매권을 알아보는 중이야."

"좋아. 고마워, 샘. 난 정말 기대가 커."

"닉, 천천히 해. 자넨 오늘 당장이라도 서류에 사인하고 싶은 목소리야. 최소한 라자냐 맛이라도 먼저 봐야 하지 않겠어?"

28

아멜리아 색스는 쥐꼬리만 한 증거를 들고 타운하우스에 돌아왔다. 증거물 수집용 종이봉투와 비닐봉투 대여섯 개가 들어 있는 우유 짝 두 개.

빌어먹을 범인은 계속 현장에 불을 질러 증거를 잿더미로 만들고 있었다. 물은 현장을 망가뜨리는 최악의 오염원이다. 그 뒤로 불이 바짝 따른다.

색스는 상자를 멜 쿠퍼에게 건넸다. 쿠퍼는 베이지색 코듀로이 바지와 짧은 소매 흰 셔츠위에 실험 가운을 입었고, 수술용 모자와 장갑을 끼고 있었다. "이게 답니까?" 다른 감식반 경찰이 증거를 더 들고 들어올 거라고 생각한 듯, 그는 문 쪽을 흘끗 돌아보았다.

색스의 찡그린 표정을 보니 말이 필요 없었다. 다른 건 없다.

"그는 누구죠?" 줄리엣 아처가 물었다. "피해자?"

론 풀라스키가 수첩을 훑어보았다. "58세 광고회사 중역, 상당히 고위직입니다. 에이브 벤코프. 유명한 텔레비전 광고도 좀 했습니다." 젊은 경찰은 광고 몇 개를 읊었다. 식품회사, 개인 소비재, 자동차, 항공사. 텔레비전을 보지 않는 라임은 들어본 적이 없는 광고였지만 물론 고객은 알고 있었다. "소방대장은 화재가 어떻게 발생했는지 구체적인 걸 알려면 일주일 정도 걸린다고 하지만, 비공식적으로 귀띔하더군요. 쿡스마트 가스레인지와 오븐에서 가스 누출이 있었습니다. 여섯 구 가스레인지, 전기 오븐입니다. 데이터와이즈가 있어서 원격으로 가스버너와 오븐을 켤 수 있습니다. 대체로 집을 비울 때 혹시 켜놓지 않았나 미심쩍을 때 끄려고 사용한답니다. 하지만 반대로도 작동 가능합니다. 범인은 점화용 불씨―그 찰칵 찰칵 하는 거 있잖습니까―를 해제하고 가스를 켠 모양입니다.

소방대장은 폭발 규모로 미루어볼 때 가스는 40분 가까이 누출됐을 거라고 합니다. 그 뒤에 범인은 점화용 불씨를 다시 켠 겁니다. 집 전체가 날아갔습니다. 벤코프는 현관문에서 1.5~2미터 떨어진 지점에 있었습니다. 집에서 나가려던 것 같습니다. 가스 냄새 때문에 잠에서 깬 것 같다고 합니다."

아처가 물었다. "집에 다른 사람은 없었나요?"

"아뇨. 아내가 있지만, 업무차 출장 중이었습니다. 다 자란 자녀 둘이 있고요, 건물 안의 다른 사람들은 다치지 않았습니다."

색스는 이번 현장에 대해 화이트보드를 작성하기 시작했다.

휴대전화가 울렸고, 그녀는 전화를 받았다. 잠시 대화를 나눈 뒤 그녀는 전화를 끊었다. 그리고 라임을 향해 어깨를 으쓱했다. "기자예요. CIR이 고객에게 업로드한 보안패치에 대해 진술해 달라고. 그 기사가 관심을 끌었어요." 그녀는 흡족했다. 이제 익명 처리를 할 필요가 없었고, 그녀는 이제 스마트 컨트롤러가 무기로 사용될 수 있다는 기사를 쓸 때 기자들이 연락할 수 있는 경찰이었다. 데이터와이즈 5000 컨트롤러가 설치된 제품의 위험에 대한 소문이 퍼지고 있는 모양이었다. 그리고 기사에 따르면 사람들도 관심을 갖고 있었다.

그녀는 덧붙였다. "회사들이 알아서 위협을 느끼고 차우다리의 보안 업데이트를 설치하지 않는다 해도, 이제 고객들이 기사를 읽으면 가전제품을 오프라인 상태로 해두거나 끌 수 있겠죠."

라임의 컴퓨터에서 RSS로 뉴스 기사가 들어오는 소리가 났다. "범인이 성명서를 한 장 더 쓴 모양이군."

안부 편지

또 하나의 교훈을 보냈다.

사람들은 처음에는 아무 잘못 없이 시작한다. 이름은 모르지만 어느 철학자가 오래전에 그렇게 말했다. 유명한 사람이다. 인간은 순결하게 태어난다. 우리는 불필요한 물건을 소유하려는 내재된 욕망을 가지고 있지 않다. 더 좋은 차, 더 큰 욕조, 더 해상도가 높은 텔레비전 세트. 더 비싼 가스레인지! 우리는 이런 욕망을 배워야만 한다. 그러나 나는 '배운다'가 적절한 단어가 아니라고 느낀다. '주입된다'가 올바른 단어다. 제품 제조사, 마케터, 광고사는 이것, 혹은 저것 없이 살 수 없다고 우리를 으르대고 위협해서 더 크고 더 좋은 물건을 사게 한다.

그래, 생각해 보자. 당신의 소유물에 대해서 생각해 보자. 이것 없이 살 수 없는 물건은 무엇인가? 아주 소중한 극소수의 물건일 것이다. 눈을 감자. 머릿속에 내 집을 그려보자. 물건을 집어 들고 살펴보자. 어디서 구했는지 생각해 보자. 선물? 친구에게서? 중요한 것은 우정이지 그 징표가 아니다. 던져버려라. 하루 하나씩 그렇게 해라.

그리고 무엇보다 중요한 것. 물건을 그만 사라. 산다는 것은 자포자기일 뿐이며, 옷이나 간단한 음식 같은 필수품을 제외하면, 중독이다.

4인 가족의 1년 식비에 달할 정도로 비싼 주방 기구는 필요 없다. 당신은 그 값을 치렀다.... 문자 그대로.

인류의 수호자

"미친놈." 멜 쿠퍼가 중얼거렸다.

정확한 진단이었다.

"사람들을 수호한다면서 왜 죽이고 있지?"

"값비싼 제품을 가진 사람들만 죽이고 있지." 라임이 지적했다.

"난 그 구분을 이해할 수 없어요." 아처가 말했다. 그녀는 장광설을 꼼꼼히 훑어보았다. "그가 이 철학의 전제, 인간백지설을 안다면, 존 로크도 들어봤을 거예요. 이번에도 그는 자신이 실제보다 무식한 척하고 있어요. 의도적인 철자 오류도 그렇고. 불필요한 대문자도 몇 군데 있군요."

라임은 그녀의 말에 웃었다. 그중 한 단어가 바로 '불필요한'이었다.

"세미콜론이 좀 더 적절한 곳에서 그냥 콜론을 쓰기도 하고. 하지만 콜론을 썼다는 건 세미콜론을 쓸 줄도 안다는 뜻이에요. 'whom'의 용법도 틀렸어요."

"좋아." 라임은 프로파일링에 별 관심이 없었다. "영문법을 의도적으로 오염시키고 있다는 점은 확실하다. 이제 증거물로 넘어가지. 그건 어디서 찾았지, 색스?" 서로 다른 두 장소를 수색한 것 같았다. 서로 다른 봉투에 넣은 것을 보아 알 수 있었다.

"벤코프의 아파트을 빠르게 수색했어요. 범인은 리모콘을 썼으니까 피해자의 집에 들어갈 필요는 없었죠. 고객 목록을 통해, 그는 스마트 컨트롤러가 설치된 제품을 누가 갖고 있는지 알고 있었어요. 그래도 어쨌든 샘플은 수거했어요. 혹시 범인이 벤코프의 부엌에 들어가 촉매를 설치했을 경우에 대비해서."

"아, 그래." 라임이 말했다. "천연가스가 충분한 손상을 입힐 거라고 확신하지 못했을 수도 있겠지. 멜, 그것부터 확인해."

색스는 증거물 봉투에 글리신지 조각을 붙여서 샘플을 수거한 방 이름을 적었다고 알렸다. 내용물은 몇 숟가락 분량의 재였다.

쿠퍼는 크로마토그래프와 질량분석을 시작했다. 기계가 돌아가고 그가 결과를 확인하는 동안, 색스는 말을 이었다. "하지만 범행수법을 생각해 보면, 범인은 아파트 내부를 봐야 할 필요가 있었어요. 집 안에 피해자가 있는지 확인해야 하니까."

아처가 덧붙였다. "로드니가 '점잖은 괴물'이라는 표현을 썼던 걸 기억하세요. 범인은 집을 찾아온 어린아이가 없는지 확인하고 싶을 수도 있어요. 가난한 사람들을 해치고 싶지 않다든가. 값비싼 제품을 사지 않는 사람들."

"그럴 수도." 색스가 대답했지만, 라임은 그녀가 그럴 가능성은 별로 없다고 생각하는 것을 알 수 있었다. 그 역시 이 문제에서는 그녀 편이었다. "나는 피해자를 시야에 둘 필요가 있었다는 문제가 더 중요해 보여요. 벤코프의 아파트를 분명히 볼 수 있었던 유일한 지점을 찾아냈어요. 길 건너 건물 지붕. 그 건물 주민 한 사람이 키 크고 깡마른 남자가 폭발 직후 로비에서 나오는 걸 목격했어요. 백인 남자, 배낭, 인부 같은 작업복. 그리고 야구모자. 그가 서 있었을 만한 지점에서 미량증거물을 채취했어요."

"출입구는?" 라임이 물었다.

"화재 비상구를 사용했을 수도 있어요. 눈에 덜 띄었을 거고. 하지만 그는 정면 문을 택했어요."

"아파트 현관 보안장치는?" 아처가 물었다.

이번에도 라임이 하려던 질문을 가로챘다.

"낡은 건물이에요. 낡은 자물쇠. 쉽게 딸 수 있는. 창문을 깨지도 않았고, 공구흔도 없어요. 로비에서 미량증거물을 채취했지만...." 그녀는 어깨를 으쓱했다.

아처가 말했다. "링컨의 책. 영리한 범인은 사람들이 많이 걸어 다닌 경로, 그러므로 유용한 미량증거물을 식별할 수 있는 가능성이 급속도로 줄어드는 경로로 통행한다. 범인은 그 때문에 현관으로 들어간 거예요."

뻔한 소리를 괜히 써서. 라임은 자기 자신의 관찰에 대해 생각했다. 그 구절을 책에 넣은 건 언제나 후회스러웠다. "그래, 뭐가 나왔지?" 그는 초조하게 물었다. "지붕에서?"

"우선, 유리조각." 아처가 말했다. 그녀는 휠체어를 끌고 작업대로 다가가서 투명한 비닐봉투를 응시했다. 안에는 먼지만 들어 있는 것 같았다.

"펼쳐봐, 멜."

쿠퍼는 지시를 따랐다.

"아직 난 안 보여." 라임이 중얼거렸다.

"하나가 아니에요. 둘, 아니, 세 개." 아처가 대답했다.

"시력이 현미경 수준인가?"

아처는 웃었다. "신은 제게 튼튼한 손톱과 좌우 2.0 시력을 주셨죠. 그게 다예요."

신이 빼앗아 간 것은 언급하지 않았다.

확대 고글의 도움을 받아, 쿠퍼는 유리조각을 찾아내서 현미경 아래 놓았다. 영상이 스크린에 떴다. 아처가 말했다. "창문 유리 같지 않나요?"

"맞아." 라임은 말했다. 그는 현장감식을 하면서 유리 샘플을 수천 번 분석했다—총알, 낙하한 물체, 돌, 자동차 사고 등으로 인해 생긴 조각부터 의도적으로 사랑스럽게 칼로 둔갑한 조각들에 이르기까지. 색스가 수집한 미세한 조각들은 갈라진 선과 매끈한 면을 봤을 때 의심할 여지없이 창유리였다. 자동차 유리가 아니라—안전유리는 아주 다르다—주거용 건물 유리였다. 그는 이 점을 언급했다.

쿠퍼가 지적했다. "저기, 오른쪽 상단 사분면? 결함이 있습니다."

작은 물방울 같았다. 라임이 말했다. "오래됐군. 그리고 싼 거야."

"저도 같은 생각입니다. 75년? 더 됐을 수도 있습니다."

현대의 창유리는 무결점에 가깝다.

"대조구와 비교해. 어디 있지, 색스?"

그녀는 봉투 몇 개를 가리켰다. 지붕 위 범인이 서 있었을 곳으로부터 멀리 떨어진 지점에서 수집한 미량증거물이었다. 쿠퍼는 다양한 재료를 현미경으로 관찰했다.

"좋아... 유리조각은 없습니다."

토드 윌리엄스의 사무실 건물에는 유리가 없었다─범인은 뒷문을 부수고 들어갔다. 이 건물 아래층도 마찬가지였다. 어디서 묻어왔을까?

"다른 건? 미량증거물?"

가스 크로마토그래프/질량분석기는 좀 더 기다려야 했다. 쿠퍼는 아직 색스가 수집한 재 분석 결과를 기다리고 있었다. 몇 분 뒤 결과가 나왔다. 그는 데이터를 읽었다. "촉매는 없습니다."

"그럼 범인이 집에 잠입해서 가스나 케로신을 뿌리고 다닌 건 아닐 가능성이 높겠군."

"그럴 가능성은 애당초 별로 없어 보였어요." 아처가 말했다.

"왜 그렇게 생각하죠?" 색스가 물었다.

"그냥 직감요. 범인은 컨트롤러를 살인무기로 사용한다는 데 대해 자부심마저 느끼는 것 같아요. 아마... 글쎄요. 가솔린을 더하는 것은 별로 우아하지 않다고 해야 할까."

"그럴 수도." 색스가 말했다.

라임도 아처에게 동의했지만, 아무 말도 하지 않았다.

"다른 미량증거물도 태워봐. 범인이 지붕에서 망보던 지점에서 채취한 것."

30분 정도 쿠퍼는 다양한 샘플을 기계에 넣고 돌렸다. 크로마토그래프는 구성성분을 분리하고, 질량분석기는 분리한 성분명을 알아낸다. 라임은 참을성 없이 바라보았다. 마침내 쿠퍼는 성분 목록을 작성했다.

디젤 연료, 브랜드명은 알 수 없음. 토양 샘플 두 가지, 코네티컷 해안, 허드슨강, 뉴저지, 웨스트체스터 카운티 원산.

"퀸스에 물음표 두 개 아니고?" 라임은 삐딱하게 말했다. 아처는 그를 보며 미소 지었다. 색스는 알아낸 내용을 적기 위해 화이트보드를 향해 돌아서며 두 사람의 표정을 포착했다.

쿠퍼는 계속했다. 다양한 종류의 청량음료 샘플인 스프라이트, 레귤러 및 다이어트 콜라, 모두 농도가 다양한 것으로 보아 얼음이 들어 있던 용기에서 흐른 액체였다. 캔이나 병에서 직접 마신 것은 아니었다. 화이트와인, 당도가 높다, 싸구려 스파클링이나 백포도주에서 흔하다.

가스 크로마토그래프가 타닥거리며 식는 소리만 이따금 정적을 깰 뿐, 거실에는 침묵이 흘렀다. 이 장비는 샘플의 구성성분 중에서 가장 휘발성이 약한 성분의 끓는점보다 높은 섭씨 50도 정도의 온도에 샘플을 노출시킨다. 한마디로 지옥도가 벌어진다는 뜻이다.

색스의 전화가 울렸고, 그녀는 전화를 받기 위해 한쪽으로 비켰다. 거실 구석에서 고개를 숙이고 통화를 했다. 마침내 고개를 끄덕이는 표정에는 안도감이 확연했다. 그녀는 전화를 끊었다. "총격 위원회가 소집됐어요." 라임은 기억이 떠올랐다. 그렉 프로머를 구하려고 에스컬레이터 모터에 총을 발사한 건에 대한 내사. "마디노 경감 말로는 좋은 위원들이 구성됐대요. 정복 경찰, 순찰팀 형사. 내가 총기발사·공격 보고서만 정식으로 제출하면 끝이라는군요."

라임에게도 반가운 소식이었다. 뉴욕시경에는 제대로 일을 하려는 경찰들의 숨통을 막을 정도로 규율과 형식이 많다.

쿠퍼가 말했다. "여기 뭔가 다른 게 있습니다. 미량의 고무와 암모니아. 그리고 섬유, 종이 같습니다—종이 타월이군요." 그는 긴 미량 증거물 목록을 훑어 읽어내려 갔다.

"유리창 끼울 때 쓰는 접착제군." 라임이 멍하니 대꾸했다.

"그걸 아세요?" 인턴은 세 줄이나 되는 물질 목록을 바라보며 물었다.

라임은 설명했다. 오래전 아내가 휴게실 창유리를 틀에서 빼내 날카로운 가장자리로 남편의 경정맥을 벤 사건이 있었다. 남편이 자는 동안 목을 그었고, 출혈이 심했다. 아내는 유리를 닦고 창문에 다시 끼운 뒤 다시 접착제를 발랐다(이 괴상한 범행수법은 칼이나 기타 날이 있는 살인무기에서 단서가 발견되지 않도록 하려는 것이었다. 한데 그녀는 살해 후 창문을 바를 때 사용했던 미량의 접착물질을 블라우스에서 닦아내지 않았다. 경찰들은 단 5분 만에 창틀을 찾아냈다. 루미놀 테스트로 핏자국이 확인된 것이다).

색스는 다시 전화를 받았다. 수수께끼 같은 반응. 눈길이 유리창에서 바닥으로, 다시 로코코풍 천장으로 옮겨 다녔다. 뭐지? 라임은 의아했다.

그녀는 전화를 끊고 인상을 썼다. 그리고 라임에게 다가왔다. "미안해요. 엄마 일이에요."

"괜찮으신가?"

"괜찮아요. 한데 검사 일정이 바뀌었어요." 표정이 계속 착잡했다. 사건과 유일한 직계 가족 사이에서 갈등한다는 것을 알 수 있었다.

"색스, 가." 라임은 말했다.

"난...."

"가봐. 자넨 가야 돼."

아무 말없이, 색스는 거실을 나섰다.

라임은 그녀의 뒷모습을 바라보고 있다가 부드러운 모터 소리와 함께 휠체어를 돌린 뒤 까다로운 화이트보드를 응시했다.

범죄 현장: 390 이스트 35 스트리트, 맨해튼(방화지점)

- 범행: 방화/살인
- 피해자: 에이브러햄 벤코프, 58, 광고회사 중역, 유명
- 사인: 화상/출혈
- 사망경위
  - 데이터와이즈5000 컨트롤러를 장착한 쿡스마트 디럭스 레인지에서 가스 누출.
  - 촉매 없음.
- 기타 용의자 프로파일 요소:
  - 짙은 옷차림, 야구모자.
  - 성인 피해자만 살해당하도록 현장을 관찰하고 있었을까?
  - 인류의 수호자가 보낸 메시지.
    # 이번에도 실제보다 무식한 척함

범죄 현장: 387 이스트 35번 스트리트, 맨해튼(범인의 정찰지점)

- 증거물:
  - 유리조각, 창유리, 오래된 것.
  - 자일렌, 톨루엔, 산화철, 비정질 실리카, 다이옥틸 프탈레이트, 활석(유리창 접착제).
    # 범인의 직업? 아닐 가능성
  - 종이타월 섬유.

- 암모니아.

- 고무 조각.

- 디젤 연료.

- 토양 샘플 두 가지, 해변 원산.

  # 코네티컷, 웨스트체스터 카운티, 뉴저지

- 소다, 서로 다른 농도, 출처도 여럿.

- 화이트와인, 당도가 높다. 싸구려 스파클링 화이트와인에서
  흔히 볼 수 있다.

================================

아처도 화이트보드를 곰곰이 들여다보고 있었다. "해답보다 질문
이 더 많군요." 그녀는 중얼거렸다.

법과학의 세계에 온 걸 환영해, 링컨 라임은 생각했다.

29

스위니 토드, 그게 정말 도전적인 무대였지.

타임스퀘어의 휘트모어 극장 목수인 조 헤디는 1년 전 성공적으로 재공연한 손드하임 희곡을 생각하고 있었다. 그와 동료 무대설치 기술자와 조명담당자들은 제대로 작동하는 이발소 의자를 만들어내야 했다―아니, 플리트 스트리트의 악마 이발사가 손님의 목을 베고나서 그 아래 구덩이로 밀어 넣을 수 있도록 지시에 따라 바닥이 빠지는 의자였다.

그들은 몇 달이 걸려서 한 치 오차 없이 작동하는 의자와 멋진 디킨스풍 고딕 무대를 만들어냈다.

그러나 이 무대는? 빌어먹을 아동용 희극. 지루하다.

헤디는 가로 60, 세로 120센티미터 일반 등급 송판을 46번가 극장 뒤 무대 건축 작업실로 지고 와서 콘크리트 바닥에 내려놓았다.

이 연극에서 그의 임무는 거대한 미로를 만드는 일이었다. 예를 들면, 어떤 가족들이 모여서 말다툼을 하고 이런저런 소동을 벌이는 이야기의 몇몇 지점에서 한 쥐―홀로그래피로 구현한 60센티미터 크기의 쥐―가 튀어나와서 구멍을 만드는 그런 장면이었다. 두 시간 동안 목을 자르는 장면은 단 하나도 없었다. 대본을 읽어보고 헤디는 문자 그대로 피가 조금 등장하면 도움이 될 거라고 생각했다.

하지만 무대 디자이너가 원하는 것은 미로였고, 그래서 미로를 만들고 있다.

덥수룩하고 희끗거리는 머리, 덩치 큰 헤디는 목재를 자를 순서대로 배열하고 뻣뻣하게 일어섰다. 실제로 입에서 끙 소리가 났다. 예순한 살, 이미 은퇴는 시도해 보았다. 아내와 그는 36년 동안 디트로이트 자동차 공장에서 일하다가 뉴욕으로 옮겼다. 저지의 아이들과 손자들 곁에 사는 것은 즐거웠다. 어느 정도는. 그러나 헤디는 아직 공구를 내려놓을 준비가 되어 있지 않았고, 사위가 그에게 이 직장을 구해주었다. 헤디는 기본적으로 기계 기술자였지만―전형적인 디트로이트 기술―손재주는 어딜 가나 쓸모가 있었고, 극장 측은 그를 무대건설 목공으로 채용했다. 그는 이 일이 좋았다. 유일한 문제는 목재가 20년 전보다 훨씬 무겁다는 점이었다. 인생이란.

그는 미로 도면을 근처 탁자 위에 펼치고 허리띠에서 쇠 테이프를, 주머니에서 연필―구식 연필, 주머니칼로 깎아 썼다―을 꺼내 도면 옆에 놓았다. 안경을 꺼내 쓰고, 그는 설계를 검토했다.

여기는 브로드웨이에서 상급에 속하는 극장이었고, 맨해튼 최고의 무대 건축 작업실 중 하나였다. 가로 세로 2미터, 넓은 공간이었고 남쪽 벽에는 대부분의 목공소보다 더 많은 목재가 쌓여 있었다.

서쪽 벽에는 공구통(못, 너트, 볼트, 스프링, 나사, 나사받이. 없는 게 없었다), 수동 및 전동 공구, 작업대, 페인트, 작은 주방이 있었다. 한가운데는 대형 공작기계가 바닥에 고정되어 있었다.

날씨는 쾌청했고, 거대한 이중문—가장 큰 무대장치를 운반할 수 있을 만큼 컸다—이 46번가를 향해 열려 있었다. 헤디가 좋아하는 냄새가 산들바람에 실려 들어왔다. 자동차 매연, 누군가의 향수 냄새, 땅콩과 프레첼 행상이 풍기는 숯 연기. 도로는 혼잡했고, 상상할 수 있는 온갖 옷차림을 한 행인들이 사방에서 끊임없이 밀려와서 지나쳤다. 그는 디트로이트가 결코 좋아지지 않았다. 하지만 뉴욕으로 개종한 지금, 그는 비록 패러머스에 살지만 독실한 맨해튼 신도였다.

일도 좋았다. 이렇게 날씨 좋은 날이면, 무대건축은 어떻게 하는지 궁금한지 때로 행인들이 멈춰 서서 열린 문 안을 들여다본다. 헤디가 가장 자랑스러웠던 날 가운데 하루는 누가 그를 문간으로 불렀던 때였다. 공구나 작업 중인 무대에 대한 질문을 받을 거라고 예상했던 그는 남자가 사인을 부탁하자 깜짝 놀랐다. 그는 〈왕과 나〉 재공연 무대가 좋았다면서 '플레이빌' 위에 사인해 달라고 했다.

헤디는 마이크로웨이브에 물을 데우고 스타벅스 인스턴트 커피를 부은 뒤 검은 액체를 홀짝이며 지금부터 자를 목재 크기를 확인했다. 필요한 보조도구가 준비되어 있는지 작업대를 흘긋 보았다. 소음을 줄이는 귀마개였다. 작업실 한가운데 버티고 있는 공작기계 때문에 절대적으로 귀마개를 써야 했다.

거대한 에이요니 테이블톱은 가장 최근 작업실에 구비된 공구였다. 브로드웨이 무대건축에서 목공은 큰 비중을 차지한다—자르기, 골격 짜기, 맞추기. 에이요니는 이런 업무에 급속도로 없어서는 안 될 도구가 되어가고 있었다. 무게가 140킬로그램 이상 나가는 이 공구는 상어 이빨처럼 날카로운 날이 달린 원형 톱을 갖추고 있었다. 강철 톱날은 다양한 두께와 날 깊이, 모양으로 교환 가능했다—톱니가 크고 두꺼운 날은 개략적인 설계에 사용했고, 얇고 섬세한 날은 마감에 좋았다. 사악한 원형 톱은 거의 분당 2천 번 회전했고 제트 비행기 엔진만큼 시끄러웠다.

톱은 가장 두꺼운 목재를 신문지 찢듯 갈랐고, 이전에 수행한 업무 50건의 세팅과 규모를 기억하는 컴퓨터 칩이 장착되어 있었다.

미로의 바닥 부분이 될 가로 60, 세로 120센티미터 목재를 자르려면, 벽의 선반에서 무겁고 큰 톱날을 내려야 한다. 그러나 현재 에이요니에 장착된 톱날을 떼고 무거운 것으로 교체하려면 전원부터 꺼야 했다. 8마력의 힘을 내는 모터는 220볼트로 높은 전류가 흘렀기 때문에, 극장의 전기 시스템에 고정 연결되어 있었다.

제조사는 톱날을 교체하기 전에 주 회로 차단기를 내려서 전체 건물의 전원을 끄라고 권고했지만, 차단기가 지하실에 있었기 때문에 실제 그렇게 하는 사람은 아무도 없었다. 회사 측에서도 구매자가 언제나 주 전력을 차단하지 않을 것이라고 예상했는지, 톱에는 전력 차단 장치가 두 개 붙어 있었다. 하나는 톱 자체의 회로 차단기. 다른 하나는 톱날의 회전을 켜고 끄는 온/오프 스위치였다. 기계 밑바닥까지 팔을 뻗어서 회로 차단기를 찾아 끄려면 좀 불편했지만, 헤디가 그렇게 하지 않고 톱날을 교체하는 일이란 있을 수 없었다. 이 공구는 기요틴만큼 위험했다(한 조수가 작동 중인 에이요니 톱 바로 옆에서 넘어지면서 균형을 잡으려고 본능적으로 팔을 뻗은 사고 이야기를 들은 적이 있었다. 팔뚝이 날에 닿았고, 눈 깜짝할 사이에 손목부터 팔꿈치 사이 중간쯤이 싹둑 잘렸다. 워낙 신속하고 깨끗하게 잘려나가서, 불쌍한 조수는 거의 10초가량 아무 통증도 느끼지 못했다.)

그래서 헤디는 허리를 굽히고 차단기를 내렸다.

이중으로 안전을 확인하기 위해, 그는 전원 스위치를 올렸다. 아무일도 일어나지 않았다. 그는 다시 전원 스위치를 내렸다. 이제 왼손으로 톱날을 쥐고 단단히 받친 다음, 오른손에 든 소켓 렌치로 원형 톱날을 축과 고정시키는 너트를 풀기 시작했다. 안전을 두 번 확인한 게 다행이었다. 만에 하나 지금 이 기계가 작동하기 시작한다면 왼손 손가락을 모조리 잃을 뿐 아니라 소켓 렌치가 오른손까지 곤죽으로 만들어놓을 게 분명해 보였다.

2000RPM.

그러나 날은 5분 만에 안전하게 교체했다. 전력도 다시 들어왔다. 그는 첫 조각을 자를 준비를 했다.

톱의 효율성은 의심할 여지가 없었다. 덕분에 모든 목공의 일상이 너무나 편해졌다. 반면 헤디는 다음 몇 시간 동안 톱날을 갈고 목재를 잘라야 하는 업무가 영 반갑지 않았다.

사실 이 기계는 너무나 무서웠다.

웨이트리스가 은근히 추파를 던졌다.

30대 중반, 닉은 추측했다. 하트 모양의 예쁜 얼굴, 곱슬머리가 삐져나오도록 단단히 묶은 흑단처럼 검은 머리. 몸에 붙는 제복. 많이 파인 목선. 식당 주인이 되면 이 점은 바꾸고 싶었다. 그는 좀 더 가족처럼 친근한 점원이 좋았다. 하지만 동네 늙은이들은 해나가 보여주는 장관을 좋아할 것이다.

그는 그녀와 달리 정중하고 형식적인 미소를 돌려준 뒤 비토리오를 청했다. 그녀는 물러났다가 돌아와서 잠시만 기다리라고 전했다.

"앉으세요, 커피 드세요."

그녀는 다시 추파를 던졌다.

"블랙으로. 얼음 하나."

"아이스커피?"

"아니, 컵으로. 뜨거운 커피에 얼음 하나만 넣어주세요."

웨이트리스가 안내한 창가 부스에 앉으며, 닉은 가게를 둘러보았다. 좋군, 그는 평가했다. 첫 눈에 마음에 들었다. 리놀륨은 벗겨내야겠고—신발에 긁힌 자국이 너무 많았다—벽지도 벗기고 페인트칠을 해야 할 것이다. 짙은 빨강 같은 색으로. 창문이 많았고, 조명도 좋았다. 벽에 강한 색을 칠해도 감당할 수 있을 것이다. 그림도 걸어놓고 싶었다. 옛 브루클린 그림, 가급적 이 동네 그림으로.

닉은 브루클린을 사랑했다. 많은 사람들은 브루클린이 1898년까지 독립된 시였다가 뉴욕의 한 부분으로 흡수되었다는 사실을 잘 모른다. 사실 브루클린은 미국에서 가장 큰 도시 중의 하나였다(지금도 가장 큰 자치구다). 해변이나 프로스펙트 파크 그림 같은 걸 구해야겠다. 유명한 브루클린 사람들의 초상화도 좋겠지. 월트 휘트먼. 그래, 그걸 걸어야겠다. 시 「브루클린 나루터를 건너며」. 그래, 페리 사진을 걸자. 아멜리아의 아버지—그도 브루클린 출신이었다—는 조지 워싱턴과 식민지군이 여기서 영국군과 싸웠다고 했다(비록 졌지만, 강물이 얼어붙어서 안전하게 맨해튼까지 퇴각할 수 있었다). 조지 거슈인. 브루클린의 영웅적인 소방관을 뒤따라 톰 소여라는 이름을 붙인 마크 트웨인, 그들의 그림을 모두 걸어야겠다. 펜과 잉크 스케치 같은 것도 괜찮겠지. 멋지다. 고풍스럽고.

물론 같은 브루클린 토박이지만 알 카포네는 절대 사절이다.

그림자가 다가왔고, 닉은 일어섰다.

'비토리오 게라입니다." 올리브색 피부, 안색이 좋지 않은 덩치 큰 남자였다. 수트는 몸에 비해 한 치수 컸다. 식당을 내 놓은 이유가 건강이 좋지 않아서인가 싶은 생각이 들었다. 아마도. 완벽하게 빗어 넘긴 희끗희끗한 머리는 가발이었다.

"닉 카렐리입니다."

"이탈리아 분이군요. 고향이 어디신지?"

"플랫부시."

"하."

닉은 덧붙였다. "오래전에는 볼로냐였습니다."

"메뉴에 이탈리아 음식도 있습니다."

"라자냐가 맛있다는 소문을 들었습니다."

"맞습니다." 게라는 앉았다. "하지만 맛없는 라자냐 먹어보신 적 있소?"

닉은 미소지었다.

웨이트리스가 커피를 가져왔다. "뭘 드릴까요?" 그녀는 게라에게 물었다.

"아니, 나는 됐어, 해나. 고마워." 그녀는 돌아서서 사라졌다.

남자는 거친 손을 한데 모으고 고개를 숙였다. "비토라고 부르시오.'

"음, 비토. 전 이 식당에 관심이 있습니다."

"식당을 해보신 적은 있으신가?"

"식당에서 먹어본 적이야 많지요. 평생."

음, 엄밀히 평생은 아니고 그 대부분....

덩치 큰 남자는 웃었다. "아무나 할 수 있는 일이 아니야."

"내가 해보고 싶은 일입니다. 늘 그랬습니다. 동네 식당 같은 곳. 사람들이 머무르며 시간을 보내는 곳. 다정한 곳. 사람들과 어울리는 곳. 경제상황이 어떻더라도, 사람들은 먹어야 하지 않습니까."

"그건 다 맞는 말이오. 하지만 힘들어요. 아주 힘듭니다." 그는 닉을 훑어보았다. "힘든 일을 겁낼 분 같지는 않은데."

"네, 맞습니다. 변호사에게서 계약서를 받아서 읽어봤습니다. 괜찮아 보이더군요. 가격 말입니다만, 어머니가 돌아가시면서 남긴 돈이 조금 있는데...."

"저런, 유감입니다."

"고맙습니다. 은행과도 이야기하는 중입니다. 대충 맞아요. 가격 말입니다. 서로 약간만 맞춰보면 합의가 되지 않을까 싶은데요."

"흠, 내가 부른 값을 내시면 그게 합의 아니오." 농담 같기도 하고 아닌 것 같기도 했다. 이건 어디까지나 사업이었다.

닉은 뒤로 물러앉아 자신만만하게 말했다. "더 깊이 들어가기 전에 할 말이 있습니다."

"뭐요?"

"난 전과가 있습니다."

비토는 방금 피부가 플라스틱으로 되어 있다는 소리를 듣기라도 한 듯 몸을 내밀고 닉을 찬찬히 보았다.

닉은 비토의 눈을 똑바로 쳐다보았다. 솔직한 미소가 얼굴에 떠올랐다. "무장강도와 폭행죄였습니다. 내가 한 일이 아니었어요. 난 범죄를 저지르지 않았습니다. 지금 무죄를 증명하기 위해 노력하는 중이고, 아마 사면될 거라고 생각합니다. 며칠 내로 증거를 보여드릴 수 있을지도 모르고, 더 걸릴지도 모르겠습니다. 하지만 진심으로 이 문제가 걸림돌이 되지 않기를 바랍니다."

"당신이 한 일이 아니다." 질문은 아니었다. 하지만 계속 말해보라는 말투였다.

"아닙니다. 누군가를 도우려다가 발목이 잡혔어요."

"주류면허는 못 얻을 거요. 그게 수입의 삼분의 일에 달하는데."

"변호사가 시와 이야기를 하는 중입니다. 그는 가능하다고 생각합니다. 사면을 받으면 문제가 없고요."

"모르겠소, 닉. 이건 완전히 다른 문제라. 나는 여기서 20년 동안 장사를 했어. 평판이라는 게 있는데."

"그럼요, 이해합니다." 닉의 목소리가 자신만만한 것은 실제 자신이 있기 때문이었다. "하지만 내 변호사는 법정에서 사면을 받을 수 있다고 합니다. 완전한 무죄입증 말입니다."

"난 빨리 팔아야 해, 닉." 비토는 손바닥을 위로 하고 두 손을 들어 보였다. "문제가 있소. 건강 문제." 그는 손님이 서른 명 정도 앉아 있는 식당을 둘러보았다. 한 사람이 계산서를 요청했다. 게라는 웨이터를 불러 지시를 내렸다.

"종업원 관리가 문제요." 그는 말했다. "잠깐 일하다가 그만 두고, 갑자기 안 나오고, 손님들에게 무례하게 굴고. 훔치기도 하지. 그런 사람들은 내보내야 해. 아버지나 교장선생처럼, 언제나. 그래도 도둑질을 하려고 들어요."

"그렇겠죠. 사업이란 게 다 그렇지 않습니까. 모든 걸 다 관리해야 하는. 나는 당신을 한동안 컨설턴트로 고용할까 생각도 했습니다만."

"그건 모르겠소. 건강 문제가. 내 아내와 딸이 날 돌봐주고 있소. 집으로 다시 들어왔다오. 제일 큰 딸이. 난 푹 쉬어야 해. 프로들이 있지 않소. 컨설턴트라면. 요식업계 컨설턴트. 비싸지만 당신 경우라면 그것도 좋은 선택일 거요."

"압니다. 하지만 생각해 보세요, 비토. 기꺼이 급여를 드리겠습니다. 출근하실 필요도 없어요. 일주일에 두어 번 제가 찾아가는 정도로 해도 됩니다."

"당신은 좋은 사람 같아, 닉. 과거에 대해 굳이 이야기할 필요도 없었는데. 튀김 주방장으로 지원해서 내가 추천서를 확인하는 것도 아니고. 합의를 하고, 계약을 하고, 당신이 수표만 갖고 오면 난 아무래도 상관없지 않소. 그런데 당신은 굳이 나한테 솔직했지. 하지만, 솔직히 말해 생각을 해봐야겠소."

"그렇게만 해주시면 됩니다. 그리고 비토, 가격 말인데요."

"왜?"

"부르신 대로 드릴 수도 있습니다."

"흥정에는 별로 능하지 않으시구만."

"좋은 건 보면 압니다. 생각해 보십시오. 한데 한 가지 부탁이 있습니다만."

"뭐요?"

닉은 말했다. "내게 다시 한번 기회를 주기 전에 다른 사람에게 팔지 마십시오. 그냥 기회만 다시 주세요."

비토는 다시 찬찬히 닉을 보았다. "좋소. 알려드리지. 아, 그리고 닉?"

"네, 비토?"

"당신이 해나와 지분거리지 않는 게 마음에 들었소. 내 둘째 딸이오." 그는 몸에 붙는 복장을 한 검은 머리 웨이트리스에게 고갯짓을 했다. "거기서 점수를 땄어. 생각해 보리다, 닉. 가족들과 이야기해 보고 알려드리지."

두 사람은 악수를 나누었다. "질문이 하나 더 있습니다, 비토."

"말씀하시오. 뭐지?"

닉은 의자에 등을 기대고 미소 지었다.

30

"모르겠다, 에이미."

아멜리아 색스는 트와이닝 홍차를 따르며 어머니에게 묻는 듯한 눈길을 보냈다.

두 사람은 색스의 어머니 로즈의 엑스레이와 심전도검사를 마치고—며칠 뒤 수술까지 모든 것이 순조롭게 진행되고 있었다—캐롤 가든스의 타운하우스에 돌아와 햇빛이 내리쬐는 부엌에 앉아 있었다. 로즈는 딸의 이 집과 여섯 블록 떨어진 자기 집을 번갈아가며 지내고 있었다. 바이패스 수술을 할 의사와 병원이 이 근처였기 때문에, 진료 예약이 있을 때면 여기 머무는 것이 편했다. 수술 뒤에도 이 집에서 회복할 예정이었다.

"닉에 대해서는 잘 모르겠다." 로즈는 차가 담긴 뉴욕시경 기념 머그를 집어 들고 해프 앤 해프 샷을 추가했다. 색스는 반쯤 빈 스타벅스를 마시고 있었다. 닉이 좋아하는 커피처럼 미지근했다. 그녀는 잔을 다시 뜨겁게 데워서 로즈 맞은편에 앉았다.

"충격이었어요. 그가 나타난 게." 색스는 치마와 블라우스, 스타킹, 가느다란 목에 어울리는 얇은 금목걸이 차림의 어머니를 바라보았다. 로즈는 언제나처럼 진료가 있을 때면 교회에 가는 것처럼 차려입었다. "어떻게 생각해야 할지 아직 모르겠어요."

"교도소 생활은 어땠다니?" 로즈도 유머감각이 있었다. 조금 나이든 뒤에야 발달했다.

"그 이야기는 안 했어요. 그럴 이유가 없어서. 더 이상 우린 공통점이 없어요. 낯선 사람 같아요. 가게 점원이나 거리에서 마주치는 사람과 개인적인 이야기를 하지는 않잖아요. 내가 왜 그와 그런 이야기를 해요?"

그녀는 자신이 지나치게 많이, 지나치게 빨리 설명한다는 것을 느꼈다. 로즈도 눈치챈 것 같았다.

"난 그저 잘되길 바랄 뿐이에요." 색스는 대화를 마무리했다. "링컨에게 돌아가 봐야겠어요. 이런 범인은 본 적이 없어요."

"국내 테러리스트? 언론에서는 그렇게 말하더구나. 그 MSNBC 보도 봤니? 사람들이 에스컬레이터나 엘리베이터를 타지 않아. 미드타운에서는 한 남자가 사무용 빌딩 10층까지 걸어올라 갔다가 심장마비에 걸렸어. 엘리베이터를 믿을 수 없었던 거야."

"아뇨, 못 봤어요. 죽었어요?"

"아니."

범인 40의 또 다른 피해자다.

그녀는 물었다. "저녁 때 뭐 사올까요? 잠깐, 샐리도 오나요?"

"오늘 밤은 안 올 거다. 브리지 모임이 있어."

"엄마도 가고 싶으세요? 그 집까지 태워드릴게요."

"아니, 그럴 기분은 아니다."

어머니와 아버지가 동네 브리지 클럽의 왕과 여왕이던 시절이 떠올랐다. 좋은 시절이었지.... 칵테일을 마시고, 모인 사람들 절반은 굴뚝처럼 담배를 피우고, 마지막 몇 게임은 진과 호밀 위스키로 알딸딸해서 말도 안 되는 전략을 세우는 바람에 우스꽝스러울 정도로 형편없었다. (색스는 이런 파티가 열리는 밤이 좋았다. 몰래 나가서 이웃 아이들과 어울리고 폭주를 하거나 드래그레이스에 참여하기도 했다. 스스로도 인정했지만 아멜리아 색스는 나쁜 아이였다.)

초인종이 울렸다. 색스는 문으로 나가서 밖을 내다보았다.

이런.

문을 열었다.

"안녕." 그녀는 닉 카렐리에게 말했다. 조심스러운 목소리였던 모양이었다. 그는 자신 없게 미소 지었다.

"혹시나 해서 들러봤어. 네 차가 보이길래."

그녀는 물러났고, 그는 현관으로 들어섰다. 검은 청바지, 연파랑 드레스 셔츠, 네이비 스포츠코트, 닉 카렐리에게는 잘 갖춰 입은 차림이었다. 그는 커다란 쇼핑백을 들고 있었다. 마늘과 양파 냄새가 났다.

"오래 못 있어." 그는 쇼핑백을 건넸다. "너랑 어머님 점심 때 먹으라고."

"전화하지 그랬어."

"음, 별로 멀지 않아서. 식당에 있었거든."

"음." 색스는 아래를 내려다보았다. "고마워, 하지만…."

"뉴욕 최고의 라자냐야."

'하지만'이라는 말은 음식을 가리킨 것이 아니었다. 무엇을 가리킨 것인지도 확실하지 않았다. 그녀는 가방을 내려다보았다.

닉은 목소리를 낮췄다. "간밤에 돌파구를 찾았어. 네가 준 파일에서. 단서를 찾았다고. 내가 차량 강도사건과 아무 관계가 없다는 걸 확인해 줄 만한 남자야."

"정말? 그게 파일에 있었다고?" 의미 없는 대화. 색스는 닉의 예기치 않은 방문에 당황한 상태였다.

"아직 더 찾아봐야 해. 다시 경찰 시절로 돌아온 기분이야."

그녀는 미간을 찡그렸다. "닉, 혹시 조직에 있는 사람이야?"

"모르겠어. 그럴 수도. 하지만 내가 전에 말했잖아. 자세한 정보는 학창시절 친구에게 부탁한다고. 그 친구는 괜찮아. 깨끗해. 법적으로 아무 문제도 없어."

"나도 기뻐, 닉." 그녀의 얼굴이 부드러워졌다.

"음, 에이미… 아멜리아, 어머니도 여기 계시나?"

잠시 사이. "응."

"인사드려도 될까?"

"좋은 생각 같지 않아. 별로 상태가 좋지 않으시다고 했잖아."

복도 저쪽에서 목소리가 들렸다. "인사 정도는 아무 문제없다, 에이미."

돌아보니 비쩍 마른 형체가 맞은편 커다란 유리창에서 흘러들어오는 햇빛을 배경으로 문간에 서 있었다.

"안녕하세요, 어머님."

"닉."

"엄마...."

"점심 가져왔니?"

"두 사람 것뿐입니다. 오래 있을 수 없어요."

"우린 점심식사를 잘 차려 먹지는 않아." 로즈는 천천히 말했다. 색스는 로즈가 혹시 야단을 치려는 건가 생각했다. 하지만 그녀는 덧붙였다. "저녁을 거창하게 먹지. 이건 오늘 밤에 먹어야겠구나." 로즈는 가방의 로고를 보았다. "비토리오 식당. 나도 알아. 좋은 곳이지."

"라자냐, 송아지 피카타, 샐러드, 마늘 빵."

다시 묵직한 가방에 시선을 주었다. "그리고, 닉, 저녁 식사 같이할 다섯 명은 어디 있지?"

닉은 웃었다. 색스는 웃으려고 노력했다.

"거실로 들어오너라. 대화할 힘은 있지만, 오래 서 있을 수는 없어."

그녀는 돌아섰다.

아, 이런. 이건 정말 어색하다. 색스는 한숨을 쉬고 두 사람을 뒤따랐다. 그녀는 부엌으로 빠져서 음식을 냉장고에 넣고 닉에게 커피를 가져다줄까 고민했다. 하지만 끓이고 나서 취향에 맞춰 식히려면 시간이 너무 오래 걸린다. 잠시 앉아 있다가 가줬으면 하는 마음이었다. 돌아서 보니 로즈는 등받이가 비스듬한 라운저에 앉아 있었고, 닉은 짧은 방문이라는 것을 암시라도 하듯 소파 앞 등받이 없는 오토만에 앉아 있었다. 색스는 잠시 서 있다가 식탁 의자를 빼서 어머니 옆에 놓고 앉았다. 허리를 똑바로 펴고, 상체를 약간 앞으로 내민 자세였다. 캘리포니아의 몸짓언어 분석 전문 수사관 친구 캐서린 댄스라면 그녀의 자세에서 어떤 메시지를 읽을지 궁금했다.

"에이미가 네 동생에 대해 이야기하더구나. 네가 범행에 대해 책임을 졌다면서. 이제 결백을 증명하고 싶어 한다고."

로즈는 들은 이야기를 속에 담아두는 성격이 아니었다. 색스는 어머니가 소셜미디어에 대체로 무지한 것이 다행이라고 생각했다. 그랬다가는 아마 인터넷을 떠돌아다니는 백만 가지 루머의 진원지가 되었을 것이다.

"맞습니다. 단서를 찾았어요. 잘 풀렸으면 좋겠습니다. 안 될 수도 있지만, 그래도 노력은 계속 할 겁니다. 어머님, 아멜리아 말로는 요즘 여기도 자주 계신다면서요. 오늘 제가 들른 이유는 단순한 식사배달만은 아닙니다. 사죄하고 싶었습니다. 둘 다에게."

로즈의 시선이 닉의 눈을 뚫어지게 응시했다. 닉은 시선을 피하지 않았다. 그는 더없이 침착했고, 마침내 무겁고 고통스러운 짐을 가슴에서 덜어내게 된 모습이었다.

"아멜리아와... 그리고 당신과 연락을 끊은 건 제게 너무나 힘든 일이었습니다. 도니에 대해 사실대로 말하지 않은 건. 하지만 내가 아닌 동생이 범행에 가담했다는 소문이 새어나갈 위험을 무릅쓸 수는 없었어요. 원하신다면 아멜리아에게서 자세한 사연을 들으시겠지만, 전 도니와 얽혔던 이 남자는, 조직원을 거느리고, 갱단의...."

"나도 조직이 뭔지 알고 있어. 내 남편도 평생 경찰이었다."

"네, 죄송합니다. 이 남자는, 내가 대신 뒤집어쓰지 않았다면 도니를 죽였을 겁니다. 저를 범인으로 지목하는 증거는 사실상 전혀 없어요. 무슨 일이 있었는지 누구에게든 사실대로 말했다가는 경찰 내사과나 검사가 내가 꾸며내고 있다는 걸 금세 눈치챌 것 같았습니다.

진범이 도니라는 걸 알아내는 데는 얼마 걸리지 않았을 거예요. 도니는...." 닉의 목소리가 갈라졌다. 그는 헛기침을 했다. "자기 뒷감당도 못하는 어린애였습니다. 뭘 몰랐어요. 어쩌다 안 좋은 사람과 어울려서 그 일에 휩쓸린 겁니다." 닉의 눈이 축축해지는 것 같았다.

"좋은 애였어." 로즈는 천천히 말했다. "문제가 있었다는 건 나도 몰랐지."

"손을 씻고 싶어 했지만... 중독은 힘들잖아요. 제가 더 도왔어야 했습니다. 몇몇 프로그램에 넣어줬지만, 충분히 지켜보지 못했어요."

로즈 색스는 손을 토닥거리는 사람이 아니었다. 그래, 그래, 넌 최선을 다했어. 그녀는 그저 입술을 굳게 다물고 고개만 끄덕였다. 이런 뜻이었다. 맞아, 닉, 그렇게 했어야지. 그랬다면 너도 교도소에 가지 않았을 텐데. 도니도 살아 있을 거고. 넌 내 딸의 가슴을 아프게 하지도 않았겠지.

"로즈, 저와 아무 일로도 얽히고 싶지 않으실 겁니다." 서글픈 미소, 그는 아멜리아를 흘긋 보았다. "둘 다 그렇겠지요. 전적으로 이해합니다. 전 그저 내가 결단을 내려야 했고, 아멜리아보다, 당신과 수십 명의 다른 사람들보다 내 동생을 선택했다는 점을 말씀드리고 싶었습니다. 거의 그러지 않을 뻔했어요. 동생을 늑대에게 던져줄 뻔했지만, 결국 반대방향으로 갔습니다. 죄송합니다." 그는 일어서서 손을 내밀었다.

로즈는 천천히 손을 잡았다. "고맙다, 닉. 어떤 사람들에게는 사과가 아주 힘들지. 이제 난 좀 피곤하구나."

"네. 전 가보겠습니다."

색스는 그를 문까지 바래다주었다.

"네가 이런 걸 기대하지 않았다는 걸 알아. 그냥 꼭 해야만 했어. 도니처럼. 12단계 프로그램 수행하듯이. 중독 치료할 때 사람들을 찾아다니며 미안하다고 말하듯이." 그는 어깨를 으쓱했다. "도니도 그 단계까지 갔다면 그렇게 했겠지."

닉은 충동적으로 그녀를 포옹했다. 잠시. 하지만 그녀는 목에 닿은 그의 손이 떨리는 것을 느꼈다—정확히 링컨 라임의 척추가 부러진 바로 그 부분이었다. 그녀는 물러났다. 그에게 무엇을 찾아냈는지 물어볼까 잠시 고민했다. 그 수수께끼의 남자. 그러나 묻지 않았다.

내 문제가 아니다, 그녀는 자신에게 일깨웠다.

그녀는 그의 등 뒤에서 문을 닫았다. 그리고 거실로 돌아갔다.

"묘했어." 로즈가 말했다. "호랑이도 제 말 하면 나타난다더니."

색스는 어머니의 언어 선택에 고개를 갸우뚱했다. 그녀는 커피를 다시 데우고 한 모금 마신 뒤 종이컵을 던져버렸다.

"모르겠어." 나이 든 여자는 고개를 저었다.

"난 그를 믿어요, 엄마. 나한테 거짓말할 이유가 없어요."

"아, 나도 닉을 믿어. 그가 결백하다고 생각한다. 내 말은 그 뜻이 아니야."

"그럼 무슨 뜻인데요?"

"닉은 그때 실수를 저질렀다고 했어. 널 생각했어야 했다고."

"그래서 사과를 하는 거잖아요. 그게 왜 문제예요?"

"왜 하필 너한테 도와달라고 왔지?"

중요한 질문이었다. 색스는 엄마에게 닉이 도움을 청했다는 말을 한 적이 없었다. 사건 파일을 다운로드에서 건네주는, 합법적이지만 윤리적으로는 애매모호한 일까지 주선해 줬다는 이야기도 한 적이 없었다. 닉이 결백하다고 주장한다는 이야기, 그를 믿는다는 이야기, 닉은 그 점을 증명하기 위해 노력하고 있다는 이야기만 했다.

"결백을 증명하는 데는 절차가 있지 않니? 변호사, 사정위원회."

그녀는 어머니가 정말 묻고 있는 것이 무엇인지 깨달았다. "엄마, 닉은 자기 인생을 살 거예요. 나도 내 인생을 살 거고요. 그걸로 끝이에요. 난 아마 그를 다시 만날 일이 없을 거예요."

로즈 색스는 미소 지었다. "알았다. 차 좀 더 만들어주렴."

색스는 부엌으로 들어갔다가 잠시 후 새 머그를 들고 돌아왔다. 어머니에게 컵을 건네주는 순간 휴대전화가 울렸다. 그녀는 주머니에서 전화를 꺼내 발신자를 확인하고 받았다. "라임."

"긍정적인 단서가 있어, 색스. 실시간이야. 범인 40은 타임스퀘어에 있어. 어쩌면 지금 목표물을 뒤쫓고 있는지도 몰라. 움직여. 가는 길에 좀 더 알려주지."

31

색스는 타임스퀘어를 향해 질주하고 있었다. 맨해튼 FDR 익스프레스웨이, 북쪽 방향.

도로 정체가 끔찍하지는 않았다.... 하지만 운전자들은 그랬다.

차량들은 마구 차선을 넘나들었다. 그녀의 토리노도 마찬가지였다. 이 공동의 발레에서 하나라도 실수가 있으면, 시속 40마일의 속도로 철과 철이 부딪히는 참사를 맞게 된다. 치명적이지 않다면, 피투성이가 되고 골절상도 일으킬 것이다.

전화가 울렸다. 그녀는 스피커 버튼을 눌렀다. "말씀하세요."

"지금까지 확보한 내용이야, 색스. 듣고 있나? 그게 뭐지? 그 소리?"

"기어 바꾸는 소리예요."

제트 엔진이 착륙 중에 역회전하는 소리가 났다.

링컨 라임은 말을 이었다. "지금까지 확보한 내용이야. 미량증거물을 훑어보고 있었어. 자네가 현장 한 곳에서 화장품 성분을 찾아냈지. 범인의 족적 두 개에서 코네티컷, 웨스트체스터, 뉴저지 원산의 흙도 전부 나왔고. 디젤 연료. 컵에 든 소다와 싸구려 와인, 혹은 샴페인."

"시어터 디스트릭트의 관광객. 시외버스와 막간에 마시는 음료!"

"바로 그거야. 범인은 타임스퀘어에 집이나 직장이 있거나 연극을 좋아해.... 혹은 거기서 범행 계획을 짜다가 미량증거물을 묻힌 거야."

"단서는 뭐죠?"

"아처와 나는 그 점을 알아내자마자...."

"아처?"

"줄리엣. 인턴."

"아." 아름다운 눈매와—하느님이 내린 손톱을 지닌 휠체어 여자. 성으로 지칭하니 헷갈렸다.

도로가 트이고, 그녀는 다시 달렸다

"시어터 디스트릭트라는 걸 알아내자마자 나는 COC에 전화했어."

뉴욕시경 경찰본부의 널찍하고 창문이 없는 방을 본거지로 삼고 있는 커뮤니티 관찰 센터 COC에서는 수십 명의 경찰들이 뉴욕 시내 전역에서 송출되는 20만 개의 영상을 감시하고 있다. 용의자 하나를 찾자고 시내 전체를 감시하기에는 스크린이 너무 많고, 안면 특징—'키가 크고 마른 남자, 야구모자를 쓰고 배낭을 메고 있다.'—이 없을 경우에는 알고리듬도 도움이 되지 않는다.

하지만 증거를 바탕으로 보안카메라 수가 많고 좁은 지역을 집중적으로 검색하자 타임스퀘어 영상을 보던 경찰이 10분 전 범인 40으로 보이는 인물을 포착해 냈다.

"정확히 어디죠?"

"브로드웨이와 42번가, 북쪽 방향. 45번가 서쪽의 어느 가게에서 범인을 놓쳤어. 뒷문으로 나갔을지도 몰라. 브로드웨이 서쪽에는 카메라가 그렇게 많지 않아. 그 뒤로 영상에 잡히지 않았어."

색스는 갑자기 차선을 바꾸는 가스 탱커를 피한 뒤 다시 직진했다. 좋아. 아드레날린이 솟았다.

라임은 말을 잇고 있었다. "멜이 미드타운 노스에 연락했어. 경찰 여섯 명이 교차로에 가는 중이야. 기동대도." 라임은 인력을 출동시킬 권한이 없었지만, 멜 쿠퍼는 비록 법과학 전문이긴 해도 형사이기 때문에 가능했다. "풀라스키도 수색팀을 이끌고 12번 애비뉴 42번가로 가고 있어."

미드타운 노스 팀은 색스와 함께 서쪽으로 수색한다. 론 풀라스키는 동쪽으로 훑어 나오며 협공한다.

"증거물에서는 범인이 어디로 갈지 단서가 더 이상 없나요? 특별히?"

응답이 없었다.

그는 다른 사람과 이야기하는 중이었다. 쿠퍼일 것이다.

아니, 색스는 여자 목소리를 들었다. 줄리엣 아처였다.

그리고 잠시 정적.

색스는 물었다. "라임?"

"왜?"

"증거에서 범인의 위치나 목표장소를 좁힐 만한 단서는 더 이상 찾을 수 없는지 물었어요."

"출처를 알 수 없는 몇 가지 점이 있어. 깨진 유리, 접착제. 종이타월. 이건 어디서든 나올 수 있어. 부식토는 퀸스에서 묻었거나, 혹은 퀸스 원산이거나." 왜 군이 강조하는지 그녀는 알 수 없었다. 라임은 말을 이었다. "비료와 제초제가 있지만, 미드타운 브로드웨이에 굽이치는 초원이 있지는 않잖아. 추정은 할 수 있지만, 추측하고 싶지는 않아. 이 시점에는 용의자 추적에 주력하자고."

"계속 검토해 봐요. 현장에 도착하면 다시 전화할게요."

색스는 그가 대답하기 전에 전화를 끊은 뒤 고속도로를 벗어나 서쪽으로 달려 일반도로로 접어들었다.

교차로... 빌어먹을 교차로.

클러치와 브레이크를 잡고, 대시보드에서 깜빡이는 파란 불빛에 눈을 가늘게 떴다.

한 손으로 경적을 울리고, 다른 한 손으로 기어를 바꾸고, 다시 양손으로 핸들을 붙잡았다.

오른쪽 안전, 왼쪽 안전. 가자! 가자!

정신없는 맨해튼 도로에서 이 과정을 대여섯 번 반복하면서, 그녀는 겨우 두 번밖에 인도로 올라가지 않았고 가는 길을 막는 차량의 꽁무니를 세 번, 아니, 네 번 들이받을 뻔했다.

흥미롭군, 그녀는 전방이 뚫린 구역을 달리며 생각했다. 아버지가 순찰하던 구역이 범인 40의 활동무대라니. 허먼 색스는 오랫동안 타임스퀘어 인근 도로, 42번가가 오늘날과 같은 디즈니 테마파크로 변하기 전 듀스라고 불리던 그 일대를 주로 순찰했다. 사실 색스는 포르노와 야바위, 싸구려 술집이 난무하던 그 시절이 그리웠다. 아버지도 그렇지 않았을까.

휴대전화가 울렸다.

수동 트랜스미션이냐, 전화냐? 그녀는 트랜스미션이 불평하도록 내버려 두고 4단 기어보다 전화를 택했다. "색스."

"아멜리아. 바비 킬로입니다. 순찰. 미드타운 노스. 라임 경감님이 번호를 주셨습니다. 범인에 대해서."

"나도 자넬 기억해."

킬로는 에너지 넘치고 천사 같은 얼굴을 한 미드타운 노스 소속의 젊은 순경으로서, 색스가 형사로 승진하기 전에 같이 자주 일했다. 지금도 변한 데가 별로 없었지만, '젊다'는 수식어는 어쩌면 안 어울릴지도 모른다. "무슨 단서가 있나?"

"전 46번가에서 탐문 중입니다. 몇몇 사람들이 범인을 방금 본 것 같답니다. 지난 5분 안에."

시어터 디스트릭트의 중심을 관통하는 46번가는 서쪽 강에서 동쪽 강까지 이어진다.

"정확히 어디지?"

"브로드웨이에서 서쪽으로 몇 건물 떨어진 곳입니다. 선물가게로 들어갔습니다. 수상해 보였답니다. 미행당하는 게 아닌가 걱정하는 것처럼 창밖을 내다봤습니다. 점원의 증언입니다. 안전하다고 생각했는지, 미행이 없다고 생각했는지 ― 이것도 점원의 표현입니다 ― 범인은 밖으로 나와서 서쪽으로 사라졌습니다."

"나는... 음."

"뭡니까?"

로마의 오토바이 운전사처럼 감히 장난감 같은 베스파 주제에 포드 토리노와 레이스라도 벌이려는지 그녀의 차선으로 끼어 들어온 스쿠터 운전자였다.

색스는 능숙하게 오토바이를 피하다 쓰레기차 밑으로 들이받을 뻔했다. 다시 타이어를 공회전하며 달리기 시작했다.

"바비, 범인의 인상착의는?"

"진한 청색, 혹은 검정 윈드브레이커, 로고는 없습니다. 청바지, 빨간색, 혹은 녹색 야구모자—목격자가 원래 이렇죠. 어두운 색 배낭."

"알겠다. 5분 뒤 도착한다."

사실 3분밖에 걸리지 않았다. 그녀는 브로드웨이와 46번가 교차로에 서 있는 미드타운 노스 순찰차 옆에 차를 세웠다. 바비 킬로에게 고개를 끄덕여 인사했다. 여전히 천사 같았다. 근처에 서 있는 경찰 여덟 명도 낯이 익어서 역시 인사했다.

이미 독수리 떼가 모여들고 있었다. 휴대전화를 든 관광객들이 연신 사진을 찍어대고 있었다.

그녀의 전화도 울렸다. 론 폴라스키였다.

"론, 어디야? 작전 위치에 도착했나?"

"네, 아멜리아." 젊은 경찰은 순경 네 명과 긴급대원 여섯 명과 같이 있다고 설명했다. 그들은 허드슨강 근처 46번가에 있었다.

"우리는 브로드웨이다. 동쪽으로 훑으면서 우리 쪽으로 전진하기 바란다." 그녀는 용의자의 인상착의를 설명하고, 그가 이 근처에 살거나 일할 가능성이 있다고 전했다. 그렇다면 독특한 외모 때문에 주변 이웃이나 가게 주인, 웨이터들이 그를 기억할 가능성이 높다.

"그가 이 동네에 아무 연고도 없는데 단지 피해자를 미행하고 있다면, 음, 그건 다른 문제야. 너무 늦기 전에 그와 마주치기만 바라야지."

그들은 전화를 끊었고, 색스는 앞에 선 경찰들에게 작전 설명을 했다. 범인의 목표물이 컨트롤러가 설치된 제품을 사용하거나 그 근처에 있는 사람이라는 것을 제외하고는 아직 아무것도 확실한 것은 없다. 범인은 자기 스마트폰이나 태블릿으로 제품을 조종하려 할 것이다.

색스는 말을 이었다. "그가 총기를 지니고 있는지도 알 수 없다. 그러나 과거에 망치를 사용한 적이 있다."

"그가 에스컬레이터 살인범입니까?"

"맞아."

"그가 목표로 할 만한 다른 제품으로는 뭐가 있습니까?"

그녀는 에이브 벤코프의 가스레인지에 대해 이야기했다. 토드 윌리엄스가 다운로드한, 데이터와이즈5000을 설치한 긴 제품 목록이 떠올랐다. "가전제품, 온수기, 부엌가전, 중장비, 공구, 어쩌면 차량일 수도 있다. 의료장비도. 그러나 범인은 주목을 받을 만한 사건을 원한다. 뜨거운 물로 화상을 입히거나 사람을 덮쳐 죽일 수 있는 물건을 본다면, 그 안에 컨트롤러가 있다, 범인이 버튼을 누르려고 한다고 가정하도록."

"맙소사." 경찰 한 명이 중얼거렸다. "아내와 아이가 부엌에서 쿠키를 굽다가? 렌지가 폭발할 수도 있다는 말입니까?"

"그거야. 시작해."

서쪽으로 거리를 훑기 시작하는데, 한 경찰이 말했다. "범인이 왜 이 동네를 선택했는지 궁금하군요."

색스에게는 뻔한 해답이었다. 고화질 비디오 광고판이 수백 개의 상점과 식당, 유흥가 위로 우뚝 솟아 행인들과 관광객들에게 돈을 쓰라, 쓰라, 쓰라고 으르대는, 혹은 유혹하는 공간....

소비자중심주의를 공격하고자 하는 누구에게나 타임스퀘어는 세계 최고의 사냥터일 것이다.

32

탐문.

색스와 경찰들은 두 팀으로 나뉘어 도로 양 옆을 하나씩 훑으며 서쪽으로 전진했다.

기술은 대단할 게 없었다. 그저 행인들에게 야구모자와 짙은 색 재킷, 청바지 차림으로 배낭을 메고 가는 키 크고 마른 남자를 보았느냐고 묻는 게 다였다. 진도는 느렸다. 보도는 행인과 상인으로 붐볐다.

물론 그들은 등 뒤도 지켜보고 있었다.

무기로 사용될 만한 어떤 물건이든. 이 자동차 엔진에 해킹해서 폭발시키거나 불을 지를 수 있을까? 저 쓰레기차를 급발진하는 명령을 내릴 수 있을까? 뉴욕시 기반시설은? 발 밑 고작 몇십 센티미터에서 흐르는 수백만 볼트의 전기와 초고온 증기는?

제품은 어디에나 있었다.

주의를 분산시켰다.

색스는 목격자를 발견하지 못했지만, 경찰 한 명이 무전으로 가능성이 높은 목격담을 들었다고 알렸다―10분쯤 전 인상착의가 범인과 동일한 한 남자가 보도 가장자리에 서서 태블릿을 내려다보고 있었다. 7번 애비뉴와 8번 애비뉴 사이였다. 그는 그 외에 다른 행동을 하지 않았다. 목격자―시어터 디스트릭트의 기념품 가게 주인―는 외모가 워낙 독특해서 기억에 남았다고 증언했다.

"어디로 갔을까?"

"모르겠습니다." 경찰이 말했다.

그녀는 답답한 마음으로 주위를 둘러보았다.

"어쩌면 그게 범인의 목표 지역일지도 몰라. 그쪽에 집합해."

몇 분 뒤 그들은 범인이 목격된 장소에 모여 수색을 계속했다. 그 외에 목격자는 아무도 없었다. 그래서 그들은 서쪽으로 이동했다. 천천히. 식당, 가게, 자동차와 트럭, 극장을 들여다보았다―현관문과 무대 출입구까지. 없었다.

론 풀라스키가 46번가 서쪽 끝에서 목격자가 전혀 없다고 알렸다. 그쪽 팀은 동쪽으로 계속 이동하고 있었다. 두 수색팀은 이제 서로 반 마일 떨어져 있었다.

8번 애비뉴에 가까이 다가가는데, 극장 하나가 눈에 띄었다. 맞은편에는 커다란 건설 현장이 있었다. 짜증스러운 소음이 바람결에 실려왔다―전동 공구의 소음이었다. 다가가자 소음은 귀를 찌를 정도로 심해졌다. 처음에는 건설 현장에서 나는 거라고 생각했다―고층 건물이었다. 수십 명의 노동자들이 쇳덩어리 해골에 용접하고 망치질을 하고 있었다. 한데 신기하게도, 아니, 소음은 길 건너 양 옆으로 활짝 열린 문짝 안에서 흘러나왔다. 무대 뒤편, 목수가 다음 공연 무대를 조립하기 위해서인지 목재를 자르는 작업장이었다. 목공은 다행히 두툼한 플라스틱 귀마개를 끼고 있었다―색스가 사격을 할 때 쓰는 종류였다. 보호장비가 없으면 원형 톱의 어마어마한 소음에 고막이 터질 수도 있을 것 같았다. 인부가 작업을 마치면, 색스나 수색팀 중 한 명이 들어가서 혹시 용의자를 보았는지 물어볼 생각이었다.

일단 색스와 수색팀은 극장 건너편 건설 현장을 둘러싼 250센티미터 높이의 합판 울타리에 난 틈으로 들어갔다. 건물은 30~40층 높이로 올라가고 있었다. 철골과 바닥 작업은 상당히 진행되었지만, 아직 벽은 거의 없었다. 땅은 중장비와 공구 및 건축 재료로 발 디딜 틈이 없었다. 안으로 더 들어가면서, 색스는 입에 담배를 문 깡마른 인부에게 공사감독이 어디 있는지 물었다. 그는 어슬렁어슬렁 멀어졌다.

잠시 후 안전모를 쓴 덩치 큰 남자가 뒤뚱뒤뚱 다가왔다. 못마땅한 표정이었다.

"안녕하세요." 그녀는 직책이 높아 보이는 남자에게 고개를 끄덕였다. 그리고 배지를 보였다.

대답 대신 그는 미간을 찡그리더니 아까 그를 데리러 간 사람이 아니라 더 젊은 인부를 돌아보았다. "자네가 불렀나? 난 아직 부르라고 하지 않았는데."

"전 아무도 안 불렀습니다, 감독."

"누가 불렀지?" 감독은 근처의 인부들을 둘러보며 소리 치고 체크무늬 셔츠가 터질 듯 팽팽한 배를 긁었다. 단추 사이 틈으로 털이 비죽 튀어나왔다.

색스는 논리적인 결론을 내렸다. "누가 경찰을 부르려고 했습니까?"

"네, 하지만." 그는 용의자를 찾아 둘러보았다.

그의 조수가 감독을 턱으로 가리키며 말했다. "이기, 이름이 이기입니다. 이유를 확실하게 알 때까지 기다리자고 했습니다. 착각일 수도 있으니까요. 회사에서는 경찰을 안 좋아합니다. 죄송합니다만, 공사 현장에 경찰들이 들락거리는 거 말입니다. 보기 안 좋잖아요."

"문제가 뭐라고 생각했는데요? 왜 누가 경찰을 부르려고 했습니까?"

이기는 이제 그들의 대화에 주의를 돌렸다. "불법침입. 누가 숨어 들어온 것 같습니다. 확실하지는 않아요. 그냥 확인하려던 겁니다. 경찰에 신고하기 전에. 신고할 생각이었어요. 일단, 확인만 하고요. 경찰들 시간 낭비하면 곤란하니까."

"아주 키가 크고 아주 마른 남자 아닙니까? 짙은 색 윈드브레이커와 청바지 차림? 야구모자?"

"모르겠습니다. 그를 찾고 계십니까? 왜죠?"

색스는 초조하게 말했다. "그런 사람이 맞습니까?"

"네, 그런 것 같은데."

"그 사람이 맞는 것 같다. 아니면, 찾을 수 있을 것 같다."

"네."

색스는 응시했다. "이 남자는 살인사건과 관련해서 수배 중인 용의자입니다, 이기. 빨리...." 그녀는 손바닥을 펼쳐 초조하게 손짓해 보였다.

이기는 소리쳤다. "이봐, 클라이!"

다른 인부가 등 뒤로 담배를 숨기며 올라왔다. 이번 담배에는 불이 켜져 있었다.

"네?"

"어슬렁거리는 걸 자네가 봤다는 그 친구 말이야."

색스는 인상착의를 되풀이했다.

"그 사람 맞습니다." 인부의 시선이 순간 감독에게로 향했다. 그는 눈치를 보았다. "내가 신고한 거 아닙니다, 이기. 아무도 신고하지 말라고 했잖아요. 안 했습니다."

젠장. 색스는 무전기를 벨트에서 끌러 수색팀과 풀라스키를 즉각 공사 현장으로 소환했다.

"그가 어디로 갔는지 짚이는 데 없어요?" 그녀는 클라이에게 물었다.

"위로 갔을 수도 있는데. 엘리베이터 근처에 있었습니다." 그는 하늘을 찌르는 건물의 철골을 가리켰다.

"거기 그를 목격할 만한 사람이 있습니까?" 땅에는 인부가 보이지 않았다.

"우린 철골 작업을 하는 중입니다." 감독이 말했다. 당연히 거기도 사람이 있을 거라는 뜻 같았다.

"연락해서 그를 목격한 사람이 있는지 알아보세요."

이기는 2인자, 또는 3인자 같은 사람에게 지시했다. 남자는 얼른 워키토키로 연락했다.

색스는 감독에게 물었다. "현장에서 어떻게 빠져나갈 수 있습니까?" 울타리는 250센티미터 높이의 합판이었고, 꼭대기에는 철조망이 쳐져 있었다.

이기는 머리를 긁듯이 안전모를 세게 긁었다. "출입구는 47번가에 있습니다. 아니면 여기지만, 이건 주 출입구인데, 여기로 드나들었다면 눈에 띌 겁니다. 아무도 본 사람이 없고, 만약 봤다면 내게 말했을 겁니다."

색스는 47번가 출입구 쪽으로 경찰 두 명을 보냈다. 그리고 이기 감독에게 말했다. "아, 인부들에게 엘리베이터를 사용하지 말라고 알리세요."

"걸어 내려올 수는...."

"범인이 고장을 냈을 수 있습니다."

그의 눈이 커다래졌다. "맙소사. 정말입니까?"

이기의 부하가 무전을 종료하더니 말했다. "아래층에 올라왔던 것 같답니다. 키 큰 남자. 하도급으로 온 건지 뭔지 잘 모르겠다는데요."

가장 가능성이 높아 보이는 목표물이었다. 건축 현장 비계 바깥에 설치하는 엘리베이터. 데이터와이즈 컨트롤러로 자동 브레이크를 해제하는 데는 별로 시간이 걸리지 않을 것이다. 인부들은 시속 1백 마일로 땅에 처박힌다.

이기가 말했다. "엘리베이터를 중지해. 전부 다. 그리고 위에 있는 친구들에게 안전이 확인될 때까지 사용하지 말라고 전해."

좋다. 그렇다면... 하지만 그때 색스는 생각했다. 잠깐. 이런. 내가 무슨 생각을 한 거지? 아니, 아니. 잘못 생각했다. 당연하지! 그의 범행수법을 생각해 봐. 그는 공사 현장을 파괴하려는 게 아니다. 그가 여기 온 것은 공격 현장을 지켜보기 위해서다. 정탐하려면 고층건물이 필요하다. 벤코프의 아파트에 들어가지 않았던 것처럼. 그는 길 건너에 있었다. 출입 패널이 열려 그렉 프로머를 집어삼키는 순간 에스컬레이터를 바라보기 위해 스타벅스에 있었던 것도 마찬가지였다.

그렇다면. 여기 철골에서 뭐가 보이지?

그때 색스는 정적을 의식했다.

길 건너 극장 작업실에서 흘러나오던 원형 톱의 고막을 찢는 굉음이 들리지 않았다. 색스는 돌아서서 공사장을 둘러싼 울타리 틈으로 빠져나왔다. 무대 공사 작업실 안의 인부가 무시무시한 톱날을 한 손으로 쥐고 다른 손으로 소켓 렌치를 움직이는 모습이 보였다. 톱은 새 것 같았고, 최신형이었다.

분명 데이터와이즈5000이 장착되어 있을 것이다.

그가 범인의 목표다! 범인 40은 목수가 톱을 끄고 톱날을 교체하고 있을 때까지 기다렸다가―목수가 완전히 안전하다고 확신할 때―다시 톱을 작동시켜서 손이 잘려 나가든지 배나 사타구니가 갈리든지, 톱날이 튀어나가 행인을 덮치든지 하게 하려는 계획이었다.

색스는 지나치는 자동차를 손바닥으로 막으며 도로를 가로질렀다. 열린 극장 문을 향해 소리쳤다. "톱에서 물러서요! 물러서! 곧 다시 작동될 겁니다!"

그러나 목수는 귀마개 때문에 듣지 못했다.

색스는 작업실 문간에 도착했다. "멈춰!" 응답은 없었다.

톱과 범인의 목표물은 아직 10미터 정도 떨어져 있었다. 그녀 바로 옆으로 1미터 정도 떨어진 벽에서 전선이 튀어나와 톱과 연결된 것이 눈에 띄었다. 하지만 이 벽에는 플러그가 없었다. 케이블은 그냥 벽 안으로 사라졌다.

시간이 없다. 범인은 건설 현장 어딘가 높이 올라앉아 그녀를 보고 지금 이 순간 톱의 컨트롤러에 해킹하고 있을 것이다. 날의 전원을 올리고, 아무것도 모르는 목수의 손을 잘라낼 것이다. 그녀의 오른쪽에 수동 공구가 가득 든 작업대가 있었고, 그중에 대형 볼트커터가 있었다. 손잡이는 나무였다. 좋은 절연재다, 그렇지? 분명 이 작업실에서 사용하고 있을 220볼트에서도 그럴지 확신할 수는 없었다.

하지만 선택의 여지가 없다.

그녀는 선반에서 공구를 꺼내들고 날카로운 이빨로 전선 양쪽을 겨냥한 뒤 눈을 질끈 감으며 손잡이를 힘껏 한데 눌렀다. 불꽃이 사방으로 튀었다.

33

최대한 빨리 붐비는 보도를 누비며 극장과 날 저지하려는 사람들, 날 감옥에 집어넣고 알리시아에게서 나를 빼앗으려는 사람들에게서 멀어진다. 동생에게서 멀어진다. 내 미니어처에서 멀어진다.

쇼핑객들! 빌어먹을 쇼핑객들!

그리고 빨강머리.

최악의 쇼핑객이다. 일단 순수하다고 믿어보자고 생각한 것이 너무나 후회된다. 이제 그녀가 너무나, 너무나, 너무나 싫다.

하지만 고백하건대 공사 현장 3층에 서서 살인 현장―극장 뒤 작업실―을 둘러보고 있다가 그녀를 본 순간, 나는 놀라지는 않았다. 아니, 아주 놀라지는 않았다.

그래도 어떻게? 극장을 공격할 거라고 어떻게 추측했을까?

물론 추측은 아닐 것이다.

요즘 경찰은 영리하다. 그 모든 과학적 장비. DNA, 지문, 기타 모든 것. 아마 내가 어딘가 남긴 증거를, 오늘 공격을 준비하느라 전에 여기 왔었다는 증거를 찾아냈을 것이다. 어쩌면 목격되었는지도 모른다. 독특한 외모니까. 말라깽이. 뼈다귀....

빌어먹을.

고개를 숙이고, 키가 작아 보이도록 몸을 움츠리고, 서쪽으로 걷는다.

변장을 유지할까? 고민한다. 3층으로 올라가기 전, 공사장에서 안전모와 칼하트 작업복 재킷을 훔쳐 입었다. 누가 철공 버넌을 봤는지 모르겠다. 하지만 결정했다. 옷은 빨리 벗는 게 좋다. 지하철 화장실이나. 아니. 역에는 보안 카메라가 있다. 경찰이 열심히 지켜보고 있을 것이다. 메이시즈로 가자. 거기 화장실에서 쓰레기통에 집어넣어 버리자.

새 재킷, 물론 모자도. 이번에도 힙스터처럼 페도라를 쓸까. 내 짧게 친 금발머리는 특징이 상당히 뚜렷하다.

최대한 빨리 장난감 방에 돌아갈 것이다. 자궁에. 알록달록 헤엄치는 물고기들. 편안함이 필요하다. 알리시아를 불러야겠다. 오라고 하면 올 것이다.

나야, 버넌?

등 뒤를 돌아본다. 아무도 따라오지 않는다. 나는....

어.

옆구리가 아프다. 누구와 부딪혔다. 처음에는 수갑을 꺼내 날 체포하려는 경찰인 줄 알고 공포에 사로잡혔다. 하지만 아니다. 덩치 좋고 잘생긴 남자—돈 많은 사업가 옷차림이다—가 스타벅스에서 나오며 블루투스 이어폰으로 통화하고 있다.

그는 나를 보며 소리친다. "아, 이 비쩍 마른 자식이. 앞 좀 잘 보고 다녀."

나는 그저 그의 얼굴만 응시한다. 분노로 달아오른 얼굴로. '뇌혈관이 터질 것 같다'는 느낌이 머릿속을 스친다.

잘생겼다, 그는 잘생겼다. 작은 코, 멋진 눈썹, 다부진 체격. 그는 소중한 스타벅스 잔을 마치 당장이라도 발사할 준비가 된 총처럼 들고 내 쪽을 가리킨다. "이게 나한테 흘렀으면 돈 많이 들었을 거다, 이 좀비 같은 놈아. 네가 한 달을 벌어도 이 셔츠 한 장 못 사. 난 변호사라고." 그는 저쪽으로 걸음을 옮기며 전화에 대고 말한다. "미안해, 여보. 어떤 에이즈 환자 같은 말라깽이 놈이 보도가 제 안방인 줄 알아. 지금 집에 가는 길이야. 20분 뒤에 도착해."

쇼핑객과 만난 뒤면 늘 그렇듯 심장이 두근거린다. 그는 내 하루를, 내 한 주를 망쳤다.

비명을 지르고 싶다, 울고 싶다.

메이시 화장실 계획은 포기한다. 칼하트와 안전모를 벗는다. 쓰레기통에 던져 넣는다. 살색 면장갑도. 세인트루이스 야구모자를 다시 쓴다. 아니, 다른 모자를 쓰자. 검정 나이키 기본형을 찾아 배낭을 뒤진다. 이게 좋다.

비명을 지르고 싶다, 울고 싶다....

그러나 보통 그렇듯 이런 기분은 결국 지나가고 다른 욕망이 그 자리를 차지할 것이다.

상처 입히고 싶은 욕망. 아주 심하게 상처 입히고 싶은 욕망.

불꽃은 그리 인상적이지 않았다.

얌전한 연기를 동반한 50센티미터 크기의 오렌지색 번쩍임. 영화의 한 장면이었다면 감독이 틀림없이 '컷'이나 '다시', 혹은 이런 상황에서 쓰는 용어를 외치고 특수효과 불꽃 담당을 불러 열 배 더 크게 만들라고 주문했을 것이다.

그러나 방금 일어난 일은 그냥 회로 차단기가 터지고 전체 극장이 아니라 작업장이 캄캄해진 것뿐이었다. 색스는 전혀 충격을 받지도 않았고 불꽃에 덴 자국 하나 없었다.

그녀는 배지를 들어 보이고 목공에게 손짓했다. 목공은 돌아서더니 열린 문간에 서 있는 그녀를 놀란 눈으로 바라보았다. 범인의 계획은 아직 정확히 알 수 없었다. 그는 귀마개를 벗고 질문을 던지기 시작했다. 색스는 잠깐 기다리라는 뜻으로 손가락을 세워 보이고 작업장을 조심스럽게 돌아보았다. 확신할 수는 없지만 극장이 공격 대상일 가능성이 있다는 사실을 다시 상기하고, 그녀는 수색팀 전체를 소환해서 이 일대 거리, 특히 범인이 확실히 잠입했다는 사실이 밝혀진 건축 현장을 계속 탐문하라고 지시했다.

몇 분 뒤 전화가 울렸다. 통통하고 사람 좋은 순경 친구 킬로였다. "아멜리아, 건축 현장입니다. 감독 보조가 범인을 본 일꾼 몇 사람을 찾았답니다. 그는 3층에 있었습니다. 남쪽에. 그가 현장을 떠나는 것을 본 사람도 있습니다."

3층, 남쪽. 목공과 그가 하는 작업을 구경하기에 완벽한 지점이다.

"알았다. 어디로 갔지?"

"잠깐만요." 잠시 후 그의 목소리가 돌아왔다. "47번가. 갈색 칼하트 재킷과 안전모 차림이었답니다. 계속 탐문 중입니다."

"알겠다. 계속 연락…."

론 풀라스키의 목소리가 전파를 갈랐다. "목격자. 48번가와 9번 애비뉴 모퉁이에서 범인을 본 사람을 찾았다. 우리는 추적 중이다. 이상."

"계속 추적해, 론. 범인은 분명 칼하트와 안전모를 벗었을 거야. 키가 큰 남자, 깡마른 남자를 찾아. 배낭을 갖고 있어―그 안에 망치와 기타 무기, 그리고 데이터와이즈 컨트롤러를 조종하는 데 필요한 물건들이 들어 있을 거야. 전화나 태블릿."

"알겠습니다, 아멜리아. 그러죠."

젠장. 정말 아슬아슬했는데. 다 잡았는데. 그녀는 맷돌처럼 이를 갈고 왼손 검지로 왼손 엄지 각질을 파헤치고 있었다. 아픔을 느끼고, 그만두라고 자신에게 명령했다. 빌어먹을 신경질적인 습관.

목공은 아래층으로 사라졌다. 극장의 불이 되돌아왔다. 남자도 돌아왔다. 그의 이름은 조 헤디였다. 그녀는 혹시 극장 안이나 근처에서 범인을 닮은 사람을 보았는지 물었다.

그는 잠시 생각했다. "아니요. 이게 다 무슨 일입니까?"

"살인범이 있습니다. 제품을 이용해서 사람을 죽이는 살인범. 에스컬레이터를 고장 내고…."

"텔레비전에 보도된 그 이야기 말입니까?"

"맞습니다. 가스레인지도. 가스를 누출시키고 불을 질렀습니다."

"네. 그 이야기도 들었습니다. 세상에."

"범인은 스마트 컨트롤러를 해킹해서 제품을 조종하는 법을 알아요. 저 건너편 건설 현장에서 이쪽을 내려다보고 있었던 것으로 추정하고 있습니다. 당신이 붙잡고 있을 때 톱을 가동할 생각으로."

헤디는 잠시 눈을 감았다. "내가 잡고 있을 때 저 물건을 가동시킨다고요? 맙소사. 2000RPM입니다. 목재를 버터처럼 잘라요. 난 팔을 잃었을 겁니다. 출혈로 죽을 수도 있고요. 이건 정말 미친 짓입니다."

"그럼요."

메모를 하고 있는데, 휴대전화가 다시 울렸다. 풀라스키였다. 그녀는 헤디에게 말했다. "실례합니다. 받아야 되는 전화에요." 그는 고개를 끄덕이고 작업실 주방 쪽으로 향했다. 그녀는 그가 카운터에 인스턴트 스타벅스 커피 한 봉지를 올려놓고 마이크로웨이브로 물 한 잔을 데우는 것을 지켜보았다. 그 단순한 작업을 하는데도 손이 떨리고 있었다.

풀라스키가 말했다. "놓쳤습니다, 아멜리아. 52번가, 아래로 34번가까지 수색 범위를 확대했습니다. 지금까지는 성과가 없어요."

그녀는 한숨을 쉬었다. "계속 알려줘."

"그러죠, 아멜리아."

그녀는 전화를 끊었고, 헤디가 이쪽을 돌아보았다. "한데 왜 나죠? 아니, 무슨 노동과 관련된 범죄입니까? 난 디트로이트에서 오랫동안 자동차 노동조합에 있었고, 여기서도 노조에 가입돼 있습니다. 하지만 요즘 누가 노조를 탄압합니까?"

"이건 개인적인 동기가 아닙니다. 그는 일종의 국내 테러리스트예요. 정치적 의사표현을 위해 멋진 물건을 소유하거나 사용하는 사람들을 다치게 하고 있습니다. 사람들이 물건에 너무 의존하고 돈을 너무 많이 쓴다는 거죠. 그게 그의 메시지예요. 여기, 극장? 모르죠. 타임스퀘어의 방종한 유흥 문화에 경종을 울리고 싶은 건지." 그녀는 희미한 미소를 지었다. "브로드웨이 표 값 때문인지도."

"미친놈." 그는 마이크로웨이브의 타이머가 일 초씩 내려가는 것을 바라보았다. 그리고 다시 색스를 돌아보았다.

"한 가지 더."

"네?"

그는 톱을 보았다. "컨트롤러인가 뭔가에 해킹을 한다고 했죠?"

"그렇습니다."

"한데 이 톱은, 그냥 온/오프 스위치뿐입니다. 원격으로 조종할 수는 없어요."

"하지만 진단용으로 데이터를 업로드할 수 있지 않나요?"

"아니요, 자르는 규격을 기억하는 칩이 내장되어 있습니다. 그뿐입니다."

마이크로웨이브가 띵 울렸고, 헤디는 문 손잡이에 팔을 뻗으며 그쪽으로 다가갔다.

색스는 미간을 찌푸렸다.

안 돼!

그가 마이크로웨이브 문을 여는 순간, 그녀는 몸을 날려 있는 힘을 다해 그를 덮쳤다. 두 사람은 작업실 콘크리트 바닥에 함께 굴렀고, 순간 마이크로웨이브 안에 들어 있던 세라믹 컵이 폭발하면서 펄펄 끓는 구름 같은 증기와 함께 수백 개의 파편이 밖으로 튀었다.

34

"괜찮나?" 프레디 커러더스가 묻고 있었다.

닉은 덩치 작은 남자를 안에 들인 뒤 소파로 돌아왔다. 유난히 두꺼비 같아 보였다.

화면에는 저지 주디가 흘러나오고 있었다. "내가 이걸 볼 줄 몰랐지. 하지만 프로그램 다 재미있어. 디스커버리 채널, A&E. 내가 들어 갔을 때는 채널이 50개였는데. 지금은 7백 개야."

"괜찮은 건 열 개뿐이야. ESPN, HBO. 내가 보는 건 그게 다야. 빅뱅 이론도. 그건 웃겨."

닉은 고개를 저었다. "난 몰라."

"내 질문에 대답을 안 하는군."

"무슨 대답?"

"괜찮으냐고."

"좋은 날도 있고, 거지같은 날도 있고. 다 그 안에 들어가. 오늘은 좀 덜 거지같은 날이고."

"마음을 다스리는 책 제목으로 좋겠군.『인생을 좀 덜 거지같이 사는 법』."

닉은 크게 웃었다. 그리고 더 이상 말하지 않았다. 그에게 가장 거지같은 나날들은 인생이 자신을 엿 먹였다는 사실을, 자신에게 일어났던 그 모든 거지같은 일들이 자신의 잘못이 아니라는 사실을 잊을 수가 없는 날들이었다. 교도소 심리상담가, 샤라나 박사에게 많이 털어놓았던 것도 그런 일들이었다. "인생은 불공평해."

"그래, 그럴 수 있지. 하지만 자네가 그걸 어떻게 헤쳐가고 있는지 이야기하자고."

그는 프레디에게 설명했다. "자넨 교도소에 들어간 적이 없잖아. 그건, 교도소에 들어간다는 건, 인간을 초기화시켜. 배 속에, 뇌 안에, 몸속 어딘가에 시계가 있는데, 다이얼을 처음으로 돌려서 인생이 멈추는 것 같은 기분이야. 그러다 나오면, 휴, 이건 혼돈이야. 교통, 움직이는 사람들." 그는 고개를 끄덕였다. "텔레비전 프로그램만 봐도. 그 모든 채널들. 전부 다. 모든 게 너무 많아. 연료 흡입이 과다한 엔진 같다고나 할까."

문득 아무리 까다로운 초크밸브라도 원하는 대로 맞출 수 있는 카뷰레이터 세팅의 전문가 아멜리아 색스가 떠올라, 닉은 잠시 입을 다물었다.

"내가 어렸을 때 이런 책을 읽었는데 말이야." 프레디가 말했다.

"책?"

"어렸을 때.『낯선 땅의 이방인』. 외계인이 지구를 찾아와. 침략하거나, 사람들을 광선총으로 쏘거나 이런 게 아니라. 그런 이야기는 아니야. 어쨌든 이 외계인은 시간에 대한 감각을 조절할 수 있어. 치과에 가면 시간을 빨리 흐르게 해서 몇 초 안에 진료가 끝나는 거야. 사랑을 나눌 때는 천천히 흐르게 하고. 때때로." 프레디는 웃었다. "가끔 나도 그런 기계를 써서 시간을 늦추고 싶어. 가끔은."

"그게 그 책에 있어?"

"치과나 섹스 이야기가 있는 건 아니고. 품위 있는 책이야. 과학소설인데 품위 있어."

"낯선 땅의...."

"...이방인."

닉은 이 개념이 마음에 들었다. "바로 그거야, 맞아. 교도소에서 나오고 나니 모든 게 빨라졌어. 조금 무섭기도 해. 안에서는 책을 많이 읽었는데. 그런 책은 못 들어봤어. 읽어봐야겠군. 맥주 줄까?"

프레디는 방 안을 둘러보았다. 닉은 교도소 독방처럼 방을 정돈해놓았다. 깨끗하고, 반질반질했다. 질서가 있었다. 감방처럼 세간도별로 없었다. 차를 빌려 이케아라도 한번 갔다 와야 할 것 같았다. 감방에 있을 때는 거기서 쇼핑하는 꿈을 꿨다. 그때 프레디는 시계를 보았다. "빨리 출발해야 하는데. 그래도 맥주 한 잔만." 그는 진지한 대화가 중단되어서 마음이 놓이는 것 같았다.

닉은 버드와이저 두 병을 가져왔다. 뚜껑을 따고, 앉아서 한 병을 건넸다.

"안에서도 술 마셨나?" 프레디가 물었다.

"그걸 밀주라고 해. 비싸지. 고약해. 아주 고약해. 독약일 거야."

"그걸 밀주라고 한다고?" 이 화제가 프레디의 궁금증을 자극하는 것 같았다.

"내가 있던 곳에서는. 대부분의 재소자들은 옥시나 퍼코딘 같은 걸 했어. 몰래 들여오기가 쉽거든. 그냥 간수에게 사도 되고."

"그건 둘 다 손대지 마."

"들었어. 한 번은 흠씬 두들겨 맞았는데, 아주 아프고 손가락이 부러졌어. 의료센터 의사가 진통제 두어 알 구해주겠다고 하더군. 내가 됐다고 했더니 의사가 놀랐어. 그거 팔고 돈 받으려고 그랬던 것 같아."

저지 주디가 배경에서 웅웅거리고 있었다. 닉은 텔레비전을 껐다. "그래, 날 도와줄 수 있다는 이 남자는 누구야?" 그는 물었다.

"이름은 스탠 본. 난 잘 몰라. 하지만 다른 사람이 보증했어."

"본. 뭐지, 독일인?"

아멜리아가 다시 생각났다.

"몰라. 유태인? 독일인일 수도 있겠지. 모르겠어."

"어디서 만나기로 했지?"

"베이 리지."

"그 이름을 알고 있다고? 제이와 낸시?"

"확실히는 모르겠어. 하지만 자기가 갖고 있는 정보가 자네한테 올바른 방향을 알려줄 거라고 했어."

"전과자는 아니지?"

"아니야. 확인했어."

"만약 그렇다면 난 만날 수 없어."

"그는 깨끗해."

"무기도 안 돼."

"내가 이야기했어. 당연하지."

닉은 교도소 안에서의 생활을, 거리에서의 생활을 기억했다. "그가 원하는 건 뭐지?"

"식사."

"식... 그게 무슨 암호 같은 건가?" M이 1천 달러를 뜻하나? 많은 돈이라는 뜻으로 '메가바이트'?

프레디는 어깨를 으쓱했다. "문자 그대로 저녁식사."

"그뿐이야?" 닉은 놀랐다. "난 다섯 장은 줘야 할 줄 알았는데."

"아니, 내가 그의 보스에게 호의를 베푼 적이 있어. 그러니 현금은 필요 없어. 어쨌든 남을 위해 무슨 일을 해주고, 그냥 식사만 하자는 사람들이야. 그게 더 친밀하잖아." 닉은 그에게 시선을 주었고, 프레디는 싱긋 웃었다. "아니, 그런 친밀감 말고. 그냥 좋은 일을 하고 싶어서 하는 사람들이라는 뜻이야."

두꺼비 친구는 마지막 남은 맥주를 마셨다. "뭐, 누가 알아. 그냥 배가 고픈 건지도."

"나쁘지 않아요. 약간 데었어요. 파편이 튀는 방향 아래쪽에 있었기 때문에."

라임의 거실에서 색스는 그녀의 상태를 묻는 그의 질문에 대답하고 있었다.

그녀는 마이크로웨이브에서 뿜어 나온 증기가 피부를 살짝 지나간 왼팔을 보여주었다. 피부는 약간 불그스레했다. 그녀는 치료를 하면서―연고를 바른 것 같았다―파란 돌이 박힌 반지를 뺀 상태였다. 이제 다시 기억이 났는지 주머니를 뒤져 조심스럽게 반지를 꺼내 껐다. 손가락을 몇 번 폈다 오므려 보았다. 그리고 고개를 끄덕였다. "좋아." 팔뚝의 붕대는 그리 두껍게 감겨 있지 않았다.

"그래, 무슨 일이에요?" 색스는 물었다. 음성 명령으로 막 전화를 끊은 줄리엣 아처를 향한 질문이었다. 물론 그들은 범인이 마이크로웨이브 출력을 한참 올렸다는 것을 알고 있었지만, 그렇게 한다고 해서 어떻게 사실상 폭탄 비슷한 것이 만들어지는지는 라임도 색스도 알 수 없었다.

인턴은 대답했다. "마이크로웨이브 제조사의 소비자 제조물 전문가예요." 그녀는 전화 쪽으로 고개를 끄덕였다. "우리의 범인은 데이터와이즈로 제품 조절기를 무력화하고 출력을 어마어마하게 올렸어요. 40배, 50배 정도는 될 거라는군요. 차든 커피든 그 안에서 돌아가던 건 극도로 뜨거워졌을 거예요. 다시 문을 여는 순간 찬 공기가 유입되면서, 잔 안에 들어 있던 액체와 머그 자체가 함유한 습기를 동시에 기화시켰어요—모든 도자기는 어느 정도 액체를 흡수한다는군요. 머그는 수류탄처럼 폭발했어요."

아처는 스크린을 향해 고개를 끄덕였다. "이렇게 조종하지 않은 마이크로웨이브도 지나치게 가열하면 똑같은 효과를 발휘해요. 하지만 그러려면 시간이 걸리죠. 범인? 15분 간의 고출력 복사 효과를 단 60초 만에 이끌어냈어요."

라임은 사방에 널려 있는 가전제품이 그렇게 위험할 수 있을 줄은 몰랐다.

색스의 전화가 울렸다. 그녀는 문자 메시지를 읽었다. "범인이 다시 메시지를 신문에 냈어요." 키보드를 몇 번 두드리자 이메일이 고해상도 모니터에 떴다.

안녕! 편의를 향한 당신들의 무한정의 욕구가 어떤 사악한 결과를 낳았는지 소식 듣고 계신지?? 이제 수프나 커피를 데우고 싶을 때마다 5백 도의 증기와 도자기 및 유리 파편이 당신들의 몸을 관통할 위험을 감수해야 하겠지! 집에 있는 마이크로웨이브일까? 아니면 사무실? 아니면 당신 아들들의 기숙사 방?

내가 하는 일이 당신들이 우리 어머니 지구에 저지르고 있는 짓보다 더할 것이 없다는 사실을 조금씩 깨닫고 있는지? 사물에 대한 당신들의 음란한 사랑이 대기에, 물에 끼치는 영향을 아는가? 쓰레기 더미. 당신들은 우리 환경에 독극물을 주입하고 있다.

사는 만큼 거두리라.

그럼 내일까지, 나는 이만....

인류의 수호자

계속해서 실제보다 더 무식한 척 한다는 것을 제외하면 메시지에서 달리 이끌어낼 결론은 없군, 라임은 생각했다.

다른 것보다 실제 내용이 중요했다. 범인은 추가 공격을 계획하고 있다.

멜 쿠퍼가 말했다. "폭발하는 마이크로웨이브... 주의를 끌겠는데요."

이미 끌고 있었다.

색스와 통화한 기자가 첫 기사를 낸 뒤 사물인터넷 제품의 위험성을 경고하는 후속기사와 방송 뉴스가 봇물 터지듯 나왔다. 많은 기자와 비평가들이 스마트 장비와 가전제품 판매가 급속히 하락할 것이다, 반품이 늘 것이다, 고객들은 자신을 공격할 수도 있는 제품을 사용하지 않을 것이라고 예측했다.

라임과 색스, 수사팀은 가능한 범행 대상을 어느 정도는 보호하고 있을지 몰라도, 범인 40은 소비자중심주의에 대항하는 자신의 전쟁에서 이기고 있었다.

색스와 라임은 CIR 마이크로 사의 비나이 차우다리와 다시 대화했고, 차우다리는 네트워크에 해킹해서 제품을 조종하지 못하게 하는 보안패치를 모든 고객에게 다시 보냈다고 알렸다. CEO가 직접 공지사항을 보내거나 업데이트의 중요성을 일깨우는 안내문을 돌리기도 했다.

또한 그는 앞으로 자사의 모든 제품 코드는 CIR의 서버에서 보내는 자동 업데이트를 지원하도록 수정하라고 지시하고 있다고 했다.

"이제 또 뭐가 있지?" 라임은 색스가 타임스퀘어 현장에서 가져 온 증거물 차트를 응시하며 물었다.

"풍부한 접촉 지점이 있어요."

범인이 마이크로웨이브를 재 프로그래밍한 뒤 공사장에서 도주한 지점을 가리킨 말이었다. 그는 공사장 반대편 47번가에서 쇠 지렛대를 이용하여 맹꽁이자물쇠와 체인을 뚫어야 했다. 현장감식 작업에서 '풍부한 접촉 지점'이란 범인이 다수의 활동, 혹은 시간을 소모하는 활동을 벌인 장소를 말한다. 예를 들어 피해자나 경찰이 범인과 몸싸움을 벌였다거나, 범인이 시체를 토막 냈다거나(시간과 노력이 많이 든다), 보안이 잘 된 문이나 창문을 뚫고 지나가는 경우를 말한다.

"지문은?"

"백 개는 돼요." 지문은 이미 IAFIS에 보냈다. 몇 개 일치하는 정보가 나왔지만, 모두 오래전 사소한 범법 행위로 체포된 사람들의 지문이었다―건설회사에 고용된 인부나 배달원일 것이다.

"족적은?"

"네. 하나가 범인의 것과 일치해요. 밑창에서 미량증거물을 약간 확보했어요."

"뭐지?" 라임은 광학현미경을 들여다보고 있는 멜 쿠퍼 옆으로 다가갔다. 저배율이었다. 현장감식 신참들이 자주 저지르는 실수 중 하나가 광학현미경 배율을 백 배로 대뜸 높이는 것이다. 이런 관음증으로는 아무 결과도 얻을 수 없다. 다섯 배, 기껏해야 열 배 정도면 충분하다. 더욱 미세한 관찰을 하고 싶으면 언제나 주사전자현미경이 있다.

쿠퍼는 스크린을 보며 말했다. "이번에도 톱밥입니다."

색스가 말했다. "공사장에서, 그가 서 있었던 지점에서 수집했어요. 현장에서 공사 도중에 나온 거친 입자와는 달라요. 훨씬 미세해요. 이전 현장의 마호가니와 대단히 유사해요. 연마 작업이겠죠. 하지만 다른 나무예요."

라임은 이미지를 관찰했다. "호두나무 같군. 아니, 확실해. 세포구조와 색온도. 5천 K."

쿠퍼도 동의했다.

아처가 색스에게 물었다. "극장 작업실도 수색했나요?"

"아뇨."

라임은 색스가 아처를 유심히 바라본다는 것을 눈치챘다. 시선이 스톰애로 휠체어 팔걸이에 묶인 왼쪽 손목에 낀 켈틱 금팔찌에 잠시 머물렀다. 색스의 시선은 다시 증거물 차트로 향했다.

잠시 침묵. 아처가 말했다. "공격 이전에 마이크로웨이브 브랜드를 확인하러 안에 들어갔을 지도 몰라요. 이전에 시어터 디스트릭트에서 목격됐잖아요."

"굳이 수색할 필요는 없었어요." 색스는 톱밥 조각을 관찰하며 멍하니 대답했다.

아처는 색스와 라임을 번갈아 보았다. "그래도...." 색스의 판단에 의문을 제기하는 투였다.

"작업실에는 이틀 분량의 보안비디오가 돌아가요. 뉴욕의 극장에는 기념품을 노리는 도둑이 많거든요. 보안회사에게 확인하라고 맡겼어요. 녹화된 분량에는 범인이 없었어요... 바닥은 매일 청소하고."

"아, 저는...."

색스가 말했다. "적절한 질문이었어요. 무한정의 자원이 있는 완벽한 세상이라면 나도 수색했겠죠. 이건 확률놀음이니까."

라임이라면 아마 누구를 시켜 수색했을 것이다. 하지만 자원에 대한 색스의 말은 옳았다. 게다가 어느 한쪽 여자 편을 들 수는 없다.

라임은 말했다. "멜? 다른 건?"

쿠퍼는 미량증거물을 더 찾아내서 관찰했다. "이번에도 유리조각, 전과 동일한 유리 같습니다. 그리고 접착제."

"그게 뭐지? 그 봉투 안에." 작은 비닐봉투였다.

"미세한 조각인데...."

"어디 보지."

쿠퍼는 조각을 현미경에 올리고 영상을 스크린에 비췄다. 불투명하고 미세한 생선 비늘 같았다. 톱밥 조각이 거기 붙어 있었다. 쿠퍼가 말했다. "질량분석기에 돌릴 수도 있습니다만. 법정용 증거로 보관할 분량이 안 되는군요."

"범인을 기소하려면 증거가 많아야 할 거야. 하지만 일단 찾아야지." 그는 멜을 향해 고개를 끄덕였다. "태워."

쿠퍼는 샘플을 가스 크로마토그래프/질량분석기에 돌렸다. 잠시 후 그는 컴퓨터 스크린을 확인했다. "티오시안산암모늄, 다이사이안다이아미드, 요소, 콜라겐."

라임은 말했다. "일종의 접착제군. 틀림없이 목공에 쓰일걸."

"맞습니다." 쿠퍼는 발견한 물질을 데이터베이스와 대조한 후에 답했다. "본드스트롱 리퀴드하이드 글루. 대체로 악기에 쓰이지만 어떤 분야의 목공도 사용합니다."

아처가 굳은 얼굴로 증거물 봉투를 바라보며 몸을 내밀었다. "악기 제조? 어떻게 생각하세요?"

라임은 회의적이었다. "그건 드문 취미이자 직업이야. 그렇다면 동시에 음악가이기도 하겠지. 하지만 그런 가정을 뒷받침할 다른 증거는 전혀 없었어. 줄에서 떨어진 송진, 바이올린이나 첼로 활에서 묻은 말총—거기서는 털이 정말 많이 빠지지. 튜닝 기어 윤활제도 없고, 브리지에서 빠진 펠트도 없고, 지판을 사용하다 벗겨진 굳은살 세포도 없고."

"음악 하세요, 링컨?" 아처가 물었다. "아니, 예전에요."

"악기를 건드려본 적도 없어."

"그런데 어떻게 그런 걸 다 아세요?"

"잠재적인 범인이나 잠재적인 피해자의 직업적 수단을 알아두면 도움이 되지. 찾아보는 시간을 최소화할 수 있으니까. 범인을 검거하느냐, 다음 범죄 현장을 관찰해야 하느냐의 차이를 만들 수도 있고. 나는 가구 제작이나 섬세한 목공 쪽으로 기우는데. 하지만 취미냐 직업이냐? 어느 쪽인지는 모르겠어. 범인은 광택제와 접착제, 사포, 이국적인 나무로 정확히 무엇을 하는가? 계속해, 멜."

"약간의 식물. 가지, 혹은 잎."

라임은 이미지를 보았다. 그리고 웃었다. "한데 때로 온갖 숙제를 열심히 한다 해도, 아처, 자기가 뭘 발견했는지 감도 오지 않을 때가 있지. 세포구조 사진과 색온도를 원예학회 데이터뱅크에 보내."

쿠퍼는 샘플 JPG 파일을 학회에 이메일로 보냈다. "하루 안에 답장한답니다." 그는 반신우편을 읽으며 말했다.

"불을 지펴." 라임이 대꾸했다. "긴급하다, 생사가 달렸다.... 파리지옥에 대한 박사학위 같은 건 한가하잖아. 이건 우선순위로 다뤄야 해."

쿠퍼는 다시 메일을 보내고 작업대로 돌아왔다. "좋습니다. 다른 것. 검은색, 유연한 플라스틱이군요. 표면에 뭐가 적혀 있습니다. 너무 작아서 글자를 알아볼 수는 없고요."

"올려봐."

화면을 보자마자 전선 절연재라는 것을 알 수 있었다. "범인은 전기작업도 했군. 전선은 면도날 칼로 잘랐어. 안 그래, 색스?"

그러나 그녀는 전화를 들여다보며 문자를 읽고 있었다.

아처가 말했다. "그럼 프로는 아니군요."

"왜 그렇게 생각하지?"

"프로라면 칼이 아니라 전선 벗기는 도구를 사용하겠죠. 플라이어처럼 생긴 것 있잖아요."

"좋아. 맞아. 하지만 '아마도' 프로가 아닐 가능성이 있다고 하자고. 보통 때 쓰는 공구벨트를 집에 두고 와서 전선을 벗길 날카로운

410

날이 달린 도구는 단 하나뿐이었을 수도 있어. 아니면 '프로 아님' 적고 물음표 두 개?"

아처는 미소 지었다. 쿠퍼는 물음표를 쓰기 시작했다. 라임이 말했다. "그건 농담이야."

그는 차트를 바라보았다. 수수께끼가 너무 많았다. 라임은 외부전문가의 분석을 얻어 보기로 하고 보안 서버에 디지털 파일과 사진을 올린 뒤 염두에 둔 인물에게 링크를 보냈다. 잠시 후 문자가 돌아왔다.

그래, 그래. 내일.

불손한 말투는 유쾌했지만 기다려야 한다는 데는 짜증이 났다. 그는 다시 문자를 보냈다. "그래, 괜찮을 거야."

흠, 거지들도 이렇게까지... 그러나 그는 미처 생각을 맺기 전에 머릿속에서 지웠다. 그때 발소리가 들려, 그는 거실 문간 쪽으로 의자를 돌렸다. 론 풀라스키가 방금 열쇠로 직접 문을 열고 들어와 있었다.

"어디 있었지, 신참? 구티에레스는 아직 못 잡았나?"

"단서가 있어서 누굴 좀 만났습니다. 기다릴 수도 있었지만, 지금 만나는 게 좋을 것 같아서요. 그냥 끝내버리려고. 그리고...."

"좋아, 좋아, 좋아. 아멜리아 말로는 타임스퀘어 탐문을 했다면서. 뭘 찾았지?"

"범인은 공사장 반대편으로 빠져나갔습니다."

"알고 있어. 내가 모르는 걸 말해봐."

"칼하트 재킷을 입고 있었고요. 그 인부들이 입는 갈색 작업복. 그리고 안전모. 분명 버렸을 겁니다. 일대를 수색했지만, 찾을 수가 없었습니다. 그의 인상착의와 일치하는 사람을 목격한 사람도 없었습니다."

"'descrip'은 단어가 아니야. 'nondescript'가 있고, 'description'이 있어. 하지만 'descrip'은 없어."

"음, 요즘은 그렇게 많이들 쓰는데요."

"메스암페타민도 요즘 많이들 쓰지. 그렇다고 포용할 이유는 없어."

"지하철 CCTV나 일대의 카메라에는 아무것도 안 잡혔습니다. 제 생각에 그는 남쪽이나 북쪽으로 버스를 탄 것 같아요. 앉아 있으면 큰 키가 그렇게 눈에 띄지 않으니까요. 교통과에 공지를 보냈습니다. 운전사를 탐문해서 인상착의에 맞는 사람을 목격했는지 알아보려고요. 비디오가 있는 버스도 있는데, 그것도 찾아볼 겁니다."

"좋아. 공사장 인부는?"

"두 명이 범인을 봤는데, 그냥 키가 크고 바싹 마른 사람이라고 했습니다. 태블릿 같은 걸 가지고 있었다고요."

"그의 무기지. 그걸로 마이크로웨이브를 조종했어." 라임은 뒤로 물러나 다시 증거물 차트를 응시했다. "생각해, 다들. 추측하라고. 해답은 저기 있어." 그의 시선이 아처의 시선과 마주쳤다. 그녀는 미소를 띤 채 그를 바라보고 있었다. 그러고 보니 요전 날 대학 강의를 그 표현으로 시작했다. "찾아내자고."

범행 현장: 438 웨스트 46번가/길 건너 건설 현장

- 범행: 폭행 미수
- 피해자: 조 헤디
    - 노동조합 소속 목공, 브로드웨이. 몇 년 전 디트로이트에서 전기기술자이자 자동차공장 노동자로 일했다. 경상.
- 공격도구: 데이터와이즈5000이 장착된 마이크로웨이브를 해킹했다.
- 증거:
    - 호두나무 톱밥. 마호가니와 동일한 날로 잘랐다. 전동이 아니라 핸드헬드 톱이나 기타 공구로 보인다.
    - 본드스트롱 리퀴드하이드 글루. 악기에 주로 쓰이지만, 어떤 분야의 목공도 사용한다.
    - 유리 조각, 전에 나온 것과 동일한 것으로 보인다.
    - 동일한 유리 접착제.
    - 나뭇잎 조각, 분석을 위해 보냈다. 답변을 기다리는 중.
    - 전선 절연재 조각, 면도날 칼로 잘랐다.
- 기타 용의자 프로파일 요소
    - 프로 전기기술자는 아닌 것으로 보인다.
    - 섬세한 목공 혹은 악기 제조상(전자일 가능성이 높다).
    - 칼하트 재킷, 안전모 착용. 버렸을 것이다.
    - 인류의 수호자에게서 추가 메시지.

35

시원한 봄 저녁.

쾌적했다. 닉 카렐리와 프레디 커러더스는 베이리지에서 4번 애
비뉴를 따라 걷고 있었다. 요가 전문점을 지나고, '킬트 빌려가세요'
가게를 지났다. 닉은 가게를 다시 흘끗 돌아보았다. 정말 그 이름이
었다.

여기서는 베라자노 다리가 약간 보인다. 끝내주는 다리다. 체포된
뒤, 거기서 뛰어내릴까 생각도 잠시 했다. 그러나 생각하는 것과 실
행에 옮기는 것은 전혀 다른 문제다. 그랬다면 동생과 어머니가 매우
상심했을 것이다. 미친 듯한 충동이 지나고 나자, 그런 생각을 품었
다는 것조차 부끄러웠다.

"저기." 프레디가 가리켰다.

한 블록 너머. 베이뷰 카페. 괜찮아 보이는 식당이었지만, 간판은

거짓말이었다. 만의 전망은 없었다. 우선 식당은 반대방향, 동쪽을 향하고 있다. 게다가 물이라고는 보이지 않았다—항구도, 대양도, 운하도, 웅덩이도.

"베이에서 가까운 어디 있는 카페라고 이름을 지어야 할 판이군."

"어?" 프레디는 묻다가 뒤늦게 알아차렸다. "거 좋은 생각이군. 하."

식당 안은 깨끗했다. 닉은 주위를 둘러보며 주문 받는 곳이 어디 인지, 현금계산기는 어떤 종류인지, 주방은 어디쯤인지, 주방 안으로 열리는 문은 어떻게 생겼는지, 오늘의 특선 알림판은 어떤 모양인지, 종업원은 몇 명이나 되는지—그리고 그들이 영어를 모국어로, 혹은 제2외국어로, 혹은 제3외국어로 할 것 같은지, 혹은 아예 못할 것 같 은지 눈여겨보았다. 음식은 어디 보관하는지, 대형 토마토소스 캔이 뒤쪽 벽에 쌓여 있었다. 빈 걸까? 그냥 장식용인가?

요식업에 대해 배워야 할 것이 많다는 것을 알고 있었다. 그래도 그는 희망적인 전망을 품고 있었다. 비토리오 게라가 흔쾌히 제안을 받아들이기만 바랄 뿐이었다.

프레디는 닉의 팔을 두드리고 안쪽 부스로 데리고 갔다. 청바지와 검은 티셔츠, 갈색 스포츠코트 차림의 깡마른 남자가 샘 애덤스 병맥 주를 마시고 있었다. 웨이트리스는 얼린 유리잔을 갖다놓았지만 사용하지 않아서 이슬이 맺혀 있었다.

"스탠. 프레디야."

"어이."

"이쪽은 닉."

악수를 나눈 뒤 닉은 본 맞은편에 앉았다. 본은 숱 많은 검은 머리를 좀 감고 이발소에 가야 할 것 같았다. 악수를 하면서 느꼈지만, 오른손 손바닥에는 못이 박혀 있었다. 직업이 무엇인지 궁금했다. 관절은 붉었다. 권투를 하는지도. 근육이 탄탄했다. 경찰 닉은 이런 식으로 관찰했다. 재소자 닉도 마찬가지였다. 이제 둘 다 아니지만, 굳이 본능을 억누를 생각은 없었다.

닉은 프레디가 부스 옆에 와 앉을 수 있도록 안으로 옮겨 앉았지만, 프레디는 말했다. "난 잠시 전화하고 올게. 5분, 10분만 기다려. 이야기는 둘이 알아서 하고."

"주문은 뭐로 할까?" 닉이 물었다.

"글쎄. 버거. 자네가 주문해. 나 기다리지 말고." 그는 전화를 꺼내 번호를 누르며 식당 현관 쪽으로 향했다. 그리고 미소 지으며 전화를 받은 사람과 통화하기 시작했다. 상대방이 볼 수 없는데도 불구하고, 굳이 통화하면서 그런 식으로 미소를 짓든지 얼굴을 찡그리는 사람들이 있다.

"그래, 프레디와 오랜 친구 사이라면서요?" 본은 나중에 시험이라도 칠 것 같은 태세로 메뉴를 읽고 있었다.

"학교에서."

"학교." 본의 목소리에는 시간 낭비라는 투가 어른거리는 것 같았다. "운전합니까, 닉?"

"운전... 직업으로요?"

웃음.

"아뇨. 그냥 운전하시냐고요."

"할 줄은 압니다. 차가 없어요."

"그래요?"

"네."

본은 세상에서 가장 우스운 이야기라도 들은 것처럼 다시 웃었다.

"무슨 차 모세요?" 닉이 물었다.

"아, 뭐. 아무거나." 본은 다시 메뉴를 들여다보았다.

닉도 가장 빨리 나올 음식이 뭘까 생각하며 메뉴를 들여다보았다. 얼른 끝내고 싶었다. 본의 괴상한 성격 때문에 그런 것은 아니었다. 아니, 그것도 조금은 있었다. 프레디가 미리 알아봐 주긴 했지만, 본, 혹은 그와 같이 일하는 사람은 조직원일 거라는, 그리고 둘 중 하나, 혹은 둘 다 전과가 있을 거라는 직감이 본능적으로 스쳤기 때문이었다. 닉에게는 절대 있어서는 안 되는, 가석방 법규 위반 행위였다. 본에게 물어보고 싶지는 않았다. 그렇다고 대답하면 확실히 알고 만나는 게 된다. 가석방 담당관에게 전혀 몰랐다고 말하고 싶었다.

제이와 낸시에 대한 정보를 얻고, 메뉴판에 있는 최고의 스테이크를 사주고, 최대한 빨리 먹을 수 있도록 입을 다문다. 그런 뒤 얼른 나간다.

마음은 다급했지만, 지켜야 할 관례는 지켜야 한다. 두 사람은 스포츠에 대해, 이 동네에 대해, 사업에 대해, 빌어먹을 날씨에 대해 이야기했다. 본은 웃을 이유가 없는 이야기에도 계속 웃었다. "나이츠 소셜클럽이 있던 자리에 고층건물이 올라가고 있어. 믿어지나?" 어깨 한번 으쓱하고 말 소식이었다.

닉은 웨이트리스와 눈을 마주쳤고, 그녀가 다가왔다. "주문하시겠어요?" 본은 첫 음식으로 사우전드 아일랜드 드레싱을 많이 친 샐러드와 치킨 파르메산을 주문했다.

닉은 버거를 시켰다. "레어."

본은 놀랐다는 듯 씩 웃으며 쳐다보았다. "벌레 같은 거 걱정 안 되나?"

닉은 참을성을 단단히 다잡으며 대꾸했다. "걱정 안 해."

"좋을 대로 해."

"감자 프라이는 됐고." 닉이 말했다.

본은 눈을 깜빡이며 다시 말했다. "미친 거 아니야. 여기 프라이 최고야. 진짜 최고라고."

"그럼 먹어볼까."

"후회 안 할 거야. 여기도 샐러드 줘. 샐러드 먹어야지. 드레싱도 같은 걸로." 그는 다시 씩 웃으며 닉을 보았다. "드레싱을 직접 만들어. 투사우전드 아일랜드라고 불러도 될 정도야. 끝내줘."

닉은 차분하게 미소 짓고 프레디가 먹을 음식도 똑같이 주문했다. "맥주 둘."

"나도. 하나 더 줘, 루시." 웨이트리스의 이름표에는 카멜라라고 적혀 있었지만, 본은 맥주를 두드리며 말했다. 카멜라는 미소 없는 얼굴로 돌아서서 사라졌다.

닉이 말했다. "나와줘서 고마워."

"우리 보스가 프레디에게 빚이 있어. 혹시 그런 생각 한 적 있나?" 본의 목소리가 낮아졌다. "정말 개구리같이 생기지 않았어?"

"아니, 모르겠는데."

"그렇게 생겼어. 아니, 돕게 돼서 기뻐. 얼마나 도움이 될지는 모르겠지만."

"플래니건 술집 알고 있어?"

"지난 달 거기서 일을 좀 했지. 손재주 좀 있나?"

"조금. 전기 일을 할 수 있어. 배관도."

"배관?" 웃음. "나는 목공을 해. 거기서도 목공 일을 했지. 플래니건 노인이 보너스를 쳤어. 상당히 두둑하게. 자기가 본 최고의 골조라면서. 어쨌든, 그 뒤로 거기 드나들었어. 사람들도 알게 되고, 바텐더, 직원들." 본은 목소리를 낮출 생각도 하지 않았다. "다들 괜찮은 사람들이야. 우리 같은 사람들. 요즘 사방에 득실거리는 다른 나라에서 온 사람들 말고." 그는 루시/카멜라 쪽으로 고개를 끄덕였다.

닉은 손을 씻고 싶다는 충동이 일었다.

"거기서 사람들을 알게 됐는데, 사람들이 나한테 말하는 걸 좋아해. 난 잡담하는 데 재능이 있거든. 우리 아버지한테서 물려받은 거야. 어쨌든 주변에 물어봤어. 프레디가 부탁한 거. 그리고 목록을 만들어봤는데, 어쩌면 자네가 찾는 사람일지도 몰라. 제이라는 이름을 가진 남자. 낸시라는 여자는 모르겠어. 하지만 다들 마누라나 같이 자는 여자친구가 있을 테니까. 아니면, 둘 다. 여기." 그는 재킷을 옆으로 들추고 주머니에 손을 넣어 종이쪽지를 꺼냈다.

아, 세상에. 닉은 실제로 숨을 들이쉬었다.

본은 총을 가지고 있었다.

작은 나무 손잡이가 보였다. 작은 38구경 같았다.

이런, 이건 안 좋다. 프레디가 총을 갖고 있을 리가 없다고 했는데.

어쩌면 본이 잊었는지도 모른다. 거짓말을 했거나.

닉은 지저분하게 펄럭거리는 종잇조각을 받았다.

"괜찮아?"

닉은 아무 말도 할 수 없었다. 주위를 둘러보았다. 아무도 총을 본 것 같지 않았다.

"그래. 하루 종일 아무것도 못 먹었어. 배고파."

"아, 여기 나오는군." 드레싱에 푹 젖은 샐러드가 도착했다. 식욕이라고는 없었다.

본은 닉을 흘긋 보더니 큰 목소리로 말했다. 아주 컸다. "K로 끝나고 성교intercourse(담화라는 뜻도 있음, fuck을 생각하라고 한 농담-역자)를 의미하는 알파벳 4개짜리 단어가 뭐지?"

카멜라가 들은 것 같았다. 그녀 들으라고 한 농담이었다.

"몰라."

"당신은 어때, 루시?" 본은 웨이트리스한테 물었다. 그녀는 얼굴을 붉혔다. 본은 식당이 떠나가라 외쳤다. "아, 답은 '이야기talk'야! 알겠나?"

그녀는 고개를 끄덕이고 예의 바르게 웃어주었다.

닉은 빠르게 씹어 삼키기 시작했다. 숨도 쉬지 않았다.

"천천히 먹어. 그러다 목 막혀 죽어... 그거 봤나? 루시는 못 알아들었어. '성교'가 '이야기'로 쓰인다는 걸 모르는 거야. 내 말이 그거라고, 저런 사람들은."

세상에, 난 총을 가진 남자와 마주 앉아 있다. 아니, 총을 가진 백치와.

최선을 비는 것 외에 할 수 있는 일은 없었다.

닉은 포크를 몇 번 입에 집어넣으며 본이 가져온 명단을 훑어보았다. 재키, 존, 조니, 모두 열 명이었다.

"대단한 명단은 아니야." 본은 씹으며 말했다. 드레싱이 몇 방울 탁자에 떨어졌다.

"아니야, 아주 좋아. 고마워." 이름과 몇몇 주소, 몇몇 직업. 눈에 띄는 것은 없었다. 조사를 따로 더 해야겠지만, 원래 그 정도는 예상하고 있었다.

본은 말을 이었다. "내가 아는 남자들―여자들도―플래니건에서 가끔 어울려. 아니, 예전에는 그랬지. 다들 자기 일에 입이 무거워. 무슨 말인지 알겠지. 입이 무겁다고."

"좋군, 그래."

샐러드를 더 찍어 목구멍에 밀어 넣었다.

본이 말했다. "배가 정말 많이 고팠군 그래." 그 으스스한 웃음소리.

"그래, 말했잖아." 씹고, 삼키고, 게워내지 않으려고 애썼다. 빌어먹을 햄버거가 나왔다.

닉은 명단을 주머니에 넣었다.

그가 밖에 서 있는 인물을 본 것은 바로 그때였다.

몸에 잘 맞지 않은 정장 차림의 남자. 회색, 버튼다운 파란 셔츠, 타이. 짧게 친 머리. 그는 무표정한 얼굴로 식당을 들여다보며 앞을 지나치고 있었다. 그는 멈추더니 눈을 가늘게 뜨고 몸을 내밀어 창문 안을 들여다보았다.

안 돼, 아니, 안 돼... 제발.

닉은 샐러드에 눈길을 처박았다.

애원.

기도.

응답은 없었다.

식당 문이 열렸다가 닫히더니, 덩치 큰 남자가 부스로 걸어오는 것이 느껴졌다. 들렸다. 곧장 그쪽으로 오고 있었다.

젠장.

닉이 그쪽을 쳐다보건 않건, 상대는 두 사람을 향해 곧장 오고 있었다. 그냥 쳐다보는 게 낫겠다는 생각이 들었다―그래야 차라리 죄지은 사람 같지 않을 것이다. 닉은 고개를 들고 최대한 무표정한 얼굴로 상대의 얼굴을 찬찬히 보았다. 이름은 기억나지 않았다. 중요한 게 아니었다. 그는 상대의 직업이 무엇인지 알고 있었다.

"이런, 내 옛 친구 아닌가. 닉 카렐리."

그는 고개를 끄덕였다.

본은 그를 바라보았다.

"어떻게 지내나, 닉? 큰집에서 내보내 주던가? 어떻게 된 거야? 이제 그 예쁜 입술로 간수들 물건 안 빨아줘도 되는 거야?"

본은 입안에 가득 들어 있던 샐러드를 삼켰다. "꺼져, 자식아. 우리는...."

본의 얼굴 30센티미터 앞에 뉴욕시경 금배지가 나타났다. "뭘 하는데?"

전과가 없다 해도 총기소지로 무조건 일 년 실형을 살 수도 있는 본은 입을 다물고 샐러드 먹는 데 집중했다. "미안해, 몰랐어. 네가 사람을 귀찮게 하고 있잖아. 큰집에서 내보내 주다니, 무슨 뜻이야?"

본은 당연히 알 것이다. 그저 모르는 척하고 싶을 뿐이다.

그러나 빈스 콜 형사―닉은 이제야 이름을 알았다―본에게서 고개를 돌리고 오늘의 먹이를 돌아보았다. "왜 대답을 안 해? 여기서 뭐 하지, 니키 보이?"

"이봐, 빈스. 그만두고...."

"내 질문에 대답할 기회를 세 번째로 주겠어."

"친구와 저녁 먹고 있잖아."

"가석방 담당관도 알고 있나?"

닉은 어깨를 으쓱했다. "그가 물어보면 궁금한 건 뭐든지 이야기할 거야. 항상 그랬어. 이건 그냥 식사야. 왜 사람 귀찮게 하는 거야?"

"옛 친구들하고 회포를 푸시나 보지?"

"이봐, 내가 누굴 괴롭히고 있는 게 아니잖아. 난 들어갔다 나왔어. 이제 민간인이라고."

"아니, 부패 경찰은 절대 민간인이 못 돼. 한 번 나쁜 놈은 끝까지 나쁜 놈이야. 창녀 같은 존재라고. 일을 때려치워도 평생 돈을 받고 다리를 벌린 쓰레기 년이야. 안 그래?"

"그냥 일자리를 구하려는 것뿐이야. 뭔가 시작해야지."

"체포당했을 때 네가 두드려 팬 남자는 어떻게 지내냐, 닉? 뇌 손상인가 뭔가 당했다면서?"

"그만 좀 해." 콜에게 '나는 무고하다'는 연설을 할 생각은 없었다. 이런 형사는 절대 믿지 않을 것이고 화만 더 부추길 것이다.

콜은 필요 이상 샐러드에 집중하고 있는 본을 돌아보았다.

"그리고 이 친구는 누구야? 네 이름이 뭐지?"

본은 뭔가 잘못했다는 티가 줄줄 흐르는 태도로 침을 삼켰다. "지미 셰일."

"직업이 뭐야, 지미?"

"그런 거 물어봐도 되나?"

"난 네가 밤에 뭐 보면서 자위하는지 물어볼 수도 있어. 네 남자친구가 어디에 키스해 달라는지 물어볼 수도 있고...."

"일반적인 건축 공사 일이야."

"누구 밑에서?"

"그냥 여러 회사."

"대체로 사람들은 내가 물어보면 단도직입적으로 대답해. 헬름슬리, 프랭클린 개발, 이런 답. 그런데 넌 여러 회사라고."

"음, 경관...."

"형사야."

본은 건방진 눈빛으로 의자에 등을 기대더니 차갑게 바라보았다. "음, 경관 형사 나리, 난 실제로 여러 사람을 위해서 일하고 있어. 난 일을 잘하고, 많은 사람들이 나를 찾으니까. 그리고 당신 말투는 정말 마음에 안 들어."

"그래? 내가 왜 네 마음에 들어야 하지, 지미?"

경찰이 본의 총을 찾아내서 체포하고 둘이 함께 있었다는 이야기가 가석방 담당관의 귀에도 들어간다, 위원회가 열리고 가석방 법규 위반으로 다시 교도소에 들어간다, 는 최악의 상황이 떠올랐다. 그러나 그보다 더한 상황도 있었다. 콜이 지나치게 몰아붙인다고 생각한 본이 권총을 꺼내 머리를 후려갈기거나 38구경 실탄 다섯 발을 전부 건방진 형사의 몸에 박아버릴 수도 있다. 아니, 방탄조끼를 입고 있을 수 있으니까 네 발은 몸에, 한 발은 얼굴에.

닉은 입을 열었다. "이봐, 빈스. 적당히 해두라고. 어? 나는...."

"입 닥쳐, 카렐리." 그는 본을 향해 몸을 굽혔다. "이봐, 새끼야. 신분증 좀 보자."

"신분증, 신분증. 그러지." 본은 얼굴에 그 묘한 미소를 띤 채 냅킨으로 기름기 묻은 입술을 닦고 다시 무릎에 내려놓았다. 그리고 주머니에 손을 뻗기 시작했다. "빌어먹을 신분증 보여드리지."

그래, 총을 꺼내려는 것이다. 콜은 죽었다.

나도 죽었다.

닉은 각도를 살폈다. 부스 안쪽에 앉아 있기 때문에 앞으로 몸을 던져 본의 손에서 총을 빼앗을 수는 없었다. 상대가 총을 갖고 있다고 콜에게 외친다면, 그도 알고 있었다는 것을 인정하는 것이 된다.

본은 총 근처에 손을 대며 일어서려 하고 있었다.

바로 그때 콜의 벨트 언저리에서 지지직거리는 소리가 흘러나왔다.

"모든 경찰에게 알린다. 10-30. 자동차강도 사건 발생. 베이리지 4184 애비뉴. 흑인 남자 둘, 20대, 무장한 것으로 보인다. 은색 토요타. 최신 모델. 번호는 알 수 없다."

"젠장." 형사는 창 밖을 내다보았다. 주소는 문자 그대로 길 건너편이었다.

그는 벨트에서 무전기를 꺼냈다. "형사 7875. 10-30 현장에 있다. 베이리지. 지원을 보내주기 바란다."

"알겠다, 7875. 경찰차 두 대가 그쪽으로 가고 있다. 약 4분 뒤에 도착한다."

이어진 무전 내용은 들리지 않았다. 형사는 총에 손을 댄 채 밖으로 향했다. 문을 밀고, 왼쪽으로 꺾어, 시야에서 사라졌다.

프레디가 고개를 숙인 채 문이 닫히기 전에 들어왔다. 그는 빠르게 이쪽으로 다가왔다. "이봐, 빨리 일어나. 나가. 지금 당장!" 그는 20달러 두 장을 탁자 위에 던졌다. 본은 부스에서 벌떡 일어났고, 닉도 그 뒤를 따랐다. 두 사람은 프레디를 뒤따라 주방으로, 이어 뒷문을 지나 쓰레기 냄새가 코를 찌르는 골목으로 나왔다.

"이쪽으로."

닉이 프레디에게 물었다. "네가 신고했어? 네가 한 거야?"

"어떻게든 해야 할 것 같아서. 무슨 일인지 몰라도 좋아 보이지 않았어. 하지만 움직여야 해. 5분 만에 가짜라는 걸 알아차릴 거야."

"널 추적할걸." 본이 말했다.

"버너폰이야. 내가 어린 앤 줄 알아?"

그들은 어느 집 뒷마당으로 들어가 서쪽으로 계속 향했다. 프레디가 말했다. "무허가 택시를 찾아. 미터로 안 가는 거. 한데 무슨 일이었던 거야?"

"형사가 날 알아봤어. 지분거리더군. 그것만이었으면 괜찮았을 텐데... 한데 여기 이 친구가 총을 갖고 있잖아."

"그게 왜?" 본은 방어적으로 물었다.

프레디는 격분해서 돌아섰다. "뭐야? 내가 아트에게 말했는데. 절대 무기는 안 된다. 절대로. 여기 이 친구는 얼마 전에 큰집에서 나왔다고."

"아트는 아무 말 안 했어. 난 몰랐다고. 리지에서 모르는 사람을 만나는 걸로 알고 나왔어. 내가 멍청인 줄 알아."

"불법무기 소지죄는 라이커스에서 무조건 1년형이야, 이 멍청한 놈아. 그건 괜찮아?"

"알았어, 알았어."

"형사가 네 이름을 들었어?" 프레디는 본에게 물었다.

"아니, 하지만 돌아와서 찾을 거야." 닉이 말했다. "네 인상착의도 알고 있어, 본. 그리고 그는 나를 알아. 총은 버려. 지금 당장. 물에 던져."

"이건 비싸."

프레디가 말했다. "아니. 난 널 못 믿겠어. 나한테 줘. 내가 직접 하지."

"이봐...."

"아트한테 전화할까?"

"젠장." 그는 총을 건넸고, 프레디는 휴지에 총을 감싸 들었다.

"추적 안 되지?" 프레디가 물었다.

"그래, 그래. 추적은 안 돼."

프레디가 물었다. "명단 얻었어, 닉?"

"응."

"그건 고마워, 본. 하지만 이제 헤어지자고."

"식사를 다 못했는데."

"아, 젠장."

본은 얼굴을 찡그리고 어둑한 보도를 따라 걷기 시작했다.

"만으로 가서 버릴게." 프레디는 주머니를 두드렸다.

"고마워... 네가 최고야."

"명단은 좋아 보여?"

"일단 뭔가 있으니까. 좋은 시작이야. 형사 놀이를 조금만 하면 되겠지."

"허, 넌 형사였잖아. 식은죽 먹기지."

"고마워, 프레디. 너한테 신세졌어. 아주 크게." 희미한 미소.

프레디는 이마에 손을 대고 가볍게 경례한 뒤 내로스 해협에 총을 던져버리기 위해 서쪽 해안 쪽으로 향했다. 몇 분 뒤 닉은 무허가 택시를 발견했다. 무허가 택시는 정식 택시를 찾기 힘든 외곽 자치구 쪽에 더 많다. 그는 의자에 앉아 심호흡을 했다. 그때 휴대전화가 울렸다. 식당에서 만난 형사가 다운타운으로 출두하라고 전화한 게 아닐까 하는 생각에 심장이 내려앉았다. 그는 발신자를 확인했다.

어쨌든 심장은 내려앉았다. 하지만 방금 경험한 것과는 다른 종류였다.

그는 전화를 받았다.

"아멜리아, 안녕."

36

라임과 아처는 증거물 보드 앞에서 각자 휠체어에 앉아 있었다. 둘 뿐이었다.

짐작, 추측, 가정은 몇 시간 동안 계속되었고—극도로 비생산적인 시간이었다—밤이 늦어 수사팀은 헤어졌다. 풀라스키와 쿠퍼는 집으로 돌아갔다. 색스는 현관에서 전화를 걸고 있었다. 낮은 목소리였고, 라임은 그녀가 누구와 통화하는지 궁금했다. 표정이 심각해 보였다. 상가에서 있었던 총기 발사 사건은 대체로 그녀에게 유리하게 마무리된 것 같았는데. 그 외에 무슨 일이 있지?

그녀는 전화를 끊고 거실로 돌아왔지만 대화를 시작하지 않았다. 글록도 풀지 않았다—브루클린으로 돌아갈 예정이었다. 색스는 옷걸이에서 재킷을 내렸다.

"가야겠어요."

그녀는 아처에게 시선을 주었다가 다시 라임을 보고 뭔가 말하려는 것 같았다.

그는 한쪽 눈썹을 치켜 올렸다. '말해봐, 무슨 일이야'라는 뜻이었다.

색스는 잠시 갈등했다. 그러다 결국 입을 다물기로 했는지 가방을 집어 들어 어깨에 메고 작별인사를 했다. "일찍 올게요."

"그럼 그때 봐."

"잘 가요, 아멜리아." 아처가 말했다.

"안녕."

색스는 복도로 나갔다. 현관 문 열렸다 닫히는 소리가 들렸다.

라임은 아처를 돌아보았다. 잠들었나? 눈이 감겨 있었다. 그때 그녀는 다시 눈을 떴다.

"답답해요."

그는 보드를 보았다. "그래. 설명할 수 없는 실마리들. 너무 많지. 이 수수께끼는 그리 쉽지 않아."

"알아냈어요? 우리 수수께끼는?"

"알파벳 e."

"부정행위는 없었나요? 아니, 그럴 분은 아니지. 당신은 과학자니까. 문제를 해결하는 데 과정이 가장 중요한 부분이죠. 해답은 거의 부차적일 뿐."

사실이었다.

그녀는 덧붙였다. "하지만 사건이 그렇다는 건 아니에요. 전반적인 답답함 이야기였어요."

장애인의 인생, 아처는 그 이야기를 하고 있었다. 그녀가 옳았다.

모든 것이 오래 걸리고, 사람들은 나를 애완동물이나 어린아이 취급하고, 삶에서 갈 수 없는 곳이 너무나 많다―단순히 이층이나 화장실 외에도. 사랑, 우정, 장애만 아니었다면 완벽하게 해냈을 경력. 목록은 끝이 없다.

라임은 아까 그녀가 동생에게 아파트에 데려다 달라는 전화를 걸려다가 고생하는 모습을 보았다. 스피커폰이 켜져 있었는데, 전화가 그녀의 명령을 알아듣지 못했던 것이다. 아처는 결국 포기하고 오른손으로 조종기를 써서 화난 듯 숫자를 눌렀다. 숫자를 누를 때마다 켈틱 팔찌가 쩽그렁거렸다. 다 누르고 나니 턱이 부들거리고 있었다.

"조금씩 리듬이 생기게 되지." 라임은 말했다. "배우고, 미리 계획을 세우고, 답답함을 최소화할 수 있는 길을 택하게 돼. 자신을 위해 불필요한 도전은 할 필요가 없어. 대부분의 가게는 장애인이 들어갈 수 있지만, 유독 복도가 좁은 가게, 진열대 끝이 툭 튀어나온 가게는 어디인지 알고 피하게 돼. 그런 일들."

"배울 게 많아요." 아처는 문득 화제가 불편한 것 같았다. "아, 링컨. 체스 두시죠."

"예전에. 오랫동안 두지 않았지. 어떻게 알았지?" 그는 실제 체스 세트를 가지고 있지 않았다. 체스를 둘 때는 온라인으로 뒀다.

"부코비치 책을 갖고 계시잖아요."

『공격의 기술』. 그는 책장을 바라보았다. 법과학 책 말고 개인적인 책을 꽂아둔 곳 맨 끝에 있었다. 여기서는 책등을 읽을 수 없었다. 그러나 시력이―그리고 손톱이―하느님이 자신에게 내린 장점이라는 아처의 말을 기억했다.

"전남편과 같이 살 때 체스를 좀 뒀어요. 우린 불릿 체스를 뒀죠.

빠른 체스의 한 종류예요. 말을 옮기는 데 각 플레이어에게 총 2분의 시간이 주어지죠."

"한 번 옮길 때마다?"

"아뇨, 게임 전체에. 첫 움직임부터 마지막 움직임까지."

흠, 아처는 수수께끼 여왕이기도 했지만, 아무나 즐기지 않는 체스 게임 광이기도 했다. 아주 좋은 법과학자가 될 자질이 충분하다는 점은 말할 것도 없었다. 이보다 더 흥미로운 인턴은 어디 가도 찾을 수 없을 것 같았다.

"난 그건 둬본 적이 없어. 전략을 짜는 시간을 갖는 걸 좋아해." 그는 체스가 그리웠다. 요즘은 같이 둘 사람이 없었다. 톰은 시간이 없고, 색스는 인내심이 없다.

아처는 말을 이었다. "움직임을 제한하는 종류도 됐어요. 스물다섯 수 안에 이기는 게 목표죠. 그러지 못하면 둘 다 지는 거예요. 혹시 가끔 체스 두고 싶으시면… 난 체스를 정말 좋아하는 사람을 만난 적이 없어요."

"그러지. 언제." 라임은 증거물 차트를 바라보고 있었다.

"동생은 15분 뒤에 도착할 거예요."

"들었어."

"그러니까." 아처는 장난스럽게 말했다. "등 뒤에 말 두 개를 들고 흑이냐 백이냐 고르게 할 수는 없고. 하지만 속이지는 않을게요. 난 지금 1부터 10까지 열 개 숫자 중에 하나를 생각하고 있어요. 짝수일까요, 홀수일까요?"

라임은 처음에 무슨 말인가 하고 그녀를 쳐다보았다. "아, 난 오랫동안 체스를 두지 않았어. 체스판도 없고."

"체스판 같은 거 왜 필요해요. 그냥 그리면 되죠."

"머릿속에서 두자고?"

"그럼요."

흠... 라임은 잠시 침묵을 지켰다.

아처는 고집했다. "짝수일까요, 홀수일까요?"

"홀수."

"7이에요. 당신이 이겼어요."

"나는 백을 쥐지."

"좋아요. 난 방어가 좋아요.... 난 내 적에 대해서 최대한 많이 배우는 게 좋아요. 완파해 버리기 전에."

아처는 켈틱 금팔찌를 찰랑거리며 손가락으로 조종간을 눌러 의자를 라임 앞 일 미터 정도에 세우고 그를 마주보았다.

라임이 물었다. "시간제한은 없다고 했지."

"없어요. 하지만 스물다섯 수안에 체크메이트냐 비기느냐─이 경우 흑이 이겨요─결과가 나와야 해요. 그렇지 않으면...."

"우리 둘 다 진다."

"둘 다 지는 거예요. 자." 그녀는 눈을 감았다. "난 보드를 보고 있어요. 당신은?"

라임은 잠시 그녀의 얼굴을, 주근깨와 좁은 눈썹, 희미한 미소를 계속 바라보았다.

그녀는 눈을 떴다. 라임은 얼른 시선을 돌리고 머리받침에 머리를 기댄 뒤 눈을 감았다. 말이 모두 배치된 체스보드가 오늘처럼 화창한 봄날 오후의 센트럴파크처럼 또렷이 머릿속에 떠올랐다. 그는 잠시 생각했다. "E2 폰을 E4로."

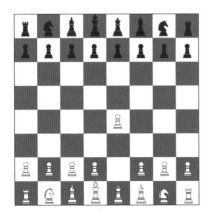

아처가 말했다. "흑 폰 E7을 E5로."

라임은 상상했다.

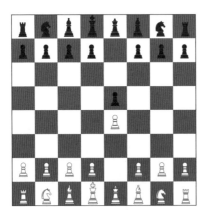

라임은 대꾸했다. "백 킹스 나이트를 F3으로."

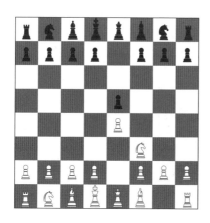

아처: "흑 퀸스나이트를 C6으로. 잘 보고 있나요?"

"그래."

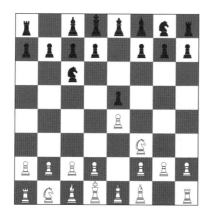

흠, 확실히 공격적이군. 라임은 흡족했다. 불확실성이 없었다. 시
간을 끌지도 않았다. "백 킹스비숍을 C4로."

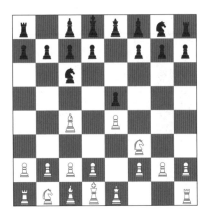

아처는 대꾸했다. "흑 퀸스나이트를 D4로."

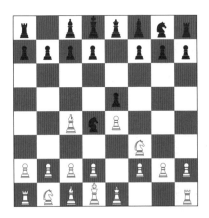

이제 그녀의 나이트는 라임의 비숍과 폰 사이에 있었다.

몇 수 됐지? 라임은 생각했다.

"6수." 아처는 자기도 모르는 사이 라임의 의문에 대답했다.

그는 말했다. "백 킹스나이트로 e5 흑 폰을 잡았어."

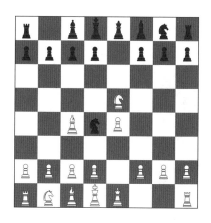

"아, 네. 네." 아처는 말을 이었다. "흑 퀸을 G5로." 가장 강력한 말을 중앙으로 옮긴다. 취약해진다. 눈을 뜨고 그녀의 표정을 보고 싶다는 충동이 일었다. 하지만 그는 집중을 택했다.

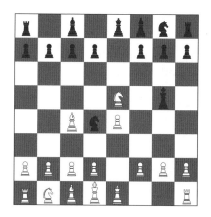

라임은 기회를 보았다. "백 킹스나이트로 F7 흑 폰을 잡았어." 상대의 룩을 잡을 수 있는 위치다. 킹은 비숍으로 보호받고 있기 때문에, 상대 킹의 공격에서도 안전하다.

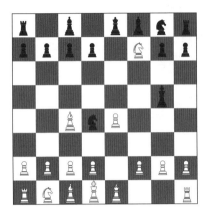

"흑 퀸으로 G2 백 폰을 잡았어요."

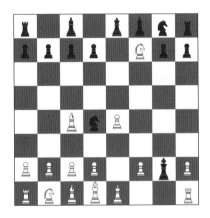

라임은 미간을 찌푸렸다. 우상단의 전략은 포기해야 한다. 상대의
대담한 움직임 때문에 전투는 이제 이쪽 진영으로 넘어왔다―아직

대부분의 말은 움직이지도 않았다.

그는 말을 이었다. "백 킹스룩을 F1으로."

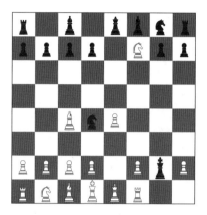

아처의 경쾌한 음성. "흑 퀸으로 E4 백 폰을 잡았어요. 체크."

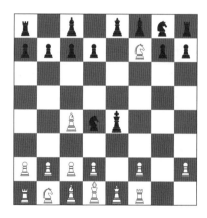

눈을 여전히 감은 채, 라임은 이 판이 어디로 가고 있는지 또렷이

보고 있었다. 그는 싱긋 웃었다. 그리고 꼭 해야 하는 수를 던졌다.

"백 킹스비숍을 E2로 옮겨서 체크를 막는다."

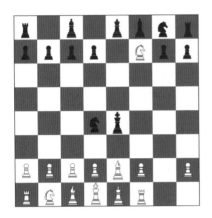

줄리엣 아처의 수도 놀랍지 않았다. "흑 퀸스나이트를 F3으로. 체크메이트."

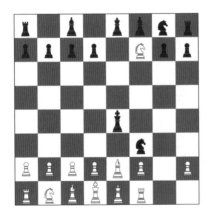

라임은 머릿속에 펼쳐진 체스판을 가만히 관찰했다. "14수군."

"맞아요."

"기록인가?"

"아뇨. 아홉 수 만에 이긴 적도 있어요. 전남편은 여덟 수 만에."

"우아한 게임이야." 라임은 겉보기에는 우아한 패배자였지만, 속으로는 다시 지지 않겠다는 굳은 결의에 불타고 있었다. "곧 재경기를 하자고."

연습 좀 한 뒤에.

"그러죠."

"하지만 지금은... 한잔할 시간이야! 톰!"

아처는 웃었다. "당신은 내게 법과학과 생산성 있는 장애인이 되는 법을 가르치고 있긴 한데. 동시에 나쁜 습관도 가르치고 있군요. 난 됐어요."

"운전할 거 아니잖아." 라임은 말했다. "아니, 정확히는." 그는 7MPH의 속도로 보도를 달릴 수 있는 스톰애로 모터를 턱으로 가리켰다.

"어쨌든 맑은 정신을 유지하는 게 좋아요. 오늘 밤 아들을 만나야 해요."

톰은 라임의 잔에 글렌모란지를 따르고 아처를 흘끗 보았다. 그녀는 고개를 저었다. 초인종이 울렸다. 잠시 후 톰이 아처의 동생을 거실로 안내했고, 그는 일동에게 쾌활하게 인사했다. 좋은 남자 같았다. '사람 좋은 친구'라는 말이 어울리는 사람이었다. 라임은 그와 오래 시간을 보내고 싶지 않았지만, 그는 사지마비 환자로서 인생을 마주해야 하는 누이에게 필요한 암반 같았다.

아처는 문간으로 향했다. "내일 일찍 올게요." 색스의 인사와 같았다.

라임은 고개를 끄덕였다.

그녀가 현관문을 나서고, 동생이 뒤따랐다.

문이 닫혔다. 라임은 갑자기 방안의 어마어마한 적막을 의식했다. 묘한 기분이었다. '공허함'이라는 단어가 떠올랐다.

톰은 부엌으로 돌아가 있었다. 금속과 금속 부딪히는 소리, 나무와 도자기 부딪히는 소리, 냄비에 물 붓는 소리가 거실로 흘러나왔다. 하지만 인간의 목소리는 들리지 않았다. 드물게도, 라임은 이 고독한 순간이 마음에 들지 않았다.

스카치 한 모금. 마늘 냄새, 고기 냄새, 달군 베르무트 향이 흘러나왔다.

다른 냄새도 있었다. 향기로운 냄새. 기분 좋고, 편안한 냄새. 아, 색스의 향수군.

그러나 그때 그는 색스가 오늘 향수를 뿌리지 않았다는 사실을 떠올렸다. 총격전이 벌어질지도 모르는 현장에 나가면서 범인에게 이쪽의 위치를 알릴 수 있는 단서를 줄 이유가 없다. 아니, 이 향은 줄리엣 아처가 오늘 뿌린 향수였다.

"저녁 준비 됐습니다." 톰이 말했다.

"가는 중이야." 라임은 거실을 떠나면서 컨트롤러에게 조명을 끄라고 명령했다. 타운하우스의 음성인식 조종시스템에 혹시 데이터 와이즈5000이 설치되어 있는지 궁금했다.

37

"잠깐 갔다 오자."

"여보, 싫어."

남편은 고집했다. "20분. 아니 가 새 스카치를 구했대. 스카이 섬에서. 들어본 적이 없는 거야."

헨리가 들어본 적이 없는 스카치가 있다면, 그건 대단한 사건이다.

그들은 저녁 식사를 마쳤다. 지니는 남편이 치킨 프리카세를 칭찬했다는 데(물론 이 정도 표현은 예전에도 들어본 적이 있었다. '지난번보다 좋았어, 여보.') 놀란 기분으로 설거지를 하고 있었다.

"갔다 와." 지니는 말했다.

"캐롤이 당신도 같이 오라고 했어. 당신이 자기들을 안 좋아한다고 생각하기 시작하더라고."

안 좋아해, 지니는 생각했다. 그녀와 헨리는 어퍼이스트사이드에

이사 온 이주민이었지만, 아니와 캐롤은 이 무기력한 동네 토박이였다. 지니가 볼 때 아파트 주민들은 오만하고 가식적이었다.

"난 정말 가고 싶지 않아. 여기 정돈해야 돼. 일 때문에 그 프로젝트도 해야 하고."

"30분만, 45분."

방금 불렀던 시간의 두 배였다.

물론 이 자리는 단순한 이웃 간의 친목 이상이었다. 아니는 작은 신생 테크 기업 사장이었고, 헨리는 그를 자기 법률회사 고객으로 삼으려는 목적이 있었다. 남편은 인정하지 않았지만, 지니에게는 뻔했다. 아니 같은 사람들의 마음을 얻으려고 할 때 남편이 그녀를 동반하는 것을 좋아한다는 것도 알고 있었다―그녀가 영리하고 재미있어서가 아니었다. 지니는 남편이 자기가 근처에 없는 줄 알고 동료 변호사에게 한 말을 엿들은 적이 있었다. '솔직해지자고. 잠재적인 고객이 갈등하고 있다, 어떤 변호사하고 계약하고 싶겠나? 같이 자는 상상을 하게 되는 마누라를 데리고 있으면 좋은 거 아니겠어.'

배셋 부부와 같이 술 한잔, 지니가 절대 하고 싶지 않은 일이었다. 아마 스카치를 권할 것이다. 아무리 비싸도 그녀에게는 전부 주방세제 같은 맛이었다.

"방금 트루디를 재웠잖아." 두 살 난 아기는 잠에서 자주 깼고 때로는 자야 할 시간에 재운다는 것이 불가능했다. 오늘 밤에는 저녁 7시에 다행히 성공했다.

"유모도 구했잖아."

"하지만, 난 아이만 놓고 가는 게 내키지 않아."

"45분. 1시간. 그냥 인사만 하고 오자고. 위스키 조금 마시고. 철자 알아? 'e'가 들어 있는 위스키는 버번이래. 아이리시 위스키도 그렇고. 'e'가 없으면 스카치야. 누가 그런 걸 생각해 냈을까?"

헨리는 화제를 돌리는 데 능숙했다.

"정말, 그냥 오늘은 거절하면 안 될까?"

"안 돼." 헨리의 목소리는 단호했다. "간다고 했어. 그러니까, 얼른 가서 옷 걸쳐."

"그냥 술 한잔 마시는 자리잖아." 지니는 청바지와 스웨트셔츠를 내려다보았다. 순간 자신이 항복했다는 것을 깨달았다.

헨리는 잘생긴 얼굴을 그녀에게 들이밀었다(두 사람은 완벽해 보이는 커플이었다). "아, 날 위해서, 여보? 제발. 그 파란 거."

골티에. 파란 거.

그는 그녀에게 유혹적으로 윙크했다. "내가 좋아하는 거 알잖아."

지니는 침실로 가서 옷을 갈아입고, 천사 같은 금발 고수머리를 늘어뜨린 채 잠들어 있는 딸을 확인한 뒤, 조용히 한 층 아래 조용한 골목에 면한 창가로 향했다. 창문이 잠겨 있는지 확인하고—아까도 확인했지만—블라인드를 쳤다. 신기하게도 트루디는 창턱에서 구구거리는 비둘기 소리에 잠에서 깨면서도 소방차 사이렌 소리나 교차로의 요란한 경적 소리에는 세상 모르고 계속 잤다. 아이에게 키스하거나 뺨을 만지고 싶었다. 하지만 그랬다가는 딸이 깨서 즉석 친목 모임을 방해할 것이다. 헨리는 기분이 좋지 않을 것이다.

물론 아이가 깨면 지니가 모임에 안 가도 되는 핑계가 생긴다.

깨울까, 말까?

그러나 남편을 속이는 도구로 차마 딸을 이용할 수는 없었다. 그래도 그녀는 미소 지으며 생각했다. 좋은 계획이었어.

5분 뒤 그들은 어둑한 복도로 나가 배셋 부부의 초인종을 눌렀다. 문이 열렸다. 뺨을 마주대고, 악수를 나누고, 의례적인 인사를 주고받았다.

캐롤 배셋은 청바지와 티셔츠 차림이었다. 지니의 시선이 캐롤의 옷차림을 향했다가 헨리를 바라보았지만, 남편은 아내의 나무라는 듯한 눈빛과 립스틱을 칠한 얇은 입가에 떠오른 찡그린 표정을 눈치채지 못했다. 두 남자는 마법의 술이 놓여 있는 바로 곧장 향했고―고맙게도―캐롤은 지니가 와인만 마신다는 것을 기억했는지 피노그리 잔을 손에 쥐어주었다. 그들은 잔을 부딪히고, 술을 홀짝이고, 센트럴파크가 부분적으로 내려다보이는 거실로 향했다(헨리는 건물에 새로 이사 온 배셋부부가 하필 이 호수가 비었을 때 들어온 것을 분하게 생각했다. 헨리와 지니의 아파트는 너절하기 짝이 없는 81번가를 바라보고 있다).

남자들은 아내들과 다시 만났다.

"지니, 한번 마셔볼래요?"

"그럼요. 지니도 스카치 좋아합니다."

내가 제일 좋아하는 브랜드는 팜올리브지. 바로 다음이 더즈고. "와인 벌써 마시고 있어요. 이 맛을 망치고 싶지 않네요."

"정말이에요?" 아니가 말했다. "한 병에 8백 달러짜립니다. 아주 싸게 좋은 걸 얻었어요. 정말 말도 안 되는 값으로."

캐롤이 눈을 커다랗게 뜨고 목소리를 낮췄다. "페트러스를 천 달러에 얻었답니다."

헨리는 큭 웃었다. "농담이겠죠."

"정말이에요."

지니는 남편의 시선이 캐롤의 가슴을 향하는 것을 눈치챘다. 그냥 티셔츠였지만, 몸에 상당히 달라붙는 얇은 실크였다.

아니가 말했다. "페트러스, 그건 정말 천국입니다. 거의 뿅 갔어요." 그는 자신의 저속한 표현에 충격받은 표정을 지어 보였다. "들어 보세요. 우린 그걸 로망스에 들고 들어가게 해달라고 지배인에게 뇌물을 줬어요. 거기는 개인 술을 들고 갈 수 없거든요."

"그럴 리가." 지니는 짐짓 놀란 듯 대꾸했다. "세상에."

아니도 덧붙였다. "그러니까. 그 정도 식당이."

두 사람은 자리에 앉았고, 대화는 이런저런 화제로 이어졌다. 캐롤은 트루디에 대해, 아이를 어떤 학교에 보낼 생각인지 물었다(언뜻 듣기만큼 어처구니없는 계획은 아니다, 지니도 알고 있었다. 맨해튼의 부모들은 자녀교육 계획을 일찌감치 세워야 한다). 배셋 부부는 몇 년 어렸고—30대 초반—이제 아이에 대해 생각하고 있었다.

캐롤은 덧붙였다. "내년이 좋아보여요. 애를 갖는데. 편리한 시기예요. 회사에서 새 출산휴가 정책을 도입했어요. 인사 담당 친구가 말해주더라고요. 아직 모르는 걸로 해야 하지만, 임신하려면 기다리라고." 그녀는 짓궂게 웃었다. "내부자 거래 같은 거예요!" 그녀는 자기 농담을 알아들었는지 지니의 표정을 살폈다.

그런 진부한 농담을 못 알아들었을까 봐.

"와인은 포기해야겠죠." 캐롤이 말했다. "힘들 거예요."

"그립지 않을 거예요. 겨우 열여덟 달만 참으면 되는데요."

"열여덟 달요?" 캐롤이 물었다.

"모유수유요."

"아. 그거요. 뭐, 요즘은 선택사항이잖아요. 안 그래요?"

남자들은 호박색 액체가 유니콘의 피라도 되는 양 유리잔을 바라보며 사업과 워싱턴에 대해 이야기했다.

캐롤은 소호의 '가장 좋아하는' 갤러리에서 구한 새 그림을 선보이겠다면서 일어섰다. 지니는 생각했다. 얼마나 많은 갤러리를 알고 있기에?

거실을 반쯤 가로지르는데 남자 목소리가 들려왔다.

"안녕, 우리 아가."

모두 얼어붙었다. 주위를 둘러보았다.

"정말 예쁜 페튜니아 같은 아가."

바리톤 음성은 커피 탁자에 놓아둔 지니의 전화 스피커에서 흘러나오고 있었다. 그녀가 삼성 전화기를 향해 돌진하는 서슬에 와인 잔이 바닥에 굴러 산산조각 났다.

아니가 말했다. "워터포드 아닌가요. 걱정...."

"그건 뭐죠?" 캐롤이 전화를 가리키며 물었다.

그것은 헨리와 지니가 '유모'라고 부르는 최첨단 아기 모니터였다. 아이의 호흡과 심장 박동까지 감지할 정도로 민감한 마이크가 트루디의 요람 옆에 장착되어 있었다.

물론 방 안에 있는 다른 사람들의 목소리도 잡아낼 수 있다.

"나랑 같이 가자, 아가야. 너한테 새집을 줄 사람을 알고 있어."

지니가 비명을 질렀다.

그녀와 헨리는 쏜살같이 현관으로 달려가 문을 벌컥 열고 복도를 달렸다. 배셋 부부가 뒤따랐다. 헨리가 아내에게 소리 질렀다. "빌어먹을 창문 안 잠갔어?"

"잠갔어. 잠갔다고!"

"계속 자거라, 아가야."

지니의 머릿속은 소용돌이치는 회오리였다. 눈물이 줄줄 흐르고 심장이 갈비뼈 안에서 진동했다. 그녀는 전화를 집어 들고 모니터 앱의 '보이스'를 두드렸다. 마이크에 대고 소리쳤다―마이크는 쌍방향 시스템이었다. "경찰이 와 있다, 이 개새끼야. 우리 딸 건드리지 마. 건드리면 죽여버린다!"

침입자가 모니터를 봤는지 잠시 침묵이 흘렀다. 그는 킬킬 웃었다. "경찰? 정말이야? 나는 지금 트루디의 창밖을 내다보고 있는데, 경찰이라고는 아무도 안 보여. 난 이제 가봐야겠어. 미안해, 당신 딸은 아직 자고 있어. 대신 작별 인사를 해야겠군. 안녕, 엄마. 안녕 아빠."

지니는 비명을 질렀다. "빨리! 빨리! 문 열어!"

헨리는 더듬더듬 열쇠를 찾았다. 지니는 열쇠를 빼앗고 그를 옆으로 밀어냈다. 자물쇠를 따고 문을 밀었다. 부엌으로 들어가서 제일 먼저 눈에 띈 식칼을 움켜쥐고 딸의 방으로 달려갔다. 문을 활짝 열고, 머리 위 전등 스위치를 켰다.

트루디는 소동에 약간 뒤척였다. 하지만 깨지 않았다.

헨리가 잠시 후 들어왔고, 두 사람은 작은 방을 둘러보았다. 아무도 없었다. 창문은 아직 잠겨 있었다. 벽장은 비어 있었다.

"무슨...."

그녀는 남편에게 칼을 건네고 아이를 집어 들어 안았다.

아니와 캐롤이 바로 뒤에 서 있었다. 아기를 보자 안도감이 그들을 감쌌다.

"누가 여기 있어요?" 캐롤은 떨리는 목소리로 둘러보며 물었다.

그러나 테크기업 사장인 아니는 고개를 젓고 트루디의 요람 옆에 있는 모니터를 집어 들었다. "아니, 없어. 1백 마일 밖에 있을 수도 있어. 서버에 해킹한 거야." 그는 장비를 다시 탁자 위에 올려놓았다.

"그럼 그가 지금도 우리 말을 들을 수 있는 거예요?" 지니는 모니터를 집어 들고 얼른 껐다.

아니가 말했다. "그렇게 한다고 항상 완전히 연결이 끊기는 건 아닙니다." 그는 플러그를 빼고 덧붙였다. "누가 당신한테 장난을 친 것 같아요. 비디오 모니터가 있으면, 아이의 사진이나 영상을 찍어서 온라인에 올려놓기도 합니다."

"어떤 미친 사람이 그런 짓을 하나요?"

"어떤 사람인지는 모르겠어요. 많다는 건 압니다. 아주 많아요." 아니가 물었다. "제가 경찰에 연락할까요?"

"내가 할게요." 지니가 말했다. "그냥 가주세요."

헨리가 말했다. "여보." 그의 시선이 친구들을 향했다.

"지금요." 지니의 단호한 음성.

"그러죠. 정말 유감이에요." 캐롤은 진심으로 걱정스러운 듯 지니를 포옹했다.

아니가 말했다. "와인 잔은 걱정 마십시오."

그들이 간 뒤, 지니는 칼을 다시 집어 들고 아직 잠들어 있는 트루디를 안은 채 헨리와 함께 모든 방을 둘러보았다. 모든 창문은 잠겨 있었다. 물리적인 침입자는 있을 수 없었다.

침실로 돌아온 지니는 침대에 앉아 눈물을 닦고 딸을 열심히 얼렀다. 문득 고개를 드니 남편이 휴대전화로 번호 세 개를 누르는 게 눈에 띄었다.

"안 돼." 그녀는 반쯤 일어서서 전화를 뺏었다. 종료 버튼을 눌렀다.

"뭐하는 거야?"

"1분 안에 다시 울릴 거야. 911은 중간에 끊기면 추적 전화를 하니까. 실수로 눌렀다고 해."

"왜 그래야 하느냐고?"

"내가 전화를 받으면, 여자 목소리니까 가정폭력이라고 생각하고 어쨌거나 사람을 보낼 거야. 당신이 실수라고 대답해야 해."

"당신 미쳤어?" 헨리는 소리쳤다. "사람을 보내라고 해야지. 해킹을 당했어. 미친놈이 우리 저녁을 망쳤다고."

"새 고객을 영업한다는 이유로 두 바보들과 쓸데없이 비싼 술을 마시기 위해 딸을 혼자 두고 집을 비웠다면 경찰이 우리 말을 들을 것 같아? 당신 정말 그게 좋은 생각이라는 거야, 헨리?"

전화가 울렸다. 발신자 번호는 뜨지 않았다. 그녀는 전화를 남편에게 건넸다. 그의 눈을 노려보면서.

그는 한숨을 쉬었다. 그리고 통화 버튼을 눌렀다. "여보세요?" 그는 기분 좋게 받았다. "아, 정말 죄송합니다. 911이 제 단축번호 1번입니다. 어머니에게 전화하려다 실수로 눌렀어요. 어머니가 2번입니다... 네, 헨리 서터...."그는 요청받았는지 주소를 불렀다. "정말 죄송합니다... 하지만 신경 써주셔서 감사합니다. 그럼 수고하십시오."

지니는 트루디의 방에 들어가서 한 손으로 요람을 끌고 객실로 옮겼다. "난 오늘 여기서 잘 거야."

"우린...."

그녀는 문을 닫았다.

아기를 요람 안에 내려놓으며 이 소동에도 계속 잠들어 있다는 생각을 하니, 얼굴에 미소 비슷한 것이 떠올랐다. 그녀는 1천 달러짜리

드레스를 벗어서 화난 손길로 방구석에 던졌다. 얼굴에 화장품을 바르지도, 이를 닦지도 않고 침대에 올랐다. 불을 껐지만, 딸과 달리 오늘 밤은 잠드는 데 오래 걸릴 것이다.

하지만 괜찮았다. 생각할 것이 많았다. 무엇보다 중요한 것은, 이혼 가능성 때문에 두어 번 만난 변호사에게 내일 무슨 말을 할까. 오늘 밤까지는 애매한 입장이었다. 내일은 최대한 빨리, 최대한 사정없이, 최대한 잔인하게 진행해 달라고 말할 생각이었다.

38

프로답지 않았다.

그러나 때로는 나를 위해 일을 벌인다. 그래야만 하니까.

나는 어퍼이스트사이드 헨리와 버지니아 서터의 아파트 근처 커피숍에서 멀어지고 있다. 길 건너편에서. 한데 정말 멋진 건물이다. 이런 곳에서 산다는 것이 어떨지 상상이 되지 않는다. 별로 살고 싶지 않을 것 같다. 저기는 아름다운 사람들이 산다. 나는 환영받지 못할 것이다. 쇼핑객들 소굴이다.

나 자신을 위해 일을 벌인다.

쇼핑객에 대한 복수, 상당히 쉬웠다. 그냥 오후에 부딪힌 타임스퀘어 스타벅스에서 헨리의 집까지 미행하기만 했다.

이게 나한테 흘렀으면 돈 많이 들었을 거다, 이 좀비 같은 놈아. 네가 한 달을 벌어도 이 셔츠 한 장 못 사. 난 변호사라고....

그의 주소를 알아낸 뒤, 나는 등기 기록과 자동차등록국 사진을 대조했다. 그리고 신원을 찾아냈다. 헨리 서터, 버지니아와 결혼. 나는 잠시 좌절했다―데이터마이닝 기록상 그들은 CIR 데이터와이즈 5000을 설치한 제품은 아무것도 갖고 있지 않았다. 페이스북을 살펴보았다. 헨리와 지니―그녀가 좋아하는 애칭―는 두 살 난 트루디의 사진을 온라인에 올렸다. 바보들…. 그러나 내게는 잘됐다. 도시의 아기들은 베이비 모니터와 같다. 그리고 집안을 그냥 한번 둘러보니 IP 주소와 브랜드명 하나가 나왔다. 네트워크를 살짝 한번 해킹한 뒤 내 태블릿의 패스브레이커를 돌리자, 곧 나는 집 안에 들어와 있었다. 트루디의 부드러운 숨소리를 들으며, 가까운 미래 동안 엄마와 아빠의 마음의 평화를 산산조각 낼 만한 대사를 읊었다.

(여러 가능성이 열린다. 어쨌든 내가 데이터와이즈5000에 묶여 있는 건 아니니까. 다른 선택지도 좋다.)

나는 계속 성큼성큼 걷는다. 지하철 입구를 지나친다. 첼시까지는 먼 길이지만, 내 튼튼한 당나귀 허벅지를 써야 한다('걷는다'는 뜻으로 내 어머니의 어머니가 자주 쓰던 표현이지만, 솔직히 그 분이 실제 당나귀를 본 적이 있는지, 혹은 차에서 식료품 가게까지 몇 미터 이상 되는 먼 거리를 걸어본 적이 있는지 모르겠다). 알아보는 사람이 있을까 봐 걱정된다. 빌어먹을 CCTV. 사방에 있다.

저녁은 어떻게 할까? 오늘 밤은 샌드위치 두 장, 아니, 세 장. 그리고 새 미니어처 프로젝트, 보트 공예를 해야겠다. 항해 관련 모델 제작의 세계는 따로 있다(비행기나 기차광처럼, 교통 관련 수집 취미는 어마어마하게 방대하다) 하지만 피터는 보트를 좋아한다고 했다. 그래서 나는 워런 스키프를 제작하고 있다. 양쪽에 노가 달린 고전적인 보트다.

어쩌면 알리시아가 올 것이다. 과거가 되돌아오는 바람에, 요즘 그녀는 기분이 안 좋다. 상처―내면의 상처가 다시 아프다. 나는 내가 해줄 수 있는 일을 하고 있다. 하지만 때로는 그냥 모르겠다.

그러다 다시 방금 친 장난을 생각한다. 오늘 낮 스타벅스 밖에서 부딪혔을 때 그의 잘생긴 얼굴에 떠올랐던 조롱을 생각한다.

좀비 같은 놈....

음, 헨리. 그건 좋은 대사였어. 하지만 내겐 더 좋은 대사가 있지.

마지막에 웃는 자가 과연 누구냐.

"안녕."

아멜리아 색스는 닉 카렐리의 아파트에 들어섰다. 가구는 별로 없었지만, 깨끗하고 정돈이 잘되어 있었다.

"텔레비전이 있구나."

같이 살 때는 텔레비전이 없었다. 다른 할 일이 너무나 많았다.

"경찰 프로그램 재미있게 보고 있어. 당신도 봐?"

"아니."

지금도 할 일이 너무 많다.

"당신과 링컨에 대한 프로그램도 만들면 좋을 텐데."

"누가 링컨에게 연락해 왔는데, 그가 거절했어."

그녀는 가져온 커다란 마분지 이삿짐 상자를 닉에게 건넸다. 안에는 같이 살던 시절 그의 몇몇 개인 소지품이 들어 있었다. 졸업앨범, 우편엽서, 편지, 수백 장의 가족사진. 그녀는 지하실에서 발견했는데 간직하고 싶어 할 것 같다고 그에게 전화했다.

"고마워." 그는 상자를 열고 내용물을 살폈다. "영원히 사라진 줄 알았어. 하, 이것 봐." 닉은 사진 한 장을 들어 보였다. "우리 가족 첫 휴가였어. 나이아가라 폭포."

고전적인 폭포와 물 입자가 만들어낸 무지개를 배경으로 한 4인 가족. 닉은 열 살 정도, 도니는 일곱 살이었다.

"누가 찍었지?"

"다른 관광객이. 그때 사진 기억나? 현상해야 했잖아."

"약국에서 찾아오면 항상 긴장했지. 초점은 맞을까? 노출은 잘됐을까?"

그는 고개를 끄덕였다. "아, 이것!" 그는 프로그램을 집어 들었다.

뉴욕시
경찰 아카데미
졸업식

바닥에는 그의 졸업 날짜가 적혀 있었다. 표지에는 인장이 찍혀 있었다. 훈련소. 최고를 준비하며.

미소가 사라졌다.

색스는 자신의 졸업식을 떠올렸다. 평생 흰 장갑을 낀 두 번 중의 한 번이었다. 다른 한 번은 아버지가 돌아가신 후 경찰서 추도식이 었다.

닉은 프로그램을 다시 상자 안에 넣고 잠시 애정 어린 눈으로 쳐다보았다. 그리고 상자를 닫았다. "와인 한잔할래?"

"그래."

그는 부엌으로 들어가서 와인과 맥주 한 병씩 들고 나왔다. 그는 그녀에게 샤도네이를 한 잔 따라주었다.

와인 냄새, 유리와 캔 부딪히는 소리, 그의 손가락이 그녀의 손가락을 스치는 감촉에 두 사람 사이의 또 다른 기억이 되살아났다.

쨍....

색스는 추억을 머릿속에서 지웠다. 요즘 기억을 지울 일이 너무 많았다.

오크향 풍기는 와인과 맥주를 마시며, 그는 그녀에게 집 구경을 시켜주었지만 볼 건 별로 없었다. 창고에서 가구 몇 점이 와 있었다. 어디서 주워 온 물건 몇 개, 사촌에게서 빌린 물건, 저렴하게 구한 물건. 책 몇 권. 서류 몇 상자. '뉴욕주 대 니콜라스 J. 카렐리' 사건 파일도 있었다. 많은 서류가 부엌 탁자 위에 펼쳐져 있었다.

색스는 액자에 끼운 가족사진을 둘러보았다. 손님들이 볼 수 있도록 벽난로 위에 놓아둔 것이 보기 좋았다. 색스는 그의 부모님과 많은 시간을 어울렸고, 같이 있는 것을 좋아했다. 도니에 대해서도 생각했다. 그는 브루클린 닉의 집에서 멀지 않은 곳에 살았다. 닉이 체포된 뒤 그녀는 카렐리 가족과, 특히 닉의 어머니와 계속 관계를 유지하려고 노력했다. 그러나 만남은 차츰 뜸해지고 마침내 완전히 끊겼다. 두 사람 사이의 공통분모가 사라지면—혹은 한 사람이 교도소에 들어가면—그렇게 되기 마련이다.

닉은 와인을 좀 더 따랐다.

"약간만. 난 운전해야 해."

"토리노가 좋아, 카마로가 좋아?"

"셰비가 더 좋지만, 고철덩어리로 변해버렸어."

"저런, 어쩌다가?"

색스는 데이터마이닝 회사에서 일하면서 피해자들의, 인생에 침범하던 범인에 대해 설명했다. 아름다운 카마로 SS를 견인해서 고철로 눌러버리는 것은 범인이 신발 끈 묶는 일만큼 간단했다.

"잡았어?"

"잡았어. 링컨과 내가."

잠시 침묵. "이런 말 해도 될까? 어머님을 만나서 좋았어. 날 믿는지는 모르겠지만. 동생에 대한 이야기. 실제로 무슨 일이 있었는지."

"아니, 우리가 나중에 이야기했어. 어머니는 당신을 믿어."

"당신 이야기만 듣고, 난 로즈가 좀 더 심하게 아픈 줄 알았어. 좋아 보이시던데."

"화장을 하지 않으면 집 밖에 나가지 않는 여자들이 있어. 엄마의 건강한 안색은 그 덕분이야. 메이블린."

닉은 맥주를 마셨다. "당신은 나를 믿어?"

색스는 고개를 갸우뚱했다.

"도니와, 그 일 전부 다. 아직 솔직하게 말하지 않았지."

색스는 미소 지었다. "믿지 않았다면 파일을 주지 않았을 거야. 지금 여기 있지도 않겠지."

"고마워." 닉은 양탄자를 내려다보았다. 양탄자에는 뚱뚱한 사람이 다리를 죽 펼 때 신발 뒷굽에 닳은 흔적이 남아 있었다. 두 사람이 이 소파에 앉던 시절에는—그래, 바로 이 소파였다—커버를 씌웠지만, 소파 모양을 보니 똑같은 소파라는 것을 알 수 있었다. 닉은 기념품 상자를 치웠다. "수사는 어떻게 됐어? 가전제품으로 장난을 치는 범인? 한데 정말 고약한 범죄군."

"사건? 느려. 범인은 영리해, 아주." 그녀는 한숨을 쉬었다. "이 컨트롤러는 요즘 온갖 제품에 다 들어 있어. 컴퓨터범죄과 자문 말로는 몇 년 지나면 2백 50억 개 제품에 컨트롤러가 설치될 거래."

"컨트롤러?"

"스마트 컨트롤러. 가스레인지, 냉장고, 보일러, 경보시스템, 홈 모니터, 의료장비, 전부 다 안에 와이파이나 블루투스 컴퓨터가 들어가. 페이스메이커를 해킹해서 원격으로 꺼버릴 수도 있어."

"세상에."

"에스컬레이터 사고 봤잖아."

"난 요즘 계단만 이용해." 닉은 농담하는 것 같지 않았다. 그는 덧붙였다. "신문에서 범인이 무슨 짓을 했는지 봤어. 관련 회사에서 서버를 고쳐야 한다나 어쨌다나 하는 기사도 읽었고. 클라우드 서버. 범인이 침투하지 못하도록. 전부 다 대책을 세우고 있지 않다면서. 그 기사 봤어?"

색스는 미소 지었다. "내가 준 기사야."

"뭐?"

"내가 기자에게 정보를 줬어. 범인이 컨트롤러를 해킹하지 못하도록 하는 보안패치가 있어. 하지만 모든 회사가 그 패치를 설치하지 않는 모양이야."

"경찰본부에서 기자회견 하는 건 못 봤는데."

"내가 했다는 건 알리지 않았어. 정식 지휘체계를 거치면 시간이 너무 걸려서."

"어떤 경찰 업무는 변하지 않는군."

색스는 건배하듯 와인 잔을 들어보였다.

"국내 테러리즘? 그게 범인의 목표?"

"그런 것 같아. 테드 카진스키 같은 짓."

잠시 후 닉이 물었다. "그는 어떻게 지내지?"

"누구?"

"당신 친구. 링컨 라임."

"최대한 건강해. 언제나 위험은 있지." 그녀는 치명적일 수 있는 자율신경반사부전, 뇌졸중과 뇌 손상, 사망으로 이어질 수 있는 급격한 혈압상승 등 몇 가지 위험에 대해 이야기했다.

"하지만 자기 몸을 잘 돌보고 있어. 운동도 하고...."

"어떻게? 어떻게 운동을 하지?"

"FES라는 거야. 기능 전기 자극. 근육에 전극을 꽂고...."

"오십 가지 회색... 아, 미안해. 농담이 심했어." 그는 얼굴을 붉히는 것 같았다. 예전의 닉 카렐리가 자주 보이던 모습은 아니었다.

색스는 미소 지었다. "라임은 대중문화에 별 조예가 깊지 않지만, 그 책이나 영화에 대해 안다면 그냥 웃으면서 이럴 거야. '허, 바로 그거라니까.' 그는 자기 상태에 대해 유머감각이 있어."

"너한테는 어렵지?"

"나? 그래. 난 여자친구와 같이 그 영화를 봤어. 고약하더라고."

닉은 웃었다.

색스는 라임이나 자기 자신에 대해 더 이상 이야기하지 않기로 마음먹었다.

그녀는 일어서서 와인을 좀 더 따른 뒤 얼굴의 뜨끈한 기분을 느끼며 한 모금 마셨다. 휴대전화를 보았다. 오후 9시였다. "뭘 좀 발견했어?" 사건 파일을 턱으로 가리켰다.

"좋은 단서가 몇 개 있어. 구체적이야. 아직 할 일은 많아. 우습지, 내가 무죄라는 걸 증명하는 게 범인의 유죄를 증명하는 것과 마찬가지로 힘들다니. 난 더 쉬울 줄 알았는데."

"조심하고 있지?"

"내가 전에 이야기했던 친구가 발로 뛰는 일을 대부분 하고 있어. 나는 방탄조끼 뒤집어쓴 것처럼 안전해."

경찰에 있을 때 닉에 대해 자주 쓰이던 수식어였다. 방탄조끼. 색스는 닉이 좋은 경찰이었을 뿐 아니라 위험을 마다하지 않는 경찰이었다는 것을 기억했다. 피해자를 구하기 위해서는 무슨 일이든 했다.

그런 면에서 두 사람은 닮은 점이 많았다.

"혹시...." 그는 입을 열었다.

"뭐?"

"저녁 먹을래? 벌써 먹었나?"

그녀는 어깨를 으쓱했다. "아무 거나 좀 줘."

"문제는, 내가 홀푸드에 안 갔다 왔어."

"당신이 홀푸드에서 쇼핑을 한다고?"

"한 번. 과일 샐러드 하나에 8달러를 쓰고 싶은 기분이 들더라고." 색스는 웃었다.

그는 말을 이었다. "냉동실에 얼린 카레가 있어. 다고스티노. 나쁘지 않아."

"아니, 하지만 데우면 더 좋을걸." 그녀는 와인을 한 잔 더 따랐다.

이 소리는 뭐지?

곧 은퇴할 예순여섯 살의 인쇄공은 뉴욕 시내 중에서도 별로 화려

하지 않은 이 동네에 흔한 수십 년 된 자기 아파트 건물 복도에 있었다. 그는 새디에서 한두 잔 마신 뒤 알딸딸한 기분으로 걷고 있었다. 거의 자정이었다. 바에서 만난 조이는 정치 이야기만 하면 재수 없는 놈이었지만, 적어도 그는 상대를 모욕하지 않았고 나는 이렇게, 저렇게 투표했다 말할 수가 있었다. 그와 입씨름 하는 것은 즐거웠다.

그러나 네 잔, 아니, 다섯 잔을 마시고 나니, 오늘 저녁의 기억은 머릿속에서 서서히 사라졌다. 그는 천천히 멈춰 서서 지금 지나치는 아파트에서 흘러나오는 소리에 귀를 기울였다.

에드윈 보일은 문에 귀를 갖다 댔다.

텔레비전.

텔레비전이 틀림없다.

그러나 아무리 새 텔레비전, 새 사운드 시스템이라도 텔레비전은 이것과 다른 소리가 난다. 같은 소리가 아니었다. 라이브는 라이브였다. 이건 분명 라이브다.

게다가 텔레비전이나 영화에서는 연인이 사랑을 나누는 소리가 짧고 달콤하든가(종종 음악이 깔린다), 포르노처럼 끝도 없이 계속된다.

이건 진짜였다.

보일은 씩 웃었다. 호기심이 일었다.

그는 이 아파트에 사는 남자를 잘 알지 못했다. 점잖고 조용한 사람 같았다. 새디에서 같이 어울리면서 정치 이야기든 뭐든 할 만한 부류는 아니었다. 사립탐정 같은 부류의 조용함이었다. 영화에 나오는 사립탐정. 그가 아는 사람 중에 사립탐정은 없었다.

이제 여자가 뭐라 속삭이고 있었다. 리듬이 빨라졌다.

남자도 뭐라 말하고 있었다.

보일은 궁금했다. 녹화를 해서 누구한테 보내볼까?

재단기를 다루는 더티올드 토미가 좋겠군. 회계팀 진저도─그녀는 언제나 섹스 이야기를 했고, 언제나 사람들에게 애교를 떨었다. 수금 담당 호세도 좋겠다.

보일은 전화를 꺼내 이웃의 문에 가까이 대고 소리를 녹음하기 시작했다. 비밀스러운 미소를 띤 채.

또 누가 흥미를 보일까?

음, 생각해 봐야겠다. 하지만 오늘 밤에는 보내면 안 된다─새디에서 죽치고 있었던 터라. 실수로 전처나 아들에게 보낼지도 모른다. 내일, 직장에서.

마침내 이웃과 그 애인은 끝냈다─긴 한숨, 이웃일 수도 있고, 애인일 수도 있고, 그냥 보일의 상상일 수도 있었다.

보일은 아이폰 녹화 기능을 끄고 주머니에 넣었다. 비틀거리며 자기 아파트로 향했다. 마지막으로 섹스를 했던 게 언제인지 기억을 더듬었지만, 생각나지 않았다─술을 일곱 잔, 아니, 여덟 잔 정도 마시면 이렇게 된다. 분명 지난 정권 언제쯤이었다.

PART 5

체크...

토요일

Saturday

39

오전 8시.

아멜리아 색스는 하품을 했다. 피곤하고 머리가 지끈거렸다. 조심스럽게 표현해서, 쉴 새 없던 밤이었다. 아니, 격동의 밤이었다.

그녀는 한 시간 전에 닉의 아파트를 나왔고, 지금은 경찰본부 상황실에서 며칠 사이 두 번째로 수사 중인 사건이 아니라 다른 사건 파일을 검토하고 있었다.

처음은 닉의 파일이었다.

지금 읽고 있는 훨씬 작은 파일은 닉의 상황과 관련이 없었다.

이른 시각이었지만, 얼마 전 문서보관소에서 다운로드 한 뒤 벌써 세 번이나 읽었다. 그녀는 자신의 추측을 설명할 만한 긍정적인 정보를 찾고 있었다. 없었다.

그녀는 창밖을 내다보았다.

다시 파일로 돌아갔지만, 조금도 도움이 되지 않았다.

쓸모 있는 정보라고는 없었다. 구원의 밧줄도 없었다.

빌어먹을.

문간에 사람이 나타났다.

"메시지 받았습니다." 론 풀라스키가 말했다. "최대한 빨리 왔어요."

"론."

풀라스키는 안으로 들어왔다. "비었군요. 달라졌는데요." 그는 상황실을 둘러보았다. 증거물 차트는 미완성인 채로 구석에 있었다. 두 사건이─색스와 라임의 사건─사실상 동일 사건으로 밝혀졌기 때문에, 이 상황실은 더 이상 범인 40 작전에 쓰이지 않았다. 햇빛이 예각으로 따갑게 쏟아져 들어왔다.

풀라스키는 불편해 보였다. 때로 멍할 때는 있었다─머리 손상 때문이었다. 그 부상이 자신감을 앗아갔고 인지능력도 약간 저하했지만, 대신 그는 끈기와 거리에서의 본능으로 만회하고 있었다. 대부분의 범죄는 어쨌든 뻔하다. 경찰 업무는 셜록 홈스 같은 추론 능력보다 땀이 더 많은 비중을 차지한다. 하지만 오늘? 색스는 문제가 무엇인지 알고 있었다.

"앉아, 론."

"네, 아멜리아." 그는 그녀 앞 탁자에 펼쳐진 파일을 흘끗 보며 앉았다.

그녀는 폴더를 돌려 그의 앞에 밀어놓았다.

"이게 뭡니까?" 젊은 금발 경찰은 물었다.

"읽어봐. 마지막 문단."

그는 파일을 훑었다. "오."

"구티에레스 사건은 6개월 전에 종료됐어. 엔리코 구티에레스가 마약 과용으로 사망했기 때문에. 거짓말을 하려거든, 론, 최소한 사실관계는 확인을 해야지."

전화벨 소리가 그를 깨웠다.

따르릉도 아니고, 디리링도 아니고, 음악 소리도 아니었다. 진동이었다.

전화는 싸구려 침대 옆 탁자 위에서 웅웅거리고 있었다. 꿈 때문에 그는 비몽사몽 상태였다. 교도소에서는 밖에 나가는 꿈을 꿨다. 밖에서는 교도소 꿈을 꿨다. 그래서 그의 수면은 배수구로 빠져나가는 물처럼 분주한 긴장 상태였다.

"여보세요? 음, 여보세요?"

"음, 닉인가?"

"네, 네."

"내가 깨웠나?"

"누구죠?"

"비토. 비토리오 게라. 식당 주인."

"아, 네."

닉은 발을 침대 밑에 내려놓으며 일어나 앉았다. 눈을 비볐다.

"나 때문에 깼나?" 게라가 다시 물었다.

"네, 하지만 괜찮습니다. 어차피 일어날 시간이었어요."

"아, 정직하군. 대부분의 사람들은 아니라고 할 텐데. 하지만 언제나 들으면 알 수 있지. 안 그래? 잠이 덜 깬 목소리."

"잠이 덜 깬 것처럼 들립니까?"

"약간. 들어보게. 솔직하다는 말이 나왔으니 말인데, 단도직입적으로 말하지, 닉. 난 식당을 자네한테 팔지 않겠어."

"더 좋은 제안을 받았나요? 맞춰볼 수 있습니다. 얼마나 부르던가요?"

"돈 문제가 아니야, 닉. 그냥 자네한테 팔고 싶지 않아. 미안하네."

"전과 때문에?"

"뭐?"

"제가 교도소에 있었던 것 때문에 그러십니까?"

게라는 한숨을 쉬었다. "그래, 전과. 자네가 무죄라고 주장하는 건 알아. 그리고 나도 믿네. 자넨 부패 경찰처럼 보이지 않아. 하지만 소문이 날 거야. 자네도 알잖나. 거짓말이라도 소문은 나지."

"압니다, 비토. 좋아요. 그게 당신 뜻이라면. 하, 그래도 직접 전화하시는 배짱은 알아드리죠. 변호사를 통해서 내 변호사한테 연락했어도 됐을 텐데. 많은 사람들이 그렇게 했을 겁니다. 고맙습니다."

"자넨 괜찮은 남자야, 닉. 모든 일이 잘될 걸세. 그런 기분이 들어."

"그럼요. 참, 비토?"

"왜?"

"따님한테 데이트 신청해도 된다는 뜻입니까?"

잠시 침묵.

닉은 웃었다. "농담입니다, 비토. 아, 그리고 요전 날 포장 주문 말인데요. 제 친구가 평생 먹어본 최고의 라자냐라고 하더군요."

다시 침묵. 아마 죄책감 때문일 것이다. "자넨 괜찮은 남자야, 닉. 잘될 걸세. 그럼 이만."

그들은 전화를 끊었다.

젠장.

닉은 한숨을 쉬며 일어서서 뻣뻣하게 서랍장 쪽으로 향했다. 아무렇게나 벗어 넣은 바지가 굴러다니고 있었다. 그는 바지를 주워 입고, 어제 티셔츠를 새 셔츠로 갈아입은 뒤 머리를 빗었다. 대충.

아멜리아 색스는 한 시간 전에 아파트를 나섰다. 발자국 소리, 문 닫는 소리에 잠깐 깼다.

그녀 생각으로 머리가 가득 찬 채, 그는 거실로 나가서 커피를 끓이고 한 잔 따라서 식히는 동안 부엌 식탁에 앉았다. 하지만 그녀가 준 파일을 훑어보고 있으니, 경찰 시절의 기억이 아멜리아의 모습과 실패한 식당 계약 건에 대한 실망을 머릿속에서 몰아냈다.

그때와 마찬가지로, 수사를 시작하는 순간 뭔가 머릿속에서 딸깍하는 소리가 났다. 스위치를 올리듯, 그는 다른 상태로 돌입했다. 우선, 의심. 정보를 거르고, 믿어도 좋은 것을 선별하고, 나머지는 버린다. 닉 카렐리에게 이런 일은 어렵지 않았다.

무엇보다 중요한 것은, 도약이었다. 이따금 일어나는 기묘한 도약. 범인을 체포하는 것은 바로 이런 순간 덕분이다.

"넌 차를 몰고 서포크로 갔다고 했잖아."

"맞습니다, 카렐리 형사. 전 거기 있었어요. 친구를 만났습니다. 그 친구도 확인해 줬잖습니까. 이야기하셨잖아요."

"왕복 110마일 거리야."

"그래서요?"

"내가 널 세웠을 때 연료 말인데. 거의 가득 차 있었어."

"또 이 소리. 말했잖아요. 채웠습니다."

"넌 터보 디젤을 몰았어. 한데 네가 택했다고 한 도로변에는 디젤

471

주유소가 없어."

"오, 아. 변호사를 불러주세요."

그에게 이런 도약을 이루어내는 일―주유소에 전화하고 디젤 주유기를 확인하는 일―은 자연스럽게 일어나는 현상이었다.

그때도, 지금도, 그는 형사였다.

그는 본이 플래니건 술집 단골이라고 한, J로 시작하는 이름의 명단을 끌어다 놓았다―그중 하나가 내 인생을 바꿔주기를, 닉은 기도했다.

잭 바탈리아, 퀸스 불러바드 자동차 판매 및 수리점

조 켈리, 하버샴 일반 공사, 맨해튼

J.J. 스텝토

존 페론, J&K 파이낸셜, 퀸스

엘튼 젠킨스

재키 카터, 유스토릿 셀프 창고, 퀸스

마이크 존슨, 에머슨 컨설팅, 퀸스

제프리 도머

지아니 '조니' 마네토, 올드컨트리 식자재, 롱아일랜드 시티

카터 젭슨 주니어, 코카콜라 판매

닉은 한 사람도 들어본 적이 없었다. 그중 한 사람이 연쇄살인범과 비슷한 이름 때문에 분명 아이들에게 사정없이 놀림을 당하며 힘든 어린 시절을 보냈을 거라고 생각하니 재미있기는 했다.

경찰의 두뇌가 활발하게 작동하고 있었지만, 그것만으로는 충분

하지 않았다. 추가 자료조사가 필요했다. 그러니 일을 시작하자. 닉은 온라인으로 들어가서 이름을 확인하기 시작했다. 구글과 페이스북과 링크드인. 프레디가 알려준 피플파인더 사이트에도 로그인했다. 맙소사, 거기에는 정말 정보가 많았다. 그가 경찰에 있을 때는 이 정도 정보를 얻으려면 몇 시간은커녕 몇 주는 걸려야 했다. 너무나 많은 사람들이 자기 자신의 정보를 올린다는 것도 놀라웠다. 한 남자, J. J. 스텝토는 페이스북에 마리화나 피우는 사진을 자랑스럽게 올려놓았다. 링크를 따라가니 젭슨이 카리브해에서 술에 취해 비틀거리다 풀장에 빠지는 유튜브 비디오도 있었다. 그는 기어올라 와서 토했다.

J의 아내 낸시에 대해서는 운이 없었다. 아무 정보도 없었다.

어쩌면 J는 낸시와 이혼했을 수도 있다. 그냥 여자친구였을 수도 있었다. 아마 찾을 방법이 있을 것이다. 혼인관계나 친척관계가 아니더라도 사람들의 관계를 추적하는 뉴욕시경 프로그램 같은 것. J가 실형을 산 적이 있다면, 낸시가 교도소에 방문한 기록이 있을지도 모른다.

그러나 지금은 그런 프로그램이나 기록에 접근할 수가 없었고, 아멜리아에게 부탁할 수도 없다. 이미 너무 많은 것을 부탁했다.

그는 다운로드한 데이터를 훑어보았다. 체포되었을 때 차량 강도 관련 작전이 벌어지고 있었다는 점을 감안할 때, 닉은 J가 사법기관에 종사하는 사람이기를 바라고 있었다. 그러나 명단에 있는 사람들 중에는 그런 사람이 없었다. 차선은—지하세계와 연줄이 있는 사람이다(물론 접촉하려면 대단히, 대단히 조심해야 한다는 것은 알고 있었다). 하지만 그 희망도 수포로 돌아갔다. 젠킨스는 체포되었다—오래전

경범죄였다. 다른 둘은 민사소송에 얽힌 적이 있었지만—하나는 증권거래, 다른 하나는 국세청—별다른 정보는 없었다.

닉은 물러앉아 미지근한 커피를 마셨다. 시계를 보았다. 세 시간이 흘렀다. 어마어마한 정보를 얻었지만, 별다른 실익은 없었다.

좋아. 머리를 잘 굴리자. 금배지처럼 생각하자고. 물론 명단이 무용지물일 수도 있다. 스탠 본이 그냥 튀김옷 두꺼운 치킨 파르메산 한 끼 공짜로 먹으려고 아무 이름이나 적어줬을 수도 있다. 하지만 내가 가진 건 이것, 이 명단뿐이다. 그러니까 어떻게든 활용하자. 실오라기 같은 단서라도. 예전처럼 이걸 뭔가 먹음직한 걸로 만들자.

그는 명단 속의 남자들이 운영하는, 혹은 고용된 사업을 좀 더 자세히 들여다보았다. 다른 사람보다 차량 강도나 장물 처리에 관련되었을 가능성이 더 많은 사람은 누구인가? 본의 명단에는 업체명이 다 적혀 있지 않았지만, 닉은 나머지도 대부분 찾을 수 있었다. 운송과 도매상은 차량 강도 조직의 심장과 같지만, 그런 회사는 없었다 (바탈리아의 회사는 중고차 판매와 수리였다). 셀프 창고 프랜차이즈를 소유한 재키 카터는 가능성이 있어 보였다. 존 페론의 J&K 파이낸셜 서비스도 흥미로웠다. 수상한 거래에 가담한 사람들에게 돈을 빌려준 적이 있을지도 모른다. 존슨의 컨설팅 일? 구체적으로 무슨 컨설팅을 하는지 누가 알겠나?

닉은 미지근한 커피를 천천히 한 모금 들이켰다. 컵이 허공에서 우뚝 멈췄다. 그는 컵을 내려놓고 명단을 응시하며 몸을 내밀었다. 그는 웃었다. 이런. 어떻게 이걸 놓칠 수가 있지? 내가 도대체 어쩌다 놓쳤을까?

그는 읽었다. 존 페론. J&K 파이낸셜. 퀸스.

파이-낸시-얼.

'낸시'는 아내나 여자친구 이름이 아니었다. 회사명의 일부였다. 형사의 빛바랜 메모 때문에 잘못 읽은 것이다.

사건을 수사하던 시절, 이런 돌파구를 찾아낼 때 느끼던 흥분이 갑자기 가득 차 올랐다.

좋아, 페론, 당신은 정확히 누구지? 범죄 행적은 찾을 수 없었다. 페론은 지역사회에 넉넉하게 베풀고 교회 활동도 열심히 하는 정직하고 건실한 사업가 같았다. 그래도 방심하면 안 된다. 페론이 사실 어떤 종류의 지하활동에 관련되어 있다면, 그의 이름과 연루될 위험을 무릅쓸 수는 없다. 닉은 아멜리아와 했던 약속을 떠올렸다.

날 도울 수 있는 사람이 있는데 그 사람에게 위험요소가 조금이라도 있다면, 혹은 범죄조직에 연루된 것처럼 보이면, 다른 사람을 통해서 접촉할게. 친구를 통해서. 약속해.

그는 전화를 꺼내 프레디 커러더스에게 연락했다.

40

론 폴라스키는 자신과 아멜리아 색스 사이에 놓인 구티에레스 파
일을 응시했다.

상황실 안에서 탁자를 사이에 두고 의자에 앉은 채 꼼지락거렸다.

젠장. 구티에레스가 아직 살아있는지 왜 미리 확인하지 않았을까?
답은 있었다. 자기가 무슨 일을 벌이는지 아무도 모르거나 관심이 없
을 거라고 믿어서였다.

한데 그게 틀렸다.

젠장.

"론, 말해봐. 무슨 일이야?"

"내사과에 알렸습니까?"

"아니. 아직은. 당연히 아니지."

그러나 만약 그가 범죄에 가담했다는 것이 밝혀지면, 색스는 당장

그를 내사과에 신고할 것이다. 그것이 아멜리아의 성격이었다. 작은 규율은 적당히 타협한다. 하지만 뉴욕 형법이라는 철조망을 넘어서는 순간, 그것은 죄악이다. 용서할 수 없다.

풀라스키는 물러앉아 한숨을 쉬고 사실대로 불었다. "링컨이 그만두지 말았어야 했어요."

색스는 무슨 말인지 이해할 수 없어 눈을 깜빡였다.

그녀를 탓할 수는 없다. "그만두지 말았어야 합니다. 이건 잘못됐어요."

"나도 동의해. 그게 이 문제와 무슨 상관이지?"

"모든 면에서. 설명하겠습니다. 정황은 아시지요. 그가 백스터 사건을 지나치게 밀어붙였어요."

"사실관계는 알아. 그게 왜...."

"제 말을 들어보세요."

아름다움이란 알 수 없는 거로군, 풀라스키는 생각했다. 아멜리아 색스는 언제나와 마찬가지로 아름다웠지만, 지금은 얼음 같은 미모였다. 그는 쏘아보는 눈빛을 감당할 수 없어서 그녀 등 뒤의 유리창에 시선을 주었다.

"전 백스터 사건기록을 확인했습니다. 천 번은 읽고 증언의 모든 단어, 법과학 분석의 모든 문장, 형사 메모를 다 검토했을 겁니다. 거듭 읽었어요. 앞뒤가 맞지 않는 부분을 발견했습니다." 풀라스키는 몸을 앞으로 내밀었다. 거짓말이 들통 나고 모종의 임무가 파탄에 이르렀는데도 불구하고 — 아멜리아는 당연히 즉각 중지시켜야 한다 — 그는 아직 끝나지 않은 사냥을 계속하고 있다는 흥분을 느끼고 있었다. "백스터는 범죄자였습니다, 네. 하지만 그는 그냥 다른 돈 많은 사람을 골탕 먹인 돈 많은 사람일뿐이었어요. 궁극적으로 그는 무해한 존재였습니다. 그의 총은 기념품이었지요. 안에는 실탄이 없었습니다. 발사잔여물은 출처가 애매했고요."

"나도 다 알고 있어, 론."

"하지만 오덴에 대해서는 모르시죠."

"누구?"

"오덴. 누군지는 나도 확실히 모릅니다. 흑인인지, 백인인지, 몇 살인지, 그냥 이스트 뉴욕의 조직과 모종의 관계가 있다는 것 말고는. 백스터 사건을 수사한 형사의 메모 중 하나에 그에 대한 언급이 있더군요. 백스터는 오덴과 가까웠습니다. 형사와 이야기해 봤는데, 백스터가 살해당하고 수사가 종료되면서 오덴에 대한 후속 수사도 중단했습니다. 조직범죄와 마약반에서도 이름을 들어본 적이 없었습니다. 수수께끼의 인물이었죠. 하지만 거리에서 수소문하니 적어도 두 사람이 그에 대해 들어봤다고 했습니다. 신종 마약과 관련해서요. 캐치라는 겁니다. 들어보셨습니까?"

색스는 고개를 저었다.

"캐나다나 멕시코에서 밀수하고 있는지도 모릅니다. 자금을 조달하고 있는지도. 어쩌면 제조자일 수도 있고요. 백스터가 살해당한 것이 그 때문일지도 모른다는 생각이 들었습니다. 그건 우연한 교도소 싸움이 아니었어요. 그는 이 약에 대해 너무 많은 걸 알고 있었기 때문에 살해당한 겁니다. 어쨌든, 난 잠입작전을 시도하면서... 아니, 허가받은 작전은 아니고 그냥 저 혼자서요. 오덴이 만든다는 이 물건이 필요하다고 사람들에게 알렸습니다. 머리 부상이 정말 심각한 것처럼 핑계를 대고요." 그는 얼굴이 붉어지는 것을 느꼈다. "상처도 있잖습니까."

"그래서?"

"백스터가 무고한 사람이 아니었다는 걸 링컨에게 증명해 보이는 게 목적이었습니다. 오텐과 손을 잡고 캐치 제조나 밀수에 자금을 조달했다고요. 어쩌면 백스터는 실제로 총을 사용했을지도 모른다고요. 그가 손을 댄 약 때문에 사람들이 죽어가고 있다고요." 풀라스키는 고개를 저었다. "링컨이 자기 실수가 그렇게 크지 않았다는 걸 깨닫고 은퇴를 철회하도록 말입니다."

"왜...."

"왜 아무에게도 이야기를 안 했냐고요? 왜 꾸며냈냐고요? 아멜리아는 뭐라고 했겠습니까? 포기하라고 했겠죠? 허가받지 않은 잠입수사, 제 돈으로 마약까지 사가면서...."

"마약을 어쨌다고?"

"단 한 번이었습니다. 옥시를 샀어요. 5분 뒤 하수구에 버렸습니다. 하지만 한 번은 사야했어요. 그래야 뒷골목에서 신용이 생기니까. 어느 건달한테 보증 서달라고 총기소지도 한 번 눈감아 줬습니다. 이게 위험한 선이라는 건 저도 알아요, 아멜리아."

그는 구티에레스 파일을 보았다. 어리석었다. 왜 미리 확인하지 않았을까?

"아슬아슬해요, 아주 아슬아슬합니다. 전 이 오텐과 접촉하려고 2천 달러를 썼습니다. 잘될 거라는 예감이 있었어요."

"링컨이 예감에 대해 뭐라고 할 사람인지 자네도 알고 있잖아."

"혹시 링컨이 뭐라고 하지 않았나요? 지금 범인 40 사건 때문에 다시 뉴욕시경과 같이 일하고 있는데요."

"아니, 아무것도 변한 건 없다고 했어." 그녀는 얼굴을 찡그렸다. "그가 우리와 같이 일하는 건 대체로 샌디 프로머를 위해 소송을 이끌어내기 위해서야."

풀라스키의 얼굴은 변함없이 무표정했다. "이 일을 모르셨으면 했습니다, 아멜리아. 하지만 이제 알아내셨으니. 어쨌든 전 그만두지 않을 겁니다. 분명히 말씀드리지만, 전 해볼 겁니다. 링컨이 싸워 보지도 않고 은퇴하게 할 수는 없어요."

"이스트 뉴욕, 이 오덴이란 인물이 거기서 활동한다고?"

"브라운스빌과 베드-스타이에서도요."

"뉴욕시에서 가장 위험한 지역이군."

"내가 총에 맞으면 그래머시 파크도 마찬가지로 위험한 곳이죠."

색스는 미소 지었다. "내가 설득한다고 그만두지 않겠지?"

"네."

"그럼 한 가지 조건으로 눈감아 주지. 자네가 이 조건을 받아들일 수 없다면, 내사과에 보고해서 한 달 정직을 먹일 거야."

"무슨 조건입니까?"

"이 일을 혼자 하는 건 두고 볼 수 없어. 오덴을 만날 때 다른 사람을 데려가. 지원해 줄 만한 사람 있나?"

풀라스키는 잠시 생각에 잠겼다. "이름 하나가 떠오르는데요."

링컨 라임은 색스의 휴대전화에 전화를 걸었다.

응답이 없었다. 오늘 오전 벌써 두 번이나 전화했다—한 번은 새벽 6시였다. 그녀는 두 번 다 받지 않았다.

그는 줄리엣 아처와 멜 쿠퍼와 함께 연구실에 있었다. 이른 시각이었지만, 그들은 벌써 증거물을 들여다보며 축구 선수처럼 아이디어를 주고받고 있었다. 선수들 중 둘이 의자에서 일어나지 못하는 상황이라는 것을 감안할 때, 라임이 짐짓 민망한 듯 입에 담은 비유였다.

쿠퍼가 말했다. "여기 뭐가 있습니다."

라임은 휠체어를 밀고 다가가다 아처의 의자와 부딪힐 뻔했다.

"미안해." 그는 스크린을 바라보았다.

"아멜리아가 이전 현장에서 발견한 광택제입니다. 경찰 데이터베이스에서 나왔습니다."

브레이든 공업사, 리치코트.

"시간이 걸렸군."

쿠퍼는 말을 이었다. "고급 가구제조에 사용됩니다. 마룻바닥이나 일반 목공에는 사용하지 않습니다. 비싸요."

"얼마나 많은 가게에서 팔리죠?" 아처가 물었다.

적절한 질문이었다.

"그게 안 좋은 소식입니다." 멜 쿠퍼가 대꾸했다. "이건 시장에서 가장 흔한 광택제 중 하나입니다. 뉴욕에만 소매상이 백이십 군데 있어요. 크고 작은 가구 제작사에 대량으로 판매합니다. 누구도 달갑지 않은 소식이겠습니다만, 온라인에도 판매처가 대여섯 개 있습니다."

"차트에 적어." 실망한 링컨 라임은 아처에게 투덜거렸다.

침묵이 거실을 채웠다.

"전. 어."

"아, 그렇지." 라임이 말했다. "미안해. 잊었어. 멜, 자네가 적어."

쿠퍼는 보기 좋은 필적으로 브랜드명과 제조사를 덧붙였다.

아처가 말했다. "소매상이 많다 해도 제가 탐문해 볼게요. 범인을 알아보는 사람이 있는지."

라임이 말했다. "범인이 꼭...."

아처가 말을 이었다. "범인은 가게에서 일할 수도 있겠죠. 그 생각도 했어요. 사전조사를 할 수 있을 것 같은데요. 가게를 미리 확인해서 직원 사진을 갖고 있는지 알아보는 거예요. 웹사이트, 페이스북, 트위터, 혹시 소프트볼 팀 같은 것도. 자선사업, 헌혈 캠페인."

"좋아." 라임은 다시 차트로 다가가서 읽었다. 마음이 급했다. 인류의 수호자, 범인 40이 연쇄범행을 저지르고 있다는 사실을 확인했으니, 곧 다시 움직일 거라고 생각할 이유 역시 충분한 셈이다. 종종 이는 연쇄적 범행의 특징이기도 하다. 동기가 무엇이든, 성적 쾌락이든 테러의 대의명분이든, 욕망이 살인의 빈도를 증폭시킨다.

내일까지 나는....

그때 자물쇠에서 열쇠 돌아가는 소리가 들리더니 문이 열리고 현관에 발소리가....

색스와 풀라스키가 도착했다. 때로 신참은 경찰복 차림이기도 했고, 사복을 입기도 했다. 오늘은 평범한 사복이었다. 청바지와 티셔츠. 색스는 피곤해 보였다. 눈에는 핏발이 서 있었고, 자세는 구부정했다.

"미안해요, 늦었어요."

"내가 전화했어."

"바쁜 밤이었어요." 그녀는 차트로 가서 내용을 둘러보았다. "음, 어떻게 됐나요?"

라임은 광택제에 대한 정보와 아처가 하고 있는 일—범인의 인상착의를 기억하는 점원이 있는지 가게를 탐문한다―을 간단히 설명했다. 색스가 물었다. "냅킨 분석 결과는?"

"본부에서 연락이 없습니다." 멜 쿠퍼가 대답했다.

그녀는 얼굴을 찡그렸다. "아직 안 오다니."

라임 역시 차트를 훑어보고 있었다.

해답은 저기 있다….

단지 없을 뿐이었다. "우리가 놓치고 있는 게 있어." 라임은 내뱉었다.

남자의 목소리가 문간에서 커다랗게 울려 퍼졌다. "당연히 있지, 링컨. 몇 번이나 이야기해야 알겠나. 큰 그림을 봐야 한다고. 내가 언제나 자네 손을 잡아줘야 해?"

이 말과 함께 후줄근한 뉴욕시경 형사 론 셀리토가 멋진 지팡이를 짚고 천천히 방으로 들어섰다.

41

차를 기다리며, 닉 카렐리는 아파트 소파 위의 시트를 바라보고 미소 지었다. 혼자 입가에 떠우는 미소가 아니라, 얼굴 전체로 활짝 웃는 진짜 미소였다.

간밤에 아멜리아가 자고 갔을 때 그는 신사답게 굴었다. 두 사람은 소파에 같이 앉아―식탁 위에는 '나는 결백하다' 작전 관련 서류가 널브러져 있었다―치킨 카레를 먹고, 그녀가 찾아온다는 걸 알고 미리 사놓은 와인도 완전히 비웠다.

가까이 붙어 앉아 있었지만, 신사였다. 아멜리아가 알딸딸해서 집까지 운전할 수가 없다며, 택시를 불러야겠다고 했을 때, 그는 말했다. "소파에서 잘래? 침대에서 자도 돼, 내가 소파에서 자고. 걱정 마. 너한테 흑심 품은 건 아니니까. 그냥, 너 지금 한 시간 안에 곯아떨어질 것 같은 얼굴이야."

"괜찮아?"

"그럼."

"소파."

"정돈해 줄게."

그러지 않았다. 하지만 그녀도 잠자리에는 신경 쓰지 않았다. 5분 뒤 그녀는 잠들었다. 닉은 2~3분 동안 그녀의 아름다운 얼굴을 그냥 응시했다. 어쩌면 더 오래. 알 수 없었다.

닉은 소파에서 시트를 벗겨내서 침실로 가져간 뒤 빨래통에 집어 넣었다. 베갯잇도 집어 들어 얼굴에 갖다 대고 냄새를 맡았다. 그녀의 샴푸 냄새에 속이 울렁거렸다. 베갯잇도 세탁할 생각이었지만, 그는 마음을 바꿔 서랍장 위에 놓았다.

휴대전화에 삑 하고 메시지가 들어왔다. 프레디 커러더스가 도착했다. 닉은 일어서서 재킷을 입고 아파트를 나섰다. 건물 앞에서 그는 친구의 SUV를 잡아탔다. 낡은 에스컬레이드였지만 정비는 잘되어 있었다. 그는 프레디에게 퀸스의 주소를 불렀다. 프레디는 고개를 끄덕이고 출발했다. 10여 번 이쪽저쪽으로 방향을 꺾었다. GPS도 사용하지 않았다. 프레디는 이 일대를 손바닥 들여다보듯 아는 것 같았다. 커다란 핸들 뒤에 앉은 그는 유난히 작아 보였지만, 오늘 아침에는 무슨 이유에서인지 덜 두꺼비 같았다.

닉은 뽀드득거리는 가죽 시트에 기대 앉아 동쪽으로 가면 갈수록 여유로워지는 도시 풍경을 바라보았다. 술집과 계단식 아파트는 세 븐일레븐으로, 단층주택으로, 넓은 잔디밭과 정원으로 둘러싸인 한 가구용 저택으로 변해갔다. 퀸스에서는 변화를 실감하기 위해 멀리 나갈 필요가 없다.

프레디는 그에게 서류 폴더를 건넸다. "존 페론과 그 회사에 대해 최대한 알아봤어. 그의 연락처도. 아주 영리한 사람이야."

닉은 읽었다. 몇 가지는 잘 봐두었다. 프레디가 찾아낸 것과 그 자신이 끼워 맞춘 것을 대조했다. 심장이 힘차게 두근거렸다. 그래, 이 자야말로 바로 내게 필요한 인물인지 모른다.

구원. 다시 미소.

그는 종이를 재킷 안주머니에 넣었고, 두 남자는 잡담을 주고받았다. 프레디는 이번 주말 누나의 아이들을 야구장에 데려간다고 했다. "메츠 게임. 열두 살, 열다섯 살이야."

"메츠?"

"하, 남자애들. 건방을 심하게 떠는데, 나한테는 함부로 못해. 열다섯 살에 건방을 안 떨면 그것도 어디가 잘못된 거지."

"체육관에서 맥주 마시다가 피터슨에게 잡힌 거 기억나나?"

프레디는 웃었다. "자네가 그에게 뭐라고 했더라? 그게... 기억이 안 나는군. 하지만 끝이 좋지는 않았어."

"그 선생이 이랬잖아. 벌써부터 술 퍼먹고 이게 뭐하는 짓이냐? 몸에 안 좋은 거 몰라? 나는 그냥 이랬지. '그럼 왜 당신 마누라가 나한테 먹이는 거야?'"

"맞아, 그거야! 대단한 대사였어. 그 선생한테 얻어맞았지?"

"그냥 밀친 게 다야.... 그리고 일주일 정학당했어."

말없이 몇 블록 달리는 동안, 닉은 학창시절 추억을 더듬었다. 프레디가 물었다. "자네와 아멜리아는 어떻게 된 거야? 아니, 지금 그 남자랑 사귀지 않아?"

닉은 어깨를 으쓱했다. "맞아, 그 남자하고 지내."

"그거 이상하지 않아? 그 남자는 다리 불구인데. 잠깐. 그런 말 해도 되나?"

"아니, 안 돼."

"어쨌든 맞잖아. 안 그래?"

"장애인이야. 내가 찾아봤어. 장애인이라고 해야 해. 당사자들은 '장애우'라는 표현도 싫어해."

"말이란." 프레디가 말했다. "내 아버지는 흑인들을 유색인이라고 불렀어. 그때 그런 말은 하면 안 됐지. 한데 요즘은 오히려 '피부색 있는 사람'이라는 표현을 쓰라고들 하잖아. 어차피 유색인이란 표현과 비슷한데. 그러니 알 수가 없어. 그때 너희들은 잘 어울리는 한 쌍이었는데. 너와 아멜리아."

그래, 그랬지.

닉은 사이드미러를 바라보더니 긴장했다. "젠장."

"왜?" 프레디가 물었다.

"우리 뒤 저 차 보이나?"

"저...."

"녹색 차. 몰라. 뷰익 같기도 하고. 아니. 셰비야."

"봤어. 그 차가 왜?"

"계속 같은 길로 따라오고 있어."

"그럴 리가. 무슨 일이지? 내가 아는 사람은 따라올 리가 없는데."

닉은 다시 미러를 보았다. 그는 고개를 저었다. "빌어먹을."

"왜?"

"콜 같아."

"그게...."

"비니 콜. 베이리지에서 본과 같이 있을 때 우릴 괴롭힌 재수 없는 형사."

"젠장. 네 집을 엿보고 있던 거라고? 그건 정말 비열하군. 난 총을 버렸어. 아무도 못 찾을 거야. 그리고 넌 아무 짓도 안 했어. 혹시 화제가 나와도, 그가 총을 갖고 있었다는 걸 몰랐다고 해. 그리고 본은 자기 실명을 알려주지 않았으니까. 한데 무슨 일이지?"

"저 새끼가 재수 없는 자식이니까. 그 일이야. 그냥 날 괴롭히고 싶은 거겠지. 아니, 저 놈이 페론을 만나는 일을 망치면 안 돼. 너무 중요한 일이야. 내 무죄를 증명하는 유일한 길이라고."

그는 주위를 둘러보았다.

"이봐, 프레디. 콜은 너한테는 아무 감정도 없어. 네가 그 가짜 신고를 했다는 것도 모르지 않아. 부탁할게."

"그래, 닉. 알겠어."

그는 둘러보았다. "저 주차장으로 들어가." 앞을 가리켰다.

"여기?"

"그래."

프레디는 빠르게 핸들을 돌렸다. 타이어가 끼익 소리를 냈다. 쇼핑센터에 붙은 4층 주차건물이었다.

"나는 여기서 내릴게. 30분, 40분만 기다려."

"넌 뭐할 거야?"

"상가를 가로질러서 택시를 잡아타고 페론한테 갈 거야. 여기서 다시 만나. 정말 미안해."

"아니, 좋아. 난 아침이나 먹어야겠어."

프레디는 상가 입구 중 한 곳 근처에 차를 세웠다. 닉이 물었다.

"너도 식당에서 그를 봤지? 콜?"

"그래, 기억해."

"혹시 그가 다가와서 나에 대해 물으면...."

"...난 말할 수 없다고 대답하지. 그놈 마누라를 기다리는 중이라고 할까." 프레디는 한쪽 눈을 깜빡했다.

닉은 씩 웃고 덩치 작은 남자의 어깨를 두드렸다. 그는 SUV에서 내려 상가 안으로 사라졌다.

J&K 파이낸셜 로비에 따로 경비는 없었고, 그냥 일반 인터폰뿐이었다. 닉은 버튼을 누르고 자기소개를 했다.

잠시 침묵.

"약속 있으세요?" 여자 목소리가 물었다.

"아니요. 하지만 페론 씨를 잠시 만나 뵙고 싶은데요. 알곤퀸 운송과 관계된 일입니다."

다시 침묵. 이번은 더 길었다.

출입문 잠금장치가 귀에 거슬릴 정도로 요란하게 징 하고 울렸다.

그는 작은 엘리베이터를 타고 3층에서 내려 동네와 지저분한 건물 외관을 감안할 때 놀랄 정도로 멋진 사무실에 들어섰다. 존 페론은 잘 나가는 것 같았다. 비서는 짙은 모카색 피부를 지닌 미인이었다.

비서 뒤에는 문이 열려 있는 사무실 두 개가 보였다. 안에는 둘 다 갈색 머리를 짧게 친 덩치 큰 남자들이 있었다. 우람한 상체는 다림질한 드레스 셔츠로 감싸고 있었다. 한 사람은 한창 통화중이었다. 옆 사무실의 다른 남자가 닉을 돌아보았다. 둘 중 덩치가 더 큰 쪽이었고, 노란 멜빵에 연녹색 셔츠 차림이었다. 눈빛은 차가웠다.

비서가 전화를 내려놓았다. "페론 씨가 들어오시랍니다."

닉은 비서에게 고맙다고 말했다. 닉은 책과 장부, 사업관련 서류, 기념품과 사진으로 가득 찬 가장 큰 사무실에 들어섰다. 사진이 수백 장은 될 것 같았다. 벽에, 책상 위에, 커피 탁자 위에. 그중 많은 게 가족사진이었다.

존 페론이 일어섰다. 키가 크지는 않았지만, 몸매가 단단했다. 마치 기둥 같았다. 회색 정장, 흰 셔츠, 그리스의 어느 섬을 둘러싼 바다 같은 색깔의 타이. 뒤로 빗질해 넘긴 검은 머리. 면도하다가 다친 자국이 남아 있었고, 닉은 그가 일자면도기를 쓰는지 궁금했다. 오른 손목에는 금팔찌를 두르고 있었다.

"카렐리 씨."

"닉이라고 부르십시오."

"존입니다. 앉으세요."

두 남자는 푹신한 가죽 의자에 앉았다. 페론은 상대를 찬찬히 살펴보았다.

"알곤퀸 운송 이야기를 하셨는데요."

"네, 들어보셨습니까?"

"그 회사는 더 이상 사업을 하지 않습니다만, 제가 알기로 개인 트럭회사입니다."

"맞습니다. 대기업 제조사들을 위해 의약품과 담배를 아무 표시 없는 세미 트럭으로 실어 나르던 회사였습니다―표시 없는 트럭을 이용했던 건 자동차 강도범들이 필립 모리스나 파이저 로고가 붙은 트럭을 곧잘 노렸기 때문이지요."

"그 관행은 나도 알고 있습니다. 그게 나와 무슨 관계가 있습니까?"

"15년 전 2백만 달러어치 의약품을 싣고 가던 알곤퀸 세미 트럭 한 대가 고와누스 운하의 어느 다리 근처에서 강도를 당했습니다."

"그래요?"

"당신도 알 텐데요. 트럭 강도는 퀸스의 한 창고에 약을 넣었지만, 돌아와서 미처 물건을 장물아비에게 넘기기 전에 체포당했습니다. 브루클린 조직의 누군가가 도난한 상품에 대해 알아내고 창고에서 물건을 전부 다 훔쳐냈습니다. 시간은 걸렸지만, 나는 그 사람들이 당신을 위해 일했다는 걸 알아냈습니다."

"난 전혀 모르는 일입니다."

"몰라요? 흠, 나는 아는데요."

페론은 잠시 아무 말도 하지 않았다. "어떻게 그렇게 확신하시는지?"

"내가 바로 그 트럭강도였으니까." 닉은 상대가 확실히 이해하도록 잠시 사이를 두었다. "자, 내가 그 건에서 받을 돈은 70만 달러였어. 네가 내 등을 쳐 먹었지. 인플레이션과 이자를 감안해야지? 백만 달러만 주면 돼."

42

"아니, 이게 누구야." 멜 쿠퍼는 한 손으로 숱이 줄어드는 머리를 쓰다듬으며 씩 웃었다.

천천히 거실로 들어선 론 셀리토는 방 안에 있는 사람들을 향해 고개를 끄덕였다. 그는 라임이 뉴욕시경에 있을 때 오랫동안 그의 파트너였다. 최근에는 특수반에 법과학 및 기타 수사 서비스를 제공하는 자문 업무를 라임에게 맡기고 있었다.

"론!" 풀라스키가 벌떡 일어나서 형사의 손을 잡았다.

"그래, 그래. 노인네한테 살살해." 사실 셀리토는 아직 편안한 중년의 나이였다.

셀리토를 집 안에 들인 톰이 말했다. "뭘 좀 드릴까요, 론?"

"아, 그럼. 구워 놓은 빵이 있으면 뭐라도 먹지."

톰은 미소 지었다. "다른 분은?"

나머지는 거절했다.

셀리토는 범인 때문에 독극물에 중독된 뒤 오랫동안 일선에서 물러나 있었다. 거의 죽을 뻔 했고, 오랫동안 치료와 해독요법을 거쳤다. 덕분에 라임이 추측할 때 지난 한 해 동안 20킬로그램은 빠진 것 같았다. 숱이 적은 머리는 희끗희끗했다. 체형은 이제 날렵해졌지만, 그는 그 어느 때보다 더 후줄근해보였다. 옷은 몸에 맞지 않아 헐렁헐렁했고, 살이 빠진 피부도 축 늘어져 있었다.

방으로 들어서던 셀리토는 줄리엣 아처를 보았다. "이건 도대체...." 그는 말꼬리를 흐렸다.

라임과 아처는 웃었다. "말해도 돼."

"나는...."

아처가 고개를 갸우뚱했다. "휠체어 전시장?"

라임이 셀리토가 얼굴을 붉히는 모습을 본 것은 평생 몇 번 되지 않았다. "내가 생각한 건 휠체어 학회였어. 하지만 당신 표현이 더 웃기군."

라임이 두 사람을 소개했다.

아처가 말했다. "전 인턴입니다."

셀리토는 라임 쪽으로 시선을 주었다. "자네가? 선생이라고? 세상에, 줄리엣. 무사하시오."

색스는 셀리토를 포옹했다. 그녀와 라임은 셀리토와 그의 여자친구 레이첼을 이따금 만났지만, 라임이 형사수사 자문 업무를 그만뒀고 셀리토는 병가 중이었던 터라 오랫동안 같이 일하지 않았다.

"아." 톰이 대니시 쟁반을 들고 들어오자 셀리토의 눈빛이 빛났다. 그는 게걸스럽게 먹었다. 톰이 커피를 건넸다.

"고마워."

"설탕은 안 넣으시죠? 맞죠?"

"아니, 줘. 두 개." 도넛에 블랙커피를 곁들이는 게 셀리토의 감량 비법이었다. 이제 날씬해지자 그는 듬뿍 넣고 있었다.

형사는 과학 장비 절반에 비닐을 씌워놓은 거실을 비판적인 눈으로 둘러보았다. 10여 개의 화이트보드는 반대편 벽을 바라보고 서 있었다. "이런, 내가 일손을 놓으니 매사가 엉망이 되는구먼." 그는 미소 지었다. "그리고, 아멜리아, 자네 대형 사냥 소식 들었어. 브루클린 상가 에스컬레이터 사건 말이야."

"정확히 뭘 들었어요? 사고 보고서는 제때 제출했는데."

"다 좋았어." 형사는 덧붙였다. "자네가 기발했다고들 하던데. 아주 좋아. 마디노는 신망이 있는 사람이라 ― 얼마 전에 경찰본부 한 자리 추천받았어 ― 든든한 장타자가 자넬 응원하는 셈이지."

라임은 삐딱하게 말했다. "팬이 장타자를 응원하는 거야, 론, 그 반대가 아니라."

"이런. 학교 다닐 때 아이들한테 자주 언어맞기라도 했나, 선생님이 질문하면 항상 제일 먼저 저요! 한다고?"

"관계없는 이야기는 나중에 마저 하지? 론, 뭐라고 했지, 큰 그림?"

"자네가 보낸 걸 읽었어."

셀리토는 라임이 범인 40 사건파일을 보낸 바로 그 전문가였다. 라임은 셀리토의 간결한 대꾸에 혼자 미소 지었다.

그래, 그래. 내일....

"첫째, 이건 아주 미친놈이야."

정확하지만, 수사와 관계가 없다. 라임은 초조함을 억누르며 대꾸했다. "론?"

"그래서, 확실한 사실은 무엇인가? 범인은 제품에, 우리가 집에 들여놓는 소비재에 집착하고 물건으로 우리를 공격한다. 내 추측? 그에게는 두 가지 목적어가 있어."

"뭐라고 했지?" 라임은 반사적으로 대구했다.

"자네 놀리려고 했지, 링컨. 억누를 수가 없군. 자네가 문법 수업으로 내 사타구니를 걷어찬 게 벌써 몇 달 전이냐고. 실례." 그는 아처를 향했다.

그녀는 미소 지었다.

셀리토는 말을 이었다. "좋아. 그에게는 두 가지 목적이 있어. 첫째. 컨트롤러를 이용해서 정치적 의사표현을 한다, 혹은 값비싼 물건이든 뭐든 사들이는 부자들을 목표로 삼는다. 그게 그가 선택한 무기야. 정신 나간 짓이지만 어쨌든. 둘째. 자기 방어. 그는 자기를 뒤쫓는 사람들을 따돌려야 해. 예를 들어, 우리 같은 사람. 아니, 자네. 범인이 현장에서 코드를 입력해서 컨트롤러를 실행시켰다고 했지, 그렇지?"

"맞습니다." 아처가 말했다. "세계 어디서든 클라우드 서버에 해킹할 수 있어요. 한데 범인은 가까운 곳에 있고 싶은 것 같습니다. 우리는 그에게 윤리적 요인이 있을지도 모른다고 생각하고 있어요—사치품에 돈을 많이 쓰지 않는 아이나 가난한 사람들을 해치고 싶지 않다든지."

색스가 말했다. "혹은, 그냥 바라보는 데서 흥분을 느낀다든지."

"음, 그렇다면 누가 자신을 추적하는지 확인하기 위해 현장에 있었다고 생각할 수도 있겠군. 증거물 수집팀, 자네—아멜리아와 론."

"나도 현장에 있었어. 범인이 컨트롤러 해킹법을 배운 남자의 사무실을 불태웠을 때." 라임은 얼굴을 찡그렸다. "에버스 휘트모어도 봤군."

"경찰인가?" 셀리토가 물었다.

"아니, 변호사야. 난 에스컬레이터 사건 민사소송 때문에 그와 일하고 있었어. 그게 살인사건이라는 게 밝혀지기 전에."

셀리토는 커피를 마시다 설탕 하나를 더 넣었다. "변호사의 신원을 알아내는 건 어렵지 않을 거야. 그리고 자네도, 워낙 공적으로 알려져 있으니까, 링컨. 자네와 그 아랫사람들을 추적하는 건 쉬워. 내가 수사팀 전부에게 경호 인력을 붙이지. 그건 내가 할 수 있어."

라임은 휘트모어의 주소와 전화번호를 출력하도록 컴퓨터에 지시했다. 셀리토는 쿠퍼와 색스의 개인정보는 이미 갖고 있다, 각자 자택으로 경찰을 보내겠다고 했다. 아처는 자신이 위험할 리는 없다고 했지만, 라임은 단호했다. "어쨌든 자네 동생의 집에도 사람을 보내. 그럴 가능성이 별로 없어 보인다는 것뿐이지, 불가능한 건 아니야. 지금부터 우리 전부 다 범인의 시야에 들어가 있다고 가정하자고."

오늘의 목표: 인류의 수호자는 추가로 계획한 장난이 있다.

그러기에 아름다운 날이다.

나는 알리시아와 시간을 보내며 그녀를 위로했다. 그녀는 일하러 나갔다(그녀는 경리, 일종의 회계사지만, 어디서 일하는지, 정확히 무슨 일을 하는지는 모른다. 사실 그녀는 자기 일을 별로 좋아하지 않고, 그렇기 때문에 나도 마찬가지다. 우리는 전형적인 커플이 아니다. 우리의 일상은 완전히 겹치지 않는다). 나는 첼시 내 아파트 창가에서 첫 샌드위치를 맛있게 먹고 두 개째 먹고 있다. 감칠맛이 있고 소금이 듬뿍 들어 있다. 내 혈압은 너무 낮아서 정기검진한 의사가 아직 살아있는 것이 신기하다고 했을 정도다. 의료인에게서 그런 소리를 듣는다는 게 사실 유쾌한 일은 아니지만, 나는 미소 지었다. 그의 두개골을 부숴놓을까 하는 생각이 들었지만, 그러지는 않았다.

나는 두 번째 샌드위치를 빠르게 씹어 삼키고 나갈 준비를 한다.

아직 총 공격 준비는 다 되지 않았다. 먼저 할 일이 있다.

오늘은 새로운 복장이다―야구모자는 벗어버리고, 짧게 친 금발을 온 세상에 내보인다. 네이비블루 운동복, 다리에 줄무늬. 신발. 신발은 어쩔 수 없다. 나는 특별한 사이즈가 필요하다. 내 발은 손가락처럼, 내 깡마른 몸처럼 길다. 마판 증후군이라는 증상이다.

이봐, 빈, 말라깽이....

이봐, 허수아비....

사람들을 설득할 수는 없다. 이건 내 선택이 아니었다, 하느님이 눈을 잠시 감았다, 하느님이 장난을 쳤다. 이렇게 말할 수는 없다. 에이브러햄 링컨이 우리 같은 사람이었다고 해봐야 소용이 없다. 이게 뭐가 대단하냐고 해봐도 소용이 없다.

그러니 놀림은 그냥 흘려야 한다. 주먹질. 라커에서 흘러나오는 사진들.

그냥 흘려 넘기지 않겠다고 작정하는 순간까지. 빨강머리의 파트너, 이 링컨 라임이란 사람의 몸은 그를 배신했지만, 그는 대처한다. 생산적인 사회의 일원이다. 좋은 일이다. 나는 다른 길을 택했다.

어깨에 배낭을 메고, 나는 화창한 봄날 찬란한 거리로 나선다. 하필 임무가 있을 때 아름다움이 세상에 만발하다니.

자. 나는 강을 향해 서쪽으로 향한다. 회색 허드슨강에 가까이 갈수록, 내 시간은 더 멀리 거슬러 올라간다. 주변 첼시 동쪽과 한복판은 온통 아파트와 부티크, 뉴욕타임스에 리뷰가 실린 세련된 식당들이다. 저 멀리 서쪽은 산업지역이다—1800년대에도 저런 모습이었을 것이다. 찾던 건물이 보인다. 나는 멈춰서 장갑을 끼고 선불전화기로 전화를 건다.

"에버레스트 그래픽입니다."

"네, 에드윈 보일 부탁합니다. 긴급한 일입니다."

"아. 잠시만 기다리세요."

3분, 꽉 채워서 기다린다. 긴급한 일이라고 하지 않았다면 얼마나 걸릴까?—사실 긴급은 아니지만, 상관없다.

"여보세요, 에드윈 보일입니다. 누구시죠?"

"피터 포크 형사입니다. 뉴욕시경." 텔레비전은 그리 좋아하지 않지만, 아니, 나는 콜롬보 형사를 좋아했다.

"아. 무슨 일이죠?"

"유감이지만 당신 아파트에 누군가 침입했습니다."

"안 돼! 무슨 일이죠? 약쟁이? 거리에서 노닥거리는 애들?"

"모릅니다. 둘러보시고 뭐가 없어졌는지 알려주십시오. 얼마나 빨리 오실 수 있습니까?"

"10분. 그리 멀지 않습니다.... 제 직장은 어떻게 아셨습니까?"

미리 준비했던 질문이다. "아파트 바닥에 명함이 떨어져 있더군요. 누군가 샅샅이 뒤졌습니다."

뒤지다. 멋진 단어다.

"좋습니다. 곧 가죠. 지금 출발합니다."

나는 전화를 끊고 보도를 살핀다. 인근에는 다른 회사와 사무실도 있다. 세련된 척하려고 노력하는 시시한 광고회사. 보도에는 인적이 드물다. 나는 버려진 창고 화물출입구로 올라선다. 겨우 3분 뒤 60대의 에드윈 보일이 걱정스러운 얼굴로 앞만 바라보며 빠르게 지나친다.

나는 얼른 앞으로 나서서 그의 목깃을 틀어잡고 어둑어둑한 출입구 안으로 밀어붙인다.

"아, 세상에..." 그는 눈을 커다랗게 뜨고 나를 돌아본다. "당신! 우리 아파트에 사는! 무슨 짓이야?"

우리는 두 집, 아니, 세 집 건너 이웃 사이지만, 별로 이야기를 주고받는 사이는 아니다. 그냥 가끔 인사차 고개만 끄덕이는 정도다.

지금은 아무 말도 하지 않는다. 무슨 의미가 있나? 마지막 재담, 마지막 말을 남길 시간은 없다. 사람들은 그런 순간에 교활해진다. 나는 말없이 에드윈의 관자놀이를 둥근머리 망치로 내리친다. 지나치게 영리해진 스마트 제품들로부터 세상을 구하는 공동의 사명을 기리기 위해 한잔하러 가는 길에, 토드 윌리엄스에게 했듯이.

퍽, 퍽.

뼈가 갈라진다. 피가 밴다.

그는 초점을 잃은 눈으로 땅에 쓰러진 채 꿈틀거린다. 망치를 꺼내―쉽지 않다―다시 내리친다. 그리고 다시.

꿈틀거림은 멈춘다.

나는 거리를 둘러본다. 행인은 없다. 자동차 몇 대가 있지만, 우리는 어둑어둑한 그늘 깊숙한 곳에 있다.

나는 불쌍한 에드윈을 버려진 창고의 버려진 화물 출입구의 공구함 쪽으로 끌고 가서 우그러진 합판으로 된 문을 연다. 안에 욱여넣는다. 허리를 굽혀 그의 전화를 주워든다. 패스코드로 보호된 전화지만, 상관없다. 간밤에 봐두었다. 알리시아와 나는 수족관 옆 소파에서 사랑을 나누고 있었다. 보안 모니터를 올려다보니, 여느 밤처럼 취해 귀가한 에드윈이 문 밖에서 소리를 녹음하고 있었다. 그녀에게는 아무 말도 하지 않았다. 그렇지 않아도 속상한 여인을 더욱 속상하게 할 뿐이다.

하지만 그런 짓을 했으니 에드윈의 뼈를 부숴야 한다는 것은 알고 있었다. 그냥 알고 있었다. 나를 추적하는 데 이용될 만한 증거가 있는 건 아니다. 그냥 그런 행동―녹음하는―은 잔인하니까. 그건 쇼핑객들이나 하는 짓이다.

한 인간이 죽어야 하는 이유로 충분하다. 통각수용통증이 더 심했더라면 좋았겠지만, 모든 것을 원하는 대로 할 수는 없다.

그의 핸드폰도 부쉈다―이런 모델 배터리는 잘 빠지지 않는다―나중에 내다 버릴 것이다.

호기심 많은 쥐 몇 마리가 눈에 띈다. 조심스럽게 킁킁거린다. 굶주린 설치류가 시체에서 미량증거물을 갉아먹는다, 그러고 보니 증거를 제거하는 좋은 방법이다.

보도로 나와, 나는 깊이 숨을 들이쉰다. 시내 이 동네 공기에서는 약간 악취가 감돈다. 하지만 활기차다.

좋은 날이다....

곧 더욱 좋아질 것이다. 가장 큰 행사를 치를 시간이다.

"일어서." 존 페론은 칠흑 같은 머리를 매만지며 말했다. 병이었

500

나? 아마도.

닉은 절차를 알고 있었다. 셔츠를 끌어올리고 천천히 돌아선다. 그리고 바지도 내린다. 속옷도. 페론은 아래를 내려다보았다. 감탄했을까? 낙심했을까? 많은 남자들이 그럴 것이다.

닉은 단추를 잠그고 지퍼를 올리고 옷자락을 허리춤에 집어넣었다.

"전화 꺼. 배터리도 빼고."

닉은 그렇게 했다. 페론의 책상 위에 전화를 놓았다.

문을 쳐다보았다. 멜빵을 멘 남자가 거기 있었다. 언제부터 있었는지 궁금했다.

"괜찮아, 랠프. 깨끗해."

닉은 랠프의 눈을 똑바로 쳐다보았다. 상대는 돌아서서 방을 나갔다. 그는 다시 페론을 보았다. "그냥 전후관계를 알려주려고 말이야, 존. 내 친구가 당신 친구 하나를 추적했어─노먼 링, 현재 주립 교도소에 5년에서 8년까지 손님으로 가 계시는 분. 당신에 대해 실토할 수도 있었는데 입을 다물었기 때문에 오래 있게 됐지. 하지만 난 당신들 둘이 서로 관계가 있다는 단서를 찾아냈어."

"젠장." 주말의 골프와 휴가로 불그스레하게 탄 페론의 안색은 염색한 머리 아래에서 더욱 불그스레해졌다.

"내 신변에 무슨 일이 생길 경우 내 변호사가 뜯게 되어 있는 편지에 이런 내용이 다 들어 있어. 나머지는 당신이 잘 알고 있지? 그러니 여기서 얼굴 붉히고 고래고래 소리 지르지 말자고. 총질도 하지 말고. 그냥 사업 이야기만 해. 당신이 훔친 물건이 어디서 왔는지 생각해 본 적 있었나?"

"알곤퀸?" 페론은 이제 침착해졌다. "난 누가 나서기만 기다리고 있었어. 한데 아무도 그러지 않더군. 내가 어떻게 하나? 광고를 내?
2백만 달러어치의 옥시와 퍼코딘, 프로포폴을 발견했습니다. 이 번
호로 연락주세요.'

"괜찮아. 하지만 이제 내 돈을 토해놔야 할 때야."

"이렇게 대부처럼 나타날 필요 없었다고."

닉은 얼굴을 찡그렸다. "지당한 말인데, 존. 내가 물건을 넣었던 창
고 주인은 어떻게 됐지? 스탠 레드맨?"

페론은 망설였다. "사고였어. 건설 현장에서."

"그가 직접 물건을 옮기려고 해서 당신이 산 채로 묻었다고 들었
는데."

"그런 기억은 없어."

닉은 쓸쓸하게 웃으며 그를 바라보았다. "자, 돈. 그건 내가 번 돈
이야. 난 그 돈이 필요해."

"여섯 장."

"협상하는 게 아니야, 존. 뉴욕에서 가장 짠 장물아비한테 가도
55퍼센트는 받아. 백만 이상이라고. 장물아비한테 가지도 않았지?
넌 값을 깎는 종류의 인간이 아니지. 직접 팔았을 거야. 아마 3백만
은 남겼을 걸? 순이익으로."

페론은 어깨를 으쓱했다. '뭐, 그 비슷하지'라는 뜻이었다.

"그러니까 내 요구사항은 이거야. 나는 백만을 원해. 그 액수를 융
자한다는 서류도 구비해. 당신들이나 어떤 전과자에게도 관련 없는
회사에서. 그리고 그 빚을 탕감한다는 계약서도 한 장 더 써. 국세청
은 내가 걱정하지."

페론의 찡그린 표정에 마지못한 감탄의 빛이 어렸다. "달리 또 원

하는 게 있나, 닉?"

"사실, 맞아. 있어. 알곤퀸 차량 강도 사건 말인데, 고와누스? 내가 한 짓이 아니라고 소문을 내. 그건 내 동생 도니 짓이었어."

"네 동생? 동생을 밀고하려고?"

"그는 죽었어. 상관 안 할 거야."

"거리에서 사람들이 무슨 소문을 듣든, 유죄판결이 없던 게 되지는 않아."

"알아. 그냥 들어야 할 사람이 들었으면 해."

"그 물건이 언젠가 돌아와서 날 괴롭힐 줄 알았다니까. 끝났나?"

"거의."

"아, 젠장."

"비토리오 게라라는 남자가 있어. 브루클린에서 식당을 운영해. 비토리오스."

"그런데?"

"거기 사람을 보내서 나한테 식당을 팔라고 해. 그가 요구한 값의 절반으로."

"못하겠다고 하면?"

"게라의 아내와 딸들에게 압력을 넣어. 손자들도 있을 거야. 공원 같은 데서 사진을 찍어다가 그에게 보내. 효과가 있을 거야. 그렇지 않으면 막내딸에게 사람을 보내. 해너. 창녀처럼 생긴 여자야. 차에 태우고 동네 한 바퀴 돌라고 해."

"자네 스타일이 있군, 닉."

"넌 날 털었어, 페론. 쓸데없는 잔소리 그만둬."

"알았어. 서류를 작성하지." 페론은 문득 얼굴을 찡그렸다. "날 어떻게 알아냈지, 닉? 쉽지 않았을 텐데. 난 행적을 정말 꼼꼼하게 숨긴단 말이야. 언제나. 당신 친구라는 사람이 누구지?"

"프레디 커러더스."

"그 친구가 날 알곤퀸 트럭강도 건과 엮었다고? 그래서 당신과 내가 관련이 있다는 것도 알아내고?"

"그래서 마지막 요구사항이 있는데."

페론은 천천히 고개를 끄덕였다. 그의 시선은 닉의 등 뒤 어딘가를 바라보고 있었다. 옷걸이의 모자인지, 벽의 기름때인지, 메도브룩에서 골프를 치는 자신의 사진인지 알 수 없었다.

어쩌면 아무것도 안 보고 있을지도.

"프레디가 여기 오는 도중까지 태워줬어. 난 경찰이 뒤를 밟는 것 같아 걱정스러우니 그랜드 센트럴 센터, 그 상가 주차장에서 내려달라고 했어. 거기서 택시를 탔지."

"경찰?"

"아니, 아니, 그건 꾸며낸 거야. 그냥 프레디를 기다리게 하고 싶었거든." 처음부터 이렇게 할 생각이었다.

페론은 부드럽게 말했다. "우리가 처리하지." 그는 전화를 걸었다. 잠시 후 랠프, 건장한 가슴과 화려한 멜빵, 얼음 같은 눈빛의 남자가 돌아왔다.

"닉 카렐리, 이쪽은 랠프 세빌."

두 사람은 남자 대 남자로 시선을 교환하고 악수를 나누었다.

"자네가 할 일이 있어." 페론이 말했다.

"네."

닉은 전화를 꺼내 배터리를 끼워 넣고 다시 전원을 올렸다. 그는 프레디에게 문자를 넣었다. 목소리를 듣고 싶지 않았다.

가는 길이야. 콜은 보이나?

그럴 리가 없다.

아니.

닉은 타이프를 치고 전송 버튼을 눌렀다.

너는 어디야?

대답이 왔다.

포레버21 문 근처 퍼플 층

닉의 다음 메시지였다.

15분 뒤에 봐.

프레디.

다 잘됐나?

닉은 망설이다 타이프를 쳤다.

잘됐어.

닉은 랠프에게 프레디의 위치에 대한 정보를 쳤다. "그는 검은 에스컬레이드 안에 있어." 그의 시선이 페론에게 향했다. "생매장 같은 건 하지 마. 빠르게, 고통 없이."

"그럼. 누군가에게 메시지를 보내려는 게 아니니까. 그냥 입 하나 없애자는 거잖아."

"그리고 나라는 걸 모르게 해야 해."

랠프는 미간을 찌푸렸다. "노력해 보지. 하지만."

"노력해. 전화에 내 메시지가 있을 거야. 내 지문이 SUV에 묻어 있고."

"그건 우리가 알아서 처리하지." 랠프는 고개를 끄덕이고 사무실을 나섰다. 커다란 니켈 도금 자동권총이 그의 허리춤에서 언뜻 보였다. 그 실탄 하나가 30분 뒤 친구의 뇌에 박혀 있을 것이다.

닉은 일어서서 페론과 악수를 나누었다. "시내로 가는 택시를 타야겠군."

"닉?"

그는 멈췄다.

"나하고 일 같이 해볼 생각 있나?"

"난 그냥 내 사업 하나 시작해서 정착하고 결혼하고 싶어. 하지만, 그래, 생각해 보지." 닉은 전화를 들고 다이얼을 누르며 사무실을 나섰다.

43

아멜리아 색스의 전화가 울렸을 때, 라임은 그녀를 바라보고 있었다.

그녀는 시선을 돌리고 전화를 받기 위해 거실 벽이 약간 들어간 쪽으로 향했다. 그녀는 등을 이쪽으로 보이고 있었다. 어머니 전화일까? 그녀의 어깨가 축 처졌다. 다 괜찮나? 어머니와 딸 사이의 갈등의 역사는 알고 있었지만, 세월이 흐르면서 관계가 많이 나아졌다는 것도 알고 있었다. 로즈는 부드러워졌다. 색스도 어머니에 대해서는 마찬가지였다. 세월이 흐르면, 날은 뭉툭해진다. 지금은 물론 투병 중이다. 라임은 인간의 육체적인 상태가 모든 것을 바꿀 수 있다는 것을 알고 있었다.

많이 엿들을 수도, 추론할 수도 없었다. 마침내 '식당', '잘됐어', '축하해'라는 단어가 들렸다. 그녀는 기쁜 것 같았다. 이어 한동안 귀를 기울이고 있다가 말했다. "난 널 믿어."

로즈가 아니다. 그럼 누구지?

그는 증거물 차트로 의자를 돌리고 가까이 다가갔다. 론 셀리토가 그의 상념을 깨뜨렸다. "NCIC에는 비슷한 게 없나?"

"없어." 라임은 대답했다. 연방 범죄데이터베이스의 열네 개 인적 파일과 일곱 개 물적 파일에는 주로 영장이 발부된 사람이나 용의자, 도난 물건에 대한 정보가 들어 있다. 범죄의 프로파일이나 패턴을 검색해서 이름 몇 개를 추출하는 것도 가능하지만, FBI 시스템이 그런 목적으로 만들어진 것은 아니다.

줄리엣 아처가 말했다. "언론이나 학술 사이트에서 스마트 시스템을 해킹한 이야기나 실례 보고를 많이 찾았어요. 대체로 해킹 그 자체를 위한 해킹이더군요. 내 아들 말로는 본질적으로 취미라고. 도전. 자동차나 신호등 조종을 가로채는 해커들이 있기는 하지만, 의도적으로 가전제품을 무기화한 사람은 아무도 없었어요."

"신호등이라니. 그거야말로 무시무시하군." 셀리토가 말했다.

아처는 말을 이었다. "그 안의 무선 조종기를 이용하는 게 싸거든요. 공공시설을 이용하면 땅을 파고 케이블을 깔지 않아도 되니까."

셀리토가 말했다. "배경지식이 풍부하군. 자네는 좋은 경찰이 되겠어."

"신체검사를 통과하는 게 문제겠죠."

셀리토는 중얼거렸다. "링컨은 하루 종일 앉아 있는데 뭐. 자네도 자문위원 해. 경쟁자가 있어야지. 그래야 생각이 날카로워져." 후줄근한 형사는 다시 한번 차트를 훑어보았다. "이 프로파일은 도대체 뭐야? 폭발물인 것 같은데, 최근 폭발사건은 없었고. 독 같은데, 독극물에 중독된 사람도 없고. 좋은 목공이군. 뭘 만들까? 서류함이나 책장? 유리조각을 보아하니 그럴 수도 있을 것 같은데."

"아니." 라임이 말했다. "유리조각은 오래된 거야. 그리고 아멜리아가 접착제를 발견했어. 가구용 유리는 접착물질 위에 올리지 않아. 이건 주거용 창유리야. 게다가 고무 보이나? 이건 암모니아와 함께 발견됐어. 깨진 유리창을 갈아 끼운 뒤 새 유리를 고무 롤러와 종이 타월로 닦았다는 뜻이야." 그는 차트를 바라보며 말끝을 흐렸다. "유리창."

폴라스키가 말했다. "사이코 살인마도 자기 집 수리는 하겠죠. 사건과 연관이 없을 수도 있습니다."

라임은 생각에 잠겼다. "하지만 그는 최근 유리창을 수리했어. 미량증거물은 새것이었고, 현장의 다른 증거물과 같이 발견됐다고. 이건 어디까지나 추정인데, 누군가의 집이나 사무실에 침입하고 싶다면...."

"수리공으로 가장하면 되겠군."

색스가 말했다. "커버롤을 입고. 새 유리 한 장을 들고. 유리창을 깨고 들어가서, 안에서 필요한 걸 얻고, 유리를 갈아 끼운 뒤 닦고 떠나는 거예요. 목격하는 사람도 그냥 관리인이거나 주인이 고용한 수리공이라고 생각하겠죠."

아처가 덧붙였다. "범인은 전에도 인부 흉내 낸 적이 있어요. 시어터 디스트릭트에서."

셀리토가 말했다. "컨트롤러가 들어 있는 장비가 있는지 확인하기 위해 어디 침입했을 수도 있어. 데이터와이즈 그거 말이야."

"그럴 필요는 없어요." 아처가 지적했다. "그의 첫 피해자, 토드 윌리엄스가 그 컨트롤러가 들어 있는 제품 목록과 개인 고객 및 구매 회사 명단을 다운로드 해줬으니까요."

방금 '피해자vic'라고 했나? 형사 다 됐군, 라임은 생각했다.

"그래, 그렇군." 셀리토가 말했다.

라임이 말을 받았다. "우리가 발견한 유리조각이 반투명 유리였다면, 범인이 살해 현장을 분명히 보기 위해 투명 유리로 갈아 끼웠다고 추정할 수도 있을 거야. 하지만 깨진 창문은 투명 유리였어. 낡거나 싼 유리이긴 해도 투명했다고. 난 이 부분을 좀 더 생각해 보고 싶어. 유리창 수리공 시나리오가 유효하다―대담하게 생각해 보지―그리고 범인이 다른 공격을 계획하고 있다면, 그건 그 목표지점에 해당 컨트롤러가 설치된 제품이 없다는 뜻이야."

색스가 얼른 말했다. "그건 범인이 그 명단에 들어 있지 않은 사람을 노리고 있기 때문이겠죠. 무작위의 소비자가 아닌, 특정인물."

"좋아." 라임이 말했다. "이 가정을 계속해 보자고."

"하지만 왜?" 아처가 말했다.

라임은 잠시 눈을 감았다. 그리고 다시 빠르게 떴다. "위협이 되는 사람. 론이 방금 언급했듯이. 범인의 두 번째 임무. 자신을 추적하거나 위협이 되는 인물을 제지하기 위해서. 우리. 어쩌면 목격자, 그를 아는 사람이나 의심하는 사람. 차트에 혹시 제품과 관계없는, 소비자중심주의에 대한 선언문과 관계없는 피해자를 암시하는 단서가 있나?"

그는 차트를 훑어보았다. 몇몇 항목의 출처는 특정할 수 없었지만 (퀸스?), 그 물질이 무엇인지는 모두 알아냈다―단 하나만 제외하고.

"빌어먹을, 멜. 도대체 식물은 어떻게 된 거야? 벌써 백만 년 전에 원예학회에 문의했잖아."

"어제였습니다."

"말했지만, 백만 년 전이야." 라임은 대꾸했다. "전화해. 알아봐."

쿠퍼는 다시 번호를 확인하고 전화를 걸었다. "애니스턴 박사? 뉴욕시경 쿠퍼 형사입니다. 범죄 현장에서 발견한 식물 미량증거물 샘플을 보냈는데요.... 혹시 결과가 나왔는지? 시간의 압박이 좀 있어서... 네." 쿠퍼는 이쪽으로 고개를 들었다. "지금 찾아본답니다."

"애당초 대단히 까다로운 요청도 아니었다는 뜻이지." 라임은 예의상 허락되는 정도 이상 큰 목소리로 투덜거렸다.

다시 통화를 계속하는 동안, 쿠퍼의 몸짓언어가 바뀌었다. 그는 옆에 놓인 패드에 뭔가 적었다. "알겠습니다, 고맙습니다." 그는 전화를 끊었다. "드문 겁니다. 흔히 찾을 수 없습니다."

"'드물다'는 게 바로 그 뜻이야, 멜. 도대체 뭐야?"

"히비스커스 잎 조각입니다. 하지만 드물다는 건, 이게 파란 색입니다. 많지 않은...."

"하느님!" 색스는 전화를 꺼내 단축번호를 눌렀다. "5885 형사다. 색스. 브루클린 마틴 스트리트 3218번지에 순찰 파견 바람. 10-34 발생 가능성. 용의자는 백인 남성, 188센티미터에서 193센티미터. 몸무게는 70킬로그램쯤. 무장했을 가능성도 있다.... 나도 곧 가겠다."

그녀는 전화를 끊고 재킷을 낚아챘다. "어머니 집이에요. 생일 선물로 내가 파란 히비스커스를 사드렸어요. 집 뒤뜰에, 지하실 유리창 바로 옆에 있어요. 범인이 거기 뭔가 장치한 게 틀림없어요."

색스는 두 번째 전화를 걸며 문을 향해 달렸다.

회로차단기가 내려갔다.

로즈 색스는 브루클린 타운하우스의 곰팡내 나는 축축한 지하실에 있었다. 그녀는 천천히 차단기 쪽으로 가고 있었다. 심장 때문에 느린 것이 아니라, 짐이 많아서 발 디딜 곳이 없었다.

상자, 선반, 비닐로 포장한 옷가지.

심지어 여기서도 기분이 좋았다―거미가 만든 정교한 거미줄을 연신 피하고 있는데도.

좋아.

내 집에서 한동안 지낼 수 있게 됐으니.

그녀는 딸을 사랑했고, 에이미가 자신을 위해 해준 모든 배려를 고맙게 생각하고 있었다. 그러나 그 애는―물론 이제 어른이지만―수술에 대해서 정말 성가시게 잔소리가 많았다. 우리 집에 계세요, 엄마. 오시라고요. 아니, 내가 데려다드릴게요. 아뇨, 내가 저녁 포장해 올게요.

착한 딸이다. 하지만 사실 로즈는 수술을 기다리는 동안 그렇게 환자 노릇을 할 생각은 없었다. 아니, 에이미가 무슨 생각을 하는지는 뻔했다―외과의사가 심장의 일부를 도려내고 신체의 덜 중요한 부위에서 떼어낸 작은 관으로 대체하는 사이, 어쩌면 로즈는 깊은 잠에 빠져 영원히 깨어나지 못할지도 모른다.

딸은 어머니와 가능한 오랜 시간을 같이 보내고 싶었다―혹시라도 일이 잘못될 때를 대비해서.

위층에서 휴대전화가 울리고 있었다.

메시지를 남기겠지.

어쩌면 아멜리아의 집요한 고집은 단순히 타협하지 않는 성격 때문일지도 모른다.

이 점에 대해서는 내가 책임을 져야 한다, 그녀는 미소 지으며 생각했다. 그녀는 딸과의 관계가 질풍노도였던 시기를 생각하고 있었다. 그 우울함과 편집증, 의심은 모두 어디서 유래했던가? 아버지와 딸이 공모하여 엄마에게서 도망칠 계획을 세운다고 생각했던 그 기분은?

그러나 그것은 편집증이 아니었다. 사실 그들은 공모하고 있었다.

당연히 그랬겠지. 내가 얼마나 성질이 고약했던가. 이유야 누가 알까... 어쩌면 약물을 복용하는 것이 좋았을 수도 있고, 정신과 상담을 받아봤어야 했을 수도 있겠지. 하지만 그런 건 모두 나약함이었을 것이다.

로즈 색스는 약함을 잘 받아들이지 못하는 성격이었다.

이런 상념에 잠긴 로즈는 문득 자부심이 솟아오르는 것을 느꼈다. 이런 성격 덕분에 그녀는 강한 딸을 만들어낼 수 있었다. 허먼은 딸에게 따뜻한 가슴과 유머를 물려주었다. 로즈는 그녀에게 강철 같은 의지를 주었다.

타협하지 않는 성격....

지하실 불은 켜졌다―불이 나간 것은 2층이었다. 차단기가 왜 내려갔는지 알 수 없었다. 그녀는 아무것도 켜지 않았다. 다리미도, 헤어드라이어도. 그냥 책을 읽고 있었다. 그런데 갑자기 퍽 하고 불이 나갔다. 하지만 낡은 집이다. 어쩌면 차단기 중 하나가 고장 났는지도 모른다.

이제 집 전화가 울리고 있었다―구식 따르릉 소리.

로즈는 멈췄다. 음, 저 전화에도 음성사서함이 있다. 아마 텔레마케터겠지. 휴대전화가 있어서 요즘은 집 전화를 잘 쓰지 않았다.

신기한 21세기. 허먼은 무슨 생각을 했을까?

차단기까지 가는 길을 만들기 위해 상자 몇 개를 치우며, 그녀는 닉 카렐리에 대해 생각했다.

그녀는 닉이 동생 대신 죄를 뒤집어썼다는 이야기는 사실일 거라고 생각했다. 착한 행동, 용감한 행동 같았다. 그러나 딸에게도 이야기했지만, 그가 진정 에이미를 사랑했다면 더 나은 방법을 찾을 수 있지 않았을까? 경찰은 법에 관한 한 올바른 행동을 해야만 한다. 남편은 평생 경찰이었고 여러 구역을, 주로 타임스퀘어 일대를 발로 뛰던 순경이었다. 그는 침착한 결의로, 대립과 갈등을 결코 증폭시키지 않고 해소하는 방식으로 임무를 수행했다. 로즈는 허먼이 누군가를 대신해서 잘못을 책임지는 것을 본 적이 없었다. 아무리 좋은 이유일지라도, 결국 거짓말이기 때문이었다.

입술을 굳게 다물었다. 다른 문제. 딸이 닉과 다시 만난 것은 결단코 잘못이었다. 로즈는 그의 눈빛을 보았다. 닉은 다시 에이미와 잘되기를 바라고 있었다. 너무나 분명했다. 링컨이 이 상황에 대해 알고 있는지 궁금했다. 설사 뉴욕 시장이 직접 나서서 '사면'이라고 적힌 커다란 띠를 둘러준다 할지라도, 로즈는 에이미에게 절대 닉을 만나지 말라고 충고하고 싶었다.

그러나 자식이란 그런 것이다. 내가 낳아서 최선을 다해 키운 뒤 세상에 내보내야 한다―내 모든 장점과 단점을 한 몸에 지닌 존재를.

에이미는 바르게 행동할 것이다.

로즈는 희망했다.

차단기 쪽으로 계속 다가가는데, 그 옆 유리창이 상당히 깨끗한 것이 눈에 띄었다. 정원사가 닦았는지도 모른다. 다음 주에 오면 감사 인사를 해야겠다.

로즈는 '에이미 고등학교'라고 써 붙인 낡은 상자 몇 개를 지나쳤다. 에이미가 여유 시간에 자동차 수리를 하고 맨해튼 최고의 에이전시에 소속되어 모델 일을 하던 그 정신없던 시절이 떠올라, 그녀는 나직하게 웃었다(열일곱 살 시절 한번은 사진을 찍을 때 고딕풍 패션 때문이 아니라 손톱 밑에 낀 제너럴모터스 기름때가 도저히 지워지지 않아서 검정 매니큐어를 칠해야 했던 일도 있었다).

위층에 이 상자 중 하나를 가져가야겠다. 차근차근 꺼내보면 얼마나 재미있을까. 같이 보면 되겠네. 오늘 밤, 저녁 먹고.

로즈는 차단기 쪽을 가로막는 상자들을 옆으로 밀어내기 시작했다.

44

나는 이번에도 휴식을 취하는 인부답게 작업복과 모자 차림으로 문간에 앉아 있다. 손에 신문과 커피를 들고, 다시 일하러 돌아가기 전에 빈들빈들.

목가적인 브루클린에 위치한 로즈 색스의 타운하우스 지하 유리창 안을 들여다보면서. 아, 저기, 그녀가 시야에 들어온다.

내 계획은 잘됐다. 요전 날 겨우 여섯 블록 떨어진 빨강머리의 타운하우스를 정찰하다가, 나이 많은 여인이 여자 경찰의 집에서 나와 데드볼트 자물쇠를 잠그는 것을 우연히 보았다. 닮은 얼굴이었다. 친척 아주머니, 아니면 어머니다. 나는 그녀를 따라갔다. 구글 검색도 조금 해보았다…. 관계는 분명해졌다.

안녕, 엄마….

빨강머리는 막아야 한다. 누군가 교훈을 줘야 한다. 이 여자를 죽이면 다 해결된다.

로즈, 예쁜 이름이군.

곧 바싹 말라 죽은 꽃이 되겠지.

든든한 컨트롤러 해킹을 이용할 수 있다면 좋겠지만, 요전 날 열심히 스캔해 봤는데도 네트워크나 데이터의 천국에 합류하게 해달라고 애원하는 회로는 발견할 수 없었다. 하지만 목공 일과 같이, 때로는 즉흥적인 해결방법이 필요할 때도 있다. 브라질산 로즈우드 물량이 딸린다고? 그럼 인도산으로 하지 뭐. 그만큼 색감이 깊지는 않다. 그만큼 육감적인 보라색을 띠지도 않는다. 다르게 잘린다. 결도 다르다. 하지만 어떻게든 해봐야 한다.

때로 유모차, 화장대, 체크무늬 시트를 씌운 침대가 계획보다 오히려 더 잘 나올 때도 있다.

그러니, 이제 여기서도 내 즉흥적인 방식이 잘 풀리는지 보자. 사실 정말 간단했다. 나는 차고 문 개폐기 회로를 조작해서 로즈의 거실 조명을 합선시켰다. 몇 분 전 리모콘으로 문 여는 버튼을 누르자 차단기가 내려간 것이다. 로즈는 두꺼비집을 찾아 다시 리셋하기 위해 아래층으로 내려왔다.

보통 스위치를 '온' 위치로 다시 올리는 간단한 일이다.

불이 있으라 하니....

하지만 그런 일은 없을 것이다. 두꺼비집으로 들어가는 주 전선을 우회시켰기 때문이다. 차단기의 금속 뚜껑은 지금 심장을 마비시킬 수 있는 220볼트 전류가 흐르는 활선이나 다름없다. 로즈가 차단기를 리셋하기 전에 안전하고 현명하게 주 전력을 차단한다 해도, 그러려면 뚜껑을 열어야 할 것이다.

지잉.

이제 그녀는 차단기 상자에서 겨우 30센티미터 떨어져 있다. 한데 불행히도 그녀가 시야에서 사라진다.

하지만 어디 있는지는 확실하다. 아마 지금 손잡이로 팔을 뻗고 있을 것이다.

지금!

대단한 일이 벌어지지는 않았다. 하지만 완벽하게 작동했다는 것은 알 수 있다.

여자가 몸으로 회로를 연결하는 순간, 건물의 주 전선이 합선해서 집안의 모든 전기가 꺼졌다―위층과 지하실, 현관 등이 캄캄해졌다.

머릿속 귀를 통해 지지직거리는 전기 소리가 들리는 것 같다. 물론 나는 너무 멀리 있다.

잘 가, 로즈.

일어서서 서둘러 멀어진다.

쾌적한 거리를 한 블록 걸었을까, 사이렌 소리가 들린다. 점점 커진다. 궁금하다. 이쪽으로 오고 있을까? 나에게 오는 걸까?

빨강머리가 뭔가 알아냈나? 내가 에디슨의 진노를 자기 엄마에게 쏟아 부을 계획이라는 걸?

아니, 불가능하다. 이건 그냥 우연이다.

내 수작업에 흡족한 기분을 떨칠 수가 없다. 교훈이 되었나, 빨강머리 형사? 나를 괴롭히면 곤란해.

대단한 하루였다.

빨리 집에 가고 싶었다.

네이선 이건 박사는 큰 세단을 몰고 브루클린 하이츠 헨리 스트리트를 빠져나가고 있었다. 도로가 아주 붐비지는 않았다. 좋다. 몸을 죽 뻗자, 관절에서 두둑 소리가 났다. 57세의 외과의사는 피곤했다. 오늘 여섯 시간 동안 수술실에 있었다. 담낭 수술 두 건, 맹장수술 한 건. 다른 수술 두어 건. 굳이 할 필요는 없었다. 하지만 메스를 쥔 청년을 도울 사람이 필요했다. 어떤 의학은 진단과 의사 소개, 사업이다. 어떤 의학은 인간의 몸을 칼로 여는 일이다.

젊은 레지던트는 그런 부류가 아니었다.

네이선 이건이 그런 부류였다.

피곤했다. 하지만 그럭저럭 만족스러웠다. 기분이 좋았고, 정화된 느낌이었다. 의사, 특히 외과의사처럼 많이 닦고 문지르는 사람은 없다. 교대 근무를 끝내고 나면—공장 조립라인 노동자와 마찬가지로 '교대' 근무다—가장 뜨거운 물에 샤워한다. 가장 독한 비누로. 몸은 따끔거리고, 강력한 물줄기가 귓전에서 웅웅거린다.

담즙과 혈액의 기억을 씻어내고, 지금 그는 남편 겸 부모의 마음가짐으로 돌아와 있었다. 사랑하는 도시의 기분 좋은 동네에서 기분 좋은 드라이브를 즐기며. 곧 그는 아내를, 밤에는 딸과 첫 손자를 만날 것이다. 재스퍼.

흠. 재스퍼.

그가 첫 손가락에 꼽을 만한 이름은 아니었다. "재스퍼, 정말? 흥미롭구나."

그러나 쭈글쭈글한 작은 생명을 대면하고 작은, 너무나 작은 손가락과 발가락을 만져보며 유아 특유의 어리둥절한 미소를 바라보고 있노라니, 어떤 이름이든 좋다는 생각이 들었다. 발타자르, 페데리

519

코, 아슬란. 수. 상관없었다. 천국은 이 땅 위에 있었고, 손자와 눈을 맞춘 바로 그 순간, 그는 자신이 히포크라테스 선서를 했던 이유를 기억했다. 생명은 소중하기 때문에, 생명은 놀랍기 때문에. 생명은 나의 생명을 바칠 가치가 있기 때문에.

이건은 위성 라디오를 켜고 단축버튼을 눌러 NPR 채널로 돌렸다. 재미있는 테리 그로스 쇼가 흘러나왔다.

"지금 여러분은 프레시 에어를 듣고…."

바로 그 순간 그의 자동차가 이상해졌다.

아주 경고도 없이 엔진이 마치 액셀을 끝까지 밟았을 때처럼 비명을 지르기 시작했다. 크루즈 컨트롤 불이 저절로 깜빡였고—그의 손은 스위치 근처에 있지도 않았다!—시스템은 엔진에게 시속 1백 마일로 가속하라는 지시를 내린 것 같았다!

"하느님, 안 돼!"

속도계가 빨간 선까지 치솟았고, 자동차는 총알같이 튀어나갔다. 타이어에서 연기가 피어올랐고, 후미가 드랙 레이스 차처럼 흔들렸다.

차가 반대편 차선으로 넘어가자 이건은 겁에 질려 비명을 질렀다. 다행히 지금 그쪽은 차가 없었다. 속도계는 50, 60을 가리켰다—머리가 머리받이에 부딪히고, 눈이 초점을 잃었다. 브레이크를 힘껏 밟았지만, 가속이 너무 강해서 차는 거의 느려지지 않았다.

"안 돼!" 공포가 완전히 그를 사로잡았다. 그는 브레이크를 거듭 밟고 또 밟았다. 발의 중족골이 우두둑하는 것이 느껴졌다. 시속 60마일에서 더욱 가속하면서, 차는 계속 좌우로 미끄러졌다. 정면에서 다가오는 자동차들이 경적을 울리며 비껴갔다.

엔진 켜기/끄기 버튼을 눌렀지만, 차는 계속 악마처럼 우르릉거렸다.

생각하자!

기어! 그래! 중립으로. 레버를 중간 위치에 놓자, 하느님 감사합니다, 그게 먹혔다. 엔진은 아직 우르릉거리고 있었지만, 동력 전달은 끊겼다. 속도가 65에서 60으로 줄어들면서 몸이 앞으로 휙 쏠렸다.

이제 브레이크다.

전혀 말을 듣지 않고 있었다.

"안 돼, 안 돼, 안 돼!"

차는 빨간불을 무시하고 교차로를 향해 질주했고, 그는 공포에 완전히 마비된 상태로 앞만 바라보았다. 직각 방향 도로의 자동차들은 멈추거나 서행하고 있었다. 일반 차량, 쓰레기차, 통학 버스. 시속 50마일 속도로 그중 한 대를 들이받을 것이다.

이성적인 생각이 스쳤다. 나는 죽었다. 하지만 최대한 많은 사람을 살리자. 버스 말고, 트럭을 들이받자! 오른쪽으로, 조금만! 하지만 그의 손은 생각대로 움직여주지 않았고, 핸들을 옆으로 꺾으니 차는 도요타 세단 쪽으로 향했다. 작은 자동차 운전자의 겁에 질린 표정이 정면에서 보였다. 나이 지긋한 남자는 네이선 이건처럼 얼어붙어 있었다.

다시 핸들을 꺾었고, 의사의 차는 도요타 운전자 수십 센티미터 뒤 뒷좌석 문을 들이받았다.

이건은 에어백이 터지는 서슬에 의식을 잃었다가 다시 정신을 차렸다. 그는 우그러진 자동차의 쇠로 된 골격에 휘감긴 채 얼어붙어 있었다. 갇힌 상태였다. 하지만 살아 있다, 그는 생각했다. 하느님, 나는 살아 있다.

밖에는 사람들이 뛰고 있었다. 휴대전화가 사고 현장을 찍고 있었다. 나쁜 놈들... 최소한 한 사람은 911에 전화하면 안 되나?

그때, 그래, 사이렌 소리가 들렸다. 내가 근무하는 병원으로 실려가려나? 아까 도와줬던 응급실 의사 중 한 명한테 치료받으면 그것도 우스운 일이겠군.

하지만 잠깐. 너무 차갑다. 왜지?

내가 마비됐나?

그때 네이선 이건은 아니, 자신의 감각기능은 완전히 정상이라는 것을 깨달았다. 그가 지금 느끼는 것은 사실상 절반으로 잘려나간 도요타 뒤쪽 절반에서 그의 몸 위로 흘러나오고 있는 액체였다.

가솔린이 허리 아래 몸 전체를 적시고 있었다.

45

아멜리아 색스는 FDR 도로에서 시속 80으로 달렸다.

쉬운 일이 아니었다. 경적 소리, 손가락 욕설을 물결처럼 일으키며, 색스는 운전자들의 항의를 무시하고 자동차 사이의 틈을 찾아 미친 듯이 브레이크를 밟고 차선을 넘나드는 데만 집중했다. 회전속도는 높게, 높게, 높게. 기어는 최고가 5단. 4단이 좋다―그녀는 배짱 좋은 기어라고 불렀다. 3단은 기본이다.

움직이고 있으면 잡히지 않아.

또는, 내가 움직이고 있으면 그들은 도망치지 못해.

"아니." 그녀는 핸드프리 전화기로 어머니의 타운하우스 근처 지구대 순경과 통화하고 있었다. "범인은 그 근처 어딘가에 있어. 그게 그의 범행수법이야. 그는... 아, 젠장."

"뭡니까, 형사님?" 경찰이 물었다.

색스는 브레이크를 세게 밟은 옆 차를 스치면서 미끄러지는 자기 차를 통제했다. 먼 친척뻘인 토리노와 토러스는 겨우 5센티미터 간격으로 아슬아슬하게 죽음의 키스를 면했다.

그녀는 말을 이었다. "공격이 발생할 때 근처를 지키는 것이 범인의 범행 수법이야. 사고를 낸 뒤 자리를 뜨지만, 실제 떠나지는 않아. 그는 아마 스위치를 올리고 피해자가...." 목이 갈라졌다. "내 어머니가 함정에 걸려들기를 기다렸을 거야. 이제 고작 10분 지났으니까 멀리 가지 못했을 거야. 그는 아마 차도 없어. 무허가 택시를 자주 이용해."

"일대를 수색 중입니다, 형사님. 한데...."

"인력을 더 동원해. 경찰을 더 내보내라고. 그렇게 멀리 가지는 못했을 거야!"

"그러죠, 형사님."

경찰이 이어 뭐라고 더 말했는지는 몰라도, 귀에 들어오지 않았다. 다른 차가 들어갈 수 없는 두 차 사이의 좁은 공간에 비집고 들어가느라 집중하고 있었기 때문이었다. 우르릉거리는 토리노 엔진음 때문에 스쳤는지 아닌지 알 수 없었다. 경적이 울렸다. 날 고소해, 시를 고소하라고, 그녀는 생각했다. 브레이크 때문에 몇 초 손해 봤다는 생각에 짜증이 나서, 그녀는 저속기어로 바꾸고 다시 한번 앞차 사이를 지나가려고 시도했다.

"현장에 인력을 추가로 동원하기 바란다." 그녀는 순경에게 다시 반복하고 전화를 끊었다. 이어 말했다. "라임한테 걸어."

그는 즉시 받았다. "색스. 어디야?"

"브루클린 다리에 막 올랐어요... 잠깐만."

그녀는 머리 위로 깃발을 휘날리며 비스듬히 누워서 타는 낮은 자전거를 추월했다. 다리 표면의 마찰력이 좋아서 타이어가 많이 미끄러지지는 않았다. 그녀는 급격하게 꺾어서 다리에 진입했다. 포드는 다시 직진했다. 전방에 차가 별로 없어서 그녀는 속도를 냈다.

"론이 이미 COC에 연락했어. 아직 아무것도 없어. 지하철도 확인하는 중이야."

"좋아요. 그리고... 아, 젠장."

클러치 밟고, 브레이크도 전력으로 밟고, 만약을 대비해 2단 기어로 바꾸고, 핸드브레이크를 당기고, 공간을 조금 벌기 위해 미끄러지고....

"색스!"

토리노는 60센티미터쯤 거리를 두고 택시 뒤에 45도 각도로 멈췄다. 차선 절반은 넘어가 있었다. 하마터면 부딪힐 뻔한 택시 앞으로 어마어마한 교통정체가 이어져 있었다.

"교통이 막혔어요, 라임. 빌어먹을. 이건 완전히 주차장이군. 난 다리 한복판이에요. 멜이나 론에게 다리를 지난 뒤 경로를 알아보라고 해줄래요? 안 막히는 길로."

"잠깐만." 라임은 소리쳤다. "론, 도로 경로가 필요해. 브루클린 브리지 동쪽 끝에서 아멜리아의 어머니 집까지 안 막히는 길."

색스는 차에서 내려 앞을 주시했다. 차량의 물결이었다. 움직임이 없었다.

"왜 하필 지금이람? 도대체 왜?"

눈에 익은 발신번호에서 전화가 울렸다. 방금 통화한 순경이었다. 그는 라임을 대기시켜 놓고 전화를 받았다. "순경, 무슨 소식 있나?"

"죄송합니다, 형사님. 경찰차 10여 대와 긴급기동대 차량 한 대가 출동 중입니다. 한데 이상합니다. 도로가 완전히 꽉 막혔어요. 죄송합니다. 완전히 막혔습니다. 하이츠, 캐롤 가든스, 코블 힐. 아무도 움직이지 않아요."

그녀는 한숨을 쉬었다. "계속 보고해." 다시 라임의 번호로 넘겼다.

"...거기 있나, 색스? 들려...."

"듣고 있어요, 라임. 무슨 일이죠?"

"한동안 거기 갇혀 있어야 할 것 같군. 거의 동시에 고약한 사고 다섯 건이 발생했어. 자네 어머니 집 근처에서."

"젠장." 그녀는 내뱉었다. "분명 그놈 짓이에요. 범인 40. 로드니가 했던 말 기억해요? 컨트롤러로 자동차도 조종할 수 있다고. 그가 한 짓이라고요. 여기 차를 두고 기차를 타야겠어요. 론에게 경찰을 보내 내 차를 찾아오라고 해요. 열쇠는 뒷좌석 바닥 매트 밑에 둘게요."

"그래."

인도를 사용할 것도 없이, 그녀는 다리를 따라 동쪽으로 향했다. 기차를 한 번 갈아타고 한바탕 달리기를 한 뒤 30분 만에 어머니의 타운하우스에 도착했다. 그녀는 경찰들과 구급요원들에게 고개를 끄덕이며 거실로 쏜살같이 달려 들어갔다. 그리고 멈췄다.

"엄마."

"아가."

두 여자는 포옹했다. 딸의 힘찬 손길 아래에서 어머니의 살과 뼈는 마음 아프도록 연약했다.

그러나 그녀는 무사했다.

색스는 물러서서 엄마를 훑어보았다. 로즈 색스는 창백했다. 하지만 그건 그냥 놀라서 그런 것 같았다. 범인 40으로 인해 물리적인 상해를 입지는 않았다―구급요원이 출동한 것은 심장 상태 때문이었다. 예방차원이었다.

그러나 아주 아슬아슬한 상황이었다. 로즈가 목표물이라는 것을 깨달았을 때, 라임과 수사팀은 피복을 벗긴 전선을 단서로 범인이 그녀의 집에 전기로 일종의 함정을 설치했을 가능성이 있다고 추정했다.

처음에는 어떻게 해야 할지 알 수 없었다―로즈에게 집에서 나가라고 경고하는 것 외에는. 그러나 로즈는 전화를 받지 않았고, 색스가 전화한 이웃도 집에 없었다. 범인이 로즈를 공격하기 위해 정확히 무슨 짓을 했을지 추측하고 있는데, 줄리엣 아처가 불쑥 말했다. "아멜리아가 시어터 디스트릭트에서 그 톱을 처리했던 대로 해야 해요. 전기를 끊는 거예요. 그냥 그 블록 일대의 전기를 끊자고요!"

라임은 론에게 그렇게 하라고 지시했다.

늦지는 않았지만, 아슬아슬했다. 출동한 경찰은 전기가 끊긴 순간에 로즈가 손을 대려던 회로차단기에 범인이 장난을 쳤다는 것을 알아냈다. 이제 일대의 전기는 다시 돌아왔다―색스는 주민의 민원이나 날아간 컴퓨터 데이터, 통신 같은 것은 생각하고 싶지 않았다. 불평하라지. 어머니는 목숨을 건졌다.

"이런 일이 일어나게 해서 미안해요, 엄마."

"범인이 왜 날 해치려고 한 거야?"

"날 괴롭히려고요. 이건 일종의 체스 게임같이 돼버렸어요. 한 수 놓고, 또 한 수 놓고. 자기가 엄마를 목표로 할 수도 있다는 걸 우리가 미처 상상하지 못할 거라고 생각했을 거예요. 지금 경찰이 제 집으로 모셔갈 테니까 거기 계세요. 난 여기, 범인이 침입했던 지하실을 수색해야 해요. 한동안 제가 없어도 괜찮으시겠어요?"

로즈는 딸의 손을 잡았다. 그 손가락은 조금도 떨리지 않았다. "물론 난 괜찮지. 가봐라. 그 개자식을 꼭 잡아."

색스와 그 자리에 있던 순경 한 사람이 씩 미소 지었다. 딸은 어머니를 포옹했고, 색스는 어머니를 경찰차에 태우고 감식반 차량을 기다리기 위해 밖으로 나갔다.

다시 장난감 방에 돌아왔다. 위안을 얻기 위해. 동생에게 줄 워런 스키프 작업 중이다.

까다로운 목재 티크를 사용한다. 그러므로 더욱 도전적이다. 그러므로 결과물은 더욱 자랑스러울 것이다.

켜져 있던 뉴스를 통해 나는 빨강머리의 어머니가 감전되지 않았다는 사실을 알게 되었다. 뉴스에 그 이름이 나와서가 아니라, 브루클린 그 일대가 잠시 정전되었다는 소식 때문이었다. 물론 빨강머리 쇼핑객이 한 짓이다. 그녀, 혹은 그 경찰 친구들이 내가 무슨 짓을 할지 알아차리고 플러그를 뽑은 것이다.

영리하다. 아, 그들은 정말 영리하다.

우연의 일치일 뿐 정전과 아무 상관도 없는 일련의 심각한 자동차 사고 소식이 계속 반복해서 보도되고 있다(나는 텔레비전 뉴스를 험프티 덤프티라고 부른다. 모든 뉴스가 '속보'다). 사고는 신호등이 나간 것과 아무 관계가 없었다. 아니, 사고는 순전히 나, 그리고 사랑스러운 데이터와이즈5000 덕분이다.

영리한 기자들이 요즘 가장 인기 있는 범행 대상, 스마트 컨트롤러를 입에 올리지 않는 것이 놀랍다.

나는 이 탈출계획에 확신이 없었다. 차를 해킹해 본 적은 없기 때문이었다. 토드가 방법을 가르쳐줬지만, 그때는 내 임무에 도움이 되지 않았다. 나는 차량의 클라우드 시스템이 단순히 진단용일 거라고 생각했다―혹은 열쇠를 잃었을 때 시동을 걸고 싶으면 자동차 회사가 제공하는 800번에 전화해서 신고하고 비밀번호를 알린다. 그러면 원격으로 시동을 걸고 핸들 잠금장치도 풀어주는 정도. 하지만, 아니, 아니었다. 정말 멋진 온갖 일들을 할 수 있었다. 크루즈 컨트롤. 브레이크.

문제는 브루클린의 어떤 차에 데이터와이즈가 설치되었는지 알 길이 없다는 점이었다. 아주 많을 수도 있고, 몇 대 안 될 수도 있었다.

알고 보니 소수였다. 나는 로즈의 타운하우스에서 빠르게 걸음을 옮기며 사이렌 소리를 듣고 날 잡으러 오는 손님들일 수도 있다고 생각했다. 그래서 자동차 컨트롤러 소프트웨어를 실행시켰다. 없었다. 없었다. 없었다.

그러다 마침내 찾았다. 내가 있던 지점으로부터 한 블록 정도 떨어진 곳에서 자동차 엔진이 고속으로 회전하는 굉음이 들리더니, 10초후 어마어마한 충돌음이 메아리쳤다.

도로는 즉각 막히기 시작했다.

멋지다. 그 기억을 떠올리니 입가에 미소가 떠오른다.

몇 블록 더 떨어진 곳에서 다른 소리가 들렸다. 문자 그래도 부딪히는 소리! 사랑스러운 추돌사고였다. 내가 블록 중간쯤에서 차 한 대를 세운 것이다. 일본 수입차 한 대와 시멘트 트럭 한 대. 누가 이겼을까?

5백 미터 동쪽에서, 하나 더.

몇 분 동안 아무 일도 없었지만, 마침내 브루클린 퀸스 익스프레스웨이에서 하나 더. 나중에 들어보니 긴 리무진이었다.

자. 나는 멋진 신기술을 배웠다. 빨강머리가 그런 오래된 차를 몬다는 건 유감이다. 자동차 사고로 뼈를 부숴준다면 그녀에게 잘 어울릴 텐데. 흠, 내 친구에게는 다른 선택의 여지가 있겠지.

이제 루페를 통해 워런 스키프를 관찰한다. 배는 완성되었다. 꼼꼼하게 포장한다. 그리고 옆에 놓아둔다. 나는 일기로 되돌아가서 녹취를 시작한다.

졸업파티. 프랭크와 샘과 나의 파티.

40명 정도 참석했을 것이다. 운동선수들, 대부분 괜찮다. 몇 명은 '저 애?'라는 눈으로 나를 보았지만 대체로 아무도 쳐다보지 않는다. 아무도 소곤거리지 않는다.

나는 음악을 틀었고—무엇을 틀지, 사람들이 뭘 좋아할지 생각하느라 오래 걸렸다— 샘이 이쪽으로 오라고 불렀다. 거실인가 서재인가에 캐런 드위트가 있었다. 그녀는 나를 보고 미소 지었다. 예전에 본 적이 있었다. 2학년, 예쁘고 말랐지만 나처럼 마르지는 않았다. 코가 컸지만, 내가 뭐라고 그런 걸 흉보나? 거실은 어두웠고, 그녀는 내 어깨와 팔을 만지기 시작했다. 이게 뭐지? 물론 그게 뭔지는 나도 알고 있지만, 학급 남자애들 절반은 여자애와 잤어도, 내게 그런 일이 일어날 줄은 꿈에도 생각하지 못했다.

그녀는 내 바지 지퍼를 열고 입으로 그 짓을 했다.

다른 사람들이 거실로 들어오자 캐런은 나가자, 저기 침실이 있다고 했다. 화장실에 갔다 올 테니 좀 있다 거기서 만나서 하자. 나는 잠깐 기다렸고, 그녀는 나를 방으로 불렀다. 어두웠고, 그녀는 옷을 벗은 채 침대 위에 허리를 굽히고 있었고, 나는 시작했다. 그녀 안으로 들어가서, 끝냈다.

한데 아니, 아니. 불이 켜졌다. 샘과 프랭크, 캐런이 있었다. 한데 침대에 있던 건 캐런이 아니었다. 침대에 허리를 굽히고 있던 건 신디 핸슨이었다. 정신을 잃은 상태였고, 입 주변 시트는 침이 흘러 축축했다.

샘은 나와 신디의 사진을 폴라로이드로 찍고 있었다. 전부 다―약에 취해 잠든 그녀의 얼굴, 내 말라깽이 몸, 그리고 내 물건. 다른 사람들도 거기 있었다. 배를 붙잡고 웃으면서.

나는 옷가지를 집어 들고 다시 걸치며 울었다. "뭐하는 거야? 뭐하는 거야? 뭐하는 거야?"

프랭크와 샘은 사진을 들여다보며 어느 때보다 떠나가라 웃고 있었다. 그중 하나가 말했다. 이봐, 넌 타고난 포르노 배우야, 이 말라깽이!

프랭크는 계속 웃으며 신디의 머리채를 잡아 고개를 들어올렸다. "너도 좋았지, 이 년아?"

그때 나는 깨달았다. 한 달 전 신디의 집에서 나오던 그들이 떠올랐다. 내 비밀의 길을 통해 집으로 가던 도중 그들을 처음으로 만나 이야기하던 날. 신디가 그들에게 싫다고 한 것이다. 섹스 안 한다, 빨아주지도 않겠다, 집에서 나가라. 그런 이야기.

그때 그들은 이걸 생각해 낸 것이다. 나를 본 순간, 신디 핸슨에게 복수할 방법을.

'멋지다'는 거짓이었다. 외계인 탐색 놀이도 거짓이었다. 파티에서 음악 틀어달라는 것도 거짓이었다.

그 모든 것이 거짓이었다.

46

아멜리아 색스는 거실로 들어가서 어머니의 타운하우스에서 모아온 증거물 상자를 내려놓은 뒤 곧장 줄리엣 아처에게 향했다. 그리고 놀란 아처를 스톰애로 팔걸이에 묶어놓은 손목이 거의 빠질 정도로 세게 끌어안았다.

"난...." 아처는 입을 열었다.

"고마워요. 당신이 우리 엄마를 살렸어요."

"모두 같이한 일이에요."

"하지만." 라임이 말했다. "정전 전략을 생각해 낸 건 그녀였어."

"어떻게 감사해야 할지 모르겠어요."

그녀는 라임이 할 수 있는 것과 비슷하게 어깨를 으쓱했다.

색스는 인턴에게서 라임에게로 시선을 옮겼다. "당신 둘은 좋은 팀이에요."

감상적인 표현, 혹은 수사에 관련이 없는 정보에는 참을성이 거의 없는 라임은 멜 쿠퍼에게 물었다. "새로 들어온 정보는?" 쿠퍼는 교통과의 누군가와 통화를 한 뒤 전화를 막 끊은 참이었다.

인명피해는 없었다. 가장 위험했던 것은 한 외과의사의 세단이 도요타를 들이받고 연료탱크에 금이 간 사고였다. 그와 상대 운전자는 연료를 뒤집어썼지만, 차가 불타기 전에 행인이 두 사람을 끌어냈다 (안전을 보장하기 위해서 의사는 도로 한복판에서 기름에 젖은 옷을 훌훌 벗어던졌다).

하지만 대여섯 명이 중상을 입었다.

라임은 사고에 대해 묻기 위해 로드니 자넥에게 전화했다. "신호를 추적할 방법은 없나?"

컴퓨터 경찰은 기지국, 공공 와이파이, VPN에 대해 한참 설명했다.

"로드니."

"죄송합니다. 방법은 없어요."

그는 전화를 끊었다. "무슨 놈의 무기가." 색스는 라임과 아처에게 말했다.

셀리토가 다운타운에서 전화해서 수사팀의 모두가―가족구성원을 포함해서―이제 경찰보호를 받게 되었다고 알렸다. "UAC 우선순위야."

라임은 뉴욕시 최신 경찰 약어는 포기한 지 오래였다. "그건 뭐지?"

"개새끼가 잡힐 때까지Until the Asshole is Caught 계속된다는 뜻이지." 셀리토가 말했다.

아처는 웃었다.

색스와 쿠퍼는 그녀가 어머니의 집에서 가져온 증거물을 풀기 시작했다—정원, 집 자체, 깡마른 인부가 휴식 시간에 커피를 마시며 신문을 보고 있었다는 목격자 증언이 있었던 길 건너 계단.

라임은 거실을 둘러보았다. "신참은 어디 있지? 또 그 다른 사건?"

"맞아요." 색스는 고개를 끄덕였다. 하지만 더 이상 이야기하지 않았다.

"누가 이 구티에레스란 놈을 찾아서 그냥 쏴버리고 와."

무슨 이유에서인지 색스는 이 말에 웃었다. 라임은 우습지 않았다.

색스는 증거물을 하나씩 열거했다. "많지 않아요. 전선, 차단기 문에 붙어 있던 전기용 테이프. 범인은 전등에 이걸 설치했어요." 그녀는 작은 전기회로판이 들어 있는 비닐봉투를 들어 보였다. "범인이 스위치를 누르자, 전등의 전선 두 개가 합선되면서 차단기가 내려갔어요. 엄마를 아래층 차단기로 유인하려는 목적이었죠. 현장의 미량 증거물. 물론 나와 엄마의 지문이나 머리카락 말고는 아무것도 없어요. 섬유 약간. 그는 살색 면장갑을 끼고 있었어요."

"이전 현장에서는 구리 조각이 나왔는데, 이번에는 실제 전선이 나왔군요."

미국 전선 규격 기준에 따르면 8게이지, 지름 0.128인치였다.

라임이 말했다. "상당히 고압전류에 쓸 수 있어. 뭐지, 멜? 40암페어?"

"맞습니다. 섭씨 60도에서."

"제조사는?"

쿠퍼는 이니셜을 확인했다. "헨드릭스 케이블. 인기 있는 브랜드입니다. 많은 곳에서 판매합니다."

라임은 코웃음을 쳤다. "범인들은 왜 특색 있는 전문점에서 쇼핑하지 않고... 그리고 면도날 칼로 피복을 벗겼겠지?"

"맞습니다."

"전기용 테이프는?"

"질은 좋은 것 같습니다." 쿠퍼는 쇠바늘 탐침으로 테이프를 찔러 보았다. "좋은 접착제입니다. 강력해요. 값싼 테이프는 접착제가 고르게 깔려 있지 않고 얇습니다."

"조금 태워봐. 브랜드명을 알아낼 수 있는지."

가스 크로마토그래프가 마법을 부린 뒤, 쿠퍼는 결과를 읽고 방 안의 모니터에 띄웠다.

아처가 말했다. "일반적인 것 같네요. 모든 절연테이프 브랜드에서 다 나오는 성분 아닌가요?"

"양." 라임이 말했다. "양이 문제야."

쿠퍼는 계속 설명했다. "이 성분 각각의 분량을 데이터베이스에 검색하고 있습니다. 몇 마이크로그램 차이가 중요해요. 해답은... 아, 여기 나왔습니다. 이 중 하나예요."

화면에 떴다.

- 러들럼 테이프와 접착제
- 코노코 공업용 제품
- 해머스미스 접착제

"좋아. 좋아." 라임은 중얼거렸다.

색스는 아까 들어 보인 봉투를 검토하고 있었다. 로즈의 전등을 합선시킨 원격 계전기였다. 쿠퍼는 장치를 저배율 현미경 재물대 위에 올렸고, 그들은 다 함께 화면을 바라보았다. "이건 안테나입니다." 그는 가리켰다. "신호가 들어오면 여기 스위치가 닫힙니다. 기성품 스위치는 아니군요. 다른 물건의 부속품입니다. 보이죠? 바닥? 회로 반에서 떼어냈어요. 코드 번호가 적혀 있습니다." 쿠퍼가 말했다. 라임은 읽을 수가 없었다.

쿠퍼는 모니터에 시선을 집중하고 터치 키보드를 빠르게 건드렸다. 잠시 후 그들은 다시 스크린을 돌아보았다.

"홈세이프 프로덕츠 아틀라스 차고 문 개폐기, 원격 모델. 50미터 떨어진 곳에서 문을 열 수 있습니다. 범인은 여기서 스위치를 빼내고 나머지를 버린 것 같습니다."

남은 미량증거물은 호두나무 톱밥, 로즈의 타운하우스에서 나온 유리조각, 이전 현장에 있었던 접착제 등이었지만, 더 이상 새로운 건 없었다.

"전부 다 보드에 적어."

범죄 현장: 4218 마틴 스트리트, 브루클린

- 범죄: 폭행 미수
- 용의자: 범인 40
- 피해자: 로즈 색스, 다친 곳은 없음
- 공격도구: 두꺼비집을 조작해서 감전
- 증거물
  - 지문, DNA 없음.

- 헨드릭스 케이블 절연재.

- 이전 현장에 있었던 접착제.

- 호두나무 톱밥.

- 이전 현장에 있었던 유리조각(이 장소).

- 범인은 살색 면장갑을 사용했다.

- 절연테이프 브랜드는 다음 중 하나.

  # 러들럼 테이프와 접착제

  # 코노코 공업용 제품

  # 해머스미스 접착제

- 홈세이프 프로덕츠 아틀라스 차고 문 개폐기.

"모두 일반적인 제품, 멜?" 라임이 물었다.

"네. 일대 백여 곳의 가게에서 팔립니다. 별로 도움이 안 되는군요."

두 사람의 목소리가 동시에 울렸다. "당신 어머니의 타운하우스에 대한 공격은 즉흥적인 공격이었어, 색스." 동시에 아처가 말했다. "하지만 범인은 당신 어머니에 대한 공격을 미리 계획하지 않았어요, 아멜리아."

라임은 두 사람의 생각이 이번에도 서로 겹친 데 대해 웃었다. 그는 색스에게 설명했다. "다른 모든 피해자에 대한 공격은 모두 미리 계획된 것들이었어. 하지만 이번에는 마지막 순간에 결정을 내렸지. 당신이 얼마나 끈질긴지, 자신에게 얼마나 위협이 될지 미처 몰랐을 거야. 이건 무슨 뜻인가 하면, 범인은 테이프와 전선, 유리, 유리 접착제, 차고 문 개폐기를 비슷한 시기에 샀을 거라는 얘기야. 아마도 그

중 몇 개, 혹은 전부 다 같은 장소에서. 며칠, 몇 주에 걸쳐 따로 사는 게 더 안전하겠지만, 그는 선택의 여지가 없었어. 당신을 저지해야 했으니까."

아처는 차트를 바라보았다. "다운타운에서 사용했던 가솔린 폭탄 부품일 수도 있어요. 토드 윌리엄스의 사무실을 파괴한."

"그럴 수도 있겠지." 라임이 말했다. "차고 문 개폐기부터 시작하지? 색스?" 그는 그녀에게 말하고 있었다.

"뭘 시작해요?" 색스는 문자 메시지를 읽느라 정신이 팔려 있었다.

"차고 문 개폐기. 소매점 명단을 구해서 저 물건들을 거기서 산 사람을 기억하는지 탐문해." 라임은 덧붙였다. "퀸스부터 시작해. 거기서 수사를 확대하자고."

색스는 특수반에 전화해서 탐문팀을 조직했다. 그 뒤 전화를 끊고 범인 40이 산 물건의 목록을 이메일로 보냈다. 라임은 그녀가 잠시 창 밖을 내다보는 것을 보았다. 그녀는 문득 돌아서서 그의 곁으로 다가왔다.

"라임, 시간 좀 있어요?"

두 사람 사이의 쓸데없는 표현이었다. 그냥 이렇게 말해도 되지 않나? 이야기하고 싶어요. 사람들을 좀 내보내죠. 그러나 물론 라임은 고개를 끄덕였다. "좋아."

그는 휠체어를 몰고 그녀에게 다가왔고, 그들은 같이 복도 건너편 거실로 들어갔다. 색스는 한동안 침묵을 지켰다. 라임은 그녀를 잘 알고 있었다. 누군가가 연인인 동시에 업무상 파트너라면, 그 정신세계 안에서 오래 숨길 수 있는 부분은 거의 없다. 색스는 상황을 과장하려는 게 아니었다. 용의자의 형량을 가장 정확하게 결정짓기 위해 체포 당시 소지하고 있던 마약의 양을 재듯이, 그녀는 자신이 전하고 싶은 내용을 어떻게 표현해야 할지 가늠하고 있었다. 어떤 문제에 대해서 색스는 분명 충동적이었다. 하지만 정말 중요한 일에 관해서는 항상 깊게 숙고하는 사람이었다.

그녀는 한숨을 쉬고 돌아섰다. 그리고 앉았다. "당신에게 해야 할 말이 있어요."

"그래, 해봐."

"며칠 전에 했어야 했는데. 안 했어요. 왜 안 했는지 모르겠는데. 닉이 나왔어요."

"카렐리? 당신 친구."

"내 친구. 맞아요. 감옥에서 출소했어요. 날 찾아왔더군요."

"그는 괜찮고?"

"좋아요. 육체적으로. 안에 들어가 있으면 사람이 더 많이 바뀔 줄 알았는데." 색스는 어깨를 으쓱했다. 라임이 볼 때 그녀가 상황을 이렇게 만들고 싶지 않았다는 건 분명했다. "당신한테 말할까 말까 고민했던 게 있어요. 말을 안 했죠. 하지만 이제 해야 해요."

"그게 서론인가, 색스? 계속해 봐."

PART 6

...메이드

일요일

Sunday

47

오전 11시.

로즈 색스를 노리는 즉흥무기를 만들기 위해 범인이 구매한 내역을 수사하던 탐문팀이 한 가지 단서를 찾았다.

시간이 너무 오래 걸려 라임은 갑갑하기 그지없었지만 생각해 보면 차고 문 개폐기와 기타 구매내역을 알아낸 것이 간밤이었다. 대부분의 하드웨어 가게가 문을 닫은 시각이었다. 오늘 일요일 아침에도 문을 연 곳은 거의 없었다.

"빌어먹을 블루법blue law(주일에 상업활동을 금하는 청교도적 법률-역자)." 라임은 내뱉었다.

구티에레스 사건에서 여유가 좀 생겼는지 수사팀에 합류한 론 풀라스키가 말했다. "일요일에 하드웨어 가게가 늦게 문을 열어야 한다는 법을 청교도들이 밀어붙인 것 같지는 않습니다, 링컨. 판매상들이 일주일에 하루 정도는 늦잠을 자고 싶은 것 같은데요.”

“아니, 내가 해답이 필요한 때 늦잠을 자면 곤란하지 않느냐 말이야.”

그때 색스는 탐문팀의 한 경찰로부터 전화를 받았다. 그녀는 귀를 기울이며 허리를 약간 폈다. “스피커로 돌리지.”

딸칵. “네. 여보세요? 짐 캐버너입니다. 특수반 지원입니다.”

“경관.” 라임이 말했다. “나는 링컨 라임이야.”

“색스 형사에게 이 사건 수사를 하신다고 들었습니다. 영광입니다.”

“좋아. 그래, 뭘 찾았지?”

“스태튼 아일랜드의 한 가게인데요.”

그럼 퀸스는 아니다. 아처가 라임에게 삐딱한 미소를 보냈다.

의문부호 두 개....

“지배인 말로는 범인과 인상착의가 일치하는 한 남자가 이틀 전 찾아와서 10미터, 혹은 그 이상 떨어진 거리에서 작동하는 차고 문 개폐기를 찾았답니다. 유리, 유리 접착제, 절연테이프, 전선도 샀습니다. 모두 말씀하신 제품과 일치합니다.”

제발.... 라임은 물었다. “신용카드로?”

“현금입니다.”

당연하지.

“지배인이 그 사람에 대해 알고 있는 다른 정보가 있나? 이름, 사는 곳?”

“그건 아닙니다만, 몇 가지 아는 게 있습니다, 경감님.”

“링컨이라고 불러. 계속해.”

“범인은 가게에서 판매하는 공구 몇 가지를 보고 이런저런 질문을 했답니다. 특수 공구요. 수공하는 사람들이 사용하는 종류랍니다."

색스가 물었다. "수공? 어떤 종류의 수공?"

"취미요. 모델 비행기, 그런 거. 면도날 칼과 톱, 아주 작은 사포. 미니어처 클램프 한 세트도 샀습니다. 그런 걸 찾고 있었다면서요. 자기가 자주 드나드는 가게에 없더랍니다."

"좋아. '자주 드나드는'이라는 표현이 마음에 드는군. 단골이라는 뜻이지. 이름을 언급했나?"

"아뇨. 그냥 퀸스에 있다고 했습니다."

라임은 소리쳤다. "퀸스에 있는 모든 수공예 가게 목록을 누가 찾아줘. 빨리!"

"고마워, 경관." 색스는 전화를 끊었다.

잠시 후 가장 큰 모니터에 지도가 떴다. 퀸스 자치구 안에 가게 열여섯 곳이 표시되어 있었다.

"어느 거지?" 라임은 중얼거렸다.

색스가 그의 의자 등받이에 손을 짚고 몸을 앞으로 내밀었다. 손으로 가리켰다. "저거요."

"어떻게 알지?"

"범인이 쇼핑을 마치고 항상 점심을 먹으러 가던 퀸스 화이트캐슬 근처 전철역에서 세 정거장 떨어진 곳이니까요."

크래프트4는 이름에 걸맞지 않은 가게였다.

실도, 화훼용 플로럴 폼도, 먹어도 되는 물감도 없었다.

하지만 모델 배나 우주선, 인형의 집 가구를 만들려면, 여기야말로 백화점이었다.

페인트와 나무, 클렌저 냄새로 가득 찬 가게에는 선반마다 공구와 재료가 빼곡했다. 아멜리아 색스는 이렇게 많은 드레멜 공구와 발사 나무를 한 장소에서 본 적이 없었다. 스타워즈 캐릭터, 생물체, 우주선이 아주 많았다. 스타트렉도 마찬가지였다.

그녀는 괴짜 취미 전문점 점원이라기보다 운동선수처럼 생긴 카운터 뒤의 젊은 청년에게 금배지를 보여주었다.

"네?" 하지만 그의 목소리는 갈라졌다.

그녀는 범죄와 관련해서 심문할 고객을 찾고 있다고 설명했다. 범인의 인상착의를 알려주고 최근 마호가니, 호두나무, 본드스트롱, 브레이든 리치코트 광택제를 산 사람이 있는지 물었다. 수공예 공구도.

"영리할 겁니다. 말투도 조리 있고요." 범인은 소비자중심주의에 대한 헛소리 속에서 지능을 숨기려고 노력했다.

"음, 글쎄요." 점원은 침을 삼키고 말을 이었다. "한 사람 생각나는데요. 한데 그는 조용하고 예의 바릅니다. 그가 무슨 나쁜 짓을 했다고 상상할 수는 없는데요."

"이름이 뭐죠?"

"성은 모릅니다. 버넌."

"인상착의는 맞나요?"

"키가 크고 말랐어요. 약간 특이하게."

"신용카드 영수증은?"

"늘 현금으로 계산합니다."

"그가 어디 사는지 혹시 아나요?"

"맨해튼, 아마 첼시일 겁니다. 한번 언급한 적이 있어요."

"얼마나 자주 찾아오나요?"

"2주에 한 번."

"특별 주문용으로 남긴 전화번호는 없나요?"

"아뇨, 죄송합니다... 그리고 보니 약간 편집증이 있는 것 같긴 했어요. 너무 많은 걸 알려주지 않으려는."

색스는 그에게 명함을 건네고 버넌이 다시 오면 전화해 달라고 부탁했다. 더 이상 911은 거치고 싶지 않았다. 그녀는 '당신만의 제다이를 만들어 보세요' 전시를 들여다보고 있는 아버지와 아들 옆을 지나 가게를 나섰다. 그리고 여기까지 타고 온 경찰 표시 없는 차 조수석에 올라탔다. 이 지구대 소속의 매력적인 라틴계 형사가 물었다. "성공했나요?"

"그렇기도 하고, 아니기도 하고. 범인의 이름은 버넌. 성은 몰라요. 혹시 그가 돌아올 수도 있으니 당신은 여기 계속 있어요. 점원이 너무 긴장해서 범인이 그를 보기만 해도 무슨 일이 있다는 걸 눈치챌 것 같아요."

"그러죠, 아멜리아."

이어 색스는 첼시처럼 비교적 넓은 동네에서 주소 하나를 어떻게 알아내야 할지 생각했다. 그녀는 형사의 컴퓨터를 돌려 부동산 데이터베이스를 검색했다. 첼시에 부동산을 소유한 버넌이라는 사람은 없었고, 등기부에 같은 이름을 지닌 사람 둘은 범인보다 훨씬 나이가 많고 기혼자였다. 이런 종류의 범인이 결혼했을 가능성은 극도로 희박해 보였다. 그러니 점원이 알려준 이름이 정확하더라도, 범인은 렌트를 하고 있을 것이다.

한 가지 생각이 떠올랐다. 그녀는 첼시에서 최근 발생한 범죄 통계를 살펴보았다. 흥미로운 사실이 있었다. 바로 어제, 웨스트22번가에서 신고가 들어온 살인사건이 한 건 있었다. 인쇄소 직원 에드윈 보일이 살해당하고, 시체는 근처 버려진 창고 공구함 안에 버려져 있었다. 지갑과 현금은 그대로 지닌 채였다. 없어진 것은 전화뿐이었다. 사인은 둔기로 인한 외상이었다.

색스는 법의국에 전화해서 곧장 법의관을 연결했다. 그녀는 이름을 밝혔다.

"안녕하세요, 형사님." 여자 법의관이 말했다. "뭐가 필요하신가요?"

"그 살인사건 말인데요. 보일? 어제 첼시. 혹시 둔기에 대해 정보가 있나요? 무기 종류라든지?"

"잠시만 기다리세요. 확인해 볼게요. 제가 검시한 사건이 아니라서요." 잠시 후 목소리가 되돌아왔다. "여기 가져왔어요. 재미있네요. 얼마 전 우리가 처리했던 다른 건과 비슷해요. 그리 자주 볼 수 없는 거죠."

색스가 말했다. "살인무기가 둥근머리 망치다?"

법의관은 웃었다. "셜록 홈스네요. 어떻게 아셨어요?"

"확실하지 않습니다, 형사님. 침실 창문에 셔터가 내려져 있습니다. 금속이 분명합니다. 안을 읽을 수 없습니다."

목표 아파트에서 약간 떨어진 도로변에 주차한 긴급기동대 차량 근처에서, 아멜리아 색스는 헤드폰 마우스피스에 대고 대답했다. "새어나오는 빛은 없나?"

반대편 건물 지붕에 위치한 수색대원은 웨스트22번가 2층 침실 두 개짜리 아파트를 정교한 장비로 겨냥하고 있었다. "아니요, 형사님. 열 반응도 없습니다. 하지만 셔터가 내려져 있기 때문에, 안에서 촛불을 켜놓고 시가를 피우며 카드게임을 하고 있다고 해도 모를 겁니다."

"알겠다."

범인은 더 이상 신원 미상이 아니었다. 이제 그는 신원이 밝혀진 검거 대상이었다.

버넌 그리피스, 35세, 뉴욕 주민. 롱아일랜드의 집을 상속받아서 얼마 전에 매매. 첼시 아파트를 렌트해서 일 년째 사는 중. 학교에서 싸운 소년범죄 기록이 있지만, 성인범 전과기록은 없다. 묘하게도 며칠 전부터 인류의 수호자로서 소비재를 이용하여 선량한 뉴욕 시민들을 살해하기까지는 사회운동 기록도 전혀 없었다.

아직 알 수 없는 이유로 몇 블록 떨어진 곳에서 그리피스에게 망치에 맞아죽은 에드윈 보일은 그의 이웃이었다. 토드 윌리엄스와 같은 우아하지 못한 방식이었다.

"포위했다. 블록 전체를."

뉴욕시경 긴급기동대장—뉴욕시의 SWAT팀—보 하우먼의 목소리였다. 주름 가득한 얼굴, 희끗희끗한 머리, 날렵한 몸매를 지닌 하우먼과 색스는 랩톱으로 아파트 건물 평면도를 들여다보았다. 건축과에서 확보한 평면도였고 10년 정도 된 낡은 기록이었지만, 뉴욕시 아파트는 대형 내부 보수공사를 거의 하지 않는다. 집 주인이 비용을 대는 경우가 없다. 건물을 공동주택이나 콘도로 개조해서 큰돈을 벌겠다고 작정할 때나 구조를 개선한다고 수표책을 꺼내든다.

"선택의 여지가 별로 없어." 하우먼이 말했다. 그리피스를 체포하기 위한 진입작전에는 결국 단 하나의 전략밖에 없다는 뜻이었다. 건물 입구는 22번가 쪽으로 하나, 뒤쪽 골목으로 뒷문이 하나 있었다. 그리피스의 아파트 자체도 출입구는 하나, 들어가면 곧장 거실이었다. 입구 맞은편에 침실 두 개, 오른쪽에 작은 부엌이 있었다.

하우먼은 경찰 여섯 명을 불렀다. 색스와 마찬가지로 작전복 차림이었다 — 헬멧, 장갑, 케블라 조끼.

그는 컴퓨터 화면을 두드리며 말했다. "뒷문에 아군 셋. 4인 1조가 범인의 아파트 현관으로 진입한다."

"내가 그 조에서 들어가죠."

"현관으로 4인 1조. 한 사람은 문을 부수고, 다른 세 사람이 차례로 들어간다. 하나는 오른쪽, 하나는 왼쪽, 하나는 엄호하면서 중앙."

그들이 사용할 무기는 오사마 빈 라덴을 제거하는 데 사용된 것과 같은 것이었다. H&K 416. 이 모델은 D14.5RS 카빈으로서, 숫자는 총열의 인치 단위 길이다.

기동대원은 보스가 사무실 새 휴식시간 정책이라도 발표하는 듯 시큰둥하게 들었다. 그들에게는 이 모든 것이 일상적인 업무였다. 하지만 색스는 주의를 집중하고 있었다. 완전히 순간에 몰입한 채로. 현장감식 업무는 능숙하다 — 그녀는 증거물을 살아 숨 쉬게 하는 두뇌 게임을 즐겼다. 하지만 진입작전만 한 것은 없다. 그것은 그녀가 경험한 그 어떤 것보다 강렬한 마약이었다.

"가지." 그녀가 말했다.

하우먼은 허가의 뜻으로 고개를 끄덕였고, 진입팀은 대열을 형성했다.

5분 뒤 그들은 행인들에게 대피하라는 뜻으로 손짓하며 보도를 달리고 있었다. 한 경찰이 건물 현관문을 나사모양 열쇠 따는 기구로 능숙하게 열었고, 색스와 일행은 안으로 들어갔다. 로비를 지나고, 복도를 지나고, 그리피스의 아파트로 향했다.

색스는 수신호로 팀을 빠르게 정지시켰다. 용의자의 문 위에 달린 비디오카메라를 가리켰다. 경찰 네 명 전부 렌즈에 잡히지 않도록 뒤로 물러났다.

무전기. "팀 B, 골목에 대기 중이다. 확인 끝."

"알겠다." 날씬하고 피부가 검은 A팀의 지휘자 헬러가 말했다. 그는 색스 옆에 서 있었다. "범인의 현관문 위에 카메라가 달려 있다. 빠르게 진입하겠다." 대화는 최신형 헤드셋과 마이크를 통해 속삭이는 목소리로 오갔다.

일반적으로는 고무 밑창이 달린 부츠를 신고 소리 없이 올라간 뒤 문 밑으로 케이블이 달린 초소형 카메라를 넣어서 안을 확인하는 동안, 문을 부수는 역할을 맡은 경찰은 잠시 기다리게 된다. 그러나 지금—범인이 이쪽을 관찰하고 있을 가능성이 있는 상황—은 그냥 문으로 달려가서 빠르게 진입하는 수밖에 없다.

헬러는 색스를 가리키고 오른쪽을 가리켰다. 이어 다른 경찰을 가리키고 엄지로 왼쪽을 가리켰다. 다음으로 자신을 가리키고 신도를 축복하는 사제처럼 손을 위아래로 움직였다. 자신이 중앙을 맡는다는 뜻이었다.

색스는 숨을 몰아쉬며 고개를 끄덕였다.

문을 부수는 경찰이 캔버스 가방에서 배터링램을 들어올렸다—1.2미터 길이의 철근이었다. 헬러가 고개를 끄덕이자, 네 사람은 일제히 그리피스의 아파트로 달렸다. 앞장 선 경찰이 철근으로 문손잡이와 잠금장치를 쾅 쳤고, 문은 안으로 부서졌다. 그는 뒤로 물러서며 H&K를 풀었다.

다른 세 경찰이 안으로 들어섰고, 색스와 왼쪽을 맡은 경찰은 좌우로 갈라지며 휑한 실내를 총으로 겨눴다.

"부엌 확인 끝!"

"거실 확인 끝!"

왼쪽 침실 문은 약간 열려 있었다. 헬러와 다른 경찰이 다가가고 색스가 엄호했다. 그들은 작은 방으로 들어갔다. 헬러가 외쳤다. "왼쪽 침실 확인 끝."

그들은 돌아와 앞쪽 침실의 닫힌 문으로 접근했다. 문에는 숫자식 자물쇠와 데드볼트 자물쇠가 달려 있었다.

헬러가 말했다. "수색팀이다. 앞쪽 침실은 잠겨 있다. 지금 진입한다. 누가 안에 있나?"

"아직 알 수 없습니다. 너무 잘 차단되어 있습니다."

"알았다."

헬러는 숫자식 자물쇠 손잡이를 바라보았다. 시끄럽게 아파트에 진입한 뒤라 이제 놀랄 일은 없었다. 헬러는 문을 두드렸다. "뉴욕시경이다. 누가 있나?"

아무 반응이 없었다.

다시 두드렸다.

그는 카메라를 가진 경찰에게 손짓했다. 카메라를 문 아래로 넣으려고 해보았지만, 틈이 너무 좁았다. 장비가 들어가지 않았다.

이쪽 문은 더 좁았다. 한 번에 한 사람만 들어갈 수 있었다. 헬러는 자신을 가리키고 한 손가락을 세워 보였다. 색스를 가리키고, 두 손가락. 다른 경찰을 가리키고, 세 손가락. 이어 그는 문 부수는 경찰에게 손짓했다. 망치를 든 덩치 큰 경찰이 앞으로 나섰고, 그들은 아파트 진입의 마지막 단계에 돌입했다.

48

이상하다.

방금 일기에 쓰고 있었는데.

최악의 날.

그건 과거 이야기였다. 그날. 그러나 오늘도 그 못지않게 안 좋다.

하지만 최악은 아니다. 나는 체포당하지도 않았고, 빨강머리와 쇼핑객들에게 총에 맞아 죽지도 않았다.

하지만 아주 안 좋다. 인류의 수호자 노릇을 영원히 할 수 없다는 것은 알고 있었다. 하지만 무사히 도시를 빠져나가 익명으로 남을 수 있을 줄 알았다. 내 인생을 계속 살 수 있을 거라고. 한데 그들은 이제 내 이름을 알고 있다

나는 수트케이스 두 개를 밀고, 가장 중요한 소지품이 들어 있는 배낭을 메고 있다. 미니어처 몇 개. 일기장. 사진 얼마간. 옷가지(내

사이즈는 찾기 힘들다). 내 망치, 내 멋진 일제 면도날 톱. 그 외 다른 물건 몇 가지.

운이 좋았다. 운이 좋았어.

겨우 30분 전. 첼시의 집에 돌아와 있었다. 쇼핑객을 방문해서 화상을 입혀줄 다음 일정에 대해 생각하고 있는데, 전화가 걸려왔다.

"버넌, 들어봐." 크래프트4 에브리원에서 일하는 점원의 갈라지는 목소리였다.

"무슨 일이야?" 나는 물었다. 분명 뭔가 잘못됐다.

"들어봐. 경찰이 방금 여기 왔어."

"경찰?"

"당신이 산 물건에 대해 물었어. 그들은 당신 이름이 적힌 쪽지를 발견했어. 난 아무 말도 안 했어."

거짓말이다. 내 이름이 적힌 쪽지가 있을 턱이 없다. 그는 날 팔아넘겼다.

"당신 성은 아직 못 알아냈어, 하지만."

하지만, 그래.

"고마워." 나는 전화를 끊고 짐을 싸기 시작했다. 빨리 떠나야 한다. 공예가게 점원은 아주 고통스럽게 죽을 것이다. 그도 결국 쇼핑객이다. 나는 친구라고 생각했는데. 하지만 지금은 그 걱정을 할 시간이 없다.

나는 짐을 다 싸고 곧 여기 당도할 빨강머리와 쇼핑객을 위한 깜짝 선물을 장치했다.

이제 고개를 숙이고, 꺽다리 키를 숨기기 위해 구부정한 자세로, 나는 방금 포트오소리티에 도착해서 호스텔을 찾고 있는 핀란드 관광객처럼 커다란 수트케이스 두 개를 밀고 다운타운으로 향하고 있다. 이제 그런 곳을, 호스텔이 아니라 싸구려 호텔을 찾아서 안으로 들어간다. 숙박료에 대해 질문하고, 데스크 직원이 물러나자 급사에게 오늘 저녁 비행기를 타야 한다고 말하고 짐을 맡긴다. 그는 내 설명보다 5달러 지폐에 관심이 더 많다. 나는 배낭만 메고 다시 호텔을 나선다.

20분 뒤 나는 목적지에 도착한다. 내 집과 비슷한 아파트, 서글프다. 첼시의 내 자궁, 내 물고기, 내 장난감 방. 모두 사라졌다. 모든 것이 망가졌다. 내 인생 전체가... 빨강머리 짓이다. 나는 분노로 몸을 떤다. 최소한 장난감 방에 들어간 자들은 기분 좋은 깜짝 선물 세례를 받을 것이다. 빨강머리가 가장 먼저 들어가길 바란다.

나는 지저분한 흰색 건물 정면을 잠시 올려다보다 주위를 돌아본다. 나를 눈여겨보는 사람은 없다. 나는 인터폰 버튼을 누른다.

건물 관리인 샐이 자기 지하실 방에서 화장실 문제로 자기 집 배관을 고치고 있는데, 위층에서 쿵 소리가 들렸다.

이어 슬그럭, 슬그럭.

슬그럭 소리가 정확히 어떤 소리인지는 알 수 없었다―공포영화에 나오는 커다란 게 같은 괴물? 누군가 네 발로 기어 거미에게서 도망치는 소리? 알 수 없다. 하지만 그의 머리에 떠오른 것은 바로 그 단어였다. 그는 다시 물탱크 안의 볼 코크에 달린 체인을 고치기 시작했고, 제 자리에 맞춰 넣었다. 바로 그 순간 다시 쿵 소리, 물건들이 떨어지는 소리, 이어 목소리가 들렸다. 커다란 소리였다.

샐은 일어나서 손을 닦고 열린 뒷창문으로 향했다. 바로 위층 아파트에서 들려오는 목소리는 어느 정도 또렷했다.

"나는 아니야.... 나는 아니... 당신이 했어. 지금 말하는 건 당신이 한 짓이잖아, 버넌?"

"어쩔 수 없었어. 제발. 우린 지금 가야 해."

"당신이... 버넌! 도대체 무슨 소릴 하는 거야!"

1D호에 사는 알리시아 모건은 울고 있었다. 그녀는 좋은 입주민 중 하나였다. 조용하고, 집세도 제때 냈다. 소심했다. 어딘가 연약한 데가 있는 여자였다. 남자친구인가? 샐은 그녀가 다른 사람과 함께 있는 것을 본 적이 없었다. 무엇 때문에 싸우고 있지? 그녀는 다른 사람과 싸울 것 같은 부류의 인간이 아니었다.

연약하다....

남자―버넌이라는 사람―는 불안한 목소리로 말했다. "나는 당신에게 모든 걸 털어놨어! 사적인 것들! 어느 누구에게도 이렇게 한 적이 없다고!"

"이건 아니잖아! 당신이 이런 짓을 했다는 말은 안 했잖아. 사람들을 해치다니!"

"그게 중요해?" 남자의 목소리는 여자 목소리보다 그리 낮지 않다. 특이한 목소리였다. 하지만 샐은 그 안에 분노가 담겨 있는 것을 느낄 수 있었다. "좋은 뜻을 위해 한 일이야."

"버넌, 세상에... 물론 그건 중요하지. 어떻게...."

"당신은 이해할 줄 알았어." 이제 목소리는 노래하듯 가락을 띠었다. 그 때문에 더욱 위협적으로 들렸다. "우린 닮은꼴이야. 당신과 나. 너무나 닮았다고. 아니, 적어도 당신은 그렇게 보이기를 바랐잖아."

"우린 겨우 한 달 알고 지냈어, 버넌. 한 달. 난 겨우 하루 거기서

잤고!"

"당신에게 난 그뿐이었나?" 커다란 쿵 소리. "당신도 그들 중 하나야." 남자는 외쳤다. "당신도 쇼핑객이야. 당신도 그들보다 나을 게 없어."

쇼핑객? 샐은 어리둥절했다. 정확히 무슨 일이 일어나고 있는지 알 수 없었지만, 싸움이 차츰 격해지자 점점 더 걱정스러웠다.

알리시아는 이제 흐느끼고 있었다. "당신은 방금 사람을 죽였다고 했어. 한데 나더러 같이 가자는 거야?"

맙소사... 사람을 죽여? 샐은 휴대전화를 더듬어 찾았다.

그러나 미처 911을 누르기도 전에 알리시아가 비명을 질렀다—비명은 중간에 끊기고, 끙 하는 신음소리가 들렸다. 다시 쿵 소리, 그녀가, 그녀의 몸이 바닥에 쓰러지는 소리였다. "안 돼." 그녀의 음성. "그러지 마, 버넌. 제발, 그러지 마! 날 해치지 마!"

다시 비명.

샐은 알루미늄 야구배트를 집어 들고 움직이기 시작했다. 문을 열어젖히고 알리시아의 아파트를 향해 계단을 달려 올라갔다. 마스터 열쇠를 찾아 문을 따고 안으로 들어갔다. 손잡이가 벽에 너무 세게 부딪혀서 회벽이 움푹 패었다.

샐은 숨을 몰아쉬며 눈을 커다랗게 뜨고 응시했다. "맙소사."

입주민은 바닥에 쓰러져 있었고, 커다란 남자가 그 옆에 서 있었다. 190센티미터는 족히 될 키였고, 깡마르고 아파 보였다. 그가 여자의 얼굴을 때렸는지, 심하게 부은 뺨에서 피가 흐르고 있었다. 그녀는 눈물을 줄줄 흘리며 손을 들어 얼굴을 가리고 있었지만 소용없었다—둥근머리 망치가 그녀의 머리를 박살낼 기세로 겨누고 있었다.

남자는 돌아서서 분노와 광기가 어린 눈으로 관리인을 응시했다. "당신은 누구야? 여기서 뭐하는 거야?"

"나쁜 놈, 그거 내려놔!" 샐은 망치를 턱으로 가리키며 배트를 보란 듯이 휘둘렀다. 그는 남자보다 키는 15센티미터 정도 작았지만 15킬로그램은 더 나갈 것 같았다.

남자는 눈을 가늘게 뜨고 관리인을 보다가 알리시아를 돌아보고 다시 관리인을 보았다. 목구멍에서 씩씩거리는 소리가 나더니, 그는 망치를 뒤로 젖혔다가 샐을 향해 던졌다. 샐은 바닥에 무릎을 꿇고 망치를 피했다. 깡마른 남자는 배낭을 집어 들고 열린 뒤쪽 창문으로 달려가더니 밖에 배낭을 던지고 창문을 넘어 사라졌다.

문 부수는 대원이 배터링램을 움켜잡았고, 헬러는 숫자식 자물쇠로 잠긴 그리피스의 침실에 들어가는 순서를 다시 수신호로 지정했다. 모두 고개를 끄덕였다. 색스는 H&K 반자동 머신 건을 놓고 권총을 빼들었다.

무기 선택은 언제나 기동대원 개인의 선택이다. 좁은 공간에서는 항상 권총이 편했다.

대원이 배터링램을 뒤로 젖히는데, 색스가 손을 들었다. "잠깐."

헬러가 돌아보았다.

"범인이 뭔가 장치했을 수도 있어요. 함정. 그게 그의 수법이에요. 그걸 사용하죠." 그녀는 맨 앞 대원이 가진 캔버스 가방을 가리켰다. 헬러는 내려다보더니 고개를 끄덕였고, 경찰은 작은 동력톱을 꺼냈다.

색스는 주머니에서 섬광탄을 꺼냈다. 고개를 끄덕였다.

대원은 시끄러운 톱의 전원을 켜고 문에 가로 60, 세로 120센티미터의 구멍을 낸 뒤 잘린 조각을 발로 찼다. 색스는 섬광탄을 안에 던져 넣었다. 번쩍 폭발이 있은 뒤―감각을 혼란스럽게 하는 목적이지 살상용은 아니었다―헬러와 색스는 밖에 그대로 남아서 무릎을 꿇고 무기와 손전등으로 안을 겨누었다.

둘러보았다.

방에는 사람이 없었다.

그러나 과연 부비트랩은 있었다.

"아." 헬러는 문 안쪽 손잡이에 연결된 얇은 전선을 가리켰다. 문을 차서 열었다면, 선이 느슨해지면서 두꺼운 셔터로 봉한 창가 작업대에서 김이 모락모락 올라가고 있는 핫플레이트 위로 수평으로 잘린 1갤런짜리 우유통 안의 가솔린이 쏟아졌을 것이다.

대원들은 들어가서 장비를 해체했다. 그런 다음 방 안을 확인했다―연결된 욕실도.

헬러는 하우만에게 무전으로 알렸다. "팀 A. 아파트 전체 확인 끝. 적은 없다. 팀 B, 보고하라."

"팀 B 지휘자, 팀 A 지휘관에게 알린다. 뒷문에는 적이 없다. 우리는 다른 아파트를 수색한다."

"알겠다."

"색스." 헤드폰에서 목소리가 흘러나왔다. 라임의 침착한 목소리에 색스는 놀랐다. 기동대 주파수를 듣고 있었을 줄은 몰랐다.

"라임, 범인은 사라졌어요. 크래프트4 에브리원 점원이 범인에게 고자질하지 못하도록 유치장에 집어넣었어야 했는데. 그리피스는 그 점원을 통해 눈치챈 거예요, 확실해요."

"민주주의의 본질이야, 색스. 묶어놓고 재갈을 물려 마땅한 모든 사람을 묶어놓고 재갈을 물릴 수가 없어."

"어쨌든, 깨끗한 현장을 확보했어요. 서둘러 떠나느라 물건을 많이 갖고 가지 못했군요. 여기서 뭔가 찾아낼 거예요. 이제 잡을 수 있어요."

"현장관찰을 해, 색스. 그리고 빨리 돌아와."

49

한 시간 뒤 색스는 타이벡 바디수트 차림으로 땀을 흘리며 버넌 그리피스의 아파트 문간에 서 있었다.

수첩에 적힌 글을 소리 내 읽으며.

문제는 사회다. 그들은 소비하고, 소비하고, 소비하려고 하지만, 그 것이 무슨 뜻인지 알지 못한다. 우리는 물건을 수집하고, 물건을 수집하는 데 집중한다. 달리 말해 저녁식사는 사람을 위한 것이 '되어야만' 하고, 가족들이 하루 일과를 마치고 모여서 소통하는 자리여야 한다. 최고의 오븐, 최고의 만능 조리기구, 최고의 블렌더, 최고의 커피메이커를 뽐내는 자리가 아니다. 우리는 이런 물건들에 집중한다, 친구가 아니라!! 가족이 아니라.

"아직 거기 있어요, 라임?"

"듣고 있어. 다른 글들처럼 그냥 장광설이군. 인류의 수호자."

"이건 그의 정식선언문이에요. 제목은 '강철의 키스'."

시적이군, 그녀는 생각했다.

그녀는 책을 다시 증거물 봉투에 넣었다. "미량증거물이 많아요. 서류도 있고. 론이 범인의 인적사항을 확인하고 있어요. 상속받은 맨하셋 소재 집은 팔았고, 지금으로서는 다른 주거지는 없어요. 론이 사람을 시켜 공공기록을 추적할 거예요."

"다른 사람의 지문은?"

"하나가 눈에 띄는군요. 여자 지문 같아요. 덩치 작은 남자든가. 하지만 아마 여자일 거예요. 어깨길이 금발머리도 찾았어요. 희끗희끗한 머리를 금발로 염색한 것 같아요. 가변광원? 성생활은 상당히 활발했어요. 바쁘셨군요."

가변광원을 쬐면 눈에 보이지 않는 체액을 검출할 수 있다.

"그렇다면 여자친구가 있었군."

"하지만 여기 살았다는 증거는 없어요. 여자 옷이나 화장품, 세면도구 같은 것."

"그는 지금 거기 있을 수도 있어. 여자가 어디 있는지 궁금하군. 빨리 지문을 여기로 가져 와, 색스. IAFIS에 검색해 보자고. 빨리 움직이고 싶어."

"30분 뒤에 갈게요."

전화를 끊는 순간 다시 벨이 울렸다. 뉴욕시경 교환본부 번호였다. "색스 형사다."

"아멜리아, 젠 코터입니다. 알려드려야 할 것 같아서, 미드타운 웨스트에서 폭행으로 911 신고가 있었어요. 피해자는 다쳤지만, 살아 있습니다. 피해자는 공격한 사람의 신원을 알고 있었습니다. 버넌 그리피스.”

흠. “피해자는 누구지?”

“알리시아 모건, 41세. 범인과 정확한 관계는 모르겠는데, 서로 아는 사이입니다.”

“피해자는 거기 있나? 아니면 병원?”

“제가 아는 한 아직 거기 있을 겁니다. 방금 발생했어요.”

“범인은?”

“도망쳤습니다.”

“주소를 알려줘.”

“432 웨스트 39번가.”

“출동한 경찰에게 내가 곧 간다고 알려. 피해자와 이야기를 해야 해. 병원으로 데려가면 어디인지 알려주고.”

“알겠습니다.”

색스는 라임에게 이 사실을 알리고 서둘러 차로 향했다. 15분 뒤 색스와 하우먼의 기동대는 8번 애비뉴와 39번가 모퉁이의 5층 건물 앞에 차를 세웠다.

그리피스가 이 근처 어딘가에 있을 것 같지는 않았지만, 분명 그는 지금 정신병은 아닐지라도 불안정한 상태였다. 공격 뒤까지 근처에 있다가 다시 공격할지도 모른다.

구급대원 둘, 형사, 정복경찰 한 사람이 들것에 누운 40대 초반의 날씬한 여자 옆에 서 있었다. 여자의 얼굴은 피투성이였고 붕대를 감고 있었다. 눈은 울어서 충혈되어 있었고, ‘서글프고 어리둥절하다’

는 말로밖에 표현할 수 없는 표정이었다.

"알리시아 모건?" 색스는 물었다.

피해자는 고개를 끄덕이다가 아픔에 얼굴을 찡그렸다.

"색스 형사입니다. 기분은 어떠세요?"

여자는 그녀를 응시했다. "저는... 네?"

색스는 배지를 보여주었다. "어떠십니까?"

속삭이는 듯한 음성. "아파요. 정말 아파요. 어지러워요."

그녀는 흑인 구급대원을 흘끗 쳐다보았다. 그가 설명했다. "남자가 여자를 주먹으로 최소한 한 번 때렸습니다. 아주 심하게. 금이 갔을 수도 있고 타박상이 있습니다. 엑스레이를 찍어봐야 합니다. 이제 병원으로 데려가야 합니다."

들것을 밀고 구급차로 향하면서, 색스는 물었다. "버넌은 어떻게 알게 됐나요?"

"우린 조금 만났어요. 그가 정말 사람들을 죽였나요?"

"네, 맞습니다."

알리시아는 나직하게 흐느꼈다. "나도 죽이려고 했어요."

"이유를 알고 계세요?"

그녀는 고개를 저으려다 아픔에 헉 하고 숨을 들이쉬었다. "그냥 나타나서 자기랑 같이 떠나자고 했어요. 자기가 뉴스에 나온 그 범인이라고. 에스컬레이터에서 사람을 죽이고, 다른 사람을 가스 폭발로 태워 죽인 그 범인! 난 처음에는 농담인 줄 알았어요. 한데, 아니, 진심이더라고요. 자기가 살인범인 게 나한테는 상관없을 거라는 듯이." 그녀는 눈을 감고 미간을 찡그렸다. 조심스럽게 눈물을 닦았다.

"내가 싫다고 하니까, 안 가겠다고 하니까, 화를 냈어요. 날 때리기 시작하고, 망치까지 꺼내더군요. 날 망치로 죽이려고 했어요! 샐이 마침 제때 들어왔어요. 관리인. 야구배트를 갖고. 그가 날 살려줬어요."

여자의 목에 난 흉터와 팔이 심하게 부러진 듯 약간 비틀어져 있는 것이 눈에 띄었다. 오래전 폭행 피해자인 것 같았다. 가정폭력?

"버넌이 차를 갖고 있거나, 탈 수 있는 차가 있나요?" 그리피스는 뉴욕에 등록된 자기 차가 없었다.

"아뇨, 주로 택시를 타요." 그녀는 다시 눈물을 닦았다.

"혹시 그가 갈 만한 장소가 어딜까요?"

그녀의 커다란 눈이 색스를 응시했다. "그는 내게 정말 잘해줬어요. 너무나 친절했어요." 다시 눈물. "난...."

"알리시아, 유감이에요." 색스는 집요하게 물었다. "당신이 줄 수 있는 정보라면 뭐든지 다 필요합니다. 그가 갈 만한 다른 집이나 장소는 없나요?"

"롱아일랜드에 집이 있었어요. 맨하셋인가. 하지만 팔았을 거예요. 다른 곳은 언급한 적이 없어요. 아니, 어디 갔을지 난 몰라요."

그들은 구급차에 도착했다. "형사님, 이제 정말 옮겨야겠습니다."

"어느 병원이죠?"

"벨뷰로 갈 겁니다."

색스는 명함을 꺼내 자기 번호에 동그라미를 치고 라임의 번호까지 적은 뒤 뒷면에 그의 주소도 적어주었다. 그녀는 알리시아에게 명함을 건넸다. "기분이 좀 나아지면 다시 이야기하고 싶습니다." 알리시아는 분명 범인을 잡는 데 도움이 될 만한 뭔가를 갖고 있을 것이다.

"네." 그녀는 속삭였다. 심호흡을 했다. "네. 그러죠."

구급차 문이 닫히고, 잠시 후 차량은 다급한 사이렌 소리를 울리며 자동차 사이를 누비기 시작했다.

색스는 보 하우먼 쪽으로 다가가 방금 얻은 정보를 알렸다—많지는 않았다. 그도 탐문 결과 목격자는 없었다고 말했다. "우리보다 15분 앞섰어." 기동대장이 말했다. "뉴욕에서 15분이면 시간을 얼마나 번 거지?"

"아주 많이 번 거죠."

색스는 현관 계단에 앉아 있는 건물관리인 샐에게 다가가 질문을 시작했다. 그는 잘생긴 이탈리아계였고, 숱 적은 검은머리, 탄탄한 근육, 잘 면도한 얼굴이었다. 기자들이 살인마를 쫓아낸 야구배트를 들어보라고 청하며 사진을 찍고 있었다. 타블로이드지 헤드라인이 벌써 색스의 눈에 보이는 것 같았다. '영웅 관리인 전 타석 안타.'

50

라임은 아멜리아 색스가 버넌 그리피스의 아파트에서 찾은 증거물을 가지고 오는 것을 바라보았다. 아직 알리시아 버넌의 아파트와 이웃 보일을 망치로 때려죽인 창고는 수색하지 못했지만, 라임은 범인의 소재를 알려줄 단서가 가장 풍부하게 들어 있을 만한 현장, 첼시의 아파트에서 가져온 증거부터 빨리 분석하고 싶었다.

색스는 작업대로 다가가서 파란 장갑을 끼고 그녀와 기동대가 같이 수집한 증거를 늘어놓기 시작했다.

줄리엣 아처도 있었지만, 쿠퍼는 없었다. 라임은 색스에게 말했다. "멜은 두어 시간 뒤에 올 거야. FBI가 검토해 달라고 부탁한 테러 관련 사건이 있어서. 하지만 우리부터 시작하자고. 알리시아에게서 다시 연락은 없나?"

"곧 퇴원할 거예요. 광대뼈 골절, 이가 흔들리고 타박상. 충격을 받았지만 이야기는 하겠다고 했어요."

남자친구가 자기를 망치로 때려죽이려고 했다면 당연한 일일 것이다.

라임은 그리피스의 아파트에서 수집한 증거물을 관찰했다. 이전 현장과 달리 이건 보물상자였다.

"하지만 우선 서류부터." 라임이 말했다. "부동산, 혹은 어딘가 정기적으로 가는 기차나 비행기 표 같은 건 없나?"

지금까지는 없었다. "은행과 금융관련정보도 알아봤어요. 그는 롱아일랜드의 집을 팔았고, 다른 집을 산 기록은 없어요. 은행과 신용카드 회사, 보험, 세금, 모두 맨해튼의 한 사서함 주소로 서류를 주고받았더군요. 그는 자기 사업을 갖고 있어요—미니어처와 인형의 집 가구 판매회사. 하지만 다른 사무실이나 작업실을 갖지 않고 자기 아파트에서 작업했어요."

아처는 투명 비닐봉투에 들어 있는 종잇조각을 보았다. "여기도 목표물이었겠는데요, 스카스데일."

뉴욕시 북쪽 고소득 동네 스카스데일에는 분명 데이터와이즈 5000을 장착한 첨단 가전제품과 버넌 그리피스가 경멸하는 부유한 소유주들이 잔뜩 있을 것이다.

아처는 쪽지를 읽었다. "헨더슨 컴포트 존 디럭스 급탕장치."

라임은 데이터와이즈 컨트롤러를 장착한 제품 목록을 대조했다. 역시 급탕기도 그중 하나였다.

"거기 누가 살지?"

"쪽지에서는 알 수 없어요. 그냥 주소뿐이에요. 신원이 알려졌으니 그가 다시 공격에 나설 가능성은 희박하다고 생각하지만, 다시 생각하면, 정말 광적인 인물이니까. 또 모르죠." 라임은 색스에게 웨스트 체스터 카운티에 연락해서 해당 주소에 경찰을 파견하라고 지시했다.

"거기 누가 사는지도 알아봐, 색스."

그녀는 각종 기록을 찾아보고 자동차등록국에도 연락했다. 잠시 후 그녀는 해답을 얻었다. 윌리엄 메이어, 헤지펀드 매니저였다. 주지사의 친구였고, 정치적인 야심을 엿볼 수 있는 신문기사도 있었다.

아처가 말했다. "급탕장치? 범인이 뭘 하려던 걸까요? 누가 샤워를 할 때 온도를 올려서 화상을 입힌다? 토드 윌리엄스가 그 비슷한 내용을 블로그에 적었죠, 기억나요? 아니면 압력을 높이고 밸브를 닫아서 누가 무슨 고장인지 확인하러 내려갔을 때 터뜨린다? 200도의 물 수백 리터? 하느님."

그녀는 가까이 다가와서 미니어처가 든 대여섯 개의 비닐봉투를 둘러보았다. 가구, 유모차, 시계, 빅토리아풍 집. 모두 아주 잘 만들어져 있었다.

라임도 미니어처를 관찰했다. "솜씨가 아주 좋아. 그가 어디서 수업을 들었는지 확인해."

색스도 이 생각을 한 것 같았다. "경찰본부에 사람을 시켜 그리피스의 이력을 심도 있게 조사하도록 했어요. 아마 그가 다닌 작업실 이름이 나올 거예요. 최근 공부한 학교라든가." 문득 그녀는 미간을 찌푸렸다. 그녀는 작은 장난감을 들어올렸다. "이건 어디서 본 것 같은데. 뭐지?"

라임은 장난감을 찬찬히 보았다. "탄약차 같군. 포병대가 포와 함께 끄는 수레. 실탄을 싣지. 그 노래 가사도 있잖아. '탄약차가 굴러간다....'"

색스는 미니어처를 가만히 보았다. 라임은 더 말하지 않고, 그녀가 자기 생각을 펼치도록 내버려 두었다. 아처 역시 질문을 삼가고 있었다.

마침내 색스는 여전히 장난감에 시선을 둔 채 말했다. "어느 사건과 관련이 있어요. 두 달 전 사건."

"하지만 범인 40과는 관계없고?"

"없어요." 계속 무슨 생각이 나려다 그냥 도망간 것 같았다. 색스는 답답한지 숨을 푹 쉬었다. "내 사건 중 하나였던 것 같기도 하고, 특수반 사건이었던 것 같기도 한데, 내가 수사기록을 봤어요. 나중에 확인하죠." 그녀는 장갑 낀 손으로 섬세한 장난감을 비닐봉투에서 꺼내 관찰용지 위에 놓았다. 전화로 사진을 찍어서 보냈다. "퀸스에 지난 몇 달간 수집한 증거물 기록을 살펴보고 뭐가 나오는지 확인하라고 해야겠어요. 사라진 화이트캐슬 냅킨보다는 일처리를 잘해주길 바라야지."

그녀는 장난감을 다시 넣었다. "좋아. 두 사람은 이걸 계속하세요. 나는 알리시아를 만나러 가봐야겠어요. 범인이 보일을 죽인 창고도. 현장관찰을 해야죠." 그녀는 현관을 나섰다. 잠시 후 강력한 포드 엔진음이 센트럴파크 웨스트를 따라 메아리쳤다. 거실의 커다란 판유리 한 장이 흔들린 것 같았다. 굉음에 새끼들이 놀랐는지 창틀에 둥지를 튼 송골매가 고개를 들고 거리를 내려다보았다.

라임은 다시 한번 미니어처를 바라보았다. 왜 이렇게 재능 있고, 이렇게 아름다운 물건을 만드는 사람이, 이런 기술을 가진 사람이 살인에 손을 댔을까? 수사와 아무 상관없는 질문이었지만, 집요하게 떠오르는 상념이었다.

아처 역시 옆에서 버넌 그리피스의 공예품을 바라보고 있었다. "정말 손이 많이 갔네요. 꼼꼼하게." 잠시 침묵이 흘렀다. 그녀는 미세한 의자에 눈길을 주고 계속 관찰하다가 멍하니 중얼거렸다. "나는 뜨개질을 했어요."

어떻게 대답해야 할지 알 수 없었다. 라임은 잠시 후 말했다. "스웨터, 그런 물건?"

"그런 것도 만들고. 대체로 아트. 벽에 거는 것. 태피스트리."

라임은 그리피스의 아파트에 걸린 사진을 응시했다. "풍경?"

"아뇨. 추상."

아처의 얼굴 근육이 조금 풀렸다. 애상, 서글픔. 라임은 뭔가 할 말을 열심히 찾았다. "사진은 찍을 수 있어. 요즘은 어차피 모든 게 디지털이니까. 그냥 버튼만 누르면 돼. 음성명령 기능이라든가. 어차피 요즘 저 밖의 젊은 애들 절반은 우리처럼 앉은뱅이야."

"사진, 그것도 좋은 생각이네요. 그럴 수도 있겠죠."

잠시 후 라임은 말했다. "하지만 자네는 안 할 거지."

"아뇨." 아처는 미소 지었다. "술을 포기해야 한다면 가짜 와인이나 가짜 맥주로 갈아타지는 않겠죠. 차라리 차나 크랜베리 주스를 마시지. 전부, 아니면 다 싫다. 하지만 최고의 차나 크랜베리 주스는 좋을 거예요." 잠시 후 그녀는 물었다. "답답해서 안달이 나는 그런 기분 혹시 드세요?"

라임은 웃었다. 뻔한 걸 묻는다는 듯한 짜증 섞인 코웃음이었다.

아처는 말을 이었다. "이건 꼭... 저랑 같은 기분이면 같다고 하세요. 움직이지 못하니까, 몸에서 긴장을 털어내지 못하고, 그 긴장이 머릿속으로 스며드는 것 같아요."

"정확히 그런 기분이야."

"그럴 때는 뭘 하세요?"

"바쁘게 지내. 계속 머리를 쉬지 못하게 하는 거야." 그는 고개를 그녀 쪽으로 돌렸다. "수수께끼. 수수께끼 푸는 게 내 인생이 되는 거지."

심호흡, 고통스러운 표정, 이어 일종의 공황 같은 게 그녀의 얼굴에 스쳤다. "내가 견딜 수 있을지 모르겠어요, 링컨. 난 정말 모르겠어요." 목소리가 갈라졌다.

울음을 터뜨리는 게 아닌가 하는 생각이 들었다. 쉽게 눈물을 흘릴 성격은 아니다, 라임은 추측했다. 하지만 그녀가 직면한 조건은 상상하지 못한 곳으로 인간을 몰고 간다는 것도 그는 알고 있었다. 그 역시 심장 주위에 튼튼한 근육을 만드는 데 오랜 시간이 걸렸다.

신참...

그는 의자를 돌려 그녀를 바라보았다. "그래. 할 수 있어. 자네 안에 그런 힘이 없다면, 난 솔직하게 말할 거야. 이제 자네도 날 알잖아. 난 입에 발린 말을 안 한다는 거. 난 거짓말을 안 해. 자넨 할 수 있어."

그녀는 눈을 감고 한번 심호흡을 했다. 그녀는 다시 눈을 뜨고 아름다운 파란 눈으로 그의 짙은 색 눈동자를 똑바로 응시했다. "당신 말을 믿어볼게요."

"그래야 해. 자넨 내 인턴이니까, 기억하지? 내가 말하는 건 모두 금이야. 자, 다시 일 시작하자고."

그 순간이 지나고, 그들은 함께 그리피스의 아파트에서 색스가 가져온 증거물 목록을 작성하기 시작했다. 머리카락, 칫솔(DNA 용으로), 손으로 쓴 메모 한 묶음, 책, 옷, 해킹과 보안 네트워크 침입 관련 기술적인 내용에 관한 출력물. 수족관 안의 물고기 사진도 있었다(색 스는 혹시 단서가 묻혀 있나 바닥의 모래를 걸러보았지만 ─ 흔히 뭔가 숨기 는 장소다 ─ 아무것도 없었다). 많은 항목이 범인의 직업, 미니어처 제 작 및 판매와 관련된 것들이었다. 목재와 금속, 미세한 경첩, 바퀴, 페 인트, 광택제, 도자기. 많은, 매우 많은 공구들. 홈 디포나 크래프트4 에브리원 선반에 놓여 있었다면, 아무 위협도 느껴지지 않을 물건들 이었다. 하지만 여기서는 칼이나 망치가 사악한 분위기를 풍겼다.

강철의 키스....

이 목록에서는 그리피스의 행방에 대해 아무 단서도 나오지 않 았기 때문에, 라임과 아처는 아파트에서 수집한 미량증거물에 집중 했다.

30분 동안 에드몽 로카르의 표현을 빌려 '먼지 같은 일'에 집중한 뒤, 아처는 다시 종이봉투와 비닐봉투, 슬라이드로 되돌아갔다. 그녀 는 그리피스의 노트, 선언문을 바라보았다. 갑자기 우뚝 멈추더니 창 밖을 바라보았다. 마침내 라임을 향해 다시 의자를 돌렸다. "링컨, 마 음속 한 구석으로는 믿을 수가 없어요."

"무슨 뜻이지?"

"그가 왜 범행을 저질렀을까. 그는 소비자중심주의를 비판해요. 하 지만 그 역시 소비자예요. 작업을 위해 이 모든 공구와 재료를 사야 하잖아요. 음식도 살 거고, 큰 발 때문에 신발도 특별 주문할 거고, 쇼핑에서 이득을 얻겠죠. 물건을 팔아서 생계를 유지하고. 그게 바로 소비자중심주의 아닌가요." 그녀는 아름다운 눈을 반짝이며 그를 마 주보았다. "실험 한 가지 해보죠."

라임은 증거물 봉투를 바라보았다.

"아니, 물리적인 실험 말고. 가상의 실험. 사건에 증거가 전혀 없다고 가정해 봐요. 로카르의 법칙의 예외로. 단 하나의 물리적 증거도 없는 사건을 상상해 보자구요. 어떻게 이런 일이 가능할까? 달에서 사람이 죽었다. 우리는 지구에 있고, 증거는 확보할 수가 없다. 피해자가 거기서 살해당했다는 건 알아요. 용의자도 있어요. 하지만 그뿐이에요. 미량증거물도 물리적 증거도 전혀 없어요. 자, 여기서 어떻게 해야 할까? 유일한 접근법은 이런 질문이겠죠, 범인은 왜 피해자를 죽였을까?"

라임은 미소 지었다. 그녀의 전제는 어처구니없는 시간낭비였다. 하지만 라임은 그녀의 열의가 매력적이라고 느꼈다. "계속해 봐."

"역학조사 상황에서 정체를 알 수 없는 박테리아 때문에 어떤 사람은 죽는데 어떤 사람은 그렇지 않다면, 우린 질문을 던져요. 왜? 그 사람이 어떤 나라에 가서 전염되었기 때문에? 그 사람을 다른 사람보다 박테리아에 취약하게 만드는 물리적인 요인이 있기 때문에? 특정한 행동을 통해서 그 박테리아에 노출되었나? 자, 버넌의 피해자들을 보죠. 나는 그들이 비싼 가스레인지나 마이크로웨이브를 구매한 돈 많은 소비자였기 때문에 표적이 됐다는 가설을 믿지 않아요. 그들에게는 어떤 다른 공통점이 있을까? '범인은 왜 그들을 죽였을까', 이 질문은 '범인은 어떻게 그들을 알게 되었을까'로 이어지고, 다시 '범인은 어디서 그들을 만났을까?'로 이어지고... '지금 그는 어디에 앉아 있을까?'로 이어질 수 있겠죠. 계속 듣고 있어요?"

링컨 라임 안의 범죄학자가 저항했지만, 그 안의 논리학자는 흥미롭다는 것을 인정하지 않을 수 없었다. "좋아. 같이 놀아보지."

51

줄리엣 아처는 말하고 있었다. "그리피스가 표적으로 한 사람들은 누구였나? 아멜리아의 어머니와, 그가 조종간을 탈취한 운전자들 외에—이건 우리의 추적을 따돌리기 위한 범행이었죠. 그의 주요 피해자. 그렉 프로머, 에이브 벤코프, 조 헤디. 그리고 스카스데일의 잠재적인 피해자, 헤지펀드 매니저 윌리엄 메이어."

"음, 그들이 왜?" 라임은 기꺼이 협조하고 있었지만 논리상 반론을 제기하는 역할도 마다할 수 없었다.

"좋아요...." 아처는 차트 앞으로 다가갔다. "프로머는 브루클린의 가게 점원이자 특히 노숙자 쉼터 자원봉사자, 기타 자선사업에 참여했어요. 벤코프는 뉴욕 광고회사 중역. 헤디는 브로드웨이 극장의 목공. 메이어는 금융인. 그들 중 누구도 다른 사람과 아는 사이였던 것 같지는 않아요. 서로 가까이 살지도 않았고." 그녀는 고개를 저었다.

"아무 관련이 없어요."

"흠, 그 정도의 질문으로 충분하지는 않겠지." 그는 부드럽게 말했다. "더 깊이 들어가야겠지."

"무슨 뜻인가요?"

"자네는 표면만 보고 있어. 자네가 언급한 그 사람들이 미량증거물 조각이라고 가정해 봐... 아니, 아니." 그는 아처의 찡그리는 표정을 보고 꾸짖었다. "이제 자네가 나랑 놀아줘야지. 표면적으로 하나는 회색 금속, 하나는 갈색 나무, 하나는 옷 섬유, 하나는 나뭇잎 조각이다. 그들의 공통점은 무엇인가?"

아처는 생각해 보았다. "없어요."

"정확해. 하지만 증거물을 다룰 때, 우리는 계속 파고들어. 어떤 종류의 금속인가, 어떤 종류의 목재인가, 어떤 종류의 섬유인가, 이 잎은 어떤 식물인가? 어디서 왔는가, 그 '맥락'은 무엇인가? 이 모든 정보를 한데 합치면, 빵, 자카란다 나무 밑에 놓인 접이식 의자가 나오는 거야. 차이점이 갑자기 공통점이 돼.

피해자를 분석하고 싶은가, 아처, 좋아, 하지만 자네의 질문에도 같은 방식으로 접근해야 해. 세부사항! 세부사항이 뭐지? 현재 직업은 알고 있다. 그렇다면 과거는? 아멜리아가 수집한 날것의 데이터를 봐. 차트는 요약일 뿐이야. 사는 곳, 하는 일, 관계있어 보이는 모든 정보."

아처는 색스의 메모를 스크린에 불러 읽었다.

그동안 라임이 말했다. "그렉 프로머에 대해 더 깊이 들어가 보지. 그는 뉴저지주 패터슨 시스템스에서 마케팅 이사로 일했지."

"패터슨은 무슨 회사였죠?"

라임은 변호사가 말했던 내용을 떠올렸다. "연료분사기 제조업체. 대형 공급사 중 하나라고 했어."

"좋아요, 알겠습니다. 그럼 에이브 벤코프는?"

"아멜리아가 말했어. 광고. 고객은 식품회사, 항공사. 기억나지 않아."

아처는 색스와 풀라스키의 메모를 읽었다. "58세, 광고회사 중역. 상당히 고위직. 고객으로는 유니버설 푸드, US 오토, 노스이스트 항공, 애그리게이트 컴퓨터. 뉴욕시 주민이었고, 평생 여기서 살았습니다. 맨해튼에서."

"그리고 에디는? 목공?"

"그는 미시간에서 자랐고 디트로이트 자동차 공장 조립라인에서 일했습니다. 아이들, 손자들과 가까이 살고 싶어서 여기로 이사 왔고요. 은퇴하는 게 싫어서 조합에 가입하고 극장에 일자리를 얻었습니다." 아처는 컴퓨터 스크린에서 고개를 들었다. "메이어는 헤지펀드 매니저였어요. 코네티컷에서 일하고. 스카스데일 거주. 부유하다. 고객에 대해서는 찾을 수가 없어요."

"아내."

"네?"

"왜 '그'가 표적이라고 가정하지? 결혼했나?"

아처는 혀를 굴렸다. "빌어먹을, 이 성차별적 의식." 타이프를 쳤다. "발레리 메이어. 월스트리트 소송 전문 변호사입니다."

"고객은?"

계속 타이핑. "이름은 없어요. 하지만 보험회사가 전문 분야입니다."

라임은 스크린을 응시했다. 그는 미소 지었다. "발레리에 대해, 그녀의 고객에 대해 좀 더 알아볼 때까지 기다려야겠군. 하지만 다른 사람들, 그 사람들은 분명 공통점이 있어."

아처는 차트와 메모를 훑어보았다. "자동차."

"바로 그거야! 벤코프의 고객은 US 오토. 헤디는 자동차 생산라인에서 일했는데, 장담하지만 그 회사 공장이었을 거야. US 오토가 패터슨 연료분사기를 사용했나?"

아처는 음성명령으로 검색했다. 맞았다. 구글 검색을 해보니 패터슨은 US 오토 사의 주요 부품사였다... 5년 전까지.

라임은 속삭였다. "프로머가 회사를 그만둔 바로 그즈음이군."

아처가 물었다. "발레리 메이어는?"

라임은 머리 근처에 있는 마이크에 대고 말했다. "에버스 휘트모어에게 전화해."

전화가 즉시 반응했고, 두 번 신호음이 울리자 비서가 응답했다. "에버스 휘트모어, 부탁합니다. 빨리. 급한 일입니다."

"휘트모어 씨는...."

"링컨 라임이 전화했다고 하세요."

"그분은...."

"링컨, 이름, 라임, 성. 그리고 말했듯이 급한 일입니다."

잠시 침묵. "잠깐 기다리세요."

변호사의 음성이 흘러나왔다. "라임 씨, 잘 지내셨습니까? 무슨 일로...."

"시간이 없습니다. 그때 무슨 사건에 대해 말씀하셨지요. 자동차 회사가 관련된 개인상해 사건. 자동차의 위험한 하자를 수리하는 것보다 과실치사에 대한 손해배상액을 지급하는 것이 더 싸다고 언급한 회사 내부 문건이 있었다고요. 그게 US 오토였나요? 기억이 나지 않습니다."

"네, 맞습니다. 그 회사입니다."

"발레리 메이어, 뉴욕의 소송 전문 변호사입니다. 혹시 그 변호사가 회사 측 변호인이었습니까?"

"아니요."

젠장. 가설은 날아갔다.

그때 휘트모어가 말했다. "그녀는 배상책임 소송에서 US 오토 측과 계약을 맺은 보험회사 측 변호인이었습니다."

"패터슨 시스템스도 관련이 있었습니까?"

"패터슨? 프로머 씨가 일했던 회사 말입니까? 모르겠습니다. 잠시만 기다리세요."

침묵. 잠시 후 변호사의 목소리가 돌아왔다. "네, 주요 피고는 US 오토였지만, 패터슨 역시 피고였습니다. 소송은 자동차 회사와 부품 회사 양쪽 다 연료분사기의 결함에 대해 알고 있으면서도 모터 인터페이스 설계를 더 안전하게 수정하지 않았다는 주장이었습니다."

"휘트모어 씨, 에버스, 그 사건에 대해 보낼 수 있는 모든 자료를 다 보내주십시오."

잠시 침묵. "음, 그건 좀 문제가 됩니다, 라임 씨. 우선 저는 그 재판을 담당하지 않았기 때문에 원 자료가 없습니다. 게다가 공간이 없을 겁니다. 시간도 없으실 거고. 결함에 관련된 사건은 수백 건이나 되고, 소송은 몇 년을 끌었습니다. 제가 추정할 때 서류는 천만 건 정도 될 겁니다. 더 될지도 모르고요. 혹시 왜 그러시는지...."

"우리는 범인이 ─ 데이터와이즈 컨트롤러를 살인무기로 사용한—US 오토와 관련 있는 사람들을 표적으로 했다고 생각합니다."

"이런, 세상에. 이제 알겠군. 혹시 연료 시스템 결함 때문에 발생한 사고 피해자일까요?"

"그렇게 생각합니다. 아직 추측일 뿐이지만, 소송 자료에 범인의 행적을 알려주는 단서가 있을지도 모릅니다."

"제가 할 수 있는 일이 있는지 알아보죠, 라임 씨. 보조인에게 일단 법조신문에서 찾을 수 있는 정보를 모두 보내라고 하고, 저도 공개된 소장과 재판기록을 최대한 구해보겠습니다. 일반 신문도 한번 찾아보세요. 이 사건은 당연히 언론에서 많이 다뤘습니다."

"최대한 빨리 보내주십시오."

"지금 바로 하죠, 라임 씨."

52

라임과 아처는 온라인으로 US 오토 사건에 대해 최대한 빨리 읽고 있었다.

휘트모어가 맞았다. 구글 검색 결과는 1천 2백만 항목 이상이었다.

30분 뒤 휘트모어에게서 이메일이 도착하기 시작했다. 그들은 재판 기록과 부가 서류를 나눠서 이 문건들과 사건관련 언론 보도를 읽어나갔다. 휘트모어가 말했듯, 사고로 부상당한 사람, 연료 시스템 결함으로 인해 차량이 불타서 목숨을 잃은 피해자의 친척 등, 원고는 많았다. 게다가 이 사건으로 인해 여러 제조사와 부품사 측이 입은 손실에 대해 백여 건의 사업 관련 소송도 파생되었다. 가장 가슴 아픈 이야기는—대중매체의 선정적인 보도와 냉정하고 객관적인 법정서류 둘 다—산산조각난 사람들의 인생이었다. 라임은 가솔린 관이 파열된 뒤 화상과 충돌로 인한 끔찍한 고통에 대한 증언을 읽고,

사고 현장에서 불에 타고 갈기갈기 찢긴 시체와 부상당한 수많은 원고들의 사진을 보았다. 병원에서 찍은 화상과 열상 사진, 무표정한 얼굴로 법정에 걸어 들어가는 사진도 있었다. 라임은 혹시 범인이 피해자이거나 그 친척일 가능성을 염두에 두고 그리피스라는 이름이나 그와 닮은 얼굴을 찾아 이 모든 자료를 꼼꼼하게 검토했다.

"그리피스에 대한 언급은 없나?" 그는 아처에게 물었다. "나는 아직 안 보이는데."

"없어요." 아처도 대답했다. "하지만 수십만 페이지 분량에서 겨우 50페이지밖에 못 읽었어요."

"나는 전 세계 검색으로 그 이름을 찾고 있어. 아직 없어."

"그건 한 문서 '안에서' 검색되는 건데, 열려 있지 않은 문서에서 검색하는 방법은 저도 몰라요."

"로드니에게 프로그램이 있을지도 몰라." 라임은 말했다. 그가 컴퓨터 전문가에게 전화하기 전, 초인종이 울렸다. 라임은 모니터를 흘끗 보았다. 특징 없는 구깃구깃한 갈색 재킷과 청바지 차림의 여자가 현관에 서 있었다. 얼굴에 붕대를 감고 있었다.

"네?" 그는 물었다.

"링컨 라임 씨 댁입니까? 뉴욕시경?"

라임의 문간에는 명패가 없었다. 적들의 일을 수월하게 해줄 필요는 없다. 그는 여자의 오해를 풀려고도 하지 않았다. "누굽니까?"

"알리시아 모건. 아멜리아 색스라는 경찰이 저에게 찾아가서 증언을 하라고 했어요. 버넌 그리피스에 대해서."

잘됐다. "좋습니다. 들어오세요."

라임은 현관문을 열라는 명령을 내렸고, 잠시 후 발소리가 다가왔다. 걸음은 멈췄다.

"여보세요?"

"우린 여기 있습니다. 왼쪽."

여자는 거실로 들어와서 정교한 휠체어에 앉아 있는 두 사람을 보더니 한 번 더 방안을 둘러보았다.... 대학 연구실이라고 해도 될 만한 어마어마한 과학 장비들. 여자는 아담했고, 매력적이었으며, 짧은 금발머리였다. 두꺼운 붕대 밑으로 약간 드러난 멍을 선글라스로 가리고 있었다. 그녀는 안경을 벗었고, 라임은 망가진 얼굴을 관찰했다.

"링컨 라임입니다. 이쪽은 줄리엣 아처."

"안녕하세요."

아처가 말했다. "와주셔서 감사해요."

라임의 시선이 US 오토와 연료분사기 제조사에 대한 소송 관련 자료 몇 개를 띄워놓은 컴퓨터로 돌아갔다. 그는 계속 스크롤을 내렸다.

"어떠세요?" 아처는 여자의 부상을 살폈다.

"그리 심각한 건 아니에요." 여자는 휠체어에 앉은 두 사람을 빤히 바라보았다. "광대뼈에 실금. 타박상."

라임은 모니터에 띄운 자료를 멈추고 다시 알리시아를 보았다. "버넌과 당신은 데이트를 했다고요?"

그녀는 가방을 바닥에 내려놓고 얼굴을 찡그리며 등나무 의자에 앉았다. 어딘가 놀라서 멍한 분위기가 풍겼다. "맞아요. 그걸 데이트라고 할 수 있을지 모르겠지만. 나는 한 달쯤 전에 그를 만났어요. 같이 있으면 편했죠. 조용하고, 때로는 약간 묘한 데도 있었어요. 하지만 내게 잘해줬어요. 마치 자기랑 데이트를 해줄 사람이 있을 거라고 상상도 못한 것처럼. 외모가 약간 특이하잖아요. 하지만 난 위험한 사람일 거라는 생각은 해본 적도 없어요." 그녀는 눈을 커다랗게 뜨고 속삭였다. "사람을 죽일 거라는 생각도. 색스 형사에게 그가 무슨 짓을 했는지 들었어요. 믿을 수가 없었어요. 그는 정말 재능이 많고, 미니어처도 잘 만들고. 그냥...." 그녀는 어깨를 으쓱했다. 그러다 다시 미간을 찡그렸다. 그녀는 주머니를 뒤지더니 약병을 찾아 약 두 알을 꺼냈다. 라임에게 물었다. "혹시..." 어색한 순간. "조수가 있으신가요? 물을 좀 마실 수 있을까요?"

라임이 뭐라 말하기 전에 아처가 말했다. "아뇨. 조수는 지금 나갔어요. 하지만 저기, 디어 파크 한 병이 있어요. 안 딴 거예요." 그녀는 선반을 턱으로 가리켰다.

"고맙습니다." 알리시아는 일어서서 약을 먹었다. 의자로 돌아왔지만, 앉지 않고 선 채 지갑을 집어 들고 약병을 그 안에 넣었다.

"아파트에서는 어떻게 된 겁니까?" 라임이 물었다. "아까 얼마 전에."

"그가 갑자기 나타났어요. 저에게 같이 떠나자고 하면서 자기가 무슨 짓을 했는지 고백하더군요." 절망적인 속삭임. "그는 내가 이해할 거라고 생각했어요. 내가 자기를 응원할 거라고."

"누군가 근처에 있어서 다행이었습니다. 건물 관리인, 아멜리아가 그러더군요."

말투는 더없이 침착했지만, 링컨 라임의 머릿속은 미친 듯이 달리고 있었다. 그는 앞으로 몇 분 동안 자신과 아처가 목숨을 건질 수 있을 전략을 짜내려고 노력하는 중이었다.

그가 지금 미소 짓고 있는 여자는 방금 스크린에서 얼굴을 본 사람이었기 때문이었다—US 오토 사건 신문기사 중 하나에서. 라임은 해당 기사를 다시 찾아 스크롤을 멈췄다. 그리고 얼른 확인했다. 검은 드레스 차림의 여자가 롱아일랜드 법정을 나서는 사진이었다. 아까 현관에 서 있을 때 모니터로는 얼굴을 알아보지 못했다. 만약 그랬다면 집에 들이지 않았을 것이다. 물을 가져다줄 사람이 있는지 그녀가 물었을 때 라임은 뒷방에 조수가 다른 경찰과 함께 있다고 대답할 생각이었으나, 아처가 먼저 답하는 바람에 그 계획도 수포로 돌아갔다.

알리시아 모건은 남편이 몰던 차의 연료분사기에 불이 붙어 사고가 났을 때 자신이 입은 개인상해—화상과 깊은 열상—와 남편의 사망에 대해 US 오토와 패터슨 시스템스를 고소한 원고 중 하나였다. 라임은 블라우스의 높은 목깃 위로 흉터를 볼 수 있었다.

이제야 그는 어떻게 된 일이었는지 진상을 뚜렷이 파악할 수 있었다. 알리시아는 결함이 있던 자동차를 제조, 마케팅, 판매하는 데 관계한 사람들과 그들을 변호한 발레리 메이어를 살해하기 위해 버넌 그리피스를 고용했던 것이다. 혹은, 대가 대신 그리피스를 유혹해서 그녀를 위해 기꺼이 일하도록 만들었을 것이다. 현장감식 결과 성행위의 흔적이 상당히 발견되었다. 그리피스와 알리시아는 라임의 수사팀이 그의 정체를 알아내자 놀라서 새로운 종반전을 꾸민 게 분명했다. 목격자, 건물 관리인 앞에서 '폭행' 사건을 벌인 것이다.

그 이유는?

우선 알리시아가 사건과 관계가 있다는 의심을 제거하기 위해서.

하지만 왜 여기 왔지?

아, 그렇지. 알리시아는 자기만의 계획이 있는 게 분명하다. 자신을 연루시킬 모든 증거를 훔치고, 라임과 같이 있는 사람들을 모두 죽인 뒤, 버넌을 확실한 범인으로 입증할 증거를 심으려는 것이다. 그런 다음 버넌을 만나서 죽이면 된다.

자동차 회사에 대한 복수에 성공한 알리시아 모건은 자유의 몸으로 집에 돌아간다.

저 지갑 안에는 총이 들어 있겠지, 라임은 추측했다. 하지만 노리던 목표물이 장애인이라는 것을 알았으니, 어쩌면 그리피스의 공구를 이용해서 라임과 아처를 죽이려 할 것이다. 그에게 죄를 뒤집어씌우기가 더 편하다.

멜 쿠퍼는 한참 지나야 돌아올 것이다. 색스도 마찬가지다. 톰은 두 시간 정도 걸릴 것이고. 살인할 시간은 충분하다.

그래도 노력은 해야 한다. 라임은 시계를 보았다. "아멜리아, 색스 형사가 곧 돌아올 겁니다. 저보다 탐문을 더 잘하죠."

알리시아는 아주 희미한 반응을 보였다. 물론 방금 색스와 이야기하고 왔으니 몇 시간 뒤에야 돌아온다는 것도 알 것이다.

라임은 알리시아를 지나쳐 그 뒤에 있는 줄리엣 아처에게 시선을 주었다. "자네는 피곤해 보이는군."

"저... 제가요?"

"다른 방으로 가봐. 잠을 좀 자야 할 것 같은데." 그는 알리시아를 바라보았다. "아처는 상태가 나보다 더 심각합니다. 무리하면 안 돼요."

아처는 보일락 말락 고개를 끄덕이고 손가락으로 조종간을 움직였다. 의자가 회전했다. "괜찮으시다면 그러죠."

의자가 문간으로 향했다.

하지만 알리시아가 일어서더니 그쪽으로 다가가서 휠체어를 막아섰다. 의자는 멈췄다.

"뭐... 뭐 하는 거죠?" 아처는 물었다.

알리시아는 짜증스러운 파리 쳐다보듯 아처를 보더니 그녀의 옷깃을 잡고 의자에서 잡아당겨 바닥에 그대로 놓아버렸다. 아처의 머리가 단단한 나무 바닥에 부딪혔다.

"안 돼!" 라임은 소리쳤다.

아처는 필사적으로 말했다. "난 몸을 똑바로 세워야 해요! 내 상태는...."

알리시아는 대답 대신 아처의 머리를 힘껏 발로 찼다.

바닥에 피가 고였다. 아처는 눈을 감고 움직이지 않았다. 숨을 쉬는지 아닌지도 알 수 없었다.

알리시아는 가방을 열고 파란 라텍스 장갑을 끼더니 빠르게 다가와서 라임의 의자에서 컨트롤러를 뜯어냈다. 그리고 거실로 이어지는 쪽문으로 걸어가서 문을 닫고 잠가버렸다.

그녀는 가방을 뒤져 면도날 칼을 꺼냈다—물론 버넌의 것이다. 칼은 플라스틱 튜브 안에 들어 있었다. 그녀는 뚜껑을 열고 통을 흔들어 칼을 꺼냈다. 알리시아는 칼날을 라임 쪽으로 향하게 하고 휠체어로 다가왔다.

53

"난 당신에 대해 알아, 알리시아. 우리는 그리피스의 피해자와 US 오토가 관련이 있다는 걸 알아냈어. 신문 기사에서 당신의 사진도 봤고."

이 말에 알리시아는 멈칫했다. 그녀는 이 사실이 무엇을 의미하는지 생각하느라 그대로 멈춰 고개를 갸우뚱했다.

라임은 말을 이었다. "당신과 그리피스가 그 아파트에서 가짜 폭행을 연출했다는 건 곧장 알아차렸어. 관리인이 확실히 소리를 듣고 올라와서 당신을 구하도록 한 거야. 이 집 밖에서 당신을 본 순간, 난 특별 전화코드를 눌렀어. 응급상황 시 단축번호."

알리시아의 시선이 라임을 지나쳐 컴퓨터로 향했다. 그녀는 키보드를 두드려 통화 목록을 찾아냈다. 지난 10분 동안 발신전화는 없었고, 가장 마지막으로 걸었던 전화도 911이나 뉴욕시경이 아니라 휘트모어의 법률회사였다. 그녀는 재발신 버튼을 눌렀고, 스피커에서 안내원의 사무적인 목소리가 흘러나왔다. "법률회사입니다." 알리시아는 전화를 끊었다.

라임이 방금 추론을 마쳤고 이를 아는 다른 사람은 아무도 없다는 결론을 내렸는지, 알리시아의 얼굴에서 긴장이 풀렸다. 그녀는 방을 둘러보았다. 나이보다 젊어 보이는 얼굴이었다. 연한 눈동자, 주근깨. 주름살은 거의 없었다. 약간 희끗거리는 금발은 풍성하고 윤기가 흘렀다. 흉터는 눈에 띄었지만 그 때문에 매력이 줄어들지는 않았다. 버넌 정도는 장난감처럼 주물렀을 것이다.

"버넌의 아파트에서 발견한 증거는 어디 있지?"

라임이 US 오토 사건에 대한 기사를 수집했거나, 진짜 범행 동기를 밝히고 결과적으로 그녀를 범인으로 지목할 수 있는 다른 증거를 갖고 있을까 봐 두려운 것 같았다.

"내가 말해주면 우릴 죽일 거잖아."

눈썹에 주름이 잡혔다. "물론이야. 하지만 다른 사람들은 모두 살려준다고 약속하지. 당신 친구 아멜리아—버넌은 그 여자한테 상당히 집착하더군. 질투가 날 지경이었어. 아멜리아는 무사할 거야. 그녀 어머니도. 수사팀의 다른 사람들도. 하지만 당신은 죽어야 돼. 당연히. 당신 둘 다."

"당신 부탁은 그렇게 쉽지 않아. 증거물 일부는 퀸스 현장감식 본부에서 분석 중이니까. 그리고...."

"곤란할 경우 이 집을 통째로 불태워버릴 수도 있어. 하지만 그러면 사람들의 이목을 끌 거고 나도 뭔가 놓칠 수 있겠지. 그냥 말해줘."

라임은 입을 다물었다.

알리시아는 거실을 둘러보았다. 파일함, 서류와 비닐봉투가 든 상자, 선반, 장비. 그녀는 파일함으로 가서 서랍을 열고 안을 들여다보았다. 서랍을 닫았다. 다른 서랍을 열었다. 그러다 넓고 흰 관찰대를 빤히 보더니 증거물 비닐봉투와 종이봉투가 든 상자를 하나씩 살폈다. 그녀는 법의국 시체포대 같은 진녹색 쓰레기봉투를 펼치더니 수첩과 몇몇 물건을 안에 던져 넣었다.

알리시아는 자신과 소송에 관계된 것으로 보이는 증거를 계속 쓸어 담더니, 이어 가방에서 종이봉투를 꺼내 내용물을 조심스럽게 꺼내놓기 시작했다. 라임이 생각한 대로였다. 머리카락, 물론 그리피스의 것이었다. 종잇조각에도 물론 그의 지문이 찍혀 있을 것이다. 그리고—정말 철저하게 미리 계획한 것 같았다—버넌의 신발 한 짝. 신발도 그냥 던져두지 않았다. 라임의 의자 근처 바닥에 족적 몇 개를 남겼다.

라임이 말했다. "당신과 당신 남편에게 있었던 일은 정말 끔찍했어. 하지만 이런다고 그 일을 되돌릴 수는 없어."

"비용 편익 분석." 알리시아는 쏘아붙였다. "'누구 등을 치는 게 싸게 먹힐까' 분석이라고 하는 게 맞겠지." 바닥에 족적을 찍기 위해 허리를 굽힌 순간, 블라우스 자락이 벌어지면서 가죽처럼 쭈글쭈글하고 변색한 흉터가 확연히 보였다.

"소송에서 이겼잖아, 기사에서 읽었어."

쓰레기봉투 안에 던져 넣을 때 몇몇 증거물 봉투 입구가 열린 것이 라임의 초연한 눈에 들어왔다. 그는 죽음을 눈에 두고도 증거물 오염이 신경 쓰였다.

"이기지 않았어. 합의를 했지. 내부 문건이 알려지기 전에 합의를 했어. 마이클, 내 남편은 사고가 나기 전에 술을 마셨어. 그건 연료분사기 문제와 아무 상관없는 사안이야. 하지만 알코올 때문에 재판은 우리에게 불리할 게 분명했어. 게다가 마이클 때문에 내 부상이 더 심해졌다는 증거가 있었어—죽기 전에 그가 날 불타는 차에서 끌어내려다 팔이 부러진 거야. 변호사는 상대가 그 점을, 그리고 음주 문제를 물고 늘어질 거라고 했어. 배심원은 우리한테 아무것도 안 줄 거라고. 그래서 합의를 했어.

하지만 돈 때문에 이러는 게 아니야. 이건 내 남편을 살해하고 내게 평생 지워지지 않을 흉터를 남기고도 응분의 대가를 치르지 않은 두 회사에 대한 문제야. 아무도 기소되지 않았어. 회사는 원고에게 거액을 지불했지만, 회사 중역들은 그날 밤 가족들 얼굴을 보러 집으로 돌아갔어. 내 남편은 그러지 못했고. 다른 남편들, 아내들, 아이들도 마찬가지였어."

"그렉 프로머는 회사를 그만두고 자원봉사 일을 시작했어." 라임은 말했다. "연료분사기 문제에 대해 죄책감을 느꼈던 거야."

이 문장이 혀끝에서 무겁게 떨어지자마자, 알리시아는 '아, 그러셔'라는 눈빛을 보냈다.

"인류의 수호자. 그건 다 엉터리지?"

그녀는 고개를 끄덕였다. "버넌은 그리 매력적인 남자가 아니었지. 내가 원하는 대로 조종하는 건 쉬웠어. 마이클의 죽음에 책임이 있는 사람들은 피해자들과 같은 방식대로 죽이고 싶었어. 제조물 때문에. 탐욕 때문에. 버넌은 기꺼이 하겠다고 했고, 우리는 정치적인 문제를 핑계 삼기로 했지. 사람들이 US 오토에 대해 생각하지 못하도록, 내가 관련된 문제라고 생각하지 못하도록."

"그의 선언문 제목은 왜 〈강철의 키스〉였지?"

"그가 생각해 낸 거야. 자기 공구, 톱이랑 칼, 끌 같은 데서 영감을 얻었겠지."

"그는 어떻게 찾았지?"

"이건 물론 오랫동안 계획했던 일이야. 가장 힘든 건 희생양을 찾는 일이었지. 나는 자동차회사를 상대로 소송을 건 당사자니까, 직접 사람을 죽일 수는 없었어. 한데 어느 날 맨해튼에서 저녁을 먹다가, 우연히 버넌이 어떤 남자와 싸우는 걸 봤어. 라틴계 남자. 그가 버넌을 놀렸고—아주 말랐잖아. 버넌은 그냥 꼭지가 돌았지. 완전히 미친 거야. 그는 도망갔고, 라틴계 남자는 쫓아갔어. 하지만 그는 미리 계획이 있었어. 휙 돌아서서 칼인가 면도날인가로 남자를 죽였어. 난 그렇게 미치광이 같은 사람을 본 적이 없었어. 마치 상어 같더군. 버넌은 무허가 택시를 잡아타고 사라졌어.

방금 본 일을 어떻게 생각해야 할지 알 수가 없더군. 내 눈앞에서 벌어진 살인. 며칠 동안 계속 생각했어. 마침내 바로 그가 날 도울 수 있는 사람이라는 걸 깨달았지. 그가 식사하던 식당에 확인해 봤어. 식당 측은 그의 이름을 몰랐지만, 일주일에 한 번씩 찾아오는 단골이라고 했어. 나는 계속 그 식당에 드나들다가 마침내 그를 만났지."

"그리고 그를 유혹했군."

"그래. 그리고 다음 날 아침 나는 그에게 라틴계 남자를 죽이는 장면을 봤다고 말했어. 모험이었지만, 그때는 이미 내게 완전히 반한 뒤였으니까. 내가 원하는 일이면 뭐든지 할 거라는 걸 알고 있었어. 나는 그에게 왜 그 라틴계를 죽였는지 이해한다고 했어. 괴롭힘을 당했으니까. 나도 어떤 면에서는 똑같은 일을 당했다고 했어—자동차 회사가 남편을 내게서 빼앗아 가고 내 몸을 흉터로 망가뜨린 일. 복수를 하고 싶다고."

"버넌에게 데이터와이즈 컨트롤러 해킹 방법을 알려준 남자, 그가 살해한 블로거는 그 컨트롤러를 설치한 제품을 구매한 고객 명단도 넘겨줬어. 당신은 아마 그 명단에 나오는 이름 중에서 US 오토와 관계된 사람을 찾았을 거야. 맞지?"

알리시아는 고개를 끄덕였다. "회사와 관계된 모든 사람을 죽일 수는 없으니까. 그냥 대여섯 명 정도면 충분했어. 프로머, 벤코프, 헤디... 그 거머리 같은 변호사. 발레리 메이어."

"그럼." 라임은 거의 태연자약한 말투로 물었다. "버넌 그리피스는 어떻게 죽일 거지?"

알리시아는 라임이 이 점을 추론했는데도 놀라는 것 같지 않았다. "아직 모르겠어. 산 채로 태울 수도 있고. 부비트랩 같은 걸 설치하려던 것처럼 보이게. 가솔린으로. 그는 깡마른 남자치고는 이상하게 힘이 세."

"그럼 당신은 그가 어디 있는지 알고 있나?"

"아니. 내 집을 떠난 뒤 어디로 가야 할지 몰랐어. 아마 단기호텔 같은 데 있을 거야. 다시 연락한다고 했어. 할 거야."

라임은 말했다. "당신과 당신 가족에게 일어난 일은 비극이었어. 하지만 이렇게 한다고 당신이 얻는 게 뭐지?"

"정의. 위안."

"당신은 잡힐 거야."

"그렇게 생각하지 않아." 그녀는 시계를 보더니 라임에게 다가와서 칼날을 세우고 그의 경정맥을 노렸다. 정육점 주인이나 외과의사 같은 침착한 손이었다.

라임은 칼날을 외면하고 고개를 들었다. "그래, 빨리해. 하지만 세게. 세게 해야 해. 기회는 단 한번뿐이야."

알리시아는 우뚝 멈췄다. 혼란스러운 표정.

그러나 라임은 그녀에게 말하는 것이 아니었다. 그의 시선은 알리시아 뒤에서 무거운 철 받침이 달린 관찰용 전등을 들고 비틀비틀 다가가는 줄리엣 아처에게 고정되어 있었다. 그녀는 라임의 지시를 알아들었다는 뜻으로 고개를 끄덕인 뒤 전등으로 알리시아의 두개골 아래쪽을 세게, 아주 세게 후려쳤다.

54

두 여자가 입은 상처는 생명과 관계가 없었지만, 알리시아 모건의 상처가 훨씬 심했다.

그녀는 지금 다운타운 중앙 구치소에서 가까운 맨해튼 구치소 의무병동에 있었다.

줄리엣 아처는 얼굴에 붕대를 감고 라임의 거실 등나무 의자에 앉아 있었다. 알리시아와 비슷한 화려한 멍이 붕대 밑에서 퍼져 있었다. 구급요원은 두 번째 상처, 턱 부분을 능숙한 솜씨로 처치하고 있었다.

"준비됐나?" 라임은 톰에게 물었다. 조수는 알리시아가 그의 휠체어에서 뜯어낸 조종간을 다시 조립하고 있었다. "아니, 벌써 10분이나 지났잖아."

답답해서 안달이 나는 그런 기분....

"제가 서비스 직원을 부르자고 했잖습니까." 조수는 힘없이 답했다. "기억 안 나세요? 하지만 그러면 내일까지 기다려야 할지도 모른다고 하지 않았습니까?"

"내 눈에는 다 된 것 같은데. 그냥 켜봐. 전화할 데가 있어."

젊은 조수의 노려보는 눈빛에, 라임은 입을 다물었다.

3분 뒤 그는 다시 작동을 시작했다.

"잘되는 것 같군." 라임은 거실을 돌아다녀 보았다. "방향 전환이 약간 이상하고."

"전 부엌에 있겠습니다."

"고마워!" 라임은 멀어지는 톰의 등 뒤로 소리쳤다.

구급요원이 뒤로 물러서서 아처의 얼굴을 살피며 말했다. "상처는 대체로 얕습니다. 어지러우세요?"

그녀는 앉아 있던 등나무 의자에서 일어나 이리저리 걸어보았다. "약간 어지러운데, 흔히 겪던 것보다 심하지는 않아요." 그녀는 돌아와서 스톰애로 휠체어에 앉았다. 그런 뒤 다시 끈으로 왼팔을 휠체어에 직접 묶었다.

"좋습니다. 상태 좋군요. 움직임도 상당히 좋으십니다." 구급요원은 휠체어를 바라보았다. 그가 어리둥절한 것도 이해할 만했다.

아직 완전한 사지마비 상태가 아니지만 그런 장애인을 위해 만들어진 휠체어를 유일한 이동 수단으로 사용하고 있다는 말을 라임도 아처도 그에게 하지 않았기 때문이었다. 아직은 아니었다. 첫 주 수업이 끝나고 라임에게 설명했지만—여기서 인턴 일을 시작할 때 톰에게도—아처는 지금 이 시점에는 부분적인 장애를 겪고 있었다. 척추 주변에 종양은 있었다. 하지만 아직 종양 때문에 완전히 거동이 불가능한 것은 아니었다. 그러나 그녀는 언젠가 수술 뒤 완전한 장애인으로 살아야 할 가능성이 높을 때를 대비하고 있었다.

톰도 간병인 '역할'을 했지만, 어느 정도까지였다. 그녀는 자기 집이나 라임의 집에서 욕실을 쓸 때면 비장애인의 세계로 돌아갔고, 옷을 입을 때도 마찬가지였다. 룬 문자가 새겨진 금팔찌 역시 아침에는 한쪽 팔에 차고 있다가, 오후에는 다른 팔에 찰 때도 있었다. 피부에 자극이 오면 가끔 바꿔 차는 것이었다. 아들이 준 선물이었기 때문에 굳이 항상 몸에 지니고 다녔다.

그 외에 역할놀이를 그만둔 유일한 경우는 방금 불안하게 흔들리는 다리로 일어서서 라임과 자신의 목숨을 구하기 위해서였다.

구급요원이 임무를 마치고 떠난 뒤, 아처는 라임에게 다가갔다.

"박사가 정확하게 맞았어." 라임은 그녀의 연기를 칭찬했다. 그가 알리시아 모건에게 아처의 상태가 자기보다 나빠서 좀 쉬어야 한다고 했을 때, 그녀는 곧장 손님이 뭔가 수상하다는 것을 추론해 냈다―자신의 '상태'가 라임이 말한 대로 심각할 리가 없었기 때문이었다.

아처는 고개를 끄덕였다. "거실을 나가서 곧장 경찰에 신고할 생각이었죠."

라임은 한숨을 쉬었다. "자네한테 덤벼들 줄은 몰랐어. 날 죽이러 왔다는 건 알고 있었지만―여기 있는 다른 사람도―시간을 좀 벌 수 있을 줄 알았는데."

"아멜리아가 선반에 총을 둔 걸 봐놓긴 했지만, 사실 난 총을 사용할 줄 몰라요. 게다가 종양 때문에 손도 그렇게 안정적이지 못하고."

"전등은 공이치기를 당길 필요도 없고, 장전할 필요도 없지."

아처가 말했다. "하지만 아직 범인perp이 하나 더 있어요."

"자넨 그 단어 좋아하는군, 안 그래?"

"어감이 좋아요. 범인." 아처는 덧붙였다. "알리시아는 그리피스가 어디 있는지 모른다고 했죠. 그는 알리시아에게 연락할 거예요. 감방을 지켜봐야 할 것 같아요."

라임은 고개를 저었다. "그는 버너폰을 쓸 거야. 게다가 몇 시간 지나면 그도 알리시아가 체포됐다는 걸 알게 될걸. 잠적하겠지."

"그럼 어디서 그를 찾죠?"

"어디겠나?" 라임은 증거물 보드 쪽으로 턱짓했다.

해답은 저기 있다....

55

그는 프러포즈하지 않을 생각이었다.

그러고 싶은 마음은 있었다. 그런 끌림, 그런 충동은 일었다. 그냥 빨리 말해버리자. 아멜리아가 싫다고 하면, 물론 그러겠지만, 물러나자.

하지만 참아야지. 오랜 시간이 걸리는 일이라면, 시간을 들이면 된다. 언젠가는 아멜리아의 마음에 다시 들어갈 것이다.

프레디의 말이 생각났다.

여자를 찾아, 닉. 남자 인생에는 여자가 필요해.

아, 작업 중이야....

닉은 어깨에 운동용 가방을 걸머지고 가로수가 늘어선 브루클린의 보도를 따라 집을 향해 걷고 있었다. 묘했지만, 휘파람이 나올 것 같았다. 실제 불지는 않았다. 사실 닉이 아는 사람 중에는 휘파람을 부는 사람이 별로 없었다(교도소에 있을 때 아멜리아가 수사한 사건 중에 능숙하게 휘파람을 부는 프로 살인범에 대한 기사를 신문에서 읽은 적이 있었다).

가방에는 금박 선물용 포장지에 싼 작은 그림이 들어 있었다. 그림자를 맨해튼 쪽으로 드리우고 이른 아침 햇빛에 반짝이는 브루클린 브리지의 풍경화, 아니, 도시풍경화였다. 헨리 스트리트의 작은 갤러리에서 발견한 이 그림은 같이 살던 시절 아멜리아가 좋아하던 그림과 비슷했다. 그들은 그 그림을 어느 추운 일요일 아침 브런치를 먹은 뒤 맨해튼의 한 갤러리에서 발견했다. 가식적인 순백의 공간(소호, 두말할 필요도 없다) 벽에 걸려 있던 그 그림은 어마어마하게 비쌌다. 엄두도 낼 수 없는 가격이었다. 폐장 시간 즈음에 무작정 들어가서 배지를 내보이며 훔친 물건이라는 혐의가 있으니 증거물로 압수한다고 으름장을 놔볼까 하는 생각도 했다. 그림은 증거물 보관소에서 '사라지고', 갤러리 주인에게는 백배 사죄한다. 하지만 그런 수작이 어떻게 하면 통할지 좋은 수가 생각나지 않았다.

뭐, 지금 가방 안에 있는 그림도 그 못지않게 좋다. 사실 더 좋고, 더 크고, 색깔은 더 선명하다.

그녀는 좋아할 것이다. 그래, 닉은 기분이 좋았다.

휘파람....

존 페론이 가짜 대출서류와 함께 닉에게 줄 돈을 준비하고 있다는 메시지를 보냈다. 서류를 꼼꼼히 검토해야겠다. 가까운 사람들—주로 가석방담당관과 아멜리아—이 합법적으로 얻은 거라고 믿을 수 있도록, 합법적인 계약처럼 보여야 한다. 그들을 납득시켜야 한다. 닉은 에이미가 받아들일 거라는 것을 알고 있었다. 왜냐하면 '받아들이고 싶다'는 마음을 그녀의 눈빛에서 읽었으니까.

페론과 그 부하, 멜빵 사나이 랠프 세빌이 알아서 할 테니, 식당 주인 비토리오도 제안을 받아들일 것이다. 식당을 인수해서—새로 페인트칠을 하고, 더 나은 제복을 입히고—주류 판매 허가를 받고 카렐리 카페라는 이름을 붙여야겠다. 합법의 세계로 숨어든다. 과거는 묻어버린다. 아무도 모를 것이다.

결백을 증명하는 문제는 그냥 흐지부지해 버릴 생각이었다. 아멜리아와 그녀의 어머니와 친구들에게는 단서가 끊겼다, 그 유일한 목격자는 죽었다, 다른 한 사람은 알츠하이머에 걸려 아무것도 기억하지 못한다, 이런 식으로 둘러대면 된다. 우울하고 슬픈 얼굴로 수색이 잘 되지 않는다고 털어놓는다. 하, 나는 정말 열심히 노력했는데….

에이미는 그의 손을 잡고 괜찮다고 말해줄 것이다. 이미 그녀는 그가 결백하다고 믿고 있을 것이고, 거리에서도 닉은 죄가 없었다는, 페론이 퍼뜨린 소문을 들을 것이다. 그녀에게 거짓말을 하는 게 찜찜했지만—목숨이 달려 있다 해도 차량 강도 작전은 못 꾸밀 델가도에 대해 꾸며낸 그 헛소리—피치 못하게 희생시켜야 하는 것도 있다.

반 블록쯤 더 가다가, 그는 다시 프레디 커러더스에 대해 생각했다.

페론의 졸개 랠프 세빌은 닉에게 전화해서 프레디의 시체는 체인으로 둘둘 감고 15킬로그램짜리 바벨을 달아 뉴타운 크릭에 버렸다고 알렸다. 이런 일은 눈 감고도 하는 사람이겠지만, 프레디에게는 정말 대단한 마지막 장소였다. 브루클린과 퀸스의 경계선인 그 강은 미국에서 가장 오염된 물이었고, 엑슨 발데스보다 악명 높은 그린포인트 기름 유출 사고가 발생했던 장소였다.

뭐, 참. 프레디는 정말 유감이다. 죄책감이 가슴을 찔렀다. 자식도 있는데.

쌍둥이는 아들이야. 딸들은 네 살, 다섯 살….

마음이 아팠다.

하지만 미안해. 사상자는 감수할 수밖에 없다. 닉은 받을 게 있었다. 그에게 일어났던 일은 너무나 불공평했다—시시한 차량 강도, 잠깐 권총 휘두른 것(그가 때린 트레일러 운전사는 정말 재수 없는 놈이었다), 남들 다 하는 짓을 했을 뿐인데 시스템이 득달같이 달려와서 잡아넣다니. 그보다 훨씬 더한 일을 하고도 아무 문제없이 빠져나가는 놈들로 가득 찬 세상인데. 난 그 대가로 뭘 받았지? 인생에서 몇 년을 빼앗겼나.

나는 받을 게 있다….

닉은 신호등을 기다리다 길을 건넜다. 도시풍경화가 든 운동용 가방이 애정에 가득한 손길처럼 등을 가볍게 누르는 것이 느껴졌다. 그는 아멜리아를, 그 패션모델 같은 얼굴을, 곧은 빨강머리를, 도톰한 입술을 떠올렸다. 그녀를 머릿속에서 지울 수가 없었다. 요전 날 밤 손가락을 모으고 살짝 주먹을 쥔 채 얕고 부드럽게 호흡하며 잠들어 있던 모습이 떠올랐다.

집이 있는 거리에 들어서는데, 또 다른 사람이 떠올랐다. 링컨 라임.

닉은 그에 대해 존경하는 마음 말고는 아무것도 없었다. 아니, 라임이 차량 강도 사건을 수사했다면, 닉과 일당은 그보다 몇 달 전에 체포됐을 것이고 형도 더 무거워졌을 것이다. 그런 두뇌는 존경하지 않을 수 없다.

그리고 라임은 아멜리아를 좋아한다. 잘된 일이다.

물론 그녀를 그에게서 빼앗는 일은 힘들 것이다. 하지만 물론 닉은 그녀가 라임을 정말로 사랑할 수 없다는 사실을 위안으로 삼고 있었다. 어떻게 그런 사람을... 그래, 그런 사람을 사랑할 수 있나. 동정심에서 같이 지내는 거겠지. 틀림없다. 라임도 알 것이다. 극복할 것이다.

어쩌면 언젠가 그들 모두 친구가 될 것이다.

아멜리아 색스는 알리시아 모건의 아파트에서 현장 관찰을 마쳤다. 버넌 그리피스의 소재를 알려줄 만한 단서는 별로 없었고, 그녀는 악의 본질에 대해 사색에 잠겨 있었다.

악은 너무나 많은 다른 얼굴을 지니고 있다.

알리시아 모건은 그중 하나의 얼굴이었나. 링컨 라임이 전화해서 타운하우스에서 있었던 일과, 알리시아가 제조물배상책임 소송 살인사건의 배후였다는 사실을 알려주었다. 범행 동기가 끔찍한 부당함에 대한 복수였다는 사실을 감안할 때, 알리시아의 범죄는 연쇄살인범이나 테러리스트의 범행과 다른 분류로 묶어야 할 것 같았다.

그러나 또 다른 종류의 악도 있었다. 부상을 입히거나 사람을 죽일 수 있다는 것을 알면서도 차량의 결함을 수정하지 않기로 결정하는 상거래의 흐름 속의 악. 마치 딱정벌레의 외골격이 액체로 된 심장을 보호하듯, 어쩌면 탐욕, 어쩌면 기업이라는 여러 겹의 조직이 양심을 차단하는지도 모른다. 어쩌면 자동차 회사나 연료분사기 제조사 중역들도 최악의 상황이 오지 않기를, 자기들이 만든 매끈한 시한폭탄 같은 자동차를 타고 다니는 고객들이 부디 무사히 오래 오래 살기만을 바라며 일요일마다 티끌 한 점 없는 교외의 예배당에서 기도하는지도 모른다.

한편 상대의 열등감을 이용하는 한 여자에게 문자 그대로 유혹당한, 버넌 그리피스도 있다.

최악의 악은 무엇일까? 아멜리아 색스는 자신에게 물었다.

그녀는 지금 소파에 앉아 닳은 가죽에 몸을 묻고 있었다. 어디 있지, 버넌? 1마일 떨어진 곳에 숨어 있나? 1만 마일?

누군가 그의 소재를 알아낼 수 있다면, 그것은 그녀와 라임, 쿠퍼였다. 아, 줄리엣 아처도 있었다. 인턴. 신참치고는 좋았다. 두뇌 회전이 빠르고, 링컨 라임과 너무나 비슷한, 법과학 분석이라는 기묘한 세계에서 너무나 필요한 냉정함을 지니고 있었다. 사고 이전의 라임을 알지는 못했지만, 그녀는 그가 그때도 훌륭했으리라고 확신했다. 하지만 또한 현재의 신체적 조건이 법과학자로서 그를 진정 빛나게 해주었다고 믿고 있었다. 라임의 말대로 몇 달 뒤 받을 수술로 인해 사지마비 환자가 된다 해도, 줄리엣은 이 분야에서 잘해낼 수 있을 것이다.

당신 둘은 좋은 팀이에요....

그녀는 이 아파트를 둘러보았다. 어딘가 활기가 빠진 듯한 공간이었다. 불은 꺼져 있었고, 거리의 불빛이 흘러들어오고 있었다. 도시 생활의 흥미로운 부분 중 하나다—직접 햇빛을 받는 일은 드물다. 햇빛은 창문이나 벽, 간판, 가게, 기타 벽면에 반사되어 집이나 사무실로 스며든다. 하늘을 찌를 듯한 고층건물에 사는 축복받은 부자들의 집을 제외하고, 대부분의 도시공간에는 실제 햇빛이 고작 하루 두세 시간 정도 들어올 뿐이다. 오래전 그녀가 생각해 낸 문구가 있었다. 반사광 속에서의 삶. 이 표현이야말로 도시의 경험을 잘 묘사하는 것 같았다.

이런, 오늘 난 정말 사색적이군.

왜 이럴까....

그때 현관문에서 열쇠 짤랑거리는 소리가 들려왔다. 철컥, 다시 철컥. 교외나 농촌에서는 자물쇠 하나면 족하다. 도시에서는, 최소한 뉴욕에서는, 손잡이 자물쇠와 데드볼트가 최소한이다.

희미하게 삐걱거리는 소리와 함께 문이 안으로 열렸다. 색스는 글록을 부드럽게 뽑아들고 과녁의 심장을 침착하게 겨눴다.

"아멜리아." 충격받은 속삭임.

"가방 던져, 닉. 그리고 바닥에 엎드려. 얼굴 아래로 하고. 두 손 다 내 시야에서 1초도 사라지면 안 돼. 알겠어?"

56

두 명의 풀라스키는 6번 지구대에서 그리 멀지 않은 그리니치빌리지의 델리에 앉아 있었다.

6번 지구대에는 토니 풀라스키의 집이 있었고, 쌍둥이 형제는 여기 상당히 자주 왔다.

그와 론은 두꺼운 컵에 따른 커피를 두 손으로 감싸고 있었다. 컵은 너무 두꺼워서 이런 식당에서 자주 그러듯 쿵 내려놓아도 잘 깨지지 않을 것 같았다.

그러나 론의 컵에는 하트 모양으로 깨진 부분이 있었다. 그는 날카로운 모서리를 주의하며 커피를 마셨다.

"그러니까." 토니가 말하고 있었다. "다시 정리해 보자. 넌 허가받지 않은 잠입수사 작전을 하는 중인데, 사비를 쓰고 있지만 약을 사지는 않는다, 혹은 사더라도 증거는 곧장 내버린다. 특수반이나 기동대 지원을 받지 못하니까. 이게 맞냐?"

"맞아. 아, 그리고 뉴욕시 최악의 동네야. 통계적으로."

"설상가상이군."

사람들이 가끔 쌍둥이에게 시선을 주었다. 그들은 거의 똑같은 제복을 입고 일란성 쌍둥이로 살아가는 데 익숙했다. 토니는 훈장이 몇 개 더 있었다. 나이도 더 많았다.

7분 더.

아멜리아 색스는 마약왕 오덴과 백스터, 새 마약 캐치가 무슨 관계가 있는지 알아내기 위해 개인 작전을 벌일 거라면 뒤를 봐줄 만한 사람을 데리고 가라고 권했다. 풀라스키가 생각할 수 있는 유일한 사람은 토니였다.

"그러니까 이걸 링컨 때문에 하는 거라고?"

론은 고개를 끄덕였다. 토니가 이미 알고 있는 것을 굳이 반복할 필요는 없다. 머리부상 이후 라임의 설득이―무뚝뚝하게, 궁둥이 일으켜서 다시 일하러 가―아니었다면 경찰을 그만둘 뻔했던 사연. 라임은 '나를 봐' 류의 설교를 하지는 않았다―나 같은 장애인도 나쁜 놈을 잡고 있잖아. 그는 그냥 이렇게 말했다. "자넨 좋은 경찰이야, 신참. 그리고 계속 정진한다면, 아주 좋은 현장감식 수사관이 될 수 있어. 사람들은 자네에게 의지한다고."

"누가요? 제 가족? 저야 어차피 다른 직장을 구하면 됩니다."

라임은 사람들이 자기 말을 못 알아들을 때 오로지 링컨 라임만 할 수 있는 방식대로 얼굴을 우그러뜨렸다. "누구겠어? 난 피해자들을 말하는 거야. 자네가 실제 현장에서 뛰지 않고 영업이나 뭐 그딴 일에 뛰어들게 되면 죽게 될 피해자들. 내가 철자까지 불러줘야 해?

궁둥이 일으켜서 다시 일하러 가. 이 문제에 대해. 마지막으로. 충고하는 거야."

그래서 론 풀라스키는 궁둥이를 일으키고 다시 일하러 갔다.

"네 계획은 뭐야, 이 오덴을 만나면? 잠깐. 그거 무슨 신 이름 아닌가? 독일 신?"

"노르웨이 신일걸. 철자는 달라."

"그럼 노르웨이 출신인가? 노르웨이 사람 아니야?"

"몰라."

"아, 계획이 뭐야?"

"난 사람 이름 하나를 얻어냈어. 오덴이 자주 나타나는 곳을 아는 친구."

"노르웨이인 오덴 판매상이라."

"듣고 있어? 난 진지해."

"계속해." 토니도 진지한 얼굴로 말했다.

"오덴을 만나서, 백스터를 안다고 말할 거야. 그가 날 오덴과 엮어주려고 했는데, 하필 그때 백스터가 체포당했다고."

"무슨 일로 엮어줘?"

"그건 그냥 발을 들여놓으려고 하는 소리야. 그런 다음 물건을 사는 거야, 이 캐치라는 물건. 신종 마약. 난 그를 체포해. 형이 들어와. 짠. 우리는 흥정해. 백스터가 무슨 짓을 했는지 알려주면 보내주겠다고. 난 백스터가 재정 지원을 했다고 생각해. 그런 다음 링컨에게 상황을 밝혔다고 알리면, 링컨도 백스터가 사실 위험한 놈이었다는 걸 깨달을 거야. 죽어 마땅할 정도는 아니겠지만. 그래도 희생양은 아니었다는 거지. 그러면 은퇴를 번복하지 않겠어?"

토니는 얼굴을 찌푸렸다. "대단한 계획은 아닌데."

론도 마주 찌푸렸다. "다른 생각 있어? 기꺼이 검토해 볼 테니까."

"그냥 그렇다는 거야. 대단한 계획이라고 할 수는 없다고."

"그래서? 할 거야?"

"뭐 어때." 토니는 중얼거렸다. "지난 며칠 동안 내 직장을 걸지도 않았고, 연금과 명성을 걸지도 않았고, 또 뭐 있나. 아 그래. 내 생명도 안 걸었군. 해보지 뭐."

"이건 뭐지?"

닉은 색스가 아니라 84번 지구대에서 차출한 날렵한 흑인 지원 병력, 부엌에서 나온 정복경찰에게 말하고 있었다. 경찰은 닉의 몸을 꼼꼼하게 수색했다. 스미티 해머리스 38구경을 재킷 주머니에서 꺼내며, 그는 색스에게 얼굴을 찌푸렸다.

"그거, 내가 설명하지."

색스도 미간을 찡그렸다. 총기 소지만으로도 다시 5년형이다. 이보다는 영리할 줄 알았다.

"수갑도 채울까요?"

"그래." 색스가 대답했다.

"이봐, 이렇게까지 할 건...." 닉의 목소리가 잦아들었다.

순경은 무기를 색스에게 건네고 닉의 두 손을 등 뒤로 돌려 수갑을 채운 뒤 일으켜 세웠다. 색스는 무기에서 실탄을 비우고 증거물 봉투에 집어넣었다. 탄창은 다른 봉투에 넣었다. 그녀는 닉의 손이 닿지 않는 탁자 위에 증거물을 놓았다.

"신고하려고 했어." 닉은 죄책감으로 한층 높아진 목소리로 소리쳤다. "총 말이야. 반납하려고 했어. 내가 갖고 있던 게 아니야."

한데, 갖고 있었잖아.

"오해야." 필사적인 목소리. "난 전에 말했던, 날 도울 수 있는 남자를 찾으려고 거리를 돌아다녔어. 결백을 증명해 줄 수 있는 사람. 난 레드훅에 있었는데, 이 남자가 갑자기 나타나더니 그 스미티를 꺼내고 강도짓을 하려고 하는 거야. 그래서 총을 뺏었어. 그대로 버릴 수는 없잖아. 어느 아이가 주워갈지 모르고."

굳이 거짓말을 지적할 생각도 없었다. "존 페론." 그녀는 그대로 입을 다물었다.

닉은 아무 반응도 보이지 않았다.

"당신이 페론을 만났을 때 그의 사무실 밖에 우리 팀이 있었어."

닉은 이 말을 듣고 머리를 굴렸다. "그래, 페론이 도니에 대한 정보를 갖고 있던 그 사람이야. 자기가 이것저것 알아보고 내가 차량 강도 현장 근처에 없었다는 걸 증명할 방법을...."

"우린 랠프 세빌을 체포했어, 닉. 페론의 졸개. 당신들이 프레디 커러더스를 죽이라고 보낸 사람."

입이 약간 벌어졌다. 눈길이 아파트 여기저기로 향했다. 버넌 그리피스의 수족관에 있던 작은 물고기들이 떠올랐다.

색스는 덧붙였다. "우리 수사팀 중 두 명이 세빌을 따라 당신이 프레디를 기다리게 한 상가까지 갔어. 그는 주차장에서 프레디에게 덤볐고, 수사팀이 그를 잡았어. 그가 당신 둘을 불었어."

"하지만...."

"세빌은 페론에게 프레디를 제거했다고 보고했지. 우리 각본대로. 페론은 우리가 세빌을 체포한 줄 몰랐어. 프레디는 당분간 경찰이 보호 중이야."

닉의 얼굴은 여전히 고집스러웠다. "거짓말이야. 그 개자식이 거짓말을 하는 거야. 세빌. 그 자식이 나쁜 놈이야."

"됐어." 색스는 속삭였다. "그만해."

이 말에 닉은 변했다. 순간 그는 늑대로 돌변했다. "어떻게 페론의 사무실에 수사팀을 배치했지? 말도 안 돼. 허풍을 치는 거야."

색스는 그의 분노에 눈을 깜빡였다. 그의 말 한마디 한마디가 칼날처럼 그녀를 찔렀다. "당신이 좀 더 영리할 줄 알았는데. 주차장에서 차를 바꿔 타고, 우리를 따돌리고, 내가 여기서 자고 갔던 날 밤? 난 당신이 잠든 뒤 당신 전화에 위치추적기를 붙였어. 우린 당신을 따라 페론의 사무실까지 갔다고. 영장은 못 받았어—당신과 페론이 나눈 대화는 못 들었지. 하지만 세빌은 당신이 당시 고와누스 근처 알곤퀸 트럭강도 범죄에 가담하고 직접 운전사를 권총으로 때렸다고 털어놨어. 도니는 그 일과 아무 관계가 없었다고. 당신이 수사기록을 원한 이유? 탈취한 약품을 꿀꺽 삼킨 사람에게서 당신 몫을 얻어내기 위해서였지."

닉의 어깨가 패배감으로 축 처졌다. 그는 애원조로 돌아섰다. "돌아가면 나는 죽어, 아멜리아. 자살하거나, 다른 사람이 날 죽일 거야." 목소리가 갈라졌다.

색스는 그를 머리부터 발끝까지 훑어보았다. "난 당신이 돌아가길 원하지 않아, 닉."

다친 아이가 어머니의 팔에 안기듯, 안도감.

"고마워. 당신도 이해해야 해. 몇 년 전 그 일은. 난 하고 싶지 않았어. 차량 강도. 알잖아. 엄마는 아프고, 도니는 문제가 있고. 그 약품은 모두 보험 처리가 되어 있었어. 대단한 건이 아니었다고. 정말이야."

색스의 전화가 울렸다. 그녀는 액정을 바라보더니 답장을 보냈다. 잠시 후 현관문이 열리고 키 크고 날렵한 흑인 남자가 안으로 들어왔다. 그는 갈색 정장과 노란 셔츠, 대담한 진홍색 타이 차림이었다. 색깔은 서로 충돌했지만, 옷은 잘 맞았다.

"이봐, 이봐, 이게 누구야. 우리가 잡았잖아. 응?" 그는 긴 손가락으로 희끗거리는 짧은 머리를 쓸어 넘겼다.

닉은 얼굴을 찡그렸다. "제장."

프레드 델레이, FBI 상급 특수요원은 여러 가지로 유명했다. 첫째, 학계에서도 꽤 유명할 정도로 깊은 철학에 대한 사랑. 둘째, 기상천외한 패션 선택. 셋째, 델레이 말투로 알려진 독특한 단어 선택.

"닉 씨, 교도소에서 갓 풀려나 아직 뜨끈뜨끈한 분이 개구쟁이처럼 말썽을 피우셨다며."

닉은 침묵을 지켰다.

델레이는 의자를 빙글 돌려 등받이를 그와 닉 사이에 두고 앉더니 색스보다 더 강렬한 눈빛으로 그를 응시했다.

"아멜리아?"

"프레드?"

"내가 계속 진행해도 될까?"

"필요한 대로 하세요."

델레이는 두 손바닥을 겹쳤다. "뉴욕주가 부여한 권한에 의거, 여기 색스 형사는 자넬 아주 여러 가지 혐의로 체포할 거야. 아주 많은 죄목이 내 머리에 떠오르는데, 색스 형사 머릿속에도 말할 나위 없을 거고. 쉬쉬. 입 그쪽으로 놀리지 마세요. 말씀하시려고요? 내가 말씀 하시는 중입니다. 색스 형사가 자넬 체포한 뒤에 저쪽 보스와 우리 쪽 보스, 아주 윗선에서 합의가 되면, 자넨 날 위해서 일하는 거야. 연방정부의 위대한 독수리를 위해서."

"도대체 무슨...."

"쉬. 쉬. 그 부분 안 들리나? 자넨 날 위해 정보원이 되는 거야. 비밀 정보원. 아, 먹음직스러운 미끼 아닌가. 전직 경찰, 전직 범죄자. 우릴 위해 일을 해. 5년 정도 할 일을 하고―모두 행복하고 모두 만족하고 나면, 당신은 잠깐 들어갔다가 곧 나와서 월마트 접대원 같은 걸로 일하면 돼. 전직 범죄자를 고용해 줄지는 몰라도. 음, 그건 내가 알아봐야겠군."

전직 잠입수사 요원인 델레이는 북동부 최고로 정보원을 잘 다뤘다.

"페론을 원하는군." 닉은 고개를 끄덕였다.

"이봐. 그 친구 멜빵쟁이 졸개, 세빌이 이미 다 털어놨어. 그건 그냥 시작이고, 전채요리일 뿐이지. 거기서 계속 올라가야 하지 않겠나. 세상이 기다리는데. 이제 내가 듣고 싶은 말은, 오로지 '네, 선생님. 하겠습니다' 이거야. 알겠나?"

한숨. 닉은 고개를 끄덕였다.

"좋아. 하지만...." 델레이의 검은 얼굴이 갑자기 무섭게 일그러졌다. "네 목소리가 안 들리는데. 무엇보다 마이크로도 안 들리겠어. 여긴 지금 배철러 촬영장과 서바이버 촬영장보다 마이크가 더 많다고. 그래서 어쩌겠다고?"

"하죠. 동의합니다."

색스는 휴대전화를 꺼내 경찰 표시가 없는 일반차를 밖에 세워놓고 기다리는 다른 형사에게 전화를 걸었다. "중앙구치소까지 데려가." 그녀는 닉을 보고 피의자의 권리를 읊어주었다. "변호사는?"

"됐어."

"좋은 생각이야."

색스가 오랫동안 알고 지낸 탄탄한 라틴계 형사가 문간에 나타났다. 리타 산체스. 그녀는 색스에게 고개를 끄덕였다.

"리타. 다운타운으로 데려가. 나도 곧 서류작업을 하러 가지. 연방 검사도 불러."

산체스는 닉을 차갑게 바라보았다. 그녀도 두 사람의 관계는 알고 있었다. "그러지, 아멜리아. 내가 처리할게." 속으로는 이렇게 말하는 듯한 말투였다. 세상에, 정말 유감이야, 아멜리아.

"아멜리아!" 닉은 문간에서 우뚝 섰다. 산체스와 정복경찰은 걸음을 늦췄다. "난... 난 미안해."

가장 나쁜 악은 무엇일까?

그녀는 닉을 지나쳐 그 뒤의 형사를 보고 고개를 끄덕였다. 닉은 아파트에서 끌려 나갔다.

"이건 뭐지?" 프레드 델레이는 닉이 갖고 있던 운동가방을 향해 고개를 끄덕였다.

색스는 가방 지퍼를 열고 그림을 꺼냈다. 음. 심호흡. 캔버스는 오래전 그녀가 좋아했던 그림과 비슷했다. 매우 사고 싶었지만 돈이 없었던 그림. 브룸 스트리트와 웨스트 브로드웨이에서 브런치를 먹고 소호 갤러리에서 그 그림을 보았던 얼어붙는 듯한 일요일 아침이 떠올랐다. 그날 밤 아파트, 유리창을 두드리는 눈, 철컹거리는 라디에이터 소리, 그녀는 그 그림 생각을 하며 닉 옆에 누워 있었다. 그림을 살 수 없어서 섭섭했지만, 비자카드를 꺼내 그 자리에서 캔버스를 살 수 있는 돈 잘 버는 사람보다 경찰이어서 훨씬, 훨씬 행복했다.

"모르겠어요." 그녀는 그림을 다시 가방 안에 넣었다. "모르겠어요."

고개를 돌린 그녀는 오른쪽 눈 한구석에서 아주 작은 눈물 한 방울을 닦아내고 남은 보고서를 작성하기 위해 자리에 앉았다.

57

"아, 아멜리아." 거실에 들어서자 톰이 말했다. "와인?"

"일해야 해요."

"그래요?"

"네." 라임과 아처 둘 다 컵 홀더에 위스키를 한 잔씩 받쳐 들고 있는 게 눈에 띄었다. "아니, 아뇨. 아니, 그러니까. 좋아요. 한 잔 줘요."

조수는 잠시 후 돌아왔다. 그는 옆에 있던 스카치 병을 보았다. "잠깐."

"잠깐이라니." 라임은 선수를 쳤다. "그게 무슨 뜻이야? 난 그 말이 정말 싫어. '잠깐'. 그래서 어쩌라고? 움직이지 말라고? 숨 쉬지 말라고? 두뇌 활동을 그만두라고?"

"네, '잠깐'이라고 한 건 누군가 받아들일 수 없는 행동을 저질렀고, 그 사실을 내가 방금 막 알아차렸으며, 그 점에 대해 항의를 하겠다는 뜻입니다. 당신이 술을 훔쳤군요."

아처는 웃었다. "라임이 내게 일어서서 저쪽으로 가서 조금 따르라고 지시했어요. 아니, 링컨, 난 당신 대신 다 뒤집어쓰진 않아요. 난 그저 미천한 인턴인데요."

라임은 투덜거렸다. "애당초 마실 만큼 충분히 줬으면 이런 일이 생기지 않잖아."

톰은 병을 낚아채고 방을 나섰다.

"잠깐!" 라임이 말했다. "이 '잠깐'은 적절한 용법이야."

색스는 두 사람의 입씨름에 미소를 짓고 증거물 쪽으로 돌아가서 차트와 봉투를 둘러보며 서성거렸다. 그녀는 자주 이렇게 서성거리며 에너지를 발산했다. 걸을 수 있던 시절 링컨 라임도 사건과 관련해서 풀리지 않는 문제가 있을 때면 정확히 이렇게 서성거리곤 했다.

초인종이 울리고, 톰의 발소리가 문간으로 향했다. 거의 가청주파수 이하의 나직한 목소리가 손님이 누구인지 알려주었다.

"일할 시간이군." 라임이 말했다.

색스는 재킷을 벗으며 거실로 들어오는 멜 쿠퍼에게 고개를 끄덕였다. 그도 이미 알리시아 모건에 대해 들어 알고 있었고, 라임은 이제 그녀가 증거를 오염시켰다고 설명했다. 쿠퍼는 어깨를 으쓱했다. "그보다 더한 일도 겪었는데요." 그는 그리피스와 모건의 아파트에서 가져온 증거를 둘러보았다. "네, 네. 여기서 뭐가 좀 나오겠지요."

라임은 쿠퍼의 눈동자가 엄지손가락만 한 금덩어리를 발견한 광부처럼 반짝이는 것을 보고 흡족했다.

색스가 주머니에서 라텍스 장갑을 꺼내고 있는데 전화가 울렸다. 문자 메시지였다.

그녀는 메시지를 읽었다. 답장으로 문자 메시지를 보내고 컴퓨터로 향했다. 잠시 후 그녀는 이메일을 열었다. 라임도 공식적인 제목을 읽었다. 뉴욕시경 현장감식 본부에서 보낸 증거물 파일이었다.

"내가 기억하려고 애썼던 걸 찾아냈군요—그 이전 사건에서." 색스는 버넌 그리피스가 만든 미니어처 탄약차를 들어 보였다. 바퀴는 방금 감식본부에서 보낸 사진과 동일했다.

"알리시아는 버넌이 자기를 괴롭히는 사람을 죽였을 때 처음 그를 만났다고 했잖아요."

"맞아."

"그 사건 피해자는 에치 리날도예요. 마약상이자 운반책, 전혀 수사에 진전이 없던 살인사건이었죠."

아처가 말했다. "네, 바퀴가 같군요. 장난감 바퀴랑."

"맞아요. 그리고 리날도는 바로 이런 걸로 칼에 베어 죽었어요."

그녀는 그리피스의 아파트에서 가져온 면도날 톱과 칼을 턱으로 가리켰다.

"좋아, 좋아." 라임이 말했다. "그리피스가 관련된 또 하나의 사건 현장이 생겼군. 그 사건에서 혹시 그의 은신처를 알려줄 만한 단서가 없었나?" 그와 색스가 잠시 같이 수사했던 사건이었지만, 별로 진척을 보지 못하고 라임이 일을 그만두었다.

그녀는 자신이 알고 있는 사항을 빠르게 언급하고 말을 맺었다. "그는 무허가 택시를 잡아타고 빌리지 어딘가로 향했어요. 그보다 더 구체적인 사항은 없어요."

"아." 라임은 보드를 올려다보며 부드럽게 말했다. "그럼 약간 다른 지점으로 옮겨가는군."

"하지만 빌리지는." 아처가 말했다. "어마어마하게 넓어요. 지역을 좁힐 수 없다면...."

"항상 나의 가정을 의심하라."

색스. "기꺼이 그러죠. 어떤 가정?"

"버넌이 그리니치빌리지를 언급했던 거라는 가정."

"그럼 어떤 빌리지가 있죠?"

"미들 빌리지." 그는 아처를 보았다. "퀸스의 한 동네지."

그녀는 고개를 끄덕였다. "부식토와 기타 미량증거물 때문에 당신이 지목했던 동네. 나는 회의적이었고요."

"맞아."

"의문부호 두 개는 결국 필요 없었군요."

색스는 미들빌리시 온라인 지도를 들여다보았다. 작은 구역이 아니었다. "정확히 어디쯤 있을지 좋은 생각 없나요?"

"내가 있어." 라임도 지도를 보고 있었다. 줄리엣 아처의 목소리가 들리는 것 같았다.

수수께끼의 해답은 언제나 난순해요....

"내가 좁힐 수 있어."

"얼마나?" 쿠퍼가 물었다.

"180센티미터 정도로."

퀸스의 세인트 존 공동묘지는 많은 유명 인사가 안식을 취하는 곳이었다.

마리오 쿠오모, 제랄딘 페라로, 로버트 메이플소프, 그리고 찰스 애틀러스. 그러나 아멜리아 색스는 대체로 이곳을 직업과 관련된 인연을 통해 알고 있었다. 이 가톨릭 공동묘지에는 역사상 가장 유명한 마피아 수십 명이 묻혀 있었다. 조 콜롬보, 카마인 갈란테, 칼로 감비노, 비토 제노비즈, 존 고티, 그리고 전형적인 대부 러키 루치아노.

색스는 뉴욕시 기준으로 볼 때 목가적인 분위기라고 할 수 있는 미들 빌리지 메트로폴리탄 애비뉴 입구에 토리노를 세웠다. 주 건물은 독일과 영국 양쪽 국민들이 다 익숙하다고 생각할 만한 건물이었다. 첨탑, 포탑, 납틀 창문, 가장자리 장식을 두른 벽돌 벽.

그녀는 차에서 내려 재킷 단추를 끄른 뒤 습관적으로 손바닥으로 글록 손잡이를 건드려 위치를 조정했다. 누가 옆에서 방금 그렇게 했느냐고 물어도 본인이 기억하지 못할 정도였다.

근처에는 인근 지구대에서 나온 경찰 표시가 없는 차 두 대가 서 있었다. 경찰 티가 너무나 나지 않는 차였다. 안테나도 없었고, 앞자리를 차지한 컴퓨터도 없었다. 정부 소속 번호판도 아닌, 진짜 번호판이었다.

명찰에 켈러라는 이름이 적힌 젊은 순경이 입구 근처에서 망을 보다가 그녀를 보고 고개를 끄덕였다.

"걸어도 될까?" 그녀는 물었다.

"네, 그게 더 좋습니다."

대체로 개방된 이 공동묘지에서는 어떤 차도 남의 주의를 끌 것이라는 뜻이었다.

"하지만 빨리 움직여야 합니다. 곧 어두워집니다. 출입구는 모두 지키고 있습니다만...."

그들은 조용히 입구를 지나 아스팔트길을 따라 걸었다. 봄날 저녁은 초대장처럼 온화했고, 꽃을 바치러 온 사람들이 많았다. 어떤 사람은 혼자였다. 아마 배우자가 세상을 떠났을 것이다. 대체로 나이가 많았다. 부모님의 무덤이나, 어쩌면 아이들의 무덤에 꽃을 두러 온 커플도 있었다.

5분 뒤 그들은 인적이 드문 구역에 도착했다. 작전복 차림으로 머리를 짧게 친 기동대원 두 사람이 바라보았다. 그들은 사당 뒤에 몸을 숨기고 있었다.

색스는 고개를 끄덕였다. 기동대원 한 사람이 말했다. "30분 전에 도착했는데, 그는 조금도 움직이지 않았습니다. 일반인 복장을 한 요원이 주변에서 민간인들을 몰아내고 있습니다. 조금 있다가 국장이 열리는데 보안 문제 때문에 일대를 비워야 한다고요."

색스는 15미터 떨어진 묘를 바라보았다. 묘비 근처 벤치에 한 남자가 등을 보이고 앉아 잇었다.

"그가 도망가면 다른 팀은?"

"아, 사방에 깔려 있습니다. 저기, 저기, 저기." 켈러가 가리켰다. "절대 도망 못 갑니다."

"차는?"

"차는 없습니다, 형사님."

"무기는?"

"보이지 않았습니다." 기동대원 중 하나가 답했다. 그의 파트너도 고개를 저으며 덧붙였다. "하지만 벤치 옆에 배낭은 있습니다. 손이 닿는 거리입니다."

"그 안에서 뭔가 꺼냈습니다. 묘비 위에 내려놓았습니다. 저기. 보입니까? 저는 망원경으로 확인했습니다. 장난감 같습니다. 배 같은 것. 보트."

"미니어처야." 색스는 자세히 보지 않고 답했다. "진짜 장난감은 아니고. 엄호해. 내가 체포한다."

버넌 그리피스는 저항하지 않았다.

마음만 먹었다면 강력한 적이었을 것이다. 정말 깡말랐지만, 몸에 붙은 셔츠 아래에는 근육이 발달되어 있었고, 키가 커서 팔도 아주 길었다. 배낭 안에는 아마도 둥근머리 망치나 칼, 첼시에서 발견한 톱 같은 것이 들어 있을 것이다.

강철의 키스....

그는 갑작스럽게 등장한 경찰을 보고 놀란 기색이 역력했다. 엉거주춤 일어서더니 다시 의자에 주저앉아 놀랄 정도로 긴 손을 허공에 들어올렸다. 켈러는 그를 무릎 꿇게 하고 땅에 엎드리게 한 뒤 수갑을 채우고 몸을 수색했다. 배낭도 수색했다. 총도, 망치도, 무기로 사용할 수 있는 것은 아무것도 없었다.

아마 무덤에 묻힌 동생 피터에 대한 상념에 푹 빠져 있었던 것 같았다. 사후세계를 믿는 사람이라면, 혹시 실제로 대화를 나누고 있다고 생각했는지도 모른다.

어쩌면 그저 실질적인 문제를 생각하고 있었는지도 모른다. 이제 어떻게 할까? 지난 며칠 동안 일어났던 일을 감안할 때, 생각해야 할 것들이 아주 많았을 것이다.

양옆에 선 기동대원에게 이끌려 일어선 뒤, 그와 색스는 공동묘지 관리실 앞으로 걸어 나갔다. 그리피스는 녹청색 비둘기가 앉아 있는 다른 벤치에 걸터앉았다. 그들은 죄수 수송차량을 기다리고 있었다. 경찰 표시가 없는 일반차량 뒷자리는 그리피스에게 너무 좁을 것이다. 게다가 너무나 기발하고 불편한 방식으로 사람들을 해쳤기 때문에, 아무리 수갑을 찬 상태라도 경찰차나 포드 토리노 뒷자리에 버젓이 앉혀놓고 싶지는 않았다.

색스는 그의 옆에 앉았다. 그녀는 테이프 녹음기를 꺼내 플레이 버튼을 누르고 미란다 권리를 읊어주었다. 이해했는지 물어보았다.

"이해합니다, 물론."

그리피스는 손가락도 길었고 발도 길었다. 사이즈는 당연히 알고 있었다. 얼굴도 길었지만 창백했고, 턱수염이 없으니 별 특징이 없었다. 눈동자는 녹갈색이었다.

색스는 말을 이었다. "우리는 알리시아 모건이 엔진 결함 때문에 남편의 사망 원인이 된 US 오토 자동차와 관련된 특정 인물들을 죽이라고 당신에게 사주했다는 사실을 알고 있습니다. 하지만 더 많은 정보가 필요합니다. 이야기할 생각이 있습니까?"

그는 고개를 끄덕였다.

"네, 라고 말해주겠습니까?"

"아, 미안합니다. 네."

"무슨 일이 있었는지 직접 말해주기 바랍니다. 알리시아 모건은 내 파트너에게 일부 이야기했지만 전부 다 말하지 않았습니다. 직접 듣고 싶습니다."

그는 고개를 끄덕이더니 자신이 거리에서 사람을 죽이는 것을 본 뒤 알리시아가 자신에게 어떻게 접근했는지 망설이지 않고 설명했다. "날 공격하던 사람이었습니다." 그는 힘주어 덧붙였다.

라임은 그리피스가 리날도에게 공격을 부추겼다고 했다. 하지만 색스는 격려하듯 고개를 끄덕였다.

"알리시아가 자기 남편을 죽인 차를 제조하고 판매한 쇼핑객들을 죽이라고 사주했다고 하셨지요."

쇼핑객? 색스는 어리둥절했다.

"하지만 내가 그렇게 한 건 그녀를 돕고 싶었기 때문입니다. 그녀는 그 사건으로 화상을 입고 흉터가 남고 영원히 몸이 망가졌어요. 난 그러겠다고 했습니다."

"알리시아가 잘못이 있다고 생각했던 사람들을 제조물로 살해하도록 부추겼습니까?"

"물건으로. 네, 남편을 살해하고 그녀를 다치게 한 게 물건이니까요."

"토드 윌리엄스에 대해 말해보세요."

그는 수사팀이 이미 추측한 내용을 확인해 주었다. 디지털 활동가 윌리엄스는 천재 해커였고, 데이터와이즈5000에 뚫고 들어가는 법을 그리피스에게 가르쳐주었다. 그는 광고회사 직원을 사칭해서 컨트롤러가 설치된 제품 목록과 특정 물건을 구매한 고객 및 회사의 명단을 샀다.

그리피스는 자신과 알리시아가 US 오토와 연료분사기 회사, 광고를 제작한 광고회사에서 일한 사람들, 그들을 변호한 변호사의 명단을 찾았다고 덧붙였다. "그렉 프로머, 벤코프, 조 헤디. 웨스트체스터의 그 여자 보험회사 변호사."

"그런 뒤 당신과 알리시아는 어디로 갈 생각이었습니까?"

"모르겠어요. 아마 업스테이트. 캐나다가 더 좋겠죠. 이 모든 게 너무 빨리 일어났습니다. 큰 계획은 세우지 못했습니다. 여긴 어떻게 왔습니까?" 그는 물었다. "알리시아에게 내 동생 이야기는 한 적이 없는데."

"얼마 전 사건. 당신이 죽인 에치 리날도라는 피해자."

"쇼핑객."

또 이 단어다.

"그는 마약상이었어요."

"압니다. 그 뒤에 기사를 읽었어요. 한데 그게 왜. 어떻게?"

"그 사건은 내 담당이었습니다. 당신이 그를 죽인 현장에서 발견한 증거물 중에 장난감 바퀴가 있었죠. 당신 첼시 아파트에는 탄약차가 있었고. 바퀴가 똑같았습니다."

그리피스는 고개를 끄덕였다. "피터를 위해 만들었습니다. 탄약차." 그는 동생의 무덤을 턱으로 가리켰다. "그날 밤 저녁을 먹을 때 갖고 있었어요. 식당을 나선 뒤에 여기 와서 무덤에 올려놓을 생각이었지." 그는 분노인지 불쾌감으로 부르르 떨었다. "그가 망가뜨렸어."

"리날도?"

그는 고개를 끄덕였다. "자기 트럭으로 돌아가던 길에 앞을 제대로 안 보더군요. 내게 부딪혀서 탄약차가 부서졌어요. 내가 소리쳤더니 덤벼들더군요. 죽였습니다." 그리피스는 고개를 저었다. "한데 여기는, 여기는 어떻게 안 겁니까?"

라임이 미들빌리지를 직감적으로 떠올리고 버넌과 리날도 사이에 관계가 있었다는 사실이 밝혀지자, 다양한 현장에서 나온 증거물―부엽토, 대량의 비료와 농약, 제초제, 게다가 방부약품 성분―이 바로 이 유명한 공동묘지를 의미할 수도 있다는 추론을 해내는 것은 어렵지 않았다.

180센티미터 정도....

피터 그리피스, 버넌의 동생이 여기 묻혔다는 것은 전화 한 통으로 확인할 수 있었다. 색스는 관리국장에게 전화해서 혹시 버넌이 묘지를 방문한 기록이 있는지 물었다. 국장은 방문객에 대해서는 모르지만 그리피스 묘 주변에서 묘한 일이 있다고 했다. 누군가 미니어처 가구나 장난감을 묘역에 두고 간다는 것이었다. 극도로 잘 만들어진 장난감들이었다. 국장은 아마 손님들이 일부는 가지고 갈 거라고 했다. 관리실에 신고된 것은 주인이 나설 때를 대비해서 국장이 자기 사무실에 보관하고 있었다. 도시전설 같은 이야기였다. 미니어처와 공동묘지.

"생전에 피터는 항상 내가 만들어주는 물건을 좋아했습니다. 소년들이 좋아하는 것들. 중세 무기, 성채에 어울리는 탁자와 왕좌, 투석기와 감시탑. 화포와 탄약차. 아마 그 배도 좋아했을 겁니다. 워런 스키프. 묘지에 놓아둔 것. 그건 어디 있습니까?"

"증거물 봉투에." 색스는 덧붙여야 할 것 같았다. "잘 보관할 겁니다."

"당신들 경찰, 묘를 감시하고 있었습니까?"

"맞습니다."

색스는 동생이 죽었을 때 겨우 스무 살이었다는 것을 알고 있었다. 그녀는 그 이야기를 한 뒤 물었다. "무슨 일이었죠?"

"쇼핑객들."

"아까도 그 말을 했죠. 무슨 뜻입니까?"

그리피스는 자기 배낭을 보았다. "저 안에 일기가 있지요? 내 동생의 일기입니다. 내게 MP3 플레이어로 구술했어요. 언젠가 출간할 생각으로 녹취하고 있습니다. 피터가 한 말 중에는 인상적인 것들도 있습니다. 인생에 대해서. 관계에 대해서. 인간에 대해서."

색스는 가죽 책을 찾아냈다. 5백 페이지는 될 것 같았다.

그리피스는 말을 이었다. "고등학교 시절 맨하셋에서, 인기 있는 아이들이 동생과 친해졌어요. 동생은 그 친구들이 진심이라고 생각했습니다. 한데, 아니, 그 친구들은 자기들과 섹스를 안 해주는 여자한테 보복하려고 동생을 이용했던 겁니다. 여자한테 약을 먹이고, 피터에게는 다른 여자라고 속이고, 동생이 그 여자와 침대에 있는 사진을 찍었어요. 상상하실 수 있을 겁니다."

"그걸 온라인에 올렸나요?"

"아니, 폰 카메라가 나오기 전이었어요. 폴라로이드로 찍어서 학교에 돌렸죠." 그는 낡은 가죽 장정 책을 가리켰다. "마지막 페이지. 마지막 일기."

색스는 그가 말한 일기를 찾아냈다.

어떤 일은 정말 머릿속에서 사라지지 않는다. 절대로. 난 그럴 수 있을 거라고 생각했다. 정말 그럴 거라고 믿었다. 샘이나 프랭크 같은 친구는 필요 없다고 나 자신에게 말했다. 벌레들. 쓸모없는 인간들. 쓰레기들. 데이나 버틀러 같은 자식들. 말은 이렇게 하면서 행동은 다르게 하니까 정말 더 나쁘다. 생각할 가치가 없다고. 하지만 잘되지 않는다.

난 신디라는 걸 몰랐다고 했지만 아무도 믿지 않았다. 학교의 모든 사람들, 경찰, 정말 모두가 내 계획이라고 생각했다.

기소되지는 않았지만, 상관없다. 나는 변태로 낙인찍혔다.

버넌은 펄펄 뛰면서 다 죽이겠다고 했다. 형은 항상 저 성질이 문제다. 자기나 나를 화나게 하는 사람들에게 모조리 복수하고 싶어 한다. 엄마와 아빠는 항상 형을 잘 지켜봐야 했다. 쇼핑객, 항상 쇼핑객들을 죽이고 싶다고 했다.

프랭크와 샘, 신디와 있었던 그 모든 일─난 버넌처럼 화가 난 건 아니다. 그냥 피곤하다. 외모 때문에 피곤하고, 내 라커 안에 들어 있는 쪽지 때문에 피곤하다. 신디의 친구들은 내게 침을 뱉는다. 그녀는 사라졌다. 그녀와 그녀의 가족들은 이사했다.

너무 피곤하다.

나는 자야 한다. 내게 필요한 건 그거다. 잠.

"자살했나요?"

"정확히 그렇진 않아요. 그랬다면 여기 묻힐 수 없었겠지. 가톨릭이니까. 하지만 인사불성이 되도록 술을 마시고 25번 지방도로를 달렸습니다. 시속 1백 마일로. 스무 살이었어요."

"쇼핑객은? 무슨 뜻이죠?"

"피터와 나? 우린 체격이 다릅니다. 외모가 달라요. 마판 증후군이라는 겁니다."

색스는 이 증후군에 대해 잘 몰랐다. 그 증상이 큰 키와 불균형적으로 가벼운 몸무게, 긴 손발의 원인일 거라고 짐작할 뿐이었다. 그녀에게는 대단히 특이한 조건이 아닌, 그냥 신체 유형 중 하나일 뿐이었다. 하지만 학교에서 괴롭히는 아이들? 음, 그런 아이들에게는 대단한 연료가 필요 없다.

그리피스는 말을 이었다. "우리는 놀림을 많이 받았습니다. 우리 둘 다. 아이들은 잔인해요. 당신은 미인이군요. 아마 모를 겁니다."

아니, 알았다. 10대 시절 색스는 대부분의 소년보다 더 남자 같았
고, 더 경쟁심이 강해서 분명 괴롭힘을 당했다. 이후 패션 업계에서
는 여자이기 때문에 괴롭힘을 당했다. 경찰에 들어왔을 때도 마찬가
지였고... 이유는 같았다.

"대부분의 소년들은 체육 시간에 괴롭힘을 당합니다. 하지만 내게
는 공예시간이었습니다. 8학년 때 좋아했던 여자아이가 있었기 때문
에 시작되었죠. 난 그 애가 멋진 인형집을 갖고 있다고 들었어요. 그
래서 숙제로 다른 소년들이 선반이나 부츠 흙털개를 만들 때 나는
치펜데일 책상을 만들었습니다. 20센티미터 높이로. 완벽했습니다."
그의 연한 눈동자가 반짝였다. "완벽했어요. 남자아이들이 그걸로 놀
려댔습니다. '말라깽이가 인형집을 만들었네. 허수아비는 여자야.'"
그는 고개를 흔들었다. "어쨌든 다 만들었습니다. 사라에게 주니까,
이상한 반응이더군요. 누군가에게 정말 호의를 베풀었는데, 그게 상
대가 예상하던 수준을 훨씬 넘어가 버리는 경우. 혹은 그런 걸 전혀
원하지 않았다는 듯한. 상대를 불편하게 하는 거죠. 그녀는 웨이트리
스에게 인사하듯이 '고마워'라고 했습니다. 다시는 그 아이와 이야기
하지 않았어요."

그랬군. 물건을 사는 '쇼핑객'이 아니라, 공예시간shop을 가리키는
'쇼핑'이었어.

"알리시아와 그녀의 가족이 탔던 차량의 결함에 책임을 져야 하는
사람들, 당신은 그 사람들을 공예시간에 당신을 괴롭히던 아이들로
생각했군요."

"맞아요. 남을 괴롭히는, 오만한 사람들. 자기들만 생각하는 사람
들, 위험하다는 것을 알면서도 결함 있는 차를 파는 사람들. 돈을 버

는 사람들. 그들에게 중요한 건 그뿐이니까."

"동생을 많이 사랑했나 봐요."

"난 동생의 음성메시지가 들어 있는 옛 전화기를 아직 갖고 있습니다. 항상 들어요. 위안이 되죠." 그는 색스를 바라보았다. "인생의 어떤 위안이라도 좋은 것 아닙니까?"

색스는 자신이 던질 다음 질문에 대한 답을 알 것 같았다. "당신 동생과 그 여자애의 사진을 찍었던 소년들. 그 아이들은 어떻게 됐죠?"

"아, 내가 첼시의 아파트로 이사 온 게 그 때문입니다. 결단한 걸 실행에 옮기는 건 더 쉬웠어요. 찾아내서 죽이는 것. 도시에서 일하고 있었습니다. 하나는 칼로 그어 죽였고, 샘. 다른 하나, 프랭크? 때려죽였지. 시체는 뉴어크 근처 연못에 빠뜨렸습니다. 원하신다면 더 말씀드리겠습니다. 그녀는 날 죽일 생각이었지요? 알리시아?"

색스는 망설였다.

그 이야기도 어차피 곧 나올 것이다. "네, 버넌, 유감이에요."

체념한 표정. "알고 있었습니다. 아니, 마음 깊은 곳에서는 그녀가 날 이용한다는 걸 알고 있었어요. 같이 잠을 잔 다음에 갑자기 대뜸 사람을 죽여달라고 하는 사람이라면 누구든 그렇겠지." 그는 어깨를 으쓱했다. "뭘 기대했기에? 하지만 때로는 이용당해도 된다 싶을 때도 있는 거겠지... 그냥. 외롭거나 해서. 어떤 방식으로든 사랑에는 대가가 따르니까." 그는 다시 색스의 얼굴을 탐색하듯 바라보았다. "당신은 내게 정중하군요. 내가 당신 어머니를 죽이려고 했는데도. 난 당신이 쇼핑객이라고 생각하지 않아요. 그렇다고 생각했지만. 아니야." 잠시 후 그는 말을 이었다. "뭔가 드려도 될까요?"

"뭐죠?"

"배낭 안에. 다른 책입니다."

색스는 안을 들여다보았다. 얇은 책이었다. "이거?"

"맞습니다."

『원인불명의 죽음에 대한 짤막한 연구』.

색스는 그 책을 넘기며 범죄 현장 미니어처 사진을 관찰했다. 이런 것은 본 적이 없었다. 프랜시스 글레스너 리는 디오라마 제작자였다. 색스는 작은 인형, 시체가 부엌에 누워 있는 장면을 보고 나직하게 웃었다.

"가지세요. 그랬으면 좋겠습니다."

"우린 그러면 안 됩니다. 금지되어 있어요."

"아, 왜?"

그녀는 미소 지었다. "모르겠어요. 경찰 규칙이죠. 하지만 안 돼요."

"네. 그 책에 대해 알게 됐으니 어쩌면 한 권 사도 될 거고."

"그러죠, 버넌."

두 정복경찰이 다가왔다. "형사님."

"톰." 색스는 둘 중 키가 큰 쪽을 향해 말했다.

"차량이 도착했습니다."

그녀는 그리피스에게 말했다. "이제 구치소로 갑시다. 문제를 일으키진 않겠죠?"

"네."

색스는 그를 믿었다.

58

"그는 이 안에 있어요."

론 풀라스키는 기껏해야 열다섯 정도 되어 보이는 소년에게서 시선을 돌려 그가 가리키는 건물을 바라보았다. 이스트 뉴욕에 있는 대부분의 건물보다 더 상태가 나빴다. 얼마 전 그는 아이들과 함께 '호빗'을 보았는데, 거기 난장이와 빌보가 동굴로 향하는 장면이 있었다. 이 건물은 그 장면을 연상시켰다. 낡은 돌 건물, 말라붙은 핏빛 갈색, 시체의 눈구멍처럼 검게 푹 팬 창문. 깨진 유리창도 있었다. 총알구멍이 나 있는 데도 있었다.

적절하군, 이 우중충하고 으스스한 곳에서 오덴이 거래를 하다니. 아니면 악명 높은 캐치를 만들든가. 마약 중의 마약.

어쩌면 제조는 다른 곳에서 하고, 여기는 그냥 경쟁자와 정보원으로 의심되는 사람들을 고문하는 곳인지도 모른다.

"혼자 있나?" 론이 물었다.

"몰라." 소년의 커다란 갈색 눈이 빠르게 거리를 둘러보았다. 론은 다시 사복차림이었지만—링컨 라임 구하기 작전 중에는 늘 그랬지만—그는 늘 그 자신이 아닌 다른 사람처럼 보이지 않았다. 잠입경찰 비스무레한 옷차림으로 흑인 뒷골목에 있는 백인 경찰. 그는 토니가 글록을 뽑아들고 기다리는 등 뒤 골목을 돌아보지 않으려고 애썼다.

그는 소년에게 물었다. "오덴? 그는 총이 있나?"

"이봐, 그냥 돈이나 줘."

"큰 거 한 장 주지. 오덴은 무슨 총을 갖고 다니지?"

"여긴 우리 동네 아니야. 난 이 오덴이란 사람도, 그 조직도 몰라. 내가 아는 건, 리치 술집에 드나드는 알포가 당신을 보증하고, 당신이 돈을 준다, 이 오덴이란 새끼를 찾아주라고 했다, 이것뿐이야. 난 그 자가 저기, 저 건물에 있다고 들었어. 내가 아는 건 그게 다야. 당신 정말 짭새 아니야?"

"아니야."

"좋아. 난 할 일을 다 했어. 자, 돈 줘."

풀라스키는 주머니를 뒤져 5달러짜리 한 뭉치를 손가락에 감았다.

"기다려." 아이는 다급하게 말했다.

"기다리라니 무슨 뜻이야?"

"지금 현금 주면 안 되지." 미사 도중에 트림이라도 하냐는 듯한 말투였다.

론은 한숨을 쉬었다. "네가 방금...."

"잠깐만. 잠깐만."

그는 둘러보았다.

론도 주위를 살폈다. 도대체 무슨?

그때 그는 젊은 남자 세 사람이 담배를 피우고 웃으며 길 건너편에서 다가오는 것을 보았다. 라틴계 둘, 흑인 하나였다. 대학 저학년 또래같이 보였지만, 중퇴하지 않았다면 아직 고등학생 같기도 했다.

"잠깐, 잠깐... 아니, 아니. 저 사람들 보지 말고. 날 봐."

다시 한숨. "도대체 왜...."

"좋아. 지금. 줘. 돈."

론은 돈을 건넸다. 소년은 주머니에 손을 넣어 찌그러진 담배 한 갑을 론에게 건넸다.

론은 미간을 찌푸렸다. "이 안에 뭐가 있지? 난 약에는 관심 없어. 그냥 오덴하고 이야기하고 싶은 것뿐이야."

"그 안에 있는 건 그냥 담배야. 챙겨. 약 몇 그램 되는 것처럼 챙기라고. 조심스럽게. 숨겨. 빨리!"

아. 론은 이해했다. 아이는 마약거래처럼 보이고 싶은 것이다. 뒷골목에서 위명을 드높이기 위해. 길 건너를 흘끗 보니 세 젊은이도 눈치챈 것 같았다. 그들은 아무 반응을 보이지 않고 가던 길을 계속 갔다.

론은 건물을 보았다. "좋아, 오덴. 그는 몇 호에 있지?"

"몰라. 저 안에 있어. 내가 당신이라면 1층 A호부터 시작해서 올라가겠어."

론은 길을 건너기 위해 걸음을 옮겼다.

"이봐."

"왜?"

"내 담배."

"내가 방금 샀잖아." 론은 담뱃갑을 찌그러뜨려 거리에 던졌다. "포기해. 어차피 건강에도 안 좋잖아."

"집어치워."

아이가 사라진 뒤, 토니가 다가왔다. 그는 자기 방식대로 잠입경찰 복장을 차려 입고 있었다―블랙 진, 티셔츠, 회색 가죽재킷, 뒤로 돌려 쓴 양키스 모자. 그들은 함께 오크족의 동굴 빌딩 옆 골목 입구로 향했다.

"저 안에서 무슨 일이 벌어지는 거야?"

"몰라. 하지만 저 애는 오덴이 지금 저기 있다고 장담했어. 아니, 장담은 안 했군. 그냥 저기 있을 거라고 했어. 이게 우리가 가진 유일한 단서야. 그러니 기대를 해봐야지."

"마약굴 같군."

론은 그렇지 않기를 바랐다. 메스암페타민과 코카인을 하면 초인적인 힘이 날 수 있다. 미친 듯이 힘이 샘솟고 생각이 흐려진다. 론과 토니가 운이 좋다면, 오덴은 소매상이 아니라 도매상일 것이다. 라임이 라이커 교도소에 넣은 범인 찰스 백스터와도 직접 거래했기를. 증권거래인과 월스트리트 변호사도 어딘가에서 코카인과 헤로인을 구해야 하지 않나.

토니는 말했다. "마약상이라면, 혼자 있을 리가 없어. 무기도 갖고 있을 거야. 애한테 물어봤나?"

"그랬지. 하지만 도움이 안 돼."

몰라....

"우린 40분은 여기 있었지만, 아무도 드나들지 않았잖아. 위험하지는 않을 거야."

"아, 오덴과 졸개 세 명이 AF47로 무장하고 45분 전에 여기 도착했다는 생각은 안 들고?"

"토니."

"그냥 말해본 거야. 가자고."

총집에 넣은 글록을 빨리 꺼낼 수 있도록 재킷 지퍼를 열고, 토니는 동생을 바라보았다. "네 총은?"

"발목에."

"안 돼. 허리에 차."

풀라스키는 망설이다 청바지 자락을 걷어 올렸다. 그는 보디가드를 총집에서 꺼내 거래에 쓰기 위해 준비한 나머지 현금이 든 주머니에 넣었다. 형은 그 모습을 보더니, 그 작은 38구경 금방이라도 허리춤에서 떨어져서 사타구니로 미끄러질 것 같군, 하고 포기한 듯 고개를 끄덕였다.

토니는 그의 팔을 두드렸다. "잠깐, 마지막으로. 정말 이럴 가치가 있다고 생각해?"

론은 미소 지었다.

두 사람은 함께 오덴의 건물 현관으로 다가갔다. 문은 잠겨 있지 않았다. 정확히 말해, 자물쇠가 없었다. 데드볼트가 있던 자리에 구멍이 휑하니 뚫려 있었다.

"어느 아파트지?"

몰라....

론은 고개를 저었다.

하지만 오래 살필 필요는 없었다. 2층, 건물 뒤쪽 2F호 출입문 한

복판 초인종 버튼 아래에 손으로 쓴 카드가 붙어 있었다. 문은 빨간색이었고 긁힌 자국이 많았다.

오덴O'denne.

다른 상황이었다면 웃었을 것이다. 노르웨이 신이 아니라 아일랜드 마약상이라니.

토니는 문 한쪽 옆에 섰다 .

론은 비켜서지 않았다. 문구멍으로 내다보았는데 복도에 아무도 없다면, 그건 손님이 경찰이라는 뜻이다. 그는 얼굴에 근엄한 표정을 띠고 초인종을 눌렀다. 땀이 줄줄 흘렀다. 하지만 닦지 않았다. 너무 늦었다.

잠시 정적이 흐르다가 안에서 발소리가 들렸다.

"누구야?" 걸걸한 목소리.

"이름은 론. 백스터의 친구야. 찰스 백스터."

문 아래 틈으로 그림자가 움직이는 게 보였다. 주머니에서 총을 빼들고 문 건너편에서 그냥 쏴버릴까 고민하는 게 아닐까? 자기 집에서 그런 짓을 한다는 것은 그리 영리한 짓이 못 된다. 그러나 오덴이 그리 차분한 상태가 아니라면, 자기 집 근처에서 사람을 죽이는데 별 거리낌이 없을 수도 있다. 근처에 누가 있다 해도, 이 동네에서 총성은 상당히 흔한 일이기 때문에 대체로 무시할 것이다.

"원하는 게 뭐요?"

"찰스가 죽었다는 건 알 거야."

"원하는 게 뭐냐고?"

"그가 내게 당신에 대해 이야기했어. 그가 못다 한 일을 끝내야 해."

문 반대쪽에서 달칵 소리가 났다.

권총 공이 젖히는 소리? 아니면 젖힌 공이 푸는 소리?

하지만 그것은 문에 달린 자물쇠 중 하나가 열리는 소리였다.

론은 긴장했다. 손이 권총을 향해 내려갔다. 토니는 글록을 들어 올렸다.

문이 열렸다. 론은 갓이 찢긴 싸구려 배경으로 지고 자기 앞에 서 있는 남자를 훑어보았다.

어깨가 축 처졌다. 머릿속에는 한 가지 생각뿐이었다. 아, 젠장... 이제 뭐하지?

59

링컨 라임은 타운하우스 현관문이 열렸다 닫히는 소리를 들었다. 발소리가 다가왔다.

"아멜리아예요." 줄리엣 아처가 말했다. 그들은 거실에 있었다.

"소리를 듣고 알아내는군. 좋아. 그래, 자네 청각, 시각, 후각은 향상될 거야. 어떤 의사는 이의를 제기하기도 하는데, 난 실험을 통해 사실이라는 걸 확신했어. 지나친 위스키로 미각수용기 세포가 망가지지만 않았다면, 미각도 마찬가지야."

"그건 뭐죠? 미각수용기?"

"맛을 감지하는 세포."

"아, 인생은 균형이죠."

아멜리아 색스가 인사하며 들어섰다.

"그리피스에게서 자백은 받아냈나?" 라임이 물었다.

"그럭저럭." 그녀는 자리에 앉아서 두 형제가 괴롭힘을 당하고—동생은 죽었다—형은 점점 정서적으로 불안해지고 복수욕에 불타기 시작했다는 이야기를 했다. 그리피스의 이야기는 알리시아 모건이 했던 말과 정확히 들어맞았다.

"쇼핑객이라." 아처는 이야기를 들은 뒤 생각에 잠겼다. "음, 그런 이야기가 있을 줄이야."

범인의 정신세계는 라임에게 대체로 사건과 무관한 문제였지만, 지금 그는 버넌 그리피스가 상당히 복합적인 범인이라는 사실을 인정해야 했다.

"공감 능력이 없지 않은 인물이죠." 색스가 말했다.

라임이 하려고 했던 바로 그 말이었다.

그녀는 아마 유죄인정협상이 있을 거라고 설명했다. "그는 우리의 추리가 정확하다고 인정했어요. 싸우고 싶지 않은 거죠." 그녀는 미소 지었다. "혹시 감옥에서 가구를 만들어도 되느냐고 물어보더군요."

라임은 그럴 수 있는지 궁금했다. 살인으로 투옥된 중범죄자들에게 톱이나 둥근머리 망치 같은 것이 허락되지는 않을 것이다. 아마 자동차번호판 만드는 정도로 만족해야 할 것이다.

그는 증거물 보드를 바라보며 그렇게 달라 보이던 두 사건이 쌍둥이처럼 유전적으로 연관되어 있었다는 사실을 떠올렸다. 프로머 대 미드웨스트 컨베이언스. 뉴욕주 대 그리피스, 그리고 이제 뉴욕주 대 알리시아 모건.

색스는 비무장했다(총기안전에 관한 뉴욕시경 공지에 적혀 있던 동사였다. 두 사람은 크게 웃었다). 그녀는 톰이 구석에 놓아둔 주전자에서 커피를 따랐다. 자리에 앉았다. 첫 모금을 마시는데, 전화가 울렸다.

그녀는 문자 메시지를 읽고 웃었다. "퀸스 현장감식반이 잃어버린 냅킨을 발견했어요. 화이트캐슬 냅킨."

"잊고 있었는데." 아처가 말했다.

라임. "난 잊지 않았지만, 포기했어. 한데?"

색스는 읽었다. "지문 없음. DNA 없음. 당분이 함유된 우유 기반 음료로서, 화이트캐슬 식당 체인 출처의 음료로 보인다."

"하지만 그 냅킨에는...." 아처가 입을 열었다.

"...냅킨에는 화이트캐슬이라고 찍혀 있었지 않았느냐고요? 맞아요."

라임이 말했다. "우리 직업의 본질이지—이제 자네 직업이기도 하고, 아처. 매일 같이 잃어버린 증거, 정체를 명확히 밝힐 수 없는 증거, 오염된 증거를 상대해야 해. 완전히 빗나간 추론. 할 필요도 없는 추론. 잃어버린 단서. 역학조사에서도 일상일 텐데, 상상해 보면."

"아, 그럼요. 근시 아동 기억하세요?" 그녀는 조명을 켜놓고 자는 아동과 그 아동의 시력 사이에서 부정확한 인과관계를 설정했던 연구 이야기를 아멜리아 색스에게 해주었다.

색스는 고개를 끄덕였다. "라디오에서 들은 적이 있어요. 사람들은 구더기가 고기에서 저절로 생겨난다고 믿었대요. 자세한 내용은 기억이 안 나요."

아처가 말했다. "그럼요. 그 명제가 틀렸다는 걸 입증한 사람이 17세기 과학자 프란체스코 레디예요. 파리 알은 너무 작아서 눈에 보이지 않을 뿐이죠. 실험생물학의 아버지예요."

색스는 증거물 보드에서 민사소송 부분을 본 것 같았다. "원래 당신 사건, 프로머 건? 부인이 뭘 좀 얻을 수 있을까요?"

"매우 힘들걸."

유일한 소송사유는 그렉 프로머의 사망에 대해 알리시아와 그리피스를 고소하는 것이다. 휘트모어는 두 사람의 재정 상태를 확인하고 있었지만, 둘 다 그렇게 부자인 것 같지는 않았다.

아처의 전화가 울렸다. 그녀는 명령을 내렸다. "응답해."

"안녕, 줄. 나야."

"랜디. 링컨과 아멜리아도 듣고 있어."

그녀의 동생이었다.

다들 인사를 주고받았다.

"10분 뒤에 도착해."

아처가 말했다. "우린 수사를 종료했어."

"그래? 정말 대단한데. 빌리가 이야기를 듣고 싶어 할 거야. 우리 사이에 하는 말이지만, 빌리는 경찰 엄마가 생긴다고 정말 들떠 있어. 그래픽 노블을 쓰더라고. 엄마가 여주인공이야. 내가 고자질했다고 하지 마. 깜짝 선물이니까. 좋아. 난 핸즈프리로 운전 중이야. 경찰한테 말하지 마. 하!"

그들은 전화를 끊었다.

아처는 색스 쪽을 향해 말했다. "링컨의 수업을 신청했을 때, 난 당신에 대해 물론 알았어요, 아멜리아. 뉴욕의 범죄를 관심 있게 지켜보는 사람이라면 누구나 당신에 대해 알죠. 전설이잖아요, 제 아들은 이러겠죠. 전 '유명하다'는 말을 쓰겠지만, 전설이라는 말이 더 잘 어울리는 것 같네요. 당신이 링컨과 같이 일한다는 것, 파트너라는 건 알고 있었지만, 다른 종류의 파트너이기도 하다는 건 미처 몰랐어요. 한데 지난 며칠 동안 두 사람을 지켜보다가 알게 됐죠."

"우린 오랫동안 함께 했어요. 양쪽 다." 색스는 미소 지으며 말했다.

"어떤 걸 기대해야 할지 몰랐는데. 한데 당신들은 그냥 여느 커플하고 같네요. 행복하고, 슬프고, 짜증내고."

라임은 싱긋 웃었다. "우린 싸워, 그럼. 하지만 지난 몇 주 동안에도 한 건 했고."

색스는 미소 짓지 않았다. "난 당신이 그만뒀을 때 화가 났어요."

"난 내가 그만뒀다고 당신이 화내는 게 화가 났고."

그녀는 덧붙였다. "그리고 내 연구원을 훔쳐가서 화가 났고."

"그래도 결국 돌려받았잖아." 라임은 툴툴거렸다.

아처가 말했다. "처음 진단을 받았을 때 난 혼자 살기로 결정했어요. 아, 양육권 합의에 따라 빌리를 돌보면서, 물론 도우미와 같이—톰 같은 사람. 한데 그런 사람을 어디서 찾을 수 있을지 모르겠네요. 보석 같은 분이에요."

라임은 문간을 흘끗 보았다. "그보다 더 좋은 사람은 없어. 하지만 이 말이 방 밖으로 새어나가면 안 돼."

"설마 모르려고요." 아처는 씩 웃었다. "난 다시는 누군가를 사귀지 않겠다, 생각조차 하지 않겠다고 마음먹었어요. 새 직업을 찾자. 보람 있고 도전적인 일. 아들을 최대한 잘 키우자. 사지마비 환자와 어울릴 줄 아는 친구를 찾자. 내가 계획한 인생도, 원했던 인생도 아니지만, 괜찮은 인생이다. 한데, 운명이란, 난 누군가를 만났어요. 석 달 전, 내 장애가 생각했던 것만큼 심각할 수 있다는 신경과 진단이 나온 직후. 브래드. 그의 이름이에요. 아들의 생일 파티에서 만났죠. 혼자 아이를 키우는 아버지예요. 의사고. 그래서 말이 잘 통했죠. 난 종양과 수술에 대해 곧장 말했어요. 그는 심장외과지만, 일반적으로 나

같은 상태에 대해서 알죠. 상관하지 않는 것 같았고, 우린 한동안 데이트를 했어요."

색스가 말했다. "한데 당신이 헤어지자고 했군요."

"맞아요. 난 아마 1년 안에 움쭉달싹 못하는 병신이 될 건데. 그는 달리기를 좋아하고 요트도 타요. 온라인 짝짓기 사이트에서 한 화면에 나올 만한 짝은 아니죠? 내가 헤어지자고 하니까 브래드는 화를 냈어요. 하지만 난 그게 최선이라고 생각했어요. 우리 둘 다를 위해." 그녀는 피식 웃었다. "내가 무슨 말을 하려는지 알겠죠?"

라임은 몰랐다. 전혀. 하지만 그는 색스가 얼굴에 희미한 미소를 띠는 것을 보았다.

"그런데 당신 둘을 본 거예요. 혹시 내가 실수를 한 아닌가 생각하기 시작했죠. 간밤에 그에게 전화했어요. 이번 주말에 만나기로 했죠. 누가 알아요? 6개월 뒤에 약혼할지. 당신들처럼. 혹시 날짜 잡았나요?"

색스는 고개를 저었다. "아직. 곧."

아처는 미소 지었다. "낭만적으로 청혼하던가요?"

"한쪽 무릎을 꿇고 청할 수는 없잖아." 라임은 내뱉었다.

색스는 말했다. "이러더라구요. '결혼을 못할 객관적인, 혹은 현실적인 이유가 없는 것 같은데. 당신은 어떻게 생각해?'"

아처는 웃었다.

라임은 얼굴을 찌푸렸다. "뭐가 우스워. 난 상황을 정확히 진단하고, 결론에 도달하는데 도움이 될 만한 추가 데이터를 요구했어. 내게는 완벽하게 말이 돼."

아처는 색스의 왼손을 바라보았다. "반지 봤어요. 아름답네요."

색스는 약지를 들어올려 2캐럿짜리 파란 보석을 보여주었다. "링컨이 골랐어요. 오스트레일리아제."

"사파이어?"

"아뇨, 다이아몬드."

"아주 값비싼 건 아니야." 라임은 분석적으로 말했다. "하지만 드물어. 2-b급이야. 나는 색깔이 흥미로웠어. 붕소가 결정구조 속에 여기저기 흩어져 있어서 파란 색이거든. 그건 그렇고 반도체야. 그런 특성을 지닌 유일한 다이아몬드지."

"신혼여행도 가요?"

"난 나소를 생각했어. 마지막으로 바하마에 갔을 때 난 총에 맞고 물에 빠져 죽을 뻔했지. 5분 간격으로. 이번에는 돌아가서 좀 더 평화로운 시간을 보내고 싶어. 보고 싶은 친구도 있고. 그의 아내가 정말 맛있는 소라튀김을 만들어."

"결혼식에 초대할 거죠?"

색스는 고개를 갸우뚱했다. "결혼 파티에 남는 자리가 있긴 한데."

"불러요. 당장 올 테니까."

초인종이 울렸다. 라임은 스크린을 보았다. 아처의 동생이 데리러 와 있었다. 톰은 랜디를 방으로 들였다. 그는 라임과 색스에게 고개 인사를 하고 얼른 누이에게 향했다. "괜찮아, 줄? 얼굴!"

"아니, 아니. 난 괜찮아. 약간 멍들었어."

아처는 의자를 라임 쪽으로 돌렸다. "이번에도 안 어울리는 짓을 해야겠어요."

라임은 한쪽 눈썹을 치켜 올렸다.

아처는 의자에서 일어서서 라임에게 다가오더니 그의 몸에 팔을 감고 힘차게 포옹했다. 아무 압력도 느낄 수 없었기 때문에, 그냥 추론일 뿐이었지만. 그녀는 색스에게도 비슷하게 포옹하더니 다시 스톰애로에 앉아 동생과 함께 나갔다.

"내일 일찍 와." 라임이 말했다.

아처가 왼팔을 들어 올려 엄지를 세우자, 라임은 웃었다.

그들이 떠난 뒤 라임이 말했다. "당신 어머니와 통화했어. 기분 좋으시던데. 수술은 언제지?"

"내일 오후."

라임은 창백한 얼굴로 창밖을 내다보는 색스를 관찰했다. "다른 상황은?" 닉을 가리키는 말이었다. 며칠 밤 전 그녀는 라임에게 그가 다시 나타난 뒤의 상황에 대해—그리고 의심스러운 점에 대해—전부 다 이야기했다. 닉의 전화에 추적 앱을 깔기 위해 그의 집에서 하룻밤 보낸 일도.

그게 서론인가, 색스? 계속해 봐....

잠시 반응이 없었다. 그녀는 움직이지 않고 센트럴파크를 내다보고 있었다.

"내가 두려워한 대로였어요. 사실 그보다 더 나빴죠. 살인 청부를 하려고 했어요."

라임은 얼굴을 찡그리고 고개를 저었다. "유감이야."

"프레드가 한동안 정보원으로 써먹을 거예요. 그 범죄조직 안에 높은 사람 대여섯 명 더 있어요. 그런 다음 풀어줘야죠."

"당신이 나한테 말 안 한 것, 색스."

그녀가 이쪽으로 돌아앉아 등나무 의자가 독특한 까마귀 소리를 내며 삐걱거렸다. 그녀는 고개를 기울이고 머리카락을 뒤로 넘겼다.

라임은 한데 묶어 올린 것보다 이렇게 풀어 내리는 게 좋았다.

"뭐죠?"

"왜 닉을 의심하게 됐지? 그가 말한 모든 것, 그의 행동... 그럴듯하던데. 내가 봤을 때는 말이야."

잠시 후 색스는 말했다. "직감이지. 당신이 그 말을 싫어한다는 건 알아요. 하지만 그냥 그거였어요. 정확히 뭔지 알 수는 없었지만. 어딘가 이상했어요. 그 점을 먼저 지적한 게 엄마였죠. 닉은 자기 동생 대신 누명을 뒤집어썼다고 했어요. 한데 엄마는 그가 정말 날 생각했다면 절대 그러지 않았을 거라고 했죠. 닉은 명망 높은 경찰이었어요. 신망이 높았죠. 동생이 체포되었다면, 검사와 형량 협상도 충분히 해볼 수 있었고 교도소 안에서 동생에게 좋은 프로그램도 제시할 수 있었을 거예요. 델가도를 잡기 위해 작전도 조직하고 — 한데 그것도 전부 다 거짓말이었죠. 하지만 닉은 절대 대신 누명을 쓰지는 않았을 거예요." 색스는 미소 지었다. 도톰한 입술이 창백하게 초승달 모양을 그렸다. "증거는 한 톨도 없었어요. 그냥 직감이었죠."

"아니, 직감이 아니야." 라임이 말했다. "심장이지. 때로 증거보다 그게 나아."

색스는 눈을 깜빡였다.

"하지만 내 말은 못 들은 걸로 해, 색스. 난 그런 말 한 적 없어."

"엄마한테 가봐야겠어요." 그녀는 라임의 입술에 세게 키스했다. "엄마가 빨리 나아야 할 텐데. 여기서 자던 게 그리워요."

"나도 그래, 색스. 아주."

60

라임은 영리하지만 대체로 상상력이 별로 없는 컴퓨터 프로그램과 체스를 두다가 모니터에서 고개를 들었다.

그는 거실 문간에서 꾸물거리는 손님에게 말했다. "이리 들어와." 이어 마이크로프로세서에게 명령했다. "백 퀸을 E7로. 체크."

라임은 소프트웨어가 이 수를 깊이 생각하도록 내버려 두고 워크스테이션에서 떨어져 론 풀라스키를 향했다. "어디 있었나, 신참? 자네는 그리피스 사건의 절정, 최고조, 대단원을 모두 다 놓쳤어. 한데 이제 종결부를 위해 도착하셨나? 시시하군."

"음, 그 다른 사건 때문에요. 멀티태스킹 때문에."

"내가 그 단어를 얼마나 싫어하는지 아나, 풀라스키? '태스크'를 동사로 사용하는 건, '물음'을 명사로 사용하는 것 못지않게 끔찍해. 용납할 수 없어. 게다가 전치사 '멀티'는 불필요해. 서술어 '태스킹'은 한 가지 노력일 수도 있고 열 가지일 수도 있어."

"링컨, 우리가 사는 시대는...."

"'인상적인 한마디'의 시대다, 라고 말하면 난 그다지 기분이 좋지 않을 거야."

"...어, 그게 아니라 복잡한 개념을 전달하는 축약된 구나 하나의 단어를 자주 사용하는 시대입니다. 제가 말하려던 건 그거였어요."

라임은 웃음을 억누르고 신참을 과소평가하면 안 된다는 사실을 새삼 명심했다. 그를 붙잡아 놓을 사람이 필요했다.

한데 재담을 주고받다 보니, 라임은 신참이 뭔가 중요한 할 이야기가 있다는 것을 알 수 있었다. "아멜리아에게서 들었나? 그리피스에 대해서?"

론은 고개를 끄덕이며 등나무 의자에 앉았다. "네. 슬픈 인물입니다. 슬픈 이야기고요."

"그랬지, 맞아. 하지만 법이 바라볼 때 복수는 성욕이나 테러리즘과 마찬가지로 용납할 수 없는 범죄 동기야. 자, 모르는 척 하는 것도 지겹군. 수사가 끝났으니 자네가 여기 있을 이유가 없잖아. 그래, 무슨 일이야?"

젊은 경찰의 시선은 그리피스의 미니어처 화장대로 향했다. 이어 그는 부엌 탁자를 바라보았다. 한참 바라보던 그는 마침내 입을 열 준비가 된 것 같았다.

"다른 사건 말입니다."

"구티에레스."

풀라스키는 그를 바라보았다. "말씀하시는 투가, 링컨, 구티에레스 사건이 아니라는 걸 알고 계셨군요."

"추정했을 뿐이야. 어렵지 않았어."

"제니는 절더러 투명하다고 합니다."

"그런 면이 조금 있지, 신참. 나쁜 건 아니야."

풀라스키는 그게 좋고 나쁘고에 관심이 없어 보였다. "다른 사건 말인데요?"

"계속해."

"백스터 사건이었습니다." 신참은 이쪽으로 등을 돌리고 있는 구석의 화이트보드에 쓸데없이 시선을 주었다.

이건 미처 추측하지 못했다. 몇 가지 생각은 있었지만, 자신이 아니라 다른 사람과 관련된 일이 아닐까 했었다.

"사건기록을 훑어봤습니다. 종료된 사건이라는 건 알았지만, 어쨌든 훑어봤습니다. 그리고 몇 가지 미진한 부분을 찾았어요."

라임은 아처의 질문을 떠올렸다. 백스터는 왜 수사관들에게 외부 개인보관소에 대해 말하지 않았을까?

라임은 물었다. "미진한 부분이란?"

"음, 하나는 상당히 흥미로웠습니다. 전 형사들의 메모를 찾아보고, 백스터가 지난 한 해 만난 모든 사람의 이름을 적었습니다. 특히 한 사람이 흥미롭더군요. 오덴이라는 이름."

"들어본 적 없어."

"목격자 증언 녹취에 나온 이름인데 O-D-E-N이라고 받아 적었더군요. 사실은 O'DENNE이었습니다."

"노르웨이 신이 아니라 아일랜드인이었군."

"전 여기저기 물어보고 메모도 계속 확인했습니다. 많지 않았어요. 하지만 이 오덴이란 사람이 브루클린의 마약 판매 세계와 연줄이 있다는 건 알아냈습니다. 거리에서 입에 오르내리고 있는 무슨 신종마약 배후에 그가 있더군요. 합성마약. 이름은 캐치인 것 같았습니다. 하지만 담당 형사들은 이 단서를 전혀 추적하지 않았습니다. 아마도 백스터가....”

“말해도 돼, 신참. 죽어서 그렇다고.”

“맞습니다. 하지만 제가 했습니다. 제가 추적했습니다.”

“비공식으로?”

“그런 셈이죠.”

“그래서?”

“마침내 누군지 알아냈습니다. 오덴은 이스트 뉴욕에 삽니다. 백스터, 금융계 큰손이 이스트뉴욕의 건달과 무슨 관계가 있었냐고요? 오덴과 이야기해 봤더니....”

“...백스터가 단순한 화이트컬러 사기꾼이 아니었다는 걸 알아내고 싶었군.”

“맞습니다. 전 그가 이 신종마약에 뒷돈을 대고 있었다는 걸 증명하고 싶었습니다. 당신이 찾아낸 총을 실제로 사용했다는 걸, 그가 실제로 사람들을 죽였다는 걸. 증거는 모호했습니다, 링컨. 의문이 있었어요. 어쩌면 그는 위험한 사람일수도 있었습니다.”

라임은 부드럽게 말했다. “그럼 그를 강력범 구치소에 집어넣는 것이 올바른 처사였겠군.”

풀라스키는 고개를 끄덕였다. “그럼 무고한 사람의 죽음에 당신 책임은 없는 것 아닙니까. 위험한 범인은 잡아넣어야 하니까요. 그 점을 증명할 수 있다면, 이 은퇴니 뭐니 하는 헛소리는 포기하실 거라고 생각했습니다. 사실이고요, 링컨.”

라임은 희미하게 큭 하고 웃었다. "흠, 과연 큼직한 질문이군, 신참. 그래서 해답은?"

"제 형과 제가 오덴을 추적했습니다. 이스트 브루클린으로."

그는 한쪽 눈썹을 치켜 올렸다.

"그는 사제였습니다, 링컨."

"사…."

"프랜시스 자비에 오덴 신부였어요. 그는 브라운스빌에서 약국을 겸한 치료소를 운영하고 있었습니다. 그가 연루됐던 마약?" 그는 어두운 미소를 띠며 고개를 저었다. "그건 중독자 치료에 사용되는 새로운 메타돈 계열 약물이었습니다. 이름도 '캐치'가 아니었어요. 그건 오덴 치료소의 이름이었습니다. '커뮤니티 기반 희망을 위한 치료센터'". 풀라스키는 한숨을 쉬었다. "백스터? 그는 그 치료소의 주요 후원자 중 하나였습니다."

그렇다면 총은 실제로 백스터의 아버지가 인생의 중요한 사건에서 남긴 기념품이었군. 발사잔여물은 어딘가 굴러다니던 20달러 지폐에서 나왔을 것이고, 마약도 마찬가지. 기름은 아들에게 마지막 선물을 사준 스포츠용품 가게에서 묻었을 거고.

"자, 이제 다 말씀드린 것 같습니다, 링컨. 오덴 신부가 다른 후원자를 찾지 못하면, 치료소는 문을 닫아야 할지도 모릅니다."

"그럼, 나는 무고한 사람의 죽음에 책임이 있는 것도 모자라, 수많은 뒷골목 중독자를 생산성 있는 인생으로 구원하는 사업까지 말아먹은 셈인가?"

"젠장, 전 그냥 돕고 싶었다고요, 링컨. 다시 일하시도록. 하지만… 제가 찾은 건 이겁니다."

과학이란 이런 것이다. 사실을 외면할 수는 없다.

라임은 의자를 돌려 버넌 그리피스가 꼼꼼하게, 완벽하게 창조해 낸 작은 가구들을 다시 바라보았다.

"어쨌든," 풀라스키는 말했다. "전 이제 이해합니다."

"뭘 이해해?"

"왜 이러시는지. 왜 은퇴하시려는지. 제가 일을 망쳤다면, 저도 아마 똑같은 행동을 했을 겁니다. 물러난다고요. 경찰을 그만둔다고. 다른 일을 하겠다고."

라임은 버넌 그리피스의 미니어처에서 눈을 떼지 않았다. 그는 세차게 말했다. "나쁜 선택이야."

"전... 네?"

"실패 하나 때문에 그만둔다는 것. 정말 나쁜 생각이라고."

풀라스키의 미간이 좁아졌다. "음, 링컨. 전 모르겠습니다. 무슨 말씀이십니까?"

"한 시간 전에 내가 누구와 이야기하고 있었는지 아나?"

"아뇨."

"론 셀리토. 난 그에게 혹시 도움이 필요한 사건이 없느냐고 물었어."

"사건? 형사사건 말입니까?"

"그가 사회사업가는 아니잖아, 신참. 당연히 형사사건이지." 그는 휠체어를 돌려 젊은 경찰을 향했다.

"음, 제가 왜 조금 어리둥절한지 이해하셨으면 좋겠지만."

"어리석은 일관성은 좁은 정신의 도깨비다."

"저도 에머슨을 좋아합니다, 링컨. 그리고 '좁은'이 아니라 '작은'

입니다."

그랬던가? 그럴지도. 라임은 인정한다는 뜻으로 고개를 끄덕였다.

"그래도 아직 이유는 모르겠습니다."

링컨 라임은 그 대답이 이런 것이 아닐까 생각했다. 무언가를 추구해야만 한다는 사실을 가슴으로 알고 있으면서도 그러지 않는 세상 모든 이유를 합하면, 인간은 아마 완전히 ─라임은 단어를 음미했다─ 마비되고 말 것이다. 나를 좌절시킨 단서이든, 쉬라고 유혹하는 피로감이든, 내가 경솔하게 파놓은 무덤에 들어가 묻힌 남자이건, 내게 그만두라고, 은퇴하라고, 망설이거나 정지하라고, 의문을 제기하라고 소리치는 내면의 모든 목소리는 무시해야 한다는 뜻이었다.

그러나 라임은 말했다. "나도 모르겠어, 신참. 전혀. 어쨌든 이렇게 됐어. 그러니 가서 일정표 정리해. 내일 아침 일찍 자네가 필요해. 자네와 아멜리아. 범인 40 사건을 마무리 짓고, 론이 가지고 오는 다른 일을 검토해야지."

"그러죠, 링컨. 좋습니다."

문으로 나가는 풀라스키의 얼굴은 상기되어 있었고, 얼굴에서 빛이 난다고 해야 할 것 같은 표정이었다.

물론 라임은 누구도 이런 표현 방식에 굴복해서는 안 된다고 믿었다.

PART 7

플랜A

월요일

Monday

61

초인종이 울리고, 라임은 스크린을 보았다. 론 셀리토와 지팡이
였다.

톰은 현관으로 나가 형사를 들였다. 셀리토는 톰이 아까 만들어서
아직도 뜨거운 버터와 계피향을 풍기는 쿠키 쟁반에 정신을 팔지 않
고 곧장 라임에게 다가왔다. 그러나 패스트리를 바라보는 시선에는
후회가 담겨 있었다. 아마 지난 며칠 동안 1킬로그램 정도 살이 붙었
는지, 다이어트를 계속하자고 부르짖는 옛 론 셀리토가 돌아온 모양
이었다.

"어이." 그는 톰에게 고개를 끄덕여 보이고 신발을 뚜벅대며 뻣뻣
하게 의자로 다가갔다. 신발이 뚜벅거렸고, 끝에 닳은 고무가 달린
지팡이에서는 소리가 나지 않았다. "링컨, 아멜리아."

색스는 고개를 끄덕였다. 그녀는 퀸스에 보관되어 있던 범인 40

사건수사 초기의 증거를 갖고 온 참이었다. 화이트캐슬 냅킨과 마찬가지로 증거 일부가 사라질까 봐 걱정스러웠던 그녀는 오늘 아침 일찍 직접 증거를 수거해서 라임의 집에 가져왔다.

하지만 오래 있을 수는 없었다. 수술 일정 때문에 몇 시간 뒤에는 로즈를 병원에 데려가야 한다.

"아무것도?" 톰이 형사에게 물었다. "커피는?"

"아니." 셀리토는 시선을 피하며 눈길을 들었다.

흠. 라임은 그의 얼굴을 훑었다. 무슨 일이 있군.

"저 에스컬레이터. 거기 계속 둬야겠어, 링컨. 좋은 이야깃거리야."

좋은 이야깃거리 회피 도구이기도 하지, 라임은 생각했다. 그는 초조했다. 분류해야 할 증거가 있었다. 그리피스와 모건 사건을 맡은 검사를 만나야 했고, 멜 쿠퍼도 곧 도착할 것이다.

"무슨 일이야, 론?"

"좋아, 말해야겠군."

라임은 그쪽을 보았다. 하지만 셀리토의 시선은 색스를 향해 있었다.

그녀는 증거물 분류를 마치고 달라붙는 라텍스 장갑을 벗었다. 손가락을 후 불었다. 라임은 몇 시간 동안 장갑을 끼고 있다가 벗은 뒤 이 작은 행동이 가져다주는 만족감을 오랫동안 경험하지 못했지만, 그 감각만은 또렷이 기억했다.

"말해요, 론." 색스는 소식을 단도직입적으로, 빨리 듣는 것을 좋아했다―최소한 나쁜 소식은. 그녀는 좋은 소식이 그다지 필요한 것 같지 않은 사람이었다.

"자네는 정직됐어."

"네?"

"이건 무슨 소리야?" 라임이 내뱉었다.

"경찰본부에서 한 가지 문제가 생겼어."

색스는 눈을 감고 있었다. "내가 그 이야기를 유출해서? 스마트 컨트롤러에 대해서? 간부들에게 이야기하지 않고? 하지만 그래야 했어요, 론."

라임이 말했다. "이건 말도 안 돼. 그녀 때문에 사람들이 살았어. 회사들이 서버를 닫았고, 그리피스는 해킹을 못했다고."

셀리토의 퉁퉁한 얼굴은 혼란스러웠다. "무슨 소리야?"

색스는 기자와 비밀리에 만나 경제적인 이유 때문에 클라우드 서버를 닫고 CIR 보안업데이트를 설치하는 것을 망설이는 회사들이 있다는 기사를 쓰게 한 상황을 설명했다.

셀리토는 뚱한 표정을 했다. "어쨌거나. 내가 하려는 말은 그게 아니야. 미안하지만, 아멜리아, 마디노야."

색스가 그렉 프로머를 살리기 위해 에스컬레이터 모터에 실탄을 쏜 일로 총격 위원회를 소집했던 84번 지구대 경감이었다.

"몇몇 기자가 그 사건을 보도한 것 같아."

"경감은 내게 기자들은 다 가버렸다고 했는데요."

"음, 그리 멀리 간 게 아니었던 모양이지. 경찰 총기 발사가 요즘 큰 화두라서 말이야."

"그래, 비무장 상태의 민간인을 상대로 그렇지." 라임이 대꾸했다. "이건 산업용 기계장비 아니야."

셀리토는 양손을 들어보였다. "제발, 링컨. 난 그냥 소식을 전하고 있을 뿐이야."

라임은 며칠 전 색스와 나눈 대화를 떠올렸다.

경찰이 상가에서 총기를 난사했다는 기사로 이름을 날리고 싶은 기자가 끼어들지 않는 이상, 문제없어요... 그 따위로 이름 날려봤자....

그때는 재미있는 농담이라고 생각했다.

색스는 말했다. "계속하세요."

"기자들이 그때 정확히 무슨 일이 있었는지, 누가 개입했는지 경감에게 캐물었어. 더 높은 사람을 귀찮게 하겠다고 협박도 하고."

색스는 냉소했다. "그래서 날 늑대한테 던져주지 않으면 경찰본부에서 기다리고 있는 호화 사무실이 날아갈까 봐 무서웠다고 하던가요."

"간단히 말하자면, 그런 거지."

"그래서, 요점은?"

"석 달, 무급. 미안해, 아멜리아. 무기와 배지는 내가 가져가야 해. 빌어먹을 같군 그래." 그는 이 모든 상황이 진심으로 역겨운 것 같았다.

색스는 한숨을 쉬고 무기와 배지를 건넸다. "내가 싸우죠. 경찰조합 변호사를 만나봐야겠어요."

"그렇게 해." 늪 같은 말투였다.

그녀는 셀리토에게 눈길을 주었다. "한데?"

"내 충고야. 그냥 한 대 얻어맞고 잊어버려. 마디노는 자넬 괴롭힐 수 있다고."

"저도 그 사람을 괴롭힐 수 있는데요."

잠시 침묵. 뉴욕시경 정치판의 현실이 ─아니, 모든 정부기관의 정치판이 ─차츰 실감되기 시작했고, 얼굴에 체념이 어렸다.

셀리토는 말을 이었다. "몇 달 뒤엔 모두 잊어버려. 자네도 아무 일 없던 것처럼 돌아올 거고. 싸우면 시간만 끌어. 언론은 더 관심을 갖고. 그런 건 아무도 안 좋아해. 아주 오랫동안 자네를 정직시킬 수도 있어. 자네도 어떻게 돌아가는지 알잖아, 아멜리아."

라임은 경멸 어린 목소리로 말했다. "이건 죄다 헛소리야, 론."

"알아, 자네도 알고, 그들도 알아. 차이점은, 그쪽은 신경을 안 쓴다는 거야."

색스가 말했다. "하지만 우린 그리피스/모건 사건을 마무리해야 하는데요."

"정직 처분은 지금부터 유효해."

색스는 실험용 가운을 벗고 글록 17을 눈에 띄지 않게 몸에 지닐 수 있도록 재단한 진회색 스포츠코트로 갈아입었다. 상당히 까다로운 재단 작업이었을 텐데, 라임은 늘 생각했다.

어깨를 으쓱하는 듯한 목소리였다. "아주 나쁜 타이밍은 아니군요. 앞으로 몇 주 동안 엄마를 더 잘 돌볼 수 있게 됐잖아요. 어쩌면 축복일지도 모르죠."

물론 그렇지 않았다. 라임은 그녀 역시 전혀 그렇게 생각하지 않는다는 것을 쉽게 알 수 있었다. 그녀는 공허하고 초조하게 보내야 할 한 해의 마지막 분기를 앞두고 머리끝까지 화가 나 있었다. 같은 상황이었다면 라임 역시 같은 기분일 것이기 때문에 알 수 있었다. 일은 우리의 존재 이유다—개, 말, 인간. 일을 빼앗으면, 움츠러든다. 때로 돌이킬 수 없이.

"이제 엄마를 병원에 모셔가야겠어요." 그녀는 성큼성큼 타운하우스를 나섰다.

현관문 닫히는 소리가 들리고, 곧 토리노 시동 거는 소리가 이어졌다. 가속 페달을 세게 밟지 않는 것도 놀랍지 않았다. 아멜리아 색스에게 자기 차의 출력을 높인다는 것은 오로지 즐거움에서 나오는 행동이었지, 결코 분노의 발산이 아니었기 때문이었다.

62

처음 링컨 라임은 자기 거실에 들어선 사람이 누군지 알아보지 못했다. 그는 짜증스럽게 톰을 돌아보았다. 왜 아무 경고 없이 낯선 사람이 들어왔지?

그러나 몇 초 뒤 그는 깨달았다. 정확한 필적과 그보다 더 정확한 버릇을 지닌 뻣뻣하고 절제된 변호사 에버스 휘트모어였다.

얼른 알아보지 못한 것은 휘트모어가 워낙 특징이 없었기 때문이었다. 회색 울 바지, 타이를 매지 않은 파란 체크무늬 셔츠, 녹색 스웨터(1950년대 시트콤에서 자녀들의 악의 없는 짓궂은 장난을 인자하게 참아주는 아버지처럼 단추 세 개를 꼼꼼히 잠근 카디건이었다). 머리에는 밝은 녹색과 노란색 타이틀리스트 골프모자를 쓰고 있었다.

"라임 씨."

"휘트모어 씨."

변호사는 라임이 자기 옷차림을 살펴보는 것을 눈치챈 모양이었다. "한 시간 뒤에 축구게임 코치를 해야 합니다. 아들들."

"아, 가족이 있으시군요. 몰랐습니다."

"상대 변호사에게 저에 대한 정보를 주는 일이라 결혼반지는 대체로 안 낍니다. 저 자신은 다른 변호사의 개인정보를 전략적으로 이용하지는 않습니다만, 변호사 중에는 그렇지 않은 사람도 있어서요. 당신에게는 크게 놀랄 일이 아닐 거라고 생각합니다."

"아들이라고요?"

"딸도 있습니다. 딸 셋, 아들 셋."

허.

"아들들은 세쌍둥이인데 모두 같은 축구팀에 있습니다. 상대 팀이 종종 헷갈려합니다." 미소. 여기서 보이는 첫 미소인가? 어쨌든 작고 짧은 미소였다.

휘트모어는 주위를 둘러보았다. "색스 형사는?"

"병원에. 어머니 수술이 있습니다. 심장."

"이런. 아직 아무 소식도 없습니까?"

라임은 고개를 저었다. "하지만 활기찬 분입니다. 그게 좋은 예후를 보장하는지는 모르겠지만."

산문적인 변호사는 이해하는 것 같았다. "색스 형사와 통화하면 제 안부를 전해주십시오. 어머님에게도."

"그러죠."

"용의자와 대면하셨다고 들었습니다. 직접."

"맞습니다. 난 다치지 않았습니다. 줄리엣 아처가 부상을 좀 입었는데, 심각하지는 않습니다."

변호사는 스웨터 단추를 풀지 않고 의자에 단정하게 앉아 서류가방을 무릎 위에 얹었다. 스프링 잠쇠에서 두 번 딸깍 소리가 들리더니, 그는 뚜껑을 열었다.

"안 좋은 소식이 있습니다. 제 조사관에게 알리시아 모건과 버넌 그리피스의 재정 상황을 자세히 알아오라고 했는데요, 모건은 계좌에 4만 달러 정도가 있고, 버넌은 자산이 15만 7천 달러, 추가로 연금이 있습니다. 그러나 연금은 채무 변제에서 보호됩니다."

"그러면 합쳐서 20만 달러군요."

"그걸 목표로 하겠습니다만, 다른 원고가 있을 경우, 장담하건대 있겠지만, 이 액수는 그 직계가족이 나눠 갖게 됩니다. 에이브 벤코프의 아내. 토드 윌리엄스의 직계가족, 심지어 브로드웨이 극장에서 부상당한 목수."

"에스컬레이터를 영원히 못 타게 돼서 인생이 망가진 사람들도 있겠죠." 줄리엣 아처가 언젠가 언급한 기회주의적인 사람들을 말하는 것이었다. 휘트모어는 분명 그런 사람들이 모자를 손에 들고 줄을 설 거라고 했다.

"제가 받을 대리인 수수료도 있고요. 프로머 부인은 많아 봐야 2만 달러밖에 못 받을 겁니다."

스키넥터디의 차고로 배달될 수표 액수군.

휘트모어는 조사관이 입수한 범인들의 재정상황 문서로 보이는 서류를 등나무 의자에 내려놓았다. 라임은 왜 변호사가 이 서류를 갖고 왔는지 알 수 없었다. 변호사의 사립탐정은 숙제를 했을 것이고, 분명 정확할 것이다. 증거 같은 것은 필요 없었다.

"그래서." 휘트모어는 서류를 더욱 반듯이 정돈하며 말했다. "우리는 플랜 A로 가야 합니다."

"플랜 A."

원고팀은 라임이 아는 한 알파벳순으로 대책 순위 같은 것을 세운 적이 없었다. 미드웨스트 컨베이언스사는 파산했고 CIR 마이크로시스템스에도 과실이 없으니, 유일한 길은 범인들의 자산을 목표로 하는 것이겠지만 그조차 대단한 액수는 아니다.

라임은 이 점을 지적했다. 휘트모어는 어리둥절한 눈빛을 아주 약간 내보이며 그를 바라보았다. "아니요, 라임 씨. 그건 플랜 B입니다. 첫 번째 접근법은 언제나 유효했습니다. 제조사를 상대로 제조물에 대한 배상책임을 요구하는 방안 말입니다. 여기." 그는 방금 내려놓은 서류를 앞으로 밀었고, 라임은 탁자 쪽으로 휠체어를 밀고 갔다. 재정 분석 서류가 아니었다.

뉴욕주 대법원
킹스 카운티

샌드라 마가렛 프로머, 원고

대

CIR 마이크로시스템스, 피고

뉴욕주 대법원에 원고 샌디 마가렛 프로머는 삼가 다음을 주장한다.

라임은 오른손으로 긴 소장을 어색하게 넘겼다. 아들 이름으로 과실치사에 대해 소송을 제기한 두 번째 서류, 그렉 프로머 본인이 생애 마지막 15분 동안 겪은 고통에 대해 제기한 세 번째 서류도 있었다. 그리고 부가 서류도 수없이 많았다.

정식 특별청구 요구액수는 5천만 달러였다.

라임은 고개를 들었다. "하지만… 컨트롤러 제조사에는 소송을 제기할 수 없을 거라고 생각했습니다만."

"왜 그렇게 생각하셨습니까?"

라임은 어깨를 으쓱했다. "버넌 그리피스가…."

"조정원인이었기 때문에?"

"네."

"아, 하지만 대비해야 하는 예측 가능한 조정원인이지요. 과실산정은 상해 가능성과 상해의 심각성을 곱하고 이를 예방 비용에 대조해서 이루어집니다. 러니드 핸드. 제2 항소법원. 미국 대 캐롤 사.

이 법칙을 적용할 때, 첫째, 스마트 제품이 해킹될 가능성은 그 숫자와 독창성, 요즘 해커의 동기를 감안할 때 대단히 높습니다. 둘째, 부상의 심각성은 극도로 높을 수 있습니다. 프로머 씨와 에이브 벤코프는 죽었습니다. 사실추정의 원칙. 그리고 셋째, 적절한 주의 조치는 매우 간단한 것이었습니다. CIR는 스스로도 인정했고 지금 실행하고 있듯이 자동 보안 업데이트를 쉽게 제공할 수 있었습니다. 해커가 심각한 부상을 초래할 가능성을 예견했어야 하고, 그들로서는 매우 간단한 조치로 문제가 해결되었을 겁니다. 그러므로 CIR은 사망사고에 대해 과실이 있습니다.

또한 나는 엄격배상책임법상 컨트롤러에 결함이 있다고 주장할 생각입니다. 당신 동료는 제품에 설치된 소프트웨어가 오래된 것이라고 하더군요―이 점은 제가 전문가에게 추가조사를 의뢰했습니다."

사실이었다. 로드니 자넥은 스마트 컨트롤러 회사 입장에서는 쉽게 해킹할 수 있는 오래된 소프트웨어에서 특정 기능을 제거하고 사용하는 것이 새 코드를 짜는 것보다 돈도 덜 들고 시장에 출시하는데 시간도 덜 걸린다고 했다.

스팸메일을 보내는 냉장고라....

"이렇게 해서 회사 과실과 엄격배상책임입니다. 아마 품질보증 위반도 덧붙이지 않을까 싶습니다. 돈 많은 피고에게 소송을 걸 때 생각할 수 있는 모든 사유를 죄다 갖다붙이는 건 나쁠 게 없어요."

"물론 합의를 시도하겠지요."

"네, 그들은 내가 다른 모든 사고를 증거로 제시할 거라는 걸 알고 있습니다―벤코프 씨의 가스레인지, 극장의 마이크로웨이브. 조종을 탈취당한 자동차. CIR로서는 법정에서 우리와 싸운다는 건 홍보 측면에서 재앙이죠. 징벌적 배상금으로 피를 말리지는 못해도 빈혈을 앓게 할 배심원도 선택할 겁니다. 흡혈귀처럼."

아, 엄숙한 변호사에게도 유머감각은 있었군.

"5천만 달러는 못 받아내더라도, 적당한 합의금을 협상할 겁니다. 그래서 여기 왔는데요. 고소장을 CIR 측 변호사 프로스트 씨에게 보내서 협상을 시작하기 전에 몇 가지 봐주셨으면 하는 증거 문제가 있습니다."

잠시 침묵.

"그건 제가 도와드릴 수가 없습니다."

"네? 왜 그러시는지 여쭤봐도 될까요?"

"난 이 건에서 형사소송을 준비하는 검사를 돕고 있습니다. 내가 계속 당신을 돕는다면 이해관계가 서로 부딪힐 겁니다."

"알겠습니다. 물론이죠. 유감입니다. 재판을 위험에 빠뜨릴 가능성은 피해야지요."

"그렇지요."

"하지만 소송사유를 최대한 강력하게 밀고 나가는 게 중요합니다. 피고에게 제시할 자료에는 어떤 구멍도 있어서는 안 됩니다. 그러기 위해서는 증거가 중요하고요. 전문가가 필요합니다. 혹시 생각나는 사람이 있습니까, 라임 씨?

누구라도?"

"안녕, 로즈."

나이 지긋한 여자는 눈을 떴다. "링컨. 와줬구나. 얼굴 보게 돼서 기쁘다."

그녀는 정맥주사를 꽂지 않은 팔로 완벽하게 정돈된 머리를 빗고 있었다. 아멜리아 색스가 방금 라임과 같이 회복실에 도착해서 잠든 엄마의 머리를 만져주었던 것이다.

"에이미는 어디 있니?"

"언제 퇴원할 수 있을지 의사하고 이야기 중입니다. 무엇은 해도 되고, 무엇은 안 되는지."

"내일 걸을 수도 있다는데. 누가 생각이나 했을까. 몸을 열고, 기계를 고치고... 다시 마라톤을 뛰다니. 공평하지 않아. 난 한동안 잔뜩 동정받고 싶었다고."

로즈는 예상만큼 창백하지 않았다. 아니, 더 건강해 보였다. 혈액 순환이 개선되어서겠지, 라임은 생각했다. 잠시 알리시아 모건이 떠올랐다. 가족의 자동차 안에 들어 있던 작고 불가사의한 물건이 그녀의 인생을 영원히 망가뜨렸다. 그리고 여기 이 병원에서는 작고 불가사의한 물건 하나가 언제라도 끝날 수 있었던 환자의 생명을 막 연장해 준 참이었다. 마찬가지로 수많은 다양한 '물건'들이 라임을 살아 있게 한다.

문득 그는 진지한 생각에 싱긋 웃었다. 그는 미래의 장모님을 만나러 여기 와 있다.

로즈의 병실은 좋은 곳이었고, 길 건너 공원을 살짝 내려다보고 있었다. 라임은 경치 이야기를 했다.

로즈는 창 밖을 바라보았다. "그래, 맞아. 좋아. 하지만 난 경치 좋은 방을 굳이 청하는 사람은 아니야. 방 안에서 일어나는 일이 훨씬 더 재미있는 거 아닌가?"

이심전심이었다.

기분이 어떤지, 병원음식은 어떤지, 손님들이 환자에게 의례적으로 묻는 질문도 필요 없었다. 침대 옆 탁자에 스티븐 호킹의 책이 놓여 있었다. 라임이 몇 년 전 읽은 책이었다. 그들은 빅뱅 이론에 대해 활기찬 토론을 이어갔다.

카리브해 억양에 탄탄한 몸을 지닌 미남 간호사가 들어왔다.

"색스 씨, 아, 유명한 손님이 오셨군요."

라임은 나가보라는 뜻으로 얼굴을 찡그리고 싶었으나 환자를 위해서 그냥 고개를 끄덕이고 미소 지었다.

남자는 환자와 수술자국, 정맥주사를 차례로 살폈다.

"좋습니다. 아주 좋아요."

로즈가 말했다. "에란도 씨 말이라면 믿을 수 있지. 아, 링컨, 난 좀 쉬어야겠어.”

“그러세요. 우린 내일 다시 오겠습니다.”

라임은 병실을 나와서 간호사 스테이션으로 향했다. 색스가 전화를 끊고 있었다.

“어머니는 괜찮아. 좀 주무셔야 해.”

“내가 들여다보고 올게요.”

그녀는 어머니의 병실로 들어갔다가 잠시 후 다시 나왔다.

“아기처럼 주무시네요.”

색스와 라임은 같이 복도를 지났다. 크게 의식하지는 않았지만, 길거리와 달리 여기서는 이쪽으로 향하는 시선이 단 하나도 없었다. 물론 여기는 멋진 휠체어를 탄 사람을 볼 확률이 높은 곳이다. 특별할 것도, 쳐다볼 것도 없다. 배우자와 함께 복도를 유유히 지나가는 그는 지금 지나치는 저 어둡고 고요한 병실에 있는 많은 사람들보다 훨씬 운이 좋았다.

인 레지오네 카이코룸 렉스 에스트 루스쿠스In regione caecorum rex est luscus. 라임은 생각했다.

장님들의 세상에서는 외눈박이가 왕이다.

그들은 붐비는 로비를 나란히 지나 흐린 봄날 오후의 거리로 나섰다. 장애인 구역에 주차한 밴으로 향했다.

“그럼.” 라임은 색스에게 물었다. “3개월 정직 기간 동안 뭘 할지 생각해 봤어?”

“열 받는 거 말고?”

“그거 말고.”

“엄마를 돌봐야죠. 토리노 수리도 하고. 사격장에서 종이과녁에 납탄을 쏟아 붓고. 요리도 하고."

"요리?"

"아니. 그건 빼요."

밴으로 다가가며 그녀가 말했다. "당신한테 뭔가 목적이 있다는 느낌이 오는데요."

라임은 싱긋 웃었다. 아, 론 셀리토... 그가 없으면 어떻게 살지?

"에버스 휘트모어가 날 만나러 왔어. 변호사. 나는 프로머 사건에서 그와 같이 일하지 않아. 내가 형사 쪽 소송을 맡았으니까 이해관계 상충이야."

"무슨 일이에요, 라임?"

"부탁이 있어, 색스. 당신은 분명 안 된다고 하고 싶겠지만, 끝까지 들어봐."

"귀에 익은 문장인데요."

라임의 눈썹이 올라갔다. "들어볼 거야?"

색스는 라임의 손에 손을 얹으며 말했다. "그러죠."

유소영

전문 번역가. 제프리 디버의 링컨 라임 시리즈를 첫 번째 이야기 『본 컬렉터』부터 전담으로 번역하고 있다. 존 르 카레의 『민감한 진실』, 『나이트 매니저』, 딘 쿤츠의 『사일런트 코너』, 『위스퍼링 룸』, 로버트 브린자의 에리카 경감 시리즈 『나이트 스토커』, 클리브스의 형사 베라 시리즈 『하버 스트리트』, 퍼트리샤 콘웰의 법의학자 케이 스카페타 시리즈 『법의관』, 『하트잭』, 『시체농장』, 『데드맨 플라이』, 존 스칼지의 『무너지는 제국』, 『타오르는 화염』 등을 옮겼다.

스틸 키스
THE STEEL KISS

1판 1쇄 발행 2020년 5월 20일
1판 2쇄 발행 2020년 7월 13일

지은이 제프리 디버 **옮긴이** 유소영

발행인 양원석 **편집장** 김건희 **책임편집** 두동원
영업마케팅 조아라, 신예은, 김보미

펴낸 곳 ㈜알에이치코리아
주소 서울시 금천구 가산디지털2로 53, 20층 (가산동, 한라시그마밸리)
편집문의 02-6443-8903 **도서문의** 02-6443-8800
홈페이지 http://rhk.co.kr
등록 2004년 1월 15일 제2-3726호

ISBN 978-89-255-3674-3 (03840)